ÜBER DEN AUTOR

Tony Park wurde 1964 geboren und wuchs in den westlichen Vorstädten von Sydney auf. Er arbeitete als Zeitungsreporter, Presse-sprecher, PR-Berater und freiberuflicher Schriftsteller. Ausserdem diente er 34 Jahre lang in der australischen Armeereserve, darunter sechs Monate als Offizier für Öffentlichkeitsarbeit in Afghanistan im Jahr 2002. Er und seine Frau Nicola leben sowohl in Australien wie auch im südlichen Afrika. Er ist der Autor weiterer einundzwanzig Romane, die in Afrika spielen, sowie von mehreren Biografien.

www.tonypark.net

BESCHÜTZER

TONY PARK

Übersetzt von
MAYA VON DACH

Ingwe
PUBLISHING

AUCH VON TONY PARK

Ferner Horizont
Sambesi
Afrikanischer Himmel
Safari
Lautloses Raubtier
Elfenbein
Das Delta
Afrikanische Morgendämmerung
Dunkles Herz
Die Beute
Der Jäger
Eine leere Küste
Rote Erde
Der Cull
Unverlierbar
Der Duft der Furcht
Geister der Vergangenheit
Der letzte Überlebende
Blutspur
Der Stolz

Vendetta

Teil des Stolzes, *mit Kevin Richardson*
Kriegshunde, *mit Shane Bryant*
Der graue Mann, *mit John Curtis*
Mutig unter Beschuss, *mit Daniel Keighran VC*
Keiner wird zurückgelassen, *mit Keith Payne VC*

Für Nicola

PROLOG

In einem Zimmer mit zugezogenen, nach Nikotin stinkenden
Vorhängen, in welchem der Aschenbecher überquoll, berich-
tete das Radio von Verbrechen und Korruption, geplanten
Stromunterbrüchen und verlorenen Rugby-Spielen, einem ange-
klagten Herrscher und dem Rand, Südafrikas Währung, im freien
Fall.

Er reinigte sein Gewehr.

Draussen brummte der Verkehr von Johannesburg und hupten
die Taxis, doch er liess sich nicht ablenken. Seine Hände arbeiteten
mit geübter Leichtigkeit, als er die Waffe wieder zusammensetzte. Es
war zwar ein Klischee, aber er konnte das tatsächlich mit verbundenen Augen.

Er wischte jede der .338-Millimeter-Patronen ab. Eine davon
glänzte unter dem reflektierenden Lampenlicht in seinen Händen
und er bewunderte ihre schlichte Schönheit und Kraft, von der
scharfen Kupfermantelspitze bis zum geprägten Messingboden des
Geschosses und des Zündhütchens.

Seine Finger waren dort, wo Waffenöl und Schiesspulver sich in
den Falten und Poren festgesetzt hatten, fleckig. Er atmete tief ein.
Dies war der Geruch seines Berufs und seines Lebens, der immer

wieder Erinnerungen zurückbrachte. Etwa die an die knochenfrierende Feuchtigkeit der Brecon Beacons, wo er als Angehöriger des Fallschirmjägerregiments der britischen Armee ausgebildet worden war. Die damalige Einberufung war überhaupt nur durch den britischen Pass seiner in England geborenen Eltern möglich. Der Geruch führte ihn weiter zu den sengenden, staubverwehten Ebenen und den üppigen 'grünen Zonen' Afghanistans, wo die einheimischen Bauern ihren Mais und das *Dagga* anbauten und sich vor seinen Kugeln zu verstecken versuchten.

Aber während er wie ein Schutzengel über die anderen Paras, die Fallschrimspringer, wachte, hatte er den Feind ausgemacht und, wie es sich für einen guten Scharfschützen gehörte, ohne Aufregung oder Reue getötet.

An den Wänden der Einzimmerwohnung waren keine Fotos von ihm in Uniform aufgehängt, auch auf seinem Telefon gab es keine und auf seinem Computer genauso wenig. Es gab weder Beweise für seine Zeit im Krieg, noch für die, in der er als wollhaariger, bärtiger Militärbeauftragter im Irak gedient hatte und ebenso wenig für die Zeit als Parabat, als Fallschirmjäger der South African National Defence Force. Nur sehr wenige seiner spärlichen Freunde wussten überhaupt, dass er gedient hatte.

Als er von Afghanistan nach Südafrika zurückkehrte, hatte er keine Ausbildung, die ihn für eine Arbeit qualifizierte. Seine Mutter versuchte ihm zu helfen, doch er verlor eine Reihe von Jobs und versuchte schliesslich zu studieren. Allerdings war er sehr reizbar und mochte bereits zur Mittagszeit gern ein Bier oder einen frühen Brandy. Die Armee seines Geburtslandes hatte ihm vorübergehend Zuflucht gewährt und in Bangui, wo die Seleka-Rebellen sie umzingelten, und er angeschossen wurde, tötete er erneut, genauso wie in Mosambik, wo er im Namen der Friedenssicherung Menschenleben ausgelöscht hatte.

Aber die Wut, die Flashbacks und das Trinken hatten ihn eingeholt, so dass er wieder zum Zivilisten geworden war. Seit dem Verlassen der Armee hatte er kein Ziel mehr, keine Sache, für die er kämpfen konnte und nichts, wofür es sich zu sterben lohnte. Das hatte sich geändert, als sie sich ihm anvertraut hatte.

Sie war das Einzige, was jetzt noch für ihn zählte. Er nahm das Foto von ihr aus der Brusttasche und vertiefte sich in ihren Anblick.

Er liebte sie und sie brauchte ihn mehr als irgendjemand anderes auf dieser Welt. Er küsste das Foto.

Er würde für sie töten und sie es ihm danken. Bald.

1

—————

Während sie sich hinter das Steuer ihres leicht verbeulten Ford Ranger Double-Cab *Bakkie* setzte, einen Pick-up mit Doppelkabine, zog Doc mit der rechten Hand ihre Glock-Pistole aus dem Holster hinter dem Rücken. In der linken hielt sie ihr Handy und schaute auf ihre Online-Dating-App.

Kapitän Jurie van Rensburg, der neben ihr auf dem Beifahrersitz sass, warf ihr einen Blick zu. »Ernsthaft? Willst du ein Date vereinbaren, gerade jetzt?«

»Nein, ich lösche mein Profil.«

»Und was ist mit Ralph?«, wollte er wissen.

Sie runzelte die Stirn. »Ich habe dir alles erzählt, was es über ihn zu sagen gibt und er weiss alles über dich. Wir sind nur platonische Freunde und wenn er das bleiben will, muss er aus dem Schatten treten, seinen Computer und sein Telefon weglegen und mich – und dich – persönlich treffen.«

Jurie warf ihr einen Kuss zu. »Danke. Aber du solltest es jetzt trotzdem wegpacken, Denise.«

»Das Telefon oder die Pistole?«

Er lächelte sie an und sie spürte, wie ihr Herz hüpfte. Jurie nickte in Richtung der Einfahrt zum Aussenparkplatz der Eastgate Mall im Johannesburger Vorort Bedfordview, auf den gerade ein schwarzer BMW X5 SUV mit dem Kennzeichen der Provinz Limpopo gefahren war. »Beides, jetzt ist Showtime.«

Dr. Denise Rado, von ihren Freunden 'Doc' und von ihren Studierenden 'Prof' genannt, packte das Telefon in die rechte hintere Tasche ihrer Jeans. Schnell schob sie den Schlitten ihrer Glock zurück, um zu prüfen, ob die Patrone im Patronenlager sei und steckte die Pistole wieder ins Holster. Sie vergewisserte sich, dass ihr weisses T-Shirt die Waffe bedeckte.

Es war Sonntagmorgen, eine halbe Stunde bevor um 9.30 Uhr alle Geschäfte des Einkaufszentrums öffneten. Der Parkplatz war grösstenteils leer, abgesehen von den Fahrzeugen der Mitarbeitenden, einigen Frühkäufern im 'Checkers Hyper-Supermarkt' und ein paar Leuten, die zum Frühstück ins 'Wimpy' gekommen waren. Das Team hatte die Zeit und den Ort gut gewählt – es gingen genug Leute ein und aus, dass die verdeckten Leute nicht auffielen, aber nicht so viele, dass Zivilisten gefährdet würden, falls es schief ginge.

»Mitteilung an alle«, sagte Jurie in ein Handfunkgerät, »das Zielfahrzeug ist auf dem Parkplatz. Keine Bewegung bis Doc das Signal gibt.«

Morgens um 7 Uhr waren sie den Plan in Docs Haus bei Kaffee und 'Rusks', einem Trockengebäck, noch einmal durchgegangen, wobei ihre Mutter Kanta wie immer auf sie aufpasste. Das Einsatzteam bestand aus acht Personen, von denen Jurie, der Hauptmann der Einheit für Viehdiebstahl und gefährdete Arten in Pretoria, den Einsatz leitete, während Thabo Radebe, einer der Offiziere, als sein Stellvertreter fungierte.

Thabo stand in der Nähe des Eingangs zum Einkaufszentrum an der Wimpy-Imbissbude. *»Verstanden«*, antwortete er.

»Verstanden«, sagte auch Pam Galloway, eine Zoologin von 'Gauteng Nature Conservation', die Mitglied des für die Durchsetzung der südafrikanischen Gesetze in Bezug auf Wildtiere und Pflanzen zuständigen 'Environmental Management Inspectorates' war, das man besser unter dem Namen 'Green Scorpions' kannte.

Pam kam, in gemächlichem Tempo einen Einkaufswagen schiebend, aus dem Checkers. Auch ihr Ehemann Frank, der neben Pam schlenderte, war ein Polizeihauptmann, allerdings bei den Hawks, in der Direktion für vorrangige Verbrechensbekämpfung mit Sitz in Pretoria.

»Ersatzwagen verstanden«, meldete sich Detective Sergeant Jason Chow, der allein in seinem weissen Toyota HiLux am anderen Ende des Parkplatzes sass. Jason war ein neuer Freiwilliger im 'Pangolin Task Team', der 'Sondergruppe Schuppentier'. Er hatte Doc und seinem Vorgesetzten Frank Galloway gesagt, dass er eine Pause von der Verfolgung von Mördern und Drogendealern brauche. Jasons Aufgabe war, die sofortige polizeiliche Reaktion auszulösen, indem er zu Doc fuhr, wenn sie das vorher vereinbarte Signal gab, das den Deal bestätigte.

»Versteckte Kamera, bereit, alles klar.« Sara Skjolds, deren Englisch sicher, deutlich und von kaum einer Spur eines norwegischen Akzents geprägt war. Die dreissigjährige Filmemacherin hatte schon vor COVID in Südafrika gelebt und Doc davon überzeugt, sie solle einen Dokumentarfilm über Schuppentiere und insbesondere über Denise Rados Arbeit zur Bekämpfung des illegalen Handels mit diesen Tieren drehen. Jurie war nicht begeistert gewesen, aber Doc hatte ihn umgestimmt und davon überzeugt, dass diese Tierart solche Sendezeit brauche. Doc hatte eingewilligt, sich, sobald der Dokumentarfilm an die Öffentlichkeit gelangen und ihre Identität weithin bekannt würde, aus der Rolle der verdeckten Ermittlerin zurückzuziehen. Dies war bei der Art und Weise, wie sich ihr Privatleben im Moment entwickelte, vielleicht sowieso eine gute Idee. Aber bis dahin hatte sie noch ein paar Einsätze vor sich.

»Alle bereit«, sagte Jurie, senkte sein Funkgerät und sah Doc an. »Team Regenbogennation zum Einsatz bereit.«

Als sie den X5 über den Parkplatz schleichen sah, lächelte Doc mit zusammengebissenen Zähnen. Ohne dass sie es geplant hatte, entstammte die Mischung aus Zivilisten und Polizisten verschiedener Kulturen Südafrikas, die alle von einem geeint wurden: Ihrer

Abscheu vor dem Handel mit einer der gefährdeten Tierarten des Landes.

»Doc ...«

Sie schaute zu Jurie, der seinen Kopf drehte und ein letztes Mal alle Agenten, die er sehen konnte, kontrollierte.

»Was?«, wollte Doc wissen.

Er beugte sich vor und küsste sie.

»Jurie ...«

Er grinste. »Tut mir leid, ich konnte nicht anders. Ich liebe dich.«

Sie spürte, wie sie errötete. »Ich dich auch.« Dann öffnete Doc die Fahrertür.

»Sei vorsichtig, Doc.«

Sie sah ihn an und nickte.

Doc stieg aus und zog ihre DKNY-Baseballkappe fest nach unten. Die Mütze abzunehmen war das vereinbarte Signal an alle, einzugreifen, aber das würde sie erst tun, wenn sie das Schuppentier im Blick hatte. Es gab keine Garantie dafür, dass die Wilderer das Tier bei diesem Treffen überhaupt dabei hatten.

So weit vom Eingang des Einkaufszentrums entfernt gab es nur wenige Autos. Als sie auf den schwarzen BMW zuging, waren Docs lange Schritte zügig und selbstsicher, womit sie über die Aufregung, die sie im Bauch spürte, hinwegtäuschte. Bei einer Verhaftung ein wenig nervös zu sein, war normal, doch es waren viel mehr Juries Worte, der Kuss und die Geschwindigkeit, mit der sich ihre Beziehung aus der von Freunden zu der von Liebenden entwickelt hatte, die sie beunruhigten. Sie versuchte, ihn aus ihren Gedanken zu verdrängen, was aber fast unmöglich war.

Als sie sich näherte, winkte sie dem Fahrer des BMW X5 zu, der kurz verlangsamte, aber nach kurzem Zögern wieder beschleunigte und direkt auf sie zu fuhr.

Einen Moment lang fragte sich Doc, ob der Mann sie überfahren wolle, denn der Motor heulte auf, als er auf sie zu preschte. Doc sah sich um. Zehn Meter weiter links befand sich ein Lichtmast, dem sie sich zuwandte. Wenn dieser Clown nicht langsamer wurde, konnte sie sich dahinter verstecken und die Pistole ziehen.

Doch schliesslich nahm der Fahrer den Fuss vom Gaspedal und das Fahrzeug rollte auf sie zu.

»Guten Morgen, howzit«, sagte Doc, als das getönte Fenster sich senkte und sie zwei Männer im Auto sitzen sah.

»Sie sind eine Frau«, stellte der Fahrer fest.

»Und Sie sind ein Mann«, gab Doc strahlend lächelnd zurück.

»Und Sie sind Inderin«.

Doc zog eine Grimasse. »Ja, zur Hälfte. Steven, nehme ich an?«

Er nickte langsam und schien sie gleichzeitig von Kopf bis Fuss zu mustern. »*Sehr* erfreut, Sie kennenzulernen.«

»Lassen Sie uns zur Sache kommen, ja?«

»Ich hätte wissen müssen, dass Sie Inderin sind, so wie Sie mich runtergehandelt haben.« Er lachte, als er aus dem Geländewagen stieg.

Sie liess die rassistischen Ausdrücke unkommentiert. Sein Englisch war gut und sie dachte, ihre erste Vermutung, als sie seinen Namen, Steven Muzorewa, gehört hatte, nämlich dass er aus Simbabwe stamme, sei richtig. Sein rasierter Kopf, die goldene Halskette und eine teure Lederjacke, die über dem Bauch offenstand, liessen auf gewissen Wohlstand schliessen.

»Haben Sie das Geld?«

»Ja, ganz in der Nähe und ich hole es, sobald ich die Ware gesehen habe«, antwortete Doc.

Er lächelte, wobei ein Zahn sichtbar wurde, der zu seinem Klunker passte. »Vorsichtig und hartnäckig zugleich. Und hübsch.«

»Ich will nicht entführt werden.«

Es war bei einer früheren Verhaftung schon einmal passiert, dass das Einsatzteam bei einer ausgeklügelten Undercover-Operation beinahe selbst zum Opfer geworden wäre. Der Mann, mit dem Doc damals über WhatsApp, ihre bevorzugte Kommunikationsmethode, verhandelte, hatte nur vorgegeben, ein Schuppentier zu besitzen. Zwei Autos fuhren vor und aus einem der Fahrzeuge der Kriminellen stiegen zwei Männer mit AK-47 und wollten offensichtlich die 180'000 Rand behändigen, die Doc für das Phantom-Schuppentier zu zahlen eingewilligt hatte, worauf ein Feuergefecht ausgebrochen war.

Glücklicherweise war ihr Einsatzteam an Feuerkraft überlegen und die Angehörigen der 'Falken' erschossen einen der Bewaffneten und verwundeten den anderen, bevor sie den Mann, der das Schuppentier angeblich verkaufen wollte, verhafteten.

»Clever.«

»*Tatenda.*«

»Haha«, sagte Steven. »Sind Sie auch aus Simbabwe?«

»Nein«, schüttelte Doc den Kopf, »aber ich hatte mal einen simbabwischen Freund. Es ist ein wunderschönes Land. Aber lassen Sie mich jetzt die Ware sehen.«

Steven blickte zu dem Mann, mit dem er gekommen war und der an der Beifahrertür stand. Er war dünn, trug einen Ziegenbart und seine rechte Hand steckte in der offenen Lederjacke.

Bewaffnet. Doc blieb ruhig. »Sie haben sie doch mitgebracht, oder?«

»Ich habe nicht gedacht, dass Sie wirklich kommen«, sagte Steven.

»Und ich bin trotzdem hier.« Spielte er auf Zeit oder war er misstrauisch? Der Komplize liess seine Augen über den Parkplatz wandern. Doc kannte alle Mitglieder des Einsatzteams gut, ausser Jason Chow, der Dirkie van der Merwe ersetzte. Van's erstes Kind war gerade zur Welt gekommen und er hatte Urlaub, so dass der eifrige junge Jason einspringen konnte.

»Als ich um eine halbe Million Rand bat, sagten Sie mir, ich solle Ihre Zeit nicht länger verschwenden und erklärten ausserdem, Sie würden mich nicht treffen«, sagte Steven.

Doc zuckte mit den Schultern. »Sie haben meinem Endpreis zugestimmt – einhundertachtzig.« Doc hatte durch Versuch und Irrtum und indem sie Jurie und den anderen Mitgliedern des Teams, die schon länger verdeckt arbeiteten, zuhörte, gelernt, wie man eine verdeckte Ermittlung durchführt.

Die Regeln waren in Stein gemeisselt. So stimmte man niemals beim ersten Anruf einem Treffen zu, denn wenn man zu eifrig war, roch der Verkäufer den Braten. Sie verhandelte hart und drückte den

Preis immer weiter nach unten, genau wie es ein echter Zwischenhändler getan hätte und liess das Geld nie im ersten Moment sehen.

»Zeigen Sie mir das Geld«, sagte Steven.

»Auf Wiedersehen«, sagte Doc, drehte sich um und ging zwei Schritte.

»Warten Sie.«

Doc blieb stehen und wandte sich ihm wieder zu. Steven hielt eine Hand auf, zog ein Telefon aus seiner Tasche und tippte eine SMS ein.

Über Stevens Schulter schauend, sah sie einen verbeulten *Nissan-Bakkie,* einen Pick-up, an dem eine Markise befestigt war, auf den Parkplatz fahren, der an Dutzenden freier Parkplätze in der Nähe des Einkaufszentrums vorbeifuhr. Das Fahrzeug, hinter dessen Lenkrad ein Mann sass, fuhr auf die beiden zu.

»Ein Freund von Ihnen?«, fragte Doc.

»Ja und ich schlage vor, dass Sie Ihren 'Freund' oder die Person, die das Geld hat, jetzt auch anrufen. Ich zeige Ihnen die Ware und dann will ich das Geld sehen, sofort.«

»In Ordnung.« Doc nahm ihr Handy heraus und schickte Jurie eine SMS. *Fahr näher ran. Er will das Geld sehen, sobald er mir das Paket zeigt. Zweites Auto kommt – Nissan.*

Die Antwort kam sofort. *Verstanden.*

Steven nickte zum Ford Ranger hin, an dessen Steuer nun Jurie sass, das auf etwa 50 Meter genähert hatte. »Das Geld?«

Doc nickte. Der Nissan fuhr vor und hielt neben dem X5. Steven winkte dem Fahrer zu, der daraufhin ausstieg, den Motor aber laufen liess. Der Neuankömmling sah wettergegerbt aus und hatte Grasflecken an den Knien seiner blauen Arbeitshose, was einen Gegensatz zu Steven darstellte, dessen Kleidung und Aussehen urban waren.

»Hat dieser Mann es gefangen?«, fragte Doc Steven.

»Ja, er ist ein Verwandter und arbeitet auf einem Bauernhof. Aber um die finanzielle Seite der Dinge kümmere ich mich. Ist das klar?«

Doc nickte. Unter Dieben gab es keine Ehre und sie wusste, dass der Kerl im *Bakkie* nur einen Bruchteil vom Gewinn erhielt, den Steven zu erzielen dachte. Der Bauer öffnete die Heckklappe des

Nissan und Doc und Steven gingen zu ihm. Stevens zweiter Mann blieb beim X5 stehen und liess den Blick über den Parkplatz schweifen, der sich nun füllte, da immer mehr Frühaufsteher kamen, die dem Gedränge zuvorkommen wollten.

Doc registrierte Pam und Frank, die ihre Einkäufe gemächlich in den Kofferraum ihres Toyota Fortuner packten. Pam hatte die Zeit zur Überbrückung vor dem Treffen tatsächlich genutzt, um ihren Wocheneinkauf zu erledigen.

Aus den Augenwinkeln sah Doc ein Auto, das vom gegenüberliegenden Ende des Parkplatzes fortfuhr, vom Eingang und von den Geschäften weg, die bereits geöffnet waren. Es war Jason in seinem HiLux.

Was soll der Scheiss? Warum wartet er nicht auf mein Zeichen?

Sie zwang ihren Blick zurück zum Nissan, wo der Bauer begann, mit einem Schraubenzieher den Deckel einer Holzkiste aufzuhebeln. In den selbstgebauten Käfig waren ein paar symbolische Löcher gebohrt worden.

Stevens Begleiter hatte Jurie, von dem er jetzt wusste, dass er Docs Nummer zwei und vermutlich der Mann mit dem Geld war, angestarrt, aber nun richtete er seine Aufmerksamkeit auf Jasons entgegenkommenden HiLux. Dieser war noch etwa dreihundert Meter von ihnen entfernt, überquerte die weissen Markierungen der leeren Parkplätze und steuerte direkt auf drei Fahrzeuge zu, die allein in einer noch leeren Ecke des Parkplatzes standen. Der dünne Mann rief Steven in einer Sprache, von der Doc annahm, es sei Shona, etwas zu.

»Was ist los?«, erkundigte sich Steven auf Englisch.

Dem Mann in der Latzhose gelang es schliesslich, den Deckel abzuheben und Doc lehnte sich zur Kiste, aus der es nach feuchter Erde, verrottendem Stroh und etwas Verfaulendem roch, und in der ein zusammengerolltes Temminck-Schuppentier lag. Doc griff zu ihrem Hut.

»Es ist eine Falle!« Der dünne Mann huschte zur Fahrerseite des X5, sprang hinein, schlug die Tür zu und liess den Motor an.

Doc riss sich die Mütze vom Kopf.

Jurie sprang, seine Z88-Pistole gezogen, aus dem Auto. »Polizei! Auf den Boden legen!«

Doc zog ihre Glock aus dem Holster und richtete sie auf Steven und den Mann im Overall. »Tut was er sagt, mit dem Gesicht nach unten auf den Boden.«

Der Farmer, der mit dem *Bakkie* gekommen war, ging auf die Knie und Doc gab ihm einen Stoss in den Rücken. »Ganz nach unten, das Gesicht auf den Boden!«

Während er das Gaspedal kräftig durchdrückte und rückwärtsfuhr, streckte der dünne Mann die rechte Hand aus dem Fenster des X5 und feuerte zweimal. Doc duckte sich, als eine der Kugeln über ihren Kopf pfiff, und Steven nutzte den Moment ihrer Ablenkung, stiess sie hart gegen die Brust und griff, während er floh, hinter seinen Rücken.

Jurie befand sich, Beine gespreizt und die Pistole im beidhändigen Griff, in Schussposition. Er feuerte zwei Schüsse auf die Windschutzscheibe des wegfahrenden X5, musste dann aber seine Waffe senken, weil Jason heranfuhr und zwischen Jurie und dem BMW parkte. »*Fok*! Verschwinde aus dem Weg!«

Doc befand sich allein und ungeschützt auf der anderen Seite von Juries HiLux, während Steven, ebenfalls mit gezogener Pistole, hinter dem BMW herrannte. Ihr Herz hämmerte wie wild. Doc zielte auf ihn und schrie: »Steven, anhalten!«

Der BMW fuhr weiter rückwärts und Steven kam langsam zum Stehen. Keuchend drehte er sich zu Doc um. Er war allein und wurde in die Enge getrieben – sein Komplize hatte ihn im Stich gelassen. Sie betete, er senke einfach seine Waffe. Doch er hob sie.

Doc visierte durch ihre Glock und drückte ab, wie sie es Hunderte Male auf dem Schiessstand geübt hatte.

Ihr erster Schuss ging daneben, liess Steven sich jedoch ducken. Doc roch Kordit und hörte weitere Schüsse um sich herum. Sie konzentrierte sich auf Steven und sah, dass er sich wieder aufrichtete. Seine Waffenhand zuckte und Sie hörte einen weiterer Schuss vorbeizischen. Sie zielte und feuerte erneut. Diesmal stürzte Steven nach hinten.

Doc starrte auf den gefallenen Mann. Ihr blieb der Mund offen, als die Erkenntnis sie durchzuckte, gerade zum ersten Mal in ihrem Leben auf jemanden geschossen zu haben.

Nun spielte Zeit keine Rolle mehr. Leute schrien und Jason verfolgte den BMW, musste aber bremsen, weil ein grosser Checkers-Lastwagen zwischen ihnen hindurch rollte. Doc bemerkte, dass der Lieferwagen, an dessen Steuer Sara, die Filmemacherin, sass, über den Parkplatz in Richtung Ausfahrt raste. Der BMW-Fahrer raste rückwärts, wobei seine Reifen schwarzen Gummi auf dem Asphalt hinterliessen und beschleunigte dann ebenfalls auf die Ausfahrt des Einkaufszentrums zu.

Doc hörte das Knirschen der Gänge und roch den Geruch verbrannten Gummis. Saras Lieferwagen tauchte hinter dem Last-wagen auf und prallte in die Seite des BMW. Verdeckte-Beamte sprin-teten zum Unfallort.

»Doc? Bist du in Ordnung?«

Doc drehte sich um, als sie Pams Stimme hörte. »Ich ..., ja, ich glaube schon.«

Pams Ehemann Frank war zum am Boden liegenden Steven gelaufen, kniete nun neben ihm und sprach in sein Handfunkgerät.

Jason umfuhr den Checkers-Lastwagen, stieg mit gezogener Pistole aus seinem Fahrzeug und näherte sich dem BMW. Sara war aus ihrem Wagen gestiegen und hielt die Videokamera in der Hand, um zu filmen, wie Jason dem dünnen Mann halb aus dem beschä-digten X5 half und ihn halb herauszerrte. Dessen Gesicht war blut-verschmiert und als er schliesslich auf dem Boden lag, legte Jason ihm Handschellen an.

Jurie rief einen Krankenwagen und war damit eben fertig, als er Doc erreichte. »Was für ein verdammtes Durcheinander.«

»Wie geht es Steven?«

»Wem?«, fragte Jurie.

Doc nickte in Franks Richtung, der immer noch kniete. »Dem Typ, den ich angeschossen habe.«

»Frank sagt, er wird es überleben. Es sieht aus, als habe deine Kugel ihn seitlich durchschlagen.«

»Wir haben das Schuppentier.« Doc fühlte sich wie betäubt, war aber froh, dass Steven noch lebte. Sie und Jurie waren miteinander bei mehr als achtzig Einsätzen gewesen und obwohl es bei einigen von ihnen zu Schusswechseln gekommen war, hatte sie selbst noch nie wirklich auf jemanden gefeuert.

»Gut.« Er drückte dem Bauern sein Knie in den Rücken und fesselte ihm die Hände auf dem Rücken.

Nach dem Ende der Schiesserei bildete sich nun eine Menschenmenge aus Käufern und Angestellten aus dem Einkaufszentrum und immer mehr Leute bewegten sich in ihre Richtung. Doc hörte das sich nähernde Heulen der Sirene eines Krankenwagens.

»Wir können gehen, Doc«, sagte Jurie.

Sie schüttelte den Kopf. »Nein, es ist wichtig, dass ich bleibe.«

»Du hast einen Mann angeschossen und musst das verarbeiten. Ausserdem müssen wir deine Aussage aufnehmen.«

»Ja, ich weiss, aber das kann warten.«

Doc lehnte sich in die offene Heckklappe des Nissans und griff in die Kiste, in deren Ecke sich das Schuppentier zusammengerollt hatte, um sich zu schützen. Es sah wie ein schuppiger Basketball aus. Als sie es jedoch aus seinem Gefängnis und in die Morgensonne hob, entfaltete es sich.

Sie hielt es in den Armen und Jurie, der neben ihr stand, sah ihr zu. Nun legte sich das Tier – wie es aussah ein Weibchen, obwohl dies schwer zu sagen war – zurück und entblösste seinen Bauch vor Doc. Es war schmutzig, stank und schien sich schlapp zu fühlen, aber immerhin lebte es und blickte nun zu ihr auf. Doc spürte, dass ihr Tränen in die Augen stiegen.

»Egal, wie oft ich das sehe, ich kann es immer noch nicht richtig glauben«, sagte Jurie. »Es ist, als wüssten sie, dass sie, sobald man sie aufhebt, in Sicherheit sind.«

Doc sah vom Schuppentier zu Jurie, der ihr zulächelte. »Ich habe einen Mann verwundet, Jurie.«

»Ich weiss, aber er wird wieder gesund. Die sind hart im Nehmen, Doc, aber wir können darüber reden. Ich ...«

»Was ist das?« Ein etwa acht- oder neunjähriger Junge hatte sich aus der Menge an sie herangeschlichen und deutete auf das Schuppentier. Seine Eltern, die sich umschauten, um sich zu vergewissern, dass keine Gefahr mehr bestand, folgten dicht hinter ihm.

»Ein Schuppentier«, sagte Doc. Immer mehr Menschen trafen ein und versammelten sich in einem Bogen um den Nissan. Viele hatten ihre Handys gezückt und filmten, um von den Ereignissen, die gerade passiert waren, zu berichten. »Kommen Sie näher und sehen Sie es sich an.« Forderte sie die Leute auf, die sich nun herandrängten. »Aber seien Sie leise, sonst erschrecken wir es.« Doc legte einen Finger an die Lippen.

Das Geschwätz wurde zum Flüstern. Doc setzte das Schuppentier vor sich auf den Boden und als das Tier ein paar zaghafte Schritte machte, sich dann auf die Hinterbeine erhob und sich umsah, verstummten selbst die Flüsternden. Jurie holte eine Steppdecke aus dem Kofferraum des Autos, breitete sie auf dem Boden aus, worauf Doc das Schuppentier aufhob und es auf die Decke legte.

»Sie können gern Fotos machen«, lud sie die Menge ein. »Aber bleiben Sie bitte ruhig, dann kann ich Ihnen eine Geschichte erzählen.«

Die Zuschauer rückten näher zusammen und filmten und fotografierten weiter, aber niemand von ihnen sprach. Doc schätzte, die Menge sei auf zweihundert oder mehr Personen angewachsen.

»Wenn ihr Donner vom Himmel hört«, begann Doc und schaute einigen ihrer Zuhörer in die Augen, »dann ist das das Geräusch des Schuppentiers, das im Himmel seine Schuppen aneinander reibt.« Sie strich mit ihren Händen über den Rücken des Schuppentiers. »Und wenn der Regen kommt, ist das auch ein Geschenk des Schuppentiers, das das kostbare Wasser, unser Lebenselixier, ins Land bringt. Dies hier ist ein Schuppentier und in vielen afrikanischen Kulturen ein heiliges, kostbares und wertvolles Wesen. Hat jemand eine Frage?«

Der kleine Junge, der mit seinen Eltern als erster vor Ort war, hob die Hand. »Ist es wie ein Krokodil?«

Doc lächelte. »Ja und nein. Es sieht vielleicht wie ein Krokodil oder ein Gürteltier aus, ist aber keins von beidem. Es ist ein Säugetier mit Schuppen. Die Leute, die diese Tiere aus der Wildnis stehlen, um sie als Fleisch, oder weil sie fälschlicherweise glauben, die Schuppen hätten magische Kräfte, an reiche Leute in Übersee verkaufen, stehlen damit euer kulturelles Erbe.«

»Das dürfen sie doch nicht!«, bemerkte eine Frau.

Jurie zog den Mann in der Latzhose auf die Beine.

»Dieser Mann bestiehlt uns«, kommentierte ein junger Mann in der Menge und deutete auf den Wilderer.

Die erste Reihe des Publikums machte ein paar Schritte auf den Täter zu, aber Doc hielt die Hand auf. »Nein. Lasst das Gesetz seinen Lauf nehmen und die Polizei ihre Arbeit machen. Heute haben wir einen Sieg für Südafrika errungen, für unser Land, für uns alle, Mzansi.«

Der kleine Junge hielt eine Faust hoch und eine Frau begann zu tanzen. »Für Mzansi!«

»Mzansi!«, brüllte die Menge.

2

Als sie wieder in ihren Ford Ranger stieg, zitterte Doc und Jurie beugte sich nun, nachdem der Rest des Einsatzteams gegangen war und der Krankenwagen Steven und seinen Komplizen unter bewaffneter Bewachung abtransportiert hatte, zu ihr hin, legte seinen Arm um sie und küsste sie auf die Stirn.

»Du warst mutig und hast es toll gemacht«, lobte er sie.

Sie holte tief Luft. »Danke.«

Ihr Telefon gab einen Ton von sich und sie schaute darauf. Es war eine WhatsApp-Nachricht von Geoff Hoddy, einem ihrer Studenten, der fragte, wie die Aktion gelaufen sei. Sie schickte ihm eine kurze Antwort, in der sie schrieb, sie hätten ein Schuppentier gerettet und ihn bat, die Nachricht an ihre anderen Studierenden weiterzugeben. Sie alle wussten, dass eine Razzia stattfand, aber niemand hatte genaue Angaben über Ort und Zeit erhalten.

»Das war knapp«, sagte Jurie.

Sie nickte. »Ja, aber wenigstens haben wir es gerettet.«

Sie sah ihn an. Er hatte immer noch die Figur des Rugby-Stürmers, der er in der Schule gewesen war, auch wenn sich nun unter dem T-Shirt sein Bauch abzuzeichnen begann. Er sah auf eine schroffe, kantige Art gut aus und hatte ihr wahrscheinlich durch sein schnelles Denken und seine sofortigen Reflexe bei Angriffen mit Stichwaffen schon oft das Leben gerettet. Und er liebte sie. Sein Telefon klingelte.

»Hallo, ich bin in ein paar Stunden da«, sagte er ohne Vorrede. »Ja, ich weiss, dass Piet heute ein Spiel hat. Wie gesagt hole ich ihn, wie ich schon sagte, ab und nehme ihn mit. Und bevor du mich daran erinnerst, ja, es ist mir klar, dass Piet Sannie sehen will. Tschüss.«

Er atmete laut aus.

»Und jetzt habe ich ein schlechtes Gewissen, weil ich dich von deinen Kindern fernhalte«, sagte Doc. »Es sollte doch dein Wochenende mit ihnen sein, oder nicht? Und du hast mich gerade daran erinnert, dass Sannie in die Stadt kommt.«

Sannie van Rensburg war die Witwe von Christo, Piets Cousin, der vor einigen Jahren im Dienst erschossen worden war. Sie war ebenfalls Kriminalbeamtin, Captain bei den an der Südküste von KwaZulu-Natal stationierten Hawks. Doc war ihr schon einmal begegnet, hatte sie gemocht und hoffte – oder wünschte sich –, dass Sannie sie und Jurie als Paar akzeptieren würde.

Er nickte. »Ja, aber sowohl die Kinder wie auch Sannie verstehen das. Sie wissen, dass ich wichtige Arbeit zu erledigen habe. Suzette dagegen nicht so ganz.« Jurie streckte eine Hand aus und legte sie auf ihre. »Und Piet himmelt dich an.«

Sie schenkte ihm ein kleines Lächeln.

»Er wird dich noch mehr lieben, wenn wir richtig zusammenleben«, sagte Jurie.

Doc biss sich auf die Unterlippe. Die Dinge zwischen ihnen entwickelten sich schnell. Durch ihre gemeinsame Arbeit waren sie und Jurie schon vor langer Zeit enge Freunde geworden, doch da er verheiratet war, hatte sie sich gezwungen, stärkere Gefühle zu unterdrücken. Dann, vor drei Wochen, war Jurie von zu Hause ausgezogen und erzählte Doc, die Dinge liefen schon lange nicht mehr so gut und nun hätten er und Suzette sich schliesslich getrennt und die Scheidung vereinbart. Jurie teilte sich nun ein Haus mit Jaco, einem anderen, ebenfalls geschiedenen Polizisten, hatte Doc gegenüber aber bereits deutlich gemacht, dass er sich wünsche, eine gemeinsame Wohnung zu suchen, sobald sie dazu bereit sei.

Eine Woche, nachdem Jurie aus dem Haus der Familie ausgezogen war, beschatteten die beiden das Haus eines chinesischen Südafrikaners. Sie hofften, dass ein verdächtiges Fahrzeug auftauche, anhand dessen Kennzeichen sie Verbindungen zu kriminellen Machenschaften hätten nachweisen können. Um neun Uhr abends gaben sie auf und gingen zu ihr nach Hause, um noch einen Kaffee zu trinken. Da hatte er ihr gestanden, dass er sie liebe.

Jetzt sah ihr Jurie ins Gesicht und schien ihr Unbehagen zu spüren. »Keine Sorge, Doc. Ich sage es dir noch einmal, was ich dir schon mehrmals erklärt habe: Ich habe Suzette nicht verlassen, weil ich so viel für dich empfinde, sondern ich glaube, wir haben nur wegen der Kinder versucht, zusammenzubleiben, was falsch war.«

»Ja«, gab sie zurück

Er nickte. »Es ist die Wahrheit, Doc.«

»Ich glaube dir.« Sie hatte Suzette ein paar Mal getroffen, war aber nie warm mit ihr geworden. Suzette hatte deutlich gemacht, sie sei die Arbeitszeiten von Jurie leid. Doc stellte sich vor, Suzette hätte sich als Ehefrau eines Polizeibeamten daran gewöhnt, spürte aber auch den unausgesprochenen Vorwurf, Docs Arbeitsgruppe habe seine Arbeitsbelastung zusätzlich erhöht. »Aber sie gibt mir die Schuld an der Trennung.«

Er seufzte. »Das ist eine bequeme Ausrede, denn Sie möchte lieber glauben, ich hätte eine Affäre mit dir gehabt, als zuzugeben, dass sie mehr hätte tun können, damit unsere Ehe funktionierte. Sie glaubt mir immer noch nicht, dass wir beide nicht zusammen waren, bevor ich von zu Hause ausgezogen bin.«

Ihr Herz schmolz dahin. Er war so gross und so stark, aber sie wusste, dass er auch eine sensible Seite hatte und das alles schwer für ihn war.

»Ich möchte weder dein Leben noch die Beziehung zu deinen Kindern ruinieren«, sagte Doc.

»Das tust du auch nicht.« Er runzelte ein wenig die Stirn. »Ich glaube, du wirst sie sogar retten.«

Ihr Telefon piepte und sie nahm es heraus. Es war eine Whats-App-Nachricht von einer Nummer ohne Namen und ohne Profilbild. Auch Doc benutzte ein solches Konto oder irgendetwas, das ihr Geschlecht oder sonst etwas über sie verriet. Trotz ihrer fast 20 000 Follower auf Instagram, wo sie über erfolgreiche Operationen berichtete, hatte nur bei einer einzigen Verhaftung ein Wilderer den Zusammenhang hergestellt und erkannt, wer sie war, allerdings erst nachdem Jurie und die anderen Polizisten ihn bereits umzingelt und ihm Handschellen angelegt hatten.

Sie las die Nachricht. *Ich habe gehört, Sie seien ein Händler. Ich möchte kaufen, nicht verkaufen.*

Jurie schaute zu ihr hinüber. »Was gibt es?«

Doc reichte ihm das Telefon. Als er die Nachricht las, weiteten sich seine Augen. »Ein Käufer? Scheisse, Mann.«

Doc spürte, wie ihre Stimmung kippte. So schockiert sie darüber war, dass sie Steven verwundet hatte, so hin- und hergerissen von Juries Gerede über seine Ehe, verzückt von den Erinnerungen an ihr sensationelles Liebesspiel, spürte sie nun einen Adrenalinstoss, der sie von innen heraus auflud.

»Fünf Jahre«, sagte sie. »Seit fünf verdammten Jahren machen wir das, aber egal wie viele Schuppentiere wir beschlagnahmt und wie viele Leute wir weggesperrt haben, die nächste Stufe, nämlich einen echten Käufer zu finden, erreichten wir bisher nie.«

»Schick ihm eine Antwort«, sagte Jurie.

Sie schloss die Augen und konzentrierte sich. Die goldene Regel lautete, nicht allzu eifrig zu erscheinen und zu bereit, ein Geschäft zu machen. Doc tippte eine Nachricht ein: *Ich habe bereits einen Käufer.* Dann hielt sie den Atem an.

Sofort erschienen neben der Nachricht die beiden blauen Häkchen, die ihr zeigten, dass diese gelesen worden war. Ihr Telefon piepte. *Ich zahle 20 Prozent mehr als was man geboten hat.*

Doc zeigte Jurie die Nachricht.

»Er ist sehr bemüht.«

»Zu sehr?«, fragte sie.

»Glaubst du, das ist eine Falle?«

»Wie du weisst, habe ich schon viele Morddrohungen erhalten«, sagte sie.

Doc hörte Motorengeräusche und sah vom Telefon auf. Sara, deren Wagen noch fahrbar, dessen vordere Aussenseite allerdings verbeult und der Frontbügel durch den Zusammenstoss mit dem BMW verbogen war, hielt neben ihnen an.

Die Filmemacherin lehnte sich aus dem Fahrerfenster. »Wollen wir zum Brunch gehen?«

Doc zuckte mit den Schultern. »Ich bin müde. Hast du das Filmmaterial bekommen, das du dir erhofft hast?«

Sara nickte. »Und ziemlich viel. Ich habe einige Interviews mit Leuten aus der Menge gemacht. Es war sehr bewegend, auch mit dem kleinen Jungen ganz vorne. Ihm gefiel deine kleine Lehrstunde und die Sache mit den Schuppentierschuppen, die Donner machen. Bist du okay?«

»Ja, alles in Ordnung«, schwindelte Doc. »Was du getan hast, so gegen den BMW zu fahren, war wahnsinnig. Komplett verrückt, aber so mutig.«

Sara lachte. »Es war wie ein Rausch und ich habe einfach instinktiv gehandelt. Was ich aufnehmen konnte, war erstaunlich – all die Action und die Schüsse. Aber was war mit Jason los? Er hätte es fast vermasselt.«

»Frank Galloway wird sich mit ihm darüber unterhalten«, warf Jurie ein. »Anscheinend funktionierte sein Funkgerät nicht mehr, so dass er die Verbindung verlor. Er ist also näher herangefahren, um herauszufinden, ob es sich um eine Frage der Reichweite handle. Als er bemerkte, dass Stevens Begleiter ihn anstarrte, scheint es, nun ja, dass beide in Panik gerieten. Jason ist jung und motiviert – möglicherweise sogar übermotiviert.«

Doc fand, Jurie nehme die Sache mit Jason zu sehr auf die leichte Schulter, denn sie hätte nicht der junge Detektiv sein wollen, wenn Frank ihn befragte.

»Und er ist Chinese«, sagte Sara.

Ihre Worte blieben zwischen den dreien hängen.

»Und was hat das damit zu tun? Im Gegensatz zu dir, Sara, ist er in Südafrika geboren«, sagte Jurie.

»Kapiert«, parierte Sara.

Doc, die sich selbst auch bereits einige Fragen gestellt hatte, überlegte sich, ob Jurie einfach in den Modus eines Polizisten, der einen anderen beschützte, verfallen sei. Aber warum war Jason so erpicht darauf, sich ihrer Einsatzgruppe anzuschliessen? Und warum hatte er Jurie nicht einfach angerufen, wenn sein Funkgerät nicht funktionierte, oder ihm eine WhatsApp geschickt? Zweifellos würden Jurie oder Frank das Funkgerät testen.

»Lasst uns ins Mugg & Bean gehen«, sagte Jurie. »Ich bin am Verhungern.«

Doc nahm an, Jurie habe es bis kurz vor der Abholung seines Sohnes Piet auch nicht eilig, zu gehen. »Von mir aus. Was meinst du, Sara?«

»Klingt gut, ich könnte einen Kaffee gebrauchen.«

»Ich werde die Studierenden benachrichtigen«, sagte Doc. »Ich habe ihnen gesagt, wir könnten uns nach der Aktion vielleicht unterhalten. Sie werden sich freuen, alles darüber zu hören.«

Sie parkten näher am Einkaufszentrum und stiegen alle aus und Doc schickte Geoff eine Nachricht. Pam und Frank hatten das Schuppentier mitgenommen, um es in ein Rehabilitationszentrum zu bringen.

Sie gingen ins Einkaufszentrum, in dem es nur so von Sonntags-Einkaufslustigen wimmelte und machten sich auf den Weg zum Café.

»Geht es dir gut, Doc?«, erkundigte sich Sara erneut.

»Klar, warum?«

»Nun, du hast gerade einen Mann angeschossen und ich habe gesehen, welche Wirkung ein Kampf selbst auf abgehärtete Soldaten haben kann. Verzeih mir, aber du bist eigentlich Professorin, eine Akademikerin. Wie fühlst du dich?«

»Kommt das in meine Akten?«

Sara lachte. »Wenn es so wäre, hätte ich meine Kamera dabei. Nein, aber du siehst, ich weiss nicht, angespannt aus.«

»Nein, nein, da ist nichts.« Docs Telefon piepte und sie nahm es heraus, während ein Kellner ihnen einen Tisch zuwies. Das Mugg & Bean war voll mit Brunchgästen, von denen einige offensichtlich vom Kirchenbesuch kamen und scheinbar ihre besten Sonntagskleider trugen. Doc entdeckte den kleinen Jungen, der in der Menge das Schuppentier beobachtet hatte. Er winkte ihr zu und sie winkte zurück. Sie bestellte Avocado auf Toast und einen Filterkaffee, bevor sie erneut auf ihr Handy blickte.

Jurie bestellte, ohne überhaupt auf die Speisekarte zu schauen, das südafrikanische Bauernfrühstück und Sara dasselbe wie Doc und einen Cappuccino. »Ist er das schon wieder?«, wollte Jurie wissen.

»Wer ist 'er'?«, erkundigte sich Sara.

»Niemand«, sagte Doc.

Jurie starrte sie an.

Sara stand auf. »Ich gehe kurz auf die Toilette«, erklärte sie, ging hinter Doc durch und blieb hinter ihr stehen. »Oh, ein Käufer!«

Doc zog ihr Telefon an die Brust und schaute über die Schulter. »Sara, bitte spionier meine Telefonnachrichten nicht aus.«

»Ich habe nicht spioniert ..., nur zufällig hingesehen.« Sie kehrte auf ihren Platz zurück.

»Und wolltest du nicht auf die Toilette gehen?«

»Jurie, was sollen wir nun tun?«, fragte Sara.

Jurie runzelte die Stirn. »Hier gibt es kein 'wir', Sara, denn das ist eine polizeiliche Angelegenheit.«

»Ja, aber ihr habt mir gesagt, ihr hättet seit Jahren auf diesen Durchbruch gewartet und nun habt ihr die Chance, an einen echten Spitzenmann heranzukommen, anstatt so zu tun, als ob ihr die Mittelsmänner, die Käufer, wärt.«

»Ich glaube, du bist etwas voreilig, Sara«, sagte Doc. »Hier ist nicht von Spitzenleuten die Rede, sondern nur von einem möglichen Käufer. Wir sind schon einmal in einen Hinterhalt gelockt worden und es könnte jemand sein, der es uns heimzahlen will. Das ist jedes Mal eine Möglichkeit, wenn wir ein Treffen organisieren«, sagte Jurie.

Ein Kellner kam mit ihren Kaffees und Doc nahm hastig einen

Schluck. Sie war zwiegespalten, fühlte aber noch etwas anderes und versuchte, herauszufinden, was es war. Was sie heute Morgen erlebt hatte, war traumatisch und schockierend gewesen, aber gleichzeitig aufregend und es hatte fast etwas wie ein Hochgefühl in ihr ausgelöst. Sie waren in eine Schiesserei verwickelt gewesen, hatten sie unverletzt überlebt und obwohl es schrecklich gewesen war, auf Steven zu schiessen, war er noch am Leben und sogar in Gewahrsam. Ausserdem hatten sie das Schuppentier retten können. Während sie über all das nachdachte, traf auf ihrem Telefon eine weitere Nachricht ein.

»Was schreibt er jetzt?«, wollte Jurie wissen.

Doc sah auf den Bildschirm und biss sich auf die Lippe. »Er möchte ein Treffen, und zwar heute.«

Sara boxte mit der Faust in die Luft. »Ja.«

Als Doc es weglegte, piepte ihr Telefon erneut und sie stöhnte, bevor sie es anschaute.

Jurie hob fragend eine Augenbraue.

Doc schüttelte den Kopf. »Diesmal ist es Geoff, der mit Zola und Sue in der Gegend ist. Sie sind unterwegs.«

Jurie lächelte. »Komischer Zufall, dass deine drei Doktoranden zufällig alle in der Nähe des Ortes sind, an dem du gerade ein Schuppentier gerettet hast.«

»Ja«, lächelte Doc. »Sie möchten gern herkommen und hören, wie es gelaufen ist.«

»Von mir aus«, sagte Jurie.

Während Doc überlegte, was sie mit dem Käufer tun solle, schickte sie ihnen eine Nachricht, dass sie im Mugg & Bean seien.

Geoff Hoddy schlängelte sich in seinem ramponierten HiLux-Doppelkabinen-*Bakkie* aus den späten neunziger Jahren auf der N1 durch den Verkehr.

»Bitte lass uns am Leben, Geoff«, bat Sue Oliver, während Zola Nkosi auf dem Rücksitz sass, in einem Lehrbuch las, dazu über ihre Airpods Musik hörte und mit dem Kopf wippte.

»Wenn du mit dem Tempo hier nicht zurechtkommst, Sue, musst du zurück ins sichere London gehen«, sagte Geoff.

Sue schüttelte den Kopf. »Nein, du musst Testosteron abbauen und dich mehr darauf konzentrieren, den Blinker zu setzen, *bevor* du die Spur wechselst. London hat Spass gemacht – ich bin *so* froh, dass ich meinen britischen Pass habe – aber du kannst dir nicht vorstellen, wie teuer der Wein dort ist.«

»Es ist cool, dass Doc ein Schuppentier gerettet hat und uns sehen will«, sagte Geoff.

Sue lachte. »Sieh mal an, du wechselst das Thema und bist aufgeregt wie ein Hündchen. Hast du für die Lehrerin einen Apfel in deinem Rucksack?«

Geoff warf einen Blick auf Sue und sah, dass sie grinste. Sie neckte ihn immer, und er wusste nicht, ob sie ihn nicht mochte oder vielleicht sogar das Gegenteil der Fall war. Er war gern mit ihr zusammen. Sie hatte tiefschwarzes, kurz geschnittenes Haar und die blasse Haut ihrer Oberschenkel, die unter den zerrissenen Jeans-Shorts zu sehen war, war mit Tattoos verziert. Er selbst stand nicht auf Tinte, aber zu Sue passte es.

Er warf einen Blick in den Spiegel und Zola, die gerade von ihrem Lehrbuch aufschaute, fiel ihm ins Auge und lächelte ihn an. Sie lernte immer irgendetwas. Zola war reizend und so klug, dass er während ihrer gemeinsamen Studienzeit an der Technischen Universität Tshwane mehr als einmal das Gefühl hatte, ein Dummkopf zu sein.

»Geoff, könntest du, wenn du es versuchen würdest, noch mehr wie ein Wildhüter aussehen?«, fragte Sue ihn und lenkte seine Gedanken wieder auf sie und die Strasse.

»Ich kann nicht anders. Ich habe, seit ich ein Ranger bin, kein Geld mehr für Kleider.«

»Ich glaube, das ist dein Ding«, sagte Sue und warf den Kopf zurück, als hätte sie gerade den schönsten aller Momente erlebt.

»Was meinst du damit?«

»Es ist dein Aufhänger, um Mädchen aufzureissen. Diese dunklen, grüblerischen Augen, der gepflegte Kurzhaarschnitt, die Sonnenbräune, die kurzen grünen Shorts und das khakifarbene Hemd und zu guter Letzt die *Vellies*, also Wanderschuhe für die Wildnis. Glaubst du wirklich, wir Stadtmädchen würden, wie all deine alten weissen Touristinnen im Sabi Sand Reserve, dadurch vom Khaki-Fieber befallen?«

Er lachte. »Ich wünschte es, leider ist es aber nicht so.« *Na ja, ausser bei Nadine.*

»Woran denkst du mit diesem schiefen kleinen Grinsen, Geoff Hoddy?«

Er konzentrierte sich auf die Strasse und wollte ihr nicht in die Augen sehen.

Nadine Johnson kam aus Los Angeles und war in der Khaya Ngala Safari-Lodge, wo Geoff nach seinem Highschool-Jahr ein Jahr lang arbeitete, auf Safari. Er war damals ein neunzehnjähriger Ranger in Ausbildung und Nadine Single, dreissig und die erste grosse Liebe seines Lebens.

Sue war wieder am Telefon.

Die Unterbrechung der Frotzelei gab ihm einen Moment Zeit, über Nadine nachzudenken. Sie war Programmiererin, hatte im Silicon Valley gearbeitet, war aber kein Nerd. Ihre Kleidung war stilvoll – nicht die übliche Safarikleidung aus Mikrofaserhemden und Hosen mit abnehmbaren Unterbeinen, sondern tagsüber Leinen und abends Kaschmir. Sie hatte blondes Haar, das sie in einem kantigen Rasierschnitt frisierte, und ihre blauen Augen hatten ihn von der ersten Pirschfahrt an fixiert und regelrecht ausgezogen. Sie hatte in der ruhigen Phase nach COVID fünf Nächte in der Lodge verbracht – mehr als die Budgets der meisten anderen Gäste wohl erlaubten – und sie beide waren, bis auf die zwei letzten, auf allen der zehn Pirschfahrten, die sie zusammen unternahmen, allein gewesen.

Es war Nadines erste Reise nach Afrika und ihr liefen Tränen über die Wangen, als Geoff ihr zum ersten Mal einen Elefanten zeigte. Bei der ersten Begegnung mit Afrikas Wildtieren dabei zu sein war etwas, das er an seiner Arbeit als Safariführer liebte. Was ihn an Nadines Reaktion besonders bewegte, war, dass sie sehr selbstbewusst und selbstsicher auf ihn wirkte, aber dennoch so offen war in ihrer Ehrfurcht und Bewunderung für das, was sie sah.

»Es hat mich überwältigt«, hatte Nadine ihm an diesem Abend beim Abendessen gesagt. »Diese Masse des Elefanten, das Rumpeln in seinem Bauch und sein muffiger Geruch. Ich würde die Welt gerne jeden Tag mit deinen Augen sehen, Geoff.«

Es war ein seltsam intimer Moment gewesen, der noch intensiver wurde, als sie ihre Hand ausstreckte und sie auf dem Esstisch auf seine legte. Sie waren nur zu zweit in der Boma, dem runden Essbereich im Freien. Der Kellner war gegangen, um ein weiteres Getränk zu holen, und Geoff spürte, dass er rot wurde.

Sie hatte ihm in die Augen geschaut. »Ich möchte dieses Gefühl des Staunens wieder spüren.«

Nach dem Abendessen hatte er Nadine, wie es seine Aufgabe war, auf ihr Zimmer begleitet und den Busch auf beiden Seiten des Weges zu den Gästesuiten mit einem Handscheinwerfer nach Löwen, Leoparden oder Büffeln abgesucht.

»Gute Nacht, Nadine«, hatte er zu ihr gesagt, als sie in ihre Luxussuite kamen.

»Das wird es, wenn du bei mir bleibst, Geoff.«

Die Annäherung zwischen Personal und Gästen war eigentlich verboten, aber jeder Ranger wusste, dass dies manchmal vorkam. Die Nacht mit Nadine war wie nichts anderes, das er je erlebt hatte.

»Erde an Geoff?«, sagte Sue.

»Äh, tut mir leid.« Er schaute sie an. »Entschuldigung, ich war damit beschäftigt, diesen verrückten Lastwagenfahrer da vorne zu beobachten.«

»Es sah eher aus, als hättest du geträumt.« Sue schüttelte den Kopf. »Ich sagte, nimm besser die nächste Ausfahrt, denn mein Telefon sagt mir, da vorne sei ein Stau.«

»Oh, okay, danke.«

Geoff hatte den Kopf in den Wolken, was ziemlich typisch für ihn war.

Wenn es darum ging, mit wem sie Zeit verbringen wolle, hatte Sue nicht wirklich einen besonderen Typ Mensch. An Geoff mochte sie gewisse Dinge, andere dagegen gar nicht. Er war einfühlsam und interessierte sich leidenschaftlich für die Tierwelt, was ihr gefiel und sah, wie es sich für einen Safari-Führer gehörte, sehr gut aus. Aber bei den Gelegenheiten, bei denen sie zusammenarbeiteten, hatte er ihr die Leitung des kleinen Teams überlassen und es fiel ihm schwer, entschlossen zu handeln. Er schien ganz vernarrt in Prof Rado zu sein und hing, wenn sie an einer ihrer Vorlesungen oder an Übungen teilnahmen, an ihren Lippen.

Sue dachte, Geoff wünsche sich vielleicht, mit Prof zu schlafen, während sie selbst einfach am liebsten Doc Rado *gewesen wäre*.

Sie bewunderte die unnachgiebige Haltung ihrer Professorin gegenüber der Wilderei und ihren Mut, Pangolin-Schmuggler aufzuspüren und zu verhaften. Wie Geoff wollte auch Sue zur Rettung dieser gefährdeten Tierart beitragen, aber während Geoff Zeit damit verbrachte, die Temperatur in den Schuppentierhöhlen zu messen, wollte Sue die Logistik des illegalen Marktes erforschen, um die Netzwerke des organisierten Verbrechens, die für den Schmuggel von Schuppentieren und anderen Wildtierprodukten aus Südafrika verantwortlich waren, zu zerschlagen.

Sue schaute über die Schulter nach hinten und winkte Zola, die von ihrem Buch aufsah, zu.

»Ja?«, fragte Zola.

»Willst du heute Abend ausgehen? Vielleicht in einen Club?«, fragte Sue.

»Ähm, heute Abend bin ich ziemlich beschäftigt.«

Sue hob theatralisch die Augenbrauen. »Papa Bär?«

Zola runzelte die Stirn. »Bitte, Sue. Nenn ihn nicht so.«

Geoff schaute in den Rückspiegel. »Wer?«

»Zola hat einen neuen Freund, oder vielleicht sollte ich sagen, einen 'Sugar Daddy'.«

Zola sah zu Boden. »Wen ich treffe oder nicht treffe, ist meine Sache.«

»Hey, ich urteile überhaupt nicht«, erwiderte Geoff.

»Und das solltest du auch nicht«, mischte sich Sue ein. Sie beugte sich um ihren Sitz herum nach hinten. »Verrat es uns, Freundin. Wer ist er?«

Zola presste ihre Lippen zusammen und schüttelte den Kopf.

»Komm, erzähl schon«, drängte Sue. »Wie heisst er und was macht er?«

»Ich sage es nicht und ich will ihn nicht in Schwierigkeiten bringen.«

»Warum sollte er denn in Schwierigkeiten geraten?«, erkundigte sich Geoff. »Ist er etwa verheiratet?«

Sue seufzte. »Geoff, du bist so naiv wie ein Bauernjunge. Der Mann ist für Zola ein Segen, ein Sugar Daddy und die sind natürlich verheiratet!«

»Kein Kommentar«, winkte Zola ab.

»Bring Zola nicht in Verlegenheit«, schmunzelte er.

»Danke, Geoff«, lächelte Zola.

Sue zuckte mit den Schultern und schaute erneut auf ihr Telefon. Sie liess sich nicht anmerken, dass sie bereits wusste, wer Zolas älterer Freund war, weil sie sehen wollte, ob ihre Freundin etwas erzählen würde. Die Tatsache, dass sie es nicht getan hatte, bestätigte Sue, dass Zola letzte Woche nicht zufällig im Range Rover eines bestimmten Professors, der sich für den zukünftigen Vizekanzler der Universität hielt, zur Universität gefahren war.

Darüber, wie Professor Moses Khumalo es geschafft hatte, mit dem Gehalt eines Akademikers so wohlhabend zu werden, konnte man nur Vermutungen anstellen, aber es war unbestreitbar, dass er gut aussah und nett war. Sue wusste, dass mehrere Studentinnen in ihn verknallt waren, hatte aber noch nie gehört, dass eine von ihnen ihm nähergekommen war. Er war mit einer Ärztin verheiratet und sie hatten drei Kinder.

Sue mochte Geheimnisse. Sie fand es aufregend, zu wissen, wer Zolas Liebhaber war und Geoff nicht, und es gab ihr ein Gefühl von Macht. Sue griff in die Konsole zwischen ihr und Geoff und schnappte sich sein Telefon.

»Hey!«

»Mach dir keine Sorgen, ich kontrolliere nur, ob deine Karte dasselbe über den Verkehr aussagt wie meine. Aber hey, du solltest wirklich endlich ein Passwort für dieses Ding einrichten.«

Er schüttelte den Kopf. »Ich habe nichts zu verbergen und es nervt mich jedes Mal, dass ich, wenn ich eine Nachricht abrufen will, Zahlen eintippen oder einen Schnörkel auf den Bildschirm malen muss. Tu dir keinen Zwang an, Sue, da sind weder spannende SMS noch sexy Bilder drin.«

»Natürlich nicht, dafür bist du ein viel zu braver Junge.« Sue öffnete die Kamera-App, drehte die Kamera auf dem Bildschirm und hielt das Telefon in die Luft. »Zeit für ein Selfie. Zola, Achtung, Aufnahme.«

Zola machte ihren süssesten Schmollmund, um zu zeigen, dass sie Sue ihre kleine Indiskretion verzieh, worauf Sue das Bild knipste.

3

———

Als Geoff, Sue und Zola das Mugg & Bean betraten, spannte Doc unter dem Tisch den Quadrizepsmuskel ihres rechten Oberschenkels an. Jurie verstand die versteckte Botschaft und zog seine Hand, wie Doc hoffte, bevor jemand der drei Studierenden sah, dass der Detektiv sie dort hingelegt hatte, weg.

Sara war zu sehr in ihren Toast mit Avocadocrème und einem pochierten Ei vertieft gewesen, um irgendetwas zwischen Jurie und Doc mitzubekommen, auch weil sich der Detektiv so diskret, wie es unter dem Tisch möglich war, verhielt. Trotzdem fand Doc seine Berührung sowohl zärtlich als auch erregend.

Doc hatte Jurie gesagt, sie wolle noch ein wenig damit warten, allen von der Änderung ihres Beziehungsstatus zu erzählen. Sie liebte Jurie, hatte aber Angst, er könnte seine Meinung ändern und zu Suzette zurückkehren. Doc wusste, dass Unsicherheit im Spiel war, konnte aber nicht ändern, was sie fühlte.

Sie schob ihren Teller über den Tisch und Jurie und sie rückten beide etwas weiter auf die Sitzbank, damit sich Geoff neben Jurie setzen konnte. Sue und Zola setzten sich ihnen gegenüber, neben Sara, und zückten, wie Studierende es tun, ihre Handys und begannen zu lesen.

Geoff spähte um Jurie herum und wandte sich an Doc. »Ich hoffe, wir stören nicht.«

Doc spürte, dass ihre Wangen zu brennen begannen. »Nein, natürlich nicht, wir essen nur Frühstück.«

»Eigentlich«, Sara machte eine Pause, um einen Bissen zu schlucken, »waren wir gerade dabei, eine neue verdeckte Operation zu planen, aber diesmal reden wir nicht von einem Verkäufer.«

Zola klatschte in die Hände. »Wirklich? Können wir mitkommen?«

»Auf keinen Fall«, lehnte Doc ab. »Und wir haben auch nicht vor, etwas zu tun. Ich habe nur eine SMS bekommen, das ist alles.«

»Von einem Käufer?«, staunte Geoff.

Doc schürzte die Lippen. Geoff wirkte manchmal wie ein Träumer, aber unter dem gutaussehenden, freundlichen Äusseren des Safari-Führers verbarg sich ein scharfer, analytischer Verstand. »Vielleicht.«

»Vielleicht?«, gab Sue zurück. Als der Kellner an den Tisch kam, bestellten die Studierenden Kaffee.

»Wir sind schon einmal reingelegt worden«, erklärte Doc, »also will ich nichts überstürzen.«

Sara nickte. »Aber Doc hat gerade eine Nachricht von dem Kerl bekommen. Er fliegt heute Abend nach China und braucht ein lebendes Schuppentier. Zwei Monate später kommt er wieder zurück. Der Typ schrieb, er habe bereits eine Lieferung, wolle sie aber aufstocken.«

»Dann warten wir danach also zwei Monate lang.« Jurie schob seinen leeren Teller in die Mitte des Tisches. »Wenn er echt ist, meldet er sich bestimmt wieder.«

»Und was ist, wenn der Typ Schuppen oder Schuppentierfleisch dabeihat?«, wollte Geoff wissen. »Dann könnten Sie ihn auf frischer Tat ertappen.«

Doc biss sich auf die Lippe. Wieder einmal hatte Geoff den Nagel auf den Kopf getroffen und ihre Gedanken auf den Punkt gebracht. Einen Käufer ausfindig zu machen und eine Lieferung illegaler Wildtierprodukte aus Südafrika auffliegen zu lassen, denn wer wusste schon, was der Kerl sonst noch bei sich hatte, wäre für die Sondergruppe ein grosser Coup.

»Nein, Doc«, sagte Jurie. »Ich sehe, wie sich deine Gedanken drehen.«

»Ich weiss, aber ...«, begann Doc.

»Das wäre so cool«, sagte Sue.

»Es käme in die Dokumentation«, sagte Sara.

Docs Telefon piepte erneut.

Ich weiss nicht, wer Ihre Kontaktperson ist, zahle Ihnen aber das Doppelte oder sogar noch mehr, wenn Sie ein lebendes Tier haben. Ich habe für einen Flug heute Abend einen Tierkäfig gebucht und wollte eines darin transportieren, aber es ist gerade gestorben. Ich habe einen Kunden, der sehr gut für ein lebendes, atmendes Tier bezahlen wird.

Es stiess Doc ebenso sehr ab, wie sie es aufregend fand.

Jurie hob eine Hand und sah die anderen am Tisch an. »Nehmt alle eure Handys runter und hört mir zu, aber wirklich alle. Falls ihr es nicht wisst: Um diese Art von Arbeit zu machen, müssen wir jedes Mal mit viel Aufwand mehrere juristische Hürden überwinden. Zunächst müssen Doc oder ich bei der Staatsanwaltschaft einen Antrag auf eine verdeckte Ermittlung stellen, damit Doc, die Zivilistin, überhaupt als Agentin agieren darf. Dazu müssen wir eine ausführliche Begründung für die Operation schreiben und von allen Kontakten, die Doc bereits mit den Kriminellen über WhatsApp hatte, Screenshots oder Videos vorlegen.

»Und wie lange dauert das alles?«, wollte Zola wissen.

»Es kann ein paar Tage dauern, aber manchmal, in Ausnahmefällen, wird die Genehmigung auch mündlich erteilt, das ist aber sehr ungewöhnlich. Normalerweise muss alles schriftlich erfolgen. Wenn wir grünes Licht bekommen, erhalten wir nach Abschnitt 252A die Befugnis, eine geheime Operation durchzuführen. Wenn wir diese nicht haben und ausserhalb des Gesetzes handeln, wie es einige Cowboys unter den Naturschützern tun, kann dies dazu führen, dass ein Verfahren gegen einen Wilderer oder einen Käufer eingestellt wird. Der Verdächtige muss nur behaupten, seine verfassungsmäs-

sigen Rechte seien verletzt worden, weil er durch eine nicht geneh-
migte Operation in die Falle gelockt worden sei.

»Und wie lange ist diese Abschnitt 252A-Genehmigung gültig?«,
fragte Geoff.

Schlauer junger Mann. Doc sah von ihrem Telefon auf. »Sieben
bis zehn Tage.«

Geoff sah ihr in die Augen. »Und wie lange ist die Genehmigung
für den heutigen Einsatz gültig?«

»Sieben Tage, aber ...«

»Aber es gibt keinen Zusammenhang zwischen der heutigen
Verhaftung und den Nachrichten, die Doc seither erhalten hat«,
erklärte Jurie. »Stimmt's, Doc?«

Sie nickte. »Ja, das ist richtig.«

»Wir müssten also einen neuen Antrag stellen«, stellte Jurie fest.

Die drei Studierenden erkannten, dass ihre Aussicht auf etwas
Aufregendes schwand, und wandten sich alle wieder ihren Telefonen
zu. Mit gesenktem Blick warteten sie darauf, dass ihre Kaffees serviert
wurden.

Sara hingegen legte ihr Besteck mit einem dumpfen Schlag auf
den Tisch. »Aber dieser Käufer reist *diesen Abend* ab. Könnt ihr nicht
heute eine mündliche Zusage einholen?«

»Es ist Sonntag«, sagte Jurie. »Ausserdem sind Jason und Frank
damit beschäftigt, die Jungs von heute Morgen einzubuchten und
heute Nachmittag findet Tamsins Geburtstagsparty statt, der Tochter
von Frank und Pam.« Er schaute auf seine Uhr. »Und ich selbst muss
bald mit meinem Sohn zu einem Spiel.«

Doc sah Sara an und nickte. »Alles wahr, fürchte ich.« Ihr Telefon
meldete sich erneut, es wurde langsam lästig. Sie schaute auf den
Bildschirm.

*Und übrigens, falls Ihnen das nicht klar ist: Sie haben mich bereits Geld
gekostet.* Doc beobachtete mit neu erwachtem Interesse, wie die
Worte auf dem Bildschirm ihres Telefons erschienen. *Heute kamen
zwei Männer, um Ihnen Ware zu verkaufen. Sie setzten sich auch mit mir
in Verbindung und führten ein Bietgefecht, bis sie irgendwie von Ihnen*

erfuhren und Sie ihnen mehr geboten haben, als ich. 180'000 Rand, wenn ich mich nicht täusche?«

»Oh mein Gott«, entschlüpfte es Doc.

»Was ist los?« Jurie stellte ihr die Frage, aber auch alle anderen sahen fragend zu ihr hin.

Sie hob eine Hand und tippte die Antwort. *Richtig.*

Ich werfe Ihnen nichts vor, Geschäft ist Geschäft. Ich nehme an, Sie sind ein Zwischenhändler, der an einen Exporteur verkauft. Ich bitte Sie, mir die Höflichkeit zu erweisen und mir ein Angebot für das Tier zu machen, das Sie heute gekauft haben und von dem ich annehme, dass es noch lebt.

Ja, tippte Doc. »Verdammte Scheisse.«

»Was ist?«, fragte Jurie erneut.

Dieser Typ weiss von Steven und den anderen Typen, mit denen wir heute zu tun hatten. Sie wollten mehr Geld und haben diesen Käufer uns zugunsten fallen gelassen. Er will mit mir – uns – verhandeln und bietet einen höheren Preis.

»Scheisse«, kommentierte Jurie.

Sue sah von ihrem Telefon auf. »Aber warum ist das schlecht?«

Zola schaltete sich ein. »Weil der Käufer, sobald er erfährt, dass Steven und seine simbabwischen *Schamwaris* verhaftet wurden, erkennen wird, dass Doc kein Krimineller, sondern ein Undercover-Agent ist. Danach hat das Einsatzteam dann keine Chance mehr, den Kerl zu fassen.

»Natürlich«, sagte Sue.

Doc und Jurie sahen sich an.

»Wir haben keine Verstärkung«, sagte Jurie.

»Ja, aber Sue hat recht. Wir hören von diesem Kerl – einem *echten* Käufer – nie wieder etwas, wenn er erfährt, was heute Morgen passiert ist.

»Ich kann eure Verstärkung sein«, sagte Sara. »Ihr wisst ja, dass ich in der Armee war, in Afghanistan. Ausserdem habe ich eine Neun-Millimeter-Pistole dabei.«

»Ich auch.« Geoff hob diskret sein Hemd an, um eine Glock im Holster zu zeigen.

»Sieh mich nicht so an, ich habe keine Waffe«, sagte Sue.

»Ich auch nicht«, sagte Zola, »aber Sie können Sue und mich irgendwo als Aufpasser postieren. Uns heisse Mädels wird niemand verdächtigen, verdeckte Ermittler zu sein.«

Sue lachte, wurde dann aber schnell wieder ernst. »Wir bleiben mit unseren Telefonen und Kopfhörern in Kontakt, ja?«

Jurie schüttelte den Kopf. »Ich habe keine verdammten Ohrstöpsel und Sie sind alle Zivilisten. Ohne entsprechende Genehmigung dürft ihr nicht an einer Polizeiaktion teilnehmen.«

Auf Docs Telefon erschien eine weitere Nachricht. *Ich bin auf dem Weg zum Oliver Tambo Flughafen. Allein. Ich muss zum Frachtterminal und wir können uns vorher an einem Ort Ihrer Wahl treffen. Es bleiben noch vier Stunden.*

Doc dachte einen Moment nach und verfasste dann ihre Nachricht. *Ich verlange eine halbe Million.*

LOL, kam vom Käufer zurück, *Dreihunderttausend.*

»Doc, was machst du da?«, wollte Jurie wissen.

»Ich spiele mit ihm, teste nur das Wasser. Er macht Druck. Er schreibt, er habe nur vier Stunden Zeit und wolle uns irgendwo in der Nähe des Flughafens OR Tambo treffen.«

»Nein.«

»Warte.« Ihre Finger fuhren schnell über den Bildschirm des Telefons. *Vierhunderttausend.*

3,5 Hunderttausend.

Doc holte tief Luft. *Okay. Emperor's Palace, im Parkhaus des D'Oreale Grande. In zwei Stunden.* Sie zeigte Jurie den Bildschirm.

Er schüttelte langsam den Kopf. »Als Polizeibeamter kann ich das nicht tun, denn die Verbindung zur aktuellen Operation ist bestenfalls dürftig, Doc.«

»Dann tu es als mein ... Freund. Oder gar nicht. Ich gehe einfach hin und treffe den Kerl. Auf dem Weg dorthin fahren wir bei deiner Wohnung vorbei, damit du dein Auto holen kannst.«

Er warf die Hände in die Luft. »*Fok*« Ein älteres dunkelhäutiges Ehepaar am Nachbartisch schaute in ihre Richtung. Er senkte seine Stimme. »Na gut. Aber du weisst so gut wie ich, wie riskant so etwas ist. Selbst wenn wir ihn erwischen, könnte er ohne Verurteilung davonkommen.«

»Ich weiss, Jurie. Aber wenn wir nichts tun, sehen wir ihn nie wieder. Es ist das Risiko wert.«

Er sah ihr in die Augen und hielt den Blick aufrecht. »Du willst, dass er etwas Dummes tut, nicht wahr?«

Sie zuckte mit den Schultern, winkte dem Kellner und machte ein Zeichen, als unterschreibe sie in der Luft eine Rechnung.

»Sieh mich an, Doc. Ich weiss, was dir durch den Kopf geht. Du hättest heute getötet werden können und hast jemanden angeschossen. Ich kenne die Mischung der Gefühle – Angst, Abscheu, Aufregung. Und jetzt willst du mehr, nicht wahr?«

Sie wischte sich mit einer Serviette über die Lippen und war sich bewusst, dass die Studierenden und Sara sie genau beobachteten. »Ich weiss nicht, wovon du sprichst.«

»Doch, doch, Doc. Glaub mir, es mag sich richtig anfühlen, ist aber nichts, wovon du süchtig werden solltest.«

Sie legte die Rechnung weg und drehte sich zu ihm. »Ich glaube, ich bin bereits süchtig.«

»Ja!« Sara boxte erneut in die Luft.

Jurie sah die Norwegerin mit zusammengekniffenen Augen an. »Wenn es nach mir ginge, Sara, kämen Sie nicht mit, aber ich weiss, dass Sie, uns, selbst wenn Doc Ihnen nicht sagt, wohin wir fahren, zu folgen versuchen. Halten Sie auf jeden Fall genügend Abstand.«

Sara nickte feierlich. »Ich verspreche es.«

»Das glaube ich erst, wenn ich es sehe«, sagte Jurie und zeigte mit dem Finger auf sie. »Benehmen Sie sich einfach.«

»Ja, Sir.« Sara salutierte. »Und ich verspreche, kein Auto mehr zu rammen, um jemanden an der Flucht zu hindern und damit den Tag zu retten.«

»Wie ich gehört habe, war das nicht das erste Mal, dass Sara so etwas getan hat«, sagte Doc. »Sie hat im Sabi-Sand Reservat bereits einmal dabei geholfen, einen Nashorn-Wilderer zu stellen.«

»Bei uns gibt es keinen Cowboy-Kram«, mahnte Jurie und liess seinen Blick über alle, die am Tisch sassen, schweifen. »Bei keinem von Ihnen. Ich meine es ernst. Sie sind alle nur Beobachter. Und nichts auf Instagram oder TikTok oder was auch immer.« Sie nickten ihm alle zu. »Mensch, in was bin ich da nur reingeraten?«

Doc drückte unter dem Tisch sein Bein.

Doc übernahm das Steuer, damit Jurie telefonieren konnte. Im Sonntagsverkehr rund um Johannesburg herrschte reges Treiben, aber auf der R21 kamen sie mit 120 Stundenkilometern gut voran.

Jurie rief Suzette an, informierte sie darüber, dass er sich verspäten werde und bat sie, Piet zum Spiel zu bringen. Sogar Doc hörte ihre Stimme laut und deutlich.

»Das mit Piet tut mir leid«, sagte Doc, nachdem er das Gespräch beendet hatte.

Jurie schüttelte den Kopf. »Piet hat bestimmt kein Problem damit, sondern ist eher daran interessiert, etwas über die verdeckte Operation zu erfahren. Ich lade ihn und seine Schwester heute Abend zu Pizza ein, also sehe ich ihn dann. Vielleicht kommst du ja auch mit?«

Sie streckte die Hand aus und drückte seine. »Darauf hätte ich grosse Lust.«

Jurie rief daraufhin Jason an, der aber, wie er vorausgesagt hatte, immer noch beschäftigt war. Danach warnte er den SAPS-Kommandeur in Kempton Park, in der Nähe des Flughafens, dass er einen Hinweis auf einen Schuppentierschmuggler erhalten habe. Der zuständige Colonel sagte ihm, eine mobile Einheit die in der Gegend sei, könne kurzfristig reagieren.

Als nächstes rief er im Hotel- und Casinokomplex Emperor's Palace an, dessen Sicherheitschef, so hatte er Doc erzählt, ein ehemaliger Polizist und alter Freund war.

»Ja, Johan, ich weiss, dass es nicht ideal ist «, sagte Jurie auf Afrikaans, das Doc verstand, »aber wir haben gerade einen Hinweis bekommen und dieser Kerl fliegt heute Abend nach China. Also heisst es jetzt oder nie.«

Doc hoffte, der Mann lege nicht irgendwie ein Veto gegen ihre Operation ein.

»Nein, Johan«, sagte Jurie und zwinkerte Doc zu, »er wohnt nicht im Casino, also ist er, soweit ich weiss, keiner deiner Gäste. Wir treffen uns weit weg vom Hotel mit ihm, in der hintersten Ecke des Parkplatzes.«

Jurie plauderte noch etwas über den Zeitplan und die Tatsache, dass die SAPS in Bereitschaft sei, dann beendete er das Gespräch.

»Es passt ihm gut«, versicherte Jurie ihr. »Johan kommt sogar von zu Hause herüber. Ich glaube, er möchte ein bisschen Action. Das Emperor's zu wählen war eine gute Entscheidung, denn dort haben sie jede Menge schwer bewaffnete Sicherheitskräfte an den Toren und rund um den Komplex. Wenn etwas passiert, ist dieser Typ also schnellstens umzingelt.«

Doc grinste. »Ich habe nicht nur ein hübsches Köpfchen.«

»Ich wollte nicht ...«

»Es ist okay, Jurie«, lachte sie. »Ich mache doch nur Spass. Ich weiss das Kompliment wirklich zu schätzen und möchte nicht, dass du denkst, ich hätte dich wegen dem, was zwischen uns passiert ist, zu etwas gedrängt.«

Er sah sie an und hob die Augenbrauen. »Was ist zwischen uns passiert?«

Sie nahm eine Hand vom Lenkrad, schlug ihm spielerisch auf den Arm und konzentrierte sich dann wieder auf die Strasse und dachte an die erste Nacht, die sie zusammen verbracht hatten.

Es war am Wochenende, nachdem er ihr gesagt hatte, dass er sie liebe. Sie war immer noch damit beschäftigt, sein Geständnis zu verarbeiten und sich, ohne sich allzu schuldig zu fühlen, an die Tatsache zu gewöhnen und ihm dasselbe sagen zu können.

Doc war nach Hoedspruit gereist, um am 'Southern African Wildlife College' einen Vortrag zu halten, sowie am Samstagabend als Gastrednerin bei einer Spendenaktion für das nahe gelegene 'Umoya Khulula Wildlife Centre' aufzutreten, das grossartige Arbeit bei der Rettung und Rehabilitierung von Schuppentieren geleistet hatte. Schon bevor Jurie ihr seine Gefühle für sie gestand, hatte er ihr gesagt, er fahre ebenfalls zu dieser Veranstaltung. Während der ganzen sechsstündigen Fahrt nach Hoedspruit dachte sie an ihn und fragte sich, was wohl jetzt, da Jurie ausgezogen war und sie miteinander über ihre Liebe gesprochen hatten, zwischen ihnen passiere.

Sie hatte sich lange, bevor sie sich körperlich zu Jurie hingezogen fühlte, in ihn verliebt, weil er sich so sehr für die Tierwelt interessierte.

»Ich habe als Polizeibeamter Dinge gesehen, die so schrecklich sind, dass ich nicht einmal darüber sprechen kann, und ausserdem habe ich selbst Menschen getötet. Aber der Gedanke, dass jemand einem Tier Schmerzen zufügt, bringt mich zum Weinen«, hatte er ihr bei ihrem ersten gemeinsamen Einsatz erklärt.

Am Nachmittag war Doc nach ihrem Vortrag im College zum Veranstaltungsort der abendlichen Spendenaktion gefahren, dem 'Aerotel', einem ausgefallenen Hotel, das aus zwei am Boden liegenden umgebauten Düsenflugzeugen bestand. Die Besitzer hatten Doc die VIP-Suite, eine ganze Boeing 727, die einst einem König aus dem Nahen Osten gehört hatte, ganz für sie allein zur Verfügung gestellt. Sie hatte geduscht, ihr kleines Schwarzes und ihr einziges Paar Stöckelschuhe angezogen. Kanta hatte ihr ein diamantenbesetztes Halsband und ein passendes Armband geschenkt, das wunderschön dazu aussah.

»Verlier sie nicht und geh nicht auf die Strasse, wo sie dir jemand stehlen könnte«, hatte ihre Mutter sie gewarnt.

»Ich fahre nach Hoedspruit, nicht nach Joburg, Mama.«

»Du solltest dich schön machen für ihn.«

»Für wen?«, hatte Doc unschuldig gefragt, dabei aber gespürt, wie sie errötete. Sie hatte sich überlegt, wann der beste Zeitpunkt wäre, ihrer Mutter von Jurie zu erzählen.

»Ach, guck nicht so schockiert, Denise. Du hast mir gesagt, Jurie fahre dieses Wochenende auch dorthin. Du sprichst ständig von ihm und hast mehr als einmal von seinen Problemen zu Hause gesprochen, obwohl mich die ja nichts angehen.«

»Ich liebe ihn, Mama. Er hat seine Frau verlassen.«

Als Doc, deren Haare und Nägel extra für das Wochenende

gemacht worden waren, bei ihrem Ford stehenblieb, tauschten Mutter und Tochter einen Blick aus. Kanta drückte ihre Hand, stellte sich auf die Zehenspitzen und drückte Doc einen Kuss auf die Wange. »Sei einfach vorsichtig.«

»Bin ich bestimmt.«

Ihre Rede lief gut und anschliessend spielte eine Band und es wurde zum Tanz gebeten. Doc schwelgte im Gefühl, Jurie in ihren Armen zu halten. Sie genossen beide mehr als einen der Drinks, die das Servierpersonal des Aerotels, das Uniformen von Flugbegleitenden trug, unablässig brachten.

»Hast du eine Bleibe für die Nacht?«, fragte Doc ihn am Ende der Benefizveranstaltung, als die anderen Gäste abreisten und sie gemeinsam unter dem sternenklaren Himmel sassen.

Er lächelte sie an. »Ich kenne ein paar Leute in der Stadt, darunter einen Freund von den ehrenamtlichen Rangern, Dave, der im 'Raptor's View Wildlife Estate' lebt, oder ...«

Doc legte einen Finger auf seine Lippen. »Ich habe meinen eigenen Jet, Jurie. Kommst du mit mir fliegen?«

Er küsste sie.

Obwohl er so gross und kräftig war, liebte er sie so sanft und zärtlich, wie sie es sich erhofft hatte, war aber gleichzeitig selbstbewusst, beherrscht und anspruchslos. Sich im Privatjet eines Milliardärs zu lieben war surreal und ein Teil von ihr wünschte sich, wirklich wegzufliegen, an einen Ort, an dem Menschen nicht ihr Leben riskieren mussten, um die Tierwelt zu schützen. Danach weinte sie.

Jurie strich ihr eine Strähne des feuchten Haares aus den Augen und küsste ihre Lider, unter denen die Tränen hervorquollen. »Was ist los?«

Sie blinzelte und schaute in sein grosses, ehrliches Gesicht. »Ich bin so glücklich, wünschte aber, du gehörtest richtig zu mir.«

»Sobald die Scheidung durch ist, sind wir richtig zusammen.«

Er nahm sie in die Arme und hielt sie fest und sie sagte ihm, dass sie ihn liebe.

Und heute Morgen hatte sie auf einem Parkplatz einen Mann angeschossen.

. . .

SIE ERREICHTEN den Emperor's Palace eine Stunde vor der vereinbarten Zeit. Der riesige Komplex erstreckte sich über die Fläche von ein paar ansehnlichen Häuserblocks. Eine Boeing 787 kreischte über ihnen im Endanflug zum nur wenige Kilometer entfernten Flughafen. Im selbsternannten 'Palast der Träume' übernachteten ausländische Touristen und Geschäftsleute, die genauso wie Einheimische spielten, lachten und weinten, je nachdem, wie hold das Glück ihnen im Casino war.

Jurie drehte eine langsame Runde um den Parkplatz, danach um das 'Peermont Metcourt', das preisgünstigste der drei Hotels vor Ort, um die Appartements auf der anderen Strassenseite und schliesslich um das 'D'Oreale Grande', die teuerste Unterkunft.

Von aussen erweckte das Gebäude den Eindruck einer Mischung aus französischer Renaissance und römischem Imperialismus, während das Innere Spielautomaten, Spieltische und Kinosäle beherbergte. Am Sonntagmorgen war der Parkplatz noch nicht voll, so dass es leichtfiel, nach Leuten, wie sie selbst waren, Ausschau zu halten: Aussenstehende, die in einem Auto sassen und die Umgebung beobachteten. Sie sahen niemand Verdächtiges.

Jurie nahm einen Anruf entgegen und wies Doc an, zum Eingang des 'D'Oreale Grande' zu fahren.

»Da ist Johan«, erklärte Jurie und zeigte auf einen schnittigen roten Tesla, hinter dem Doc parkte.

»Mensch, Johan«, sagte Jurie, der ausstieg, und einem grauhaarigen, für den Golfplatz gekleideten Mann die Hand schüttelte, »woher hast du das Geld, um ein solches Gefährt zu kaufen und den Strom zu bezahlen, um es aufzuladen?«

Johan lachte. »Du musst deine beruflichen Möglichkeiten ausloten und dir ein paar Solarzellen und Batterien besorgen. In diesem Land müssen wir alle für uns selbst sorgen, *boet*«, erklärte er auf Afrikaans.

»Ja, da hast du recht«, bestätigte Jurie, bevor er Doc und Johan einander vorstellte.

Die Studierenden erreichten den Parkplatz in Geoffs HiLux und Sara folgte ihnen mit ihrem verbeulten Van. Johan sah sie, als sie ausstiegen, an und wandte sich dann an Jurie, der nur lächelte und nickte.

»Sie werden jedes Jahr jünger.«

Doc bemerkte, dass Jurie Johans Annahme, es handle sich bei Sara und den Studierenden um Polizisten, nicht korrigierte.

»Und welche Mittel habt ihr hier vor Ort?«, fragte Doc Johan, als sie auf dem Parkplatz beisammenstanden.

»Wir haben unsere Sicherheitsvorkehrungen getroffen, was bedeutet, dass ab dem Moment, in dem ihr mir Bescheid gebt, niemand diesen Ort betreten oder verlassen kann, es sei denn, die Person will eine Konfrontation mit einem R5-Sturmgewehr. Ausserdem schicken wir verdeckte Ermittler los und unser eigenes Einsatzteam ist vor Ort und steht an der Hotelrezeption und auf dem Parkplatz bereit.« Johan wies auf die vorgeschlagenen Standorte hin und Jurie nickte zustimmend.

»Wir gehen davon aus, dass das Treffen unauffällig von statten geht«, sagte Doc, »vielleicht sogar ohne den Einsatz der Polizei«.

»Wir sind für den Fall, dass etwas schief geht, bereit«, versicherte Johan. »Seid ihr alle bewaffnet?«

Geoff hob sein Hemd, so dass der Griff seiner Pistole zum Vorschein kam.

»Zola und Sue sind beim, äh, Naturschutz«, erklärte Doc, um die Wahrheit zu verbergen. »Sie halten Wache, während Jurie und ich uns um das eigentliche Treffen kümmern.«

Doc ging mit Jurie das übliche Vorgehen durch und bestätigte das Signal für den Moment, wenn sie Verstärkung brauchte, nämlich sobald sie ihre Kappe abnahm.

Jurie schaute auf die Uhr. Er fühlte sich offensichtlich immer noch unwohl und wollte die Operation wohl einfach nur hinter sich bringen. Doc spürte einen Knoten im Bauch, weil sie ihren Freund, nein, ihren Geliebten, zu diesem Vorgehen gedrängt hatte und jetzt von Zweifeln geplagt wurde. Sie liess ihren Blick über Sara und die Studierenden schweifen. Wenn einem von ihnen etwas zustiesse, könnte sie sich das nie verzeihen.

»Okay, machen wir es so«, sagte Jurie.

Johan entfernte sich von ihnen, nahm ein Handfunkgerät und begann, mit seinen Leuten zu sprechen.

Doc zog Jurie von den anderen weg. Der Himmel zeigte das leuchtende Blau des *Highvelds* und die Sonne wärmte ihr Gesicht, doch plötzlich liess die frische Morgenluft sie frösteln und die feinen Härchen auf ihren Armen und in ihrem Nacken sträubten sich.

»Jurie, du hattest Recht mit dem 252A. Wir überschreiten die Grenzen der Glaubwürdigkeit, können aber jetzt noch abbrechen, wenn du es für richtig hältst.«

Er sah ihr in die Augen. Doc spürte, dass die Studierenden und Sara sie aus einigen Metern Entfernung beobachteten, aber es war ihr egal. Sie würden noch früh genug von der wunderbaren neuen Wendung in ihrer aufblühenden Beziehung erfahren.

»Eines der vielen Dinge, die ich an dir liebe«, sagte er, leise genug, dass die anderen es nicht hören konnten, »ist deine Furchtlosigkeit. Ich würde lügen, wenn ich behaupten würde, bei einer Untersuchung noch nie meinem Instinkt gefolgt zu sein, ohne mich an die Regeln und Vorgaben zu halten. Also lass uns etwas Gutes tun, Doc.«

Sie sah zu ihm auf – er war viel grösser als sie – und hätte ihn am liebsten geküsst. Stattdessen lächelte sie nur und murmelte die Worte: »*Ich liebe dich.*«

Doc und Jurie hielten sich in seinem Auto bei der Hand und als die Audi-Limousine an ihnen vorbeifuhr, drückte er ihre.

»Showtime«, sagte Jurie. »Geh auf Nummer sicher und pass auf dich auf.«

»Wird gemacht.« Sie setzte ihre Baseballkappe auf, öffnete die Autotür und stieg aus.

Sue und Geoff standen vor dem 'D'Oreale Grande', als wären sie Touristen, die auf den Hotel-Shuttle-Bus zum Flughafen warteten. Neben ihren Füssen standen zwei von Saras schwarzen Nylon-Kamerataschen, die sie geleert hatten. Zola stand rechts vom Hotel, in der Mitte des weitläufigen Komplexes, beim Haupteingang des Casinos und schien in ihr Telefon vertieft zu sein. Die drei waren als Beobachter da und als Unterstützung, die die Polizei oder den Krankenwagen verständigen sollten, falls etwas Schlimmes passierte.

Sara sass fünfzig Meter von Doc und Jurie entfernt in ihrem Wagen und filmte durch das getönte Seitenfenster. Wäre die Frontpartie ihres Fahrzeugs an diesem Morgen nicht verbeult worden, hätte es bei einem gerissenen Kriminellen vielleicht Verdacht erregt.

»Oh, eine Frau habe ich nicht erwartet«, sagte der Chinese mit Chinohose, blauem Oxford-Baumwollhemd und passendem Blazer, als er aus dem Audi stieg.

»Und ich bin trotzdem eine«, sagte Doc.

Er grüsste sie etwas spöttisch. »Danke, dass Sie sich mit mir treffen.« Sein Akzent war typisch für Joburg. »Haben Sie es dabei?«

»Nein.«

Er runzelte die Stirn. »Dann verschwenden Sie also meine Zeit.«

»Sie könnten ein verkappter Polizist sein«, gab Doc zurück.

Er suchte den Parkplatz ab. »Das gilt genauso für Sie und Ihren Freund dort drüben.«

»Er ist mein Schutz. Wo ist Ihrer?«

Er lächelte. »Ich brauche keinen. Wenn Sie mir eine Falle zu stellen oder mich auszurauben versuchten, fände ich Ihre Identität innert Kürze heraus und bei Einbruch der Nacht wären Sie und Ihre Familie tot, da können Sie sicher sein. Ich habe gute Beziehungen.«

Erneut spürte Doc das Frösteln. Sie traute ihm nicht, glaubte ihm aber. Sie mussten den Kerl noch heute verhaften, denn sie hatte das Gefühl, wenn er wieder abtauchte, könne sie ihre Tarnung nicht mehr aufrechterhalten. Dieser Mann gehörte zum organisierten Verbrechen und war nicht irgendein Wilderer der Buschliga. Möglicherweise hatte er sogar Kontakte bei der Polizei.

»Mir wurde gesagt, Sie hätten ein lebendes Exemplar«, fuhr er fort. »Wo ist es?«

»Wer hat Ihnen das gesagt?«

»Sie haben heute Morgen ein Geschäft mit Steven, einem *meiner*

Stammlieferanten, abgeschlossen, ihm aber zu viel bezahlt. Ich könnte Sie aus dem Geschäft drängen, binde Sie aber lieber in mein Geschäft ein. COVID hat alles durcheinandergebracht, denn die Nachfrage nach dieser Tierart ging plötzlich zurück, weil man glaubte, sie sei für das Virus verantwortlich. Nun aber steigt das Interesse wieder so schnell, dass ich meine Reichweite vergrössern muss. Nur so aus Interesse: An wen verkaufen Sie?«

»Wer sagt, dass ich das tue?«

Er hob die Augenbrauen über den oberen Rand seiner Ray-Ban Wayfarer Sonnenbrille. »Exportieren Sie etwa?«

»Es muss, wie Sie erwähnen, insbesondere seit COVID, nicht alles über China laufen, sondern es brauchte andere Wege für den Warenverkehr.«

»Über Indien?«

Sie sagte nichts und freute sich, dass es ihr gelungen war, zu verbergen, dass sie an niemanden verkaufte, sondern nur Wilderer aufspürte.

»Oder den Nahen Osten?«

»Vielleicht brauchen Sie mich, ...«, sagte sie.

»Nennen Sie mich John. Und Sie sind ...?«

»Indira. Wie ich schon sagte, *John*, brauchen Sie mich und weitere Ware mehr, denn auch ich habe mein Netzwerk. Was nützt es mir, billig an Sie zu verkaufen und mein Netz aufzugeben?«

»Wir sollten unsere Kräfte bündeln«, sagte John, »und unsere wirtschaftlichen Möglichkeiten ausweiten. Vielleicht«, sein Blick schweifte über sie, »werden wir sogar Freunde. Aber was hielte der Typ im Auto davon?«

»Oh, er?« Sie schüttelte leicht den Kopf. »Das ist nichts. Er besteht nur aus Muskeln und einer Waffe. Sie wissen doch sicher, wie wichtig es ist, Geschäfte innerhalb der Familie zu halten.«

John nickte. »Selbstverständlich. Sie haben die Ware also nicht hier.«

»Nein, aber ich nehme an, Sie haben das Geld auch nicht dabei.«

»Nein, aber es ist nur ein paar Minuten entfernt. Auch ich muss vorsichtig sein.«

»Woher soll ich wissen, dass Sie der sind, den Sie zu sein vorgeben? Sie haben mich kontaktiert, aber es hört sich eher an, als wollten Sie mich in die Falle locken als umgekehrt.«

John seufzte. »Nun gut. Kommen Sie mit.«

Doc kämpfte gegen den Drang, über die Schulter zu Jurie zu schauen und ging stattdessen zielstrebig hinter John zum Heck seines Audi. Mit einer Fernbedienung öffnete er den Kofferraum, in dessen Innerem Doc sein Gepäck sah. Da standen ein Gucci-Rollkoffer, eine passende Reisetasche, sowie eine Holzkiste.

John hob den Deckel der Kiste an und Doc bemerkte im Kofferraum einen Hammer und ein Paket Nägel, vermutlich um die Kiste, nachdem er das Geschäft mit ihr abgeschlossen hatte, wieder sicher zu verschliessen. Die Kiste war gross genug für ein lebendes Schuppentier und füllte allen Platz, der nicht von Gepäck belegt war. Ausserdem bemerkte Doc in einer Ecke versteckt eine Kiste für Angelmaterial, wie sie sie schon bei Tierärzten, die Wildtiere behandelten, gesehen hatte. Diese hatten darin Spritzen, Medikamente und Pfeile für das Betäubungs-Luftgewehr, das sie für Tiere benutzten, aufbewahrt.

John griff in die Kiste und hievte einen Karton heraus, der ziemlich schwer aussah. Er warf einen Blick über die Schulter, um sich zu vergewissern, dass niemand in der Nähe war, stellte den Karton auf den Boden und hob den Deckel ab.

Doc beugte sich vor, um hineinzuschauen und musste sich einen erleichterten Seufzer verkneifen. Die Kiste war voller Schuppentierschuppen.

»Sehen Sie«, lächelte er sie an, als sie sich aufrichtete und er den Deckel wieder aufsetzte. »Ich meine es ernst.«

»Ich auch.« Doc nahm ihre Baseballkappe ab, das vereinbarte Zeichen.

Jurie startete seinen Motor und fuhr auf sie zu.

»Und was ist jetzt?«, fragte John, der verwirrt aussah.

»Jetzt haben wir die Ware und bringen das Geld.«

Jurie hielt vor ihnen an, stieg aus dem Fahrzeug und zog seine

Pistole. »Polizei! Auf den Boden legen, das Gesicht nach unten, die Hände auf den Rücken.«

John schüttelte den Kopf und sah zu Doc, die ihre Glock ebenfalls gezogen hatte. »Das kann nicht Ihr Ernst sein! Das werden Sie bereuen.«

»Nein«, sagte Doc, »aber Sie schon.«

John griff unter der linken Achselhöhle in den Blazer, doch plötzlich wurde sein Kopf nach hinten geschleudert, als hätte er einen Schlag ins Gesicht bekommen, und er stürzte auf den Rücken.

Doc schaute sich um und sah Jurie an.

»Was zum Teufel ...?«, fluchte Jurie.

Sara raste, durch alle Gänge ihres Lieferwagens schaltend, auf sie zu, und Doc erkannte aus dem Augenwinkel, dass Sue, Zola und Geoff ebenfalls auf sie zu rannten. Das war gefährlich und dabei hatten sie versprochen, zu bleiben, wo sie waren.

»Gehen Sie zurück! Runter!« Jurie winkte den Studierenden zu. »Du auch, Doc!«

Doc starrte auf den Schuppentierkäufer hinunter. An der rechten Seite seines Schädels, der Schläfe entlang, zog sich eine klaffende Wunde. Er öffnete die Augen und versuchte, sich aufzusetzen.

»Doc!« Jurie stürmte auf sie zu. »Geh zum Auto, in Deckung!«

Jurie hatte seine Pistole erhoben und bewegte sich in einem 360-Grad-Bogen, um zu sehen, woher der Schuss gekommen war. Er warf einen Blick auf John und schien die Schusslinie ausmachen zu können. Er ging an John und Doc vorbei, als versuche er, sich zwischen sie und den Schützen zu stellen, dann suchte er weiter.

»Nein!«, winkte Doc ab.

»Geh in Deckung und ruf einen Krankenwagen!«, befahl Jurie mit ruhiger, aber autoritärer Stimme. »Sofort, Denise.«

Doc trat einen Schritt zurück und die nächste Kugel ging zuerst durch Juries Herz und traf John danach zwischen den Augen.

Im staubigen Obergeschoss einer 1'500 Meter entfernten, leerstehenden Fabrik hob der Scharfschütze die beiden leeren

Patronen mit behandschuhten Händen auf und steckte sie in die Hosentasche.

Er spürte ihre Anwesenheit direkt neben seinem Herzen, hätte aber ihr Bild dennoch nicht mitnehmen sollen. Wenn er in Afghanistan auf Patrouille gegangen war, hatte er darauf geachtet, keine Fotos oder Aufzeichnungen mit sich zu führen, einfach nichts, was dem Feind im Fall einer Gefangennahme etwas verraten hätte.

Diesmal hatte der Scharfschütze diese Regel gebrochen, weil es keine militärische Mission, sondern eine von Liebe angetriebene Suche war. Er zerlegte sein Gewehr in Einzelteile, die gut in die schwarze Nylonsporttasche passten, und warf sich diese über die Schulter.

Er eilte die Treppe hinunter, aus dem Fabrikgelände hinaus, und durch das Tor, dessen Vorhängeschloss er geknackt hatte. Dann wickelte er die Kette wieder um die Gitterstäbe, um den Anschein zu erwecken, es sei noch gesichert. Anschliessend lief er, dröhnende, tief fliegende Jets über sich, einen Kilometer durch das Industriegebiet.

Er erreichte sein Fahrzeug, einen weissen Toyota HiLux mit gestohlenen und mit doppelseitigem Klebeband befestigten Kennzeichen vorne und hinten. Sobald er auf der anderen Seite der Stadt wäre, würde er sie abnehmen. Erst als er in der Fahrerkabine sass und sich im Rückspiegel vergewissert hatte, dass ihm niemand folgte, zog er das Bild aus der linken Brusttasche und betrachtete es. Sie lächelte ihn an und er seufzte tief.

»Das war für dich.«

4

—————

DREI MONATE SPÄTER

Ian Laidlaw verliess die gehobene Wohnsiedlung 'Woolloomooloo Finger Wharf' am Hafen von Sydney. Saleem, Ians regelmässiger Limousinenfahrer, wartete wie üblich zehn Minuten zu früh im schwarzen Anzug neben seinem Audi Q8-Luxuswagen.

Saleem öffnete Ian die Tür und nahm ihm seinen Rollkoffer ab. »Guten Morgen, Sir, wie geht es Ihnen?«

»Gut, danke, Saleem und Ihnen?«

»Prima, danke, Ian. Darf ich Sie heute zum internationalen Terminal bringen?«

»Ja, bitte.« Das Auto war wie immer makellos und auf dem Rücksitz lag eine neue Ausgabe der *Financial Review*, genau wie Ian es mochte.

Er blätterte in der Zeitung, fand aber keine Neuigkeiten über einen seiner Kunden oder etwas, das sie betraf. Wie jeden Tag hatte er um 5.30 Uhr bereits die Online-Seiten der anderen grossen Medien gecheckt, so dass er bereits wusste, dass er sich keine Sorgen zu machen brauchte. Doch es war einfach die Macht der Gewohnheit.

»Geschäftlich oder privat, Sir? Wieder New York?«

Ian schenkte Saleem im Rückspiegel ein trauriges Lächeln. »Diese Zeiten sind vorbei.«

»Sollte ich das bedauern, Sir?«

Ian war sich nicht sicher. »Sagen wir einfach, Fernbeziehungen sind schwierig. Wenn du in Sydney lebst während deine Freundin in Amerika ist und noch mehr zu tun hat als du selbst, wird es fast unmöglich. Diesmal gehe ich nach Afrika. Allein.«

»Sehr gut, Sir.«

Ian schaute aus dem Fenster und beobachtete den morgendlichen Verkehr. Ein Handwerker in einem Geländewagen trank während des Fahrens einen Eiskaffee und als sie an der Ampel warten mussten, zog sich im Mercedes neben ihm eine Geschäftsfrau die Lippen nach. Ein leitender Angestellter brachte die Kinder in Privatschuluniform morgens zur Schule. Und hier war er, Ian, ganz allein und beinahe am Ende, sowohl mit der Arbeit wie auch mit einer weiteren Beziehung.

Judy arbeitete als 'Senior Vice President' – er konnte sich nie so recht mit den Rangstrukturen in amerikanischen Unternehmen anfreunden – für das PR-Unternehmen, das den 'Morningstar', Ians kleine aber feine Firma für Lobbying und Öffentlichkeitsarbeit, aufgekauft hatte. Ian hatte Judy auf einer der weltweiten Konferenzen von Goldberg PR kennengelernt und war von ihrem trockenen Humor angetan gewesen, ganz zu schweigen von ihrer tollen Figur. Sie war vierzig, also vierzehn Jahre jünger als er, und eigentlich mit ihrem Job verheiratet, aber mit etwas 'Zeit zum Spielen'.

Ian hatte das Unternehmen vor zwei Jahren verkauft und Teil der Abmachung war, dass er Vorsitzender des australischen Unternehmens blieb, um den Übergang zum neuen Management zu unterstützen. Aber er kam mit Goldbergs importiertem Teufelskerl nicht zurecht und musste erst noch feststellen, dass Judy ihre Arbeitgeber, je mehr er sich bei ihr beschwerte, desto stärker verteidigte und sich auf deren Seite stellte. Judy besuchte das australische Büro oft, aber die Entfernung trug auch nicht gerade zur Entspannung zwischen den beiden bei.

Er hatte zu einem guten Preis verkauft, fühlte sich aber nun, als Saleem sich Sydneys internationalem Flughafen Kingsford Smith näherte, weit weg von den Pendlern und Geschäftsleuten, die auf dem Weg zur Arbeit oder zu ihren Flügen waren. Je weiter er sich von der Arbeit entfernte, desto mehr schien ihm seine Identität zu entgleiten. Wo er wohl bald stehen würde? Noch vor seinem fünfundfünfzigsten Lebensjahr im Ruhestand?

Wenn er über seine Karriere nachdachte, zunächst als Journalist, dann als politischer Berater, PR-Berater und Lobbyist, versuchte er, sich an die Erfolge zu erinnern, von denen es aber in Wahrheit nur wenige gab. Ja, er hatte ein paar prominenten Leuten, darunter auch Freunden, aus brenzligen Situationen geholfen und ein paar Regierungen zur Wiederwahl verholfen, aber hatte er tatsächlich je etwas erreicht?

Er hatte weder Krebs geheilt noch die Armut gelindert, weder einen neuen Flügel für ein Krankenhaus noch eine Bibliothek gebaut. Gut, vor sechs Monaten hatte er bei einer Wohltätigkeitsauktion eine lächerlich hohe Summe bezahlt, um eine zweiwöchige Reise durch das südliche Afrika zu unternehmen.

»Wohin reisen Sie in Afrika?«, fragte Saleem.

Ian hielt einen Moment inne, um sich die Reiseroute ins Gedächtnis zu rufen. »Nach Südafrika, Simbabwe und Namibia.«

»Oh, gehen Sie auf Safari?«

»Ja.«

»Zu den Löwen?«

»Ich denke schon«, sagte Ian, »und den Schuppentieren.«

Saleem schaute in den Rückspiegel. »Was ist ein Schuppentier?«

Ian zuckte mit den Schultern. »Ich weiss es selbst nicht so genau. Es sieht aus wie eine Kreuzung zwischen einem Gürteltier und einem Babykrokodil. Eine Art mit Schuppen bedeckter Ameisenbär.«

»Ich verstehe.«

»Eine Sache, die anscheinend mit COVID im Zusammenhang steht«, fügte Ian hinzu, der damit auf die letzten Reste dessen zurückgriff, woran er sich von der Veranstaltung her erinnern konnte. Er war mit Michelle hingefahren, einer Grafikdesignerin, die er bei der

Goldberg-Weihnachtsfeier kennengelernt hatte. Bei dieser schlug Judy vor, eine Auszeit zu nehmen. Michelle war schon einmal in Afrika gewesen und von der Tierwelt des Kontinents begeistert. Ian hatte die Reise, ein Ticket für eine Person, bezahlt, weil er dachte, er könne sie damit beeindrucken. Das war ihm auch gelungen – geklappt hatte es aber dennoch nicht dennoch nicht, denn Michelle war viel jünger, erst Mitte dreissig, machte aber schon zu Beginn deutlich, dass sie, bevor sie vierzig sei, zwei Kinder wolle. Sein Angebot, sie auf die Schuppentier-Rundreise einzuladen, lehnte sie ab und obwohl sie es nicht mit Worten ausdrückte, entstand bei Ian der Eindruck, sie halte ihn für zu alt für sie. So trafen sie sich noch ein paar Mal, aber dann war wieder Schluss.

Hier war er also. Allein auf dem Weg nach Afrika, wo er Zeit mit Schuppentieren und einer südafrikanischen Professorin verbringen sollte, die, laut Michelle und einigen anderen bei der Spendenaktion anwesenden Afrikaliebhabern, ab und zu in Schiessereien mit Kriminellen geriet.

»Sir?«, sagte Saleem.

»Ja?«

»Darf ich fragen ... warum?«

Ian faltete die *Financial Review* zusammen und legte sie neben sich auf den Sitz. «Sie dürfen. Ich weiss nur nicht, ob ich die korrekte Antwort kenne. Vielleicht, weil ich seit drei Jahren keinen richtigen Urlaub mehr gemacht habe. Allerdings bin ich mir nicht einmal sicher, ob diese Reise ein solcher wird, denn weder weiss ich, wohin ich fahre, noch was mich dort erwartet. Aber das allein ist schon fast wie Urlaub.«

»Ich verstehe.«

Doc schloss die Augen und lehnte ihren Kopf gegen das Fenster des südafrikanischen Airlink-Flugzeugs, als der Flugkapitän die Besatzung anwies, die Kabine für die Landung auf dem Eastgate Airport in Hoedspruit vorzubereiten. Der kurze Flug von Johannesburg hierhin war schon beinahe vorbei.

In früheren Jahren hätte sie vielleicht ihre Nase an das Plexiglas gepresst, um zu versuchen, einen Blick auf eine Giraffe oder einen Elefanten in einem der privaten Wildreservate, die sie auf ihrer Strecke überflogen, zu erhaschen, aber jetzt betete sie, die sanften Vibrationen würden sie beruhigen.

Das taten sie nicht.

Mit einem Ruck landete das Flugzeug und rollte zum Stillstand. Doc versuchte, das aufgeregte Geschnatter einiger amerikanischer Touristen hinter ihr zu ignorieren, die sich damit abmühten, ihre übergrossen Kamerataschen aus den Gepäckfächern zu hieven. Bevor sie den Willen aufbrachte, aufzustehen und ihren eigenen kleinen Rucksack herunterzunehmen, liess sie die in Khaki, Grün und Leopardenmuster gekleidete Gruppe den Gang entlang gehen.

Sie war die Letzte, die die Treppe hinunterging, während die Touristen bereits ihren Safari-Führern die Hand schüttelten und die Johannesburger durch das kleine, meist offene Terminal zum Parkplatz schritten, wo ihre Land Cruiser und Land Rover auf sie warteten.

Geoff winkte ihr zu und sie ging zu ihm.

Er nahm seine 'Khaya-Ngala'-Baseballmütze ab. Er war so altmodisch und immer höflich. »Hallo, Prof, es ist *lekker*, Sie zu sehen.«

Seinem Lächeln konnte sie nicht widerstehen. »Howzit, Geoff?«

»Gut. Darf ich Ihre Tasche nehmen?«

»Natürlich, danke.«

»Cool. Haben Sie noch eingechecktes Gepäck?«

»Nein. Ich hoffe, dass die Tasche, die ich letztes Mal hiergelassen habe, noch im College ist. Ich bin früher so oft gekommen und gegangen ...«

Geoff nickte, als verstehe er, was sie meine, nämlich dass sie das 'Southern African Wildlife College', das am Rand des Krüger-Nationalparks lag, regelmässig besucht hatte, bevor Jurie erschossen wurde. Doc war an diesem College, das sich auf die Ausbildung von Rangern und Naturschützern konzentrierte, Gastdozentin und wenn ihre Studierenden eine Unterkunft in der Gegend brauchten, übernachteten sie manchmal dort.

Sie hatte Geoff und die anderen bei Juries Beerdigung, an einem bitterkalten Tag im Krematorium von Johannesburg, zum letzten Mal gesehen. Der Gedanke liess sie schaudern.

Juries Frau, Suzette, hatte Doc angesehen, als hätte sie den Abzug des Gewehrs, das ihn getötet hatte, betätigt. Und dazu hatte sie auch allen Grund gehabt. Angesichts dessen, was kurz vor seinem Tod zwischen ihr und Jurie geschehen war, brachte Doc kaum den Mut und die Kraft auf, zur Trauerfeier zu gehen.

Doc hatte sich von der Menge der Trauernden, die an Suzette und den Kindern vorbeigingen und ihnen vor oder nach dem Gottesdienst die Hand schüttelten oder sie umarmten, ferngehalten.

Hauptmann Sannie van Rensburg war bei der Trauerfeier anwesend, hielt Doc lange in den Armen und sagte ihr, dass sie den Johannesburger Hawks ihre Hilfe, egal welcher Art, angeboten habe. Doc hatte gehofft, der Konfrontation mit Juries Witwe entgehen zu können, denn an der Trauerfeier nahmen zahlreiche Polizisten, andere Ordnungshüter, Familienangehörige und Freunde teil. Aber Suzette hatte sich wie eine Leopardin auf der Jagd nach Beute durch die Menge geschlängelt und Doc, als sie sich eben von allen verabschiedet hatte, noch erwischt.

»Denise.«

»Oh, Suzette. Entschuldige, ich wollte euch nicht zu nahe treten. Es tut mir so leid, dass du ...«

»Es ist deine Schuld.«

Doc biss sich auf die Unterlippe und spürte, dass ihr die ersten Tränen aus den Augen traten, weil Suzette aussprach, was Doc wusste und wovor sie befürchtete, es könnte sie zerstören.

»Er hätte bei dieser Operation nicht dabei sein sollen, das haben mir einige Leute, auch seine Freunde, bestätigt. Du hattest keinen Papierkram und es war nicht genehmigt.«

»Aber ...«

Doch Suzette unterbrach jede noch so schwache Verteidigung, die Doc vorbringen wollte. »Und ausserdem weiss ich, dass er dich gefickt hat.«

Doc senkte den Kopf und sah dann zu ihr auf. »Wir haben nie etwas getan, solange er noch bei dir wohnte.«

»Das glaube ich dir nicht«, hatte Suzette gesagt, »aber jedenfalls bin ich sicher, dass er uns deinetwegen verlassen hat.«

»Wie war der Flug?«, fragte Geoff.

Doc kehrte zu Geoff und in die Gegenwart zurück. »Oh, gut.«

»Das Flugzeug sah voll aus. Hier draussen in Hoedspruit ist seit COVID, als alle aus der Stadt weggezogen sind, wieder viel los. Und die Hauspreise, *igitt*, Sie werden es nicht glauben.«

Doc hatte weder Lust noch Geduld für Smalltalk, merkte aber, dass Geoff nur nett sein wollte. Zweifellos wollte er sowieso mehr wissen, also ersparte sie ihm die Fragerei. »Die Polizei hat immer noch keine Hinweise darauf, wer den Käufer und Jurie erschoss.«

Geoff nickte und nahm es als Fingerzeig, sie finde es in Ordnung, wenn er weiter frage. »Und was ist mit der Theorie, Sie und John seien das Ziel gewesen und Jurie habe nur im Weg gestanden?«

»Das ist möglich«, sagte sie, »und wenn sich irgendjemand bei der SAPS, der Polizei, dafür interessierte, wäre diese Ermittlungsspur immer noch im Spiel. Natürlich war Jurie ein angesehener Polizist, aber in Südafrika wird im Durchschnitt jeden Tag ein Polizist getötet, Geoff. Die Dinge haben sich zwar noch etwas weiterentwickelt, aber mittlerweile ist der Fall beinahe kalt. Frank Galloway und die Hawks bleiben zwar an der Sache dran, haben aber nichts Neues.«

»Ich verstehe.«

Doc wünschte, es gäbe irgendwelche sichtbaren Ergebnisse, irgendetwas. Die Ermittlungen gingen von der Flugbahn der Schüsse aus, die John und Jurie getroffen hatten und ergaben, dass sich der Schütze im ersten Stock einer verlassenen Fabrik im Industriegebiet befunden hatte, in der Nähe des Emperor's Palace, etwa siebenhundert Meter vom Casino entfernt, auf der anderen Strassenseite.

Nach langem Bitten hatte Frank sich erweichen lassen, von den Eigentümern des Gebäudes Zugang zu erbeten, um Doc zur Baustelle bringen zu können. Die alte Fabrik sollte abgerissen werden, um für ein neues Bürogebäude Platz zu schaffen. Die Hawks hatten das Gebäude bereits mehrfach durchsucht, so dass es keinerlei magische, bisher fehlende Hinweise zu finden gab. Der Schütze war ins Gebäude eingebrochen und seine Spuren auf dem staubigen Boden des Erdgeschosses, wo er ein Fenster eingeschlagen hatte, leicht zu verfolgen.

Ausser der Tatsache, dass es sich beim Schützen wahrscheinlich um einen Mann handelte, was sich aus der Schuhgrösse 11 schliessen liess, und dass er Herrenturnschuhe einer Allerwelts-Marke trug, die bei 'Tekkie Town' und einem Dutzend weiterer Ladenketten erhältlich war, wussten sie über den Mörder nur, dass er ein ausgezeichneter Schütze war.

Zumindest hielten sie ihn dafür. Geoff, der von der Polizei, wie alle anderen auch, ausführlich befragt worden war, hatte die Idee, Doc könnte eines der Ziele gewesen sein, offensichtlich aufgegriffen.

»Tatsache ist, Geoff«, sagte sie, einerseits um sich die Schuldgefühle von der Seele zu reden, andererseits damit er es an die anderen weitergeben konnte, »dass Jurie sich, als er erschossen wurde, bewegt hatte. Nachdem wir die Ereignisse dutzende Male durchgegangen sind und die Sichtlinien und Flugbahnen der Kugeln mit Hilfe von Laserpointern, Stöcken und Computermodellen nachvollzogen haben, scheint es durchaus möglich, dass ich das zweite Ziel des Schützen gewesen wäre. Aber Jurie lief genau in dem Moment, als er erschossen wurde, zwischen mir und dem Schusspunkt durch, während ich gerade einen Schritt rückwärts machte. Sie erinnern sich vielleicht, dass ich eine ziemliche Menge seines Bluts abbekam.«

Geoff war stehen geblieben und blickte sie an. »Es tut mir so leid, Doc.«

Sie schlug sich mit der Hand an die Stirn, erst jetzt bemerkend, dass sie geschrien hatte und sich einige Leute in der Nähe umgedreht hatten, um zu sehen, was mit ihr los sei. Doc senkte die Stimme. »Entweder war ich das Ziel, oder der Scharfschütze erkannte, dass John noch lebte und wollte ihn mit seinem zweiten Schuss erledigen.«

Geoff öffnete und schloss die Hände an der Seite, als wisse er nicht, was er mit ihnen tun solle und hob dann die Arme.

Doc ging die zwei Schritte, die sie brauchte, um ihn zu erreichen und Geoff nahm sie in die Arme.

Als sie neben Jurie auf dem Parkplatz kniete und seinen Körper in ihren Armen hielt, hatte sie geweint. Gejammert, um präzis zu sein. Und während sie sich während der Trauerfeier zusammenriss, weinte sie danach, sowohl aus Betroffenheit und Scham über die Worte, die Suzette ihr entgegengeschleudert hatte, wie auch aus Trauer um den einzigen Mann, den sie je wirklich geliebt hatte. Seitdem hatte sie die Ermittlungen zu unterstützen versucht und einen Schutzwall um ihre Gefühle errichtet. Sie verbrachte unzählige Stunden damit, alte Fälle durchzugehen, sich Fahndungsfotos anzusehen und ihr Netzwerk von Informanten und Kollegen zu durchforsten, um herauszufinden, wer der Täter sein könnte.

»Was auch immer passiert ist und wer auch immer das Ziel war, die führende Theorie ist, dass Jurie ins Kreuzfeuer geriet.«

Sie lag noch immer in Geoffs Armen, roch sein jungenhaftes Aftershave, Waschpulver und die Stärke auf dem Hemd des Safari-Führers und weinte um ein Leben, das sie nun nie kennenlernen würde.

Als sie endlich aufblickte, waren sie die beiden einzigen Menschen, die noch dastanden.

»Kommen Sie«, sagte Geoff schliesslich, »wir schauen, dass Sie sich einrichten können.«

Doc schniefte, hob ihren ausgebeulten Tagesrucksack auf und legte ihn auf den Rücksitz von Geoffs *Bakkie*.

»Sie haben nichts Tröstendes gesagt und auch nichts über Jurie«, bemerkte sie, nachdem er eingestiegen war und den Motor startete.

Er hielt seinen Blick auf die Strasse gerichtet, als er losfuhr. »Es würde auch nicht helfen, oder?«

»Nein. Also, danke.«

»Ich vermisse ihn auch«, sagte Geoff. »Ich habe zu ihm aufgeschaut und wollte so sein wie er und wie Sie. Ich möchte immer noch so sein, wie Sie sind.«

Sie schaute ihren Studenten an und es schien ihr, als sei der Altersunterschied von zehn oder zwölf Jahren zwischen ihnen plötzlich drei- oder viermal so gross. Sie fühlte sich alt und spürte eine Mischung aus Verachtung und Sehnsucht nach seinem jugendlichen Idealismus, an dem er sich festhielt, wie ein Kleinkind an seinem Lieblingsspielzeug. »Ich bin am Ende, Geoff, jedenfalls was die Rettung von Schuppentieren und die Vereitelung des illegalen Handels angeht.«

Er warf ihr einen Blick zu. »Sagen Sie das nicht.«

Jetzt war sie an der Reihe und starrte durch die Windschutzscheibe. »Doch, es ist wahr. Ich wurde ins Büro des Generalstaatsanwalts vorgeladen und mir wurde klipp und klar gesagt, ich bekäme nie wieder einen 252A und dürfe nie wieder an einer verdeckten Operation teilnehmen.«

»Aber warum? Sie und Jurie haben so viel erreicht.«

»Der Staatsanwalt durchschaute meinen Schwindel, das Treffen mit John sei Teil derselben Operation gewesen, über die wir die NPP informiert hatten. Die öffentliche Trauer um Jurie und die Berichterstattung über mich waren so gross, dass man beschloss, öffentlich keine Massnahmen gegen mich zu ergreifen, aber hinter den Kulissen wurde mir gesagt, dies sei das Ende meiner Undercover-Aktionen. Da mein Gesicht überall in den Zeitungen und im Fernsehen zu sehen war, hätte ich mich sowieso nie wieder als Käuferin ausgeben können. Ironischerweise hatte ich sowieso bereits geplant, mich nach der Ausstrahlung von Saras Dokumentarfilm aus der verdeckten Arbeit zurückzuziehen.«

»Doc ...«

Sie hielt eine Hand hoch. »Sparen Sie es sich. Sie waren bisher gut darin, mich von Plattitüden zu verschonen und ich will nicht, dass Sie das jetzt kaputt machen. Die Wahrheit ist, Geoff, dass ich bereits fertig war. Ich war ausgebrannt und hatte die Fähigkeit, klar zu denken, eindeutig verloren. Ich habe euch, meine Studenten, in Gefahr gebracht und war entweder zu müde oder zu sehr mit meinem Erfolg und meiner Selbstherrlichkeit beschäftigt, um vernünftig zu denken.« Oder ans Wohl des Mannes, den sie liebte.

»Und was jetzt?«, wollte er wissen.

Sie zuckte mit den Schultern. »Ich werde wieder das tun, wofür ich bezahlt werde – unterrichten und Studierende wie Sie, Zola und Sue betreuen. Es tut mir leid, dass ich drei Monate gebraucht habe, um hierher zu kommen. Ich habe Glück, dass die Universität mich nicht gefeuert hat, denn ich weiss von einem Professor, der sich aktiv dafür eingesetzt hat, dass ich gehen muss.«

»Wer denn?«, schoss Geoff in einem Ton zurück, der klang, als wolle er den Kerl auspeitschen lassen.

»Ich unterhalte mich nicht mit Ihnen über die Politik innerhalb der Fakultät, Geoff.«

»Okay. Was gibt es von Frank Galloway Neues zum Motiv für den Angriff?«

Doc hatte sich geschworen, die Sache sein zu lassen und zu versuchen, die Geschehnisse auf dem Parkplatz des Casinos hinter sich zu lassen. Sie wollte sich voll und ganz auf ihre akademische Arbeit konzentrieren, doch was sie Geoff gesagt hatte, stimmte – sie musste sich neu orientieren. Schon einige Monate vor dem Mord an Jurie hatte sie Symptome eines Burnouts bei sich bemerkt und Kanta hatte ihr geraten, eine Pause einzulegen, aber wie eine typische Tochter hatte sie den Ratschlag ihrer Mutter ignoriert.

Jetzt erwartete Geoff von ihr, dass sie die Fragen, die ihr monatelang den Schlaf geraubt und das Abschliessen verunmöglicht hatten, wiederholte. Dennoch war es einfacher, als über ihr Leben ohne Jurie nachzudenken.

»Die Polizei redet nicht immer nur über das Motiv, sondern sucht auch nach den Mitteln und Möglichkeiten. Ein Motiv, mich oder Jurie zu töten, hatten viele Leute, beispielsweise jeder der Wilderer, die wir verhaftet und ins Gefängnis gebracht haben. Ich habe eine umfangreiche Datei mit Todesdrohungen per E-Mail und eine ganze Schublade voller altmodischer Papierdrohungen. Wir sind sie alle durchgegangen, Frank und ich zusammen mit den anderen von der Arbeitsgruppe, die den Mord an Jurie untersucht hat. Ausser all den Schuppentierleuten, die wir weggesperrt haben, gab es eine Menge hartgesottener Krimineller, die einen Groll gegen Jurie hegten, was aber den Schuss auf John nicht erklärt – mit richtigem Namen John Chen, Geschäftsmann aus Johannesburg.«

»Geschäftsmann?«

»Import und Export. So abgedroschen, dass man es kaum glauben kann. Aber in seinem eigentlichen Job führte er ausgerechnet chinesische *Tisch-Braais* ein. Als brauche es in diesem Land noch mehr Möglichkeiten, Fleisch zu grillieren. Sogar dieses Geschäft war nicht koscher – er kopierte das Muster eines bekannten Hibachi-Holzkohlekochers und liess es in einer Fabrik in China, die ihm teilweise gehörte, nachbauen. Gleichzeitig verschiffte er Schuppentiere und, wie sich herausstellte, auch Elfenbein nach Malaysia und Hongkong.«

»Wer hätte also seinen Tod gewollt?«

»Jemand, der es schon einmal versucht hat«, sagte Doc.

»Wirklich?«

»Das ist das Letzte, was ich von der Einsatzgruppe gehört habe. Es stellte sich heraus, dass eine Woche vor seiner Ermordung bei Chens Villa in Johannesburg ein Anschlag aus dem Auto heraus verübt wurde. Eines Morgens, als Chen zur Arbeit fuhr, hielt ein schwarzer BMW an und ein Mann mit einer schwarzen Skimaske lehnte sich aus dem Heckfenster und feuerte aus einer AK-47 dreissig Schüsse in Chens Audi. Bevor wir ihn trafen, hatte er sich ein neues Auto gekauft, sich aber nicht einmal die Mühe gemacht, einen Versicherungsantrag für das von Kugeln durchsiebte Fahrzeug einzureichen.

»Dann hatte der Typ also scheinbar kein Problem mit dem Cashflow«, sagte Geoff.

»Nein, sondern wohl eher damit, sein Geld zu waschen. Ausserdem erfuhr das Einsatzteam, dass er auch in einigen anderen Casinos der Stadt regelmässig mit hohen Einsätzen spielte. Es sieht aus, als habe er eine Menge schmutziges Geld waschen müssen. Chens Nachbarn waren wichtige Gesprächspartner der Polizei, denn selbst für Joburg war dies eine grosse Sache, und das Einsatzteam sichtete die Aufnahmen der Strassenüberwachungskameras des Angriffs. Es war offensichtlich, dass es sich nicht um einen gewöhnlichen Entführungsversuch handelte, sondern dass eine rivalisierende Bande oder ein Gangster versuchte, Chen eine Botschaft zu überbringen oder ihn auszuschalten.«

Die Einfahrt zum Flughafen befand sich innerhalb des Timbavati Tierreservats, einer Ansammlung von Lodges in Privatbesitz, die an den Krüger-Nationalpark grenzten. Geoff bremste, um ein Warzenschwein die Strasse überqueren zu lassen. Die einfache Sichtung beruhigte Doc, die sich darüber freute, wieder im Busch zu sein. Es war Winter und die Vegetation bis auf khakifarbene und braune Stellen unter einem klaren blauen Himmel, der wahrscheinlich mehrere Monate lang keinen Regen bringen würde, verdorrt.

»Vielleicht wollte ihm jemand eine Falle stellen und Sie und Jurie waren nur Kollateralschäden? Eine Art Gelegenheitsziele?«

»Wenn es eine Falle war, musste der Schütze schnell gehandelt haben und die Information entweder von Chens oder von unserer Seite durchgesickert sein. Sie klingen, als hätten Sie zu viele schlechte Kriminalromane gelesen«, sagte Doc.

»Ich bekenne mich schuldig.«

»Wir, also Frank, das Einsatzteam und ich, versuchten, unsere Schritte zurückzuverfolgen. Steven Muzorewa, der selbsternannte Vermittler der Wilderer aus Simbabwe, verbreitete in Krugersdorp, wo er lebte, dass er ein Schuppentier zu verkaufen habe. Eine Hausangestellte, Memory Zondo, erzählte ihrem Arbeitgeber, einem mit Pam Galloway befreundeten Ranger, davon, worauf Pam mich informierte. Ich gab daraufhin meine Telefonnummer an Memory, damit sie sie an Steven weitergeben konnte. In der Folge hat Steven mich kontaktiert.«

»Und welche Verbindung hatte Steven zu John Chen?«, fragte Geoff, der Gas gab. Sie kamen an die T-Kreuzung an der Hauptstrasse, die rechts nach Hoedspruit und links zum Krüger Park und dem ‘Southern African Wildlife College’ führte. Geoff stellte den Blinker nach rechts.

»Sie fahren in die falsche Richtung, Geoff«, sagte Doc.

»Nein, fahre ich nicht.«

»Doch, natürlich. Das College ist in der Nähe des Orpen Tors des Krügerparks, erinnern Sie sich?«

»Ich weiss.« Er sah sie an und lächelte.

»Geoff, erstens hasse ich Überraschungen und zweitens bin ich nicht in der Stimmung für solche.« Doc meinte es in beiderlei Hinsicht ernst, obwohl sie es geliebt hatte, wenn Jurie sie überraschte. Nachdem sie das erste Mal miteinander geschlafen hatten, hatte er damit begonnen, sie ab und zu in ein neues kleines Café zum Mittagessen oder eine Bar zu entführen, oder, wenn sie lange gearbeitet hatten, zum Abendessen. Sie liebten sich in Juries Zimmer in Jacos Haus, wenn der andere Detektiv im Dienst war. Doc schloss die Augen, um die Tränen, bevor sie kamen, zu unterdrücken.

»Ich habe eine schönere Unterkunft als das College für Sie gefunden. Falls es Ihnen aber überhaupt nicht gefällt, bringe ich Sie morgen natürlich zu Ihrer üblichen kleinen Hütte.«

»In Ordnung«, stimmte sie, wenn auch nicht wirklich erfreut, zu.

Geoff fuhr auf der R40 in Richtung der Stadt Hoedspruit. Die zweispurige Strasse war sowohl von Einheimischen und Touristen in Geländewagen stark befahren, aber auch von einer unablässigen Prozession grosser Lastwagen, jeder mit zwei Sattelanhängern voller Bergbau-Erz.

»Ich wünschte, die verdammte Regierung würde die Eisenbahnlinie von der Mine in Phalaborwa zum Hafen in Mosambik wieder eröffnen«, sagte sie, als Geoff einen Lastwagen überholte.

»Dafür verdienen mit dem Strassenverkehr zu viele Bonzen zu viel Geld«, erklärte Geoff. »Sie haben von Steven gesprochen?«

Doc nickte. Wenn sie die Geschichte noch einmal erzählte, konnte sie vielleicht ein kleines Detail herausspülen, das sie bisher übersehen hatte, oder Geoffs scharfer Verstand schnappte etwas auf. »Die Hawks setzten Steven also unter Druck, indem sie ihm abwechselnd damit drohten, ihm auch den Mord an Jurie anzulasten, weil es eine Verbindung zwischen ihm und John Chen gab und zusätzlich machten sie ihm Versprechungen, etwa gewisse Punkte der Anklage zu vermindern, falls er kooperiere.«

»Und?« Geoff behielt seine Augen auf der Strasse. Er musste

abbremsen, weil ein entgegenkommender Land Cruiser einen Minentransporter überholte, aber die Geschwindigkeit falsch einschätzte.

»Steven beharrte darauf, das erste Mal, dass er mit Chen, ebenfalls über WhatsApp, kommuniziert habe, sei etwa zur gleichen Zeit gewesen, als er mich kontaktierte«, berichtete Doc.

»Und woher hatte er Chens Kontaktdaten?«

»Offenbar kontaktiere ihn Chen aus heiterem Himmel«, erläuterte Doc. »Steven sagte, Chen habe gehört, dass er sich in Westrand nach Pangolin-Käufern erkundigt habe.«

»Und Steven wurde nicht misstrauisch, weil er so plötzlich kontaktiert wurde?«

Doc schüttelte den Kopf. »Nein, Steven war nur gierig und versuchte, John und mich gegeneinander auszuspielen. Steven stellte sich vielleicht als der grosse Wilderer dar, war aber eigentlich nur ein Kleinkrimineller. Er war wegen Einbruchs und Körperverletzung gegenüber einer Freundin vorbestraft, da war er aber noch jünger.«

»Schwein«, kommentierte Geoff.

»Ja, dennoch hätte er vernünftig sein und sich vor einem so spontanen Käufer in Acht nehmen müssen – schliesslich hätte John ein verdeckter Polizist sein können.«

Geoff lachte ein wenig. »Sie wären eine gute Verbrecherin, Doc, denn Sie sind schlauer als alle anderen.«

Das war jetzt, wo ihre Zeit als Verbrecherjägerin vorbei war, ein schwacher Trost für Doc. »Wie dem auch sei, ich habe wie immer mit harten Bandagen gekämpft, zumindest dachte ich das, aber John Chen wollte nicht auf mein Angebot für Steven eingehen. Vielleicht habe ich mich geirrt oder möglicherweise den Markt nicht richtig eingeschätzt und zu viel geboten.«

Geoff fuhr für eine Weile schweigend weiter und schien darüber nachzudenken, was sie gerade gesagt hatte, dann blickte er zu ihr. »Aber John Chen hat Ihnen das Doppelte dessen geboten, was Sie Steven zahlen wollten?«

»Ja«, sagte Doc, »weil er verzweifelt war.«

»Aber warum hat er Steven dann nicht, sagen wir, 200'000 Rand angeboten, wenn er so scharf darauf war, ein lebendes Schuppentier zu ergattern und nach China zu bringen?«

Doc zuckte mit den Schultern. »Ich weiss es nicht. Frank sprach denselben Punkt an, aber auf diese Frage fanden wir keine Antwort.«

»Und woher wusste John von Ihnen? Woher hat er Ihre Nummer?«

»Wir vermuten, auch von Memory, der Hausangestellten. Sie berichtete, dieselbe Person, die mit Stevens Anfrage zu ihr gekommen sei, habe später gesagt, jemand anderes wolle ein Schuppentier verkaufen. Chen hat sich nie bei mir gemeldet, um mir ein Schuppentier *zu verkaufen*, also gehen wir davon aus, dass er sich nur als Wilderer ausgegeben hat, um herauszufinden, wer seine Konkurrenz sei.«

Die Strasse nach Hoedspruit führte zwischen den Grenzzäunen privater Wildreservate und Wohnsiedlungen im Buschland durch. Als Geoff einen anderen Lastwagen überholte, sah Doc eine Giraffe, die sich zu einem Wasserloch hinunterbeugte, um zu trinken.

»Wann?«, fragte Geoff.

»Wann was?«, fragte Doc.

»Ich denke, Sie brauchen eine Zeitachse. Es gibt hier einige Zufälle, die im normalen Leben kaum vorkämen oder wissenschaftlich beweisbar scheinen. Wann hat Memory John Chen Ihre Nummer gegeben und wann hat sie sie an Steven weitergegeben? Diese Zeitpunkte könnten Ihnen Hinweise geben.«

Doc dachte einen Moment lang nach. »Ich bin mir nicht sicher, ob jemand genau diese Frage gestellt hat.« Sie nahm ihr Telefon heraus und machte sich eine Notiz.

»Jemand hat John Chen, Jurie, Ihnen oder sogar allen eine Falle gestellt.«

»Offensichtlich, aber wir wissen nicht, warum. Die gängigste Theorie ist, dass es dieselbe Person war, die aus dem Auto heraus auf Chen geschossen hat und Jurie ein Zufallsopfer war. Oder, dass die zweite Kugel für mich bestimmt gewesen war.«

»Aber warum?«, fragte Geoff. »Wäre der Schütze ein rivalisierender Händler von Schuppentieren und anderen Wildtierprodukten gewesen, warum hätte er dann Sie als potenziellen Lieferanten für diesen Handel, ausschalten wollen? Und wenn der Schütze gewusst hätte, wer Sie wirklich sind, wäre es doch sicher sinnvoller gewesen, Sie – ähm – nicht mitten in einer verdeckten Operation auszuschalten, sondern zu einem anderen Zeitpunkt und an einem anderen Ort?«

»Gutes Argument«, sagte Doc, »nur hat niemand eine bessere Theorie gefunden, zumindest noch nicht.«

Es gab noch eine zweite Theorie über Juries Tod, die Doc jedoch niemandem gegenüber erwähnt hatte, weil sie der Meinung war, sie grenze an Wahnsinn und gehe niemanden ausser ihr selbst etwas an. Wenn jemand Juries Tod wollte, weil er mit ihr geschlafen hatte, dann höchstens Suzette, Juries Witwe. Doc hielt es für möglich, dass diese einen Auftragskiller angeheuert hatte – eine in Südafrika keineswegs unbekannte Praxis. In diesem Fall wäre allerdings sie anstelle von Jurie das wahrscheinliche Ziel gewesen – oder beide.

Doc sagte nichts mehr zu den Morden und Geoff liess es entweder auf sich beruhen oder grübelte weiter darüber nach. Als sie sich der Stadt näherten, brach er das Schweigen schliesslich, indem er ein neues Thema aufbrachte.

»Ich habe gehört, Sie seien für eine grosse Beförderung an der Universität vorgesehen.«

Doc wedelte mit einer Hand in der Luft. »Ach, da brauchen sie einen neuen Vizekanzler und ein paar Leute haben mich vorgeschlagen.«

Geoff nickte. »Ich habe gehört, es seien mehr als nur ein paar gewesen und es sei eher eine Ausmarchung zwischen Ihnen und einem anderen Kandidaten, dem alten Moses Khumalo. Sie erhalten viel Unterstützung.«

Doc legte ihre Hände in den Schoss. »Ich bin nicht daran interessiert, eine Universität zu leiten, Geoff. Schon vorher ... Ich meine, ich hatte so viel zu tun mit den verdeckten Operationen, dass ich langsam beinahe ausbrannte. Ich fange gerade erst wieder an, Vollzeit zu arbeiten und lege meine Priorität auf Sie und die anderen Studierenden.«

»Tut mir leid, dass ich es angesprochen habe.«

Sie lächelte ihn an. »Das muss es nicht. Ich weiss, dass die Leute reden, aber ich möchte einfach wieder unterrichten und forschen.«

»Und dann ist da natürlich noch diese Rundreise«

Doc unterdrückte ein Stöhnen. Vor Juries Tod hatte sie sich nicht nur für die Bekämpfung von Wilderern eingesetzt, sondern auch dafür, das Bewusstsein über die Bedrohung der Schuppentiere zu erhöhen. So sammelte sie Spenden für ein paar Nichtregierungsorganisationen und Zentren, die wertvolle Arbeit bei der Rehabilitierung von Schuppentieren und der Finanzierung von Forschungsprogrammen leisteten. Sie war Mitglied der Artenschutzkommission der IUCN (International Union for Conservation of Nature) und leitete bis zu Juries Tod deren Pangolin-Spezialgruppe. Nach der Tragödie trat sie zurück, blieb aber in der Gruppe, die den Gedankenaustausch zwischen Menschen aus allen Bereichen und Gebieten, in denen Schuppentiere vorkommen, förderte, aktiv und war massgeblich an der Organisation einer grossen Konferenz im Krügerpark beteiligt, die kurz vor Juries Tod stattgefunden hatte. Eine der Nichtregierungsorganisationen, die sich für die Rettung von Schuppentieren einsetzte, hatte vorgeschlagen, eine Reise durch Gebiete im südlichen Afrika zu veranstalten, in Gegenden, in denen Schuppentiere lebten. Um Geldgeber aus der ganzen Welt dazu zu bewegen, beträchtlichen Summen zu spenden, sollte Doc als Star-Führerin engagiert werden. Sie hatte zugestimmt und Sara wollte die Rundreise begleiten, um weitere Aufnahmen für ihren Dokumentarfilm zu machen. »Ich kann es kaum erwarten.«

»Versuchen Sie, nicht zu begeistert zu klingen, Doc.« Als sie den Stadtrand erreichten, bog Geoff an der stark befahrenen Kreuzung hinter dem Pick n Pay-Einkaufszentrum rechts ab. Eine letzte kurze Fahrt brachte sie zu den Sicherheitstoren des 'Hoedspruit Wildlife Estate'.

»Home sweet home«, kommentierte Geoff.

»Wenn Sie eine Party organisiert haben, Geoff, bringe ich Sie um.«

5
___

»**Ü**berraschung!«

Doc zwang sich zu einem Lächeln, als die Haustür des Hauses in der Taaibos Street im Hoedspruit Wildlife Estate aufflog.

Zola stand mit Sue, die eine Flasche Sekt und ein Glas hochhielt, in der ersten Reihe der etwa dreissigköpfigen Menschenmenge. »Willkommen zu Hause im Busch, Prof«, sagte Sue.

Doc nahm das Glas. »Danke, das ist zu viel, wirklich.«

Die Leute jubelten, applaudierten und kamen nach vorn, um sie zu umarmen und zu küssen.

Doc hörte »es tut mir so leid« und andere Beileidsbekundungen und bemühte sich, das Wohlwollen, das ihr ihre Freunde entgegenbrachten, in die Seele einsickern zu lassen. In einem einzigen langen Schluck stürzte sie ein Glas Champagner hinunter, worauf Sue sofort zur Stelle war, um es nachzufüllen.

Es gab so viele ihr liebe Leute, die darauf warteten, mit ihr zu plaudern, dass sie sich bei Geoff zu beschweren vergass. Da waren Heidi, die eine Lodge im Timbavati-Gebiet leitete, Don und Nina, die eine solche besassen, Pete, der Tierarzt für Wildtiere sowie David, Juries ehrenamtlicher Ranger-Freund und seine britische Frau Veronica. Simon, der Journalist, erzählte, er wolle eine Reportage über Schuppentiere machen, während Di, der angehende Autor, ihr sagte, sie solle ein Buch schreiben.

Doc bahnte sich schliesslich einen Weg zu Sara, die am Ende der Menge stand und filmte.

»Keine Sorge«, sagte Sara, »dieses Video ist nur für dich und kommt nicht in die Dokumentation. Wie geht es dir, Doc?«

Sie zuckte mit den Schultern. »*Ich fühle mich schrecklich*«, gab sie zurück und sah sich um. Das U-förmig angelegte Haus mit einem hohen Strohdach und verputzten, in einem hellen Erdton gestrichenen Wänden, war wunderschön. In der Mitte lagen das geräumige Wohnzimmer, eine Küche und an den Enden jedes Arms zwei Schlafzimmer mit eigenem Bad. Die Flügel des Hauses umfassten den Swimmingpool und einen Unterhaltungsbereich. »Das Haus ist schön.«

»Es gehört Geoffs Eltern«, erklärte Sara. »An einem solchen Ort zu leben ist mein Traum. Ich bleibe hier und Zola auch.«

»Du Glückspilz.«

»Wir möchten alle, dass du auch hier bei uns bleibst«, sagte Sara und nickte Docs drei Studierenden zu, die auf der anderen Seite des Pools zusammenstanden und sie beobachteten.

Doc wurde stutzig. »Ich brauche keinen Babysitter und kann im College bleiben.«

»Bei allem Respekt, Doc«, sagte Sara und legte ihr eine Hand auf den Arm. »brauchst du wahrscheinlich wirklich jemanden, der sich etwas um dich kümmert und wir wollen alle helfen. Ich fühle mich mitverantwortlich.«

»Es hatte doch nichts mit dir zu tun«, sagte Doc schnell.

»Ich weiss, aber das hindert mich nicht daran, so zu empfinden.«

Doc liess den Kopf hängen. »Ich weiss, was du meinst.«

Docs Telefon vibrierte. Sie nahm es heraus und sah zu Sara auf. »Entschuldige mich einen Moment.«

»Sicher«, sagte Sara.

Doc zog sich in eine etwas ruhigere Ecke des Zimmers zurück und schaute auf ihr Telefon. Es war eine SMS von ihrem Online-

Freund Ralph, die sie über die Nachrichtenfunktion einer Dating-App erhalten hatte, auf die sie nicht mehr achtete. *Und, wie gefällt dir das Lowveld?*

Gut. Bin mit Freunden beschäftigt. Entschuldige, tippte sie.

Alles gut. Ich freue mich, dass du mit netten Leuten zusammen bist.

Doc zwang sich zu einem halben Lächeln. Ralph hatte sich zurückgehalten, was ihr recht war. Sie hatte kein Bedürfnis, die Beziehung, die sich, bevor sie sich in Jurie verliebte, zwischen ihnen entwickelt hatte, wieder aufleben zu lassen und er schien sich damit zufrieden zu geben, ein unterstützender platonischer Freund zu sein. *Ich schlafe bestimmt besser, wenn ich weiss, dass du glücklich bist*, fügte Ralph hinzu.

Ein Teil von ihr hätte am liebsten das Herz bei ihm ausgeschüttet und ihm gesagt, sie habe manchmal das Gefühl, nie wieder glücklich sein zu können. Aber das hätte ein falsches Signal an Ralph senden können, also tippte sie stattdessen *Danke*.

»Ja hallo, meine Damen.«

Doc blickte beim Klang der Stimme auf und sah, dass der Scheinwerfer des Schwimmbeckens von Graham Fosters grosser, massiver Gestalt verdeckt wurde.

Mit einem kurzärmeligen khakifarbenen Hemd, Shorts und Feldwanderschuhen bekleidet, umarmte Graham Doc und gab ihr einen Kuss auf die Wange. »Es tut mir so leid, Doc.«

Sie steckte ihr Handy in die Gesässtasche. »Ja, danke, Graham.«

»Sara, wie geht es meiner Lieblingsregisseurin aus Hollywood?« Er strahlte die junge Frau, die in einiger Entfernung stand, an und hob ein grosses Bierglas, das dem Aussehen und Geruch nach einen Brandy mit Cola enthielt, wahrscheinlich sogar einen doppelten oder dreifachen.

»*Lekker*, danke, Graham. Und dir?«

»Du klingst jedes Mal, wenn ich dich sehe, weniger norwegisch und mehr südafrikanisch, Sara. Mir geht es gut, danke. Ich habe sogar etwas zu feiern, denn ich wurde vor kurzem zum stellvertretenden Leiter der Anti-Wilderei-Einsätze bei der GKEPF, der Greater Kruger Environmental Protection Foundation, der Stiftung, die aus einem Zusammenschluss privater Wildreservate an der westlichen Grenze des Krügerparks besteht, befördert.«

»Gut gemacht, gratuliere, Graham«, sagte Doc.

»Ja, Graham, schön,«, sagte Sara. »Doc, wie wäre es, wenn ich dir noch einen Drink hole?«

»Danke, sehr gern.« Doc wusste aus eigener Erfahrung, dass Graham ein Charmeur war, aber auch arrogant und anmassend wirken konnte. Sara lächelte ihn breit an, während ihr Doc ihr leeres Sektglas reichte.

»Ich habe dich vermisst, Doc«, sagte Graham und lehnte sich gegen eine Steinsäule am Rande der *Stoep*, der Veranda des Hauses. Im Aufenthaltsraum hatte jemand House-Musik aufgelegt, ein paar Studierende der Wildnisausbildung tanzten und man hörte Gelächter. Es war eine warme Nacht und Doc vermutete, es sei nur eine Frage der Zeit, bis sich jemand – höchstwahrscheinlich Graham – ausziehen und in den Pool springen würde.

»Blödsinn.«

Er lachte. »Sei nicht so grausam. Ich dachte, wir bleiben vielleicht in Kontakt.«

»Hah.« Sie senkte ihre Stimme. »Graham, du und ich hatten vor sechs Monaten einen One-Night-Stand, aber obwohl ich es nicht bereue, machte ich mir auch keine Illusionen, dass du mehr als das wolltest.«

»Nun, wenn du damit Heirat und Babys meinst, dann nicht, aber ich dachte, wir hätten noch ein bisschen länger zusammen sein können. Wir hatten eine *lekkere* Zeit, es war schön, nicht wahr?«

EINIGE MONATE vor Juries Tod hatte Doc die Khaya Ngala Lodge im Sabi Sand Game Reserve, südlich von ihrem jetzigen Aufenthaltsort, besucht, wo Sue Oliver und Graham als Anti-Wilderer-Ranger arbeiteten.

Die Besitzerin von Khaya Ngala, die milliardenschwere

Geschäftsfrau Julianne Clyde-Smith, war eine engagierte Naturschützerin und liess ihren Worten auch Taten folgen. Sie unterstützte die Universität Tshwane mit finanziellen Mitteln und Sachleistungen für die Erforschung bedrohter Arten. Unter anderem stellte sie Studierenden und Forschenden, die die Lodge besuchten, ein Zimmer im Mitarbeiterdorf zur Verfügung. Sue war dort, um ein Schuppentier zu beobachten, das ein junger Mann aus dem nahen Dorf ausserhalb des Wildreservats in die Freiheit entlassen hatte.

Wie üblich lud Julianne die Studentin und ihren Betreuer ein, mit den Gästen der Lodge zu Abend zu essen und auf Kosten des Hauses zu trinken, wofür als Gegenleistung erwartet wurde, dass Sue den wohlhabenden Gästen, falls sie interessiert waren, einen Vortrag über ihre Forschung hielt.

Es war ein unterhaltsamer Abend und Graham, der ebenfalls eingeladen war, sass beim Abendessen neben Doc.

»Ich dachte, das langweile dich vielleicht«, sagte Doc plaudernd zu ihm, »naja, du weisst schon, mit den Gästen zu essen.«

Er nickte. »Ja, normalerweise würde ich mich in mein Zimmer zurückziehen und meine Freizeit geniessen oder vielleicht nach Hazyview fahren, aber als Sue mir sagte, dass du zu Besuch kommst, wusste ich, dass ich dich sehen wollte. Ich habe mir eine Einladung besorgt, indem ich Julianne versprach, ihre Gäste mit Geschichten über meine Abenteuer im Kampf gegen die Wilderei zu beeindrucken. Ausländische Mädels lieben so etwas, aber eigentlich wollte ich dich sehen.«

Doc war überrascht. Sie hatte die Lodge schon zweimal besucht und obwohl sie nicht viel miteinander gesprochen hatten, erinnerte sie sich an eine Begegnung mit Graham. »Wirklich, warum? Interessierst du dich für ein Studium an der Universität? Ich habe sogar einen Doktoranden, der früher hier Führer war, Geoff …«

»Hoddy. Ich kenne ihn«, hatte Graham gesagt. »Netter Kerl, aber ein bisschen weich.«

»Er ist nicht weich.«

Graham lächelte. »Hast du eine Schwäche für ihn, Doc? Schade, ich dachte, es gäbe Regeln für Professoren und Studenten.«

»Ja, solche gibt es, aber hör doch einfach auf, so zu reden, Graham.«

Er hatte einen Schluck von seinem Getränk genommen. »Wie lange bist du hier im Lowveld?«

Sie hatte die Achseln gezuckt. »Mindestens ein paar Wochen, vielleicht auch länger.«

»Willst du mit mir gehen?«

Sie hatte gelacht. »Graham, du siehst zwar gut aus, aber du musst wirklich noch an deiner Technik arbeiten.«

Er zwinkerte ihr zu.

Sie hatten zusammen gegessen und Doc hatte sich durch Grahams direkten Annäherungsversuch ein wenig geschmeichelt gefühlt. Damals war sie in einer Zwickmühle, weil sie spürte, dass ihre Gefühle für Jurie wuchsen, aber er ihr noch nicht gestanden hatte, wie schlimm es mit Suzette war. Doc hatte versucht, sich selbst davon zu überzeugen, dass es falsch sei, sich in einen verheirateten Mann zu verlieben und ein anderer Mann besser für sie wäre. Nach dem Abendessen war Doc noch in der Boma geblieben, dem umzäunten Essbereich im Freien und hatte sich neben Graham ans Lagerfeuer gesetzt.

»Vielleicht könntest du mich jetzt zurück zu meinem Zelt begleiten?«, hatte Doc Graham gefragt.

»Natürlich, mit Vergnügen.«

Obwohl Doc wahrscheinlich genauso viel, wenn nicht sogar mehr Zeit zu Fuss im afrikanischen Busch unterwegs gewesen war als Graham, gehörte es zu den Grundsätzen der Lodge, dass ein Führer oder ein anderes Mitglied des Personals einen Gast zurück auf sein Zimmer begleitete. Als sie ihre Luxussuite erreichten, verweilte Doc an der Tür.

»Vielleicht solltest du kurz reinkommen und nachschauen, ob es keine Schlangen hat«, hatte sie zu ihm gesagt.

»Eine hat es sicher ...«

Doc streckte die Hand aus, legte ihm einen Finger auf die Lippen und brachte ihn so zum Schweigen. »Ruiniere es nicht durch Reden, Graham.«

Er nickte.

»Denkst du an das letzte Mal?«, wollte Graham wissen, als hätte er ihre Gedanken gelesen.

»Nein. Ich denke an die Arbeit«, schwindelte sie.

Graham lachte laut und so herzhaft, dass er die Blicke von Docs Studierenden auf sich zog. »Ich könnte heute Nacht bei dir übernachten, anstatt zurück in mein einsames Quartier im Wildreservat zu fahren. Wie wäre das, Doc?«

»Nein, Graham. Obwohl ich finde, dass du nach dem Konsum all dieser verschiedenen Drinks wirklich nicht mehr fahren solltest.«

Er hob sein Glas und trank ein paar Schlucke. »Du weisst ja, wo du mich findest, Doc.«

»Bis später.«

»Okay. Hey, Annaliese!« Graham hatte die hübsche blonde Tierarzthelferin entdeckt und bahnte sich einen Weg durch die Menge auf die andere Seite des Pools.

Sara kam mit einem vollen Glas Champagner zurück. »Igitt, dieser Graham.«

»Danke«, sagte Doc. »Er ist wie ein Welpe.«

»Wirklich?«, sagte Sara. »Was meinst du damit«

»Jung, niedlich und voller Energie, ermüdet aber schnell.«

Sara lachte, dann nahm sie einen Schluck von ihrem Drink. »Er mag dich.«

Doc zuckte mit den Schultern. »Und?«

»Und du bist jung, Doc, wunderschön, und es ist grossartig, mit dir zusammen zu sein. Ich... wir möchten einfach, dass du glücklich bist, das ist alles.«

Sie spürte, wie sich ihr Inneres wieder auflehnte und blickte Sara an. »Wer sagt denn, dass ich nicht glücklich bin?«

»Ist schon gut«, gab Sara zurück und hob kapitulierend die Hände. »Willst du über die Schuppentier-Reise sprechen?«

»Nicht wirklich.«

Sara sah zu den anderen und Doc wurde klar, wie sie wirkte. »Es tut mir leid.«

»Das muss es nicht. Ich habe in Afghanistan einen Freund verloren und weiss, wie das ist.«

Doc wusste, dass Sara mit der norwegischen Armee in diesem vom Krieg verwüsteten Land gedient hatte. Doch sie war bei ihrer Arbeit so eifrig und zielstrebig, dass man manchmal vergass, dass sie genau wie alle anderen war und ihre eigenen Probleme und ihre Last mit sich trug. »Dann weisst du ja, wie schwer es ist, wenn sich alle so sehr bemühen, einen zu trösten.«

Sara nickte. »Ja, und das ist sowieso unmöglich. Aber es geht vorbei, Doc und man hört nicht auf, die Person zu lieben, nur weil man weiterzieht.«

»Ich werde versuchen, mir das zu merken. Und jetzt sprechen wir über die Rundreise.«

»Gut«, sagte Sara. »Ich verspreche, dir nicht in die Quere zu kommen und deine tollen Spender nicht mehr zu stören, als es unbedingt nötig ist, um alle Aufnahmen zu bekommen, die ich brauche.«

Doc lachte tatsächlich.

Sara grinste. »Um ehrlich zu sein, denke ich, dass für mich das Interessanteste der ganzen Tour der Besuch der beiden Schuppentier-Rehabilitationszentren in Simbabwe und Namibia ist. Die Sponsoren sind eher nur Zugemüse.«

»Vielleicht sage ich ihnen das besser nicht.«

Sara lachte. »Nein, lieber nicht. Aber jedenfalls freue ich mich darauf und ich hoffe, du auch. Ein Tapetenwechsel tut dir bestimmt gut.«

»Ich hoffe es.«

Doc nahm noch einen Drink. Jemand hatte daran gedacht, Pizza zu bestellen und so konnte sie, während sie sich mit Leuten unterhielt, die sie seit Monaten nicht mehr gesehen hatte, ein paar Stücke davon verschlingen. Abgesehen von Kanta und ihrem Polizei- und Strafverfolgungsteam waren diese Leute das, was für sie einer Familie am nächsten kam.

Graham tanzte mit Annaliese und Doc war überhaupt nicht eifersüchtig. Das mit ihm war wirklich nur eine Affäre gewesen und obwohl sie glaubte, heute Abend täte es gut, in jemands Armen zu schlafen, litt sie dafür immer noch zu sehr unter Juries Tod.

Geoff kam zu ihr herüber. »Wir haben Sie im letzten Zimmer rechts untergebracht, dort drüben, auf der anderen Seite des Pools.«

»Wollen Sie der 36-jährigen Dame damit sagen, es sei Zeit, schlafen zu gehen?«

»Nein, überhaupt nicht, und seit ich Sie abgeholt habe, habe ich kaum mit Ihnen gesprochen. Dabei hatte ich gehofft, wir könnten reden.«

Durch den Lärm der Party hörte sie das hohe Heulen eines Schakals, das sich durch das Geschnatter und die Bässe der Musik zog, und dabei wurde Doc klar, dass sie wirklich zurück in den Busch und weg von den Menschen wollte.

»Das können wir gern, aber nur, wenn Sie mir versprechen, dass Sie weder mein Liebesleben kommentieren noch mich aufzuheitern versuchen.«

Geoff legte seine Hand auf sein Herz. »Ich verspreche es.«

»Okay, aber lassen Sie uns von dieser Musik weggehen. Bei *dieser* fühle ich mich wirklich alt.«

Sie gingen von der *Stoep,* der Veranda, in den Hof hinunter und auf die Rückseite des Hauses. Es gab hier nur wenige Zäune und nur ein natürlicher Dornenbuschbestand bildete die Grenze zwischen den Unterkünften und dem dahinter liegenden Haus. Die Bewohner posteten auf Instagram und Facebook immer wieder Bilder und Videos von Kamerafallen, auf denen Leoparden und Hyänen um die Häuser schlichen. Darüber machte sich Doc allerdings keine Sorgen, denn in Hörweite dieses Uni-DJs würde sich kein Leopard aufhalten wollen.

»Ich habe über die Verbindung zwischen Steven und John Chen nachgedacht«, sagte Geoff.

»Erzählen Sie!«. Sie blickte nach oben, weder aus Verzweiflung noch aus Ungeduld, sondern einfach, um nach so langer Zeit in der Stadt wieder die Sterne zu sehen. Sie stellte sich Jurie dort oben zwischen ihnen vor.

»Es muss jemanden geben, der in der Nahrungskette weiter oben steht und Sie und John Chen aus dem Spiel haben wollte.«

»Sie glauben also nicht, dass es ein Unfall war? Dass jemand nur hinter Chen her war und aus Versehen oder als Kollateralschaden auch Jurie erwischt hat?«

Geoff schüttelte den Kopf. »Nennen wir ihn Mister Big. Zuerst verübt er einen Anschlag auf Chen, scheitert aber beim Schiessen im Vorbeifahren. Dann sieht es aus, als sei Chen auf der Flucht, nach China, Hongkong oder wohin auch immer sein Flug gehen sollte. Und Mister Big weiss, dass Sie und Jurie eine Bedrohung für sein Geschäft darstellen. Also stellt er Ihnen, Jurie und Chen eine Falle, so dass ihr alle an einem Ort seid.«

»Warum hat sein Scharfschütze dann nicht auch mich getötet?«, fragte Doc.

Geoff hob eine Hand. »Ich habe darüber nachgedacht. Sie sind zu bekannt und keine Polizistin. Seien Sie ehrlich, hat Juries Tod Schlagzeilen gemacht?«

»Seite sechs in *The Star*, Seite drei in *Rapport*, aber nur, weil am selben Tag noch ein zweiter Polizist getötet wurde, ein Schwarzer.«

»Wenn Sie getötet worden wären, Doc, wäre es auf der Titelseite erschienen. Aber welcher aufstrebende Berufsverbrecher will diese Art von Aufmerksamkeit?«

Doc dachte über Geoffs Theorie nach, die das Einsatzteam auch bereits untersucht hatte. Geoff betrachtete sie jedoch aus einer anderen Perspektive, nämlich aus der Sicht desjenigen, der die Person mit dem Gewehr bezahlt hatte. Die Polizei ging natürlich davon aus, dass Chens und Juries Mörder dieselbe Person war oder von denselben Leuten bezahlt wurde, wie die, die den ersten Anschlag auf Chen angeordnet hatte. Es gab vage Spekulationen über einen Bandenkrieg, aber niemand hatte ausreichend gute Informationen über die chinesische Gemeinschaft in Johannesburg.

»Wenn jemand Chen aus dem Geschäft drängen wollte, war der Mord an ihm nur ein Teil davon, wogegen Juries Ermordung ein grosses Loch in die Möglichkeiten der Guten, die die Wilderei von Schuppentieren unterbinden wollen, gerissen hat.«

»Ja«, stimmte Doc zu, »und dieser Mister Big muss gewusst haben, dass er damit eine Wirkung auf mich erzielen würde. Und es hat tatsächlich perfekt funktioniert.« Sie spürte, dass ihre Wut zu brodeln begann.

»Ich frage mich, ob unser Mister Big will, dass Sie weiterhin unterwegs sind«, sagte Geoff.

»Warum?«

»Das Netzwerk mit Polizei- und Naturschutzbeamten hat immer noch Ihre Nummer und jedes Mal, wenn ein Schuppentier gefunden wird, kommen alle zu Ihnen.«

»Das stimmt.« Sie hatte im letzten Monat ungefähr ein Dutzend Anrufe erhalten und jeden davon höflich abgewiesen und an die Hawks und die STES verwiesen. Aber Doc wusste, dass die Schuppentier-Anrufe ohne Jurie mit seinem Rang in der Polizeiorganisation und seiner charakterlichen Stärke, durch die Maschen fallen würden. Die südafrikanische Polizei hatte einfach zu viele andere dringende Verbrechen, von der Nashornwilderei bis hin zu Überfällen auf Geldtransporte und Morden, zu bearbeiten.

»Ich glaube, jemand von unserer Seite hat Chen einen Tipp gegeben«, sagte Geoff.

Docs Augen weiteten sich. Daran hatte sie nie gedacht. »Was, meinen Sie wirklich?«

»Überlegen Sie es sich einmal.« Geoff nahm einen Schluck Bier aus der Flasche. »Chen schickt Ihnen zufällig genau an dem Tag, an dem Sie Simbabwe-Steven geschnappt haben, aus heiterem Himmel eine Nachricht. Er weiss, dass Sie ein lebendes Schuppentier in Empfang nehmen und danach im Rausch sein werden, womit er den perfekten Moment bekommt, um Sie und Jurie in eine Falle zu locken, weil Sie beide äusserst verwundbar sind und weder Verstärkung noch Schutz durch eine Wache zugegen ist.«

Doc nahm es ihm übel, dass er es so ausdrückte, aber sie hatte sich in den letzten drei Monaten schon Schlimmeres gesagt. »Machen Sie weiter.«

»Mister Big hat die Fäden in der Hand und sowohl Sie wie auch

Steven und John Chen auf einer Kurzwahltaste. Er hat euch alle reingelegt.«

»Wow«, sagte Doc und dachte darüber nach. »Das ist eine ernsthafte Anschuldigung, Geoff. Haben Sie irgendwelche Beweise, um sie zu untermauern?«

»Nichts Schlüssiges.«

»Warum sagen Sie 'nicht schlüssig'? Woran denken Sie?«

Geoff nahm noch einen Schluck und blickte auf den dunklen Busch jenseits des Lichtkegels des Hauses. Ob sie sie nun beachteten oder nicht, dort draussen lauerte Gefahr.

»Eine Sache ergab für mich einfach keinen Sinn«, sagte Geoff. »Und zwar, weshalb Mister Big wollte, dass Steven verhaftet wird. Für Mister Big war es ideal, dass Sie an diesem Tag Stevens lebendes Schuppentier bekommen haben, denn das passte in seinen Plan. Noch besser wäre es gewesen, wenn Steven, der Wilderer-Zwischenhändler, ebenfalls entkommen wäre und sein Geschäft hätte weiterführen können, aber neuerdings als Lieferant von Mister Big.«

Doc holte tief Luft. »Er hat es fast geschafft.«

Geoff nickte langsam.

»Scheisse«, murmelte Doc und dachte daran, wie voreilig Jason während der verdeckten Operation, bei der sie Steven erwischen wollten, gehandelt hatte. »Und Jason Chow?«

Geoff wandte sich ihr zu. »Jason kommt nach Hoedspruit.«

»Wirklich?« Doc war überrascht. »Weshalb? Und wieso weiss ich nichts davon?«

Geoff zuckte mit den Schultern. »Er hängt immer mal mit uns rum – mit mir, Sue und Zola.«

»Tatsächlich?«

»Schauen Sie nicht so überrascht, Doc. Er ist im selben Alter wie wir und wir haben uns kennengelernt, als Sie uns bei der Einweisung für die Operation dabei sein liessen. Jason ist cool und Zola und Sue haben ihn nach der Besprechung mit uns eingeladen, etwas trinken zu gehen. Wir gingen in eine Cocktailbar in Melville, wo Jason den Mädchen Getränke bezahlt hat. Danach sind alle in einen Club gegangen und haben getanzt.«

Doc verdaute diese Nachricht. Genau wie der Rest des Einsatzteams war sie bereit gewesen, Jasons voreiligen Angriff auf Steven als eine Mischung aus Unerfahrenheit und jugendlichem Überschwang abzutun und ausserdem wusste Doc, dass Frank Galloway Jason bei der Nachbesprechung eine saftige Abreibung verpasst hatte.

»Haben die Mädchen Jason hierhin eingeladen?«, fragte Doc.

»Irgendwie schon. Ich erinnere mich, wie er ihnen in Melville erzählte, dass er in Joburg aufgewachsen sei und sich seine Eltern nie für Wildtiere interessiert hätten. Sie seien nie in den Krügerpark oder andere Wildreservate gefahren und er habe noch nie einen Löwen in freier Wildbahn gesehen. Daraufhin meinten Zola und Sue: 'Nein, das gibt's doch nicht, Mann, dann müssen wir dich in den Busch holen'. Eigentlich sollte er heute Abend zu Ihrer Party hier sein und ich schätze, er ist unterwegs, aber vielleicht auf der N4 im Verkehr stecken geblieben.«

»Ich verstehe«, sagte Doc. »Glauben Sie, dass Jason für Mister Big arbeitet?«

Geoff zuckte mit den Schultern. »Ich bin kein Polizist, Doc, sondern ein Safari-Führer, der Zoologe werden will. Ich lese Spuren, halte nach Zeichen Ausschau und höre zu. Das ist alles. Aber mir fällt auf, dass manche Dinge nicht zusammenpassen.«

Er war bescheiden und hatte einen scharfen Verstand. Er würde ein guter Wissenschaftler werden, vielleicht eines Tages ausserdem Dozent, wäre aber auch ein guter Detektiv geworden.

Doc hatte in den Busch kommen wollen, um Distanz zu gewinnen und zu vergessen, aber es schien, als hole sie ihre Vergangenheit wieder ein. Sie stieg wie Galle in ihr auf und brannte ihr in der Kehle. Während sie über ihre Abscheu nachsann, wusste sie, dass die gleissende Flamme der Wut über Juries Tod und ihren eigenen Anteil daran immer noch in ihr loderte.

Pete, der Tierarzt, kam nach draussen, warf seine Zigarette auf den Boden und trat sie aus. Er kippte den letzten Rest seines Windhoek Lager und gab Geoff die leere Flasche. »Pass gut darauf auf, mein Junge.«

Geoff lächelte. »Sicher.«

»Doc«, lächelte Pete. »Da drinnen spielen sie 'The Pet Shop Boys', also das, was diese jungen Leute 'alte Musik' nennen. Komm tanzen.«

»Pete, ich glaube nicht ...« Er packte sie am Unterarm und Doc liess sich, die Augen zu Geoff hin rollend, zurück ins Haus führen.

David und Veronica tanzten in der Mitte des Aufenthaltsraums eine Art 'Jitterbug- Swing' und einige der Studenten hielten ihre Handys gezückt und drehten Videos. Doc ergab sich Pete, der, obwohl ziemlich betrunken, erstaunlich leichtfüssig war.

'Es ist eine Sünde' schallte es in ihrem Kopf. Dass sie tanzte, sollte eine Sünde sein? Doc schüttelte den Kopf, um den Champagner zu verdrängen und sagte sich, sie sollte ihre Zeit hier geniessen.

»Habe ich dir je gesagt, dass ich dich liebe?«, hauchte ihr Pete mit Bierduft ins Ohr.

»Mehrmals, Pete. Das letzte Mal nach der Konferenz in der Bar im alten Bahnhof in Skukuza.«

Er wirbelte sie herum und sie warf am Ende der Bewegung theatralisch den Kopf zurück, was die versammelten Zuschauer mit lautem Gejohle quittierten. »Oh, ja. So ist es richtig. Was hast du damals gesagt?«

»Ich habe dir gesagt, ich sei in jemand anderen verliebt.«

Peter schloss sie wieder in seine Arme. »Oh ja, ich erinnere mich... Ein Glückspilz.«

Doc brachte es nicht über sich, den betrunkenen Tierarzt daran zu erinnern, dass der Mann, von dem sie sprach, tot war.

Als das Musikstück endete, legte Pete Doc kunstvoll weit nach hinten und als er sie wieder aufrichtete, johlte und applaudierte die Menge.

Einen Moment später legte der DJ ABBA auf und die Tanzfläche im Wohnzimmer wurde gestürmt. Geoff, Zola, Sue und Graham Foster mit seinem neuesten Objekt der Begierde, Annaliese, gesellten sich zu Pete und Doc und alle tanzten miteinander. Am Ende des Stücks stellte Doc fest, dass sie tatsächlich Spass hatte.

Dann betrat Jason Chow den Raum.

6

———

Die Musik ging zu Ende, nachdem sich Sue bereits von der Tanzgruppe gelöst hatte und durch die Tänzer und Zuschauer zu Jason gehuscht war. Er nahm sie in die Arme und küsste sie.

Doc blinzelte. Ihr Verstand war vom Champagner und dem Herumwirbeln umnebelt, aber der Anblick von Sue und Jason, die sich an den Händen hielten, während sie miteinander sprachen, liess sie schlagartig nüchtern werden. Sie entschuldigte sich bei den anderen.

»Hi, Doc, tut mir leid, dass ich deine Party verpasst habe«, hörte sie Jason sagen.

»Ich hole dir ein Bier, Jason«, sagte Sue. »Castle Lite, ja?«

»Danke, Babe«, sagte Jason.

Babe. »Schön, dass du da bist, Jason«, sagte Doc. »Ich glaube, für einige von uns fängt die Party gerade erst an.«

»Ich hörte es schon von draussen auf der Strasse.«

Er trug ein glänzendes Manchester United Shirt, eine goldene Halskette, Shorts von Gucci und Nike Turnschuhe. Sein Haar war mit Gel gestylt und Doc bemerkte zum ersten Mal einen Diamantohrstecker. Jason war ein gutaussehender junger Mann, der sich im Dienst konservativ kleiden musste, mit Chinohose und Poloshirt.

Er betrachtete die Menge. »Ich glaube, ich hätte grüne Kleider mitbringen sollen.«

»Nur wenn du vorhast, durch den Busch zu wandern«, sagte Doc. »Wie ist es dir ergangen?«

Er zuckte mit den Schultern. »Ach, du weisst schon.«

Sie sah ihm in die Augen. »Ja, ich weiss.«

»Doc ... Ich ...«

»Spar dir das, Jason«, sagte sie und runzelte mitfühlend die Stirn. »Wir können uns die Schuld geben, so viel wir wollen, aber was passiert ist, ist passiert. Wir haben Steven verhaftet, doch jemand wollte John Chen umbringen, mich vielleicht auch, und möglicherweise auch Jurie, der allerdings möglicherweise einfach in der Schussbahn stand.«

Er nickte. Offensichtlich hatte man ihn in die Theorien der Arbeitsgruppe und die scheinbar endlosen Diskussionen über Motive, Mittel und Möglichkeiten eingeweiht. »Glaubst du, dass du auch ein Ziel warst?«, fragte Jason.

»Ja.«

»Warum bist du dann nicht tot?«

Sie war verblüfft. »Oh, die meisten Leute sagen einfach nur: 'Mein Beileid'. Und an manchen Tagen wünschte ich tatsächlich, ich wäre erschossen worden.«

Er nickte leicht, als hätte sie soeben etwas bestätigt, was er sich gedacht hatte. »So wie ich es verstanden habe, hätte der Schütze lange genug freie Sicht gehabt, um auf dich zu schiessen«, sagte Jason.

Ihre Augen wurden gross. »Was sagst du da?«

»Er wollte dich nicht umbringen, Doc. Weshalb sollte er?«

»Woher zum Teufel soll ich das wissen, Jason? Was willst du damit sagen?«

Er hielt seine Hände hoch. »Ganz ruhig, Doc. Ich meine es nicht böse. Und, hey, auf mich zeigen sowieso alle mit dem Finger, ob sie es nur denken oder den Mut haben, es mir ins Gesicht zu sagen. Die

Hälfte der Leute, mit denen ich zusammenarbeite, halten mich für einen getarnten Schmugglerkönig, der mit Nashornhorn oder Abalone handelt, während die andere Hälfte glaubt, aufgrund meiner so genannten Verbindungen könne ich die chinesischen Triaden im Alleingang zu Fall bringen. Ich kann gar nicht gewinnen.«

Doc kam das Gespräch, das sie gerade mit Geoff geführt hatte, in den Sinn. War das nur ein Handstreich von Jason, weil Angriff bekanntlich die beste Verteidigung war?

»Eine Theorie, die du vielleicht gehört hast, ist«, erklärte Doc, »dass meine Ermordung mehr Druck auf die Auftraggeber des Anschlags ausgeübt hätte, als das Erschiessen eines Gangsters und eines Polizisten.«

Während er darüber nachdachte, mahlte Jason auf dem Unterkiefer hin und her. »Das glaube ich nicht. Du hast in den letzten drei Jahren mehr Schuppentiere gerettet, als die gesamte Polizei und die Umweltbehörde zusammen. Es ist eigentlich nicht im Interesse von Wilderern oder Händlern, dich am Leben zu lassen. Ausserdem hätte es dein Tod wohl höchstens für drei Tage in die Zeitungen und ins Fernsehen geschafft.«

So 'cool' er auch auftreten mochte, hatte der junge Detektiv doch eine gewisse Härte an sich, von der Doc vermutete, sie ergebe sich bei der Arbeit in Johannesburg sehr schnell. Möglicherweise war Chow eher *wegen* als trotz seiner ethnischen Herkunft befördert worden, wobei er wohl mehr gelernt hätte, wenn er noch einige Zeit in Uniform hätte arbeiten müssen, mit all dem Schrecken, das das mit sich brachte.

»Warum bist du hier, Jason? Für Urlaub im Busch?«

Er schaute sie an. »Zum Teil. Sue hat mich gebeten, mit euch auf diese Reise zu kommen.«

Doc war verblüfft. »Bitte versteh mich nicht falsch, aber du bist nicht eingeladen.«

Sue trat wieder zu ihnen und reichte Jason sein Bier. »Deine Professorin hier sagt, ich dürfe nicht mit auf eure Schuppentier-Tour durch Afrika«, sagte er zu ihr.

»Was?«, fragte Sue.

»Wir sind voll und die Unterkünfte sind alle ausgebucht, Sue, das wissen Sie doch«, sagte Doc.

»Stimmt, aber es gibt kein Gesetz, das Jason verbietet, uns nach Simbabwe und Namibia zu folgen. Er fährt sowieso mit seinem eigenen Auto und ich habe überall, wo wir unterkommen, ein eigenes Zimmer. Vielleicht erinnern Sie sich, dass meine Eltern den Einzelzimmerzuschlag bezahlt haben.«

Doc seufzte. »Ja, das tue ich.«

»Doc, wenn du ein Problem mit mir hast ...«, begann Jason.

»Nein, nein, das habe ich ganz und gar nicht.« Das stimmte auch und trotz der Bedenken, die Geoff geäussert hatte, war sie nicht geneigt, Jason zu verurteilen und anzunehmen, er sei ein geheimes Bandenmitglied, das sich bei den Hawks eingeschleust habe – zumindest nicht, bevor es Beweise dafür gab. Sie hatte ein schlechtes Gewissen, weil sich in ihr unbewusst ein latentes Vorurteil aufgebaut hatte.

»Bei den Mahlzeiten oder in den Nächten, die ihr in Wildbeobachtungsverstecken verbringt, werde ich nicht mit dabei sein, Doc. Wenn ich ehrlich bin, reiste ich noch nie nach Simbabwe oder Namibia und war auch noch nie auf einer Safari. Ich möchte in Zukunft gern weiterhin an solchen Fällen arbeiten, wie ich sie mit dir bearbeitet habe, und Wilderer aufspüren, aber mir ist klar, dass ich mir dafür das notwendige Wissen erarbeiten muss. Wenn es jedoch ein so grosses Problem ist, fahre ich morgen zurück nach Johannesburg.«

»Nein, es ist in Ordnung, Jason, und es tut mir leid, wenn ich mich falsch ausgedrückt habe«, sagte Doc.

»Kein Problem.« Er lächelte und legte einen Arm um Sue. »Ich nehme an, du hast gehört, dass wir jetzt zusammen sind.«

»Ich freue mich für euch.«

»Wer kommt denn noch mit auf diese Rundreise?«, erkundigte sich Jason. »Und worum geht es genau?«

»Hat Sue es dir nicht erklärt?«

»Es war sozusagen eine Einladung in letzter Minute«, sagte Sue.

Doc konnte sich über das Ungestüm der jungen Liebe nur

wundern. »Sara, die Filmemacherin, die du bereits kennst, kommt mit, um eine Dokumentation zu drehen und Geoff, Zola und natürlich Sue sind mit von der Partie. Zola bringt auch noch jemanden mit – einen zahlenden Gast. Ich glaube, es ist ihr Onkel oder was. Wir hatten eine Absage und Zola sagte, ihr Verwandter nähme den Platz ein.«

»Dann bin ich also nicht der Einzige, der im letzten Moment dazustösst.«

Doc runzelte die Stirn. »Nein, offensichtlich nicht.«

»Ich glaube nicht, dass ich etwas falsch gemacht habe, Doc«, sagte Sue.

»Es ist alles in Ordnung.« Doc sah auf die Uhr.

»Wir sollten jetzt gehen«, sagte Sue.

»Aber ich bin doch gerade erst angekommen«, protestierte Jason.

»Nun«, Sue zwirbelte einen Finger in ihrem Haar, »du kannst entweder hier bleiben und etwas trinken, oder mit mir zu meinem Häuschen am Wildlife College kommen, aber hier ist nicht genug Platz für uns alle. Ausserdem kann ich dich, wenn du zu mir kommst, genauer über die Schuppentierreise informieren.«

Doc schnalzte in gespieltem Entsetzen, als Sue Jason wegführte, wobei ihr der Detektiv mit den Fingern über die Schulter zuwinkte. Doc beneidete die beiden einen Moment lang. Obwohl ihr die Nachricht, Jason begleite sie, immer noch ein wenig unangenehm war, stimmte natürlich, was Sue gesagt hatte, und es sprach nichts dagegen, dass er die Tour mitmachte.

Sie streckte sich und gähnte, als Geoff aus dem Wohnzimmer kam.

»Ich habe genug getrunken und glaube, ich lege mich jetzt auch aufs Ohr«, sagte er.

»Ich auch. Ich bedanke mich nicht für die Überraschungsparty, Geoff – ich hasse sie immer noch – aber, na ja, danke, dass Sie sich so viel Mühe gegeben haben. All die bekannten Gesichter zu sehen war schön.«

Er zuckte mit den Schultern. »Wir sehen Sie als ... nun, ich weiss nicht, Sie sind für uns mehr als eine Professorin.«

»Das ist lieb«, warf sie ihm einen Blick zu, »aber damit können Sie keine besseren Noten schinden.«

»Das ist mir klar, aber ich freue mich darauf, ab morgen auf der Reise mit Ihnen im Einsatz zu arbeiten, Doc.«

Sie stöhnte. »So, jetzt muss ich wirklich schlafen, sonst bereue ich den Champagner, wenn ich morgen in der Hitze des Lowvelds durch den Busch laufe. Gute Nacht, Geoff.«

Er lächelte sie an. Er sah wirklich sehr gut aus. »Gute Nacht, Doc.«

Doc machte auf der Party, die sich aufzulösen begann, die Runde. Pete lallte ein »Gute Nacht«, umarmte sie, und erklärte, er gehe jetzt auch nach Hause.

»Nimm dich vor den Leoparden in Acht«, warnte sie ihn lachend.

»Um die mache ich mir keine Sorgen und ausserdem muss ich ja nur die Strasse runter.«

Graham Foster kam zu Doc. »Ich habe gehört, du bist morgen mit den Studierenden im Balule-Naturreservat unterwegs.«

»Ja, stimmt«, sagte Doc, »bereue es aber jetzt schon.«

»Dann sehen wir uns, denn ich bin auch dort«, sagte Graham.

»Was? Warum?« Doc war es gewohnt, ihre Expeditionen selbst zu planen, obwohl sie einen Teil der Logistik für den nächsten Tag an Pete ausgelagert hatte, der allerdings einen noch schlimmeren Kater haben würde als sie.

»Pete weiss, dass wir uns kennen und als ich hörte, dass du nach Hoedspruit kommst, habe ich mich freiwillig gemeldet. Du brauchst doch einen bewaffneten Ranger, der dich in Balule auf den Spaziergängen mit den Schuppentieren begleitet und dafür bin ich dein Mann.«

Er war anmassend und fast schon arrogant, aber wenn Graham dieses Lächeln aufsetzte, konnte Doc ihm nicht böse sein. »Graham …«

»Denise …«

Sie lachte. »Meine Mutter ist die Einzige, die mich Denise nennt und dies auch nur, wenn sie sich über mich ärgert.«

Er senkte seine Stimme. »Dann willst du Ärger?«, fragte er und hob die Augenbrauen.

Doc schlug ihm halb spielerisch gegen die Brust. »Genug, junger Mann.«

»Ich werde brav sein, ich verspreche es. Es sei denn, du möchtest, dass ich unartig bin.«

»Graham. Wir sehen uns morgen früh.«

»Gute Nacht, Doc, wir sehen uns in meinen Träumen.« Er umarmte sie etwa drei Sekunden zu lang.

»Ich schlage vor, du schläfst auf dem Rücksitz deines *Bakkies*. Ich bin sicher, Zola oder Geoff können dir ein paar Decken besorgen.«

»Es ist schön, dass du dich um mich kümmerst, Doc.« Grahams Telefon läutete. Er schaute auf das Display und runzelte die Stirn.

»Alles in Ordnung?«, fragte Doc.

»Arbeitskram. Mein Partner, Oscar Mdluli, hat etwas geschickt.«

»Ja, ich erinnere mich an ihn. Ein netter Kerl«, sagte Doc.

»Tut mir leid, ich muss gehen.«

Sie winkte. »Tschüss, Graham.«

SARA TRANK das letzte Bier des Abends aus und beobachtete Grahams unbeholfenen letzten Versuch, sich Doc erneut zu nähern. Sie hatte von anderen Studierenden gehört, Graham und Doc hätten einmal etwas miteinander gehabt.

Die Ankunft von Jason Chow war eine Überraschung gewesen, von der sie vermutete, sie sei für Doc ein Schock gewesen. Sara sah, dass Sue und der gutaussehende junge Detektiv Händchen hielten und gerade zusammen weggegangen waren. Unweigerlich ging ihr durch den Kopf, wie sich diese neue Beziehung in ihrem Dokumentationsfilm auswirken würde.

Abgesehen davon, dass Doc auf Steven schoss und Jurie starb – beides konnte sie in ihrem Film nicht im Detail zeigen –, gehörte die Szene, bei welcher Jason bei der ersten Verhaftung in hohem Tempo und mit kreischenden Reifen über den Parkplatz fuhr und mit gezogener Waffe aus dem Fahrzeug sprang, zu den bisher gelungensten.

Vom kleineren Problem, dass Jason zu früh gehandelt hatte und für seine Dummheit zurechtgewiesen worden war, musste das Publikum nichts wissen. Für die Zuschauer in Europa, Amerika, Grossbritannien und anderswo, die ihren Dokumentarfilm als Stream verfolgten, war er einfach ein hipper junger Detektiv, der zur Rettung eilte.

Sara sah sich im Wohnzimmer um. Jetzt brachen sogar die Ewiggestrigen auf, einschliesslich Graham Foster, den sie aus ihrer Zeit in der Khaya Ngala Lodge im Sabi Sand Game Reserve kannte. Während der COVID-Sperren hatte Sara als Kamerafrau für das 'Stayhome-Safari'-Programm gearbeitet, bei dem für frustrierte Afrika-Süchtige Live-Safaris in alle Welt übertragen wurden. Graham hatte dort als Anti-Wilderer-Ranger gearbeitet und war mit der Chefführerin der Lodge, Saras Freundin Mia Greenaway, ausgegangen. Das war, bevor Graham und Doc etwas zusammen hatten und bevor Sara Doc überhaupt kennenlernte. Sara war schon immer ein bisschen in Graham verknallt gewesen und jetzt tat ihr leid, dass er die Party allein verlassen hatte. Sie wünschte, sie hätte ihn eingeladen, in ihrem Bett zu übernachten.

Da sie die Nummer von Graham hatte, schickte sie ihm spontan eine Nachricht.

Howzit Graham, war schön, dich auf der Party zu sehen. Ich hoffe, du bist gut nach Hause gekommen. Sie hielt inne und überlegte, wie sie die Nachricht beenden könnte, ohne verzweifelt zu klingen. *Vielleicht trinken wir morgen zwischen den Aktivitäten mal einen Kaffee in der Lodge?*

Sie sah Zola in einer Ecke sitzen, auf dem Beistelltisch neben sich ein volles, unangerührtes Glas Wein und etwas in ihr Telefon tippen.

»Noch nicht bereit fürs Bett?«, fragte Sara in Zolas Richtung.

Zola sah auf. »Oh, nein. Ich meine, ja, bald. Ich muss mich nur um etwas kümmern.«

Sara sah, dass Zola sich auf die Unterlippe biss. »Ist alles in Ordnung?«

»Ja, ja, alles gut. Ich glaube, ich brauche nur etwas Schlaf«, gab Zola zurück.

Sara hatte im Laufe des Abends bemerkt, dass Zola am Rand

geblieben war und mit Ausnahme des einen ABBA-Songs, bei dem sie Doc alle umringten, nicht getanzt hatte. Nur dann schien es, als hätte Zola wirklich mitgemacht und sich amüsiert. Jetzt schaute sie wieder auf ihr Handy und hielt es danach dicht an ihre Brust.

»Ich habe gehört, du nimmst jemanden auf die Rundreise mit?«, sagte Sara.

Zola sah erschrocken auf. »Wer hat dir das gesagt?«

»Doc.«

»Oh.«

»Sie sagte, sie glaube es sei ein Familienmitglied, stimmt das?«

»Nein. Nicht wirklich. Einfach jemand, den ich kenne. Warum? Hat Doc dich gefragt, ob du weisst, wer es sei?«

Sara zog einen Esszimmerstuhl heran, der zur Seite geschoben worden war, um Platz für die Tanzfläche zu schaffen. »Nein, aber jetzt hast du meine Neugier geweckt. Doc hat mir den Namen deines besonderen Gasts nicht verraten. Ist es denn ein Geheimnis? Eine Überraschung?«

»Nein.« Zola schaute wieder auf ihr Telefon, als erwarte sie von jemandem eine Antwort.

Sara legte eine Hand auf ihren Mund. »Oh, mein Gott, ist es ein hübscher Fremder? Willst du Doc mit jemandem verkuppeln, Zola?«

Ihr Lächeln wurde nicht erwidert. »Auf keinen Fall. Verdammt.«

»Was ist los?«

»Nichts«, winkte Zola ab.

In diesem Moment hörten sie, dass ein Glas auf den Boden fiel und zersprang. Eigentlich veranlasste Saras journalistischer Instinkt sie dazu, Zola weiter auszufragen, aber als sie Doc in der Küche sah, die sich bückte, um das Chaos aufzuräumen, stand sie auf, um ihr zu helfen.

Sara ging zu ihr, sah, dass Doc bereits alles weggeputzt hatte und begann, leere Bierdosen und Flaschen aufzusammeln und in den Müll zu werfen. Als sie sich umdrehte, sah sie, dass Zola immer noch auf dem selben Fleck sass und auf ihr Telefon starrte.

»Zola?«, rief Sara aus der Küche.

Sie sah auf und blinzelte. »Ja?«

»Vielleicht könntest du uns beim Aufräumen helfen?«

»Oh, klar, sicher.« Obwohl Zola zögernd klang, stand sie auf.

»Gehen Sie ins Bett, wenn Sie müde sind, Zola«, bemerkte Doc, schloss die Tür des Geschirrspülers und schaltete ihn ein.

»Nein, nein, mir geht es gut. Wirklich.«

Sara sah, dass Doc Zola einen verwirrten Blick zuwarf.

Diese schüttelte den Kopf, als wolle sie etwas klären. »Nun gut, in Ordnung. Ich bin müde und gehe jetzt ins Bett. Gute Nacht, Professor Rado«, sagte sie. »Gute Nacht, Sara.«

Sara beobachtete, wie Zola davonschlurfte und schaute zu Doc, die ihre Studentin mit besorgter Miene beobachtete.

»Glaubst du, bei ihr ist alles in Ordnung?«, fragte Doc Sara, als Zola in ihrem Zimmer verschwunden war und die Tür geschlossen hatte.

»Ich bin mir nicht sicher«, sagte Sara. »Ich finde, sie hat sich in der relativ kurzen Zeit, in der ich sie kenne, ziemlich verändert.«

»Inwiefern?« Doc war verständlicherweise mit ihren eigenen Problemen beschäftigt gewesen.

»Als ich sie vor etwa fünf Monaten zum ersten Mal traf, erschien sie mir wie ein fröhliches, aufgewecktes, immer lächelndes Mädchen, dann, etwas später schien sie mir noch glücklicher, als schwebe sie in der Luft, vielleicht weil sie verliebt war.«

Doc nickte. »Ich glaube, ich erinnere mich, das bemerkt zu haben. Sie hat viel Zeit am Telefon verbracht und dabei gegrinst. Aber jetzt sah sie, als sie auf den Bildschirm schaute, besorgt aus.«

»Ja. Ich habe ein paar Interviews geführt, um ...« Sara wollte nicht sagen, 'die Zeit zu überbrücken', obwohl es genau so war, »um die Geschichte zu vervollständigen. Es schien mir, als könne Zola sich nicht konzentrieren, nicht einmal für einen kurzen Zeitraum.«

Doc gähnte und hob eine Hand vor den Mund. »Ich finde bei der Feldarbeit und auf der Rundreise bestimmt Zeit, mit ihr zu reden und werde dies auf jeden Fall tun.«

»Das klingt nach einer guten Idee. Gute Nacht, Doc.«

»Schlaf gut, Sara.«

Sara blieb neben dem Swimmingpool auf der Terrasse stehen,

denn sie fühlte sich unruhig. Irgendwo in der Nähe hörte sie den hohen, sich wiederholenden 'Brrrr'-Ruf einer Zwergohreule und in der Ferne hupte ein Zugführer. Das erinnerte sie daran, dass Mensch und Tier in einigen Teilen Afrikas Seite an Seite lebten, ganz gleich, wie wild der Ort erschien. Irgendwo im Busch war wohl der hier ansässige Leopard gerade auf der Jagd. Sara hörte ein klirrendes Geräusch und ging die Auffahrt zum Haus hinauf.

Dort rang Jason Chow mit einer Leiter, die an einem halb aufge-klappten Dachzelt auf einem Ford Ranger *Bakkie* befestigt war, und stöhnte.

»Brauchst du Hilfe?«, fragte Sara.

»Ähm, ja, vielleicht, danke. Ich habe das Ding gerade erst gekauft und es zum ersten Mal zu öffnen versucht.«

Sara ging um das Fahrzeug herum, sah, dass sich ein Gurt der wasserdichten Abdeckung des Zelts, die von der anderen Seite herabhing, dort verfangen hatte und hakte ihn aus. »Jetzt sollte es gehen.«

Jetzt konnte Jason das Zelt vollständig ausklappen. »Puh, danke, Sara.«

»Du schläfst die Nacht hier?«, fragte sie. »Ich dachte, du wärst vorhin mit Sue weggegangen?«

»Ja, aber dann stellte sich heraus, dass die Unterkunft, in der Sue an der Schule wohnt, doppelt belegt war. Also habe ich sie nach Hause zum College gefahren, aber ihr Mitbewohner kann nirgendwo anders unterkommen und auch dort ist alles voll. Mir wurde gesagt, dort könne ich nicht zelten, also habe ich Sue abgesetzt und bin hierher zurückgekommen. Es tut mir leid, wenn ich dich geweckt habe.«

»Nein, das hast du nicht, ich habe erst aufgeräumt. Es sieht ehrlich gesagt nicht gerade aus, als gehst du jedes Wochenende campen.«

»Da hast du recht.«

»Aber jetzt willst du uns wirklich durch das ganze südliche Afrika folgen, wie ein Hündchen seiner hübschen Besitzerin?«

Er lachte. »Ich habe das nie so gesehen, aber ja, das stimmt in etwa. Ich muss weg aus der Stadt und etwas Distanz zu all den schlimmen Dingen gewinnen.«

Sara nickte. »Ja, das kann ich gut nachvollziehen.«

»Was hält dich eigentlich hier, Sara? Warum bist du noch nicht nach Norwegen zurückgekehrt, vermisst du deine Heimat nicht?«

»Norwegen ist sicher, geordnet, tolerant, sehr stark reguliert und es gibt äusserst wenig Kriminalität. Manchmal vermisse ich das, aber wenn ich dort bin, macht es mich verrückt. Hier ist es wild.«

Jason schüttelte den Kopf. »Ach, du hast kaum eine Ahnung.«

»Ja, dessen bin ich mir bewusst. Also, schlaf gut, Jason.« Sara überliess Jason der Weiterarbeit.

Sie ging in ihr Zimmer und kramte aus irgendeinem Grund immer noch unruhig in ihrer Reisetasche, bis sie eine altmodische Zigarettendose fand, die sie einmal auf einem Flohmarkt in Johannesburg gekauft hatte. Sie öffnete sie, nahm einen Joint heraus und ging wieder nach draussen.

Auf dem Beckenrand sitzend, die Füsse im Wasser, zündete sie ihn an und nahm einen tiefen Zug. Sie hoffte, das Marihuana lindere, was auch immer sie bedrückte.

Ihr Verstand drehte immer noch weiter, also rief sie sich die bisherige Handlung der Dokumentation über Doc vor Augen. Vielleicht sollte sie *Docs Schuppentiere* heissen? Der Titel brachte sie zum Schmunzeln.

Sie hatte das Material, das sie bisher gedreht hatte, bereits grob bearbeitet. Die vorhandene Action war ja schön und gut – aber wie sollte sie mit Juries Tod umgehen? Da er ein wichtiger Teil von Docs Geschichte war, musste sie ihn irgendwie in den Film einbeziehen. Sie versuchte, die Szene, die sie herausgeschnitten hatte, zu verdrängen. Sie hatte die Kamera weiterlaufen lassen, während sie sich Doc, die Juries Kopf in ihrem Schoss wiegte, näherte. Doc hatte zu ihr aufgeschaut, geschrien und um Hilfe gefleht. Andere waren dazugekommen und Sara hatte die Kamera ausgeschaltet, war auf die Knie gesunken und hatte Jurie untersucht. Wie sie vermutet hatte, kam für ihn jede Hilfe zu spät, denn die Kugel hatte ihn auf der Stelle getötet.

Aber im Herzen wusste Sara, dass sie wohl zwei oder drei Sekunden zu lange aufgezeichnet hatte.

Jetzt, unter den Sternen schauderte sie. *Warum habe ich so lange gefilmt?* Die Szene war zu blutig, um sie zu benutzen, aber in diesen zwei Sekunden war sie losgelöst von der Realität gewesen, als verfolge sie das Geschehen eher im Fernsehen als durch den Sucher ihrer Videokamera.

Saras Ziel war, als Filmemacherin Dokumentarfilme zu drehen und zu produzieren, die auf den illegalen Handel mit Wildtieren aufmerksam machten und die Welt endlich aufhorchen und erwachen liessen. Es ging nicht nur um Nashörner, Elefanten und Schuppentiere, die getötet wurden, sondern auch um Menschen wie Jurie, die ihr Leben verloren und um Menschen wie Doc, deren Leben sich für immer verändert hatte.

Oder vielleicht *Schuppentiere im Dunkeln*? Sara lachte. Ihr Magen knurrte und sie fragte sich, was von den Party-Snacks übriggeblieben sei, als ihr Telefon klingelte.

Sara brauchte eine Sekunde, um aus ihren Filmfantasien in die Realität zurückzukehren. Sie kramte in der Hosentasche nach dem Telefon und schaltete den Klingelton auf lautlos, weil sie den Rest des Hauses nicht wecken wollte. Auf dem Display stand: *Graham Foster*.

»Hallo, mein Grosser.« Sie strich sich eine Haarsträhne hinters Ohr. »Das ist ja eine Überraschung, wie geht es ...«

»Hallo, wer ist da?«, fragte eine Frauenstimme.

»Ähm ...« Scheisse, hatte Graham etwa eine Freundin, von der er niemandem etwas erzählt hatte und die nun Saras Nachricht gesehen hatte?

»Hallo, wer ist da?«, wiederholte die Stimme ungeduldig, wenn nicht gar verärgert. »Kennen Sie einen Graham Foster? Das ist sein Telefon.«

Einen Graham Foster? »Ja, sagte Sara. Graham ist einer meiner Freunde ... ein guter Freund, aber nur ein Freund. Kann ich Ihnen bei etwas helfen?«

»Ich ... Sara?«

»Ja, hier ist Sara. Das sehen Sie ja wahrscheinlich auf seiner Anrufliste. Und wer ist *dort*? Warum haben Sie Grahams Telefon?«

Es gab eine Pause. »Ich ... Ich habe es gerade gefunden. Graham ...«

Sara hörte ein Geräusch, das wie ein Keuchen oder vielleicht ein Schluchzen klang. Selbst durch den Lautsprecher des Telefons hörte sie das Heulen einer Sirene, die immer lauter wurde, bis sie abrupt abbrach. Danach hörte Sara das Knirschen von Schritten auf Kies und Stimmen.

»Hallo, sind Sie verletzt?«, fragte im Hintergrund ein Mann.

»Graham ist was?«, sagte Sara, jetzt besorgt. Sie ärgerte sich über diese Person, die vielleicht noch bekiffter und betrunkener war als sie selbst, was ja schon etwas heissen wollte.

»Es tut mir leid«, sagte die Frau schniefend, »aber Graham Foster ist tot.«

7

———

Doc war gerade eingeschlafen, als Sara sie wachrüttelte und ihr die Nachricht überbrachte.

»Die Polizei sagt, ihre Leute kämen morgen zu uns und wollten mit uns reden – ich meine, später am Morgen. Es ist ja schon morgen«, sagte Sara.

Doc schüttelte den Kopf. »Nein. Lass uns jetzt gehen. Kannst du fahren?«

»Ja«, sagte Sara. »Ich habe nicht zu viel getrunken.«

Doc roch Marihuana an Saras Kleidern. »Wenn ich es mir recht überlege, leihst du mir besser deinen Wagen, dann kannst du hierbleiben und dich ausruhen.«

Sara schüttelte den Kopf. »Auf keinen Fall.«

Doc hatte keine Lust, mit der starrsinnigen Norwegerin zu diskutieren. »In Ordnung, aber fahr langsam.«

Doc zog das T-Shirt, die Jeans und ihre Schuhe wieder an. Sie hatte die Nachricht noch nicht richtig erfasst.

Sara fuhr in der Dunkelheit vor dem Morgengrauen ungewohnt langsam und schaute aufmerksam durch die Windschutzscheibe. Sie fuhren durch das Tor der Schulunterkunft, bogen beim Pick n Pay links ab und fuhren auf der langen, geraden Strasse, die die Wildreservate der Gegend durchquerte, aus der Stadt.

Doc konnte nicht so recht begreifen, dass Graham tot sei. Sie hörte Sara zu, als diese erklärte, dass die Frau, die sie, nachdem sie ihre Nachricht auf Grahams Telefon gesehen habe, angerufen hätte, eine Angestellte des Krüger-Nationalparks sei. Sie sei in der Dunkelheit der frühen Morgenstunden von ihrem Wohnort in Phalaborwa, nördlich von Hoedspruit, nach Skukuza im Süden des Reservats gefahren. Kurz vor Sonnenaufgang habe sie das Paul-Krüger-Tor, den Eingang zum Nationalpark, erreicht, wo sie auf einen am Strassenrand geparkten Pick-up gestossen sei und daneben die Leiche eines Mannes entdeckt habe.

Als sie rote und blaue Blinklichter vor sich sahen, verlangsamte Sara noch mehr. Sie hielt fünfzig Meter vor der Stelle, an der die Polizei um Grahams Fahrzeug herum mit Absperrband einen Bereich markiert, sowie Scheinwerfer und einen Generator aufgestellt hatte. Kcamerablitze erhellten den Sperrbereich wie das Licht eines Stroboskops.

Ein uniformierter Polizist verliess den Tatort und fing die beiden ab, nachdem sie ausgestiegen waren und zu Fuss weitergingen.

»Es tut mir leid, hier können Sie jetzt nicht durch.«

»Mein Name ist Doktor Denise Rado«, sagte Doc und hoffte, der offizielle Ehrentitel helfe ihnen, weiterzukommen. »Wir sind Freunde von ... des Verstorbenen und wohl die letzten, die ihn gesehen haben.«

Der Constable gähnte mit der Hand vor dem Mund und deutete über seine Schulter. »Warrant Officer Mdluli ermittelt. Gehen Sie zu ihm.«

»Thomas?«, fragte Doc.

»Yebo.«

Doc nickte und führte Sara weiter. »Ich kenne ihn. Er ist ein guter Mann.«

Als sie sich dem Lichtkegel näherten, kam ein kleiner Mann mit Glatze auf das Band zu und sagte: »Es tut mir leid ...«

»Thomas, hallo ich bin's, Denise – Doc.«

Er blinzelte ein paar Mal. »Professor Rado.«

»Ja, wie geht es Ihnen?«

»Danke gut, und Ihnen?«

Doc zuckte mit den Schultern. »Eine solche Nachricht zu erhalten, tut alles andere als gut.«

»Ja.« Thomas blickte auf das Notizbuch in seiner Hand. »Die Frau, die Herrn Fosters Leiche entdeckte, hat mit einer Sara Sk...«

»Skjold«, sagte Sara. »Das ist norwegisch und das bin ich.«

Doc stellte sie einander vor. »Wir waren heute Abend beide mit Graham – Mr. Foster – bei einer Veranstaltung im Hoedspruit Wildlife Estate. Die Frau, die angerufen hat, sagte, Graham sei erschossen worden? Haben Sie eine Ahnung, was passiert sein könnte, Thomas?«

»Normalerweise würde ich solche Dinge nicht mit Zivilisten besprechen, aber da wir beide zusammengearbeitet haben, Doc, kann ich Ihnen sagen, was wir gefunden haben. Er deutete mit dem Daumen auf den *Bakkie* hinter ihnen. Es scheint, Mister Foster hatte eine Reifenpanne und hielt an, um den Reifen zu wechseln. Dann wurde er von jemandem angegriffen, der auf ihn schoss und ihn ausraubte.

»Was wurde gestohlen?«, erkundigte sich Doc.

Das Pistolenholster an seinem Gürtel ist leer und bisher haben wir im Auto keine Anzeichen für eine Schusswaffe gefunden. Somit gehen wir davon aus, dass eine Schusswaffe entwendet wurde. Ich warte auf die Spurensicherung, die das Fahrzeug gründlich durchsucht.

Doc nickte. »Graham trug einen 44er Magnum-Revolver.«

Thomas gab einen leisen Pfiff von sich. »Eine sehr starke Handfeuerwaffe.«

»Graham war ein Anti-Wilderer-Ranger und trug für den Fall, dass er gefährlichem Wild oder Wilderern begegnete, eine 44er.«

Thomas nahm einen Stift aus seiner Hemdtasche und schrieb etwas in sein Notizbuch. »Ich verstehe. Das müssen wir uns ansehen, denn er wäre nicht der erste Anti-Wilderer-Ranger, der in dieser Gegend ermordet wird.«

»Glauben Sie, dass es sich um mehr als nur einen Raubüberfall am Strassenrand handelt?«, fragte Doc. Sara stand neben ihr und Doc war ihr dankbar, dass sie ihr das Reden überlassen hatte.

Thomas schürzte die Lippen, als frage er sich, ob er noch mehr Informationen preisgeben solle oder schon zu viel gesagt habe.

Doc dachte schnell. »Thomas, Graham sollte für mich arbeiten und mich unterstützen. Mein Einsatzteam wurde vor ein paar Monaten in einen Hinterhalt gelockt.«

»Ja, ich habe davon gehört«, sagte Thomas. »Ich habe Jurie schon bevor ich Sie kennenlernte, einmal in Pretoria auf einer Konferenz über Verbrechen in der Wildnis getroffen. Dort erzählte er mir über die Arbeit, die Sie beide machten. Er war ein guter Mann und sein Tod ist ein schrecklicher Verlust für die südafrikanische Polizei und für unser Land. Ausserdem tut es mir natürlich leid, dass Sie Ihren Freund verloren haben.«

»Danke«, sagte Doc. Sie fügte nichts mehr hinzu, sondern wartete darauf, dass Thomas die Teile zusammensetzte.

»Glauben Sie, dieser Angriff könnte mit Ihrer Arbeit mit Schuppentieren zusammenhängen?«

Sara schaute sie überrascht an. In Wirklichkeit hatte Doc keine Ahnung, ob das, was Graham zugestossen war, irgendeinen Zusammenhang mit ihr oder etwas, das sie getan hatte, haben könnte. Aber sie wollte so schnell und so viel wie möglich über Grahams Tod erfahren, und dafür war Thomas die beste Informationsquelle. »Das ist durchaus möglich.«

Thomas seufzte. »Sind Sie damit einverstanden, die Leiche zu sehen?«

»Ja natürlich«, sagten Doc und Sara gleichzeitig.

»Sie nicht, Fräulein …«

»Sagen Sie doch einfach Sara, das reicht völlig.«

»Entschuldigung.«

»Sara, wartest du bitte hier auf mich?«, fragte Doc.

»Natürlich.« Sara war etwas zerknirscht, nickte aber leicht, wie um zu sagen, sie wisse, was Doc vorhabe und dem zustimmte.

Thomas hob das Absperrband am Tatort an, damit Doc und er

sich darunter durch ducken konnten, dann führte er sie an einem Polizei-*Bakkie* mit Blaulicht und an einigen Kriminaltechnikern in weissen Overalls vorbei, die mit Taschenlampen auf den Boden leuchteten.

»Habt ihr etwas?«, erkundigte sich Thomas bei ihnen.

»Keine Spuren ausser denen des Verstorbenen«, antwortete eine Technikerin. »Es sieht aus, als habe der Mörder auf der Teerstrasse gestanden, nicht auf offenem Boden.«

Thomas schaute zu Grahams *Bakkie* und der Leiche, die etwa drei Meter vom Fahrzeug entfernt am Rand der asphaltierten Strasse lag und führte Doc zu Graham.

Doc liess den Blick herumschweifen. Grahams Ford Ranger war aufgebockt, das rechte Hinterrad abmontiert und eine Furche im Kies zeigte, wo er es vom Fahrzeug weggeschleift hatte. Das aufgepumpte Reserverad lehnte an der Karosserie des Fahrzeugs, daneben waren der Radschlüssel und die Muttern auf dem Boden verstreut.

Thomas kniete sich neben die Leiche. »Können Sie mir bestätigen, dass es sich um Graham Foster handelt?«

Als Thomas die Decke hob, holte Doc tief Luft und nickte. »Ja, das ist Graham Foster.«

»Danke für die formelle Identifizierung«, sagte er. »Mein Bruder Oscar arbeitet mit Herrn Foster zusammen, aber ich habe ihn noch nie getroffen.«

Doc sah auf ihn herab. »Ein Schuss in die Stirn.«

»Ich warte auf den Gerichtsmediziner, würde aber sagen, der Tod trat sofort ein. Man kann die Schmauchspuren um die Eintrittswunde herum erkennen. Der Schütze muss direkt vor ihm gestanden haben, in nächster Nähe.«

»Gibt es irgendwelche Anzeichen für einen Kampf?«, fragte Doc.

Thomas schüttelte den Kopf. »Nein, nichts.«

Doc sah sich die Szene noch einmal an. »Er stand von seiner Arbeit, dem Rad wechseln, auf und ging auf denjenigen zu, der danach auf ihn geschossen hat.«

»Ja«, sagte Thomas.

»Dann ist jemand aufgetaucht, vielleicht als barmherziger Samariter, der seine Hilfe anbot?«, schlug er vor.

Doc dachte darüber nach. »Um einen Reifen zu wechseln, hätte Graham weder Hilfe gebraucht noch akzeptiert, denn dafür war er zu sehr ein Alphamensch.«

»War er auf Ihrer Party?«

»Ja«, bestätigte Doc und liess ihren Blick weiterumherwandern.

»Der Gerichtsmediziner wird Blut nehmen und einen Test machen. Aber hatte er getrunken?«

»Ich fürchte ja«, sagte Doc. »Ich sagte ihm noch, er solle bleiben und im *Bakkie* schlafen. Ich wünschte, er hätte auf mich gehört.«

Als sie auf ihn herabblickte, überschwemmte sie eine Welle von Trauer. Ja, er war selbstbewusst, sogar beinahe arrogant und hielt sich für Gottes Geschenk an die Frauen, war aber im Grunde ein guter Mann, der sich dem Kampf gegen die Wilderei verschrieben hatte. Aufgrund der Art und Weise, wie er sie auf der Party angebaggert hatte, vermutete sie, Graham habe sich wahrscheinlich auf ihre Exkursionstour eingeschlichen, um mit ihr oder einer der Forscherinnen zu schlafen. Aber sein Tod erschütterte sie, ganz abgesehen davon, dass der Verlust des Lebens eines jungen Mannes an sich schrecklich war.

»*Eisch*, Alkohol am Steuer ist ein solches Problem hier«, sagte Thomas.

»Ja, und das selbe gilt für Mord«, sagte Doc. »Die Frau, die Sara angerufen hat – wer ist sie?«

Thomas überprüfte seine Notizen. »Thandeka Baloyi, SANParks-Mitarbeiterin, wohnt in Skukuza im Krügerpark. Sie hatte Urlaub und war früh aufgebrochen, um zurück in den Park zu fahren. Sie bemerkte das Auto und daneben Herrn Foster auf der Strasse liegen, hielt an und sah, dass er tot war. Sie sagte, sie habe die Nummer der letzten Person angerufen, die Herrn Foster eine Nachricht geschickt habe.«

»Sara.«

»Genau.«

»Sara sagte mir, Frau Baloyi habe Grahams Namen genannt. Woher kannte sie ihn?«, wollte Doc wissen.

»Seine Brieftasche war weg, aber der Mörder hatte seinen Führerschein herausgenommen und ihn neben der Leiche auf den Boden gelegt. Ich habe ihn zu Beweiszwecken eingepackt, für den Fall, dass ein Fingerabdruck darauf zu finden ist.«

»Ist das nicht etwas seltsam?«, fragte Doc.

Thomas zuckte die Achseln. »Ich habe schon komischere Dinge gesehen. Eine Brieftasche haben wir weder bei der Leiche noch im Auto gefunden, also nehmen wir an, er hatte eine und sie wurde zusammen mit seiner Pistole gestohlen.

Doc nickte. »Seinem wertvollsten Besitz.«

»Ich fürchte, in diesem Land gibt es Leute, die schon allein für eine solche Waffe töten. Manchmal werden Farmen nur wegen der Schusswaffen ausgeraubt, denn die sind sowohl bei Nashornwilderern wie auch bei Räubern sehr gesucht.«

Hoedspruit war nicht Johannesburg, denn hier im Lowveld, das wegen seines entspannten, leichten Lebensrhythmus' von vielen 'Slowveld' genannt wurde, waren Entführungen, Raubüberfälle auf Geldtransporter, Morde und andere Gewaltverbrechen selten. Hierhin zogen die Menschen, um der Kriminalität in den Grossstädten zu entkommen und dennoch war jetzt ein Mann beim Reifenwechsel zufällig niedergeschossen worden.

»Graham hatte einen guten Ruf«, sagte Thomas.

Doc sah von Grahams Gesicht auf. »Inwiefern?«

Letzten Monat wurde im Timbavati-Wildreservat ein Wilderer getötet. Ermittelnder Beamter war einer meiner Kollegen und ausserdem hat mir mein Bruder, der zum Zeitpunkt des Geschehens im Urlaub war, einige Einzelheiten erzählt. Graham Foster erschoss den Mann, der einer mutmasslichen Bande von Nashornwilderern angehörte. Die Sicherheitsvorkehrungen in diesem Reservat sind sehr gut, und Foster und ein weiterer Mann mit einem Spürhund reagierten auf das Bild, das mit einer Kamerafalle aufgenommen worden war. Sie verfolgten eine Gruppe von drei Wilderern, doch als sie sie in die Enge getrieben hatten, schoss der Wilderer, der ein Gewehr trug, auf sie und verwundete dabei den Hund. Nach eigenen Angaben gab Foster einen Warnschuss ab und forderte den Mann auf, sich zu ergeben, doch daraufhin eröffnete der Wilderer das Feuer auf ihn. Foster schoss dem Wilderer eine Kugel in die Brust. Daraufhin ergaben sich die anderen beiden Wilderer und wurden von Foster und seinem Kollegen verhaftet.«

Doc schüttelte in stiller Ehrfurcht vor den Männern und Frauen, die beim Direktkontakt im Feld kämpften, den Kopf. »Wie furchtbar.«

»Wie es hier üblich ist, wurde ein Verfahren wegen Totschlags eingeleitet, um den Vorfall zu untersuchen und dabei entschieden, Foster habe in Notwehr gehandelt. Er musste aber, als die beiden anderen Wilderer vor Gericht erschienen, trotzdem aussagen und ich hörte, es sei eine wütende Menge Einheimischer, Verwandte des Toten, dort gewesen. Mein Kollege erzählte mir, er habe, mehr als ein Mitglied der Familie des Verstorbenen drohen gehört, Graham Foster umzubringen.

Dann wäre es also möglich, dass es sich um einen Racheakt handelte. Vielleicht war jemand in der Nacht unterwegs gewesen und hatte Grahams *Bakkie* erkannt. Doc schloss die Augen und versuchte, sich die Szene, die sich vor kurzem hier abgespielt hatte, vorzustellen.

»Sind Sie in Ordnung?«, fragte Thomas.

»Ja, ich denke nur nach.«

»Sehr gut.«

Sie hörte Thomas' Schritte, dann seine Stimme, als er von ihr wegging und sich mit einem der Tatorttechniker in Xitsonga unterhielt.

»Graham war betrunken gewesen, aber da er wie ein Stürmer der 'Springböcke', des Rugby-Nationalteams, gebaut war, vertrug er Alkohol besser als die meisten anderen, wobei seine Statur keine Entschuldigung für Trunkenheit am Steuer wäre. Um seinen Lebensunterhalt mit der Jagd nach Wilderern zu verdienen, lebte er ein Leben am Rande der Legalität, und Doc hatte ihn immer bewaffnet gesehen. Nachts an einem ruhigen Strassenrand am Rande eines Wildreservats anzuhalten, wo es weder Strassenlaternen, Häuser noch andere Menschen in der Nähe gab, war selbst in den besten

Zeiten keine kluge Entscheidung. Aber Graham war sich bewusst gewesen, dass er sich in einer gefährlichen Situation befand, darüber war sich Doc sicher.

Sie stellte sich vor, wie, bevor Thandeka Baloyi eintraf, ein Auto abbremste und anhielt, um herauszufinden, warum ein *Bakkie* auf dem Grünstreifen der Strasse geparkt war.

Graham hatte bestimmt ein Licht an, dachte sie. Die Tür auf der Fahrerseite des Fahrzeugs stand offen und die Innenbeleuchtung des Fahrzeugs brannte noch. Vielleicht war das sogar genug Licht für ihn, um den Reifen zu wechseln. Was hätte sie in der gleichen Situation getan?

Doc öffnete die Augen wieder und sah sich den *Bakkie an*. Der langarmige Steckschlüssel, den Graham zum Lösen der Radmuttern benutzt hatte, lag auf dem Boden. Wäre sie an seiner Stelle gewesen und mit einem Fremden, der gerade mit einem Auto vorgefahren war, hätte sprechen wollen, hätte sie zumindest den Schraubenschlüssel aufgehoben und mitgenommen.

Aber Graham hatte natürlich eine Waffe und war sich darüber im Klaren, dass in diesem Teil Südafrikas, wie Thomas es bereits erwähnt hatte, in der Vergangenheit Wilderer ums Leben gekommen waren. Ausserdem war vor ein paar Jahren in Acornhoek bei einem vielbeachteten Attentat ein ranghoher Ranger vor seinem Haus erschossen worden.

Hätte Graham seine Waffe gezogen? Sie erinnerte sich daran, dass es am Holster eine Klappe und einen Clip gab, vielleicht hätte er also zumindest das gelöst.

Es gab so viele Unbekannte, dass es schwierig war, sich vorzustellen, was als Nächstes passiert sein könnte. Thomas kam zu ihr zurück.

»Doc, ich muss hier weitermachen.«

»Natürlich. Gab es irgendwelche leeren Patronenhülsen?«

Er schüttelte den Kopf. »Nicht, dass wir bisher etwas gefunden hätten, aber wir werden noch bei den Bäumen dort drüben schauen«, er deutete mit dem Daumen über die Schulter auf das Gebüsch auf der anderen Seite des Zauns, »um zu sehen, ob wir das Geschoss, das

Mister Foster getötet hat, in einen Stamm eingebettet finden. Vielleicht haben wir ja Glück.«

»Das ist wie eine Nadel im Heuhaufen.«

»Können Sie uns noch etwas über Mister Foster erzählen?«, fragte Thomas, »oder über die letzte Nacht?«

Doc nickte. »Als er die Party verliess, sagte er, er wolle sich um einige 'Arbeitsangelegenheiten' kümmern und er erwähnte seinen Partner, also Ihren Bruder, Oscar Mdluli.«

»Ich habe Oscar bereits eine Nachricht auf seinem Telefon hinterlassen, denn ich weiss, dass er und Mister Foster sich nahestanden. Ich werde mit ihm sprechen.«

Die brutale Realität, dass ein weiterer Mann, den sie gut gekannt hatte, getötet worden war, drohte sie zu überwältigen und Doc stieg ein Kloss im Hals auf. Sie hielt sich die Hand vor den Mund.

»Es tut mir leid, Doc.«

»Schon in Ordnung.« Sie schniefte die Tränen zurück, die mussten warten. Thomas nickte einem uniformierten Polizisten zu, der neben Grahams Leiche stand, und dieser deckte dessen Gesicht wieder mit dem Tuch zu.

»Die Arbeit, die Sie hier draussen verrichten«, fragte Thomas, »handelt es sich dabei um eine weitere verdeckte Operation?«

»Nein«, sagte Doc. »Ich bin nur hier, um einen Blick auf die Forschungsprogramme einiger meiner Studierenden zu werfen. Ich habe seit …, nun ja, seit Jurie, keine Undercover-Aktionen mehr durchgeführt und hier auch keine Untersuchungen am Laufen. Graham wollte, während wir im Busch sind, nur nach gefährlichen Tieren Ausschau halten, und natürlich nach Wilderern.«

»Dann gehörte er also nicht wirklich zu Ihrem Schuppentier-Einsatzteam zur Bekämpfung der Wilderei.«

Doc schüttelte den Kopf. »Nein, Thomas, und falls ich diesen Eindruck erweckt habe, tut es mir leid.«

Er zuckte mit den Schultern. »Das ist schon in Ordnung. Ich habe sie an einem Vortrag gesehen und weiss, was Sie, Jurie und Ihr Team erreicht haben. Ein weiteres Augenpaar an einem Tatort stört niemanden, ausser wenn die Person ein übergrosses Ego hat.

Ausserdem ist es spät, ich bin müde und wir haben nie genug Ressourcen oder Geld.«

»Ich weiss, was Sie meinen.«

»Ich werde seinen Hintergrund untersuchen und herausfinden, was er, abgesehen von der Erschiessung des Wilderers, in letzter Zeit im Reservat getan hat«, erklärte Thomas. »Kann ich auf Ihre weitere Unterstützung zählen?«

»Auf jeden Fall«, sagte Doc. »Ich weiss, dass jeder Ranger in Timbavati Ihnen helfen will. Graham war ... nun ja, er hatte seine Fehler, wie wir alle, Thomas, aber er war einer der Guten. Wir werden alles, was wir können, tun, um seinen Mörder zur Rechenschaft zu ziehen.«

»Vielen Dank, Doc. Sind Sie noch lange hier?«

»Drei Tage im Rahmen einer organisierten Rundreise, die morgen beginnt und danach verlassen wir Hoedspruit über den Krügerpark in Richtung Simbabwe. Sie haben ja meine Nummer – rufen Sie mich einfach an, wenn ich etwas für Sie tun kann.«

»Das werde ich.« Thomas klappte sein Notizbuch zu. »Was denken Sie, Doc? War das ein Anschlag auf Graham, oder hatte er einfach nur Pech? Könnte er vielleicht sogar zur Zielscheibe geworden sein, weil er mit Ihnen in Verbindung stand?«

Sie sah Thomas in die Augen. »Ich weiss es nicht, ich habe keine Ahnung.«

Doc drehte sich um und machte sich auf den Weg zu Sara zurück, die auf sie wartete und bestimmt darauf brannte, herauszufinden, was Doc wusste. Sie warf einen Blick über die Schulter auf Grahams leblosen Körper, worauf erneut Kummer in ihr aufstieg.

Es schien alles so hoffnungslos. Graham, so gross, stark, fit und jung und sogar mit seiner dummen grossen Pistole bewaffnet, war nicht mehr da. Die Seite des Bösen hatte eine weitere Runde gewonnen und ein weiteres Opfer genommen, genau wie Jurie. Und Doc blieb nichts anderes übrig, als sich nach dem Warum zu fragen, die Theorien in ihrem Kopf wieder und wieder durchzuspielen und dabei zuzusehen, wie eine Tierart vom Erdboden verschwand.

In den sozialen Medien nannten sie Menschen wie sie, Jurie und

Graham 'Helden' und feierten am 'Welt-Ranger-Tag' und am 'Welt-Schuppentier-Tag' ihre bescheidenen Triumphe mit Filmen und Geschichten, doch was hatten sie letztendlich erreicht? Zwei junge Männer waren viel zu früh zu Grabe getragen worden, aber gleichzeitig ging das Abschlachten von Wildtieren einfach weiter.

Es war alles umsonst.

Jeder Schritt, den sie tat, fühlte sich an, als wäre ein toter Körper mit einem Seil an ihre Knöchel gebunden und jedes Mal, wenn sie sich zu bewegen versuchte, sah sie eine weisse, leblose Hand, die sich nach ihr ausstreckte und sie zu packen versuchte. Jurie, Graham – und wer wohl der oder die Nächste wäre? Und warum, oh warum, hatte man sie, Doc, am Leben gelassen? Warum war sie verschont worden? Damit sie von der Trauer zerrrissen wurde?

Saras Augen weiteten sich, als sie sie sah. »Oh, Doc ...«

Doc warf sich in Saras Arme, klammerte sich an sie und weinte an ihrer Schulter.

8

Während er dem Schuppentier folgte, schob Geoff behutsam einen Büffeldornzweig aus dem Weg.

Die winzigen, bösartigen Dornen am Stamm gaben dem Baum den umgangssprachlichen Namen 'Wart ein Bisschen', da sich die Widerhaken leicht aber schmerzhaft in Kleider, Haut und Haare vergruben. Während er sich duckte und vorbeischlängelte, behielt er das kostbare Tier im Auge.

Das Schuppentier kratzte mit seinen kräftigen Vorderklauen im Dreck, bevor seine schmale rosafarbene Zunge wie eine auffällige Schlange hervorschoss. Sie war fast so lang wie sein Körper und in der Nähe des Beckens verankert. Die Ameisen, die es aufgespürt hatte, blieben hilflos im klebrigen Speichel, der die Zunge überzog, gefangen.

Fressen tippte Geoff in die Notizseite auf seinem Telefon, nachdem die Zunge so schnell verschwunden wie aufgetaucht war. Er notierte die Zeit. Als das Schuppentier ein paar hundert Ameisen aufgeleckt hatte und sich weiterzubewegen begann, ging Geoff schnell auf die Knie, machte ein Foto von einigen der glücklichen Überlebenden, die sich dem Festmahl entzogen hatten und notierte sich die Ameisenart. Schuppentiere waren wählerische Kostgänger, doch er hatte bereits festgestellt, dass dieses Tier sechs verschiedene Ameisenarten gefressen hatte.

Geoffs Gedanken kreisten um Graham. Er, Zola und Sue hatten eines Abends in einer Bar in Johannesburg über das Liebesleben ihrer Professorin diskutiert und spekuliert, wobei Sue erwähnte, Doc habe einmal eine Affäre mit einem Ranger gehabt.

»Das ist der, von dem ich dir erzählt habe«, hatte Sue Geoff zugeflüstert, als Graham in Hoedspruit auf der Hausparty auftauchte. Geoff war überrascht, nein, schockiert gewesen, dass Graham, mit dem er, als er im Sabi Sand Game Reserve Führer war, kurzzeitig zusammengearbeitet hatte, Docs Liebhaber gewesen sei.

Geoff fragte sich, ob Doc es heute ins Feld schaffe, um nach ihm und seiner Forschung zu sehen. Als sein Wecker um fünf Uhr klingelte, war er im Haus aufgewacht und überrascht gewesen, Doc und Sara durch die Vordertür hineinkommen zu sehen. Danach hatte er erfahren, was mit Graham geschehen war und wie Sara davon erfahren hatte.

Er hätte Doc gern geholfen oder sie irgendwie getröstet, denn sie schien die Nachricht nicht gut zu verkraften, aber Sara hatte Doc ins Bett gebracht und ihm gesagt, es sei wohl das Beste, wenn er seine Feldarbeit fortsetze.

»Sie würde das wollen!«, erklärte ihm Sara, die gut darin war, in einer Situation die Kontrolle zu übernehmen.

Geoff hatte seine Sachen gepackt, war zu seinem *Bakkie* gegangen und zum Balule-Naturreservat gefahren, von dessen einem Tor er einen Schlüssel hatte, mit dem er kommen und gehen konnte, wie er wollte. Das Reservat bestand aus einem grossen Stück Buschland an der Westseite des Krüger-Nationalparks, das sich in Privatbesitz befand. Die Zäune zwischen Balule und weiteren Wildreservaten, die an den Krügerpark grenzen, waren Jahre zuvor abgebaut worden, so dass die Wildtiere nun frei herumwandern konnten.

Geoff folgte dem Schuppentier aus den Bäumen heraus und über ein trockenes, sandiges Bachbett. Auf der gegenüberliegenden Uferseite tauchten sie in offenes Gebiet mit goldenem Gras. Das Reservat war eine angenehme Mischung aus Busch und Savanne, und damit ideales Land für alle 'Big Five'-Arten Afrikas, also Löwe, Leopard, Büffel, Elefant und Nashorn.

Ein grauer Lärmvogel kreischte seinen Ruf 'go away', eine Warnung an andere Geschöpfe in der Umgebung, dass ein zweibeiniger Eindringling unterwegs sei. Während das Schuppentier unbeeindruckt weiter schnüffelte, berührte Geoff die Krempe seines Rogue-Busch-Huts mit einem Finger, um den Ruf zu würdigen.

Dieses Schuppentier war auf einer Farm ausserhalb Hoedspruits entdeckt worden. Glücklicherweise war der junge Mann, der es gefunden hatte, kein Wilderer, sondern ein Hirte, der mit der kleinen Rinderherde der Farm unterwegs war und dabei auf das Tier stiess, das unter dem Elektrozaun, der das Grundstück umgab, feststeckte. Schuppentiere hatten die Angewohnheit, sich unter Zäunen zu verkriechen, in denen sich ihre Schuppen dann verfingen. Viele starben, wenn sie mit den niedrig gespannten elektrischen Drähten in Berührung kamen.

Sie hatten dieses Schuppentier, ein Männchen, auf den Namen 'Charlie' getauft. Es war eine Ironie des Schicksals, dass gut betuchte Safaribesucher wochenlang und für Tausende von Dollar vergeblich versuchten, eines dieser scheuen Tiere zu entdecken, während schlecht bezahlte Arbeiter, die einen Grossteil ihrer Zeit im Freien verbrachten, manchmal regelrecht über sie stolperten.

Geoff hörte einen Knall wie von einem Pistolenschuss und blieb stehen. Er sah sich lauschend um. Da war das Geräusch wieder, kein Gewehrschuss, sondern das Zersplittern von Holz, ein brechender Ast. Elefanten.

Er liess sich auf ein Knie sinken, hob eine Handvoll der staubtrockenen Erde auf und erhob sich wieder. Dann liess er die winzigen Körner aus seiner Faust gleiten, so dass sie ihm die Richtung des Windes anzeigten, neigte das Gesicht und schnupperte. Die Elefanten befanden sich im Osten, wo der Wind her wehte. Geoff spähte durch die Bäume, die den Wasserlauf, den er gerade überquert hatte, säumten. Elefanten waren, obwohl so riesig, extrem schwer zu entdecken, denn sie schlichen auf ihren mit einer schwammigen Sohle gepolsterten Füssen regelrecht durch den Busch.

Geoff hörte, einen weiteren Ast brechen. Dieses Mal war das Geräusch deutlich lauter und er bemerkte durch das Laub eines Bleiholzbaums zu seiner Rechten eine Bewegung, die er als das Flattern eines grauen segelartigen Ohrs erkannte. Die Elefanten kamen auf ihn zu.

Obwohl er nicht so erfahren war wie die Führer, die mit Gewehren bewaffnet Wandersafaris leiteten, hatte er in der Ausbildung zum Feldführer gelernt, wie man sich gefährlichen Tieren nähert. Als er erfuhr, dass Graham nicht dabei sei und noch kein Ersatz organisiert war, hätte er seinen Buschspaziergang mit Charlie, dem Schuppentier, eigentlich absagen müssen.

Geoff fragte sich, ob Sara recht hatte oder er als Zeichen der Würdigung von Grahams Tod im Wildniscollege hätte bleiben sollen.

»Geoff ist ein bisschen autistisch, aber nur leicht«, hatte Geoffs Mutter gerne zu ihren Freunden gesagt, was ihn immer ärgerte, weil er das Gefühl hatte, nicht anders als die anderen Kinder in der Schule zu sein. Ja, in einigen Fächern tat er sich schwer und er wusste, dass er oft falsch verstand, was andere Leute dachten oder wie sie fühlten. Aber über wahre Liebe wusste er umso besser Bescheid.

Lesen und das Verständnis englischer Texte fielen ihm schwer, dafür schnitt er in Mathematik und allem, was Regeln, Formeln oder Fakten auswendig zu lernen verlangte, gut ab. Diese Fähigkeit hatte ihn zu einem guten Safari-Guide gemacht. Er konnte seine früheren Kunden mit Informationen über die Essgewohnheiten der verschiedenen Tiere, ihre Trächtigkeitsdauer, ihre durchschnittliche Grösse und ihrem Gewicht beeindrucken.

Das Schuppentier war mittlerweile auf die andere Seite eines Termitenhügels gewandert und Geoff hockte sich hin. Indem er tiefer ging, konnte er die Bewegungen der sich nähernden Elefantenherde besser verfolgen, denn nun sah er ihre Beine unter dem Blättervorhang. Sie waren immer noch auf dem Weg zu ihm.

Der Geruch der Elefanten wurde stärker und Geoff hörte das leise Grollen ihrer Bäuche, wenn sie miteinander kommunizierten. Schliesslich brach die Herde aus dem Schutz der Bäume hervor. Sie wurde von der Matriarchin angeführt, einem hochgewachsenen Weibchen mit feinen, langen, dünnen Stosszähnen und ihrem jüngsten Kalb, das ihr nachtrabte. Das Baby passte noch unter den Bauch seiner Mutter, war also weniger als ein Jahr alt und wedelte mit seinem Rüssel herum, wobei es noch nicht ganz sicher zu sein schien, wozu das Anhängsel diente.

Nach der Anführerin kamen vier jüngere Weibchen, zwei davon mit eigenen Kälbern. Da Geoff die typische Struktur einer Herde kannte, nahm er an, es handle sich bei den anderen auch um weibliche Tiere, die Töchter oder sogar Enkelinnen der edlen alten Dame an der Spitze, die nun innehielt und ihren Rüssel hob, um den Wind auf mögliche Gefahren hin zu prüfen.

Geoff schaute zu Charlie. Wäre er nicht damit beschäftigt gewesen, auf das Schuppentier aufzupassen, hätte er sich in eine geziemende Entfernung und aus dem Weg der entgegenkommenden Dickhäuter, zurückgezogen. Nur törichte Safariführer nahmen eine Konfrontation mit Elefanten in Kauf. Dies geschah oft, um sie zu provozieren, damit sie die Ohren schüttelten, den Rüssel hoben und trompeteten, so dass die Touristen mit ihren Handys ein bisschen Action aufnehmen konnten. Geoff mochte so etwas nicht.

Er trug seine Neun-Millimeter-Pistole in einem Pfannkuchenholster am Gürtel, aber diese war für den persönlichen Schutz im Busch eher Schein als Sein. Eine Kugel aus ihrem Magazin würde vom Kopf eines Elefanten oder von der gepanzerten Platte zwischen den Hörnern eines wütenden Büffels einfach abprallen. Langsam bereute er, sich ohne Begleitung ins Feld begeben zu haben.

Geoff beobachtete, wie die Matriarchin ihren Rüssel senkte und ihren riesigen Kopf hin und her schwenkte. Der Rest ihrer Familie war hinter ihr stehen geblieben und bildete mit den Kälbern dahinter einen lockeren Halbkreis. Die riesige Mutter setzte sich in Bewegung und rannte direkt auf den Ameisenhaufen, hinter dem Geoff kauerte, zu.

»Scheisse! Charlie, ab jetzt bist du auf dich allein gestellt.«

Dieser war ein Schuppentier aus der Wildnis und würde den Elefanten, falls es nötig war, einfach instinktiv aus dem Weg gehen.

Geoff konnte Charlies Funkortungsgerät jederzeit wieder einschalten und es so ohne grosse Schwierigkeiten wiederfinden. Er ging halb in die Hocke und begann, sich langsam zurückzuziehen.

In diesem Moment hörte er ein Knurren.

Geoff konnte es fast nicht glauben, aber in seiner kurzen Zeit als Safari-Guide hatte er eines ganz besonders gelernt, nämlich, mit dem Unerwarteten zu rechnen. Er drehte sich dorthin, wo das Geräusch hergekommen war, und entdeckte weiter weg, etwa fünfzig Meter entfernt, auf der von ihm und den Elefanten dem Wind abgewandten Seite, im langen goldenen Gras eine Löwin, die aufstand.

Wie das Elefantenweibchen prüfte auch die Löwin schnuppernd die Luft und wandte ihr Gesicht dann der Elefantenherde zu. Geoff erstarrte, dann liess er sich wieder herabsinken. Nun befand er sich nicht mehr im relativen Schutz und der Deckung des Termitenhügels, sondern sass zwischen mehreren Tonnen jähzorniger grossmütterlicher Fürsorge und Afrikas ranghöchstem Raubtier fest.

Die Löwin knurrte erneut und zu Geoffs Entsetzen erhob sich neben ihr ein ausgewachsener männlicher Löwe mit einer beeindruckenden rotbraunen und schwarzen Mähne von der Stelle, an der er neben seiner Gefährtin im Gras gelegen hatte. Das Männchen folgte dem Weibchen und musterte die Elefanten ebenfalls. Die Matriarchin war stehengeblieben und prüfte, den Rüssel hoch erhoben, erneut die Luft.

Normalerweise wäre Geoff begeistert gewesen, Zeuge dieser Art von Interaktion zwischen Wildtieren zu werden – aber in diesem Moment war er entsetzt. Er kniete sich ins Gras. Die beiden Tierarten waren im Moment eher auf einander als auf ihn fixiert.

Der männliche Löwe blinzelte zweimal und bewegte sich vorwärts, wurde aber von seiner Gefährtin, die eine grosse Pfote ausstreckte und sie ihm in sein zotteliges Gesicht schlug, aufgehalten. Er blieb stehen und die Löwin drehte sich um und präsentierte sich vor ihm. Es handelte sich also eindeutig um ein Paar, weshalb sie allein zu sein schienen, und sich von der drohenden Anwesenheit der Elefanten nicht beeindrucken liessen.

Die Löwin senkte ihr Hinterteil und das grosse Männchen bestieg sie. Wie es sich für Löwen gehört, war ihre Paarung kurz und heftig. Die Löwin knurrte und das Männchen biss ihr, während er energisch in sie eindrang, in den Nacken.

Geoff hielt sich eine Hand vor den Mund, denn trotz des Ernstes der Situation, in der er sich befand, musste er sich ein Lachen verkneifen, als der Löwe mitten in der Kopulation seinen massiven Kopf drehte und mit grossen Augen auf die Elefantenherde starrte, die sich wieder in Bewegung gesetzt hatte und nun zielstrebig auf das Grosskatzenpaar zusteuerte.

Sobald er, nach weniger als zwanzig Sekunden, fertig war, zog sich der männliche Löwe zurück, stand auf und rannte in die den Elefanten entgegengesetzte Richtung davon. Die Löwin liess er zurück. Sie erhob sich und knurrte die anrückenden Giganten an.

Die Matriarchin der Herde trompetete mit hocherhobenem Rüssel, um zu demonstrieren, wie ernst sie es meine. Geoff wusste, dass Elefanten Löwen hassten und normalerweise ihr Bestes taten, um sie von ihren Jungen wegzujagen und tatsächlich stürmte das massige Elefantenweibchen los, wobei ihr ihre Herde folgte.

Die Löwin stand trotzig im Gras und starrte der Matriarchin entgegen. Geoffs Problem war nun, dass die Elefanten, falls sie tatsächlich vorhatten, die Löwin zu töten, ihren Weg fortsetzen und ihn in den Boden trampeln würden. Im schlimmsten Fall, wenn einem ein Elefant bedrohte, um sein Leben zu rennen, war akzeptabel, vor den Augen einer Löwin wegzurennen dagegen äusserst töricht, denn das würde sie dazu ermutigen, ihm nachzujagen und ihn als leichte Beute zu erlegen.

Geoff griff nach seiner Pistole, zog den Schlitten zurück und feuerte einen Schuss ab. Er holte tief Luft, stand auf und hob die rechte Hand über den Kopf. Die Elefantenmatriarchin sah ihn, verlangsamte, schüttelte erneut drohend ihren grossen Kopf und drehte sich leicht in seine Richtung.

»Hey!«, schrie er. »*Voetsek*! Verschwinde!«

Der Klang seiner Stimme, die sie aufforderte, wegzugehen, liess sie innehalten und auch ihre Familie kam hinter ihr in einer Staubwolke zum Stillstand. Sie schüttelte erneut den Kopf, beschloss dann aber offensichtlich, ihn zu töten. Es gab weder ein Fächern mit den Ohren noch einen wütenden Trompetenstoss, stattdessen klappte die alte Kuh ihre Ohren flach an die Seiten ihres Kopfes, rollte den Rüssel zwischen den Stosszähnen und unter dem Kinn zusammen, senkte den Kopf und griff ihn an.

All diese Warnzeichen deuteten darauf hin, dass der Angriff ernst gemeint war und ein Schuss Adrenalin strömte durch Geoffs Körper. Trotz seiner Ausbildung und Erfahrung hatte er Angst. Es war das erste Mal, dass er zu Fuss einem richtigen Angriff ausgesetzt war.

Als sie den Fokus ihrer Wut verlagerte, wirbelte die Elefantenkuh eine Staubwolke auf und ihre Verwandten folgten ihr im Schlepptau. Geoff spürte die Erde unter dem Stampfen ihrer Füsse beben. Er hob seine Hand, drückte zweimal ab und feuerte zwei Kugeln in die Luft. Die Löwin reagierte sofort, drehte sich um und rannte in den Busch, aber die Elefantenanführerin schien der Lärm der Schüsse nur noch mehr zu erzürnen.

Nun rannte Geoff so schnell er konnte um sein Leben, während das Funkgerät bei jedem Schritt gegen seinen Körper prallte. Er über-wand einen umgestürzten Baum und stolperte, als sein rechter Fuss in eine flache Vertiefung geriet. Er ruderte mit den Armen, um nicht zu stürzen, aber seine Füsse liefen weiter. Wenn er jetzt umfiel, war er tot.

Vor ihm lag eine Baumreihe, in deren Richtung er rannte und er erinnerte sich daran, dass irgendwo in der Nähe eine Strasse war, von der aus man Wildtiere beobachten konnte. Er sprintete weiter und wagte nicht, zurückzuschauen. Plötzlich hörte er ein Knallen.

Peng. Peng.

Schüsse. Die Elefanten kamen, offensichtlich immer noch entschlossen, ihn zu erreichen und zu Tode zu trampeln, immer näher und Geoff fragte sich, ob jemand auf ihn oder auf etwas anderes schoss – vielleicht Wilderer. Dann wurde ihm klar, dass er mit seiner Abgabe von zwei Schüssen in die Luft, unwillentlich das Buschtelegrafie-Signal abgegeben hatte, das bedeutete, sich verirrt zu haben. Die Person, die gerade geschossen hatte, antwortete ihm also damit.

Geoff hob seine Pistole und feuerte erneut, wieder einen Doppelschuss. Die Elefanten hinter ihm nahmen keine Notiz davon, sondern das Stampfen ihrer Füsse und die gelegentlichen Trompetenstösse eines oder zweier aufgeregter Jungtiere, die sich zu freuen schienen, an der Jagd teilzunehmen, blieben stets gleich.

Als er die Baumgrenze erreichte, peitschten ihn Dornenzweige und rissen Kratzer in seine blossen Arme. Die Elefanten würden durch die Büsche brechen und die dünne Vegetation niedermähen, als wäre sie gar nicht vorhanden. Vor sich erkannte Geoff eine weitere Lichtung. Er hörte zwei Gewehrschüsse und sie waren so nah, dass sie ihm fast genauso viel Angst einflössten, wie die Tiere, die ihn verfolgten. Obwohl jemand seinen Hilferuf gehört und beantwortet hatte, war er noch nicht in Sicherheit.

Geoff kletterte über einen Erdhügel und erreichte die Strasse. Aus den Augenwinkeln sah er auf der linken Seite eine Bewegung: Ein offener Land Rover kam auf ihn zugerast und jemand auf dem Rücksitz zeigte auf ihn.

»Rückwärtsgang!«, schrie er.

Der Land Rover kam immer näher.

Geoff hob, noch immer in Richtung des Land Rovers rennend, seine Pistolenhand über den Kopf und winkte mit dem Arm weg von sich selbst nach unten. »Sofort in den Rückwärtsgang!«

Der Fahrer schien zu begreifen, was er gestikulierte und schrie. Das Wildbeobachtungsfahrzeug hielt an. Geoff warf einen Blick über die Schulter und sah, dass die Matriarchin und ihre Familie die Strasse ebenfalls erreichten, wo sie in einer Staubwolke zum Stehen kamen. Die Elefanten-Grossmutter stiess ein langes, hohes Trompetenquietschen in die Richtung von Geoff und den Leuten auf dem Wagen aus.

Geoff sprintete weiter, bis er den Land Rover erreichte, stellte einen Fuss auf die vordere Stossstange und rutschte auf den Sitz des Trackers, des Fährtensuchers, der auf dem vorderen linken Kotflügel des Fahrzeugs befestigt war. »Fahren! Losfahren! Hey, fahren!«

Die Fahrerin legte den Rückwärtsgang ein, liess die Kupplung kommen und gab Gas.

Geoff hielt sich am Griff an der Seite des grünen, mit Segeltuch bespannten Sitzes fest, während die Fahrerin mit hoher Geschwindigkeit rückwärtsfuhr und dabei das Lenkrad fest umklammerte, um geradeaus zu fahren. Das Elefantenweibchen tauchte gross in Geoffs Blickfeld auf und einen Moment lang dachte er, er habe seine Flucht zu spät angetreten.

In diesem Moment bog die Fahrerin um eine scharfe Kurve und Geoff sah, dass die Matriarchin langsamer wurde, als sie aus seinem Blickfeld verschwand. Die Fahrerin wendete das Fahrzeug, legte den ersten Gang ein und beschleunigte, diesmal glücklicherweise vorwärts. Geoff sackte im Sitz zusammen, denn er fühlte sich schwach und schwindlig.

Einen Kilometer weiter, ohne Elefanten im Rückspiegel oder anderes Wild in der Nähe zu sehen, bog die Fahrerin des Land Rovers von der Strasse ab, auf eine gut befahrene Lichtung.

»Geoff? Sind Sie in Ordnung?«

Er drehte sich um und sah Doc, die in der Sitzreihe hinter der Fahrerin sass. Ihr Gesicht hatte einen besorgten Ausdruck und sie trug ein Gewehr auf dem Schoss.

Sue und Zola, die in der hintersten Reihe sassen, brachen in unkontrollierte Lachanfälle aus.

»Hey, ihr zwei, hört auf damit«, sagte Doc zu den beiden jungen Frauen.

Sie stiegen alle aus dem Land Rover und Doc stellte Geoff die Fahrerin, Margaux, vor. »Margaux ist freiberufliche Reiseleiterin und wird uns auf unserer Reise durch Simbabwe und Namibia fahren.«

»Es war klug, die beiden Schüsse in die Luft abzugeben«, sagte Margaux, als sie Geoff die Hand schüttelte. Sie war gross, hatte kurzes rotes Haar und lächelte ihm freundlich zu.

Geoff sah zu Boden. »Ähm, danke, aber ich komme mir wie ein Idiot vor.« Geoff dachte, Margaux wolle ihm wahrscheinlich eine Blamage ersparen, aber Doc sah richtig wütend aus.

»Sie hätten nicht allein in den Busch gehen sollen«, sagte Doc.

»Nein, böser Junge«, sagte Sue über Docs Schulter hinweg.

Doc brachte sie mit einem Blick zum Schweigen und sagte dann: »Helfen Sie Margaux, Wasser und Kaffee zu organisieren, Sue.«

»Ja, Frau Professorin«, sagte Sue, gespielt zerknirscht.

»Aber im Ernst«, sagte Doc, nachdem sie sich wieder zu Geoff umgedreht hatte, »warum sind Sie ohne Begleitung rausgegangen? Sie haben keine Ausbildung zum Wanderführer abgeschlossen, nicht wahr?«

Er schüttelte den Kopf. »Nein. Aber ich hatte meine Neun-Millimeter-Pistole dabei.«

»Ja, aber abgesehen davon, dass man damit um Hilfe rufen kann, wissen Sie so gut wie ich, dass eine solche Erbsenpistole gegen einen Elefanten nutzlos ist und gegen einen Löwen auch nicht viel besser.«

»Ich habe einen Löwen gesehen – sogar zwei, ein sich paarendes Paar«, gab Geoff zu.

Doc funkelte ihn an. »Seien Sie nicht noch frech zu mir, junger Mann.« Geoff hörte, wie Zola und Sue hinter ihr flüsterten und kicherten, aber Doc reagierte nicht. »Ich kenne Ranger im Krügerpark, die doppelt so alt sind wie Sie und tausendmal mehr Erfahrung haben, sich aber ohne ein Jagdgewehr Kaliber .375 im Busch nicht mehr als zehn Meter von ihrem Fahrzeug entfernen würden. Machen Sie nie wieder so einen Scheiss!«

Er senkte den Blick. »Okay, Prof.«

»Nein. Ja, Frau Professorin.«

Er zertrat den Staub. »Ja, Frau Professorin.«

Doc stemmte die Hände in die Hüften und seufzte. »Also, wo sind diese Löwen, und wo ist Charlie?«

NACHDEM GEOFF BESCHRIEBEN HATTE, wo er Charlie und die Löwen zuletzt gesehen hatte, ging Doc zu Margaux, die eine Kühlbox aus dem Heck des Land Rover geholt hatte und damit beschäftigt war, Kaffee einzuschenken. »Glaubst du, wir schaffen es, die Löwen zu finden?« fragte Doc die Führerin.

Margaux reichte ihr einen Becher. »Klar, wenn du Lust auf eine kleine Pirschfahrt und vielleicht eine Fährtensuche hast.«

Doc schüttelte den Kopf. »Wir sind nicht hier, um einfach eine Spritztour zu machen. Aber in diesem Gebiet gibt es, abgesehen von Charlie – wenn er nicht zu Tode getrampelt wurde – irgendwo ein weiteres Schuppentier, also muss ich wissen, wo die Löwen sind, damit wir ihnen, während meine Studierenden forschen, nicht über den Weg laufen. Lasst uns diese Katzen finden, damit wir ihnen aus dem Weg gehen können.«

»Nach dem Kaffee?«, fragte Margaux.

Doc nahm einen langen Schluck. »Auf jeden Fall nach dem Kaffee.« Sie senkte die Stimme und ergänzte: »Und wenn Geoff sich von seiner Nahtoderfahrung und der Abreibung, die ich ihm gerade verpasst habe, erholt hat.«

Margaux lachte. »Nachdem ich dich gerade in Aktion gesehen habe, Doc, wäre ich lieber mit einem angreifenden Elefanten konfrontiert.«

Doc atmete die kühle, trockene Morgenluft des Bushvelds ein. *Das* war der Ort, an den sie gehörte, nicht auf Parkplätze von Einkaufszentren und in Casinos in Johannesburg, um Wilderer aufzuspüren. Sie hatte sich vom Gedanken verführen lassen, etwas bewirken zu können und vielleicht war ihr das sogar eine Zeit lang gelungen, aber dieser Teil ihres Lebens war vorbei.

Tot.

Doc dachte an Graham. Sie liess ihre letzten Unterhaltungen mit ihm Revue passieren. Er war wie immer kokett gewesen und obwohl sie ihn mit einem entschiedenen Nein abgewiesen hatte, tröstete sie sich, indem sie sich an sein Lächeln und den schelmischen Blick in seinen Augen erinnerte, der gesagt hatte: »Du wirst deine Meinung schon noch ändern.«

»Worüber lächeln Sie?«, fragte Sue Oliver, die sich unbemerkt an Doc herangeschlichen hatte.

»Oh, nur über etwas, das Graham zu mir gesagt hat«, sagte Doc. Sie wollte nicht zugeben, dass sie über einen Mann lächelte, der gerade erschossen worden war. In Wirklichkeit verunsicherte sie der Mord an Graham und wenn sie immer hineininterpretierte, es hätte mit ihrer Arbeit zu tun habe, war dies ein Zeichen dafür, dass sie verrückt wurde. Wenn der Mord an Graham nichts damit zu tun hatte, sondern nur die Tat eines opportunistischen Kriminellen war, der beschlossen hatte, einen Mann mit einem platten Reifen zu erschiessen und auszurauben, sagte das vor allem viel über ihre geliebte Heimat aus, was sie nicht wahrhaben wollte.

»Glauben Sie, Graham könnte wegen seiner Arbeit gegen die Wilderei ermordet worden sein?«, fragte Sue.

»Das ist möglich«, sagte Doc. Das war der dritte und wahrscheinlichste Grund, warum Graham getötet worden war. Hoedspruit war keine grosse Stadt und jeder wusste, was der andere arbeitete. Grahams glänzender Ford Ranger mit Tarnlackierung war ein sehr auffälliges Fahrzeug und es war anzunehmen, dass einige Wilderer und deren Freunde oder Verwandte, es ihm heimzahlen wollten. Er hatte den Ruf eines knallharten Burschen.«

»Ja, das habe ich gehört.« Sue schaute über ihre Schulter. »Ich glaube, Sara stand auf ihn.«

Doc schaute an Sue vorbei zu Sara, die ihre Videokamera auf einem Stativ aufgebaut hatte. Sie schien Overlays zu filmen, oder ‘B-Rolls’, wie Doc gelernt hatte – Aufnahmen, die das Leben in Afrika im Allgemeinen in Szene setzten. Ein Kaffeestopp im Busch war dafür genau das Richtige.

Doc erinnerte sich, dass Sara den Anruf der Passantin, die Grahams Leiche fand, entgegengenommen hatte, doch in der darauffolgenden Eile hatte Doc zu fragen vergessen, weshalb.

»Wie kommen Sie darauf?«, wollte Doc wissen.

Sue tunkte ein *Rusk* in ihren Kaffee, bevor sie antwortete. »Ich habe gesehen, dass sie sich auf Ihrer Überraschungsparty unterhalten haben und zwar ziemlich oft und lange. Irgendwann sah es aus, als gebe Graham Sara seine Nummer, denn er nahm ihr Telefon und tippte etwas ein.«

Wie als Graham mit Annaliese auf der Tanzfläche war, verspürte Doc nicht den geringsten Anflug von Eifersucht darüber, dass Sara und Graham möglicherweise ein Paar würden, obwohl sie Graham nicht als Saras Typ bezeichnet hätte. Wie Geoff sah auch Graham sehr gut aus. Hatte gut ausgesehen.

Sie erinnerte sich an Graham, der im Dreck lag, an sein lebloses Gesicht und die Schusswunde in seiner Stirn. *War das meine Schuld?*

»Sind Sie in Ordnung?«, erkundigte sich Sue.

Doc nahm noch einen Schluck Kaffee und nickte. »Ja, ja«. Doch eigentlich war nichts okay. Ein weiterer Mann war tot.

»Denken Sie, Grahams Mörder könnte in die Schuppentier-Wilderei verwickelt sein?«

Doc sah Sue an. »Wie kommen Sie denn darauf?«

Sie zuckte mit den Schultern. »Graham sollte unser Leibwächter im Busch sein, aber er war auch ein ziemlicher Angeber, nicht wahr?«

Doc dachte darüber nach. »Er neigte dazu, nach ein paar Drinks das Maul etwas weit aufzureissen.« Doc erinnerte sich an das erste Mal, als sie Graham getroffen hatte und wie er ihr von einer Schiesserei in Khaya Ngala erzählt hatte, an der er beteiligt gewesen war. Er und sein Partner Oscar seien auf einen bewaffneten Ranger gestossen, der sich als korrupt herausgestellt habe. Graham hatte ihr ausführlich erzählt, wie sein Partner verwundet worden sei und er, Graham, seinem Freund das Leben gerettet habe.

»Ja, er hat mir auch ein paar Geschichten erzählt«, sagte Sue. »Vielleicht hat er zu viel darüber geredet, was wir hier tun werden. Meinen Sie, uns könnte vielleicht ein Wilderer in den Busch folgen? Ich meine, wenn Graham etwas über unsere Arbeit erzählt hat, wüssten sie doch, dass wir Schuppentiere beobachten.«

Es klang weit hergeholt, aber Doc mahnte sich selbst daran, dass sie in Südafrika war und hier Kriminelle im Allgemeinen einfallsreich, gerissen und gut informiert waren. Ausserdem stand beim Schmuggel eines Schuppentiers viel auf dem Spiel.

»Wir werden vorsichtig sein«, gab Doc zurück, wobei sie ihre Stimme erhob, damit die anderen sie hörten. »Wir sind vorsichtig und gehen beispielsweise nicht ohne bewaffnete Begleitung in den Busch, egal ob wir Safari-Führer waren oder nicht. Der heutige Tag hat uns gezeigt, dass wir uns hier draussen nicht nur vor Wilderern fürchten müssen. Wir sind im Land der 'Big Five' unterwegs und ich möchte, dass sich das alle vor Augen halten.«

Geoff nickte. »Ja, Frau Professorin.«

Sie schenkte ihm ein kleines Lächeln. »Wenn wir nicht so förmlich sind, heisse ich Prof. Oder Doc.«

Er grinste sie, wieder glücklich wie ein Welpe, an. »Okay ... Doc. Entschuldigung.«

Sie leerte ihren Kaffee und hob eine Hand. »Genug. Lektion gelernt. Jetzt lasst uns diese Löwen und Charlie finden.«

9

Wo bin ich? überlegte sich Ian Laidlaw und tastete in der Dunkelheit nach dem Nachttisch, wobei sich seine Finger um sein Telefon schlossen. Er drückte auf die Seitentaste und der Bildschirm erhellte das Zimmer. Ian blinzelte. Er befand sich im Intercontinental auf dem internationalen Flughafen OR Tambo in Johannesburg.

Er sah auf die Uhr und stöhnte auf. 4.00 Uhr morgens. Dank des Jetlags war er hellwach. Er stand auf, suchte nach dem Lichtschalter, ging ins Bad und kramte danach in seiner Reisetasche nach den Laufshorts, Schuhen und einem T-Shirt. Er zog sich an und machte sich auf den Weg in den Fitnessraum des Hotels.

Draussen war es dunkel und die Lichter des Terminals kämpften mit Nebel, Smog oder beidem. Nach seinem ersten Kilometer auf dem Laufband keuchte Ian heftig. Neben ihm stieg ein Mann auf das Gerät, der etwas in einer Sprache zu ihm sagte, die er nicht verstand, aber für Afrikaans hielt.

»Wie bitte?« Ian drückte einen Knopf auf dem Laufband und verringerte sein Tempo um zehn Sekunden pro Kilometer.

»Machen Sie sich keine Sorgen«, sagte der Mann zwischen den

Sprints auf Englisch, »das macht die Höhe. Wir sind hier auf fast 1'800 Meter über dem Meeresspiegel.«

Ian keuchte. »Oh, gut, ich dachte schon, ich bekomme einen Herzinfarkt.«

»Sind Sie Australier?«

Ian sparte sich den Atem und nickte erneut.

»Es wird Ihnen hier gefallen. Ich habe zehn Jahre lang in Perth gelebt, bin aber gern zurückgekommen. Es gab zu viele verdammte Regeln und die Lebenshaltungskosten waren lachhaft hoch. Ausserdem konnten wir uns dort keine Putzfrau leisten, worauf meine Frau sich beschwert hat, weil sie die Toiletten selbst schrubben musste.«

Ian joggte weiter und überliess das Reden dem Mann.

»Es gibt hier eine Menge *Kak*, mit geplanten Stromausfällen, Wasserproblemen, Kriminalität und verrückter Politik, aber dafür wissen wir umso besser, wie man sich amüsiert. Ausserdem sind Bier und Wein im Vergleich zu Australien billig.« Der Mann beendete seinen Lauf. »Sie müssen es hier geniessen.«

»Danke.«

Ian rannte fünf Kilometer weit, ging danach zurück in sein Zimmer, duschte, packte, checkte seine E-Mails und machte sich auf den Weg zum Frühstück. Im Flughafenterminal hielt er bei 'Books N Things', wo er sich einen Thriller, der in Afrika spielte, besorgte, bevor er an anderen Geschäften und Restaurants vorbei in die Abflughalle der Inlandflüge ging.

Er fand die Schalter von South African Airlink und checkte für seinen Flug nach Hoedspruit ein.

Er lag mit der Aussprache des Ortsnamens völlig daneben, und die Frau hinter dem Schalter korrigierte ihn freundlich, während sie ihm eine Bordkarte ausdruckte.

Ian dankte ihr und ging durch die Sicherheitskontrolle.

Er fand eine Airline-Lounge und bezahlte dafür, dann sah er sich das Buffet an und schenkte sich eine Tasse Kaffee ein. Er war nervös. Die Durchsicht seiner E-Mails vorhin in der nüchternen Dunkelheit vor der Dämmerung hatte ihn daran erinnert, wie wenig ihn noch mit dem Unternehmen verband, das er aus dem Nichts geschaffen hatte.

Bisher hatte er, abgesehen von einer ärgerlich langsamen, stundenlangen Wartezeit nach der Landung bei der Einwanderungsbehörde, dem Beamten am Check-in und dem Kellner des Zimmerservices, der ihm zum Abendessen ein Stück zarten Filets und eine gute Flasche Rotwein gebracht hatte, nur wenig mit Afrika oder einheimischen Menschen zu tun gehabt. Der Mann auf dem Laufband neben ihm hatte ihm einige Einblicke gewährt, aber auch etwas Angst vor dem, was ihn erwartete, hinterlassen.

Als es für ihn Zeit war, zu seinem Flugsteig zu gehen, stellte sich Ian auf die Rolltreppe zum Erdgeschoss hinunter, von wo ihn ein Bus zu seinem Flugzeug bringen würde. Jedes Mal, wenn sich die Schiebetüren öffneten, um Passagieren anderer Flüge das Verlassen des Terminals zu ermöglichen, strich ein kalter Windzug durch das leichte khakifarbene Safarihemd, das er im Kathmandu-Laden in Sydney gekauft hatte. Er ging pünktlich an Bord des Flugzeugs und schlief, bis ihn die Stimme des Piloten weckte.

»Die Bodentemperatur in Hoedspruit beträgt heute sechsundzwanzig Grad und wir lassen Sie pünktlich aussteigen.« Während Ian die Arme über dem Kopf verschränkte und gähnte, wies der Pilot die Besatzung an, das Flugzeug für die Landung vorzubereiten. Er drehte sich zum Fenster und schaute heraus.

»Manchmal entdeckt man Tiere«, sagte die blonde Frau neben ihm.

»Wirklich?«

Sie lächelte. »Ja. Achten Sie auf Bewegungen. Vor allem Giraffen fallen auf.«

Er schaute sie an und danach noch ein zweites Mal. Als sie vor dem Start Platz genommen hatten, lächelte Sie ihn an, wobei ihm auffiel, dass sie hübsch war und ihr Haar und die Nägel makellos gepflegt waren. Sie trug ein einfaches weisses T-Shirt zu einem Jeansrock und an ihren Handgelenken baumelten goldene Armreifen.

»Woher kommen Sie?«, fragte sie.

»Aus Australien.«

»Ihr erstes Mal in Afrika?«

Er nickte. »Sind die Klamotten ein eindeutiges Indiz?«

Sie lachte ein wenig. »Ja und nein. Ihre Sachen sehen schön und neu aus, aber hier in Hoedspruit tragen praktisch alle Buschkleidung. Ich mag Ihr Hemd.« Sie schob sich eine Haarsträhne hinters Ohr.

Sie war in den späten Vierzigern, dachte er, bevor er bemerkte, dass sich unter ihnen etwas bewegte. »Ein Elefant!«

Die Frau beugte sich so weit über ihn, dass ihr Haar seine Schulter streifte und er ihr Parfüm riechen konnte. »Gut entdeckt«, sagte sie. »Ein einsamer Bulle, wohl auf der Suche nach Liebe.«

Es war seltsam, so etwas zu sagen, dachte er, aber dann sah er, dass sie auf weitere Elefanten deutete, eine Herde, die durch die trockene braune Vegetation marschierte.

»Die Weibchen bleiben als Herde zusammen, während er ihnen folgt und nach Action sucht.«

»Kabinenpersonal: Vorbereitung für die Landung«, wies der Pilot über die Sprechanlage an.

Die Frau lehnte sich wieder dicht zu Ian. »Es ist mir zwar etwas peinlich, aber darf ich Sie bitten, meine Hand zu halten? Ich hasse die Landung.«

»Ähm, natürlich.« Er nahm ihre Hand, worauf sie lächelte und dann die Augen schloss.

Das Flugzeug landete mit einem Aufprall und quietschenden Reifen und Ian spürte, dass sie seine Hand drückte. Er bemerkte, dass an ihren Ohrsteckern winzige silberne Katzen baumelten – vielleicht Leoparden.

Die Landebahn war von Büschen und Bäumen gesäumt, die dieselben matten Farben hatten wie die Kleidung, die jeder zweite Fluggast trug. Der Pilot bremste und wendete das Flugzeug in die Richtung eines kleinen einstöckigen Terminalgebäudes. Ian hörte Französisch, Deutsch und hinter sich eine amerikanische Familie.

Ein Mann sagte zu zwei jungen Frauen, die wie seine Töchter aussahen: »Da sind schon die ersten der Big Five«, und klopfte einem der Mädchen auf die Schulter. Ian vermutete, er meine damit die Elefanten.

Die Frau liess seine Hand los, drückte sie aber vorher noch einmal, diesmal sanfter. »Ich hoffe, Sie geniessen Ihre Safari. Wo übernachten Sie?«

Ian zerbrach sich sein vom Jetlag gemartertes Gehirn darüber, was er auf dem Reiseplan gelesen hatte. Er würde am Flughafen von jemandem abgeholt.

»Irgendwas mit Balu ...?«

»Balule. Ein privates Reservat, das zum Gebiet des 'grossen Krügerpark' gehört. Es ist wunderschön.«

Als das Flugzeug zum Stillstand kam, nahm sie Blickkontakt mit ihm auf. Er wollte etwas Kitschiges wie 'Sie auch' sagen, unterdrückte es aber, da er sie ja gerade erst kennengelernt hatte.

»Ich bin Lyndal. Vielleicht sieht man sich ja Mal.«

Er streckte erneut seine Hand aus und sie nahm sie, diesmal mit einem förmlicheren Schütteln. »Ian. Vielleicht, aber ich bin nicht sicher, wo ich ausser nach Balule sonst noch hinfahre.«

Sie zwinkerte ihm aufrichtig und ehrlich zu. »Hoedspruit ist eine kleine Stadt, und Balule ganz in der Nähe.«

Er erinnerte sich jetzt daran, dass der Name des Reservats Balule war und das Camp, die Lodge oder wie auch immer man die Unterkunft darin nannte, 'Antares' hiess.

Nachdem sie ihre Taschen aus den Gepäckfächern gehoben hatten, standen und schlurften sie unbeholfen durch den engen Gang. Lyndal war gross und das Gedränge der Passagiere führte dazu, dass sich ihre Körper fast berührten.

»Hat Ihnen schon mal jemand gesagt, dass Sie George Clooney ähnlichsehen?«, flüsterte sie.

Er lachte still. Ob alle südafrikanischen Frauen so waren? »Nein, aber wenn Sie das sagen, muss ich mir zweimal überlegen, ob ich den grauen Bart, den ich eigentlich abrasieren wollte, tatsächlich entfernen soll.«

Sie schüttelte entschlossen den Kopf. »Nein!«

Lyndal ging vor ihm, als die Passagiere auszusteigen begannen.

Ian blinzelte in den hellen Sonnenschein, als er die Fluggasttreppe hinunterging und den Griff an seinem kleinen Reisekoffer herauszog. Lyndal hatte sich eine Ledertasche über die Schulter gehängt und ging, als sie das Rollfeld zum Terminal überquerten, vor ihm her.

Er wollte sie gerade einholen und nach ihrer Telefonnummer fragen, als am Eingang des Terminals ein grosser, kräftig gebauter Mann in sehr kurzen khakifarbenen Shorts und einem hellen Hemd mit zwei Taschen in der Farbe der Hose auf sie zukam. Er nahm sie in die Arme und küsste sie innig.

Erleichtert, dass er sich nicht zum Narren gemacht hatte, sah sich Ian um und erblickte eine in Grün gekleidete Frau mit kurzen roten Haaren, die ein Schild in der Hand hielt, auf dem sein Name und mehrere andere standen. Er ging zu ihr hinüber.

»Hallo, ich bin Ian.«

Die Frau grinste. »Hallo, und ich bin Margaux Langley. Willkommen in Afrika, ich werde Sie auf der Rundreise begleiten.«

Sie gaben sich die Hand. »Freut mich, Sie kennenzulernen, Margaux.«

»Gleichfalls, Ian. Wie war Ihr Flug?«

»Gut.« *Naja, verrückt, trifft es eigentlich eher.*

»Das freut mich. Wir warten noch auf drei weitere Personen, die zu Ihrer Gruppe gehören.«

Wenn sie *seine Gruppe* sagte, nahm Ian an, es handle sich um Leute, die ebenfalls an der Schuppentier-Rundreise teilnahmen. Nun strömte der Grossteil der Passagiere des Flugzeugs durch das Ankunftsgebäude. Die meisten von ihnen versammelten sich bei der Gepäckausgabe, die kein Karussell beinhaltete, sondern eine erhöhte Plattform, auf der die Gepäckstücke nun abgestellt wurden. Ian sah seinen Koffer und holte ihn.

Als er zu Margaux zurückkam, unterhielt sich die Fremdenführerin mit einem Paar in den Siebzigern, dessen Akzent er nicht richtig zuordnen konnte.

»Pär Öthander«, sagte der grosse schlanke Mann, der einen schneeweissen Bart trug, »und das ist meine Frau, Eva. Wir kommen aus Schweden.«

Eva schenkte Ian ein Lächeln. »Und Sie müssen unser Australier sein.«

»Stimmt«, sagte Ian und schüttelte ihnen die Hand. Bestimmt wussten alle Teilnehmenden der Exkursion mehr darüber, was vor sich ging, als er.

»Sind Sie im Vorstand von 'Save the Pangolins Australia'?«, fragte Eva.

»Nein, ich habe mich bei einem Wohltätigkeitsdinner betrunken und, weil ich eine Frau beeindrucken wollte, viel zu viel Geld dafür bezahlt, hier zu sein.«

»Oh«, sagte Eva.

Pär brach in Gelächter aus. »Sehr gut!«

»Nun, ich hoffe, Sie sind wenigstens daran interessiert, ein paar Schuppentiere zu sehen«, sagte Eva.

»Ja, ich denke, das schon.«

»Denken Sie?«, fragte Pär. »Eva und ich waren schon fünfzehn Mal in Afrika auf Safari, bevor wir endlich eins dieser schwierig zu findenden Tiere gesehen haben. Sie sind der 'heilige Gral' der Wildbeobachtung auf einer Safari, wissen Sie?«

Ian schüttelte den Kopf. »Nein, das wusste ich nicht.«

Wir mussten 'Save the Pangolins Sweden' beitreten und uns nach fünf Jahren Mitgliedschaft in den Vorstand wählen lassen, um hierherkommen und diese besonderen Geschöpfe sehen zu können«, sagt Pär.

»Pssst, Pär«, sagte Eva. »Selbstverständlich sind wir beigetreten, weil uns der Naturschutz am Herzen liegt, und nicht, weil wir Fotos von bedrohten Tieren machen wollen.« Eva blickte suchend zur Gepäckausgabe und währenddessen stellte Pär hinter ihrem Rücken pantomimisch dar, wie er etwas am Boden fotografierte.

Ian unterdrückte ein Lachen.

Ein kahl rasierter dunkelhäutiger Mann mittleren Alters, stämmig und mit einem blauen Blazer und Freizeithose gut gekleidet, kam auf Margaux zu, begrüsste sie und gab ihr die Hand.

»Guten Morgen, ich bin Doktor Moses Khumalo«, wandte er sich an sie alle »und werde Sie auf der Tour begleiten.«

Pär stellte Eva vor und beide schüttelten ihm die Hand.

»Sind Sie Arzt?«, fragte Pär. »Dann kann uns wenigstens jemand retten, wenn uns eine Krankheit erwischt oder jemand von einem Löwen gebissen wird.«

Khumalo runzelte die Stirn. »Nein, ich bin nicht Mediziner, sondern habe einen Doktortitel in Zoologie. Ich bin Dekan der wissenschaftlichen Abteilung an der Technischen Universität Tshwane.«

»Entschuldigen Sie«, sagte Pär. »Das war nicht böse gemeint.«

»Schon gut.«

Ian war sich nicht so sicher, ob er das ernst meinte. Khumalo beobachtete die Umgebung und warf einen Blick auf den Parkplatz hinaus. Er wirkte ungeduldig, als erwarte er jemand anderes als Begrüssungskomitee.

In diesem Moment kam eine junge Frau mit kunstvoll geflochtenem Haar in den Terminal gerannt.

»Zola!«, rief Moses und Ian entging nicht, dass die Augen des hochmütig wirkenden Professors aufleuchteten.

»Herr Professor«, sie strich sich mit den Händen über die Vorderseite ihres Jeansrocks, »es tut mir leid, dass ich so spät dran bin.«

»Schon in Ordnung. Margaux?«

»Ja, Sir?«, fragte die Führerin.

»Holen Sie meine Tasche, die grüne mit dem Louis Vuitton-Streifen.« Er nickte in Richtung des Abholbereichs. »Und bringen Sie sie für mich nach draussen. Ich fahre mit Zola zur Antares-Lodge. Sie ist eine der Studentinnen der Universität.«

»Sehr gut«, sagte Margaux.

Ian hatte das Gefühl, Margaux sei nicht daran gewöhnt, wie ein Portier behandelt zu werden, aber sie ging trotzdem zur Gepäckausgabe.

Khumalo nickte Ian und den anderen zu. »Wir sehen uns später, wahrscheinlich heute Abend beim Abendessen in der Antares-Lodge.«

»Gute Fahrt«, sagte Ian.

10

Kurz nachdem Margaux Melanie, die Besitzerin der Lodge, per WhatsApp informiert hatte, dass sie in zehn Minuten ankämen, wartete Doc an der Rezeption vor dem Speisesaal des 'Antares Bush Camps'.

Doc liebte die kleine, feine Lodge, die jeweils nur einer einzigen Gruppe Platz bot. Deren Teilnehmer konnten in fünf Doppelzimmern untergebracht werden und für die Führer standen einige zusätzliche Unterkünfte bereit. Die Zimmer und der Gemeinschaftsbereich waren miteinander verbunden, denn alle führten auf eine Holzterrasse mit Liegestühlen und einem Kaffeetisch, der einen Blick auf die Hauptattraktion der Lodge bot, das 'Umgede'-Versteck. Dieses war tief in den Boden eingelassen, so dass Fotografen das Wasserloch in Augenhöhe vor sich hatten.

Der Aufenthalts- und der Essbereich im Inneren der Lodge hatten einen polierten Betonboden mit Perserteppichen und waren geschmackvoll mit Holzmöbeln eingerichtet. Den Mittelpunkt bildete der knorrige Stamm eines alten Bleiholzbaums, der das Gefühl eines Übergangs zwischen drinnen und draussen vermittelte.

Am Rand des Wasserlochs kreischte ein junger Pavian, weil er vom Anführer der Gruppe gemassregelt wurde, während die anderen

Mitglieder der mindestens dreissigköpfigen Grossfamilie tranken oder sich gegenseitig in der Sonne lausten und gesellig vor sich hin grunzten.

Als Sue und Geoff die hölzernen Stufen vom Schwimmbad hinauf stapften, runzelte Doc die Stirn. Es war ein warmer Tag und während sie auf die Ankunft der Gruppe warteten, hatten die beiden die Zeit genutzt, um ins Wasser zu springen. Nachdem sie hörte, dass die Gäste bald kämen, bat Doc sie, sich bereit zu machen.

Doc zog einen Zettel aus ihrer Tasche und las die Namen noch einmal, um sie sich einzuprägen. Ian Laidlaw und Pär und Eva Öthander, die alle Geld für 'Save the Pangolins' gespendet hatten. Die beiden Schweden waren Mitglieder des Komitees. Sie seufzte. Sara befand sich im Versteck auf der anderen Seite des Pools und Doc sah, dass ihr langes Objektiv herumschwenkte, damit sie einen Kudu-Bullen filmen konnte, der sich dem Wasserloch näherte. Immerhin würde sie den Gästen der Reise keine Kameras ins Gesicht halten – zumindest noch nicht.

Nach Geoffs Fiasko mit den Elefanten hatten sie die Löwen ausfindig gemacht, Charlie, weit genug von ihnen entfernt, um sie nicht zu stören, wieder aufgespürt und ihn eine Weile beobachtet.

Leider fanden sie 'Charlize', das zweite kürzlich freigelassene Schuppentier, das Sue hätte aufspüren sollen, nicht, aber das kam ab und zu vor. Möglicherweise lag bei der Ortungsausrüstung oder am Sender, den das Tier trug, ein Fehler vor. Heute wollten sie es im Gebiet, aus welchem sich der Sender zuletzt gemeldet hatte, noch einmal versuchen und falls sie wiederum kein Signal empfingen, intensiv nach vorhandenen Spuren suchen.

Doc beobachtete Geoff und Sue mit einer Mischung aus Missbilligung und Neid. Sie schaute auf die Uhr. Die beiden hätten längst angezogen bei ihr sein sollen, um die ankommenden Gäste zu begrüssen, aber sie hatten sich im Schwimmbad ausgelassen vergnügt. Die beiden gingen nebeneinander, Sue stupste Geoff an und er lachte und erzählte ihr flüsternd etwas Lustiges. Doc fragte sich, wie sie weniger als vierundzwanzig Stunden, nachdem die

Leiche eines ihrer Bekannten gefunden worden war, so ausgelassen lachen konnten.

»Schön, dass ihr auch hier seid«, sagte Doc zu ihnen.

Sue runzelte spöttisch und übertrieben die Stirn. »Die Weltverbesserer sind ja noch nicht da.«

»Das reicht jetzt, Sue«, sagte Doc. »Es sind Menschen wie Sie, die Ihnen Ihr Leben ermöglichen.«

»Und wir sind ja auch dankbar dafür«, gab Geoff zurück, während er sein Hemd zuknöpfte.

Nach dem die Paviane verschwunden waren, traten zwei Kuduböcke langsam ins trockene Flussbett hinaus, was Doc vor sich hin lächeln liess, denn bereits der Anblick dieser majestätischen Antilopen hob ihre Laune ein wenig. Draussen hörte sie das Brummen von Margaux' grossem, hellbraunem Land-Cruiser Safarifahrzeug.

Melanie und zwei der Hausangestellten des Camps trugen Tablets mit eisgekühlten Handtüchern und bunten Mocktails, alkoholfreien Mixgetränken, in die Mittagssonne hinaus, um die ankommenden Gäste zu begrüssen. Wenige Minuten später betraten diese den Aufenthaltsraum, wo Doc ihnen entgegen ging.

Pär und Eva in ihrer khakifarbenen Safarikleidung entsprachen ziemlich genau dem Bild, das sie sich vorgestellt hatte. »Schau mal, Kudus«, sagte Eva, an ihrem Begrüssungsgetränk nippend.

»Was? Wo?«, wollte Ian wissen.

Doc hatte dem Australier gerade die Hand geschüttelt, wobei sein Lächeln und die Art, wie er ihr in Augen blickte, sie leicht verunsichert hatten. Nun blickte Ian durch die offene Tür auf das Deck hinaus.

»Schauen Sie!« Ian streckte die Hand aus und zeigte auf den Busch jenseits des Wasserlochs. »Ein Zebra!«

Sie trat zurück und beobachtete ihn. Sie musste ab seinem Blick, wie er staunend, mit offenem Mund und grossen Augen, hinausschaute, lächeln. Ausserdem bemerkte Doc, dass seine Safarikleider gut an ihm aussahen, was nur sehr wenigen Menschen gelang. Er hatte auffällige grün-braune Augen und schien in guter körperlicher

Verfassung zu sein. Das grösstenteils graue Haar war dicht und perfekt geschnitten und sein Bart ordentlich getrimmt.

Er sah sie an. »Grossartig ...« Er warf ihr albern grinsend einen Blick zu. »Tut mir leid, Sie sehen bestimmt jeden Tag Zebras.«

Sie nickte leicht. »Ja, das stimmt, aber ich kriege nie genug davon.«

»Zebras zu sehen?«

»Ja, jede Art von Wildtieren. Aber ich meinte vor allem, den Gesichtsausdruck eines Menschen zu beobachten, der zum ersten Mal in Afrika ist – das bewegt mich immer.«

»Wirklich?«

Doc nickte. »Ich habe schon Leute weinen sehen, als sie zum ersten Mal einen Elefanten sahen.«

Er lachte und warf den Kopf zurück. »Ich verspreche, dabei nicht zu weinen. Und eigentlich habe ich schon einen gesehen – aus dem Flugzeug.«

»Das zählt nicht. Und ausserdem sollten Sie keine Versprechungen machen, von denen Sie nicht wissen, ob Sie sie halten können.«

»Ja, da haben Sie recht«, sagte er lächelnd. »Es ist schön, Sie kennenzulernen.«

»Gleichfalls.« Doc hob die Arme in die Richtung der anderen Gäste. »Das gilt für Sie alle. Wenn Sie einen Moment Zeit haben, kann Melanie mit Ihnen die Formalitäten durchgehen.«

Melanie trat ein, bat die Gäste, auf zwei Bänken ihr gegenüber Platz zu nehmen und erläuterte ihnen den Tagesablauf und die Regeln der Lodge. Sie informierte sie über die Zeiten für Frühstück, Mittag- und Abendessen sowie der morgendlichen und nachmittäglichen Pirschfahrten in den nächsten drei Tagen, bevor die Weiterfahrt nach Simbabwe stattfinden würde.

»Aber alles Wichtige, was die ganze Reise betrifft und was sie dabei tun werden, erzählt Ihnen nun Doc. Bitte entschuldigen Sie mich, denn ich werde kurz nachsehen, ob Ihre Zimmer bereit sind«, schloss sie und zog sich zusammen mit ihren beiden Mitarbeitenden leise zurück.

»Danke, Mel«, übernahm Doc und wandte sich an die Gäste. »Eigentlich sind wir ziemlich flexibel. Abgesehen davon, dass Margaux, Ihre Führerin, Sie auf Fahrten zur Beobachtung von Wildtieren mitnimmt, richten wir es so ein, dass Sie sich mit den Studierenden und mir treffen, damit wir hier im Balule-Naturreservat zwei Schuppentiere, Charlie und Charlize, beobachten können.«

Eva rieb sich die Hände. »Gut.«

Doc stellte den Gästen der Gruppe Sue und Geoff vor. »Und vielleicht haben Sie ja Zola getroffen, die zum Flughafen gefahren ist, um einen weiteren Reiseteilnehmer abzuholen.«

»Ja«, sagte Ian. »Sie hat irgendeinen Professor aufgegabelt, aber ich kann mich leider nicht mehr an seinen Namen erinnern.«

»Oh, okay«, bemerkte Doc. *Ein Professor*? Doc schaute Ian an. »Gehe ich richtig in der Annahme, dass dies Ihre erste Safari ist?«

»Ja, das stimmt.«

»Gut, dann sage ich Margaux, dass Sie gern auch etwas anderes als Schuppentiere sehen möchten.«

»Aber diese sind *der Hauptgrund*, warum wir hier sind und weshalb wir ... die Sache so unterstützen«, begehrte Eva auf.

»Eva«, warf Pär ein, »um Himmels willen. Wenn Ian einen Löwen oder einen Leoparden sehen möchte, beschwere ich mich keineswegs.«

Ian hob eine Hand. »Das ist alles neu für mich, also ist mir recht, was, wo und wann immer wir etwas sehen.«

»Danke«, sagte Doc. »Wir werden unser Bestes tun, um sicherzustellen, dass alle eine gute Zeit haben und besondere Erlebnisse und Erinnerungen von dieser Reise mitnehmen können.«

Als Melanie zur Gruppe zurückkam, standen alle auf.

»Ian«, sagte Melanie. »Der Leiter des Hausdienstes, mein Sohn, wechselt in Ihrem Zimmer gerade einen defekten Lichtschalter aus. Darf ich Sie bitten, noch fünf bis zehn Minuten hier zu warten, bis ich Sie hole? In der Zwischenzeit bringe ich Pär und Eva zu ihrer Unterkunft.«

»Das ist überhaupt kein Problem«, sagte Ian.

Während Melanie und eine ihrer Mitarbeiterinnen die anderen

auf ihre Zimmer brachten, gingen Sue und Geoff in den hinteren Bereich des Camps, so dass Doc mit Ian allein zurückblieb. Der gutaussehende Australier nahm ihr gegenüber Platz und fuhr sich mit der Hand durchs Haar. Seine Augen wirkten müde, und er sah wie ein Kind aus, das wach zu bleiben versucht.

»Spüren Sie den Jetlag?«

Er nickte und trank seinen Willkommenstrunk aus. »Ich sollte daran gewöhnt sein, aber es scheint nicht einfacher zu werden.«

»Das kenne ich, denn ich reise ziemlich oft an Konferenzen«, erzählte sie.

»Sie sind Denise Rado, ja?«

»Ja, aber meinen Initialen entsprechend und, na ja, weil ich einen Doktortitel habe, nennen mich alle Doc. Ich hole mir einen Kaffee, möchten Sie auch einen?«

»Sehr gern«, antwortete Ian. »Einen Cappucino, bitte.«

»Tut mir leid, Ian, hier in Antares gibt es einfach eine Gemeinschaftsküche mit Fertigkaffee.«

»Oh, Entschuldigung.«

»Ist schon gut, ich bringe Ihnen einen.« Doc ging in die Küche und Ian folgte ihr. »Und ich kann Ihnen zeigen, wo alles ist.«

»Ich mache ihn mir selbst«, sagte er.

»Prima.« Denise zeigte auf die Tassen, den Kaffee und das Besteck.

»Verzeihen Sie mir die persönliche Frage«, sagte er, während er Instantkaffee in zwei Tassen löffelte, »aber ist Rado ein indischer Name?«

»Nein. Mein Vater war Ungar und kam in den achtziger Jahren als junger Geologe nach Südafrika. Die südafrikanische Regierung liess gern Europäer einwandern, solange sie weiss waren. Er arbeitete in den Goldminen um Johannesburg. Meine Mutter dagegen ist Inderin und verliebte sich in meinen Vater, was für alle sehr kompliziert war. Ihre Familie – wir sind Hindus – war nicht damit einverstanden, dass sie sich mit einem Weissen traf, denn sie lernten sich 1983 kennen, also mitten in der Zeit der Apartheid, als Beziehungen zwischen den Rassen illegal waren.«

»Wow, das ist verrückt«, sagte Ian. »Ich meine, natürlich weiss ich über die Apartheid Bescheid, habe aber gar nicht realisiert, welche Auswirkungen sie auf das Leben normaler Leute hatte.«

»Sie hielten ihre Beziehung eine Zeit lang geheim, aber meine Mutter studierte Medizin und war ausserdem Mitglied des ANC – des African National Congress. Als sie und mein Vater ihre Liebe öffentlich machten und zusammen in ein Restaurant gingen, wurde sie sogar verhaftet und musste ein paar Tage im Gefängnis verbringen. Sie konnten erst ein Jahr später, als der Immorality Act, das so genannte 'Unmoralitätsgesetz', geändert wurde, heiraten. Allerdings wurden sie weiterhin beschimpft und am Arbeitsplatz meines Vaters gab es einige Leute, die nichts mit ihm zu tun haben wollten. Zum guten Glück gab es auch liberalere Leute und sie haben immer noch viele gute Freunde aus dieser Zeit. Meine Mutter wurde später eine fantastische Ärztin.«

»Ist sie noch politisch aktiv?«

Doc lachte. »Ja, aber jetzt hasst sie die ANC-Regierung, weil sie das Land, das Nelson Mandela 1994 übernommen hat, ziemlich ruiniert hat, wie sie sagt.«

»Und Ihr Vater?«

Doc spürte die Traurigkeit, die immer da war, noch stärker werden. »Er ist vor vier Jahren an Krebs gestorben. Sie waren bis zum Schluss sehr verliebt und er starb in den Armen meiner Mutter.«

»Es tut mir leid, das zu hören, aber es klingt nach einer grossartigen, starken Beziehung, vor allem in Anbetracht von Zeit und Umständen.

»Ja.« Zeit, das Thema zu wechseln, dachte Doc. »Sie sind allein unterwegs?«

Er lächelte. »Sieht so aus.«

»Sind Sie verheiratet?«

»Nein.« Er hielt inne.

Doc war verunsichert. Sie hatte, die Frage ganz spontan und ohne Absicht gestellt, weil sie selbst eher distanziert bleiben wollte, aber nun schien ihr ihre Frage plötzlich aufdringlich und unangebracht. »Entschuldigung, ich wollte nicht neugierig sein.«

»Das ist schon in Ordnung, es war ja nur eine Frage. Eigentlich bin ich geschieden. Meine Ex, Katrina, ist eine wunderbare Frau und ich war ihr zweiter Mann. Sie hat zwei Kinder, aber gemeinsame Kinder haben wir nicht. Sie hat mich schliesslich wegen eines anderen Mannes verlassen.«

»Nochmals: Entschuldigen Sie.«

Er schüttelte den Kopf. »Das ist nicht nötig. Mir ging gerade der Gedanke durch den Kopf, dass das, was ich hier und jetzt tue, eigentlich genau das wäre, was sie gewollt hätte. Aber ich war immer so in meine Arbeit vertieft, dass ich mir kaum Zeit für sie genommen habe. Und obwohl sie sagte, sie verstehe das, habe ich gemerkt, dass ich nicht genug Zeit mit ihr allein oder mit ihr und ihren Mädchen verbracht habe. Erst jetzt, nachdem ich mein Unternehmen verkauft habe, wird mir klar, dass ich zu viel Zeit und zu viel von meinem Leben in die Arbeit gesteckt habe.«

Doc wusste nicht, was sie darauf sagen sollte.

»Wow.« Ian lachte ein wenig. »Das war ja richtig tiefsinnig. Jetzt bin ich dran, mich zu entschuldigen.«

Er fragte sie nicht nach ihrem Beziehungsstatus, aber sie beschloss, diesen nicht preiszugeben, denn sonst würde es wahrscheinlich dazu führen, dass sie von Jurie erzählen und traurig werden würde.

Ein junger Mann in khakifarbenen Kleidern kam aus der Richtung der Zeltsuiten und betrat den Empfangsbereich. Doc erkannte ihn als Mels Sohn und Wartungsmanager. »Hallo, Carey.«

»Hallo, Frau Doktor Rado. Ich bin gekommen, um Ihnen zu sagen, dass das Gästezimmer jetzt fertig ist.«

»Danke, Carey.« Denise stützte ihre Hände auf die Knie. »Gut, soll ich Melanie eine weitere Aufgabe ersparen und Sie zu Ihrem Zimmer begleiten, damit Sie sich einrichten können? Ich denke, ich bin schon lange genug hier, um zu wissen, wie man jemandem in sein Zimmer einweist.«

Ian setzte seine leere Tasse ab und lächelte freundlich. »Das wäre nett.«

Als sie dem Deck entlanggingen, das zu den Räumen ausserhalb der Küche und des Aufenthaltsbereichs führte, gestikulierte Doc um sich herum. »Also, das Camp ist komplett offen und ist nicht eingezäunt. Sie müssen sich bewusst sein, dass wir uns im Land der Big Five befinden, also könnten hier jederzeit Löwen, Leoparden, Büffel, Elefanten und Nashörner durchziehen, ganz zu schweigen von den gewöhnlicheren, ungefährlicheren Tieren.

»Alles klar.«

Sie lächelte. »Keine Sorge, bei Tageslicht können Sie sich bedenkenlos hier oben zwischen Ihrem Zimmer, dem Pool, dem Hauptempfangsbereich und dem Beobachtungsversteck bewegen, aber bitte laufen Sie nicht ohne Begleitung unten am Boden in der Wildnis herum.«

»Die Wasserstelle des Camps ist gleich da drüben«, erklärte sie und deutete in die Richtung des von Sonnenliegen flankierten Swimmingpools. »Und dort ist immer etwas los. Heute Morgen war ein grosser Elefantenbulle dort. Sie haben ihn knapp verpasst.«

»Jetzt weiss ich nicht, ob ich erleichtert oder enttäuscht sein soll.«

Doc hielt, die Hände in die Hüften gestemmt, inne und musterte den Busch. »Das kommt schon noch. Wie gefällt Ihnen Südafrika bis jetzt?«

»Ich hatte keine Ahnung, was mich erwartet – jedenfalls nicht, so schnell Tiere zu sehen«, sagte er.

»Sie haben doch noch gar nichts gesehen.« Doc meinte, in den Bäumen eine Bewegung wahrgenommen zu haben, war sich aber nicht sicher. Anstatt Ian in sein Zimmer zu führen, schlug sie ihm vor: »Lassen Sie uns zuerst einen Blick auf das Beobachtungsversteck werfen.«

Sie gingen die Treppe hinunter, in Richtung 'Boma', was, wie sie ihm erklärte, der afrikanische Begriff für eine runde, von Stühlen umgebene Feuerstelle war, und zum 'Umgede' Hide.

»Wie sind Sie hier, auf dieser Reise, gelandet?«, erkundigte sich Doc, als sie weitergingen.

Ian erklärte es ihr und Doc lachte, über seine Ehrlichkeit staunend.

»Nun, Sie werden Dinge sehen und tun, die die meisten Menschen auf ihrer ersten Safari nie erleben würden«, sagte sie.

Er hob die Augenbrauen. »Wie ich schon sagte, ich weiss nicht, ob ich erleichtert sein oder Angst haben soll?«

Sie lachte. »Vielleicht ein Bisschen von Beidem.«

»Ich hatte in letzter Zeit nicht viel Aufregendes in meinem Leben«, sagte er, »und vielleicht ist das auch gut so.«

In diesem Moment dachte Doc an Jurie und wie er blutend in ihren Armen lag. Sie brauchte ein bisschen weniger Aufregung.

»Doc?«, sagte Ian. »Darf ich Sie so nennen?«

Sie merkte, dass ihre Gedanken abgeschweift waren und sie nicht aufgepasst hatte, was Ian gesagt hatte. »Entschuldigung, wie bitte? Ja, natürlich.«

Ich sagte: »Bewegt sich da drüben im Busch etwas?«

Doc blieb auf dem Pfad, der zum Versteck führte, stehen und schaute in die Richtung, in die Ian zeigte, dorthin, wo sie auf der anderen Seite des Wasserlochs schon vorher eine Bewegung wahrgenommen hatte. Zuerst sah sie nichts, aber dann zwang sie sich, *durch* die Bäume zu schauen, statt auf sie.

Schliesslich entdeckte sie einen bräunlichen Fleck.

»Nicht bewegen«, flüsterte Doc.

Ian folgte ihrem Blick und sie merkte, dass sie, weil sie abrupt stehen blieb, fast mit ihm zusammengestossen wäre. Sie war sich seiner körperlichen Anwesenheit bewusst und roch sein Aftershave, was schön war, aber ihre Aufmerksamkeit jetzt nicht fesseln konnte.

»Ist das ein ...«

»Pst.« Doc senkte ihre Stimme zu einem Flüstern. »Ja, es ist ein Löwe.«

Doc stand wie angewurzelt da und betete, Ian sei so vernünftig, sich nicht zu bewegen. Sie hatte ihm noch nicht einmal die wichtigste aller Anweisungen geben können: »Was immer du tust, lauf nicht weg!« Auf ihr Zeichen hin suchten sie sich hinter den Büschen, die den Weg säumten, ein Versteck und gingen in die Hocke.

Er lehnte sich noch näher an sie heran. »Ist es ein Weibchen?«

Es war eine gute Vermutung, aber als die Katze ins Freie trat und ihr Gesicht hob, um die Luft zu prüfen, konnte sie sie besser sehen. »Sehen Sie den kleinen Irokesenkamm zwischen den Ohren? Es ist ein junges Männchen, das wahrscheinlich aus dem Rudel verstossen wurde.«

Ian nickte.

Der Löwe ging auf das Wasserloch zu und Doc bemerkte zuerst ein Hinken, dann entdeckte sie die frische Wunde an seinem rechten Hinterbein. Die Schultern des Löwen waren eingefallen, seine Knochen durch die Haut sichtbar und das glanzlose Fell hing zottig an ihm herunter.

»Oh, er ist in einem schlechten Zustand«, hauchte sie Ian zu »und bestimmt hungrig.« Als sie sah, wie Ians Adamsapfel als Reaktion auf ihre letzten Worte wippte, lächelte sie in sich hinein. Es war, besonders für jemanden, der seinen ersten Tag im afrikanischen Busch verbrachte, ein magischer Anblick.

Der Löwe schaute sich um, schlich sich an den Rand des Gewässers und begann zu lecken.

»*Eisch!*«

Sie drehten sich beide um und sahen eine der Hausangestellten der Lodge, eine junge Frau, die Treppe hinunterkommen. Sie trug ein khakifarbenes Kleid, eine Schürze und ein bunt gemustertes Kopftuch. Sie hielt sich erschrocken die Hand vor den Mund.

Doc hob, als Zeichen anzuhalten, eine Hand und die Frau starrte entsetzt auf den Löwen.

»Nein!«, zischte Doc.

Der junge Löwe hörte das Geräusch und war sofort wachsam. Er hörte auf zu trinken, drehte sich auf der Stelle und starrte in ihre Richtung. Doc schätzte, er sei etwa achtzig Meter von ihnen entfernt. Da sie schon beobachtet hatte, wie schnell Löwen zum Angriff übergehen konnten, war ihr bewusst, dass die Katze diese Entfernung zurücklegen konnte, bevor jemand von ihnen auch nur die Zeit hatte, das kürzest mögliche letzte Gebet zu murmeln.

Ian kauerte zwischen Doc und der Frau, die den Eimer und den Wischmopp nun fallen liess und auf sie zuzulaufen begann. Er erhob sich und breitete die Arme aus, um der Frau den Weg zu versperren, so dass sie ihn beinahe umwarf, als er seine Arme um sie schlang.

»Psst, psst«, sagte er zu ihr und zog sie hinter einen grossen Bleiholzbaum.

Der Löwe wurde durch den Lärm und die Bewegung auf sie aufmerksam und kam, sich in Pirschstellung an den Boden duckend, auf sie zu.

Doc hob die Rückseite ihres Hemdes an, zog die Neun-Millimeter-Glock aus ihrem Holster und stellte sich, beide Hände an der Pistole, breitbeinig hin, um sorgfältig auf die Katze zu zielen. Ian hielt die Frau, die nun leise schluchzte, fest.

»Hey! Hey!«

Alle blickten in Richtung der Lodge und sahen Margaux, die aufrecht dastand, eine Hand über ihrem Kopf schwenkte und in der anderen Hand ein Brünner Kaliber .375 Jagdgewehr hielt, das sie nun an die Schulter zog. »Hey!« Auf Margaux' erneuten Ruf hin schaute der Löwe in ihre Richtung, bevor er sich umdrehte und zurück in den Busch trottete, in die Richtung, aus der er gekommen war.

»Verdammt!«, kommentierte Ian.

Doc senkte ihre Pistole. Die Angestellte schluchzte immer noch.

»Es tut mir so leid. Ich weiss, dass ich nicht hätte wegrennen dürfen«, sagte die junge Frau, »aber ich hatte solche Angst. Ich bin neu hier, das ist erst meine erste Woche.«

Ian liess sie los und sie wischte sich die Augen.

»Ja, Sie hätten einfach stillstehen sollen«, sagte Doc, »aber jetzt ist zum Glück alles gut.«

Nachdem sie beobachtet hatte, dass der Löwe im Busch verschwand, steckte Doc ihre Pistole ins Holster zurück und drehte sich zu Ian, der der wegziehenden Katze nachschaute.

Margaux kam zu ihnen herüber und die Hausangestellte holte etwas zögerlich den Eimer und den Wischmopp.

Margaux kam zu der Frau und sprach in ihrer Sprache, Xitsonga, ein paar leise Worte zu ihr. Dann wandte sie sich an Doc und Ian. »Seid ihr beide okay?«

»Alles gut, denke ich«, bestätigte Doc und sah zu Ian.

»Natürlich«, sagte er »das ist ein ganz normaler Tag in Afrika, oder?«

Margaux lachte. »Nur wenn Doc in der Nähe ist.«

»Wirklich?«, wollte Ian wissen.

»Geoff, einer der Doktoranden, vielleicht haben Sie ihn vorhin gerade kennengelernt, wäre heute Morgen fast von einer wütenden Elefantenkuh zerquetscht worden, als diese zwei sich paarende Löwen angriff.«

»Es ist nicht immer so«, erklärte Doc an Ian gewandt.

»Ich habe doch gesagt, dass ich etwas Aufregendes erleben möchte.«

Doc lachte. »Aber im Ernst, es war gut, dass Sie nicht weggelaufen sind und danke, dass Sie die Frau abgefangen, gehalten und damit gerettet haben.«

»Ich glaube nicht, dass ich jemanden gerettet habe.«

Margaux schüttelte den Kopf. »Wenn sie weiter den Weg hinuntergelaufen wäre, hätte dieser dürre Junge«, sie deutete mit dem Daumen über ihre Schulter in Richtung des verschwindenden Löwen, »sie zum Mittagessen gefressen, also haben Sie gut daran getan, sie aufzuhalten. Ich habe vom Empfangsbereich her alles gesehen. Das haben Sie gut gemacht, Mister Laidlaw.«

»Danke, aber darf ich eine Frage stellen?«

»Natürlich!«, gab Doc zurück.

»Wen muss ich retten, um hier ein Bier zu bekommen?«

Margaux lachte, während sie ihr Gewehr entlud und Doc Ian ins Versteck am Ende des Weges führte.

»Dieses Versteck hier ist mit einer Präsidentensuite vergleichbar«, sagte Doc, die einen versunkenen Gang hinunterging und schliesslich eine Tür öffnete. »Viele Lodges haben Verstecke und solche unterirdischen Verstecke sind nicht neu. Dieses hier ist allerdings das Luxuriöseste, das ich je gesehen habe.«

Im Inneren befand sich eine erhöhte Plattform, die sich an der Vorderseite des Gebäudes entlang zog und einen direkten Blick auf die Wasserstelle bot. Darauf befand sich ein halbes Dutzend komfortabler Bürostühle, die sich drehen und im Winkel und in der

Höhe verstellen liessen. Ausserdem standen eine Reihe kardanischer Aufhängungen und anderer Kamerahalterungen zur Verfügung.

»Oh, das ist etwas für ernsthafte Fotografen«, sagte Ian.

»Ja.« Doc gestikulierte herum. »Dort drüben steht eine Couch und wenn Sie möchten, könnten Sie sogar hier schlafen. Ausserdem gibt es einen Kühlschrank und einen Wasserkocher, um Tee und Kaffee zuzubereiten.«

»Nachts hier draussen zu sein, wäre bestimmt aufregend.« Ian ging im Gebäude herum und hielt inne, um sich das vergrösserte Bild eines Leoparden anzusehen, das bei Nacht, mit einem Sternenhimmel als Hintergrund, aufgenommen worden war.

Wieder fühlte es sich für Doc seltsam an, diesem gutaussehenden Mann auf so engem Raum so nahe zu sein. »Das wäre es sicher. So, jetzt bringe ich Sie zu Ihrem Zimmer.«

Sie führte ihn wieder nach draussen und auf die Terrasse, wo sie die Tür zu Ians Zimmer öffnete, von dem er ebenfalls einen direkten Blick auf das Wasserloch genoss.

Sie führte ihn durch das Badezimmer zur Aussendusche und wies ihn auf ein Drucklufthorn im Raum hin. »Das hier ist für den Notfall«, sagte sie.

»Zum Beispiel, wenn ein Löwe auftaucht und jemanden von den Mitarbeitenden zu fressen versucht?«

Sie lachte laut auf, hielt sich dann aber schnell die Hand vor den Mund. Es war bereits das zweite Mal, dass dies in seiner Gegenwart geschah. Weil Schuldgefühle in ihr aufstiegen, beherrschte sie sich.

»Ist bei Ihnen alles okay?«, fragte Ian. »Und falls das ein Tabu-Witz war, den man in Afrika nicht macht, entschuldige ich mich.«

Sie merkte, dass er ihren Gesichtsausdruck gelesen haben musste. »Nein, es ist in Ordnung. Nur ist es schon eine Weile her, dass ich so gelacht habe, und das hat mich irgendwie überrascht.«

»Nun, dann bin ich froh.«

»Okay, nun lasse ich Sie allein. Unsere erste Pirschfahrt mit einer Wanderung beginnt um vier Uhr, aber ab halb vier steht an der Rezeption Nachmittagstee bereit.«

Er nickte. »Prima. Ich muss nur entscheiden, in welcher der vielen Waschmöglichkeiten ich duschen oder baden soll«, grinste er.

Aus irgendeinem Grund hatte sie Lust zu verweilen. »Soll ich Ihnen noch zeigen, wie Ihr Safe funktioniert?«

»Ich nehme an, das schaffe ich.«

»Gut.« Doc sah auf die Uhr und erinnerte sich daran, dass sie auch noch Zola und den letzten Gast vor der Pirschfahrt treffen musste. »Dann lasse ich Sie in Ruhe. Wir sehen uns zum Nachmittagstee.«

»Ich freue mich darauf.«

Sie drehte sich um, verliess die Suite und eilte die Treppe hinunter.

11

I an stand vor seinem Zimmer auf der Terrasse und sah zu, wie Denise 'Doc' Rado wegging.

Er fuhr sich mit der Hand durch die Haare. »Scheisse.«

Er ging wieder hinein, fand im Kühlschrank eine Flasche Wasser, schraubte deren Deckel ab und nahm einen grossen Schluck.

Er war so betrunken gewesen, dass er bei der Spendenaktion 15'000 Dollar für diese Safari bezahlt hatte und erinnerte sich kaum an das Werbevideo, das die Wohltätigkeitsorganisation gezeigt hatte. Er glaubte, eine Frau darin gesehen zu haben, aber der grösste Teil des Films bestand aus Schuppentieren, die durch den Busch watschelten, lächelnden Schulkindern, denen eines der Tiere gezeigt wurde und den blutigen Aufnahmen eines toten Schuppentiers, das in Vietnam oder wo auch immer diese Dinger gegessen wurden, für den Kochtopf bereitlag.

Aber an eine schöne Frau mit den bezauberndsten Augen, die er je gesehen hatte – und ausserdem mit einer Waffe – erinnerte sich Ian ganz sicher nicht.

Er trank noch etwas Wasser, denn er fühlte sich schwindlig und fragte sich, ob er dehydriert sei. Als Australier war er an heisses Wetter gewöhnt, aber die Luft hier fühlte sich so trocken an, dass sie ihm die Feuchtigkeit aus den Augäpfeln zu saugen schien. Ian nahm im aufklappbaren Regiestuhl auf dem Deck Platz und blickte, an den Löwen denkend, zum Wasserloch.

Er hatte nicht einmal Zeit gehabt, die Begegnung mit einem gefährlichen Tier, während er zu Fuss unterwegs war, zu verarbeiten und alle anderen hatten so getan, als wäre nichts geschehen. Bereits jetzt zeichnete sich ab, dass dies der aufregendste Urlaub mit den unvorhersehbarsten Erlebnissen würde, den er je erlebt hatte.

Urlaub?

War es das? Er war mit Judy auf den Malediven gewesen, hatte in einem Bungalow über dem Wasser gewohnt, viel gelesen und war jeden Morgen und Nachmittag ins klare blaue Meer getaucht. Hier war er in einem Zelt mit einem Löwen davor und von Menschen mit Schusswaffen umgeben. Ian hatte nie bei den Streitkräften gedient, fragte sich aber, ob es sich für Menschen im Kampf, in einem Kriegsgebiet, wo Gefahr und Unvorhersehbarkeit zur Norm wurden, auch so anfühlte.

Nachdem er sein Wasser ausgetrunken hatte, stand Ian auf, ging ins Haus zurück und begann auszupacken. Als er seine Hemden und Ersatzhosen aufhängte, stellte er fest, dass das Auspacken seiner Tasche dieses Mal zwar etwas Vertrautes, aber dennoch etwas völlig anderes war. Er war sein ganzes Geschäftsleben lang auf Reisen gewesen, aber diesmal packte er im Wissen aus, heute Abend weder ein Meeting noch ein Geschäftsessen zu haben und morgen früh auch kein Hemd aufbügeln zu müssen.

Allerdings hatte er auch keine Freundin oder Frau dabei, mit der er das Abenteuer teilen konnte, was einerseits befreiend, andererseits etwas traurig war.

Er wurde rührselig, ein Zeichen dafür, dass er müde oder gestresst war. Letzteres konnte es nicht sein, also ging er wieder hinein, zog sich aus und stellte sich unter die Aussendusche.

Obwohl er früh morgens geduscht hatte, fühlte er sich schmutzig und staubig. Als er unter dem Wasser stand, blickte er auf und sah über sich einen klaren blauen Himmel ohne jeden Wolkenschleier. Die Nachmittagssonne schien warm auf sein Gesicht, während er sich wusch. Er genoss seine erste Dusche im Freien und er überlegte, dass es schön wäre, zu Hause in Australien eine solche Aussendusche zu haben.

Ian war fertig, schnappte sich sein Handtuch und ging ins Haus zurück, um sich eine Tasse Kaffee zu machen. Er setzte sich auf das grosse Doppelbett und sah sich in seinem leeren Zimmer um. Das taten die Leute also im Urlaub. Nichts.

»Klopf, klopf? Hallo?«, rief eine Frauenstimme.

»Ja?«, rief er.

»Sind Sie angezogen?«

»Ziemlich«, rief er zurück.

»Ich fasse das als Ja auf.«

Er hörte Schritte auf der Treppe, stand auf und vergewisserte sich, dass sein Handtuch fest um die Taille gebunden war.

»Hi. Ian?«

»Ja ...« Es war die junge dunkelhaarige Studentin mit den Tätowierungen, die er kurz im Empfangsbereich getroffen hatte, und er bemerkte zu seinem Schrecken, dass sie seine Laptoptasche trug.

»Sue«, erinnerte sie ihn. »Wir haben uns vorhin getroffen.«

»Ja, tut mir leid. Der Jetlag scheint zuzuschlagen.«

Sie lächelte und machte einen Schritt in sein Zelt, um ihm seine Tasche zu reichen. »Doc bat mich, Ihnen das zu bringen, aber Sie nicht zu stören, wenn Sie schlafen. Vielleicht dachte sie, Sie bräuchten ein Nickerchen«, kicherte Sue.

»Nein, mir geht es gut, aber wenn ich das Fehlen des Laptops bemerkt hätte, hätte ich einen Herzinfarkt bekommen.«

Sue stand lächelnd da und er konnte nicht umhin, zu bemerken, wie sie ihn von oben bis unten musterte. Er schätzte, sie sei weniger als halb so alt wie er.

»Wie war Ihr Flug?«, fragte sie.

»Gut, danke, auch wenn ich jetzt ein bisschen müde bin.«

Sie nickte. »Die Hälfte meiner Familie – Tanten, Onkel, Cousins – lebt in Australien und ich war schon ein paar Mal dort. Das ist ein schlimmer Flug, aber vom Rückflug nach Sydney wird der Jetlag noch schlimmer sein.

»Danke. Das ist gut zu wissen.«

Sie lachte, zwirbelte eine Haarsträhne um die Finger ihrer rechten Hand und zeigte keine Neigung, zu gehen. »Sind Sie hier, weil Sie verrückt nach Schuppentieren sind?«

»Nein. Ich habe bei einer Spendenaktion in Australien, zu der mich meine Freundin mitgenommen hat, für diese Reise bezahlt.«

»Und trotzdem ist sie nicht mit Ihnen hier?«

Kluges Mädchen. Sie hatte sich offensichtlich nach ihm erkundigt. »Nein, wir sind keine Freunde mehr. Na ja, keine *guten* Freunde, aber jedenfalls bin ich so zu dieser Reise gekommen.«

»Sie haben Glück. Es wird bestimmt fantastisch. Ausserdem werden Sie viel von Afrika sehen, und viele Schuppentiere, ob Sie wollen oder nicht.«

»Ich freue mich darauf.« Er hatte das Gefühl, er sollte sich anziehen oder hinlegen, aber Sue stand immer noch einfach nur da. »Was studieren Sie?«

»Schuppentierhöhlen. Ich überwache die Temperatur in den Höhlen, wenn Schuppentiere anwesend sind und wenn nicht, und zwar zu verschiedenen Jahreszeiten. Ich will herausfinden, wie sich Temperaturschwankungen auf ihr Verhalten auswirken – gehen sie, wenn es kühler ist, raus oder bleiben sie drinnen? So etwas in der Art. Es könnte so weit kommen, dass wir anfangen müssen, Schutzgebiete für Restpopulationen einzurichten, in denen sie leben und sich fortpflanzen können und dafür müssten wir Menschen ideale Lebensräume für sie schaffen.

»Das klingt sehr interessant ...«

Sie sah auf sein Handtuch hinunter. »Aber jetzt müssen Sie sich etwas anziehen.«

»Ähm, ja.«

»Okay, ich lasse Sie in Ruhe.« Sie lächelte ihm zu. »Und ich freue mich darauf, Ian, mit Ihnen auf der Reise Zeit zu verbringen.«

»Und umgekehrt.«

Sie drehte sich um, ging wieder hinaus und die Treppe hinunter. Er sah ihr nach. Als sie zwanzig Meter weiter unten war, blickte Sue zurück und winkte ihm zu.

Ian ging hinein. *Was ist da gerade passiert?*

DOC SASS, einen Kaffee trinkend, unter einem Deckenventilator im Empfangsbereich und las die Diplomarbeit eines anderen Studenten, als Sue hereinkam. Sie sah auf und schob sich ihre Lesebrille in die Haare.

»Haben Sie Ian seine Computertasche gebracht?«

Sue zeigte ihre leeren Hände. »Ja. Er sieht trotz seines Alters toll aus.«

»Wie meinen Sie das?« Doc legte ihren Stift ab.

»Ich meine er wirkt sympathisch, das graue Haar und der Bart sind attraktiv. Und dann sollten Sie mal seine Bauchmuskeln sehen, Prof.«

»Wie haben Sie ...?«

»Er kam gerade aus der Dusche, glaube ich, und hatte nur ein Handtuch umgebunden. Sie sollten sich unbedingt seine Nummer besorgen, bevor es jemand anderes tut.«

»Sue ...«

Sue lachte. »Entspannen Sie sich, Prof, er ist nichts für mich.«

»Das habe ich nicht gemeint.«

»Ich weiss«, sagte Sue. »Ich gehe zurück in mein Zimmer und schreibe ein paar Notizen. Sehen wir uns auf der Nachmittagsfahrt?«

»Sicher«, sagte Doc.

»Nehmen Sie im Land Rover den Platz neben Ian.« Sue zwinkerte Doc zu.

»Sue ...«

»Oder ich tue es. Tschüss.« Sue ging hinaus, wobei sie Zola kreuzte, die mit ihrem Gast in den Empfangsbereich kam.

Doc sah auf und erkannte Zolas Begleiter. »Moses«, sagte Doc darum bemüht, ihre Stimme nicht negativ klingen zu lassen. »Was für eine Überraschung, Sie hier zu sehen.«

Während die massive Gestalt von Dr. Moses Khumalo den ansonsten hellen und luftigen Raum des Gemeinschaftsraums beinahe auszufüllen schien, trat Zola fast ehrerbietig zur Seite. Ihre

Augen waren niedergeschlagen, als ob sie sich schämte oder schuldig fühlte, weil sie Doc nicht gewarnt hatte.

»Ich freue mich, Sie zu sehen, Doktor Rado«, sagte Moses.

Er lächelte, als er ihr die Hand schüttelte, aber Doc hatte das Gefühl, bei Hyänen, die sich um einen Kadaver stritten, schon freundlichere Gesichter gesehen zu haben.

Moses sah sich im Raum um, hob dann die Hand und schnippte mit den Fingern. »Ist hier irgendwo ein Kellner?«

»Wir sind hier Selbstversorger, Moses und holen uns unsere Getränke selbst. Die Damen, die hier arbeiten, waschen das Geschirr ab, und unsere Reiseleiterin, Margaux, übernimmt den grössten Teil des Kochens. Aber wenn Sie eine Tasse Tee oder Kaffee möchten, bringe ich Ihnen eine.«

»Danke, dann warte ich darauf«, sagte er.

Doc verschränkte die Arme vor dem Körper. »Ich dachte, Zola bringe einen Freund oder einen Verwandten mit.«

»Ich bin ein Freund ... ihrer Familie.« Er sah sie an, und Zola nickte leicht.

»Warum haben Sie mir nicht schon früher gesagt, dass Sie an der Rundreise teilnehmen wollen?«

Er zuckte mit den Schultern. »Sie waren an der Universität beschäftigt und ich weiss, dass Sie, äh, einige persönliche Probleme hatten, für die ich Ihnen mein tiefstes Beileid aussprechen möchte.«

»Danke, Moses.«

Er lächelte und breitete seine Hände aus. »Und selbst ich brauche manchmal eine Pause. Ich wollte schon seit einiger Zeit wieder nach Simbabwe und Namibia reisen. Und ausserdem interessiere ich mich für Ihre Arbeit und für das Konzept, Schuppentierexperten aus dem gesamten südlichen Afrika zusammenzubringen. Ich denke, dies könnte ein grosser Erfolg für unsere Universität und ein Modell für zukünftige Kooperationen sein. Das Führungsteam muss sich mit solch wichtigen Initiativen befassen, meinen Sie nicht auch?«

Sie sah ihn an. »Ich mache nur meinen Job.«

»Genau wie ich.«

»Sie sind jetzt also Teil des Leitungsteams?«

Er verengte seine Augen. »Es ist kein Geheimnis, dass ich das gerne wäre, so wie am Arbeitsplatz viele von Ihnen als zukünftige Vizekanzlerin sprechen, Denise.«

»Ich bin nicht sehr daran interessiert.«

»Das sagen Sie – in der Öffentlichkeit.«

Doc hatte gehört, Moses habe eine Charmeoffensive gestartet, indem er die Mitglieder des Verwaltungsrats und die derzeitige Vizekanzlerin, Professor Tumi Dlamini, zum Essen eingeladen habe.

Tumi, eine Frau vor der Doc grossen Respekt hatte, ging zum Ende des Jahres in den Ruhestand. Sie hatte, nachdem sie an der Fort Hare Universität ausgebildet worden war, der einzigen, die während der Zeit der Apartheid für Schwarze zugänglich war, ihr Berufsleben als Lehrerin begonnen. Tumi hatte sich aktiv am Unabhängigkeitskampf beteiligt und war sechs Jahre inhaftiert gewesen, weil sie sich an der Organisation von Studentenprotesten und Streiks beteiligte, und einem verwundeten, von der Polizei angeschossenen jungen Mann, der wegen Bombenbaus gesucht wurde, Unterschlupf gewährte.

Moses erzählte gern von seinem Kampf und nahm als Veteran von MK, 'uMkhonto we Sizwe', dem 'Speer der Nation', wie der bewaffnete Flügel des Afrikanischen Nationalkongresses genannt wurde, an Konferenzen und Kundgebungen teil. Doc hatte erfahren, dass Moses dem MK als Neunzehnjähriger, erst gegen Ende des Kampfes beigetreten war und sich noch in Sambia in der Ausbildung befunden hatte, als das Apartheidregime zusammenbrach.

»Ich bin nicht an einer Leitungsaufgabe interessiert, Moses«, sagte Doc. »Ich habe genug damit zu tun, meine Studierenden hier draussen im Feld zu beaufsichtigen.«

»Das Wohlergehen meiner Studenten ist auch meine oberste und wichtigste Priorität«, sagte Khumalo und warf einen Blick auf Zola, die sein kleines Lächeln erwiderte. »Stimmts, Zola?«

»Ja, Professor«, sagte sie aus der Ecke des Raums, in die sie sich zurückgezogen hatte.

»Vielleicht wären Sie so nett, mir eine Tasse Kaffee zu machen, meine Liebe? Aber nur, wenn Sie selbst einen trinken. Und bitte bringen Sie auch für Professor Rado etwas.«

Doc runzelte die Stirn. »Danke, ich möchte nichts.«

Zola ging in die Küche.

»Hat Zola Ihnen Ihr Zimmer schon gezeigt?«, fragte Doc.

»Ja, hat sie.«

»Dann sind Sie also nur hier, um die Rundreise zu geniessen? Machen Sie Urlaub, Moses, oder ist das eine offizielle Angelegenheit?«

»Oh, ich bezahle selbst, Denise, da können Sie sicher sein.«

Doc wusste, dass die von 'Save the Pangolins' organisierte Rundreise nicht billig war. Sie übernachteten unterwegs in schönen Unterkünften wie dem Antares, und alle Mahlzeiten und Getränke waren eingeschlossen. Ausserdem war eine grosszügige Spende für die Wohltätigkeitsorganisation im Preis enthalten. Moses schienen keine Geldsorgen zu plagen. Er parkte jeweils das neueste Range Rover-Modell auf seinem Parkplatz an der Universität und war, wie heute, immer tadellos gekleidet.

Es gab Gerüchte, Moses habe indirekt von einigen grossen Erweiterungs- und Infrastrukturprojekten an der Universität profitiert. Sein Bruder betrieb ein Bauunternehmen, das den Auftrag für den Bau eines neuen Hörsaalgebäudes und einer Sportanlage erhalten hatte, und Moses war Mitglied des für die Vergabe solcher Projekte zuständigen Ausschusses. Sie hatte ihn öffentlich beteuern gehört, bei den Sitzungen, in denen die Ausschreibungen besprochen wurden, in den Ausstand getreten zu sein, aber andere berichteten, Moses habe die anderen Mitglieder des Ausschusses beeinflusst und seinem Bruder ausserdem die Türen zu zwei weiteren Universitäten in der Provinz Gauteng geöffnet.

»Dann ist es also rein zum Vergnügen«, stellte Doc fest.

Zola erschien mit Moses' Kaffee, den er ohne Dank entgegennahm. »Wollen wir uns setzen, Denise?« Sie setzten sich in die Regiestühle aus Holz und Leinenstoff.

Der Couchtisch zwischen ihnen bestand aus einem Schaukasten mit einer Glasplatte, unter der auf einem Sandbett die Schädel eines

Pavians, eines Löwen und einer Hyäne ausgestellt waren. Doc fand, die Raubtiere schienen sie anzugrinsen.

»Wir sehen uns später, Professor«, sagte Zola zu Moses und begleitete die Abschiedsworte mit einem unausgesprochenen Zeichen.

»Tschüss, Zola«, sagte Doc. »Bis um fünfzehn Uhr dreissig beim Nachmittagstee.«

Zola nickte und ging hinaus.

»Denise, ich muss ehrlich zu Ihnen sein.« Moses nippte an seinem Kaffee und setzte ihn dann ab. »Wir, die Fakultät, sind um Sie, oder besser gesagt, um Ihr Wohlergehen, besorgt.«

Doc war von seiner plötzlichen Offenheit überrascht. Sie kniff die Augen zusammen, schliesslich hätte er schon lange Zeit gehabt, sich 'Sorgen' um sie zu machen, aber bis jetzt hatte er es, abgesehen von ein paar Plattitüden nach Juries Tod, nicht getan. »Mit mir ist alles in Ordnung.«

»Denise«. Er beugte sich vor und schlug die Hände zusammen. »Sie haben ein schreckliches Trauma erlebt, als Sie Ihren Freund, den Polizisten, verloren haben. Ich weiss, wie schwer das für Sie gewesen sein muss und dass ihr beide euch nahegestanden habt.«

Sie spürte, wie ihr Blutdruck zu steigen begann. »Jurie und ich hatten eine berufliche Beziehung.«

»Ich möchte nicht das Gegenteil behaupten, obwohl in der Vergangenheit einige Klatschbasen etwas anderes erzählt haben. Wenn ich mich nicht täusche, war der Detektiv verheiratet und hatte zwei Kinder.«

Doc biss die Zähne zusammen. Moses war der richtige, so zu reden. Er war zwar verheiratet, aber in der Universität hiess es, er habe eine Reihe von Affären mit Studentinnen gehabt, und sie fragte sich, ob da nicht auch etwas mit Zola lief, die sich ihm gegenüber äusserst unterwürfig verhielt. Bisher hatte er sich lauter Kritik entziehen können, aber Doc – und andere – glaubten, das liege daran, dass er einige höhere Mitglieder der Fakultät in der Tasche habe, oder diese ebenfalls mit Studentinnen geschlafen hätten und es deshalb vermieden, den ersten Stein zu werfen.

»Wie ich schon sagte, war unsere Beziehung beruflicher Art.«

Er nickte und sah ihr dann wieder tief in die Augen. »Soweit ich informiert bin, gab es ausserdem eine Untersuchung zum Tod des Beamten, bei welcher die Rechtmässigkeit der verdeckten Operation, an der Sie an diesem Tag beteiligt waren, geprüft wurde.«

Entweder hatte er nachgeforscht oder er verfügte über eine Quelle bei der Polizei. »Ja.«

Moses starrte sie an, doch sie wollte nicht die erste sein, die den Blickkontakt abbrach. Tatsächlich hatte die interne polizeiliche Untersuchung von Juries Tod Zweifel daran aufkommen lassen, dass Doc berechtigt war, bei der zweiten Operation, die sie an jenem schrecklichen Sonntag durchgeführt hatten, als verdeckte Ermittlerin aufzutreten. Inoffiziell hatte Frank Galloway Doc später gesagt, Jurie wäre wohl suspendiert oder sogar entlassen worden, falls sie getötet worden wäre. Das war ein weiterer Grund, warum sie keine verdeckten Operationen mehr durchführen wollte.

Da er spürte, dass er keine weitere Antwort erhielte, brach Moses den Blickkontakt ab und lehnte sich in seinem Stuhl zurück. Er nahm seinen Kaffee wieder in die Hand und trank einen weiteren Schluck. Draussen brüllte ein Pavian sein charakteristisches Wa-Hu-Bellen.

Doc blickte über ihre Schulter zum Wasserloch, aus dessen Richtung der Ruf gekommen war. »Das ist eine Warnung.«

»Das hätte ich nicht gewusst«, sagte Moses, »denn ich bin in Soweto aufgewachsen und habe für die Freiheit meines Landes gekämpft, nicht im Krügerpark Urlaub gemacht. Das war etwas für die Weissen und vielleicht für Ihre Gemeinschaft, Denise.«

»Meine 'Gemeinschaft'? Glauben Sie, wir hatten es leicht?«

»Ihre Familie hat sicher gelitten, wie viele andere auch, obwohl Ihr Vater ein Europäer war, wenn ich mich nicht täusche. Ein ungarischer Flüchtling?«

Worauf er wohl hinaus wollte? »Meine Mutter sass im Gefängnis, weil sie für das Recht der Menschen, zu lieben, wen sie wollen, kämpfte und mein Vater verliess Osteuropa, weil er glaubte, die

Kommunisten hätten sein Land im Stich gelassen, womit er recht hatte.«

Falls Moses den feindseligen Tonfall in ihrer Stimme bemerkte, ignorierte er ihn geflissentlich. »Ich habe gehört, hier in der Nähe sei ein weiterer Mann getötet worden.«

Doc nickte. »Ja, Graham Foster, ein Anti-Wilderer-Ranger. Er wäre bei der aktuellen Feldarbeit in Balule unser bewaffneter Begleiter gewesen und es ist wirklich furchtbar, denn er war ein guter Mann.«

»Und ich glaube, Sie *kannten* ihn auch?«

Wer ihn wohl mit Informationen über ihr Privatleben versorgt hatte? Zola? Die junge Studentin hatte keinen Anlass, Doc Probleme zu bereiten. Zola war als eifrige, intelligente Studentin mit einem frohen Gemüt zu Doc gekommen. Doch wie sie es mit Sara besprochen hatte, war Doc während der letzten Monate eine Veränderung im Verhalten ihrer Studentin aufgefallen – sie war ruhiger, zurückhaltender geworden. Doc fragte sich, ob sie den Grund dafür eben gefunden habe.

»Ja, stimmt. Wenn Sie es unbedingt wissen wollen, Graham war so etwas wie ein Freund und ja, wir haben einmal miteinander geschlafen. Zufrieden?«

Er schüttelte den Kopf. »Nein, das macht mich nicht zufrieden, denn ich bedaure den Verlust Ihres Freundes und mache mir jetzt noch mehr Sorgen um Ihr Wohlergehen, Doc.«

Es war das erste Mal, dass er sie mit ihrem Spitznamen ansprach. Versuchte er es jetzt mit einem sanfteren Ansatz, um eine Beziehung aufzubauen? Doc erinnerte sich daran, dass Moses, ob ihr dies gefiel oder nicht, jetzt mehr als ein Kollege war, nämlich ein zahlender Gast auf einer Rundreise durch das südliche Afrika, für die sie die Hauptverantwortliche war.

»Wie ich schon sagte, ist bei mir alles in Ordnung. Das mit Graham ist traurig – er wurde ausgeraubt und ermordet – aber wir waren nicht mehr zusammen. Allerdings ist es auch für die Studierenden ein ziemlicher Schlag.«

»Das kann ich mir vorstellen«, sagte Moses. »Haben Sie schon einen Ersatz als bewaffnete Begleitung für unsere Feldarbeit im Busch gefunden?«

So viel zu Graham. »Ja, Margaux, die selbst Safaritouren anbietet, führt unsere Wanderungen.«

»Eine Frau?«

Doc fiel die Kinnlade herunter. »Margaux ist eine voll qualifizierte Wanderführerin und begleitet uns auch, wenn wir im Land der Big Five, der gefährlichsten Tiere, unterwegs sind. Sie hat den Kurs als beste ihrer Ausbildungsgruppe abgeschlossen und schoss dabei vor allem besser als alle Männer.«

»Natürlich. Meine Bemerkung war nicht negativ gemeint. Bis anhin waren einfach die meisten Anti-Wilderei-Ranger, die ich getroffen habe, Männer«, sagte Moses.

»Ich habe im Krüger-Park weibliche Ranger getroffen, die mehr als viele ihrer männlichen Kollegen im Einsatz waren und Wilderer getötet haben«, entgegnete Doc.

»Okay. Ich bin sicher, dass wir bei Margaux in guten Händen sind.«

Der Pavian warnte erneut.

Doc schaute durch den Aufenthaltsbereich und zum Wasserloch. »Eben war da noch ein Löwe.«

Moses setzte sich aufrecht hin und legte den Kopf schief. »Ein Löwe! Und Zola sagte mir, sie laufe zu ihrer Unterkunft, obwohl es offenbar keinen Zaun um das Camp gibt?«

»Der Löwe ist weg und sie wird keine Probleme haben«, sagte Doc. »Verraten Sie mir, woher Sie Zola kennen?«

»Von ihrem Studium natürlich, aber ich kenne ihre Familie gut. Man könnte mich als einen alten Freund der Familie bezeichnen und in unserer Kultur bin ich so etwas wie ein Vater für sie.«

»Ich verstehe. Hat Zola einen Freund?«, fragte Doc.

Moses nahm einen weiteren Schluck Kaffee und sah in seine Tasse, nicht zu ihr. »Nein, nicht dass ich wüsste. Warum?«

»In letzter Zeit ist sie abgelenkt, schwänzt den Unterricht und gibt ihre Arbeiten zu spät ab. Bis vor kurzem hätte ich gesagt, sie gehöre zu meinen fünf besten Studierenden, aber jetzt rutscht sie ab. Und sie hat sich verändert und ich habe mich gefragt, ob vielleicht ein Problem mit einem Jungen oder einem Mädchen dahintersteckt.«

»Zola ist *nicht* an Frauen interessiert.«

Seine Antwort kam wie aus der Pistole geschossen und beinahe abwehrend, als ob Doc mit ihrer Aussage Kritik an Zolas Sexualität geäussert habe. Das war aber nicht der Fall, sondern sie war ein Köder.

»Sie scheinen das ja sehr genau zu wissen«, sagte Doc, »als Freund der Familie.«

»Ja, ja, natürlich.«

»Aber manchmal wissen wir nicht, was hinter verschlossenen Türen vor sich geht, nicht wahr, Moses, selbst in den aufrechtesten und konservativsten Familien.«

»Zola ist ein gutes Mädchen.«

»Ich hätte 'junge Frau' gesagt«, wandte Doc ein.

»Natürlich. Ich muss daran denken, dass sich die Zeiten ändern. Lassen Sie mich Sie etwas fragen, Denise, ganz direkt, wenn ich darf.«

Der Pavian rief wieder. Die Gefahr lauerte immer noch irgendwo da draussen. »Natürlich.«

»Würden Sie sich, wenn Sie von der Universitätsleitung aufgefordert oder ermutigt würden, offiziell um das Vizekanzler-Amt bewerben?«

Da war es. Er legte seine Karten am ersten Tag der zwei Wochen, die sie zusammen verbringen würden, auf den Tisch. Sie hatte sich selbst eingeredet, nicht interessiert zu sein und wenn sie sich die schiere Menge an Verwaltungsarbeit, interner und externer Politik sowie die Albträume in der Personalabteilung vorstellte, beunruhigte sie dies zutiefst.

Andererseits war da der Gedanke, dass die Gerüchte, die die Runde machten und das Geflüster, das sie gehört hatte, wahr sein könnten, und es Leute gebe, die sie gern als Leiterin der Universität sähen, unbestreitbar schmeichelhaft. Sie hatte sich bewusst dafür entschieden, ihre Arbeit als Gesetzeshüterin nach dem Vorfall mit Jurie aufzugeben, und nun mahnte Grahams Tod sie erneut daran, dass diejenigen, die in den illegalen Handel mit Wildtieren verwickelt waren, ohne zu zögern töten. Doch wie konnte sie wahre Erfüllung finden oder etwas tun, um die Situation für alle bedrohten Tierarten zu verbessern, nachdem sie die Herausforderung, den Schmuggel von Schuppentieren zu unterbinden, aufgegeben hatte? Könnte das Übernehmen der Leitung einer Universität und die mögliche Entwicklung oder Veränderung ihrer Rolle beim Schutz und der Erhaltung von Wildtieren und wilden Orten ein neuer Weg für sie sein, das Böse zu bekämpfen, das Jurie und vielleicht auch Graham das Leben geraubt hatte?

»Meine ehrliche Antwort lautet: Ich weiss es nicht, Moses. Ausserdem ist es eine hypothetische Frage.«

»Vielleicht nicht, denn ich weiss, dass es im Vorstand einige gibt, die Sie vorziehen würden«, sagte er.

Das war eine interessante Art, es auszudrücken. Nicht, sie sei die beste Kandidatin für den Job, sondern es sei ein Kopf-an-Kopf-Rennen zwischen Doc und jemand anderem. Für Doc gab es keinen Zweifel daran, wer diese andere Person war, oder warum er gerade sechshundert Kilometer von Pretoria entfernt in einer Umgebung sass, die ihm ebenso fremd war, wie die Antarktis, und sie in die Mangel nahm.

»Ein Teil von mir ist daran interessiert, die Leitung der Universität zu übernehmen«, sagte sie, »denn ich bin über das Ausmass der Korruption bei der Vergabe von Aufträgen an der Universität sowie über die Gerüchte über unangemessene Beziehungen zwischen Lehrkräften und Studierenden besorgt.«

Moses kniff die Augen zusammen. Nun war das Spiel, bei dem es darum ging, als Erster zu blinzeln, vorbei und er betrachtete sie wie eine Kobra, die ihre Beute, kurz bevor sie zuschlägt, anvisiert.

»Offen gesagt, Denise, und ich sage das als Freund und Kollege, sind einige Mitglieder des Ausschusses der Meinung, Ihr Verhalten und Ihre frühere Beteiligung an verdeckten Ermittlungen und Ihr Einsatz seien rücksichtslos und für ein leitendes Mitglied der Fakultät unangemessen sowie zu gefährlich gewesen und habe zum tragischen Tod Ihres Kollegen geführt. Ausserdem hätten Sie unsere Studenten, indem Sie ihnen erlaubten, Sie auf Ihrer letzten 'Mission' oder wie immer Sie es nennen wollen, zu begleiten, einem unnötigen Risiko ausgesetzt.«

Doc versuchte, ihre Atmung zu kontrollieren. »Ich habe meine verdeckten Ermittlungen eingestellt und wissen Sie, was seit der letzten Operation passiert ist?«

»Nein.«

»Nichts«, sagte sie mit kalter, leiser Stimme.

»Nichts?«

»Ja, Moses. In den letzten drei Monaten wurde in Gauteng, Limpopo und Mpumalanga, den Provinzen, in denen Jurie und ich früher tätig waren, keine einzige Verhaftung vorgenommen, die mit dem illegalen Fangen oder Schmuggeln eines Schuppentiers zusammenhing. Es wurde kein einziges Tier gerettet. Der illegale Handel mit diesen Tieren hat aber keineswegs aufgehört oder sich auch nur verlangsamt. Wenn überhaupt, hat er wahrscheinlich zugenommen, da die Welt COVID und die Übertragung von Krankheiten von Wildtieren auf Menschen bereits vergisst.

Er winkte mit einer Hand in der Luft. »Trotzdem werden Sie mir zustimmen, dass es falsch war, die Studierenden in die Schusslinie zu bringen.«

»Sie haben nicht aktiv an der Operation teilgenommen.«

»Nein, aber sie haben zwei Männer sterben sehen.«

Sie erinnerte sich an den letzten Atemzug von Jurie. Sie würde nicht zulassen, dass dieser Mann sie verunsicherte oder sie sich noch schlechter fühlte, als es ohnehin schon der Fall war. Moses hatte die Grundregeln für die kommenden zwei Wochen festgelegt, und sie erkannte jetzt ganz klar, warum er hier war. Entweder wollte er sie irgendwie dazu zwingen, ihre Kandidatur für das Amt des Vizekanzlers der Universität zu vereiteln, oder versuchen, genug Negatives über sie zu sammeln, um sie von der Kandidatur auszuschliessen oder sie als psychisch labil darzustellen.

»Drei, wenn man den Tod von Graham Foster letzte Nacht mitzählt«, sagte Doc.

Er sah überrascht aus. »Glauben Sie, dass sein Tod auch mit

Ihrem Don Quijote-ähnlichen Kreuzzug zur Rettung des Schuppentiers zusammenhängt?«

Sie hasste die Art und Weise, wie er nicht nur all die Arbeit, die hinter den unzähligen Operationen steckte, sondern damit auch Juries Tod verharmloste. »Ich weiss es nicht, werde aber sehen, was ich, bevor wir uns auf dieses Possenspiel einlassen, herausfinden kann.«

Er lächelte. »Dann wünsche ich Ihnen viel Glück dabei. Ich möchte nicht, dass Sie auch nur einen Moment denken, dass ich die harte Arbeit der tapferen Männer und Frauen, die sich für den Schutz von Wildtieren im südlichen Afrika einsetzen, nicht zu schätzen weiss.«

Plattitüden. Er plapperte sie nach wie der Politiker der akademischen Welt, der er sein wollte.

»Ich denke einfach, Denise«, sagte er in einem versöhnlicheren Ton, »dass es nun, da Sie Ihren Teil beigetragen haben, für Sie und die Studierenden unter Ihrer Aufsicht das Beste ist, die Strafverfolgung sein zu lassen und die aufwändige Aufgabe, eine Universität zu leiten, anderen überlassen, so dass Sie sich wieder Ihrer Lehrtätigkeit widmen können.«

Genau das hatte Doc vorgehabt, bis Moses auf ihrer Rundreise aufgetaucht war. Nun sah sie ihn mit Schlangenaugen an. »Danke für Ihre Besorgnis, Moses.«

12

Ian gönnte sich eine halbe Stunde Schlaf und wachte um Viertel nach drei Uhr, als der Wecker seines Telefons sich meldete, auf.

Er stand auf – er hatte auf dem Rücken geschlafen und trug nur seine Shorts – zog sein Hemd und die Schuhe an und setzte seinen Hut auf. Dann schnappte er sich das Fernglas, das ihm ein südafrikanischer Freund in Australien empfohlen hatte und machte sich auf den Weg zum Empfang.

Ian hielt nach Löwen Ausschau und der andere Rat, den ihm sein Freund Adriaan, ein südafrikanischer Banker, gegeben hatte, kam ihm in den Sinn. 'Besorg dir, wenn du kannst, eine Waffe. Denn wenn du nicht im Schlaf ausgeraubt wirst, überfällt dich bestimmt jemand im Auto, egal was für eins du fährst.'

Als er Adriaan fragte, ob das ein Scherz sei, hatte sein Freund geantwortet: 'Halbwegs'.

Andere Südafrikaner, die er in Australien getroffen hatte, sprachen im Allgemeinen schlecht über ihr Heimatland, insbesondere wegen dessen politischer Führung und der hohen Kriminalität. Aber wie alle Auswanderer unterschätzten auch sie bestimmte Aspekte, vor allem die Tierwelt. Und wenn es um Rugby ging, blieben sie weiterhin Anhänger der 'Springboks'.

Ian kam lebend und mit intakten Gliedmassen bei der Rezeption an. Margaux, Melanie und eine ihrer Mitarbeiterinnen warteten mit Tee, heissem und eisgekühltem Kaffee, Säften und einer Auswahl an Kuchen, die Ians Fitnesstrainer in Sydney zusammenzucken liessen.

»Kalten Kaffee, bitte«, bat er und bediente sich an einem Stück Quarkkuchen. Schliesslich war er im Urlaub – nein, praktisch im Ruhestand.

Eva und Pär, die schwedischen Wildtierexperten, warteten bereits. Beide trugen einen dicken Kamerarucksack. Die drei Studierenden, Geoff, Sue und Zola, standen in einer Gruppe auf der anderen Seite einiger Sofas.

»Haben Sie keine Kamera dabei, Ian?«, fragte Eva, während sie am Tee nippte.

Ian hielt sein iPhone hoch.

»Ts, ts, ts«, schnalzte Pär und zückte eine Canon mit einem riesigen Objektiv. »In der Welt der Wildtierfotografie gewinnt derjenige mit dem grössten Anhängsel.«

Ian lachte. Während Eva seriös und ernst war, konnte sich Pär wenigstens über sich selbst lustig machen.

Denise 'Doc' Rado trat durch den Vordereingang ein.

»Guten Tag, alle miteinander«, begrüsste Doc die Wartenden.

Sie trug ein grünes T-Shirt, passende Shorts und Gummistiefel und ihr Haar war zu einem Pferdeschwanz zusammengebunden. Sie sah reizend aus. »Kann ich Ihnen etwas zu trinken bringen?«, fragte Ian.

»Das wäre grossartig, Ian, danke. Nur ein Wasser, bitte.«

Er holte ein Glas und brachte es ihr. »Sind Ihre Stiefel von R.M. Williams?«

»Danke.« Sie nahm das Glas. »Ja, ich habe sie bei einer Naturschutzkonferenz in Cairns gekauft. Höllisch teuer, aber so bequem. Ich mochte Australien, allerdings gab es mir zu viele Regeln.«

Ian deutete auf die 'Pistole im Holster an ihrem Gürtel. »Oh. Dafür könnten Sie eingesperrt werden.«

»Stimmt.«

Es fiel ihm immer noch schwer, das Bild einer bewaffneten Professorin zu fassen. Sie war wie Indiana Jones, allerdings mit ablenkenden Beinen.

Die drei Studierenden kamen näher und ihnen folgte Dr. Moses Khumalo, der sich ebenfalls umgezogen hatte und nun karierte Shorts und ein Golfhemd trug. Er rieb seine Hände aneinander. »Bereit für ein wenig Feldarbeit, liebe Leute?«

»Ich kann es kaum erwarten«, sagte Eva. »Welche Rolle übernehmen Sie bei der Reise und den Bemühungen um den Schutz der Schuppentiere, Herr Professor?«

»Bitte, nennen Sie mich Moses, schliesslich reisen wir in den nächsten zwei Wochen miteinander, also lassen wir übertriebene Formalitäten besser beiseite. Aber ich muss sagen, es ist eine grosse Freude, mit Menschen unterwegs zu sein, denen die Zukunft der afrikanischen Tierwelt so am Herzen liegt.«

Eva warf einen Blick in Ians Richtung. »Nun, jedenfalls den meisten von uns.«

Autsch. Ian sah, dass Doc, das Gesicht vor Eva verborgen, in seine Richtung schaute. Sie murmelte das Wort *'Entschuldigung'*, worauf Ian sie, ebenfalls ausser Sichtweite der anderen, angrinste.

»Ich bin sicher, dass der junge Ian am Ende der Rundreise ein Schuppentier-Experte ist. Nicht wahr, mein Lieber?«, warf Pär ein.

»Oh, ja, natürlich«, sagte Eva und als sie ihren Fauxpas bemerkte, wandte sie sich an Moses. »Doktor Khumalo, was ist Ihr Spezialgebiet an der Universität?«

»Ich halte Vorlesungen in Umweltwissenschaften. Meine Studierenden werden dazu ausgebildet, später an der Vorbereitung oder Bewertung von Umweltverträglichkeitserklärungen für grosse Bauprojekte und dergleichen mitzuwirken.«

»Einer der Gründe, warum ich an die Universität geholt wurde«, erklärte Doc, »war, um sicherzustellen, dass die zukünftigen Bürokraten und Apologeten von Bauunternehmen, Minen und ähnlichen invasiven Industrien etwas über die Tierarten, die von all diesen Dingen betroffen sein könnten, wissen.«

Ian bemerkte den frostigen Blick, den Moses Doc zuwarf. Ging zwischen den beiden ein Wettstreit vor sich? Er war in seinem Berufsleben schon oft genug in Vorstandsetagen und Geschäftssitzungen gewesen, um einen Pisswettbewerb zwischen zwei Alphamenschen zu erkennen, und genauso wirkte es bei diesen beiden Professoren. Es war einigermassen amüsant, dabei zuzusehen, aber selbst in der Arena der Gladiatoren zu stehen, war einfach nur ermüdend und es gab selten einen echten Gewinner. Wenn ein neuer Bulle oder eine neue Matriarchin die Vorherrschaft erlangte, verloren die anderen in der Regel ihren Job.

»Nun, ich für meinen Teil«, sagte Pär, um aus der Sackgasse auszubrechen, »freue mich darauf, einige grosse und kleine Kreaturen zu sehen.«

Margaux, die sich am Rande der Gruppe aufgehalten hatte, meldete sich. »In diesem Sinn denke ich, dass es Zeit wird, zu fahren, wenn wir alle mit dem Nachmittagstee fertig sind.«

Sie sammelten ihre Taschen und ihre Ausrüstung ein – Ian fühlte sich nicht mehr so gut ausgerüstet – und Margaux führte sie nach draussen vor die Lodge, wo das grüne, offene Land Rover-Wildtierbeobachtungsfahrzeug der Antares Bush Lodge wartete.

»Wollen Sie sich neben mich setzen?«, fragte Doc Ian.

»Wir bevorzugen die mittlere Sitzreihe«, verkündete Eva. »Das ist die beste Position.«

»Ich kann mich irgendwo hinsetzen«, sagte Ian zu Doc, »aber ja, das wäre schön.«

Doc führte Ian zur ersten der drei Sitzreihen direkt hinter Margaux, vor Pär und Eva, die einen Platz zwischen sich freigelassen hatten, während die drei Studierenden zusammen in der letzten Reihe sassen. Moses öffnete die Beifahrertür, nahm Margaux' Fernglas und ein paar Reiseführer vom Sitz, legte sie auf die Mittelkonsole und setzte sich auf den Beifahrersitz. Ian bemerkte Margaux' Stirnrunzeln, aber sie sagte nichts. Der Professor war eindeutig ein Mann, der gern seinen Willen durchsetzte, aber es nicht für nötig hielt, um etwas zu bitten.

»Hier können Sie gut hören, was Margaux erklärt«, sagte Doc zu

Ian, »und haben eine gewisse Höhe, von der Sie es besser sehen, wenn wir etwas Spannendes finden.«

»Für mich ist sowieso alles neu und spannend, sagte Ian. »Sind Sie im Busch aufgewachsen, Doc?«

Sie schüttelte den Kopf. »Nein, in Phoenix, einem Vorort von Durban, aber meine Eltern, vor allem mein Vater, besuchten die Wildtierparks immer gern.«

Doc trug eine goldene Kette um den Hals und einen passenden Armreif, der perfekt zu ihrer Haut passte. Das Lächeln, mit dem sie ihn nun ansah, war umwerfend. Als Margaux den Motor startete und losfuhr, lehnte sich Ian in seinem Sitz zurück.

Sie waren noch nicht weit gekommen, als Margaux anhielt, sich umdrehte und sich gegen das Lenkrad lehnte, so dass sie alle gut sehen konnte.

»Ich weiss, dass die meisten von Ihnen schon einmal an einer Pirschfahrt teilgenommen haben ...«

»Vielleicht können wir Ian während der Fahrt aufklären«, sagte Eva.

Ian sagte nichts, denn seiner Erfahrung nach gab es in jeder Gruppe eine Eva.

»Nicht, während ich fahre«, sagte Margaux, was Eva zum Schweigen brachte. »Also, danke für Ihre Aufmerksamkeit, wenn ich jetzt ein paar Grundregeln durchgehe.«

Ian hörte aufmerksam zu, als Margaux erklärte, dass sie sich während der Fahrt gerne unterhalten könnten, aber nicht aufstehen sollten, wenn sie bei einer Tiersichtung anhielt.

»Die Tiere sind daran gewöhnt, die Umrisse unserer Fahrzeuge zu sehen, wenn alle sitzen, wenn aber jemand aufsteht, wird die Silhouette unterbrochen und das erschreckt sie. Und bitte flüstern Sie besser und reden nicht zu laut, wenn wir anhalten, obwohl die Tiere an ein gewisses Mass von Lärm gewöhnt sind, weil wir Führer während der Sichtung meistens ein paar Erklärungen abgeben.«

Dr. Khumalo studierte während Margaux' Einweisung sein iPhone und sah erst auf, als sie fertig war.

Sie fuhren wieder los und Ian merkte, wie aufgeregt er war. Die

Nachmittagsluft war warm und es war ein wunderbares Gefühl, in der freien Natur des afrikanischen Buschs zu sein. Es kam ihm fast unwirklich vor.

»Was machen Sie beruflich, Ian?«, fragte Doc.

»Bis vor kurzem leitete ich mein eigenes Unternehmen für Öffentlichkeitsarbeit.«

»Das ist eine respektable Leistung.«

»War es das? Ich nehme es an. Ich habe die Firma vor ein paar Jahren an ein grosses internationales Unternehmen verkauft und helfe nur noch ab und zu aus, weil das Teil des Übernahmevertrags ist. Wenn ich zurückblicke, weiss ich nicht, ob ich überhaupt viel erreicht habe.«

»Aber Sie haben doch bestimmt einigen Leuten geholfen?«

»Sicher, es gab einige Nichtregierungsorganisationen, für die wir pro bono gearbeitet haben, aber letzten Endes kann ich mich an keine einzige Sache erinnern, die wirklich etwas bewirkt hat.«

Doc antwortete nicht und Ian befürchtete, sie habe das Gespräch beendet, bevor es richtig begonnen hatte.

Margaux fuhr auf einer kurvenreichen Schotterstrasse durch ein Gebiet mit dichtem Busch. Ian sah einen Vogel mit einem langen gelben bananenförmigen Schnabel – wie in *König der Löwen* – aber bevor er fragen konnte, was es sei, flog er davon. Er dachte über seine Arbeitserfolge nach.

»Aber ich habe einige Aufträge abgelehnt«, sagte er »und bin lustigerweise wahrscheinlich am stolzesten darauf, wem ich *nicht* geholfen habe – zum Beispiel in den neunziger Jahren der japanischen Walfanglobby.«

Sie nickte. »Ich weiss ein bisschen was über PR, aber nicht allzu viel. Zum Beispiel, dass nicht genug Leute wissen, dass das Schuppentier das am meisten illegal gehandelte Säugetier der Welt ist. Es gibt noch etwa 20 000 Nashörner, vor allem in Afrika, und über sie wird zu Recht viel berichtet. Aber *jedes Jahr* werden mehr als 20 000 Schuppentiere wegen ihres Fleisches und ihrer Schuppen getötet.«

»Tatsächlich? Davon hatte ich keine Ahnung.«

»Genau das ist das Problem«, sagte Doc.

»Ich erinnere mich, dass die Leute auf der Benefizveranstaltung, zu der ich ging, darüber sprachen, wie erfolgreich sie Wilderer und Menschenhändler aufspüren«, sagte er.

»Festhalten!« rief Margaux von vorne.

Ian sah, dass sie im Begriff war, einen fast senkrechten Abhang hinunterzufahren. Doc und er hielten sich an der Stahlrohrstange vor ihnen fest, während Margaux über eine Kante hinunterfuhr und die Fahrzeugschnauze sich in ein trockenes, von hohen, schattenspendenden Bäumen gesäumtes Flussbett senkte. Als sie wieder waagrecht standen, schaltete Margaux einen Gang herunter, bog nach rechts ab und pflügte dem Flussbett entlang durch weichen Sand.

»Ich frage mich manchmal, ob ich auch etwas erreicht habe«, sagte Doc.

Ian zuckte mit den Schultern. »Sie haben doch eine Menge Tiere gerettet, oder?«

»Ja, vielleicht waren es ein paar Hundert, aber was ist das schon angesichts von vielleicht 80'000 Tieren, die wir in den vier Jahren, in denen ich verdeckt arbeitete, verloren haben?«

»Sie sprechen in der Vergangenheitsform?«, fragte er.

»Ich habe die Mitarbeit bei solchen Operationen aufgegeben.«

»Darf ich fragen, warum?«, sagte Ian.

Sie wandte den Blick von ihm ab. »Ein Freund wurde bei einer Razzia getötet und es wurde mir sowieso zu viel. Es hat mich zu sehr belastet.«

»Hey, schaut mal auf die rechte Seite!« Margaux zeigte auf etwas und alle schauten hin.

»Was ist es?«, fragte Ian.

»Ein Leopard«, flüsterte Doc.

Margaux riss das Steuer herum und fuhr auf das rechte Ufer zu.

Doc legte ihre Hand auf Ians Arm und seine Augen folgten der Richtung, in die sie nun zeigte. »Da oben, auf dem langen, dunklen Ast, der über das Flussbett ragt.«

Er brauchte einige Augenblicke länger. »Das ist ja unglaublich. Wie haben Sie ... wie konnte Margaux das sehen?«

»Wahrscheinlich wegen des Schwanzes«, sagte Doc.

»Genau.« Margaux stellte den Motor ab und sie sassen alle schweigend da. Sie hatte sie bis auf etwa zwanzig Meter an die Katze herangeführt, die ausgestreckt auf einem Ast lag, den Kopf aber gehoben hatte, um das Fahrzeug mit ihren goldenen Augen zu beobachten. Nach ein paar Sekunden legte sie ihre Wange aber wieder auf die Vorderpfote und schlief ein.

»Unglaublich.« Ian hörte das Klicken von Pärs Kamera hinter sich und erinnerte sich an sein Handy. Er nahm es heraus und versuchte, die schlafende Katze zu finden.

»Ich fahre näher heran«, sagte Margaux leise, liess den Motor an und der Land Rover kroch, so langsam, dass das Getriebe im niedrigen Gang heulte, vorwärts.

Ian lehnte sich über den leeren Mittelsitz näher zu Doc. »Ist das klug? Springt der Leopard nicht auf uns herunter?«

Doc lachte ein wenig. »Wenn er uns töten wollte, wäre er schon im Wagen und würde jemanden von uns zum Mittagessen wegschleppen.«

»Und das passiert nicht? Nie?«

»Ich kann nicht mit Sicherheit sagen, dass es nie passiert. Es kommt vor, dass Leoparden Menschen töten, aber dann sind es in der Regel entweder sehr alte oder sehr kranke Katzen. Sie scheinen zu wissen, dass Menschen tabu sind und es mit Sicherheit ihr letztes Abendmahl wäre, wenn sie einen von uns fressen würden. Obwohl wir wahrscheinlich die am leichtesten zu fangenden Tiere der Welt sind.«

Als Margaux erneut anhielt, dieses Mal fast direkt unter dem Leoparden, behielt Ian diesen im Auge. »Und dieser hier ist gesund?«

»Sehr.« Margaux drehte sich um und lächelte. Sie hatte das Gespräch der beiden mitgehört. »Wie Doc schon sagte, ist dies ein Männchen. Sein Name ist Mbvala, das Shangaan-Wort für den Buschbock, also die Antilope, die er am liebsten frisst. Er ist in der Blüte seines Lebens, also braucht er gar nicht erst daran zu denken, etwas so mageres wie einen Menschen zu jagen. Leoparden sind Einzelgänger und kommen nur mit Weibchen in Kontakt, um sich zu paaren. Ein Männchen wie Mbvala hier herrscht über ein Territorium von einigen Quadratkilometern und in diesem gibt es mehrere Weibchen, die ihm für den Moment gehören.«

»Für den Moment?«, fragte Ian.

»Bis ein anderes Männchen ihn verdrängt«, erklärte Doc.

»So ist der Lauf der Welt«, sagte Moses von vorn.

Ian fragte sich, was genau er damit meinte, aber keiner der anderen im Fahrzeug fragte ihn.

Sie blieben noch zehn Minuten beim Leoparden und Ian dachte, er könnte den ganzen Tag dort sitzen, vielleicht mit einem Getränk oder einem Kaffee und einfach nur den Moment zu geniessen, in welchem er so nahe bei einem grossartigen Tier sein könne.

»Wir müssen doch Schuppentiere suchen, nicht wahr?«, sagte Eva von hinten zu Ian.

»Habt ihr genug?« Margaux suchte in ihren Gesichtern nach Widerstand, aber Ian lächelte nur und nickte.

»Von mir aus«, sagte er schliesslich.

Als sie das Flussbett verliessen, bog Margaux scharf links ab und fuhr eine Passage hinauf, die genauso steil war wie die, die sie vor kurzem hinuntergekommen waren. Der Land Rover kletterte wie eine Bergziege hoch, und dann waren sie wieder auf ebenem Boden und verliessen die Bäume in Richtung einer Strasse in einem offeneren, grasbewachsenen Gebiet. Dies war das Afrika, das Ian sich vorgestellt hatte, ein weites Savannenpanorama mit exotisch aussehenden Bäumen.

Doc beugte sich über den leeren mittleren Sitz. »Sie haben Glück.«

»Inwiefern?«

»Auf der ersten Pirschfahrt einen Leoparden zu sehen. Manche Touristen kommen jahrelang in den Krügerpark und sehen nie einen. Ich war zwölf, als ich meinen ersten Leoparden sah, obwohl ich schon seit meinem siebten oder achten Lebensjahr immer wieder hier war.«

»Wirklich? Ich war schon ziemlich begeistert, als ich das Zebra und den Löwen in der Lodge gesehen habe.«

»Begeistert? Sie sind fast ohnmächtig geworden.«

Er lachte. »Macht es immer so viel Spass?«

»Ja. Das ist Teil der Sucht, nicht zu wissen, was hinter der nächsten Ecke wartet.«

Margaux verlangsamte, hielt an und nahm ihr Fernglas in die Hand.

»Was sehen Sie?«, fragte Moses sie und blickte vom Telefon auf, auf das er seit der Leoparden-Sichtung gebannt starrte.

Hinter ihnen piepte ein Telefon und als Doc über die Schulter schaute, sah sie, dass Zola schnell auf ihren Bildschirm schaute. »Vielleicht schalten Sie es aus oder zumindest auf lautlos, Zola?«, sagte Doc.

»Ja, Prof, Entschuldigung.« Sie steckte ihr Telefon in die Tasche.

»Ich bin mir nicht hundertprozentig sicher«, antwortet Margaux auf Moses Frage, »habe aber einen leisen Verdacht.«

Sie legte den Gang ein und beschleunigte, fuhr noch etwa dreihundert Meter die Strasse entlang, schlug dann das Lenkrad nach links ein und fuhr auf den unebenen Grasboden. Sie drosselte das Tempo und schlängelte sich zwischen einigen jungen Dornenbäumen hindurch. »Da.«

Ian starrte vor sich hin, entdeckte aber nichts.

»Da sieht man manchmal eine Bewegung«, erklärte Doc. »Versuchen Sie, das Zucken der Ohren zu sehen.«

»Wo?« Ian war immer noch verwirrt.

»Rhino, ein Nashorn«, flüsterte Geoff aus der letzten Sitzreihe.

»Ich sehe es.« Pär hob seine Kanone und eröffnete das Feuer.

Ian sah gar nichts, bis Doc wieder ihre Hand auf seinen Arm legte und es ihm zeigte. Er sah einen grauen Grat über den Spitzen der langen, goldenen Grashalme und schliesslich bewegte er sich auf eine Lichtung zu. »Oh, ja«, flüsterte er.

Margaux die angehalten hatte, fuhr nun näher, und als die Distanz geringer wurde, sah Ian, wie gleichgültig das Nashorn ihre Anwesenheit hinnahm. Es bewegte sich in Richtung eines Wasserlochs und knabberte an ein paar grünen Grashalmen am Boden. Margaux drehte den Motor wieder aus.

Das Nashorn hob den Kopf, schnaubte durch seine grossen Nasenlöcher und zuckte mit den trichterähnlichen Ohren.

»Er ist riesig«, flüsterte Ian.

»Ja«, sagte Doc. »Es ist ruhig und langsam, fast blind und trägt ein Horn, das in Vietnam wahrscheinlich 300'000 Dollar wert ist. Kurzum, der Traum eines jeden Wilderers.«

»Es scheint mir, als könnte ich einfach darauf zugehen und es berühren. Grossartig.«

»Ein Bulle«, sagte Margaux. Wie auf das Stichwort hin hob das Nashorn seinen riesigen Kopf und spritzte mit hohem Druck Urin zwischen seinen Hinterbeinen hervor. »Er markiert sein Territorium.«

Eva holte eine Kompaktkamera heraus und schaltete sie ein, wobei diese einen musikalischen Ton von sich gab. Das Nashorn legte den Kopf schief.

»Er hat ein ausgezeichnetes Gehör«, flüsterte Doc »das ist seine beste Verteidigung.«

Aber falls der prähistorische Riese durch die Anwesenheit der Menschen beunruhigt war, liess er sich das nicht anmerken.

»Irgendwann kommen wir zu Ihren Schuppentieren«, sagte Margaux, »aber an diesem grossen Jungen konnte ich nicht einfach vorbeifahren.«

»Warum haben Sie gerade Vietnam herausgegriffen?«, erkundigte sich Ian. »Ich dachte, China sei der grösste Markt für Nashorn-Horn.«

»Das war auch so«, sagte Doc, »und ist es bis zu einem gewissen Grad immer noch. Aber die Nachfrage nach Wildtierprodukten ändert sich. Früher war der Jemen im Horn von Afrika der grosse Markt für Nashorn-Horn – dort wurde es zu zeremoniellen Dolchgriffen geschnitzt –, aber diesen Markt haben die jahrzehntelangen Bürgerkriege zum Erliegen gebracht. Ausserdem ist China inzwischen recht gut darin, gegen illegale Produkte wie Elfenbein vorzugehen. Vietnam dagegen hat eine Phase des Wirtschaftswachstums erlebt, was bedeutet, dass sich dort mittlerweile mehr Menschen traditionelle Arzneimittel und wertvolle Waren leisten können, die ihnen, während ihr Land arm war und sich im Krieg befand, verwehrt waren.«

»Ist das bei Schuppentieren auch so?«, fragte Ian.

»Ja. Vietnam ist ein grosser Markt für Schuppentierfleisch und Sie haben sicher gelesen, dass es auf dem Markt von Wuhan in China vor der COVID-Pandemie Schuppentiere zu kaufen gab. Der Markt für Schuppentiere ist also viel grösser als der für Nashorn-Horn, das eher ein begehrtes Statussymbol für die Reichen darstellt, als dass es als Medizin verwendet wird, vielleicht könnte man es mit einer Designer-Handtasche vergleichen.«

»Ich weiss nicht, was dümmer ist, daran zu glauben, dass etwas wie Rhinozeros-Horn oder Schuppentierschuppen etwas heilen können, oder ein Tier zu töten, um jemanden mit einem Statussymbol zu beeindrucken.«

»Langfristig besteht die einzige Lösung darin, die Menschen in den Verbraucherländern davon zu überzeugen, ihr Verhalten zu ändern«, so Doc.

»Ist das überhaupt möglich?«, fragte Ian zweifelnd und sah jetzt sie an, nicht mehr das Nashorn.

Sie zuckte die Schultern. »In einigen Gesellschaften, ja. Wir dürfen nicht vergessen, dass die Nashörner in Südafrika in den 1920er Jahren von Bauern und Grosswildjägern fast ausgerottet wurden. Es lebten nur noch etwa fünfzig Tiere, aber dann wurde der Abschuss gestoppt – ironischerweise von Leuten, die ein Interesse an der Jagd hatten, aber merkten, dass nichts mehr zum Schiessen da war, wenn sie Nashörner und anderes Grosswild weiterhin in gleichem Masse liquidierten. Mit dieser kleinen Restpopulation ist es Südafrika gelungen, die Zahl der Nashörner wieder auf etwa 20'000 zu steigern.«

»Das ist erstaunlich«, sagte Ian.

»Ja und nein«, sagte sie. »Es hat uns zu einem fetten Ziel gemacht, denn in den letzten vierzehn Jahren haben wir Tausende dieser Nashörner verloren, weil wir die letzte grosse Hochburg sind und einen Angriffspunkt bieten. Es gibt auch in Namibia und Simbabwe noch lebensfähige Populationen, aber die meisten Nashörner findet man in Südafrika.«

Ian erlebte ein Wechselbad der Gefühle, weil er in der einen Minute vom Anblick der herrlichen afrikanischen Tierwelt vor seinen Augen begeistert war, aber im nächsten Atemzug erfuhr, wie prekär die Situation war.

»Aber die Anti-Wilderer-Einheiten leisten grossartige Arbeit«, fuhr Doc fort.

Ian schaute zum Nashorn und dann wieder auf Doc. Nach ihrer letzten Bemerkung hatte sie den Blick von ihm weggewandt, nicht zum Tier, sondern auf die andere Seite des Fahrzeugs und er sah, dass ihre Schultern zuckten und sie eine Hand über die Augen gelegt hatte.

»Doc, ist alles in Ordnung?«

Margaux drehte sich auf ihrem Sitz um, streckte die Hand aus, legte sie auf Docs Knie und drückte es. »Hey, Doc, ist alles okay?«

Doc sah sie an und wischte sich über die Augen. »Ja. Sicher. Ich dachte nur gerade an ...«

Margaux nickte, dann räusperte sie sich. »Bereit zum Weiterfahren?«, fragte sie die Gruppe.

»Ja, bitte«, sagte Eva, die offensichtlich nichts davon mitbekommen hatte, was mit Doc gerade gewesen war, was auch immer es war.

Margaux sah wieder zu Doc, die sich zu einem Lächeln zwang und nickte. Ian wollte lieber nicht fragen, was gerade passiert war, beschloss aber, es später herauszufinden.

Einmal mehr blies ihnen der Wind ins Gesicht und schien die Nachmittagssonne auf ihre Rücken, als Margaux über die holprigen Strassen ruckelte. Sie blickte noch einmal nach hinten. »Sue, willst du dein Ding machen?«

»Bin schon dabei«, rief Sue, die mit gesenktem Kopf nach etwas unter ihr kramte.

Ian drehte sich um und sah, dass Sue, die nun einen Kopfhörer trug, aufstand. Dann streckte sie etwas in die Höhe, das wie die an einer Stange befestigte Miniaturversion einer altmodischen Fernsehantenne aussah. Sie drehte diese hin und her, fummelte dabei an einer Box herum, die sie um den Hals gehängt trug und legte eine Hand auf einen ihrer Kopfhörer.

Doc lehnte sich vor und sprach mit Margaux, aber Ian konnte wegen der Brise und dem Motor des Land Rovers nicht hören, was Doc sagte. Für den Moment war er zufrieden, sich zurückzulehnen und die Fahrt zu geniessen. Die Luft hatte einen erdigen Geruch, trocken, staubig und doch voller Leben.

»Mopane Toko«, rief Margaux und zeigte mit einer Hand in eine Richtung, während sie mit der anderen lenkte. Ian sah den Vogel, den er schon einmal entdeckt hatte, für einen magischen Moment direkt neben sich durch die Luft gleiten.

Doc lehnte sich zurück. »Halten Sie die Augen offen, Ian. In dieser Gegend haben wir heute Morgen Löwen und Elefanten gesehen, aber vielleicht sind sie natürlich weitergezogen.«

Ian war aufgeregt und fühlte sich zum ersten Mal seit Jahren wieder richtig lebendig.

»Hältst du bitte nach links, Margaux?«, rief Sue von hinten. »Ich bekomme von dort ein starkes Signal.«

»Okay.« Margaux bog auf eine offene Grasebene ab und verlangsamte, vielleicht weil sie nicht wusste, ob sich im Gras etwas verberge.

»Ein bisschen weiter nach links«, sagte Sue, die nicht mehr zu schreien brauchte, da sie nun langsam fuhren. Alle waren still und schauten und lauschten aufmerksam.

»Suchen wir ein Schuppentier?«, flüsterte Ian.

Doc, die ebenso wie Ian nach hinten zu Sue schaute, nickte. Sue runzelte die Stirn.

»Scheisse«, fluchte Sue.

»Was ist los?«, fragte Doc.

»Ein gleichmässiger Ton. Er wird lauter. Bleib auf diesem Kurs, Margaux, wir kommen mit jedem Meter näher. Verdammt.«

»Was ist?«, wollte Ian wissen. Die Stimmung unter den Eingeweihten, mit Ausnahme von Eva, Pär und Ian selbst, war merklich angespannt.

»Was bedeutet ein konstanter Ton?«, fragte Eva, die die Veränderung der Stimmung offensichtlich auch wahrgenommen hatte.

»Möglicherweise ein Problem mit dem Ortungsgerät«, sagte Doc. »Vielleicht ...«

»Wir müssen gleich dran sein«, sagte Sue. »Halt bitte an, Margaux.«

Margaux bremste und stellte den Motor ab. Sie blieben alle noch einen Moment sitzen, dann stieg Sue aus. »Ich gehe es suchen.«

»Warte einen Moment«, sagte Doc. »Margaux begleitet dich.«

Sue blieb, eine Hand immer noch an ihren rechten Kopfhörer gepresst, auf ihrem Platz auf den hinteren, erhöhten Sitzen stehen. Margaux öffnete den Reissverschluss an der grünen Gewehrtasche auf dem Armaturenbrett des Land Rovers und zog ein Jagdgewehr heraus. Sie öffnete die Tür, stieg aus, steckte fünf dicke Messingpatronen aus dem ledernen Patronengürtel, der um ihre Taille gebunden war, in den Verschluss ihres Gewehrs und schloss es. Sie ging ein paar Meter vom Fahrzeug weg und betrachtete das Gebüsch um sie herum.

»Falls in diesem langen Gras irgendwo ein Löwe oder ein anderes Raubtier liegt«, erklärte Doc und beugte sich näher zu Ian, »hebt es jetzt wahrscheinlich den Kopf, um einen Blick auf Margaux zu werfen.«

»Wie kommen Sie darauf, dass es hier etwas Gefährliches geben könnte?«

»Eine Katze kann überall sein und verschmilzt regelrecht mit dem Busch und dem Gras«, erläuterte Doc. »Aber wir machen uns vor allem um das Schuppentier Sorgen.«

Sue kletterte, das Überwachungsgerät um den Hals gehängt und die Antenne immer noch in einer Hand, aus dem Safarifahrzeug. Sie ging, von Margaux begleitet, in Richtung der Sonne, die in einem bösartigen Rot über der entfernten Baumgrenze schwebte, vom Fahrzeug weg.

Sue senkte die Antenne und neigte ihr Gesicht dem Himmel zu. »Scheisse!«

13

Doc sprang aus dem Land Rover und ging mit grossen Schritten dorthin, wo Sue stand, und die Gäste, Zola und Geoff folgten ihr.

Sue und Margaux standen nebeneinander und schauten auf den Boden. Doc eilte zu ihnen, während sich Sue gerade bückte.

»Nicht anfassen!«, rief Doc.

Es war bereits zu spät, Sue hatte sich hinuntergebückt und hob den Sender auf.

»Warum nicht?« Sie legte ihn zurück ins Gras.

»Wegen der Fingerabdrücke.«

Doc ging auf die Knie, um es zu untersuchen.

»Was ist das?«, sagte Ian, der jetzt neben Doc stand, so dass sie in seinem Schatten kauerte.

»Ein UKW-Sender.« Sie fuhr, ohne das Gerät zu berühren, mit dem rechten Zeigefinger darüber hinweg. »Das ist die etwa sechzehn Zentimeter lange Antenne und dieser kleine Kasten, der mit wasserfestem grünem Plastik überzogen ist, wird Korpus genannt. In ihm befindet sich der Sender. Und diese Metallplatte«, Doc nahm einen Stock in die Hand und zeigte damit allen, die sich im Halbkreis versammelt hatten, was gemeint war, »wird in der Nähe des

Schwanzansatzes an einer der Schuppen des Schuppentiers befestigt.«

»Manchmal fallen die Geräte ab, weil die Antenne oder das Gerät an einem tiefliegenden Ast oder einer Wurzel im Schuppentierbau hängenbleibt und sich dadurch die Muttern von den Schrauben lösen«, erklärt Geoff.

»Ja, aber dieses Gerät hier habe ich vor zwei Tagen kontrolliert und da sassen sowohl die Schrauben wie auch die Muttern fest«, sagte Sue.

»Wie genau sind die Bolzen befestigt?«, fragte Ian.

»Wir bohren durch die Schuppe«, erklärte Doc. »Sie besteht aus Keratin, demselben Material wie Ihr Fingernagel, und weil es darin keine Nerven gibt, ist es ein schmerzloser Eingriff.«

»Dann kann es sich also während der letzten paar Tage nicht zufällig gelöst haben?«, wollte Pär wissen.

Doc benutzte den Stock, um das Gerät umzudrehen. »Ich nehme an, das ist theoretisch möglich«, sagte Doc, »aber wie erklärt es sich, dass die Muttern wieder auf die Schrauben geschraubt sind?«

»Scheisse«, sagte Sue erneut.

Eva hüstelte.

»Sprache, bitte«, bemerkte Doc zu Sue.

»Tut mir leid«, sagte Sue, »aber jemand hat mein Schuppentier gestohlen.« Sie schaute alle im Halbkreis an. »Aber wer? Und warum?«

Doc stand auf und stellte fest, dass sie alle gerade versehentlich die Spuren an einem möglichen Tatort vernichtet hatten. »Margaux, könntest du bitte nach Spuren suchen?«

»Ja, sicher, Doc. Ich bin schon dabei.« Margaux entfernte sich von der Gruppe und begann, im Kreis um sie herum zu gehen und den Boden zu untersuchen.

»Alle anderen bleiben bitte erst einmal hier stehen«, sagte Doc. Sie starrte auf den Sender hinunter. »Das ist äusserst seltsam, denn da hat sich jemand die Zeit genommen, den Sender sorgfältig zu entfernen. Ich habe erst wenige Male erlebt, dass ein markiertes Schuppentier von Wilderern erbeutet wurde. In einem dieser Fälle haben sie die Schuppe mit dem Gerät abgeschnitten und einmal haben sie es einfach vom Körper des Tieres weggerissen.

»Das ist ja furchtbar«, sagte Eva.

»Ja, das finde ich auch.« Doc richtete sich auf und sah sich um. »Das Signal, das Sue erhalten hatte, war ein Alarm, dass das Schuppentier sich nicht mehr bewegt. Sie war besorgt, denn das konnte entweder bedeuten, dass das Schuppentier tot ist, sich das Gerät gelöst hat oder eine Fehlfunktion aufweist.«

»Warum sollte sich ein Wilderer die Zeit nehmen, die kleinen Muttern wieder anzuschrauben, nachdem er gerade den Peilsender entfernt hat?«, sagte Ian.

Doc rieb sich das Kinn. »Genau das verwirrt mich. Es ist fast so, als ob der Täter weiss, wie wichtig und wertvoll ein Transmitter, also ein Sender, ist und dass wir ihn wieder benutzen können, wenn er vorsichtig damit umgeht.

»Sie meinen, es war ein Insider?«, fragte Geoff.

»Das ist in der Tat sehr ungewöhnlich«, bemerkte Moses Khumalo, ohne damit etwas Sinnvolles zum Gespräch beizutragen.

Doc sah ihren Kollegen an. »Irgendeine Idee?«

Khumalo zuckte mit den Schultern. »Hier würde doch höchstwahrscheinlich jeder Wilderer nach Nashörnern suchen und wir wissen, dass das rücksichtslose Typen sind. Wenn einer von ihnen allerdings auf ein Schuppentier stiesse, könnte er dessen Wert durchaus erkennen und es mitnehmen. Doch wie Ian schon feststellte, kann ich mir nicht vorstellen, dass sie sich die Zeit nehmen, an Schrauben und Muttern herumzufummeln. Immerhin könnte ein Ranger, der gegen Wilderei vorgeht, vielleicht in Versuchung geraten, das Stehlen eines Schuppentiers als ein geringeres Verbrechen anzusehen als das Töten eines Nashorns. Und er – oder sie – könnte den Wert eines solchen Trackinggeräts richtig einschätzen.«

Doc nickte. Endlich kam doch noch etwas Vernünftiges aus Moses Mund. »Ich erinnere mich auch an Fälle von Tierärzten, die vor ein paar Jahren in die Nashorn-Wilderei verwickelt waren. Statt sie mit einem Gewehr zu erschiessen, schossen sie einen Betäubungspfeil auf die Tiere, sägten ihnen die Hörner ab und liessen sie danach wieder frei. Es gab sogar einen Begriff dafür – 'grüne Wilderei'.

Margaux erweiterte den Kreis in dem sie ging und als Doc erneut prüfend zu ihr schaute, um zu sehen, ob sie etwas gefunden habe, sah sie, dass die Safariführerin stehen geblieben war und sich auf ein Knie hatte sinken lassen. Margaux hob eine Hand. »Doc, kommen Sie bitte zu mir!«

»Ihr wartet bitte alle noch einen Moment hier«, sagte Doc. »Wenn wir es vermeiden können, wollen wir nicht noch mehr Spuren zerstören.«

Doc ging zu Margaux, die aufstand und auf den Boden zeigte. »Ich habe ein paar Sporen gefunden, aber wer auch immer euer Schuppentier mitgenommen hat, ist schlau.«

Doc schaute in die Richtung, auf die Margaux zeigte. »Es ist kaum zu sehen, obwohl der Boden hier grasfrei und trocken ist.«

Margaux nickte. »Es scheint, als hätten sie Socken über den Schuhen getragen, denn das hinterlässt eine verschwommene, undeutliche Spur. Es ist kein grosser Fuss, also dürfte es entweder ein kleinerer Mann oder vielleicht eine Frau gewesen sein. Im Reservat arbeiten einige Frauen, zum Beispiel als Führerinnen und als Angestellte in den Lodges. Ausserdem gibt es im Balule-Reservat sogar ein ausschliesslich aus weiblichen Mitgliedern bestehendes Anti-Wilderei-Team.

Doc schüttelte den Kopf. Sie wusste sehr wohl, dass Geld korrumpierte und beim Handel mit Schuppentieren im Verhältnis zum mit dem Finden und Fangen eines Schuppentiers verbundenen relativ geringen Risikos, enorme finanzielle Gewinne erzielt werden konnten. Schliesslich handelte es sich nicht um ein zwei Tonnen schweres Tier, das mit einem grosskalibrigen Jagdgewehr erlegt werden musste. Ausserdem gab es keine bewaffneten Anti-Wilderer-Ranger, die im Busch gezielt auf der Suche nach Schuppentier-Wilderern patrouillierten, obwohl natürlich der Schutz aller Wildtiere zu ihrem Aufgabenbereich gehörte.

»Was denken Sie, Doc?«, fragte Margaux.

Doc war sich bewusst, dass sie schweigend dagestanden und

sowohl die Reiseführerin wie auch die Gruppe von Touristen und Studierenden, die immer noch auf sie warteten, ignoriert hatte. »Entweder handelt es sich um ein zufälliges, opportunistisches Verbrechen, oder es ist ein Insiderjob.«

»Jemand, der wusste, wo das Schuppentier zu finden war?«

Doc nickte. »Unser Forschungsprogramm ist kein Geheimnis – im Gegenteil, es stösst bei Führern, dem Personal in den Lodges und an den Gates, sowie bei den Touristen auf Pirschfahrten, auf grosses Interesse. Die Studierenden und ich wurden schon oft eingeladen, verschiedene Lodges im Reservat zu besuchen und über unsere Arbeit zu referieren. Ausserdem gibt es in diesem Gebiet zwei Schuppentiere, die wir unter Beobachtung halten – Charlie, den Geoff studiert und Charlize, Sues Tier.«

»Die arme Charlize«, sagte Margaux.

»Sie sollte der Star in Saras Film werden, aber diesmal gibt's für Charlize keinen Oscar«, sagte Doc.

»Was willst du mit diesen Spuren machen?«, fragte Margaux. »Ihnen zu folgen, dürfte schwierig sein.«

Doc sah zu ihren anderen Schützlingen. »Und mit diesem Haufen im Schlepptau wird es noch schwieriger. Lass es uns melden, Margaux und das Anti-Wilderer-Team des Reservats auf den Plan rufen.«

Sie begannen, zur Gruppe zurückzugehen. »Ich setze mich ans Funkgerät«, sagte Margaux und machte sich auf den Weg zum Land Rover. »Am Tor des Reservats ist eine Hundestaffel stationiert – sie haben die besten Chancen, die Person zu finden, die euer Schuppentier entführt hat.«

Doc gesellte sich zu den anderen und erzählte ihnen, was sie unternehmen wollten.

»Können wir wenigstens das andere Schuppentier aufspüren?«, fragte Eva.

Doc blickte nach Westen. »Die Sonne ist schon fast untergegangen, Eva. Unser Plan war, heute Charlize zu finden und uns morgen früh auf die Suche nach Charlie zu machen. Jetzt haben wir nicht mehr genug Zeit und Licht, um Charlie jetzt zu finden.«

»Dann fahren wir nun also zurück ins Lager?«, fragte Ian und klang beinahe enttäuscht.

»Nein, natürlich nicht«, warf Pär ein. »Ich würde meinen, es sei höchste Zeit für den Sundowner, nicht wahr, Doc?«

Doc verbarg ihre Sorgen hinter einem Lächeln, obwohl sie bekümmert darüber war, wie sich der Nachmittag entwickelt hatte. »Genau.«

MARGAUX BRACHTE sie zu einem idealen Ort, um den Sonnenuntergang zu beobachten. Vom offenen Platz auf dem Kamm eines niedrigen Hügels, hatten sie einen herrlichen Blick auf die Landschaft um sie herum.

Ian erhielt von Margaux, die einen Klapptisch aufgestellt hatte und allen Getränke und Snacks anbot, eine taufrische Dose Windhoek Lager und entfernte sich dann etwas von der Gruppe. Die Studierenden unterhielten sich miteinander und Eva und Pär diskutierten mit Margaux über Wildhunde.

»Das ist die Venus.«

Ian drehte sich, als er Docs Stimme hörte, um. Sie war hinter ihm aufgetaucht und zeigte nun auf den hellen Planeten, der sich gegen den malvenfarbenen Himmel abhob. »Es ist wunderschön hier«, sagte er.

»Das stimmt.«

»Ich meine«, er suchte nach Worten, was untypisch für ihn war, weil er sein ganzes Berufsleben lang in der einen oder anderen Form geschrieben hatte, »ich meine, es ist *wirklich* schön.«

»Wirklich?«, grinste Doc.

Er lachte. Sie blickte in den Himmel, aber das Lächeln war aus ihrem Gesicht verschwunden.

»Denken Sie an das verschwundene Schuppentier?«

Sie schüttelte den Kopf. »Einfach an Verluste, im Allgemeinen.«

Er fragte sich, was sie beschäftigte. »Vorhin, als Sie mit Margaux die Spuren anschauten, hörte ich ein Gespräch zwischen Ihren

Studierenden. Geoff sagte, er habe gehört, nächste Woche finde die Beerdigung eines Mannes namens Graham statt. Kannten Sie ihn?«

»Ja.«

Ian wartete. Wenn sie nicht darüber reden wollte, war das in Ordnung. Sie war eine interessante Frau – hübsch und souverän. Er vermutete, Letzteres rühre daher, dass sie Professorin war, also jemand, der ganze Vorlesungssäle voller Mittzwanziger bei der Stange halten musste. Und sie trug immer eine Waffe, was bedeutete, dass, was auch immer sie tat, mit einem gewissen Risiko verbunden war. Aber dennoch hatte sie etwas Verletzliches an sich.

»Er war ein Bekannter von mir, ein Anti-Wilderei-Ranger. Graham Foster. Er war mutig wie ein Löwe, konnte aber auch wütend, sexistisch und arrogant sein. Er wurde ermordet.«

»Verdammte Scheisse.«

Sie nickte. »Das kann es sein, wenn es nicht das Paradies ist.«

»Die meisten Südafrikaner, die ich in Australien kenne, haben mir auszureden versucht, hierher zu kommen.«

Doc schnaubte. »Ja, das ist teilweise verständlich. Aber was mit Graham passierte, ist ungewöhnlich, jedenfalls für diesen Teil des Landes.«

»Etwa so seltsam, wie dass Ihr Schuppentier von jemandem gefangen wurde, der den Peilsender sorgfältig behandelte, damit er wiederverwendet werden kann?«

Sie drehte ihm ihr Gesicht zu. »Ja.«

Ian hörte ein heulendes Geräusch, das unheimlich klang, fast wie aus einer anderen Welt. Er sah sich um.

»Eine Tüpfelhyäne«, erklärte sie.

»Sind die gefährlich?«

»Ja und nein, je nachdem, wo man in der Nahrungskette steht. Normalerweise belästigen sie niemanden, aber sie sind opportunistisch und schleichen sich, wenn man ihnen nur die geringste Chance gibt, an den Grill heran und stehlen einem das Kotelett. Sie haben den Ruf, Aasfresser zu sein, sind aber auch unglaublich effiziente Jäger. Hier draussen kann man nichts als selbstverständlich ansehen. Wenn Sie ...«

Ian hob seine Hände. »Okay. Ich verstehe und habe jetzt schon Angst.«

Sie sah ihm in die Augen und lächelte. »Das ist nicht nötig.«

»Warum nicht? Sie haben mir von einem Mord und von opportunistischen Raubtieren erzählt.«

»Aber ich bin hier, um Sie zu beschützen.«

Sie drehte sich um und ging zurück zu den anderen. Berechtigt oder nicht, er war nicht wirklich besorgt. Er war eher aufgekratzt, auf eine gute Art. Er hatte das Gefühl, alle seine Sinne, die in der Stadt so viele Jahre geschlummert hatten, seien erwacht. Dann hörte er ein weiteres Geräusch, das wie eine Mischung aus Stöhnen und Keuchen klang. Ian neigte den Kopf, nahm einen langen Schluck Bier und sah zur Venus auf.

Ich bin hier, um Sie zu beschützen. Was meinte sie damit? Musste er wirklich beschützt werden?

In einer leichten Brise roch Ian den Tod. Er hob die Nase und nahm den Gestank von Verwesung wahr, der sich an der Innenseite seiner Nasenlöcher und in seiner Kehle festklebte. Und dann roch er Parfüm.

»Was machen Sie denn hier so ganz allein und betrachten die Sterne?«

Er drehte sich um und sah Sue, die Studentin, die ihm zu Beginn seinen Laptop ins Zelt brachte. Sie hatte ein Glas Wein in der Hand. »Stern. Einzahl – eigentlich ein Planet.«

»Venus«, sagte sie. »Nach der Göttin der Liebe benannt.«

Er wollte, ohne einen Toast auszusprechen, einen Schluck Bier nehmen und hob seine fast leere Dose, doch Sue streckte die Hand aus und berührte diese mit ihrem Glas.

»Das mit dem Schuppentier tut mir leid«, sagte er, wobei er sich etwas unbehaglich fühlte.

»Ich glaube, Eva ist eher verärgert. Es ist eine Sichtung weniger, was sie uns ankreiden und all ihren Facebook-Freunden erzählen kann.«

»Sind Sie nicht beunruhigt?«

Sue zuckte mit den Schultern. »Doch, sicher, aber Wilderei ist in jedem Wildreservat in Afrika an der Tagesordnung und Schuppen-tiere sind die am meisten geschmuggelten Tiere der Welt, also müssen sie irgendwo gefangen werden. Verstehen Sie mich nicht falsch, ich hoffe, die Anti-Wilderer erwischen den Täter und hängen ihn auf. Natürlich nicht buchstäblich.«

»Bedeutet das einen Rückschlag für Ihre Studien?«, fragte er.

»Es wäre einer gewesen, wenn Charlize vor sechs Monaten oder einem Jahr verschwunden wäre, aber jetzt habe ich meine Doktorar-beit fast fertig und der Teil der Feldforschung ist bereits abgeschlos-sen. Ich schreibe gerade die ganze Zusammenfassung, also sollte die Show mit Charlize tatsächlich genau das sein – wir wollten Ihnen, Eva und Pär, ein Schuppentier zeigen.

»Ich verstehe. Doc scheint es allerdings ein bisschen schwerer zu nehmen.«

»Sie ist müde«, sagte Sue. »Sie war zu lange mitten im Kampf und bei zu vielen Verhaftungen dabei, bei denen nur ein totes Schuppen-tier gefunden wurde, mit dem gehandelt werden sollte, oder ein Beutel mit Schuppen. Und dann war da noch ...«

»Graham?«

»Haben Sie davon gehört?«

»Doc hat mir davon erzählt«, sagte Ian und trank sein Bier aus.

»Ich wollte eigentlich Jurie sagen«, korrigierte sie.

Da war das Geräusch erneut, das er zuvor gehört hatte, eine Art trauriges Wiehern. Er legte den Kopf schief.

»Ein Löwe«, erklärte Sue.

»Wirklich?«

»Ja. Wenn auch nicht dieses überzeichnete Gebrüll wie in den Filmen.«

»Und wer war Jurie?«, fragte Ian. »Der Name klingt irgendwie russisch.«

»Nein, er war Afrikaaner, also ein burischstämmiger Südafrikaner. Ein Polizeikommissar, der vor ein paar Monaten bei einer Razzia ums Leben gekommen ist – er wurde erschossen. Wir, das heisst Docs Team, gerieten in einen Hinterhalt. Auch ein Schuppentier-Schmuggler wurde getötet, als Doc in einer verdeckten Operation gerade einen Kauf vorbereitete. Die Theorie ist, dass eine rivalisierende Bande ihn und Doc – und vielleicht auch Jurie – gleichzeitig ausschalten wollte.

»Scheisse.«

Sie nickte. »Das ist es, ganz und gar. Jurie starb in Docs Armen. Ich glaube Doc und Jurie waren mehr als nur Freunde, obwohl sie es zu verheimlichen versucht haben. Aber eine Frau merkt das, wissen Sie?«

»Warum sollten sie ihre Gefühle verbergen?«

»Jurie war verheiratet.«

»Oh.« Ian biss sich auf die Unterlippe. Er fröstelte, denn die Temperatur war nach dem kurzen Sonnenuntergang schnell gesunken.

»Ja, arme Doc. Und dann war da noch Graham.«

»Doc und Graham?«

»Eine Art Affäre. Nichts Ernstes. Also, worüber habt ihr zwei hier draussen, allein unter den Sternen, gesprochen?« Sue zwirbelte mit dem Finger in ihrem Haar, wie sie es getan hatte, als sie zu seinem Zelt kam.

»Über Verluste.«

»Sie hat Ihnen also davon erzählt?«

»Ein wenig.«

»Lassen Sie sich nicht unterkriegen, Ian. Es ist nicht immer so, in Afrika. Ja, wir haben unsere Probleme – mehr als den uns zustehenden Anteil – aber Doc hat einfach nur grosses Pech gehabt. Sie ist eine unglaubliche Frau und ein Beispiel für das Gute an diesem verrückten Land.«

Sues Telefon klingelte und sie nahm es aus der Gesässtasche ihrer Shorts, die, wie Ian jetzt bemerkte, so kurz waren, dass die Taschen unter dem Saum hervorlugten. Sie lächelte, als sie eine Nachricht las.

»Ich wusste gar nicht, dass wir hier draussen Empfang haben.«

»Der kommt und geht«, erklärte sie, schaute auf den Bildschirm und tippte etwas als Antwort. »Das ist Jason. Sie werden ihn kennenlernen. Er kommt auch mit auf die Rundreise – nun ja, jedenfalls auf einen Teil davon. Er ist ein Detektiv.«

Das Telefon piepte erneut und Sue hielt sich laut lachend eine Hand vor den Mund. Weil er das Gefühl hatte, Sue sei beschäftigt, schaute Ian zu den anderen und bemerkte einen verärgerten Ausdruck auf Docs Gesicht. »Ich lasse Sie jetzt allein.«

Sie steckte das Telefon zurück in ihre Tasche. »Nein, warten Sie.«

Er war einen Schritt weggegangen, blieb dann aber stehen. »Ja?«

»Jason und ich sind Freunde und er kann lustig sein, aber er ist jung.«

»Schön für ihn«, sagte Ian milde und fragte sich, worauf das hinauslaufe.

»Aber ich freue mich darauf, Sie besser kennen zu lernen, Herr Ian Laidlaw.«

»Nun, vielen Dank, Frau Oliver.«

»Ich bin manchmal ein altmodisches Mädchen. Das hängt von der Gesellschaft und von der Stimmung ab. Aber ich bin beeindruckt davon, dass Sie sich meinen Nachnamen gemerkt haben.«

»Ich habe viele Jahre lang in der Öffentlichkeitsarbeit gearbeitet«, sagte Ian »und sich Namen merken zu können, ist eine dabei sehr hilfreiche Fähigkeit.«

Ian kam etwas in den Sinn, das sie gesagt hatte. »Übrigens, Sie erwähnten doch eine 'Sara' und irgendwas mit einem Dokumentarfilm?«

»Oh, Sara, ja. Sie ist Norwegerin, blond und sehr gross. Sie werden sie bald kennenlernen – sie war bei Dreharbeiten. Aber nehmen Sie sich vor ihr in Acht, sie ist eine Menschenfresserin.«

Aha, ein Esel schimpft den anderen Langohr, dachte Ian amüsiert, setzte aber eine ernste Miene auf und nickte. »Ich werde vorsichtig sein.«

»Sie macht einen Dokumentarfilm über Doc und Schuppentiere und kommt auch mit nach Simbabwe und Namibia. Das wird ein Riesenspass, meinen Sie nicht?«

Bis jetzt sah es aus, als werde es sehr interessant. »Klar. Und Sie und Jason?«, fragte er, »sind Freunde?«

Sie zwinkerte ihm zu. »Schon etwas mehr, aber es ist nichts Festes.«

Er hörte den Löwen erneut rufen und kurz darauf heulte die Hyäne.

»In der Nähe muss ein Raubtier eine Beute gerissen haben«, sagte Sue und wechselte damit das Thema. »Vielleicht finden wir es auf der Fahrt zurück zur Lodge. Es ist immer gut, ein bisschen Action zu sehen, aber andererseits wollen wir Sie auf Ihrer allerersten Pirschfahrt auch nicht verderben, so dass es für Sie nichts mehr zu entdecken gibt.«

Der Wind frischte wieder auf und in der Dunkelheit stach Ian erneut der Geruch des Todes in die Nase.

14

Am nächsten Tag, als Doc, die Studierenden und die Gäste um 9 Uhr von ihrer morgendlichen Pirschfahrt ins Antares-Camp zurückkehrten, warteten dort Detective Thomas Mdluli und Jason Chow auf sie.

Margaux hatte ein Rudel von fünf Löwen, die an einem Büffel frassen, gefunden, und nach dem morgendlichen Kaffeehalt verbrachten sie eine halbe Stunde damit, das blutige Festmahl zu beobachten und dem Geräusch der kräftigen Kiefer zu lauschen, die Fleisch und Sehnen zerrissen.

Ian, Eva und Pär gingen zusammen mit Geoff und Sue in den Aufenthaltsbereich. Zola und Moses waren abwesend, wahrscheinlich noch in ihren Zimmern. Nachdem sie Doc über Margaux mitteilten, Moses leide unter einer Magenverstimmung und Zola habe beschlossen, zu Hause zu bleiben, um an ihrer Doktorarbeit zu schreiben, hatten sie die morgendliche Fahrt ausgelassen.

»Howzit, Jungs«, begrüsste Doc die beiden Detektive, als sie aus dem Land Rover kletterte. »Thomas, schlafen Sie auch mal?«

Er schenkte ihr ein verkniffenes Lächeln. »Ich habe gestern mit Leuten gesprochen, die Graham Foster kannten.«

»Haben Sie mit Ihrem Bruder geredet?«, fragte Doc, obwohl sie sich bewusst war, dass Thomas sie nicht über alle Einzelheiten der Ermittlungen informieren musste. »Ich bin nur neugierig, warum Graham die Party verlassen hat.«

Thomas runzelte die Stirn. »Oscar war auf Anti-Wilderei-Patrouille im Busch. Ich habe ihm Nachrichten hinterlassen, dass er mich so bald wie möglich anruft.«

Doc fand das ein wenig seltsam, denn Oscar und Graham waren gute Freunde gewesen. Sicherlich wäre Oscar früher von seiner Patrouille zurückgekommen, wenn er die Todesnachricht erhalten hätte. Thomas dachte wahrscheinlich das Gleiche.

»Hi, Doc«, sagte Jason in ihre Gedanken hinein. »Ich habe mit Melanie von hier in Antares gesprochen. Sie sagte, es sei in Ordnung, wenn ich mit euch hier bleibe. Doc erinnerte sich daran, dass Jason die letzte Nacht bei einem Freund in Hoedspruit verbracht hatte. »Sie sagt, ich könne heute Nacht im Safariführer-Zimmer übernachten, da Margaux in einem Gästezimmer untergebracht ist – vorausgesetzt, es macht dir nichts aus.«

»Nein, das ist prima«, sagte Doc.

»Ich habe meinem Kollegen«, sagte Thomas und nickte in Jasons Richtung, »klar gemacht, dass er gern bei meinen Befragungen dabei sein kann, ich aber im Fall des Todes von Graham Foster der leitende Ermittler bin.«

»Das passt für mich«, bestätigte Jason, als hätte er eine Wahl.

»Jason hat mir mehr über den Tod von Kapitän Jurie van Rensburg erzählt«, sagte Thomas, »und dass auch Sie ein Ziel hätten sein können, Doktor Rado. Glauben Sie, der Tod von Graham Foster hänge irgendwie mit dem zusammen, was Ihnen in Johannesburg passiert ist?«

»Ich weiss es nicht, mir persönlich scheint es aber sehr unwahrscheinlich«, erklärte Doc. »Aber tun Sie mir bitte einen Gefallen, Thomas und Jason«, fügte sie hinzu. »Mir wäre es lieber, wenn unsere Gäste nicht mehr als nötig darüber wüssten, was mit Jurie passiert ist.«

»Aber selbstverständlich«, bestätigte Thomas.

»Ausserdem muss ich Ihnen mitteilen, dass gestern eines unserer

Forschungs-Schuppentiere verschwand und alles darauf hindeutet, dass es von Wilderern gefangen wurde.«

»Wirklich?«, fragte Thomas.

Doc erklärte, wie Sue das Signal des ruhenden Ortungsgeräts aufgefangen habe und sie es danach im Busch gefunden hätten.

»In der Nähe der Stelle, an der wir das Trackinggerät gefunden haben, gab es Spuren, die zum Wildschutzzaun führten, aber keine Anzeichen dafür, wo oder wie der Wilderer das Gebiet verlassen hat.«

Thomas holte ein Notizbuch aus seiner Hemdtasche und begann, hineinzuschreiben. Er blickte von den Seiten auf. »Was glauben Sie, wie alt diese Spuren waren?«

»Margaux, unsere Feldführerin, schätzte, sie seien etwa einen Tag alt.«

»Interessant«, sagte Thomas.

»Weshalb?«, fragte Doc.

Thomas holte tief Luft. »Ich muss Ihnen etwas Beunruhigendes erzählen, Doc.«

Das war das Letzte, was sie brauchte. »Fahren Sie fort.«

»Nachdem Sie den Schauplatz von Grahams Tod verlassen hatten, durchsuchte das Team der Forensiker seinen *Bakkie*. Sie fanden in einer Kiste im Kofferraum versteckt ein Schuppentier.«

»Nein!« Mit diesem Ausruf verstiess Doc selbst gegen die Warnung, die sie Thomas und Jason gegeben hatte, und nun sahen die anderen, die jetzt mit ihren Getränken in der Lounge sassen, überrascht zu ihr herüber. Mit leiser Stimme sagte sie: »Das kann doch nicht sein.«

Thomas zuckte die Schultern. »Ich fürchte, die Beweise lügen nicht.«

»Und wo ist das Schuppentier jetzt? Ist es am Leben?« So schockiert sie auch über diese Nachricht war, galt ihre unmittelbar grösste Sorge dem Tier.

Thomas nickte. »Wir haben die örtlichen Naturschützer benachrichtigt und sie haben es gestern ins Umoya Khulula Rehabilitationszentrum in der Nähe von Phalaborwa gebracht.«

»Gut. Sie wissen, was sie tun. Aber warum sind Sie damit nicht zu mir gekommen, Thomas? Ich hätte mich um das Schuppentier kümmern können ...«

Er biss sich auf die Unterlippe und sie sah den Blick in seinen Augen.

Doc beantwortete ihre eigene Frage. »Sie dachten, ich sei ...?«

»Nun, ich glaube, Sie sind zu nahe an dieser speziellen Untersuchung dran«, sagte Thomas. »Aber könnte ich vielleicht unter vier Augen mit Ihnen sprechen?«

Doc schüttelte den Kopf. »Ich habe nichts zu verbergen. Graham und ich hatten vor ein paar Jahren zwar eine Affäre und seitdem hat er ein paar Mal versucht, die Sache wieder aufleben zu lassen, aber ich habe ihm klar gemacht, dass ich daran nicht interessiert bin. Sie wissen bestimmt bereits, dass wir in der Nacht, in der er getötet wurde, zusammen mit vielen anderen Leuten auf einer Party im Hoedspruit Wildlife Estate waren und er mir vorschlug, etwas Zeit miteinander zu verbringen. Ich sagte nein.«

Thomas nickte. »Warum, glauben Sie, fing Graham ein Schuppentier? Und weshalb verschwand anscheinend gleichzeitig das Forschungsobjekt einer Ihrer Studentinnen?«

»Wer sagt, dass Graham es gefangen hat?«, konterte Doc.

»Stimmt«, sagte Thomas, »aber was glauben Sie denn, wie es in seinem *Bakkie* gelandet ist?«

»Vielleicht hat jemand versucht, ihn reinzulegen?«

»Ihm etwas anzuhängen und ihn dann umzubringen?«

Doc warf die Hände in die Höhe. »Ich weiss es nicht.«

»Soweit ich weiss«, Thomas blätterte in seinem Notizbuch, »hätte Graham Foster die bewaffnete Wache für die Feldarbeit von zwei Ihrer Studierenden, Geoff Hoddy und Sue Oliver, sowie Begleiter einer von Ihnen organisierten Rundreise sein sollen.«

»Das ist richtig«, sagte Doc und gestikulierte zu den Leuten in der Lounge.

»Dann kannte er also das Gebiet, in dem Ihre Forschungen durchgeführt wurden.«

»Ja.« Doc gefiel nicht, wie sich die Sache entwickelte. »Graham hatte seine Fehler, aber er war bestimmt kein Wilderer, sondern hatte sich der Bekämpfung von Wildtierverbrechen verschrieben. Er setzte oft sein Leben aufs Spiel, um Nashörner zu schützen.«

»Nashörner«. Thomas blickte von seinem Notizbuch auf.

»Ja. Nashörner, aber auch Elefanten und Schuppentiere, das ist alles dasselbe. Er setzte sich für alle Wildtiere ein.«

»Wussten Sie von seinen finanziellen Problemen?«, fragte Thomas.

»Nein.«

»Wir fanden bei seiner Leiche einige Papiere. Er hatte eine dritte Mahnung von seiner Bank erhalten und die Mitteilung, sein Ford Ranger Pick-up werde eingezogen, weil er mit seinen Raten im Rückstand sei.«

»Heutzutage haben es viele Leute schwer«, warf Doc ein. »Was aber längst nicht heisst, dass sie kriminell werden.«

»Stimmt, aber wir haben in Grahams Auto auch eine Reihe von Abhebungsbelegen für Geldautomaten gefunden, die von letzter Woche waren und vom Monte Casino in Johannesburg stammten. Er hob mehrere Tausend Rand ab und einer der Zettel besagte, die letzte Abhebung könne wegen Geldmangels nicht genehmigt werden.«

»Ich ...« Sie streckte die Hände aus. »Ich wusste nicht einmal, dass Graham letzte Woche in Joburg war. Er hat mich nicht kontaktiert.«

Verdammt! Worauf hatte sich Graham da eingelassen? Die anderen in ihrer Gruppe, deren Neugierde eindeutig geweckt war, blickten immer wieder zu Doc und den beiden Polizeibeamten hinüber. Jason schwieg weiterhin und sah und hörte einfach nur zu.

»Ich muss mit allen sprechen, die auf der Party mit Graham gesprochen haben«, erklärte Thomas.

»Sie können mit mir anfangen«, sagte Doc.

»Sehr gut.« Thomas blätterte in seinem Notizbuch eine Seite um.

Sie schloss die Augen und erinnerte sich an ihre Gespräche. »Ich habe zweimal mit Graham gesprochen. Ganz am Anfang und dann später am Abend, kurz bevor er ging.«

»Und wie war er? Worüber habt ihr gesprochen?«

»Er war einfach Graham, kokett, wie so oft. Er hielt sich für einen Frauenheld und war es eigentlich auch. Er war – sehr gutaussehend. Er sagte mir, das wegen Jurie van Rensburgs Tod tue ihm leid, versuchte mich jedoch im nächsten Atemzug anzubaggern. Er hätte gern wiederaufleben lassen, was er dachte, hätten wir gehabt, aber ich sagte nein.«

»Wurde er wütend?«

Doc stemmte die Hände in die Hüften. »Was? Nein, ganz und gar nicht. Wir haben uns nicht gestritten. So war er nun mal. Graham war eigentlich ein Feigling und zwei Minuten nachdem ich mit ihm gesprochen hatte, tanzte er auf der Tanzfläche mit einem anderen Mädchen.«

»Worüber haben Sie noch gesprochen, ausser über den verstorbenen Captain van Rensburg und Ihre frühere Beziehung?«

Doc hielt inne. Die ganze Sache mit Graham hatte etwas Seltsames an sich. »Er erzählte mir, er habe sich freiwillig als bewaffnete Wache im Busch gemeldet, für den Fall, dass gefährliche Tiere auftauchen.«

»War das ungewöhnlich?«

Sie dachte über Thomas' Frage, die sie sich gerade selbst gestellt hatte, nach. »Ja. Nein. Vielleicht. Ich weiss es nicht.«

»Nun, das ist eine klare Antwort.«

Doc schnitt eine Grimasse. »Er hatte sich mit Pete, dem Tierarzt hier im Ort, unterhalten, der erwähnt hatte, ich käme mit den Studierenden und einer Reisegruppe nach Balule. Graham sagte, er sei dann auf die Idee gekommen, uns zu begleiten, worauf er sich freiwillig gemeldet habe. Ich hatte eigentlich erwartet, dass Melanies Ehemann und Miteigentümer von Antares, unser Führer sei, aber er musste nach Grossbritannien reisen, um einen kranken Verwandten zu besuchen.«

»Ich verstehe. Dann hat sich Graham also darum bemüht, für ihn einzuspringen?«

»Graham war kein Führer, sondern ein Anti-Wilderer-Ranger, der aber genauso dafür qualifiziert war, uns zu begleiten, wie die anderen, und ausserdem viel Erfahrung hatte. Allerdings wäre ich davon ausgegangen, dass er andere Aufgaben hätte, beispielsweise Patrouillen oder die Koordination der Sicherheit.«

»Ist es möglich, dass er auskundschaften wollte, wo sich die Schuppentiere aufhalten?«

Diese Frage setzte voraus, Graham sei definitiv ein Wilderer gewesen und obwohl Doc derselbe Gedanke auch durch den Kopf gegangen war, wollte sie das nicht annehmen. Aber Thomas machte nur seine Arbeit und Doc musste abwägen, was die Polizei wusste. »Um ehrlich zu sein, Thomas, hat sich Graham wohl nur freiwillig als unser Begleiter gemeldet, weil er wusste, dass Sara, unsere Filmemacherin, und Sue, eine unserer Studentinnen, zur Reisegruppe gehören.« Doc nickte diskret in Richtung der Gruppe am Esstisch und Thomas folgte ihrem Blick.

»Aha, ich verstehe.« Er warf Doc einen wissenden Blick zu. »Und offensichtlich war er auch immer noch an Ihnen interessiert, vielleicht auch auf eine romantische Art und Weise.«

»Möglicherweise«, sagte Doc. »Ich weiss, dass er später am Abend noch mit Sara gesprochen hat.«

»Ja«, sagte Thomas, »denn so konnte die Passantin, die Grahams Leiche fand, mit Ihnen allen in Kontakt treten.«

Verdammter Graham. Er hatte auf der Party versucht, Doc, Sara und wer weiss wen noch ins Bett zu kriegen. War es vorstellbar, dass er diese Zeit mit ihnen verbracht und all den Alkohol getrunken hatte, während er ein lebendes, atmendes Schuppentier in einer Kiste auf dem Rücksitz seines Wagens hatte? Sie nahm an, dass er, falls er ein Wilderer gewesen wäre, bei der Verfolgung von Verbrechen genauso grossspurig und selbstbewusst vorgegangen wäre, wie bei der Jagd auf Frauen.

»Es passt für mich immer noch nicht richtig, dass er ein Wilderer hätte sein können.«

Thomas seufzte. »Das sagt jedes Mal jemand, wenn wir einen Parkwächter, einen Führer oder einen Polizisten erwischen, der ein Nashorn getötet hat. Es ist das Geld, Doc, und es würde selbst einen Heiligen verführen.«

»Aber Sie nicht?«

Thomas schüttelte den Kopf. »Ich bin kein Heiliger.«

»Ich meine das nicht böse, Thomas«, erklärte sie und meinte es auch so, denn er war einer der Guten. Aber stimmte das? Konnte man jemanden so leicht bestechen?

»Ich weiss und tue nur meinen Job, Doc. Es sind die Fragen, die wir stellen müssen, auch wenn sie unangenehm sind. Erzählen Sie mir vom Tatort, an dem das Schuppentier gefangen wurde.«

Das war eine gute Frage. »Soweit Margaux sagen konnte, hatte der Wilderer Socken über die Schuhe gezogen, um das Profil abzudecken und die Spuren zu verwischen. Ausserdem waren es ziemlich kleine Füsse.«

Thomas machte sich eine Notiz. »Also jemand, der wusste, was er tat.«

»Ja, und das einzig Besondere, das wir noch bemerkten, war, dass der Wilderer den Peilsender, den wir am Schuppentier angeschraubt hatten, äusserst sorgfältig entfernt hat.«

»Abgeschraubt?«

Doc erklärte, der Schuppentierfänger habe sich die Zeit genommen, den Sender sorgfältig zu entfernen und danach mitsamt allen Schrauben und Muttern an einem Ort deponiert, an dem er leicht zu finden wäre.

»Das klingt nach jemandem, der über Ihre Arbeit Bescheid wusste und sich sogar für sie interessierte.«

Sie sagte nichts. Scheisse, könnte Graham wirklich zum Wilderer geworden sein, um seine Geldprobleme zu lösen?

»Verbrechen kennen weder Grenzen noch Rassenprofile«, sagte Jason.

Doc sah Jason an. »Was hältst du denn von all dem?«

»Ich weiss es nicht«, sagte er. »Aber nach dem, was du sagst, sieht der Verlust dieses Schuppentiers immer mehr nach einem Insiderjob aus. Möglicherweise hatte der Wilderer ein schlechtes Gewissen und ist deshalb so vorsichtig mit dem Sender umgegangen.«

»Vielleicht.«

»Wer war noch mit Graham auf der Party?«, fragte Thomas.

Jason mischte sich ein: »Sara, die blonde Frau dort drüben – sie ist Filmemacherin, sowie Sue Oliver und Geoff Hoddy, der junge Mann dort, und Zola Nkosi.«

»Können Sie mir sonst noch etwas sagen, Doc, irgendetwas, das uns helfen könnte, herauszufinden, wer Graham getötet hat und was er überhaupt vorhatte?«

Doc dachte angestrengt nach. »Falls er in die Wilderei verwickelt *war* – was ich keineswegs behaupten will –, könnte er von einem Rivalen getötet worden sein. Oder er könnte sich vielleicht mit einem Käufer verabredet haben und dabei ist für Graham etwas schief gegangen«, dachte sie laut nach. »Aber wenn das der Fall gewesen wäre, warum hätte dann die andere Person das Schuppentier nicht aus dem Wagen genommen, nachdem Graham erschossen wurde?«

»Es sei denn, die Person, die es war, hat das Schuppentier im Wagen versteckt, damit es aussieht, als wäre Graham ein Wilderer«, sagte Jason.

Das ergab auch nicht viel Sinn. »Aber warum? Um Grahams Ruf zu ruinieren? Könnte das jemandem so wichtig sein?« Doc dachte weiter nach. »Was, wenn die Person, die Graham getötet hat, *wollte*, dass das Schuppentier gefunden wird, aber nicht, dass herausgefunden würde, dass er ihn getötet hat oder von seiner Wilderei wusste?«

»Ein Selbstjustizler?«, fragte Thomas.

»Ich habe keine Ahnung, aber es wäre schliesslich nicht das erste Mal, dass in diesem Land Menschen das Gesetz in die eigenen Hände nehmen. Erinnern Sie sich an PAGAD, diese muslimische Gruppe in Kapstadt?«, wollte Doc wissen.

Thomas nickte. »People Against Gangsterism and Drugs – die waren ziemlich brutal.«

Das setzte immer noch voraus, dass Graham ein Krimineller war, was sie sich aber trotz all seiner Schwächen einfach nicht vorstellen konnte. Sie holte ihr Telefon heraus und wählte, während Thomas und Jason sich entfernten, eine Nummer.

. . .

IAN KAM auf Doc zu und sie trafen sich vor dem Essbereich auf dem Holzdeck, von dem man einen Blick auf das ausgetrocknete Flussbett hatte. »Möchten Sie einen Kaffee? Ich bringe Ihnen gern einen Teller mit Frühstück.«

»Nein, schon gut, danke«, antwortete Doc.

Ian lehnte sich an das Holzgeländer. Die Polizisten unterhielten sich mit Geoff, während Sue in der Nähe sass und an ihrem Laptop arbeitete, und Sara eine Tasse Kaffee trank und sich mit jemandem von den Angestellten unterhielt.

»Das alles tut mir leid«, sagte Doc. »Ich nehme an, Sie haben, als Sie diese Reise bezahlt haben, nicht erwartet, plötzlich mitten in einer polizeilichen Untersuchung zu stecken.«

»Nein. Man kann mit Fug und Recht behaupten, dass die meisten Ferien in Australien nicht mit einem Mord oder dem Diebstahl eines vom Aussterben bedrohten Tieres beginnen.«

»Oh, die Polizei hat das Schuppentier gefunden«, sagte Doc.

»Wo?«

»In Graham Fosters Fahrzeug. Ich habe gerade die Reha-Einrichtung in Phalaborwa angerufen, in welcher das Schuppentier gepflegt wird. Es scheint von der Grösse und dem Geschlecht her eine klare Übereinstimmung mit unserer Charlize zu geben, die weitergeht bis zu den vier kleinen Löchern in einer Schuppe in der Nähe des Schwanzes, wo der Sender angeschraubt war.«

Er schaute sie an und sah die Besorgnis, die sich in ihr hübsches Gesicht eingebrannt hatte. »Aber Graham war kein Wilderer«, sagte er.

»Danke, dass Sie das nicht in Frage stellen, obwohl Sie ihn überhaupt nicht kannten.«

Ian sah eine Bewegung in den Bäumen auf der anderen Seite des Wasserlochs im Camp. »Da ist eine Giraffe.«

Doc drehte den Kopf und sah ihn an. »Sie werden immer besser im Tiere finden.«

Trotz der ernsten Lage, in der sie sich befanden, grinste er und konnte nicht anders, als das stattliche Tier, das sich langsam näherte, bewundernd anzuschauen. Er hoffte, es komme ins Freie, doch er zwang seine Aufmerksamkeit zu Doc zurück. »Ich erkenne an Ihrem Gesichtsausdruck, dass Sie Graham nicht für schuldig halten.«

Sie sah ihm in die Augen. »Können Sie da auch sehen, dass ich keine verdammte Ahnung habe, was hier vor sich geht und was mit meinem Leben los ist?«

»Ja. Ian sieht alles.«

Sie lachte. »Das habe ich gebraucht, danke.«

»Ist mir ein Vergnügen.«

Doc schaute über das Geländer, aber Ian vermutete, sie sei nicht so sehr auf die Giraffe fixiert, wie er. Seine Probleme zu Hause – sein Gefühl der Unerfülltheit nach dem Verkauf des Unternehmens, die gescheiterte Ehe und die darauffolgenden Beziehungen – erschienen im Vergleich zu dem, was diese Frau bereits durchgemacht hatte, und worin sie jetzt gerade steckte, trivial. Sie war hier in Afrika, kämpfte einen Krieg, um eine Tierart zu schützen und musste gleichzeitig mit den Folgen des Verlusts von Menschen fertig werden, die sie gekannt und gemocht hatte. Ihr Polizeipartner war im Einsatz erschossen worden, und vielleicht war dieser Mann, Graham, für den sie eindeutig Gefühle gehegt hatte, auch eher ein Opfer als ein Verbrecher gewesen.

»Der Leiter der Wildereiabwehr des Timbavati-Wildreservats, in dessen Nähe wir uns gerade befinden, wurde 2022 direkt vor seinem Haus ermordet und seiner Frau in den Bauch geschossen«, berichtete Doc.

»Mein Gott.«

»Die Männer und Frauen, die an diesem Krieg beteiligt sind, setzen sich dieser Art von Bedrohung jeden Tag aus. Und es ist nicht nur das Risiko, zu sterben, sondern sie werden ausserdem in der Gesellschaft geächtet, sind Zielscheibe von Erpressern und müssen sich in den sozialen Medien eine Menge Mist gefallen lassen. So werfen ihnen sogenannte Experten aus aller Welt vor, dass sie beim Schutz gefährdeter Arten versagen und korrupt sind.«

»Das wusste ich nicht.«

Sie sah ihn an. »Aber jetzt wissen Sie es, zumindest einen kleinen Teil davon.«

Sie stützte die Unterarme auf das Geländer und ihre Schultern sanken nach vorn. Als sie sich das erste Mal gesehen hatten, wirkte sie so selbstbewusst und beherrscht, aber jetzt sah es so aus, als weiche das Leben aus ihr und hätte auch sie eine Kugel abbekommen.

»Was kann ich tun?«, fragte er.

Doc starrte auf die Giraffe, die aus dem Schutz der Bäume herausgebrochen war und langsam, aber zielstrebig auf die Wasserstelle zuging.

»Es geniessen und viel lachen«, sagte sie.

»Ernsthaft?«

Sie wandte sich ihm wieder zu und blinzelte. »Ja, ganz im Ernst. Sie müssen sich hier amüsieren. Wenn Sie danach nach Australien zurückkehren, überzeugen Sie die Leute davon, Südafrika selbst zu besuchen, oder, wenn sie schon einmal hier waren, zurückzukommen. Denn wegen COVID, der Kriminalität oder aus was für immer für Gründen haben zu viele Leute Angst. Die Welt muss wissen, was hier vor sich geht, mit unseren Schuppentieren, unseren Nashörnern, unseren Elefanten und all den anderen Arten, die bedroht sind. Wir brauchen Sie, Ian.«

Er beobachtete ihr Gesicht auf Anzeichen von Sarkasmus oder Ironie, aber ihre Bitte war aufrichtig. Er hatte sich wie ein Betrüger gefühlt, weil er sein Geld bei einem Abendessen, um ein Mädchen zu beeindrucken und im Schwips bezahlt hatte, während sich Leute wie Pär und Eva, die zwar etwas nervig sein konnten, eindeutig, leidenschaftlich und engagiert für den Schutz der Wildtiere einsetzten. Und jetzt bat Doc ihn, zu helfen, das Thema zu verbreiten und die Leute zu sensibilisieren. Im Vergleich zu dem, was sie getan und durchgemacht hatte, schien das eine Kleinigkeit zu sein.

Er hörte auf dem Deck hinter sich Schritte, drehte sich um und sah Moses und Zola kommen.

Der grosse Mann wischte sich mit einem Taschentuch über die Stirn. »Diese Hitze. Ich habe gerade geduscht und schwitze trotzdem bereits wieder.«

»Sehen Sie zu, dass Sie viel Wasser trinken, Moses«, riet Doc.

Zola blieb einen Schritt hinter Moses.

»Ich hoffe, es geht Ihnen besser, Moses«, sagte Ian.

»Was? Oh, ja, das war nur eine kleine Magenverstimmung. Nichts, worüber man sich Sorgen machen müsste. Wie war Ihre Fahrt?«

»Gut«, sagte Ian. »Wir haben Löwen an einem toten Büffel gesehen.«

»Prächtig.« Moses wischte sich erneut über die Stirn, dann wandte er sich an Zola. Hol mir etwas Wasser.«

»Ja, Herr Professor.« Sie verliess sie.

»Und wer sind diese Männer?«, fragte Moses und wies auf Thomas und Jason.

»Polizei«, sagte Doc. »Thomas Mdluli ist vor Ort, um Grahams Tod zu untersuchen und Jason Chow wird sich uns anscheinend auf der Rundreise anschliessen. Er war ein Nachzügler, genau wie Sie.«

»Er war gestern Abend nicht beim Abendessen«, sagte Moses.

»Nein, er zahlt nicht das volle Paket. Er fährt mit seinem eigenen Fahrzeug und folgt uns, wird aber ab heute Abend bei uns sein.«

»Das ist seltsam«, kommentierte Moses. »Und dass er gestern Abend nicht beim Essen war, ist, wenn er nicht den vollen Betrag für die Rundreise bezahlt, richtig.«

Komisch, dachte Ian, war, dass der pummelige, schwitzende Professor zufällig zur gleichen Zeit wie die attraktive junge Studentin abwesend war, und sie die Angewohnheit hatten, gleichzeitig zu verschwinden und wieder aufzutauchen. Ausserdem hatte der Professor wohl vergessen, dass er sich an diesem Morgen krankgemeldet hatte.

»Bitte entschuldigen Sie mich«, sagte Moses zu Doc und Ian, »ich gehe etwas frühstücken, denn ich bin am Verhungern.«

Ian sah zu Doc. »Sie arbeiten mit diesem Typen?«

Sie runzelte die Stirn. »Ja.«

»Ist er immer so?«

Doc legte eine Hand auf ihren Mund, um ein kleines Lachen zu unterdrücken. »Ja.«

»Was macht er hier, auf dieser Rundreise?«

»Ich habe meinen Verdacht und meine Befürchtungen.«

»Befürchtungen? Das klingt schlecht.«

Doc atmete aus. »Moses ist um den Posten des nächsten Vizekanzlers der Universität in Pretoria, an der wir arbeiten, im Rennen.«

»Aber Sie möchten diesen Leitungsjob auch?«, vermutete Ian.

Sie schüttelte den Kopf. »Nein, nicht wirklich.«

»Aber Sie sind mit im Rennen, was Ihnen ein gutes Gefühl gibt und so sehr Sie auch lieber unterrichten als Vorstandsvorsitzende wären, so wenig gefällt Ihnen der Gedanke, er könnte Ihr Chef sein.«

Sie lehnte sich zurück und musterte ihn von oben bis unten. »Sie sind sehr gut darin, Menschen und Situationen zu lesen.«

»Früher wurde ich dafür bezahlt, Menschen aus heiklen Situationen herauszuholen oder zumindest den Schaden, dem sie ausgesetzt waren, zu minimieren. Ich habe einige Jahre lang als Medienberater in der Politik gearbeitet und dort waren die Leute immer in Schwierigkeiten. Führt Moses eine Kampagne?«

»Ja, aber was kann er hier draussen im Busch schon tun?«

15

D ocs Telefon klingelte.

»Professor Rado? Hallo, hier ist Tato Buthelezi von *The Star*, wie geht es Ihnen?«, sagte eine weibliche Stimme.

Doc entschuldigte sich bei Ian und ging auf dem Deck ein wenig weiter, weg von ihm und dem Essbereich. Ian machte ein Foto von der Giraffe, die unbeholfen zu trinken begonnen hatte. Das grosse Tier hatte sich umgesehen und spreizte mühsam die Beine, um sein Maul ins Wasser zu senken. Dies war der Moment, in dem es am verletzlichsten war.

»Hallo, gut, und Ihnen?« Doc wusste, dass Tato die Bildungskorrespondentin der Tageszeitung war.

»Gut, danke, Frau Professorin. Ich habe gehört, Ihr Schuppentier-Forschungsprogramm stehe nach dem Mord an einem Ihrer Mitarbeiter und dem Fang eines wichtigen Schuppentiers durch Wilderer kurz vor dem Zusammenbruch. Wie gross ist der Verlust für den Naturschutz?«

»Wow«, sagte Doc. »Eine belastende Prämisse, eine offene Frage und einige Halbwahrheiten. Sie wurden gut ausgebildet, Tato. Oder gut gefüttert.«

»Gefüttert, Frau Professorin?«

»Ihre Informationen sind so frisch, dass sie noch dampfen. Woher haben Sie sie?«

»Frau Professor, Sie wissen doch sicher, dass Reporter ihre Quellen nie preisgeben, und auch nicht dazu verpflichtet sind.«

Wo sollte sie beginnen? Doch bevor sie überhaupt anfangen konnte, legte Tato mit einer weiteren Salve los.

»Ich habe ausserdem gehört, dass die Universität versucht, Geld zu sparen, indem sie Verschwendung und doppelte Forschungsprojekte abbaut.«

»*Verschwendung* und *Doppelarbeit*?«

»Ja, ich habe gehört, dass sich die Arbeit, die Ihre Studenten mit den Schuppentieren durchführen, nicht von anderen derzeit laufenden Studien unterscheidet, und dieses Geld besser für etwas anderes ausgegeben würde. Beispielsweise für das Anbieten sicherer Räume für Studierende aus der LGBTI+-Gemeinschaft und andere, die sich auf dem Campus bedroht fühlen. Oder für die Aufstockung von Stipendien für Studierende, die aus unseren am stärksten von Armut betroffenen Gemeinschaften kommen.«

»Was?«

»Einige Mitarbeitende der Universität sind der Meinung, Tiere, präziser Wildtiere, hätten Vorrang vor menschlichen Bedürfnissen. Möchten Sie sich dazu äussern?«

»Ich bin Zoologin, verdammt noch mal.«

»Darf ich Sie mit dieser Aussage zitieren, Frau Professor?«

Doc, die immer wütender wurde, fuhr sich mit der Hand durch die Haare. »Nein, das dürfen Sie nicht.«

»Frau Professor?«, fuhr die Reporterin fort. »Sie müssen mir etwas sagen, oder ich gehe mit der Aussage, dass Sie es ablehnen, sich zu äussern, an die Presse.«

Doc holte tief Luft und schaute zu Ian hinüber, der immer noch fasziniert die trinkende Giraffe beobachtete. »Ich rufe Sie zurück.«

»Aber ich habe einen Abgabetermin und ...«

Doc beendete das Gespräch und ging zu Ian.

»Jetzt bin ich tatsächlich in Schwierigkeiten«, berichtete sie.

»Inwiefern?«

»Sie sagten, Sie hätten in der PR-Branche gearbeitet und die Leute seien zu Ihnen gekommen, wenn sie Probleme gehabt hätten?«

»Ja, genau.«

Doc erzählte, was die Reporterin sie gerade gefragt hatte.

»Setzen wir uns doch irgendwo hin, wo wir ungestört sind«, sagte Ian.

Doc warf einen Blick auf Moses und Zola. »An einem *sehr* privaten Ort. Wie wäre es mit meinem Zelt?«

Doc verliess den Speisesaal und Ian musste beschleunigen, um mit ihr Schritt zu halten. Sie hörte ihn hinter sich und überlegte kurz, ob es eine gute Idee sei, einen alleinstehenden männlichen Gast in ihr Zimmer einzuladen, verwarf den Gedanken dann aber schnell. Dies war ein Krisenfall.

Docs Zelt lag nahe beim Gemeinschaftsraum, so dass sie es schnell erreichten.

Verdammt. Als sie die Tür öffnete, bemerkte sie, wie unordentlich es im Innern aussah. Sauberkeit war nicht gerade ihre Stärke. Ian kam herein, als sie gerade ihren BH und ihr Höschen von einem der Polsterstühle aufhob, die sie ins Badezimmer brachte. »Fühlen Sie sich wie zu Hause.«

Ian setzte sich auf den anderen Stuhl und schlug die Beine übereinander.

»Entschuldigen Sie die Unordnung.«

Er schlug die Hände im Schoss zusammen. »Kein Problem. Und jetzt sagen Sie mir, woher die Geschichte kommt?«

Sie atmete tief durch und versuchte, sich zu beruhigen und ihren Tonfall kühler klingen zu lassen. »Eine Journalistin von *The Star* will wissen, warum einer meiner sogenannten Mitarbeiter ermordet wurde und weshalb mein Forschungsprogramm 'zusammenbricht'.«

»Ja, aber diese Reporterin ...«

»Tato Buthelezi.«

»Okay, allerdings ist Tato heute Morgen nicht aufgewacht und hat sich gedacht: 'Jetzt schreibe ich einen Bericht über Professor Denise Rado'. Bestimmt musste sie auch nicht durch die miesen Strassen von Johannesburg ziehen und ihr Netzwerk von Quellen nutzen, um herauszufinden, dass Graham getötet und eines Ihrer Schuppentiere gefangen wurde.«

Doc hörte zu und nickte. »Sie wurde gefüttert.«

»Ja«, sagte Ian, »von einer Person, die hungrig ist.«

»Von jemandem gefüttert werden, der hungrig ist?«

Ian hob die Augenbrauen. »Vielleicht machthungrig?«

»Scheisse.«

»Wie lange wissen Sie schon von dem vermissten Schuppentier, das ja eigentlich gar nicht mehr vermisst wird?«

»Seit gestern Abend.«

»Und Moses hat sich heute Morgen für die Pirschfahrt entschuldigt, worauf Sie einen Anruf von einer Journalistin bekommen.«

»Genau«, sagte Doc. »Glauben Sie, Moses hat die Reporterin angerufen?«

Ian zuckte mit den Schultern. »Vielleicht kennt sie ihn?«

Doc dachte darüber nach. »Ja. Vor einem Monat veröffentlichte der *Star* einen Artikel über die Unterrepräsentation schwarzer Professoren an den Universitäten des Landes, den Tato geschrieben hat. Die Grundlage für die Geschichte war, dass es immer noch zu viele Weisse oder Farbige in leitenden akademischen Positionen und der Führung gibt. Dabei war klar, dass Moses sich selbst als die perfekte Lösung dafür positionierte.«

Doc war über den Anruf so überrascht und dann so zornig gewesen, dass sie keine Zeit gehabt hatte, Tatos Fragen so zu verarbeiten, wie Ian es nun tat. Obwohl er so gut wie nichts über sie und die Situation wusste, in der sie sich befand, brachte er eine frische, prägnante Perspektive ein.

Und sie mochte ihn.

»Sie sagten, die Journalistin habe ausserdem die Folgerung angesprochen, Ihr Projekt, die Erforschung von Schuppentieren, sei weniger wichtig als Investitionen in Menschen, beziehungsweise in sichere Räume für gefährdete Studierende oder was auch immer?«

»Ja«, bestätigte Doc. »Es ist ein altes Argument, dass unsere Institutionen, sowohl Universitäten wie auch Nationalparks, sich mehr um Wildtiere als um Menschen kümmerten. Das ist ein Überbleibsel aus der Zeit der Apartheid, als Farbige aus den Nationalparks verbannt waren und der Safaritourismus als Sache der Weissen angesehen wurde. Das wandelt sich jetzt in Südafrika.«

»Also akzeptieren Sie diese Folgerung nicht als Grundlage der Frage.«

»Das ist ein guter Punkt. Sie lädt ihre Fragen mit Negativität auf, aber warum sollte ich darauf hereinfallen?« Sie war beeindruckt. »Haben Sie sich das alles ausgedacht, dass man die Bedingungen für eine Frage nicht akzeptieren kann?«

»Nein.« Er lächelte. »Das habe ich aus 'The West Wing'.«

Sie lachte. »Also, was soll ich sagen?«

»Nichts?«

»Kein Kommentar? Sähe das nicht schlecht aus?«

Ian stand auf, begann, im Zimmer auf und abzugehen und schien dabei nachzudenken. »Haben Sie einen Laptop oder wollen Sie auf Ihrem Telefon tippen?«

Sie griff nach ihrem Rucksack, der neben dem Stuhl lag. »Ich habe mein iPad dabei.«

»Gut. Fangen Sie bitte an zu schreiben.«

Sie nahm ihr Tablet heraus und schaltete es ein. »Okay, ich bin bereit.«

»*In einer erfolgreichen Aktion hat die Polizei heute ein lebendes Schuppentier geborgen, das im Balule-Naturschutzgebiet von Wilderern gefangen und gestohlen worden war.*« Ian hielt inne. »Haben Sie das?«

Doc beendete das Tippen. »Ja.«

»Gut.« Er ging weiter auf und ab, während er diktierte. »*Dies geschah kurz nach dem tragischen Tod eines engagierten Anti-Wilderer-Rangers, der ehrenamtlich für das Forschungsprogramm der Technischen Universität Tshwane tätig, aber nicht direkt von ihr angestellt oder finanziert war.* Ist das richtig, Doc?«

»Absolut. Es war Grahams Vorschlag, uns ohne zusätzliche Entschädigung in den Busch zu begleiten – im Rahmen seiner Lohnzahlung durch das Reservat.«

»Gut.« Ian blieb stehen. »Nun müssen wir das Thema Mensch gegen Tier ansprechen. Wie wäre es mit: *Die Tierwelt Südafrikas ist ein* wichtiger Anziehungspunkt für den internationalen Tourismus, der Millionen von Rand einbringt ...«

»Milliarden«, berichtigte Doc.

»Noch besser«, sagte Ian. »... *was der Wirtschaft jährlich Milliarden von Rand einbringt. Im Gegenzug zum Profit aus diesen finanziellen Vorteilen, hat Südafrika die moralische Verpflichtung, auf dem afrikanischen Kontinent und der ganzen Welt bei der Erhaltung bedrohter Arten wie des Schuppentiers eine Führungsrolle zu übernehmen, wofür ich mich nicht entschuldige.*«

»Wow«, staunte Doc. »Hat Ihnen schon einmal jemand gesagt, dass Sie sehr gut darin sind ...«

»Blablabla zu produzieren? Ja. Vor allem meine Ex-Frau Katrina und zwar oft.«

Sie lachte, aber sie meinte es ernst. »Nein, Sie sind *wirklich* gut darin.«

»Also, und jetzt müssen Sie eine Bombe werfen.«

»Was meinen Sie damit?«, fragte Doc.

»Sie haben uns gesagt, dass wir auf unserer Rundreise mehrere Schuppentier-Rehabilitationszentren besuchen und diese zur Zusammenarbeit bewegen wollen. Stimmt das so?«

Sie blickte von ihrem Bildschirm auf. »Ja, absolut.«

Ian blieb stehen und schaute zum Zeltdach hinauf. »Dann brauchen wir einen Namen.«

»Einen Namen?«

»Ja, für das, Sie zu tun versuchen, was auch immer es ist. Etwas, das die Fantasie der Leute anregt und sie aufhorchen lässt, während sie ihre Corn Flakes essen.«

»Ihre was?«

»Ach, unwichtig. Wie wäre es mit 'PWB'?«

»Und wofür soll das stehen?«

Ian projizierte jedes Wort mit einer Handbewegung auf einen anderen Teil der Zeltdecke. » Pangolins. Without. Borders, auf Deutsch Schuppentiere. Ohne. Grenzen.«

Sie runzelte die Stirn. »Das kann doch nicht Ihr Ernst sein.«

Er schaute sie an. »Ich bin immer ernst. Tippen Sie das: *Heute können wir den offiziellen Start von PWB, Pangolins Without Borders (Schuppentiere ohne Grenzen), bekannt geben, der weltweit ersten, von Südafrika inspirierten und von der Technischen Universität Tshwane ins Leben gerufene Initiative, die darauf abzielt, die weltweite Erhaltung und den Schutz des vom Aussterben bedrohten Schuppentiers zu koordinieren.*

Doc biss sich auf die Unterlippe. »Ian, jetzt tragen Sie ein bisschen dick auf.«

»Genau wie die Person, die der Journalistin des *'Star'* diese Scheissgeschichte aufgetischt hat. Jetzt ist nicht die Zeit für Bescheidenheit, Doc, sondern die, dem Feind den Kampf anzusagen, ihm einen Schuss vor den Bug zu setzen und ihn mit Klischees zu überhäufen.«

Sie lachte, wobei sie fast ihr iPad fallen liess. Nachdem sie sich wieder gefasst hatte, tippte sie zu Ende, was Ian diktiert hatte. »Und jetzt?«

»Mailen Sie es an diese Journalistin.«

»Was? Ich soll sie nicht anrufen?«

»Nein.« Ian winkte ab. »Wenn Sie sie anrufen, stellt sie Ihnen nur noch mehr Fragen und könnte Sie, bei allem Respekt, in eine Ecke treiben, aus der Sie nicht mehr herauskommen. Wenn Sie ihr das Geschriebene per E-Mail schicken, ist dies alles, was sie drucken kann. Natürlich kann es sein, dass sie schliesslich gar nichts davon druckt, und sie kann immer noch eine Nummer mit Ihnen abziehen. Aber alles, was Sie in diesem Geschäft kontrollieren können, ist das, was aus Ihrem Mund oder von Ihrem iPad kommt.«

»Ich habe irgendwo ihre E-Mail-Adresse, denn sie hat vor etwa drei Jahren eine Geschichte über Schuppentiere geschrieben. Seither habe mich wegen meiner verdeckten Arbeit aus dem Rampenlicht herausgehalten.«

Doc fand die Adresse, kopierte das Geschriebene und fügte den Text in die E-Mail ein, worauf sie sie an Tato schickte. Als sie fertig war, blickte sie auf und sah, dass Ian immer noch dastand und auf sie herunterblickte.

»Was?«, sagte sie.

»Sie sind fantastisch.«

Sie spürte, wie ihre Wangen sich röteten. »Sie haben die Worte gesagt, ich habe sie nur getippt und abgeschickt.«

»Nein«, sagte er. »Das hier sind nur Worte, aber Sie haben undercover gearbeitet und Ihr Leben aufs Spiel gesetzt, um eine bedrohte Art zu schützen und Kriminelle zu verhaften. Das finde ich unglaublich, Doc und wirklich bewundernswert.«

Jetzt war es ihr doppelt peinlich. »Es war keine grosse Sache und wir haben nur ein paar Tiere gerettet.«

»Ein paar?«

»Naja, vielleicht zweihundert oder so.«

»Das ist etwas, worauf man stolz sein sollte.«

Sie schüttelte den Kopf und Traurigkeit überschwemmte sie wie eine Flut, die einen Funken ertränkte. »Das ist ungefähr ein Prozent von dem, was wir jedes Jahr verlieren. Es war ein Tropfen auf den heissen Stein.«

»Und wenn Sie nichts getan hätten, oder nur in Ihrem Klassenzimmer oder Hörsaal oder wie immer Sie das an der Uni nennen, doziert hätten, so wertvoll das auch ist, wären diese zweihundert Schuppentiere tot. Sie müssen sagen, dass das, was Sie getan haben, sich gelohnt hat, Doc und *etwas war*.«

Doc bedankte sich mit einem kleinen Lächeln, aber gleichzeitig stieg die Erinnerung an Jurie und wie er in ihren Armen gestorben war, wieder in ihr auf. War es das alles wert? Sie begann zu weinen.

Ian liess sich neben ihr in den Stuhl sinken und legte einen Arm um ihre Schulter. »Hey.«

Sie hob eine Hand und versuchte, ihren Kummer wegzuschniefen. »Ist schon gut.« Doc presste ihre Augen zu, dann spürte sie seinen Arm um sich. Daran war weder etwas Intimes noch Sexuelles und sie war in diesem Moment einfach dankbar für den Kontakt zu jemandem. Sie legte ihren Kopf an seine Brust und als er sie fester hielt, flossen die Tränen aus ihr heraus.

Als ihm der Polizeibeamte Thomas Mdluli seine Fragen stellte, versuchte Geoff, sich an den genauen Ablauf der Party zu erinnern.

»Graham und Professor Rado haben sich einmal unterhalten, ja?«, sagte Mdluli.

Geoff nickte. »Ja.«

»Worüber?«

»Da bin ich mir nicht hundertprozentig sicher. Ich war zwar in ihrer Nähe, aber da lief Musik und es wurde getanzt. Ich kann mir vorstellen, dass er versucht hat, sie anzumachen.«

»Wirklich?«, fragte Thomas.

»Sie ist nur ein paar Jahre älter als Graham ... war, und ich glaube, zwischen den beiden war in der Vergangenheit mal etwas.«

»Wirklich?« Thomas schrieb in sein Notizbuch.

»Irgendwann bin ich zu ihnen gegangen, um zu sehen, ob sie etwas braucht und ob es ihr gut geht.«

Thomas sah ihm in die Augen. »Warum?«

Geoff zuckte mit den Schultern. »Ich weiss es nicht. Ich habe von den Mädchen, meinen Kommilitoninnen, gehört, Graham habe einen gewissen Ruf als selbsternannter Frauenheld. Er schien Doc – Professor Rado – in Beschlag zu nehmen und ich wollte sicherstellen, dass sie sich, nun ja, wohlfühlt.«

»Und ging es ihr gut?«

»Ähm, ja, es schien so. Ich holte ihr noch einen Drink, ein Glas Wein. Als ich zu ihr zurückkam, hatte sie das Gespräch mit Graham beendet und er war mit einem Mädchen, einer Studentin des Wildlife Colleges, auf der Tanzfläche. Es tut mir leid, ich weiss ihren Namen nicht mehr.«

»Ich verstehe«, sagte Thomas. »Wie würden Sie Ihre eigene Beziehung zu Professor Rado charakterisieren?«

»Ich? Zu ihr? Sie ist meine Dozentin und meine Betreuerin für die Doktorarbeit. Das ist alles.«

»Sie ist auch eine sehr attraktive Frau«, sagte Thomas.

Geoff strich mit einem Finger über den Kragen seines Buschhemdes. »Ja, das stimmt. Was denken Sie denn?«

»Ich will nichts unterstellen. Haben Sie die Professorin ausserhalb Ihrer Arbeits- oder Studienzeiten schon einmal um ein Treffen oder so etwas gebeten?«

»Nein!« Geoff gefiel nicht, worauf das hinauslief. »Nie. Das wäre ... unpassend.«

»Sie sind doch alle erwachsen, über einundzwanzig«, sagte Thomas lächelnd, »und erzählen Sie mir nicht, es habe noch nie eine Beziehung zwischen einer Studentin oder einem Studenten und einem leitenden Mitglied der akademischen Fakultät gegeben.«

Geoff konnte nicht umhin, einen Blick auf Zola zu werfen, die an einem Tisch sass und mit Professor Khumalo frühstückte. Er vermutete, der Akademiker sei der 'Sugar Daddy', mit dem Sue Zola aufgezogen hatte. Thomas bemerkte es und folgte seinem Blick, sagte aber nichts.

»Es ist verpönt. Wir führen Gespräche darüber, was angemessen ist und was nicht, und es ist Universitätspolitik, Beziehungen zwischen Studierenden der tieferen Lehrgänge und Lehrkräften, die mit ihnen in irgendeiner Weise zu tun haben, nicht zu tolerieren.«

»Ja, aber Sie sind doch keine Studierenden in den ersten Jahren, oder?«, fragte Thomas.

»Nein, aber trotzdem.«

Thomas machte sich eine Notiz und Geoff beugte sich vor, um zu sehen, was er schrieb, doch der Detektiv zog sein Notizbuch näher zu sich heran.

Geoff sah sich wieder im Essbereich um. Sue sass mit Jason Chow an einem anderen Tisch, und es schien, als hätte die Bedienung ihm Kaffee gebracht, obwohl er nicht bei ihnen wohnte. Zola und Dr. Khumalo sassen etwas weiter weg. Die anderen Touristen, Eva und Pär, waren nicht da, sondern vermutlich auf ihr Zimmer gegangen und Doc war mit dem Australier verschwunden.

»Nach wem suchen Sie?«, fragte Thomas.

»Ich? Nach niemandem.«

Thomas schaute ihn wieder an.

Geoff schluckte und wartete auf eine weitere Frage, aber das Schweigen verunsicherte ihn. »Sehen Sie, ich habe mir ein wenig Sorgen um Doc – die Professorin – gemacht, weil ich dachte, Graham sei ein bisschen aufdringlich, das ist alles. Ich habe mit ihnen gesprochen und ihr einen Drink besorgt, dann ist Graham gegangen. Das war's.«

Thomas nickte und blätterte langsam ein paar Seiten seines Notizbuchs zurück, bis er eine Seite fand, die er offensichtlich suchte. »Professor Rado sagte mir, Graham habe, kurz bevor er die Party verliess, noch einmal mit ihr sprechen wollen.«

Geoff schaute auf. »Ähm, ja, jetzt, wo Sie es erwähnen, erinnere ich mich daran, das gesehen zu haben.«

»Zu diesem Zeitpunkt waren also nur noch wenige Leute auf der Party?«

Geoff war verwirrt. »Nein, da war noch ziemlich viel los.«

»Aber Sie haben die Professorin immer noch beobachtet.«

»Ähm, ja, kann sein. Oder ich habe zufällig gesehen, dass sie wieder mit Graham gesprochen hat.«

Thomas wandte sich wieder seinen Notizen zu.

»Was soll das bringen?«, fragte Geoff.

»Nun, immerhin wurden zwei Männer, mit denen Professor Rado zusammenarbeitete und mit denen sie eng befreundet gewesen war, gewaltsam ermordet.«

»Sie denken, dass ich es war?«

Thomas schüttelte den Kopf. »Nein, aber ich wollte etwas über Professor Rado und ihre persönlichen Beziehungen herausfinden. Sie hat mir gewisse Dinge erzählt, aber ich wollte herausfinden, wie viel andere Leute über ihr Privatleben wissen.«

»Dann schlage ich vor, dass Sie sie fragen. Brauchen Sie noch etwas von mir?«, fragte Geoff.

Thomas klappte sein Notizbuch zu. »Nein, das reicht für den Moment.«

Der Detektiv ging zu Zola und Dr. Khumalo hinüber, sagte etwas zu ihnen und setzte sich dann zu ihnen an den Tisch. Fast gleichzeitig erhob sich Sue Oliver von dem Platz, an dem sie mit Jason Chow gesessen hatten und kam über das Deck zu Geoff.

»Wie ist es gelaufen?«, fragte Sue, wobei sie über die Schulter zu Jason schaute, der sie anlächelte.

»Es ist irgendwie gruselig geworden«, sagte Geoff. »Ich brauche einen Kaffee.« Er ging in die Küche und Sue folgte ihm.

Sue lehnte sich mit dem Hintern gegen die Kante der Küchenbank, während Geoff den Wasserkocher auffüllte.

»Was meinst du mit 'gruselig'?«, fragte Sue, hob die Arme über den Kopf und streckte sich, so dass ihr T-Shirt hochrutschte und ihre glatte, blasse Haut und den Schmuckring in ihrem Bauchnabel enthüllte, den er schon gesehen hatte, als sie zusammen im Schwimmbad des Camps gewesen waren.

»Er hat mich gefragt, was ich für Graham und sogar für Jurie empfinde, als wäre ich wegen Doc eifersüchtig oder so.«

Sue grinste und zeigte auf ihn. »Nun, das warst du ja wahrscheinlich auch.«

»Nein, Sue, das stimmt nicht.«

Sie schüttelte den Kopf. »Aha. Tut mir leid, das kaufe ich dir nicht ab. Du bist total in Doc verknallt, das ist offensichtlich und alle wissen es.«

»Wer sind die anderen?«

»Alle. Das heisst, alle Doktoranden und die Hälfte der Studierenden in Docs Kursen. Wir sehen doch alle, dass du als Erster kommst, sie mit deinen grossen dunklen Augen anstarrst und nach den Vorlesungen immer herumhängst, um Fragen zu stellen.«

»Nein.«

»Komm schon, Geoff. Ich mache doch nur Spass. Na ja, sozusagen. Der Detektiv hat dich wahrscheinlich nur so ausgequetscht, weil du schon lange bei Doc studierst ...« Sie kicherte über ihren eigenen Witz und beruhigte sich dann. »Ich meine, schliesslich studierst du länger als alle anderen von uns bei ihr. Warst nicht du es, der mir von Graham und Doc erzählt hat?«

Geoff war verblüfft. »Nun, vielleicht. Jedenfalls habe ich dich vor Graham zu warnen versucht, als du ihn das erste Mal getroffen hast. Als wir mit den Überwachungsstudien hier draussen begonnen haben, sagte ich dir, du sollest dich vor ihm in Acht nehmen. Ich weiss, dass Doc sich an ihm die Finger verbrannt hat.«

Sue stemmte die Hände in die Hüften. »Hör zu, *Boet*, Doc Rado verbrennt sich an niemandem die Finger. Hätte sie eine Beziehung mit Graham oder Jurie gehabt, wäre das ihre Sache, und sie hätte sie unter ihren eigenen Bedingungen beendet oder auch nicht. Sie muss nicht vor Männern beschützt werden und ich auch nicht.«

Geoff hob die Hände. »Verstehe. Ihr alle seid starke, unabhängige Frauen, das ist mir klar, aber verzeiht mir, wenn ich einen Dreckskerl erkenne.«

»Und Jurie? Glaubst du, er war ein Dreckskerl, Geoff?«

Das Wasser kochte und Geoff machte sich, dankbar, dass er Sues Blick für einen Moment ausweichen konnte, einen Kaffee. »Ich weiss nicht, warum mich alle nach diesem Zeug fragen.«

»Alle?«, fragte Sue.

»Du, die Bullen ...«

Geoff nippte an seinem Kaffee, der aber zu heiss war und ihm auf der Zunge brannte. Er wollte weg von Sue, sich zurückziehen, in sein Zimmer gehen, sich an seinen Laptop setzen und an seiner Doktorarbeit arbeiten, aber nicht mehr über Morde und Verbrechen und Doc und ihre Freunde nachdenken.

»Und was hältst du von Docs Beziehung zu Jurie?«, drängte Sue.

»Das geht mich, selbst wenn da etwas gewesen wäre, nichts an.«

»Oh, da lief wirklich etwas«, sagte Sue. »Ich habe sie, als wir am Tag, an dem Jurie getötet wurde, in das Café in der Eastgate Mall kamen, gesehen. Als wir hereinkamen, hielten sie sich an den Händen und berührten sich unter dem Tisch. Sie hörten zwar schnell auf, aber ich habe es gesehen.«

»Sie waren gute Freunde.«

»Nicht *so*. Sie hatten eine Affäre, Geoff. Da bin ich mir sicher.«

Geoff schaute aus dem Küchenfenster. Nachdem die Giraffe abgezogen war, trottete eine Warzenschweinfamilie – eine Mutter mit zwei Jungtieren aus dem Wurf des letzten Sommers – selbstgefällig aus dem Busch und hielt am Rand des Wasserlochs inne. Ein grauer Lärmvogel rief 'go away', geh weg, was Geoffs Gedanken bezüglich Sue widerspiegelte.

»Das heisst aber nicht, dass Jurie den Tod verdient hat, weil er untreu war«, sagte Geoff.

»Das habe ich auch nie behauptet«, sagte Sue. »Aber vielleicht hat es jemand aus irgendeinem Grund, von dem wir oder die Polizei noch nichts wissen, auf Doc abgesehen.«

»Wegen der Männer, mit denen sie ...«

»Mit denen sie geschlafen hat?«, sprach Sue Klartext. »Ist es das, was du meinst?«

»Ich weiss es nicht, Sue.« Er spürte, dass seine Wangen brannten. »Was soll ich denn sagen?«

Sue machte schliesslich einen Schritt zur Seite, schob sich weiter auf den Küchentisch und sah über die Schulter zum Wasserloch. »Ich will dich nicht beunruhigen, Geoff, aber wir sind tatsächlich alle ziemlich durcheinander von dem, was passiert ist. Ich kann immer noch nicht wirklich glauben, dass Graham ein Wilderer war, aber die Beweise gegen ihn sind ziemlich erdrückend.«

Geoff nickte nur, denn er hatte dieser Feststellung nichts hinzuzufügen.

»Aber zwei Morde, die beide mit Doc in Verbindung stehen und beide an Männern begangen wurden, mit denen sie eine Beziehung hatte, scheinen mehr als nur ein Zufall zu sein. Dennoch ist es nur eine Theorie, die ich Jason gegenüber geäussert habe, dass es irgendwie einen persönlichen Bezug zu all dem geben könnte.«

»Jason?«

»Ja.«

»Aha, deshalb hat Detektiv Mdluli bei meiner Befragung nicht lockergelassen – du hast Jason deine Theorie erzählt, dass ich von Doc besessen sei und Mdluli hat seine Befragung darauf aufgebaut? Vielen Dank, Sue.«

»Hey.« Sie legte eine Hand auf seinen Unterarm, aber er schüttelte sie ab. »Ich habe das Wort 'besessen' nie benutzt, aber wenn du das denkst ...«

»Es ist *nicht* so, wie ich denke.« Geoff fuhr sich mit der Hand durch die Haare. »Poah, Sue. Wir sind alle wegen Graham bestürzt. Wir kannten ihn, haben eben noch mit ihm getrunken und im nächsten Moment war er tot. Ich möchte herausfinden, was passiert ist. Als Jurie getötet wurde, habe ich wegen Doc geweint, weil ich vermutete, er sei mehr als nur ein Freund für sie gewesen, aber das war's auch schon. Ich fühle mit ihr, so wie ich mit jedem anderen Menschen auch fühlen würde, bin aber kein verrückter Stalker.«

Sue legte die Hände vor sich zusammen und ihr Gesicht zeigte einen niedergeschlagenen Ausdruck. »Es tut mir leid, Geoff. Ich wollte nur helfen und dachte, du hättest vielleicht Einblicke in Docs Privatleben, die der Rest von uns nicht hat.«

Er schaute sie an, als sie ihr Gesicht wieder hob. »Nun, ich weiss nichts.«

»In Ordnung. Bitte sei nicht böse mit mir.«

Geoff holte tief Luft. »Entschuldigung.« Er wollte das Thema wechseln und lenkte die Frage wieder auf Sue. »Und was ist mit dir und Jason?«

Sie blickte zu dem Polizisten hinüber und sie sahen, dass Jason sie beobachtet hatte. Geoff fragte sich, ob er etwas von seinen Ausbrüchen gehört hatte.

»Wir sind Freunde«, erklärte Sue »und ich mag ihn. Wir schlafen miteinander, aber ich glaube nicht, dass es etwas Ernstes ist. Er war noch nie wirklich im Busch und will mitkommen, um mehr von Afrika und der Tierwelt zu sehen. Ich muss sagen, dass ich mich ein bisschen sicherer fühle, wenn ich weiss, dass er, sozusagen als Beifahrer, mit uns unterwegs ist.«

»Was passierte in Joburg mit Jason, im Einkaufszentrum?«

»Am Tag, an dem Jurie getötet wurde?«, fragte Sue.

Geoff nickte.

»Jason fühlte sich schrecklich, weil er zu schnell gehandelt hatte. Er hat eine Verwarnung erhalten und ist deswegen ziemlich gestresst. Das ist ein weiterer Grund, warum er sich beurlauben liess, er braucht eine Pause von der Arbeit. Du kannst dir nicht vorstellen, wie hart die Arbeit für die Jungs und Mädels bei der SAPS, der südafrikanischen Polizei, ist.«

Jason Chow lächelte immer noch. Geoff pustete auf seinen Kaffee und nahm einen weiteren Schluck. Er hatte das Gefühl, Jason beobachte eher ihn als Sue, und Geoff sagte sich selbst, er wolle dasselbe tun, und Detektiv Chow im Auge behalten.

16

Sara war gerade dabei, in ihrem Zimmer ihre Kameraausrüstung zu reinigen, als Doc auf die Terrasse trat und ihren Namen rief.

Sie stand auf. Ihre Ausrüstung war überall verstreut und sie musste ihr Stativ von der Tür wegschieben. »Hallo, Doc. Komm herein.«

»Howzit?«, fragte Doc.

»Gut.«

»Hat die Polizei mit dir gesprochen?«, wollte Doc ohne weitere Vorrede wissen.

Sara legte ihre Kamera weg. »Ja, das ist bereits geschehen. Jason hat diesen Detektiv hierher zu mir gebracht und er sagte, er wolle in den Essbereich und auf die Terrasse, um dich und die anderen zu befragen.«

»Das hat er getan. Was hat er dich gefragt?«

Sara zuckte mit den Schultern. »Er wusste, dass ich es war, die den ersten Anruf von der Frau erhielt, die Graham gefunden hat und fragte mich nach meiner Beziehung zu Graham.«

»Und wie war die?«

Sara war ein wenig verblüfft. »Ich könnte sagen, 'Das ist meine

Sache, Doc', aber ich denke, wir sind Freundinnen geworden, also sage ich dir dasselbe wie ihm: Graham und ich hatten keine Beziehung, aber wir haben miteinander geflirtet. Nachdem ich gesehen und gehört habe, dass du nicht an ihm interessiert bist, habe ich ihm eine SMS geschickt, in der ich ihm schrieb, dass ich interessiert wäre.«

Doc runzelte die Stirn. »Gut, danke, dass du das geklärt hast. Darf ich mich bitte setzen?«

Sara schob einen wasserdichten Pelikan-Koffer vom zweiten Sessel in ihrem Zimmer und Doc setzte sich.

»Natürlich, gern, aber was hat das alles zu bedeuten?«, fragte Sara.

»Ich weiss es nicht genau«, sagte Doc. »Aber jemand hat Thomas – dem Detektiv – zu verstehen gegeben, dass die Tatsache, dass Graham und ich einmal etwas zusammen hatten, irgendwie sowohl mit seiner Ermordung wie auch mit der von Jurie zusammenhängen könnte.«

»Was?« Sara war überrascht. »Nein. Du und Jurie habt böse Jungs verhaftet und Graham hat auch böse Jungs verhaftet. Da sollten die Cops suchen.«

»Glaubst du, Graham könnte ein Wilderer gewesen sein?«

»Ich denke, Graham wurde reingelegt. Oder er hat das Schuppentier irgendwie gefunden und wollte uns später davon erzählen. Ich bin jedenfalls sicher, dass es eine logische Erklärung gibt. Ich weiss, dass Menschen bestochen werden können, aber soweit ich weiss, war Graham jahrelang an vorderster Front der Bekämpfung des Schuppentierschmuggels. Und dabei nicht selten im Angesicht des Todes.«

»Thomas erzählte mir, dass er einige Beweise dafür gefunden habe, dass Graham ein Spielproblem gehabt haben könnte. Und möglicherweise Schulden.«

Sara zuckte mit den Schultern. »Ich kannte ihn nicht so gut.«

Doc schaute aus dem Fenster, jenseits der Terrasse, wo eine Elefantenherde durch den Busch wanderte. »Verfluchte Sue.«

»Sue?« sagte Sara. »Was hat sie getan?«

Sara mochte Sue, auch wegen ihres schrulligen, eher gewöhnungsbedürftigen Charakters. Sie konnte bis hin zur Unhöflichkeit unverblümt sein, war sich ihres guten Aussehens und ihrer Wirkung auf Männer sehr bewusst, hatte aber auch einen verrucht trockenen Sinn für Humor.

»Sue hat mit Jason Chow, scheinbar ihrem neuesten Freund, über mich getratscht und Jason hatte schliesslich die Idee, meine Verhältnisse sowohl zu Graham wie auch zu Jurie könnte zu deren Ermordung geführt haben.« Doc versuchte, sich am Anblick der Elefanten zu erfreuen, musste sich aber schliesslich eine Träne wegwischen.

Sara streckte eine Hand aus und legte sie auf Docs Knie. »Es war ziemlich offensichtlich, dass du Jurie sehr geliebt hast.«

Doc nahm ein Taschentuch aus der Tasche ihrer Cargohose und tupfte sich die Augen ab. »Es war nur während ein paar Wochen, Sara. Nur kurze Zeit ...«

»Nein«, Sara drückte ihr Knie, »es war mehr als das. Ich erkannte es vom Moment an, in dem ich euch beide kennenlernte. An der Art, wie ihr in der Gesellschaft des anderen wart, denn wenn ihr zusammen wart, habt ihr beide wirklich lebendig gewirkt.«

Doc schloss die Augen, doch zwischen ihren Lidern flossen Tränen durch. Sara schob ihren Stuhl näher zu ihr und legte einen Arm um Docs Schultern.

»Ich bin ein Wrack und heule bei allen. Zuerst Jurie ... und jetzt der arme Graham.«

Sara drückte sie fester an sich. »Graham wusste um die Risiken, die er mit seinem Job einging, liebte ihn aber trotzdem. Als ich in Afghanistan war, habe ich in der norwegischen Armee viele 'Grahams' getroffen. Sie leben für das Risiko, für den Nervenkitzel und man kann sie, obwohl sie sagen, dass sie gezähmt werden möchten, nicht festbinden. Aber als Wilderer kann ich ihn mir überhaupt nicht vorstellen, obwohl man natürlich nie wissen kann.«

Doc wischte sich über die Augen und schälte sich aus Saras Umarmung. »Es gibt so viel, was ich wissen will und tun muss, aber wir haben diese verdammte Rundreise. Ich würde lieber hierbleiben und mit der Polizei zusammenarbeiten, um Grahams Mörder zu suchen und herauszufinden, was genau mit dem verschwundenen Schuppentier passiert ist. Es ist alles so bizarr.«

»Ja, das ist es wirklich«, sagte Sara. »Ich möchte schnell ein paar Interviews machen.«

»Sara ...«

»Du sagtest, ich könne frei und ehrlich über deine Arbeit und alle Schwierigkeiten dabei berichten. Nun ist etwas geschehen, das zu einem wichtigen Teil der Dokumentation werden könnte.«

»Du willst sogar Grahams Tod einbauen?«

Sara nickte. »Es wird schwierig und ich muss es mit viel Feingefühl angehen. Aber um Himmels willen, ich habe mich doch selbst zu dem Kerl hingezogen gefühlt. Nun muss ich meine persönlichen Gefühle vom Geschehen trennen und versuchen, ehrlich und möglichst objektiv über seinen Tod zu berichten. Es darf auch keine Rolle spielen, ob sich herausstellt, dass er als Held der Tierwelt starb oder Opfer eines zufälligen Verbrechens wurde – oder, wenn die Polizei im schlimmsten Fall herausfindet, dass er ein Wilderer war.«

Doc stand auf, strich mit den Händen über ihre Bluse und Hose und richtete sich auf. »Tu, was du tun musst, Sara.«

Sara streckte die Hand aus und berührte ihren Unterarm. »Doc, dieser Dokumentarfilm ist für die Schuppentiere und für den Naturschutz wichtig. Bitte vertrau mir.«

Doc nickte. »Ja, ich weiss.«

Doc verliess Sara, die ihr auf die Veranda hinaus folgte und ihr nachsah. Sie lehnte sich ans Geländer und beobachtete eine Elefantenherde, die zwei Zimmer weiter eine Pause eingelegte und dort Äste und Blätter frass. Sara ging zurück ins Zelt, holte Kamera und Stativ und baute alles dort auf, wo sie gestanden hatte. Die Elefanten eigneten sich hervorragend als Umgebungsmaterial für die Dokumentation, also fokussierte sie die Matriarchin und ihr süsses Kälbchen und begann zu filmen.

Es war schön, Wildtiere nicht vom Rücksitz eines Fahrzeugs, sondern von einer festen Kameraposition aus zu filmen. Obwohl Saras Arbeitsplatz hauptsächlich hinter der Kamera lag, hatte sie bereits einmal für Schlagzeilen gesorgt. Sie hatte dabei geholfen, eine

Nashornwilderei zu vereiteln, indem sie die Täter bei der Arbeit filmte. Sie produzierte ihre Filme gegen Kost und Logis, weil sie kein Arbeitsvisum für Südafrika erhalten hatte, nutzte ihren Ruhm aber nach der Rückkehr nach Norwegen, um mit einer Produktionsfirma den Vertrag über einen abendfüllenden Dokumentarfilm über Nashornwilderei auszuhandeln. Das Programm, das auf den Streaming-Kanälen gut ankam, hatte den norwegischen Fernsehpreis 'Gullruten' als bester Dokumentarfilm gewonnen. Das Schuppentierprojekt mit Doc sollte nun ihr zweiter abendfüllender Film werden. Dabei waren die Bilder von Jurie, der in Docs Armen starb, die dramatischsten, die sie je aufgenommen hatte, und die ergreifende Dramatik des Todes eines tapferen Polizisten garantierte Sara beinahe die Chance auf einen zweiten 'Gullruten' oder sogar auf einen Oscar.

Sara kümmerte sich aber nicht nur egoistisch um ihr eigenes Projekt, sondern machte sich geleichzeitig Sorgen um Docs geistige Gesundheit. Für Sara war es schon ein Dämpfer, dass Doc ihre Undercover-Aktivitäten eingestellt hatte, aber dass sie jetzt kurz vor einem Zusammenbruch zu stehen schien, war unheilvoll.

Sie war bei Juries Beerdigung dabei gewesen und sorgte sich ernsthaft um Doc. Als erfahrene Menschenbeobachterin hatte Sara die Feindseligkeit, die Juries Witwe Doc gegenüber ausgestrahlt hatte, bemerkt. Obwohl Sara diesen nicht brauchte, war diese ein weiterer Beweis dafür, dass Doc und Jurie sich nahegestanden hatten.

Das Elefantenbaby trank bei seiner Mutter und Sara schwenkte die Kamera auf die Szene, um eine Grossaufnahme zu machen. Die Mutter frass, ein wachsames Auge auf Sara haltend, weiter. Während diese durch den Sucher schaute, drehte die Elefantenkuh den Kopf und hob den Rüssel.

Sara blickte auf, schaute sich um und versuchte, zu sehen, was die Aufmerksamkeit der Elefantenmutter erregt hatte. Aus dem Augenwinkel heraus erhaschte sie einen flüchtigen Blick auf etwas Rotes. Sie lehnte sich über das Balkongeländer, worauf sie gerade noch die Veranda des Nachbarzimmers sehen konnte. Sie wusste, dass Dr.

Khumalo dort wohnte, aber Zola, die eine rote Bluse trug, stand in einer ähnlichen Position wie Sara auf der Terrasse.

Obwohl Sara wegen ihres voyeuristischen Verhaltens einen Moment lang ein schlechtes Gewissen hatte, holte sie ihr iPhone aus der Hosentasche und wählte in der Kamerafunktion 'Video'. Dann suchte sie Zola im Bildschirm und zoomte sie mit den Fingern heran. Sie sah, dass die Studentin ihre Ellbogen auf das Holzgeländer stützte und ihr Gesicht in die Hände legte, wobei ihre Schultern zuckten, als weine sie.

Sara fühlte sich noch schlechter und wollte gerade zu filmen aufhören, als ein Mann auf die Veranda trat. Es war Dr. Khumalo, in einen weissen Frotteebademantel gewickelt, unter dem seine nackten Beine zu sehen waren. Er ging zu Zola und legte ihr eine Hand auf die Schulter. Einen Moment lang blieb sie zusammengekrümmt stehen, doch dann richtete sie sich auf. Der Professor drehte sie zu sich, nahm sie in die Arme und führte sie ins Zelt.

»Scheisse.« Sara schaltete ihr Telefon aus.

Jetzt fühlte sie sich wirklich wie eine Art Spannerin und machte sich darüber hinaus Sorgen um Zola, die sie als eine Freundin betrachtete, obwohl sie die ruhigste der drei Studierenden, die Doc beaufsichtigte, war. Sara war längst aufgefallen, dass Zola und Moses immer zur gleichen Zeit zu den Mahlzeiten und den Pirschfahrten kamen und gingen und hatte sich gefragt, was da wohl vor sich ging. Jetzt wusste sie es.

Sara hatte viel experimentiert und verurteilte niemanden wegen der sexuellen Orientierung oder Vorlieben. Sie hatte ein paar Mal mit Männern geschlafen, die viel älter waren als sie, aber nie mit jemandem, der eine höhere Position innehatte als sie. Sie nahm an, an der Universität gebe es eine Regelung für Beziehungen zwischen Dozenten und Studierenden.

Sie spielte mit dem Gedanken, das Video zu löschen, doch dann klingelte ihr Telefon.

»Hallo?«

Vom anderen Ende der Leitung war kein Ton zu hören und Sara überprüfte das Display. Dort stand: *'Anrufer-ID blockiert'*. »Hallo?«

Sie vermutete, es handle sich um einen betrügerischen Telefonanruf, der nicht richtig funktioniere und wollte gerade auflegen, als eine tiefe Männerstimme sagte: »Sie waren eine Freundin von Foster.«

Sie war verblüfft. »Ähm. Graham Foster? Wer ist da?«

»Ja, Graham Foster. Dem Toten.«

»Ja, das stimmt, ich kannte ihn. Sagen Sie mir, wer Sie sind, und was Sie wollen? Woher haben Sie meine Nummer?«

»Sie stellen eine Menge Fragen.«

Sara gab zurück: »Beantworten Sie sie mir.«

»Ich habe gesehen, wer ihn umgebracht hat.«

Sara atmete tief durch, um sich zu beruhigen und ihre Gedanken zu sammeln. Sie musste diesen Kerl zum Reden bringen. »Wer denn?«

»Ich kenne den Namen der Person nicht, habe aber ein Auto gesehen.«

»Dann müssen Sie zur Polizei gehen, zu Detective Mdluli in Hoedspruit, und es ihm sagen. Oder Sie können es mir sagen und ich werde es an ihn weiterleiten, aber Sie müssen aussagen.«

»Ah, aber das kann ich nicht.«

»Warum nicht?«, fragte Sara, obwohl sie den Grund zu kennen glaubte.

»Ich selbst habe das Schuppentier geholt und Graham wusste es, denn ich habe es ihm gestanden. Wenn ich zur Polizei gehe, verhaften sie mich und ich verliere meinen Job.«

Sie dachte schnell. »Sie sind ein Ranger. Arbeiten Sie auch in der Wilderei-Bekämpfung?«

»Das habe ich nicht gesagt!«

»Okay, okay«, sagte sie, »regen Sie sich nicht auf. Ich erzähle es niemandem, versprochen.«

Am Ende der Leitung herrschte wieder Stille und Sara befürchtete, der Mann lege gleich auf.

»Wollen Sie damit sagen, Graham habe nichts mit der Entwendung des Schuppentiers aus dem Wildreservat zu tun gehabt?«

»Ja. Graham war kein Wilderer und ich möchte nicht, dass seine

Familie oder seine Angehörigen das von ihm denken, denn es stimmt nicht.«

»Wir müssen uns treffen«, sagte Sara.

»Nein. Jetzt muss ich …«

»Nein«, beharrte Sara. »Hören Sie mir zu. Wenn ich der Polizei erzähle, was Sie mir gesagt haben, finden sie aus dem, was ich über Sie weiss, bestimmt heraus, wer Sie sind.« Sie dachte an ihren Dokumentarfilm. »Aber wenn Sie sich mit mir treffen und mir alles erzählen, was Sie wissen, kann ich Ihnen helfen, mit der Polizei einen Deal zu machen. Sie sind stärker daran interessiert, einen Mordfall aufzuklären, als sich mit einem Mann zu befassen, der ein Schuppentier gefangen hat. Wir sagen ihnen, Sie seien zum ersten Mal straffällig geworden und hätten Graham das Schuppentier vorübergehend zur Pflege übergeben, oder so etwas.«

»Ich kann Ihnen auch einfach die Marke des Fahrzeugs nennen und fertig … Mehr kann ich nicht sagen.«

Kann er oder will er nicht? Sie musste diesen Kerl treffen. »Bitte, wir müssen uns kennenlernen. Ich bin Journalistin, Filmemacherin und schütze meine Quellen. Ich habe schon einige Leute befragt, die in der Vergangenheit Verbrechen begangen haben und deren Identität geheim gehalten. Dennoch wird die Polizei auf mich hören.« Nicht alles davon stimmte, aber der Mann war immer noch in der Leitung, atmete tief durch und dachte hoffentlich über ihr Angebot nach. »Vertrauen Sie mir.«

»Warum sollte ich?«, fragte er nach ein paar Sekunden.

»Weil ich Sie vor dem Gefängnis bewahren und vielleicht sogar Ihren Job retten kann. Und vor allem, weil Graham Ihr Freund war.« Sara dachte an ihre Zeit im Sabi-Sand-Wildreservat zurück, als sie als Kamerafrau für das Webcast-Programm *'Stayhome Safari, die Safari vom Sofa aus'*, arbeitete. Sie erinnerte sich an einen Vorfall, in den Graham verwickelt gewesen war und wagte ein Experiment. »Und weil er Ihnen das Leben gerettet hat.«

»Was?«

»Sie haben mich schon verstanden. Sie wurden damals von einem Wilderer angeschossen, einem anderen Ranger, der korrupt war. Graham trug Sie durch den Busch und brachte Sie in Sicherheit.«

»Nein. Bitte... Ich bin kein Wilderer.«

»Ich glaube, wir alle machen Fehler«, sagte Sara, die sich nun trotz seines schwachen Protests sicher war, dass sie wusste, mit wem sie sprach. Ärgerlicherweise hatte sie Mühe, sich an den Vornamen des Mannes zu erinnern, obwohl sie sich ein Bild von ihm machen konnte – gutaussehend, gut gebaut, genau diese tiefe Stimme, aber mit ruhigem Klang. Er war, ganz im Gegensatz zu Graham, dem Draufgänger, ein Denker. Wie zum Teufel war sein Name? Es war etwas Englisches, ja, irgendein klassischer Name.

»Ich wollte Ihnen die Marke des Fahrzeugs sagen, aber jetzt haben Sie zu viel angesprochen. Ich bin nicht der, für den Sie mich halten, und es war falsch, Sie anzurufen.«

Mist. »Graham hat Ihnen das Leben gerettet«, platzte sie heraus »und Sie verraten ihn mit Ihrem Schweigen? Erzählen Sie mir, was Sie wissen.«

»Ich kann nicht.« Er machte eine Pause. »Tut mir leid.«

Er klang, als meine er es ernst, also war sie dabei, ihn zu verlieren. Sie schloss die Augen und versuchte, sich zu erinnern, dass sie Graham und den Mann zusammen auf Patrouille gesehen hatte. Sie hingen im Personalbereich der Khaya Ngala Lodge herum und warteten auf einen Einsatz. Es war der Name eines berühmten Schriftstellers.

»Auf Wiedersehen«, verabschiedete sich der Mann.

»Nein, Oscar!«

Am anderen Ende der Leitung herrschte Stille und einen Moment lang dachte sie, er sei wirklich weg, doch dann stellte Sara ihr Telefon auf Lautsprecher, um seine Antwort zu hören, falls sie Recht hatte. Sie öffnete WhatsApp und suchte in ihren Kontakten nach Audrey Uren, der persönlichen Assistentin von Julianne Clyde-Smith, der Besitzerin von Khaya Ngala.

Sorry Aud, dringend, Sara tippte auf den Bildschirm, *Wie lautet der Nachname von Oscar, Anti-Wilderer-Ranger von KN, der jetzt in Balule arbeitet?*

»Bitte, Sie dürfen niemandem verraten, wer ich bin, denn das würde meine Familie zerstören. Was passiert ist, tut mir leid, aber es war nicht alles meine Schuld.«

Sie musste ihn weiter am Reden behalten. »Was meinen Sie mit 'nicht alles meine Schuld'?«

»Ich wusste, dass dem Schuppentier nichts passieren und es wieder ausgewildert werden würde, aber trotzdem war falsch, was ich getan habe. Das ist alles, was Sie wissen müssen.«

»Oscar ...«

»Ich habe nicht gesagt, dass das mein Name ist«, antwortete er. »Und jetzt muss ich gehen.«

Saras Handy vibrierte und sie überprüfte ihre WhatsApp.

Mdluli war Audreys Kurzantwort.

Sie starrte auf den Bildschirm. Es war ein gewöhnlicher Shangaan-Name, aber ihre erste Vermutung hatte sich bestätigt, also versuchte sie es ein zweites Mal.

»Ihr Bruder und Ihre Familie würden sich von Ihnen distanzieren, Oscar, wenn sie herausfänden, dass Sie ein Wilderer sind, ein Krimineller.«

Sie hörte ein heftiges Einatmen, fast wie ein Schluchzen und seine Stimme war leiser und weniger schrill, als er wiederholte. »Ich hätte Sie nicht anrufen sollen.«

»Sie haben das Richtige, das Ehrenhafte getan, Oscar ... Mdluli.«

»Bitte! Nein.«

»Ich weiss, wo Sie sind, Oscar. Im Camp der Anti-Wilderer-Ranger hier in Balule. Und ich weiss auch, dass Ihr Bruder, Warrant Officer Thomas Mdluli, derzeit den Tod von Graham untersucht. Ich verstehe Ihre Angst, Oscar, aber im Moment bin ich Ihre einzige Chance, nicht ins Gefängnis zu müssen.« Sie hatte sich verplappert, aber er war immer noch in der Leitung.

»Nein.«

»Doch. Ich bin in einer halben Stunde bei Ihnen.«

17

Doc kam für die letzte Pirschfahrt bei der Antares Lodge in den Aufenthaltsbereich, wo Margaux schon auf sie wartete.

»Hallo, Doc«, sagte Margaux. »Es tut mir leid, aber Sara hat mich gerade angerufen, sich für die Fahrt heute Nachmittag abgemeldet und gesagt, wir sollen ohne sie fahren.«

Doc ging zur Kaffeemaschine und füllte sich eine Tasse. »Das ist aber seltsam. Wir spüren Geoffs Schuppentier auf und sie wollte unbedingt Aufnahmen davon für ihre Dokumentation machen.«

Margaux zuckte mit den Schultern. »Sara sagte, sie fühle sich nicht besonders gut, aber sie sei sicher, sich mit einer kurzen Pause zu erholen.«

Doc runzelte die Stirn. Das war untypisch für Sara. Sie prahlte nicht nur oft damit, dass sie nie krank werde – sie hatte noch nicht einmal COVID –, sondern hatte Doc ausserdem erzählt, dass sie sich, wenn sie einen Auftrag habe, von nichts abhalten lasse – weder vom Wetter, von einer Krankheit und schon gar nicht von Müdigkeit. Sie musste also entweder kränker sein, als sie vorgab, und in diesem Fall wäre Sara wahrscheinlich selbst zu ihr gekommen, oder sie hatte irgendeinen anderen Plan.

»Niemand macht einen preisgekrönten Dokumentarfilm, wenn er oder sie sich an alle Regeln hält«, war eine der Binsenweisheiten, die Sara eines Abends nach zu vielen 'Jägerbomben' in die Runde geschmissen hatte. »Ausser an deine Regeln natürlich, Doc.«

Pär und Eva sassen auf einem Sofa, tranken Tee und assen Kuchen. Sie winkten Doc, sich zu ihnen zu setzen.

»Hi Doc, tut mir leid, dass ich zu spät komme.« Ian stürzte herein. »Habe ich noch Zeit für einen eisgekühlten Kaffee?«

»Natürlich«, beruhigte ihn Doc.

Eva schaute über die Schulter, hob die Hand mit ihrer Uhr und warf einen Blick darauf. »Jedenfalls, wenn du ihn schnell trinkst, Ian.«

Obwohl Eva lachte, merkte Doc, dass es ihr nicht zum Lachen zumute war. Sie und Pär hatten bezahlt, um Schuppentiere zu sehen und wurden langsam ungeduldig. Doc wollte ihnen sagen, dass sie auf der Reise noch einige der seltenen Tiere sehen würden, dachte aber, das nütze wenig.

Doc verweilte neben ihm an der Getränkestation. »Lassen Sie mich Ihnen einschenken«, sagte sie.

»Danke. Ich bin, obwohl ich das nie für möglich gehalten hätte, tatsächlich eingeschlafen«, erklärte er. »Ich war so begeistert von allem, was ich bisher gesehen habe, aber als ich mich aufs Bett gelegt habe, um für fünf Minuten die Augen zu schliessen, bin ich richtig eingeschlafen.«

»Das kommt vor. Sie schenkte ihm aus einer Kanne gekühlten Kaffee ein. »Der Jetlag kann zusammen mit dem Beobachten von Wildtieren zu einer Reizüberflutung führen.«

Er nahm das Glas und nickte dankend. »Ich weiss, was Sie meinen. Ich habe geträumt, ich hätte letzte Nacht Löwen, Leoparden und sogar einen Geparden beobachtet, obwohl ich noch nie einen in freier Wildbahn gesehen habe.« Er lachte.

»Dann lassen Sie uns sehen, was wir dagegen tun können«, lächelte Margaux.

Doc nippte an ihrem Kaffee, senkte dann die Stimme und

erklärte leise: »Hoffentlich findet Geoff heute sein Schuppentier, sonst verfüttert Eva *mich* an einen Leoparden.«

»Kommt Sara nicht mit?«, fragte Ian und sah sich um.

»Sie fühlt sich nicht wohl«, sagte Margaux, »und lässt die Fahrt deshalb ausfallen.«

»Komisch«, sagte Ian.

Doc sah ihn an. »Warum?«

»Ich sah sie gerade mit ihrem Stativ und der Kameratasche über der Schulter weggehen. Für mich sah es aus, als wolle sie etwas filmen.«

»Wohin ist sie gegangen?«, fragte Doc, die sich in ihren Zweifeln, dass Sara krank war, bestätigt fühlte.

»Da lang«, Ian wies von der Lodge weg in Richtung der Zufahrtsstrasse, die sie zum Camp genommen hatten, »und dann auf einen Pfad oder eine Kiesstrasse mit einem Schild, auf dem ‹Nur Mitarbeitende› steht. Ich hoffe, ich bringe sie jetzt nicht in Schwierigkeiten, oder?«

Doc schüttelte den Kopf. »Nein, ganz und gar nicht.« Aber vielleicht brachte sich Sara gerade selbst in Schwierigkeiten? Doc war hin- und hergerissen, konnte die Gruppe aber nicht verlassen.

Moses Khumalo und Zola betraten den Aufenthaltsbereich.

»Tut uns leid, dass wir zu spät kommen«, sagte Zola.

»Wir sind hier die Gäste, Zola«, sagte Moses zu ihr, während er zum Küchentisch schlenderte, auf dem der Nachmittagstee angerichtet war. »Die Leute richten sich nach uns, nicht andersherum.«

Doc schüttelte den Kopf. Wie sollte sie diesen Haufen je kontrollieren?

DER SCHWEISS rann aus Saras Achselhöhlen und sie wischte sich winzige Fliegen von der Nase und den Augen. Sie war schon einmal im Anti-Wilderer-Camp gewesen, um sich ein Bild der Spürhunde des Reservats und ihrer Führer beim Training zu machen, aber da war sie in einem Fahrzeug gefahren.

Eigentlich war es verboten, sich zu Fuss durch den Busch vom

Hauptbereich der Lodge zu entfernen, aber sie wollte nicht, dass jemandem auffiel, was sie tat. Sie hielt inne und schob sich die schwere Kameratasche zurück auf die Schulter.

Als Sanitäterin in Afghanistan hatte sie ihren schweren Rucksack und ihr HK416-Gewehr sowohl bei extremer Hitze wie auch bei Kälte tragen müssen. Sie liess sich vom Gewicht also nicht schrecken, aber das Stativ war unbequem und drückte auf ihre andere Schulter.

Sara schätzte, das Camp sei nicht weiter als einen Kilometer entfernt und sie hatte schon Ranger gesehen, die auf dieser Strasse vom Hauptcamp kamen und gingen. Wenn zwischen der Lodge und dem Anti-Wilderer-Aussenposten ein interessantes Tier gesichtet wurde, kamen gelegentlich auch Wildbeobachtungsfahrzeuge auf dieser Nebenstrasse. Trotzdem würden ihr Margaux und die Managerin der Lodge die Hölle heiss machen, wenn sie sie hier draussen beim Wandern erwischten.

Ein Rascheln im langen, goldenen Gras zu ihrer Rechten liess Sara erstarren. Im Bewusstsein, dass Weglaufen, falls sich ein Löwe oder ein Leopard im Feld versteckte, das Schlimmste wäre, hielt sie den Atem an. Sie schreckte auf, als drei Meter vor ihr eine schlanke Manguste, deren langer Schwanz wie ein waagerechtes Fragezeichen gekrümmt war, aus dem Laub sprang und über die Strasse lief.

Sara atmete wieder. Manchmal machten die kleinsten Lebewesen, wie dieses kleine Raubtier oder ein Rotkehlchen, das im welken Laub am Boden nach Käfern suchte, den grössten Lärm. Ein massiger Elefant hingegen bewegte sich auf seinen grossen, schwammigen Füssen beinahe lautlos durch den Busch. Sie leckte sich die Lippen, richtete ihre Ausrüstung erneut und ging weiter.

Und was war mit Oscar? Ob er, wenn sie ankam, im Lager wartete oder eher vor den Kameraden und seiner Familie geflohen war? Sie *musste* ihn jetzt treffen und hoffte, es gelänge ihr, ihn dazu überreden zu können, seine Geschichte vor laufender Kamera zu erzählen. Davon hatte sie ihm nichts gesagt, würde es aber als Teil ihrer Forderungen vorbringen, wenn sie ihn sah. Wenn, wie Oscar es angedeutet hatte, eine Art Verschwörung im Spiel war, könnte sie das in ihren Dokumentarfilm einfliessen lassen. Um ihn davon zu überzeugen, dass sie ihn bedenkenlos mit der Kamera aufnehmen könne, würde sie versprechen, Oscars Gesicht zu verpixeln und seine Stimme zu verfremden. Falls er es aber kategorisch ablehnte, gefilmt zu werden, würde sie durch ein winziges Loch in ihrer Tasche heimlich mit der kleinen GoPro-Kamera Aufnahmen machen. Das war zwar ethisch nicht wirklich vertretbar, aber sie wäre bei weitem nicht die erste Dokumentarfilmerin oder Kamerafrau, die diesen Trick anwandte.

Sara war zwar nicht als Feldführerin ausgebildet, hatte aber viel von den erfahrenen Fährtenlesern und Rangern gelernt, mit denen sie auf den *'Stayhome Safaris'* zusammengearbeitet hatte. Nachts durch den Busch zu gehen war zwar extrem gefährlich, aber sie ging davon aus, dass Löwen und andere Raubtiere den Menschen bei Tageslicht nach Möglichkeit mieden. Allerdings pochte in ihrem Hinterkopf die Erinnerung an ein Gespräch, das sie einst mit einem der Gebietsverantwortlichen im Krüger-Nationalpark führte. Dieser sehr erfahrene Mann hatte ihr erzählt, ohne sein Gewehr entferne er sich im Busch nie weiter als sieben Meter von seinem Fahrzeug. Sie beschleunigte ihren Schritt.

Am meisten Angst hatte sie vor der Begegnung mit einem der schrulligen, alten, einsamen Büffel oder vielleicht einem Elefantenbullen im Liebestaumel, denn diese konnten reizbar und aggressiv werden. Sie war sich allerdings sicher, dass sie die strenge Ausdünstung, die ein Bulle in dieser Zeit produzierte, schon aus einiger Entfernung riechen würde. Je mehr sie über die möglichen Risiken nachdachte, desto mehr Sorgen machte sie sich.

Dann hörte Sara wieder ein Geräusch und blieb erneut stehen.

Sie stand mitten auf dem rauen Feldweg, legte den Kopf schief und öffnete den Mund – ein Trick, den sie gelernt hatte, damit sie besser hören konnte. Hinter ihr knackte ein Zweig, doch als Sara sich umdrehte, sah sie nichts. Vielleicht hatte sie es sich nur eingebildet.

Durch das Summen der Zikaden im Hintergrund hörte sie das Gurren einer Kaptaube: *'Work harder, work harder'*. Aus der Richtung des Antares-Camps brummte ein Motor, also ging die Nachmittagspirschfahrt los. Obwohl es sie in Schwierigkeiten brächte, wünschte sie sich beinahe, den grünen Land Rover die Strasse hinuntertrudeln zu sehen.

Sara begann, auf das kleinste Geräusch horchend, wieder zu laufen. Etwas rauschte wie Beine, die durch Gras streifen. Als sie stehen blieb, war alles still.

Sie leckte sich über die Lippen. »Hallo?«

Es gab weder eine Antwort noch ein Geräusch. Irgendwo rief ein Pavian seinen zweisilbigen 'wa-hoo'-Alarmruf, was Leopard, Löwe aber genauso gut Schlange bedeuten konnte. Sara erschrak halb zu Tod.

Sie machte sich erneut auf den Weg, so schnell sie mit ihrer sperrigen Ausrüstung gehen konnte, ohne jedoch in einen regelrechten Laufschritt überzugehen. Es schien ihr, im Gebüsch hinter ihr und zu ihrer Rechten halte jemand im khakifarbenen und dunkelgrünen Dickicht mit ihr Schritt. Vielleicht ein Pavian, der sie beschattete, weil er hoffte, sie habe etwas zu essen dabei? Die frechen Primaten stahlen unaufhörlich aus der Küche und dem Essbereich, schneller als das Personal Zucker und Gewürze oder schmutzige Teller abräumen konnte.

Nein. Hier war etwas Grösseres. Während sie weiterging, schaute sie über die Schulter und ihr Herz hämmerte, als sie etwas Dunkles aufblitzen sah, das sich fast parallel zu ihr zwischen den Bäumen bewegte.

»Wer ist da?«, rief sie.

Sara kam an eine Biegung der Strasse und hoffte, das Anti-Wilderei-Lager sei in Sichtweite. Sie blickte zurück, aber sah und hörte zum Glück nichts. Vielleicht hatte sie sich alles nur eingebildet.

Als sie wieder nach vorne sah, stiess sie beinahe mit einem Mann in grüner Uniform zusammen, der ein LM5-Sturmgewehr in beiden Händen hielt und den Lauf auf sie richtete.

Mit pochendem Herzen hob Sara die Hände, die Handflächen ihm zugewandt. »Nicht schiessen!«

Der Mann reckte den Hals leicht, als wolle er an ihr vorbeischauen. »Ich habe im Busch auf Sie gewartet und bin Ihnen dann gefolgt, um mich zu vergewissern, dass Sie, wie Sie es versprochen haben, allein sind.«

Sie starrte ihn an und erkannte erst seine Stimme, dann sein Gesicht. »Sie sind Oscar. Wir haben uns nur einmal getroffen. In Khaya Ngala.«

Er nickte. »Ja, mit ...«

Sara sah, dass er Grahams Namen nicht aussprechen konnte und obwohl er sie nicht aus den Augen liess, verriet ihr sein Stirnrunzeln, dass er vor Scham am liebsten den Kopf hätte hängen lassen. »Sie werden mich doch nicht umbringen, oder, Oscar?«

Er schüttelte den Kopf, holte tief Luft und richtete sich ein wenig auf. »Nicht, wenn Sie sich an Ihren Teil der Abmachung halten. Was ist in den Taschen? Haben Sie eine Waffe?«

»Eine Waffe? Nein, nein, nichts so. Das ist mein Arbeitsmaterial.«

»Sie sind eine Kamerafrau, das weiss ich noch von Khaya Ngala.« Dann öffnete er den Mund weit, als es ihm dämmerte. »Aber Sie dürfen mich *nicht* filmen!«

»Oscar, hören Sie mir zu. Darf ich meine Hände runternehmen?« Er nickte und senkte sein Gewehr ein wenig. »Oscar, wir müssen Ihre Geschichte auf Video aufnehmen, denn sie ist ein Beweismittel. Die Polizei wird dasselbe tun, wenn Sie mit ihr reden. Sie müssen mir sagen, was passiert ist und wie es dazu kam. Gehe ich recht in der Annahme, dass Sie nicht allein gehandelt haben?«

Er blickte auf den Boden, dann schnell wieder zu ihr hoch, als ob er befürchtete, sie unternähme einen Versuch, ihn zu überwältigen. »Das kann ich nicht sagen.«

»Warum nicht, Oscar? Sind Sie ein Wilderer?«

Er durchbohrte sie mit seinen Augen. »Nein.«

»Schon gut, schon gut. Haben Sie Angst?«

»Ich bin ein Anti-Wilderer-Ranger. Ich habe mich mit Männern mit AK-47 angelegt und habe keine Angst vor eine ...« Er ertappte sich. »Ich habe keine Angst.«

»Lassen Sie uns irgendwohin gehen, wo wir reden können«, schlug Sara vor und hoffte, er senke das Gewehr ganz.

Oscar schüttelte den Kopf. »Ich möchte nicht mit Ihnen im Anti-

Wilderei-Lager gesehen werden. Die Leute stellen so schon genug Fragen, nach dem Tod von ... nach Grahams Tod.«

»Wo können wir reden?«

Er sah sich um. »Hier, im Busch. Kommen Sie mit.« Er schaute über die Schulter, als er sich auf den Weg machte. »Aber nicht filmen.«

»Okay.« Oscars Rücken vor sich griff Sara in ihre Kameratasche und drückte die Aufnahmetaste der versteckten Kamera. Dann nahm sie ihr iPhone aus der Tasche, tippte auf die Sprachmemo-App und begann ebenfalls aufzunehmen.

Sara folgte Oscar von der Strasse, die zum Anti-Wilderer-Camp führte, weg und tiefer in den Busch. Sie war ein wenig nervös, weil sie sich fragte, ob er vielleicht nicht so unschuldig war, wie er zu sein vorgab, und ob er sie an einen abgelegenen Ort führe, um sie umzubringen. Jetzt wünschte sie sich, sie hätte Doc gesagt, was sie vorhatte.

Sie kamen an eine Biegung in einem trockenen Fluss. Sara sagte sich, dass sie, falls sie fliehen müsste, von hier wenigstens den Weg zurück zum Camp fände. Darauf, Oscar und dem Gewehr in seine Händen zu entkommen, rechnete sie sich jedoch kaum eine Chance aus, denn er schien durch sein Leben als Wachmann auf Patrouillen in der freien Natur sehr fit zu sein, genau wie es der verstorbene Graham gewesen war.

Oscar blieb unter einem beeindruckend grossen Jackalberry-Baum stehen, dessen lange, schwarze Äste über das Flussbett ragten. Er legte sein Gewehr ab – eine ermutigende Geste – und setzte sich auf eine dicke, freiliegende Baumwurzel. Sara tat es ihm gleich, setzte sich im Schneidersitz auf den Boden und richtete die winzige Öffnung ihrer Kameratasche diskret auf Oscar.

»Können wir jetzt reden?«, fragte sie.

Er holte tief Luft, nickte dann aber.

»Was war der Plan mit dem Schuppentier?«, fragte Sara.

Er schaute zum Baum oder dem Himmel hinauf, schloss die Augen und senkte das Gesicht wieder, bevor er die Lider öffnete und sie anschaute. »Dem Schuppentier sollte nichts passieren.«

»Warum haben Sie es denn gefangen?«

Oscar zuckte mit den Schultern. »Ich weiss es nicht genau.«

Das war verwirrend. »Oscar, erzählen Sie von Anfang an, wie Sie in die Sache hineingeraten sind und was passierte.«

»Alles, was ich Ihnen sagen wollte, war, welche Marke der *Bakkie* hatte, der Pick-up, den die Person, die Graham erschossen hat, fuhr. Es war ein weisser Toyota HiLux. So, jetzt habe ich Ihnen alles gesagt.«

Das war eine der häufigsten Fahrzeugmarken und –farben in Südafrika. Aber Oscar sass immer noch auf seiner Baumwurzel und liess kein Anzeichen erkennen, dass er sich bewegen oder davonstürmen wollte.

»Das können Sie der Polizei sagen«, fuhr er fort, als Sara weiterhin schwieg.

Nach ein paar Augenblicken formulierte sie ihre Frage. »Warum haben Sie es getan? Wegen Geld?«

Er sah verblüfft aus. »Wer hat etwas von Geld gesagt?«

Sara breitete ihre Hände aus. »Die Zeiten sind schwierig, Oscar, und ich weiss, dass Sie nur dann Geld nähmen, wenn Sie sicher wären, dass einem Tier kein Schaden zugefügt wird. Aber was war es dann, eine Art Streich? Ein Scherz?«

Er leckte sich über die Lippen. »Das habe ich mich auch gefragt.«

»Wie ist es dazu gekommen? Wie hat er ... oder sie ... Sie kontaktiert?«

»Er«, sagte Oscar. »Es war ein Mann. Ich habe letzten Mittwoch einen Anruf auf mein Telefon erhalten, die Nummer war unterdrückt. Er sagte: »Ich gebe dir 10'000 Rand, wenn du ein Schuppentier aus dem Busch holst, es irgendwo für zwei Tage versteckst und dann an einem anderen Ort in der Wildnis wieder aussetzt.«

Sara blinzelte. »Welch eine seltsame Bitte. Was dachten Sie darüber?«

»Wie Sie schon sagten, dachte ich zuerst, es sei ein Scherz. Ich sagte dem Mann, er solle aufhören, solche Dummheiten zu erzählen und mich in Ruhe lassen, doch er wies mich an, mein Bankkonto zu überprüfen. Während er wartete, habe ich die Banking-App benutzt und festgestellt, dass gerade jemand 1'000 Rand eingezahlt hatte. Der

Mann erklärte, viertausend weitere Rand kämen, sobald ich ihm von meinem Handy ein Foto mit dem Schuppentier sende, und der Rest, weitere 5'000, wenn er von einem neuen Ort ein Foto des Schuppentiers ohne den Peilsender erhalte.«

»Was bedeutet das mit dem Peilsender?«

»Der Mann wusste vom Forschungsprogramm«, sagte Oscar. »Er wollte nicht irgendein Schuppentier, sondern dass ich ein ganz bestimmtes fange. Er wies mich an, wenn ich eines der überwachten Schuppentiere fände, den Peilsender vorsichtig zu entfernen und ihn dort, wo das Tier gewesen sei, im Busch zu lassen. Er wies mich erneut an, das Tier keinesfalls zu verletzten und mich nur ein paar Tage lang darum zu kümmern.«

»Haben Sie den Mann gefragt, weshalb?«

Oscar nickte. »Er antwortete, das gehe mich nichts an. Er brauchte nur jemanden, der das markierte Schuppentier, dessen Bau am Rande des 'Zebra Vlei' liege, fange und für ein paar Tage verschwinden lasse.«

»Dann kannte er das Reservat und den Standort der markierten Schuppentiere?«, hakte Sara nach.

»Ja.«

»Und deshalb haben Sie das Geld genommen?« Sie tat ihr Bestes, um die Bemerkung nicht anklagend klingen zu lassen.

»Ich habe ein behindertes Kind, das krank ist und spezielle Pflege benötigt. Meine Frau und ich können uns keine medizinische Hilfe leisten und das öffentliche Krankenhaus ist ... nun ja, Sie haben es wahrscheinlich schon gesehen.«

Sie nickte. »Ich bin nicht hier, um zu urteilen, Oscar, sondern nur, um Ihnen zu helfen.«

»Ich dachte, da treibe jemand ein Spielchen, indem er eines der Studientiere verstecke. Ich redete mir ein, kein Verbrechen zu begehen, sondern nur ein Tier von einem Teil des Reservats in einen anderen zu bringen.« Er liess den Kopf hängen.

»Und warum haben Sie beschlossen, es Graham zu sagen?«

Oscar schüttelte den Kopf. »Ich wünschte, ich hätte es nicht getan.«

»Ja, aber warum?«

Er sah wieder zu ihr auf und sie sah, dass seine Augen rot gerändert waren. »Weil ich innerlich *wusste*«, er klopfte sich auf sein Herz, »dass es falsch war. Also rief ich Graham, der auf dieser Party in Hoedspruit war, an und erzählte ihm, was geschehen war.«

Sie nickte. »Ich war dabei.«

»Er wies mich an, ihn etwas ausserhalb der Stadt am Strassenrand zu treffen. Also holte ich das Schuppentier, das ich hier in der Nähe in einer Kiste im Busch sicher aufbewahrte, aber als ich auf dem Weg war, rief mich der Mann, der mir den Auftrag gegeben hatte, das Schuppentier zu fangen, erneut an.« Er kniff die Augen zusammen.

»Und was wollte er?«

»Er sagte, die Pläne hätten sich geändert und ich müsse das Schuppentier zu ihm, ebenfalls nach Hoedspruit, bringen. Da sagte ich dem Mann, er solle sich verpissen, ich gäbe ihm sein Geld zurück und mein Kollege und ich würden ihn finden und verhaften.« Oscar stützte seinen Kopf in die Hände. »Ich habe das Falsche gemacht.«

Sara seufzte. »Ich denke, Sie haben richtig gehandelt.«

»Ja, aber es hat Graham das Leben gekostet. Ich traf mich mit ihm, übergab ihm das Schuppentier und erzählte ihm, was unterdessen passiert war. Er hatte getrunken, sagte mir aber, er nehme das Schuppentier mit und bringe es in die Wildnis zurück. Er werde mich decken und wir würden gemeinsam einen Plan ausarbeiten, um den Kerl, der mich reingelegt hatte, zu fassen. Ich winkte Graham zum Abschied zu und er fuhr davon. Ich sass etwas ausserhalb der Stadt, hinter dem Eingang zu Khaya Ngala, am Strassenrand und dachte darüber nach, was ich falsch gemacht hätte. Ich beschloss, der Polizei alles zu erzählen, also zu meinem Bruder, dem Detektiv, zu gehen. In dieser Nacht fuhr nur ein einziges Auto an mir vorbei, ein weisser HiLux, der sehr schnell fuhr, aber kein Licht hatte, so dass ich sein Kennzeichen nicht sehen konnte. In meine Richtung fuhr niemand, es war schon spät. Ich beschloss, Graham noch zu erwischen und ihm mitzuteilen, was ich nun entschieden hatte. So schnell ich konnte fuhr ich also zum Wildlife College. Seit ich mit

Graham gesprochen hatte, waren nur etwa zehn Minuten vergangen und auch nicht viel weniger, seit der weisse *Bakkie* vorbeigefahren war. Ein weiteres Auto, ein kleiner blauer Wagen, den eine Dame lenkte, fuhr an mir vorbei. Ich fand Graham weiter hinten auf der Strasse. Er hatte wegen einer Reifenpanne angehalten, und die Frau im blauen Auto telefonierte. Sie versuchte, mich heranzuwinken, aber als ich ankam, sah ich Graham auf dem Boden liegen und wusste, dass er tot war. Ich fuhr so schnell ich konnte, um den HiLux einzuholen. Wenn ich das geschafft hätte, hätte ich den Mann umgebracht.«

Sara sass in fassungslosem Schweigen da, stellte sich die Szene vor und versuchte, eine weitere Frage zu formulieren.

»Ich fuhr zum College«, fuhr Oscar fort, »wo aber kein weisser HiLux zu sehen war und so fuhr ich eine Zeit lang in hohem Tempo auf der R40 in Richtung Bushbuckridge. Aber ich konnte das Fahrzeug nicht finden. Als ich schliesslich zurück nach Hoedspruit fuhr, war die Polizei schon bei Graham und ich meine, sie waren auch dort, denn ich erinnere mich an eine Dame mit kurzem, blondem Haar.«

Sie nickte. »Ja, das war ich. Oh, Oscar ...«

»Ich hätte anhalten sollen, geriet aber in Panik. Ich sah meinen Bruder und sein Polizeiauto, aber als ich vorbeifuhr, stand er mit dem Rücken zu mir. Ich schämte mich und hatte zu grosse Angst, um anzuhalten und ihm zu sagen, was passiert war.«

Sara versuchte, die Informationen, die Oscar ihr gerade gegeben hatte, zu verarbeiten, als sie den Knall eines Schusses hörte.

Oscar war, sein Gewehr in der Hand, sofort auf den Beinen.

Sara stand ebenfalls auf. »Wo war das?«

Oscar legte den Kopf schief und hob eine Hand, ihr bedeutend, sie solle schweigen. »Nah«, sagte er schliesslich, »vielleicht kaum dreihundert Meter oder so entfernt, in südöstlicher Richtung.«

»*Oscar, Oscar, Oscar für Dawie*«, erklang eine Stimme aus dem Funkgerät. Sara wusste, dass Dawie Coetzee ein anderer Anti-Wilderei-Ranger im Reservat war.

»Verstanden, Dawie«, sagte Oscar. »Hast du den Schuss gerade gehört?«

»Ja, Oscar. Ich bin bei den Jungs, die die Zaunlinie überprüfen. Der Schuss klang näher am Camp. Bist du dort?«

Oscar sah Sara an und die Schuldgefühle standen ihm deutlich ins Gesicht geschrieben. »Ähm, ich bin auf einer Fusspatrouille und suche in der Nähe des Lagers nach Spuren.«

»Spuren?«, wiederholte Dawie. *»Das könnten die Spuren desjenigen sein, der geschossen hat. Ich komme sofort mit dem Fahrzeug und hole dich im Camp ab.«*

»Negativ«, sagte Oscar. »Damit könnten wir ihn verlieren. Ich gehe nach Südosten, zum 'Zebra Vlei', denn ich glaube, dass dort geschossen wurde. Dann treffen wir uns im offenen Feld des *Vlei*.«

»Nein, Oscar, geh zurück ins Lager, Boet«, widersprach Dawie.

»Nein, ich muss jetzt gehen. Wir sehen uns dort.« Oscar legte sein Funkgerät weg und spannte das Gewehr. Er blickte zu Sara.

'Ich muss', hatte er gesagt. Er war leichtsinnig, weil er keine Rücksicht auf seine eigene Sicherheit nahm und Sara erkannte, dass Oscar die Fehler, die er begangen hatte, wiedergutzumachen versuchte. Das war nobel und ein Beweis dafür, dass er ein guter Kerl war, gleichzeitig für Sara aber auch eine Chance, einige erstklassige Videoaufnahmen machen zu können.

»Ich muss gehen«, sagte er zu ihr. »Bitte erzählen Sie weder der Polizei noch sonst jemandem, was ich Ihnen berichtet habe. Sagen Sie ihnen nur, dass der Mörder einen weissen *HiLux-Bakkie* fuhr.«

Sie schüttelte den Kopf. »Das reicht nicht, Oscar und ich denke, das wissen Sie. Aber vielleicht kann ich ein paar Fragen stellen und herauszufinden versuchen, wer eines der Schuppentiere des Forschungsprogramms verstecken wollte und aus welchem Grund. Sie können mir dabei helfen, wir können gemeinsam nachforschen.«

Er zögerte. »Ich weiss nicht. Erstens bin ich mir nicht sicher, ob ich Ihnen vertrauen kann und zweitens, ob es klug ist, Fragen zu stellen. Dieser Mann könnte erneut töten, um zu schützen, was auch immer es ist, das er will. Und ich möchte Sie nicht in Gefahr bringen.«

»Ich bin ein grosses Mädchen, Oscar. Ich war bei der Armee und im Krieg.«

Er sah sie von oben bis unten an. »Sie sind stark«, er klopfte auf sein Herz, »auch hier drinnen. Das sehe ich. Aber Sie müssen mich damit allein fertig werden lassen.«

»Oscar, ich weiss bereits zu viel über Ihre Beteiligung an diesem ... Vorfall.« Sie hätte beinahe 'Verbrechen' gesagt, wollte aber das zarte Band, das sie mit ihm geknüpft hatte, nicht gefährden. Trotzdem wollte sie ihn wissen lassen, dass sie jetzt etwas gegen ihn in der Hand hatte.

Er hob sein Gewehr leicht an. »Ich könnte Sie hier töten und die Leute würden denken, es sei ein Wilderer gewesen und Sie seien irgendwo im Reservat gewesen, wo Sie nicht hätten sein sollen, und zu viele Fragen gestellt hätten.«

Sie reckte ihr Kinn vor. »Das ist bis auf eine Sache alles richtig.«

»Ausser was?«

»Sie töten mich nicht, Oscar, weil Sie einer der Guten sind.«

Er schenkte ihr ein trauriges Lächeln. »Und jetzt muss ich gehen.«

»Ich komme mit.«

Oscar schüttelte den Kopf. »Nein, das geht nicht.«

Als sie einen Motor hörten, der kräftig aufheulte, drehten beide die Köpfe. Sie blickten ins trockene Flussbett hinunter und sahen Margaux' Land Rover mit Doc Rado, den Studierenden und den Gästen der Schuppentier-Rundreise an Bord.

Oscar trat aus dem Schatten des Ebenholzbaums und winkte, so dass Margaux sie entdeckte und unter dem Baum anhielt. Sie stieg aus, stellte sich mit in die Hüften gestemmten Händen hin, sah hinauf und sagte »Sara, komm sofort hier herunter, *bitte!*«

Oscar drehte sich um, sprintete in die Richtung, aus der der Schuss geknallt hatte und verschwand in den Busch.

18

———

Als Sara auf den Sitz ganz links kletterte, sass Doc, die Arme fest vor dem Körper verschränkt, auf der rechten Seite der hinteren Sitzreihe des Land Rovers und starrte geradeaus.

Ian, Geoff und Zola sassen in der mittleren Reihe, Pär, Eva und Sue in der Reihe hinter Margaux und Moses hatte wieder den Beifahrersitz erobert, indem er allen gesagt hatte, sein Rücken mache Probleme und er brauche einen bequemeren Sitz.

Doc wartete, bis Margaux wieder durch den weichen Flusssand pflügte und der Motor brummte, bevor sie sich über den leeren Sitz lehnte. »Das war unglaublich dumm von dir, Sara.«

Sara wollte den Blick erwidern, biss sich dann aber auf die Lippe und nickte leicht.

»Ich werde später mit dir reden, unter vier Augen.« Doc sah wieder weg.

Doc hatte, einschliesslich der Situation im Reservat, zu viel um die Ohren, um sich jetzt mit Sara zu beschäftigen. Als Margaux den Land Rover auf eine Strasse lenkte, die das Flussbett kreuzte und aus dem trockenen Wasserlauf aufstieg, bekam sie trotz des leisen, regelmässigen Brummens des Motors mit, was Margaux in ihr Funkgerät sagte, und was geantwortet wurde.

Docs Xitsonga, die Sprache, die Margaux und die meisten Shangaan-Mitarbeitenden im Reservat sprachen, war nicht besonders gut, aber immerhin gut genug, um zu verstehen, dass die Anti-Wilderei-Ranger nach jemandem suchten, der geschossen hatte.

Als sie alle den Knall der Kugel gehört hatten, äusserte Doc schnell die Vermutung, jemand mache Schiessübungen, obwohl sie wusste, dass der Knall nicht aus der Richtung des Schiessplatzes kam, den die Führer und Ranger des Reservats für ihre Übungen benutzten. Ausserdem war schiessen während den Pirschfahrten verboten.

»Für uns kein Problem«, hatte Margaux in Xitsonga zu ihr gesagt. »Es ist nicht einmal in der Nähe von dort, wo ich hinfahre.«

Sie waren weitergefahren und da keine weiteren Schüsse fielen, gab es auch keine Fragen seitens der Gäste. Doc wusste, dass Geoff fliessend Xitsonga sprach und sah, dass er sich in seinem Sitz nach vorne lehnte, um ebenfalls zu hören, was vor sich ging.

Doc wollte weder die Studierenden noch ihre Gäste einem Risiko aussetzen, war aber froh, dass Margaux die Entscheidung traf, die Pirschfahrt fortzusetzen. Ausserdem war sie sicher, dass Eva protestiert hätte, wenn Margaux die Exkursion abgebrochen hätte. Sie bezweifelte, dass selbst eine ganze Armee von Wilderern Eva davon hätte abhalten können, Geoffs Schuppentier in freier Wildbahn zu sehen.«

Als sie sich dem Forschungsgebiet näherten, baute Geoff seine Ortungsausrüstung zusammen und Margaux hielt auf einer Anhöhe in einem relativ freien Bereich an. Geoff setzte seine Kopfhörer auf, schaltete den UKW-Tracker ein und stellte sich auf seinen Sitz. Während er die Antenne drehte und lauschte, machten Pär und Ian Fotos von ihm bei der Arbeit.

»Ja, ich habe ihn«, sagte Geoff nach ein paar Augenblicken. »Das Signal ist stark und er bewegt sich.«

Doc atmete aus. Wenigstens etwas auf dieser verdammten Reise lief gut. Geoff zeigte in die Richtung des Signals, Margaux nickte und fuhr, nachdem er wieder Platz genommen hatte, los.

Geoff schaute über die Schulter. »Er ist wohl in der Nähe seines Baus, vielleicht kommt er gerade für die Nacht heraus.«

»Perfekt«, sagte Doc.

Ian drehte sich um und lächelte sie an. »Das ist spannend.«

Seine Begeisterung war ansteckend. »Ja, das ist es tatsächlich«, sagte Doc.

Sara öffnete den Reissverschluss der Kameratasche, die auf dem Sitz zwischen ihr und Doc lag. Als Sara in der Tasche nach etwas suchte, stiess sie gegen das zusammengeklappt zwischen ihnen stehende Stativ, das umstürzte und gegen Docs Knie prallte. Doc griff danach und brachte es wieder in seine Position, wobei sie bemerkte, dass Sara gerade eine kleine, in die Kameratasche passende GoPro-Kamera ausschaltete. Sara schloss die Tasche schnell und Doc sah, dass ihre Wangen knallrot geworden waren.

Doc warf ihr einen 'Was soll der Scheiss?-Blick' zu und Sara verstand die Botschaft offensichtlich, denn sie kauerte sich in ihrem Sitz zusammen. Margaux fuhr weiter und hielt nur an, um eine Elefantenherde mit Jungen die Strasse überqueren zu lassen. Normalerweise hätten sie gewartet und den Anblick genossen, aber davon wollte Eva nichts wissen.

»Fahren Sie weiter, Margaux«, befahl sie unnötig herrisch, nachdem das letzte Jungtier der Gruppe über die Strasse gestapft war. Der kleine Elefantenjunge schüttelte den Kopf und stiess einen hohen Trompetenstoss aus, als wolle es seine Wut darüber zum Ausdruck bringen, dass die Menschen zwar in ihr Revier eingedrungen waren, sich nun aber nicht einmal die Mühe machten, ihn zu fotografieren.

Margaux tat, wie ihr befohlen wurde und Geoff zeigte ihr, wo sie die Strasse verlassen sollte. Als Margaux um alte Bäume und einen Termitenhügel herumkurvte, waren alle an Bord still. Sie lehnte sich aus dem Fahrzeug, suchte die Spuren von Geoffs Forschungsfahrzeug, das sich hier bei früheren Besuchen einen rüttelnden Weg zum Schuppentierbau gebahnt hatte, und folgte diesen.

»Halt bitte hier an, Margaux.« Geoff stand wieder auf seinem Platz und lauschte. »Ich denke, wir können hier alle aussteigen.«

Margaux stand ebenfalls auf und sah sich um. »Okay, die Luft scheint rein zu sein.« Sie öffnete die grüne Waffentasche aus Segeltuch, die auf dem Armaturenbrett lag, und nahm ihr .375er Gewehr heraus. Margaux kletterte, von den anderen gefolgt, heraus und lud die Waffe. »Folgen Sie mir bitte alle in einer Reihe und denken Sie an die goldene Regel: Falls etwas passiert, rennen Sie keinesfalls weg!«

Eva drängte sich so weit wie möglich nach vorn und reihte sich direkt hinter Geoff, der hinter Margaux an zweiter Stelle stand, ein.

Doc blieb zurück. »Komm mit mir zuhinterst«, sagte sie zu Sara, die ihre Tasche und ihr Stativ schulterte. Sara nickte nur.

Sie bewegten sich langsam, aber zielstrebig, wobei Margaux gelegentlich anhielt, um zu lauschen und den Busch um sie herum abzusuchen. Geoff hielt ab und zu inne, konzentrierte sich auf das Sendersignal und gab Margaux leichte Kurskorrekturen.

Als Geoff stehenblieb, versammelten sich die Gäste hinter ihm. »Jetzt ist er wirklich ganz nahe«, sagte er leise.

Margaux zeigte nach vorn. »Da!«

Doc und Sara gingen weiter und schliesslich entdeckte Doc das Schuppentier. Von diesem Anblick bekam sie nie genug. So abgestumpft und deprimiert sie sich manchmal vor allem in den Wochen und Monaten nach Juries Tod gefühlt hatte, so sehr freute sie jeweils der Anblick eines dieser seltsamen kleinen Geschöpfe, die in der natürlichen Umgebung des Busch herumwatschelten und nichts von der Bosheit und Gier der Menschen wussten.

Sara versuchte, näher zu kommen, aber Doc legte ihr eine Hand auf die Schulter.

»Ich *muss* diese Aufnahmen bekommen, Doc«, sagte sie.

»Nein.« Sara sah ihr in die Augen, musste aber ihren Blick schliesslich abwenden. »Komm mit.«

Margaux drehte sich um und forderte Doc auf, nach vorne zu kommen, doch diese schüttelte den Kopf und nickte in Saras Richtung, was Margaux zu verstehen schien. »Kommt alle näher, aber schneidet ihm nicht den Weg ab«, wies Margaux die Gäste an.

Doc sagte mit leiserer, aber nach wie vor harter Stimme. »Komm, Sara, ich muss mit dir reden.«

Sie führte Sara zwanzig Meter in die Richtung zurück, aus der sie gerade gekommen waren und von den anderen weg, in den Schatten eines hohen Bleiholzbaums. Dort drehte sie sich zur blonden Frau um. »Was zum Teufel sollte das denn?«

Sara schaute über ihre Schulter, weil sie eindeutig bei den anderen hätte sein und filmen wollen. Schliesslich warf sie Doc einen trotzigen Blick zu. »Ich bin erwachsen und eine Dokumentarfilmerin. Ich gehe, wohin ich will und filme, was ich will.«

»Nein, Sara. Du bist dank mir als Gast in diesem Reservat – schliesslich habe ich dir eine verdammte Einladung in diesem netten Camp besorgt, Sara – und damit bist du wie alle anderen hier verpflichtet, die Regeln, die zu unserer Sicherheit aufgestellt wurden, zu befolgen. Margaux ist deine Führerin und sie hat sie dir erklärt. Wenn dir auf deinem kleinen Spaziergang etwas zugestossen wäre, hätte sie ihren Job verloren. Versuch dir vorzustellen, welche Auswirkungen es auf den Ruf des Camps hätte, wenn eine preisgekrönte Filmemacherin von einem Löwen oder Büffel oder was auch immer getötet worden wäre.«

»Nun, mir ist nichts passiert.«

Doc zeigte mit einem Finger auf Saras Brust. »Das ist nicht das Thema und das weisst du genau. Oder kümmerst du dich um niemanden ausser um dich selbst?«

Sara höhnte: »Du hast gut reden, denn du bist so sehr in deinen Kummer vertieft, dass du gar nicht siehst, was in der Welt um dich herum vor sich geht. Wir müssen herausfinden, wer Jurie getötet hat – die Polizei ist nutzlos – und wissen, wer versucht, dich zu Fall zu bringen und warum.«

»Was meinst du mit 'mich zu Fall bringen'? Und was zum Teufel hast du überhaupt mit Oscar im Busch gemacht?«

Sara stemmte die Hände in die Hüften. »Hör mal, meine Arbeit steht für mich an erster Stelle, aber falls es etwas gibt, das mir mehr am Herzen liegt als das Filme machen, dann die Umwelt und die Menschen, die sie schützen. Um ehrlich zu sein, habe ich einen anonymen Anruf von jemandem erhalten, der sagte, er habe Informationen über Grahams Mörder, nämlich, was dieser für ein Auto gefahren habe.«

»Was? Warum bist du nicht gleich zu mir gekommen? Wir müssen damit zu Detective Mdluli gehen.«

Sara hob eine Hand. »Nein, warte. Hör mir zu. Meine Quelle muss anonym bleiben, zumindest im Moment, aber ich arbeite an ihm... an ihnen, meine ich.«

Sara erzählte Doc dann die unglaubliche Geschichte über einen mysteriösen Fremden, der verlangte, dass Sues Forschungsschuppentier für ein paar Tage aus dem Busch entführt – aber nicht verletzt – werde und dass ihre 'Quelle', wie Sara ihn weiterhin nannte, eine Zahlung für etwas angenommen habe, das er für einen Streich hielt, es sich dann aber anders überlegt und abgebrochen habe.

»Meine Quelle ist sich sicher, dass Graham von einem Mann getötet wurde, der einen weissen Toyota-*Bakkie* fuhr.«

»Menschenskind«, sagte Doc, »so eins fährt doch jeder zweite Mann in Südafrika.«

»Ja, ich weiss«, bestätigte Sara. »Wir brauchen ein Nummernschild, doch dieses konnte meine Quelle nicht erkennen, weil es dunkel war und der Pick-up schnell und ohne Licht fuhr. Vielleicht können wir uns Zugang zum Material der Überwachungskameras am Zaun des Timbavati-Reservats verschaffen? Meine Quelle ... nun ja, sagen wir einfach, hätte möglicherweise Zugang zu solchen Dingen.«

»Sobald ich mit dir fertig bin, Sara, werde ich Oscar erdrosseln. Was zum Teufel hat er sich nur dabei gedacht?«

Sara zuckte mit den Schultern. »Er hielt das, was er tat, für harmlos und es wurde ihm eine Menge Geld angeboten. Ich meine, wer auch immer es war, mit dem ich gesprochen habe.«

Doc schloss für zwei Sekunden die Augen und atmete tief ein, um sich zu beruhigen. »Habt ihr den Schuss da hinten gehört?«

»Ja, das habe ich«, nickte Sara. »Und Oscar, den ich zufällig bei einem Spaziergang im Busch getroffen habe, ...«

Jetzt war Doc an der Reihe, die Hand zu heben und damit das Zeichen zum Stoppen zu geben. »Spar dir das. Was ist passiert?«

»Ich bin mir nicht sicher«, sagte Sara. »Wir haben den Schuss gehört und Dawie hat sich über Funk gemeldet. Er wies Oscar an, auf ihn zu warten, er hole ihn mit einem Fahrzeug ab, aber Oscar rannte wie Rambo allein in den Busch. Ich wäre mit ihm gegangen, um den Kontakt zu filmen ...«

Doc schlug sich an die Stirn. »Bitte sag nicht so etwas.«

»... aber dann seid ihr aufgetaucht. Ehrlich gesagt vermute ich, dass Oscar etwas beweisen will.«

»Dass er kein Wilderer ist?«

»Das hast du gesagt, nicht ich«, sagte Sara. »Aber was machen wir jetzt?«

»Jetzt? Muss ich mit einer Gruppe von Touristen und Studierenden durch den Krügerpark nach Simbabwe und dann weiter nach Namibia fahren, um Schuppentiere zu beobachten. Ich kann nicht hierbleiben und mit dir, Sara, und deiner so genannten Quelle Amateurdetektiv spielen.«

Sara schüttelte den Kopf. »Ich will nicht, dass du das tust und komme trotzdem mit dir mit.«

»Du willst nicht hierbleiben?«

»So gern du mich jetzt auch loswerden würdest, Doc, glaube ich doch, dass du mich auf dieser Reise brauchst.«

»Wie kommst du darauf?«, fragte Doc verzweifelt.

»Weil ich glaube, dass derjenige, der hinter all dem steckt – Juries Tod, dem Fang des Schuppentiers und Grahams Mord –, es eigentlich auf dich abgesehen hat.«

Doc zitterte. So gern sie Sara gebeten hätte, damit aufzuhören, nach Verschwörungstheorien zu suchen, hatte sie doch das Gefühl, die blonde Filmemacherin habe vielleicht recht.

Ian hatte genug Fotos des Schuppentiers aufgenommen und lief nun schweigend und staunend hinter ihm her.

Margaux, stets wachsam, hielt sich links und ging voraus, um frühzeitig zu entdecken und ihnen Schutz zu geben, falls sich Elefanten, Löwen oder andere gefährliche Tiere vor ihnen befanden. Geoff hatte seinen Vortrag gehalten und selbst Eva, der Tränen über die Wangen rollten, weil sie zum ersten Mal ein Schuppentier in freier Wildbahn sah, war nun ruhig und nachdenklich.

Es war ein schöner Moment und Ian freute sich, als Doc Rado wieder zu ihrer Gruppe stiess. Sara war bei ihr und machte sich, da sie bisher überhaupt nicht hatte filmen können, daran, die verlorene Zeit aufzuholen.

Sara schritt an ihnen vorbei und zu Margaux. »Entschuldige, Margaux, meinst du, es ist in Ordnung, wenn ich ein Stück weiter nach vorn gehe, mich dort auf Augenhöhe des Schuppentiers bereitmachen und es filmen kann, wenn es auf mich zukommt?«

»Natürlich«, gab Margaux zurück und schenkte ihr ein zu süsses Lächeln. »Vielen Dank, dass du fragst, Sara. Komm mit mir und wir gehen nach vorn. Dort sorge ich dafür, dass alles klar ist und halte ein schützendes Auge auf dich.«

»Danke, Margaux.«

Autsch. Ian erkannte daran, wie Sara empfangen worden war, nachdem sie sie im Busch aufgegabelt hatten, dass im Paradies nicht alles zum Besten stand. Sara hatte eindeutig eine Grenze überschritten, wahrscheinlich indem sie allein in den Busch gegangen war, um sich mit dem Ranger zu treffen, den Ian flüchtig gesehen hatte. Er fragte sich, was hinter den Kulissen vor sich ging.

Docs Lächeln war angespannt. »Wie geht es Ihnen, Ian? Hat Ihnen Ihr erstes Schuppentier gefallen?«

»Natürlich, sehr sogar. Um ehrlich zu sein, wusste ich, bis ich in Australien zu dieser Spendenaktion ging, nicht einmal, wie ein solches aussieht. Aber das Video und die Bilder, die dort gezeigt wurden, werden dem, was ich hier gerade gesehen habe, nicht gerecht. Wenn man ein Schuppentier sieht und beobachten kann, wie sorglos und unbekümmert es umherwandert und nach Ameisen sucht, fragt man sich, wie jemand ein solches Wesen töten kann oder will.«

»Ja, ich weiss.« Doc ging neben ihm her.

Abseits von Sara, die mit Margaux vorangegangen war, schien

sich Doc langsam zu entspannen, obwohl Ian bemerkte, dass die Hände an ihren Seiten zu Fäusten geballt waren.

»Ist mit Ihnen alles okay, Doc?«, fragte er.

Ihre Schultern hingen ein wenig nach vorn und ihr unechtes Lächeln verwandelte sich in ein Stirnrunzeln. »Nun ja, es könnte besser sein, aber danke, dass Sie fragen. Sie sind sehr fürsorglich.«

»Das hätten nicht alle, mit denen ich im Laufe der Jahre Geschäfte gemacht habe, sagen können, und Katrina erst recht nicht, aber vielleicht lerne ich ja noch dazu. Vielleicht ist es ...«, er breitete die Arme aus, »dieser Ort.«

»Afrika kann eine tiefgreifende Wirkung auf Menschen haben«, sagte sie.

Sie gingen, zufrieden damit, etwas Abstand von den anderen zu haben, schweigend weiter. Vor ihnen spazierten Moses und Zola nebeneinander und sprachen leise miteinander.

Doc schien auf Moses' Rücken zu starren, wobei sie ihren Mund erneut verzog.

»Was hatte Sara vor?«, fragte Ian leise.

Doc seufzte. »Sara ist eine Naturgewalt. Sie macht, was sie will und es ist praktisch unmöglich, ihr zu sagen, was sie tun soll, selbst wenn ihre eigene Sicherheit auf dem Spiel steht.«

Er nickte. »Ich habe nach der Schule ein paar Jahre als Journalist gearbeitet und traf Fotografen wie sie. Solche Leute sind äusserst ehrgeizig.«

»Ja.«

Doc sah ihm in die Augen, wobei Ian das Gefühl hatte, sie wolle ihm noch etwas sagen, vielleicht darüber, was Sara draussen im Busch gemacht hatte.

Er brach das Schweigen, denn er wollte ihr auch etwas erzählen und wenn er ihr seine Gedanken mitteilte, würde Doc es vielleicht auch tun. »Ich habe nachgedacht.«

»Oh, das ist für einen Mann gefährlich.«

Sie lächelte bei ihrem eigenen Scherz und er lachte. Ihr Gesicht hellte sich in diesem Moment auf und er erhaschte einen Blick auf eine andere Doc, vielleicht auf die Frau, die sie irgendwann gewesen war, bevor ihr Polizeipartner starb.

»Ich würde Ihnen gern bei den Forschungen und der Arbeit für die Arterhaltung helfen.«

»Das ist sehr nett von Ihnen, Ian. Ich denke, das geht am besten, indem Sie die Wohltätigkeitsorganisation unterstützen, an die Sie das Auktionsgeld gezahlt haben.«

Er schüttelte den Kopf. »Nein, ich möchte nicht zu Spendenaktionen gehen oder über PayPal Geld irgendwohin schicken. Ich würde gern mit den Menschen hier in Südafrika zusammenarbeiten, und vielleicht auch anderswo auf dem Kontinent. Ich bin kein Wissenschaftler, aber ich kann Ihnen helfen, über die Presse und die sozialen Medien Nachrichten zu verbreiten.«

Sie blieb stehen und sah ihn an, als sehe sie ihn zum ersten Mal. »Hat Sie der Käfer bereits erwischt?«

Auch er hatte innegehalten. »Welcher Käfer?«

»Der Afrika-Käfer. Seien Sie vorsichtig, das Virus ist gefährlich. Dieser Ort verändert Ihr Leben, Ian, aber nicht immer zum Guten.«

Er zuckte die Schultern. Alle anderen vor ihnen waren auf das Schuppentier fixiert, aber Ian schien es, als entdecke er ein Paralleluniversum. Er nahm die gedämpften Grün- und Brauntöne der Bäume und Sträucher um ihn herum in sich auf. Einerseits kamen ihm einige bekannt vor, die ähnlich waren wie die Akazien in Australien, aber andere Pflanzen waren ihm völlig fremd. Er hörte ein klopfendes Geräusch, schaute auf und sah einen Specht mit einer leuchtend roten Federkappe, der auf einen Baum einhämmerte. Ausserdem schwang sich ein Gelbschnabel-Hornvogel, wie er ihn auf seiner ersten Pirschfahrt gesehen hatte, in die Lüfte.

»Ich glaube, da haben Sie Recht«, sagte er.

Sie schaute ihn an.

Er grinste. »Was ist?«

»Ich wäre jetzt gern Sie.«

Er lachte. »Ein Mann mittleren Alters?«

»Nein. Ich meine, ich würde das alles gern mit Ihren Augen sehen«, sie wedelte mit der rechten Hand herum, »den Busch, die

Tiere, die Vögel. Alles zum ersten Mal und mit den Augen eines unschuldigen Touristen.«

»Sie meinen, ich wisse nicht, wie es wirklich ist?«, sagte er und fühlte sich leicht getadelt.

»Oh, nein, tut mir leid, das habe ich nicht gemeint.« Doc streckte eine Hand aus und legte sie auf seinen Unterarm. Als sie ihre Finger wegzog, spürte er das leichte, aber köstliche Kratzen eines rot lackierten Nagels. »Ich meine, Sie haben recht, es ist wundersam hier und erhebend schön. Ich vermisse dieses Gefühl und möchte am liebsten jemand sein, der das alles zum ersten Mal sieht und zu geniessen lernt. Das zehnjährige halbindische Mädchen von damals, das zum ersten Mal in seinem Leben in den Krügerpark kam und weinte, weil es nach Durban zurückkehren musste.«

»Ach, tatsächlich?«, sagte er.

Sie nickte. »Ja, wirklich. Als ich nach Hause kam, ging ich in die Bibliothek und lieh mir so viele Bücher über Wildtiere aus, wie ich konnte. Über Säugetiere, Reptilien, Vögel, einfach alles.«

»Ich wette, Sie waren sehr fleissig«, sagte er, als sie ihren Weg fortsetzten.

»Oh ja, total besessen. Und Sie?«

»Ich habe gern gelesen und geschrieben.«

»Sind Sie deshalb Journalist geworden?«, fragte sie.

»Ja.« Wie weit entfernt schien ihm diese Zeit. »Ich war nicht besonders gut, vielleicht, weil ich kein investigativer Reporter war und nicht der Typ, der einen Fuss in die Tür setzt. Aber ich habe gern geschrieben, vor allem Reportagen. Was ich allerdings wirklich schreiben wollte, war ein Roman.«

»Und warum haben Sie es nicht getan?« Sie liess die Frage so klingen, als sei es so einfach, wie in eine Bibliothek zu gehen und sich ein Buch auszuleihen.

»Zeit, Geld. Ich war zu sehr mit meiner Arbeit und später mit dem Aufbau eines Unternehmens beschäftigt. Ich hatte ein paar Fehlstarts, tippte vor der Arbeit oder am Abend, kam allerdings nie weit. Und abgesehen davon, dass ich nie genug Zeit hatte, konnte ich mich auch nie wirklich auf einen Ort für ein Buch festlegen. Ich fühlte mich nie ... inspiriert.«

»Vielleicht schreiben Sie eines Tages über Afrika.«

Er sah sich um, atmete tief ein und versuchte, seine Umgebung mit allen Sinnen in sich aufzusaugen und in sein Bewusstsein einzuprägen. »Wer weiss, vielleicht. Immerhin habe ich jetzt Zeit.«

»Was für ein Buch würden Sie denn schreiben?«

Er kam sich dumm vor, als er ihr von seinem Traum erzählte. »Lachen Sie nicht, aber ich mag Krimis. Wahrscheinlich würde ich einen solchen schreiben.«

Doc hielt wieder an und er tat dasselbe. »Warum sollte ich lachen?«

»Sie sind eine Akademikerin, eine Professorin. Ich hätte nicht gedacht, dass Sie sich für etwas Frivoles interessieren.«

Doc legte eine Hand an die Seite ihres Mundes und sagte ganz leise. »Sagen Sie es nicht weiter, aber ich bin ein Mensch. Ich lese gern Liebesromane – je kitschiger und heisser, desto besser. Aber das weiss nicht einmal meine Mutter.«

»Ha! Das gefällt mir.«

»Falls Sie meine Mutter jemals treffen, sagen Sie ihr bitte nichts davon. Sie ist Ärztin und wollte eigentlich, dass ich auch eine werde. Sie würde mich umbringen, wenn sie es herausfände.«

Er lachte laut auf, was Moses Khumalo dazu veranlasste, ihm einen missbilligenden Blick über die Schulter zuzuwerfen. »Tut mir leid«, murmelte Ian zu Doc, »ich scheine den Herrn Professor verärgert zu haben«.

»Das ist nicht schwierig. Jetzt kennen Sie mein geheimes Laster, und was ist Ihres?«

Ian blickte theatralisch von einer Seite zur anderen. »Elvis-Presley-Filme.«

»Nein, nicht wirklich.«

»Doch.«

»Nun, meine Mutter würde Sie *lieben*. Sie schwärmt von Elvis«, sagte Doc.

»Ich erinnere mich, dass meine Mutter weinte, als er starb und ich sie trösten musste«, sagte Ian.

Docs mitfühlendes Lächeln währte nicht lange, dann sah sie wieder tief in Gedanken versunken aus.

»Ian?«

Er blickte zu ihr. »Ja?«

Sie sprach mit leiser Stimme. »Der Ranger, den Sara aufsuchte – sein Name ist Oscar Mdluli und er ist der Bruder des Detektivs – war am Fang des Schuppentiers beteiligt, das Sue studierte.«

»Aha, das passt.« Ian holte tief Luft. »Ein Ranger, der gegen Wilderei vorgeht, ist gegenüber der Tierwelt und Ihrer Arbeit sorgsam genug, um einem Schuppentier den Sender vorsichtig zu entfernen und das Tier nicht zu verletzen. Ist es deshalb lebend in Grahams Auto aufgetaucht?«

»Ihnen entgeht nicht viel. Ich weiss nicht, warum ich Ihnen das erzähle, denn eigentlich will ich Sie nicht in dieses Chaos hineinziehen.«

»Doc, ich bin vierundfünfzig Jahre alt und habe mein Leben damit verbracht, im Namen anderer Leute zu sprechen. Ich habe Medienmitteilungen über alles Mögliche geschrieben, von Spanplattenböden bis hin zu Arzneimitteln. Und mich abgemüht, Unternehmen zu verteidigen, die Flüsse verschmutzt, ihre Mitarbeitenden entlassen oder bei illegalen oder unmoralischen Handlungen erwischt wurden. Kurzum, wie ich bereits erwähnte, habe ich das Gefühl, dass ich in meiner Arbeit nie wirklich etwas Sinnvolles getan habe. Also lassen Sie mich helfen, wenn ich kann, auch wenn Sie nur ein paar Ideen austauschen wollen. Hatte dieser Oscar vor, das Schuppentier an einen Zwischenhändler zu verkaufen?«

Doc schüttelte den Kopf. »Nein. Bizarrerweise erzählte Oscar Sara, er sei dafür bezahlt worden, das Schuppentier zu entführen – wenn man so sagen will –, es für ein paar Tage irgendwo zu verstecken und es dann an einem anderen Ort freizulassen. Aber er bekam kalte Füsse und rief seinen Freund Graham Foster an, den Mann, der getötet wurde. Wer auch immer Oscar also bezahlt hat, muss alles über unsere Forschungsprogramme gewusst haben.«

Ian stiess einen leisen Pfiff aus. »Der Verlust eines Schuppentiers wäre eine gute Geschichte für die Medien gewesen.«

Doc sah ihn an. »Sie denken wie ein Journalist oder ein PR-Mann, nicht wie ein Wilderer.«

»Ist das schlimm?«

Sie lächelte ihn an. »Nein, im Gegenteil, es ist gut. Machen Sie weiter.«

»Ihr Gegner«, er deutete mit einer Kopfbewegung zu Moses, der vor in der Nähe stand, »hat wahrscheinlich schon einmal versucht, Sie in den Medien zu diskreditieren – vorausgesetzt, er war es, der der Journalistin, die Sie anrief, etwas zugespielt hat. Dass Ihnen, der leitenden Akademikerin, die sich dem Schutz der Schuppentiere verschrieben hat, eins Ihrer Tiere direkt vor der Nase weggeklaut wird, hätte keine gute Perspektive aufgezeigt.«

Doc sagte einige Augenblicke lang nichts. »Aber wer auch immer dahintersteckt, könnte auf Graham gestossen sein, der Oscar helfen wollte. Dann hätte er ihn, um seine Beteiligung zu vertuschen, möglicherweise umgebracht. Könnte Moses sich so etwas zuschulden kommen lassen?«

Ian zuckte mit den Schultern, denn um diese Frage zu beantworten, kannte er den Mann nicht gut genug.

Sie holten die Gruppe, die innegehalten hatte, weil Margaux stehen geblieben war, ein. Als Doc und Ian eintrafen, legte die Führerin einen Finger an die Lippen und Ian sah, dass das Schuppentier in einer natürlichen Grube hockte, in welches Geoff es getrieben hatte und über dem er nun stand. Alle blickten auf das Tier herunter.

Margaux gestikulierte etwas zu Ian. Er blinzelte und schaute angestrengt in die Bäume hinter dem Schuppentier, aber erst als er das Zucken einer haarigen Schwanzspitze bemerkte, erkannte er, dass keine vierzig Meter vor ihnen ein riesiger Elefant stand.

Der massive Bulle frass und bewegte sich langsam, scheinbar ohne sie zu bemerken oder sich von ihnen beeindrucken zu lassen, in ihre Richtung. Margaux gab allen ein Zeichen, sich umzudrehen und langsam zum Fahrzeug zurückzugehen, während Geoff das Schuppentier, das sich zu einem schützenden Ball zusammengerollt hatte, trug.

»Willst du ihn eine Weile übernehmen, Ian?«, schlug Geoff vor. »Er ist schwer.«

Ian bemerkte Evas säuerlichen Gesichtsausdruck, aber er nahm das schuppige Bündel und spürte dessen Wärme an seinem Körper. Er schluckte heftig, weil Gefühle in ihm hochsprudelten, von denen er gar nicht gewusst hatte, dass sie existierten.

Doc holte ihr Handy heraus und machte ein Foto von Ian, der strahlte.

»Wird Liebe in Ihrem Buch auch eine Rolle spielen?«, fragte Doc, als sie sich wieder auf den Weg machten.

»Auf jeden Fall.«

19

———————

bends speisten sie unter dem Sternenhimmel in der Boma von Antares, einer kreisförmigen, mit Sand ausgelegten Anlage, in deren Mitte ein Feuer loderte. Margaux hatte Filetsteak, Hühnchen und brutzelnde *Boerewors,* südafrikanische Bratwurst vom *Braai,* dem Grill, serviert. Als alle mehr oder weniger mit essen fertig waren, stand Doc auf, steckte ihr Telefon, das sie soeben noch gecheckt hatte, in die Tasche und klopfte ein paar Mal an ihr Weinglas, worauf das Gespräch verstummte.

Auf Docs Bitte hin hatte Sara über das, was sie von Oscar erfahren hatte, Stillschweigen bewahrt. Nun wollte Doc selbst mit Oscar sprechen, bevor dieser zur Polizei ging oder sie ihn dazu überreden konnte, sich zu stellen. Im Moment war er aber immer noch mit allen anderen Anti-Wilderei-Rangern unterwegs, um das Reservat auf der Suche nach dem oder den Wilderern, die vorhin den Schuss abgegeben hatten, zu durchkämmen.

Das letzte, was Doc von Margaux, die mit Dawie, dem Leiter der Wildereiabwehr in Funkkontakt stand, gehört hatte, war, dass offenbar keine Nashörner verletzt worden waren. Dawie berichtete, ein weibliches Breitmaulnashorn und sein Kalb hätten sich im Gebiet befunden, in dem Oscar und Sara den Schuss gehört hatten, sowie ein grosser Bulle, der dem Weibchen folgte. Glücklicherweise waren alle drei Tiere von Rangern wohlauf gesichtet worden.

Von irgendwo in der Nähe hörte man den schaurigen zweisilbigen Ruf einer Hyäne, der auch die letzten Gespräche verstummen liess.

»Danke«, rief Doc in die Dunkelheit, was ein paar Lacher hervorrief. »Morgen brechen wir früh zu einer langen Fahrt durch den Krüger-Nationalpark auf und übernachten im Punda Maria Rest Camp ganz im Norden des Parks. Hat noch jemand Fragen?«

»Bekommen wir Schutzwesten und Gewehre?«, fragte Pär.

Doc schaute alle am Tisch an. Eva, Sue, Geoff, Zola und Moses lachten über den Witz, aber Ian sah auf seinen Teller hinunter und hob dann den Blick, der ihren traf. Sara sass mit verschränkten Armen tief in Gedanken versunken da.

»Ihre Sicherheit ist unsere Priorität, Pär«, erwiderte Doc mit einem höflichen Lächeln. »Bitte packen Sie Ihre Taschen und seien Sie um 6.30 Uhr abfahrbereit. Wir haben Frühstückspakete für unterwegs und essen im Krügerpark zu Mittag. Ich begebe mich jetzt für einen Schlummertrunk zum Feuer.«

Doc schob ihren Stuhl zurück und hob ihr Weinglas. Ian, der neben Pär und Eva sass, entschuldigte sich und ging mit Doc zum Feuer. Der Rest der Gruppe verweilte zum Glück am Esstisch.

»Dieser kleine Scherz war nicht sehr geschmackvoll«, bemerkte Ian leise, als er sich neben sie in einen Regiestuhl aus grüner Leinwand und Holz setzte.

Doc nickte. »Ich würde die Rundreise nicht fortsetzen, wenn ich glaubte, dass jemand in Gefahr sei. Dennoch habe ich das Gefühl, dass Tragödien und Chaos mich verfolgen, Ian.«

»Das, worüber wir vorhin auf dem Spaziergang gesprochen haben ...«, begann Ian.

»Ja?«

»Was wollen Sie dagegen tun? Wegen Oscar, dem Ranger?«

»Ich habe vor, heute Abend, wenn er von seiner Patrouille zurück ist und bevor wir gehen, mit ihm zu reden. Die Polizei – vor allem sein Bruder – ist bestimmt bald hinter ihm her. Ich will sehen, ob er mir noch etwas darüber verraten kann, wer ihn bezahlt hat. Vielleicht kommt ihm noch eine Erinnerung an die Stimme des Mannes, so dass ich irgendwie herausfinden kann, ob es jemand war, den ich kenne.«

»Lassen Sie mich mitkommen«, bat Ian. »Dieser Typ steht unter Druck und er könnte etwas Unüberlegtes tun.«

Doc streckte eine Hand aus und legte sie auf sein Knie. »Danke, aber ich möchte Sie nicht in Gefahr bringen.«

Er sah auf ihre Hand hinunter und sie beeilte sich, sie wegzunehmen. Einen Moment lang fragte sie sich, ob sie sein männliches Ego verletzt habe.

»Was ist mit dem jungen Polizeibeamten, der mit uns reist?«, fragte Ian. »Sie könnten ihn anrufen und um Unterstützung bitten.«

Wieder schwieg Doc, während sie nachdachte. Sie hatte immer noch das Gefühl, an Jason Chows spontanem Entschluss, Sue auf der Reise zu begleiten, sei etwas nicht ganz koscher. Sicher, die beiden hatten eindeutig eine Art von Beziehung, obwohl Doc sie nicht richtig einschätzen konnte. Aber dass der Detektiv ankündigte, ihnen in seinem eigenen Fahrzeug durch das südliche Afrika zu folgen, fand sie sehr seltsam.

»Vertrauen Sie ihm nicht?«, fragte Ian.

»Falls Sie darauf hinauswollen, nein, ich verfalle nicht in rassistische Stereotypen, indem ich behaupte, weil er asiatischer Abstammung ist, könnte er in die Wilderei von Schuppentieren oder sogar Nashörnern verwickelt sein.«

Ian schüttelte den Kopf. »Sowas will ich überhaupt nicht andeuten, aber ich finde es etwas seltsam, dass ein Polizist einer Rundreise durch Afrika folgt, nur weil er auf eine hübsche junge Doktorandin scharf ist.«

Doc kniff die Augen zusammen und sah ihn an. Er sah nicht nur gut aus, sondern schien ausserdem ihre Gedanken lesen zu können.

»Ich habe dasselbe auch gedacht. Und entschuldigen Sie, ich wollte Ihnen nicht unterstellen, Sie seien ein Rassist«, sagte sie.

»Danke, ich bin wirklich keiner. Aber ich sehe ab und zu Polizeidramen im Fernsehen, also bin ich von Natur aus misstrauisch.«

»Sie sollten tatsächlich einen Kriminalroman schreiben«, sagte sie.

»Vielleicht tue ich das. Mit einer heissen Romanze, natürlich.«

Sie lächelte. Es ging ihr so viel durch den Kopf, dass es guttat, einfach nur dazusitzen und die Gesellschaft eines anderen Menschen zu geniessen, wenn auch nur kurz. Ausserdem, hatte er gerade mit ihr geflirtet? Von einem Baum in der Nähe der Boma rief eine Eule.

»Was war das?«, fragte er und blickte in die Nacht hinaus.

»Ein Afrikakauz. Er hat so einen schönen Ruf.« Sie hielt einen Finger hoch und wartete, bis sein lyrischer, fünfsilbiger Ruf ertönte. »Hören Sie ihn? Er fragt, wer Sie sind, *‘who, who are you?*«

»Eine gute Frage, finde ich«, lächelte Ian und schien gerade noch etwas sagen zu wollen, als Sara hinter ihnen auftauchte.

»Doc?«, rief sie leise.

Sie drehten sich beide um. »Ja, ich bin hier«, meldete sich Doc.

»Kann ich dich kurz sprechen?«

»Sicher«, sagte Doc.

»Ähm, unter vier Augen?«, bat Sara. »Es geht um die Sache, die wir vorhin besprochen haben.«

»Du kannst vor Ian sprechen«, sagte Doc.

Sara sah verblüfft aus. »Du hast es ihm erzählt?«

»Nicht alles, aber das Meiste hat er erraten und den Rest habe ich ihm erzählt.«

Saras Mundwinkel bogen sich nach unten und sie stemmte die Hände in die Hüften. »Ich glaube, wir müssen jetzt mit meiner Quelle sprechen. Die Anti-Wilderei-Truppe ist gerade zurückgekommen. Ich war an der Rezeption, um zu sehen, ob es etwas Neues gibt und habe dabei einen *Bakkie* mit Rangern vorbeifahren sehen, das zum Camp unterwegs war.«

Doc stellte ihr Weinglas ab und stand auf. Als sie sah, dass Ian sich ebenfalls erheben wollte, sagte sie entschlossen: »Wir kommen schon klar, Ian. Ich sehe Sie später.«

Ian nickte und Doc ging mit Sara weg.

»Warum hast du es ihm gesagt?«, zischte Sara, als sie ausser Hörweite waren.

»Ich weiss es nicht. Weil ich ihm vertraue.«

Sara schüttelte den Kopf. »Ich bin mir immer noch nicht sicher, ob ich dich überhaupt zu Oscar mitnehmen soll. Aber da du Graham nahe standest, hast du wohl das Recht darauf.«

»Oscar wusste von meiner kurzen Affäre mit Graham«, sagte Doc, »also kennt er mich.«

»Aber das können wir nutzen, diese persönliche Verbindung.«

Doc war sich bewusst, dass Sara recht hatte, dennoch klang es für sie hart und berechnend. Sie mochte Sara – sie war eine starke, unabhängige Frau, aber Doc vermutete, als Dokumentarfilmerin oder Reporterin müsse man sich eine harte Schale zulegen. Ian hatte erzählt, er habe diesen Teil seiner Arbeit nicht gemocht, als er Journalist gewesen sei.

Doc und Sara verliessen die Boma und gingen zuerst durch den überdachten Essbereich dann an der Bar vorbei zur Rezeption. Doc suchte Margaux und wollte sich von ihr zum Anti-Wilderer-Camp fahren lassen, denn es wäre selbstmörderisch, im Gebiet, in dem die Big Five lebten, nach Einbruch der Dunkelheit dorthin zu laufen.

Sie hatten Glück: Als sie beim Empfang ankamen, stand Margaux an der Rezeption und sprach mit Dawie, dem Leiter der Anti-Wilderei-Abteilung.

»Margaux«, sagte Doc, »kannst du uns bitte zum ...«

Margaux drehte sich ihnen zu und sie sahen, dass ihr Gesicht kreidebleich war. »Ich habe eine schreckliche Nachricht für euch.«

»Was ist los?«, wollte Sara wissen.

»Oscar ...«

»Nein«, sagte Doc deren Magen sich beinahe drehte.

Dawie stand da und sah von ihnen weg. Dann begannen seine breiten Schultern zu zucken und er hob die Hand und bedeckte seine Augen.

»... ist tot«, sagte Margaux.

»Oscar ist allein in die Richtung gegangen, aus der er, als Sara bei ihm war, den Schuss gehört hatte«, erzählte Doc Ian, als sie wieder zu zweit am Feuer sassen. Die anderen der Gruppe waren auf ihre Zimmer gegangen, jedenfalls alle ausser Sara und Margaux, die wussten, was mit Oscar geschehen war.

»Das war sehr mutig von ihm«, sagte Ian. Sie tranken beide einen Scotch mit Eis.

»Oder dumm.« Doc nippte an ihrem Glas. »Aber ja, er war ein tapferer Mann. Sara vermutet, dass er für seine Rolle bei der Entführung des Schuppentiers büssen wollte.« Nachdem sie Saras heimlich aufgenommenes Video von ihrem Gespräch mit Oscar gesehen hatte, informierte Doc Ian über alles, was Oscar Sara erzählt hatte.

»Wo ist Sara jetzt?«, erkundigte sich Ian.

»Sie ist in ihr Zimmer gegangen, um eine Kopie des Videos zu machen. Auch wenn dem Tier kein Leid zugefügt werden sollte, wird es seiner Familie das Herz brechen, wenn sie erfährt, dass er sich am illegalen Fang eines Schuppentiers beteiligt hat. Vor allem, weil diese Tat wahrscheinlich zu Grahams und möglicherweise sogar zu seinem eigenen Tod geführt hat. Sara wird das Video an Oscars Bruder, Detective Mdluli, schicken.«

»Besteht die Möglichkeit, dass Oscar einfach zufällig von einem Wilderer getötet wurde?«, erkundigte sich Ian.

Die Nachtluft war kühl und irgendwo in der Ferne hörte man einen Löwen, der eher klagend als bedrohlich klang.

»Oscar, setzte weder einen Warnruf über Funk ab noch gab es ein Feuergefecht. Als sie einen einzelnen Schuss hörten, wollten ihn Dawie und seine Männer abfangen und mitnehmen. Eine Möglichkeit wäre natürlich, dass sich Oscar an einen Wilderer herangeschlichen hat oder einfach auf ihn gestossen ist. Der Mann könnte erschrocken sein und geschossen haben, aber dieses Szenario scheint mir sehr unwahrschinlich. Wenn ein Ranger einen Wilderer sieht, ruft er ihm sofort zu, und wenn ein Wilderer einen Ranger zuerst sieht, neigt er dazu, wegzulaufen. Ausserdem sagte Dawie, Oscar sei von hinten in den Kopf geschossen worden.«

»Oh, nein.« Ian schloss kurz die Augen.

»Das hört sich eher nach einer Hinrichtung an, oder vielleicht nach einem Hinterhalt. Die polizeiliche Untersuchung wird mehr

Informationen liefern, doch Dawie hat schon einige Schussopfer gesehen und er sagte, es habe ausgesehen, als sei Oscar aus nächster Nähe erschossen worden.« Doc schüttelte traurig den Kopf. »Ich würde es Ihnen nicht verdenken, wenn Sie jetzt in ein Flugzeug steigen und zurück nach Australien fliegen wollten, Ian.«

Er sah ihr in die Augen. »Machen Sie Witze? Nein. Ich will immer noch helfen, jetzt erst recht. Sie können aber nicht hierbleiben, um bei den Ermittlungen zu helfen, oder?«

»Nein.« Doc nickte in Richtung der Gästezelte. »Ich muss mich um euch und die Studierenden kümmern und möchte diese Reise wirklich nutzen, um Brücken zwischen Schuppentierrettungs- und Forschungsgruppen zu bauen. Ausserdem können wir hier nicht viel tun, ausser dafür sorgen, dass Thomas Mdluli das auf Video aufgenommene Geständnis seines Bruders sieht.«

»Gut«, sagte Ian.

Doc sah auf die Uhr. »Es ist schon spät. Ich denke, wir sollten schlafen gehen«, sagte sie.

Ian trank seinen Whiskey aus. »Das passt für mich, sobald Sie gehen wollen.«

Sie standen beide auf und Doc ging voran. Die Wirkung von Oscars Tod traf sie mit jedem Schritt stärker und bis sie ihr Zimmer erreichte, setzte sie einfach nur einen Fuss vor den anderen.

Doc blieb an ihrer Tür stehen und sah Ian an. Sie versuchte, ihre Gefühle im Zaum zu halten, aber ihre Unterlippe zitterte. »Gute Nacht, Ian, ich werde ...«

Als sie seinen fürsorglichen, mitfühlenden Gesichtsausdruck sah, verlor sie die Fassung und Tränen kullerten schneller über ihre Wangen, als sie sie wütend wegwischen konnte. Ian kam zu ihr und legte die Arme um sie. Doc vergrub ihr Gesicht in seinem Hemd.

»Willst du einen Moment reinkommen?«, fragte sie.

»Wenn du dir sicher bist?«

Sie nickte an seiner Brust und Ian öffnete ihr die Tür. Sie wollte ihm sagen, es gehe ihr bestimmt bald besser, wusste aber, dass das eine Lüge gewesen wäre. Sie war am Ende und sehnte sich einfach nach der Anwesenheit eines anderen Menschen, der bei ihr sass und ihr half, gegen die Verzweiflung anzukämpfen, in der sie unterzugehen drohte.

Ian trat ein und führte sie zu einem Polstersessel. Als sie Platz genommen hatte, kniete er sich neben sie. »Kann ich dir etwas bringen? Ein Glas Wasser?«

Sie sah ihm in die Augen. »Bitte halt mich einfach.«

Eine Zeit lang, sie wusste nicht, wie lange, kniete er neben ihr und hielt sie fest, während sie ihre Tränen und einen Teil ihres Kummers abfliessen liess. Als sie fertig war, schniefte sie und er holte ihr ein Paket Taschentücher. Doc schnäuzte sich die Nase und sie standen beide auf.

»Ich sollte jetzt gehen«, sagte er.

Er war gut, freundlich, stark und attraktiv und Doc konnte weder den Gedanken, dass er ging, noch den, allein zu sein, ertragen.

Sie ging wieder zu ihm und er legte seine Arme um sie, wobei nichts in seiner Körpersprache oder seinem Verhalten darauf hindeutete, dass er etwas anderes tun würde, als sie einfach so zu halten, solange sie es brauchte. Sie hob ihr Gesicht zu ihm hoch.

»Ich glaube, heute Abend kann ich nicht allein sein. Es tut mir leid.«

Er lächelte. »Das brauchst du auch nicht. Ich bleibe so lang hier, wie du es willst oder brauchst.«

»Du bist verdammt gut.«

»Nein, bin ich nicht, aber wenn ich in deiner Nähe bin, fühle ich mich gut.«

»So geht es mir mit dir auch«, sagte sie.

Doc stand auf den Zehenspitzen. In diesem Moment sehnte sie sich nach der Verbindung zu jemandem, nach dem sicheren Hafen, den ein anderer Mensch bot. Sie küsste Ian auf die Lippen. Für einen Moment geriet sie in Panik, weil sie dachte, er wolle sie nicht, aber dann öffnete er seinen Mund, um sie einzulassen und küsste sie mit einer Intensität, die ihrem eigenen Hunger entsprach.

Ian brach den Kuss ab. »Bist du dir sicher?«

Doc nickte und küsste ihn erneut. Seine Hände wanderten ihren Rücken hinunter zu ihrem Po und zogen sie näher zu sich. Sie spürte an seinem Körper, dass sein Bedürfnis mit ihrem eigenen übereinstimmte. Sie griff zwischen ihnen hindurch und tastete nach ihren Hemdknöpfen und dem Knopf an seiner khakifarbenen Hose.

Ian trat zurück und zog sein Poloshirt aus, während Doc ihren spitzenbesetzten blauen BH sehen liess. Ian senkte seinen Kopf zu ihr, befreite eine ihrer Brüste daraus und als er die Brustwarze in den Mund nahm, keuchte Doc auf. Sie öffnete den Reissverschluss seiner Hose, legte ihre Hand um ihn und schloss, ihre Sinne von seiner Gegenwart überflutet, die Augen. Sie roch sein Aftershave und schwelgte in seinem Stöhnen.

Sie zogen sich gegenseitig aus und gingen zum Bett.

»Mist!«, schimpfte Ian.

Doc fand ihren kleinen Rucksack, der als Handtasche durchging und kramte in dem Durcheinander darin herum, bis sie das in Folie verpackte Päckchen fand. Sie grinste. »Ich dachte, nie wieder so etwas zu brauchen.«

Ian riss die Packung mit seinen Zähnen auf und rollte sich den Gummi über. Doc erinnerte sich daran, dass sie die Kondome gekauft hatte, als sie sich gefragt hatte, ob sie und Jurie Sex haben würden und fühlte sich einen Moment lang schuldig. Doch die Lust in Ians Augen holte sie in die Gegenwart zurück, als er sie auf das frische weisse Laken zog und ihren Körper zu küssen begann.

Er erforschte sie mit seinen Lippen und der Zunge und sie bot sich ihm glücklich an, während sie ihre Finger in sein Haar wrang. Es war lange her, seit ein Orgasmus wie eine wilde Welle heranbrandete, doch Ian stoppte kurz vor dem Höhepunkt. Doc war ausgehungert und mehr als bereit. Sie drehte Ian auf den Rücken, kletterte auf ihn, schob sich offen über ihn und senkte sich auf ihn hinunter. Er blickte zu ihr auf, umfasste mit den Händen ihre Brüste, nahm eine ihrer Brustwarzen zwischen Daumen und Zeigefinger und drehte sie sanft hin und her. Sie zitterte auf ihm, stiess einen Schrei aus und liess sich schliesslich auf seine Brust hinunter sinken.

Doc pulsierte immer noch rund um ihn, als Ian sich mit ihr auf den Rücken drehte und sich über ihr zu bewegen begann. Er hielt inne und küsste sie, wobei sie ihre Augen schloss. Sie schlang ihre

Beine um ihn und als sie ihre Augen wieder öffnete, sah sie, dass sich in seinen die pure Lust spiegelte. Er verzehrte sich genauso nach ihr, wie sie sich nach ihm und er stöhnte, als ihre Körper ineinander versanken.

»Ja«, hauchte sie.

Sie brauchte das, diese Mischung aus roher, animalischer Paarung und seinen zärtlichen Blicken und sanften Küssen. Sie packte etwas von der Haut an seinem Hals und nahm sie zwischen die Zähne, was er erwiderte, indem er härter in sie stiess.

Dann spürte Doc, wie sich Ians Körper versteifte, die Muskeln seines Rückens unter ihren Fingern hart wie Stahlseile wurden und er sich schliesslich entspannte, als er mit ihr verschmolz.

SIE WACHTEN BEIDE FRÜH AUF, kurz vor dem Morgengrauen, küssten sich und liebten sich erneut, diesmal sanft und langsam.

Danach lag Docs Kopf auf Ians Brust und er strich ihr eine Strähne des feuchten Haars aus den Augen.

»Jetzt, nachdem ich dachte, es könne nicht mehr besser werden«, sagte er. »Das zweite Mal, letzte Nacht, war fantastisch, aber das war ...«

Sie drehte ihren Kopf zu ihm und sah sein Lächeln. »Ja. Ian, es war wunderschön ... Allerdings möchte ich nicht, dass du denkst, ich sei die Art von Frau, die mit jedem ins Bett springt.«

»Das tue ich nicht.«

Sie wollte es ihm erklären, sowohl um ihrer selbst als auch um seiner willen. »Jurie, mein Partner bei der Polizeiarbeit und ich arbeiteten drei Jahre lang zusammen, bevor wir ein Paar wurden.«

»Du musst dich vor mir nicht rechtfertigen, Doc. Ich finde dich wundervoll.«

Sie streichelte seine Brust. »Ich habe dir gesagt, dass du zu grosszügig bist, Ian. Jurie war verheiratet.«

»Ich versuche, nicht über Menschen zu urteilen, Doc.«

»Ich danke dir. Er sagte seiner Frau, dass er sich scheiden lassen wolle, denn sie verstanden sich schon lange nicht mehr wirklich gut.

Allerdings sagte er es ihr erst wenige Wochen vor seinem Tod, kurz bevor wir ...«

Sie schniefte und wischte sich eine Träne aus dem Auge, worauf er sie fester an sich drückte.

»Ich weiss nicht, was das zwischen uns ist. Vielleicht ist es nur eine Art Reaktion auf das Trauma und all die Todesfälle.« Sie spürte, wie sich sein Körper ein klein wenig anspannte und suchte seine Augen. »Es tut mir leid, Ian. Das kam ganz falsch rüber.«

Er lächelte wieder. »Es ist in Ordnung und ganz okay, dass du versuchst, es zu verarbeiten. Aber ehrlich gesagt, habe ich bereits etwas gespürt, als ich dich zum ersten Mal sah.«

Sie schmiegte sich an ihn und spürte, dass ihre Wangen brannten. »Ja, ich auch.«

Er küsste ihr Haar.

»Ich wünschte, wir könnten einen ganzen Tag oder eine Woche hierbleiben«, sagte sie.

»Ja, so geht es mir auch«, sagte er.

Doc sah ihn, besorgt darüber, ihn irgendwie beleidigt zu haben, wieder an. »Ja?«

»Vielleicht war das nicht nur eine Art Überlebens-Sex, oder wie auch immer man das nennen will, wenn man nach einem schlimmen Ereignis Nähe braucht. Möglicherweise ist es mehr.«

Doc wusste nicht, was sie darauf antworten sollte, aber Ian ersparte es ihr, indem er sie erneut küsste.

20

Während Margaux sie von der Antares Lodge zum Krüger-Nationalpark fuhr, herrschte im geschlossenen Fahrzeug eine mürrische Stimmung. Sie hatten das offene Wildbeobachtungsfahrzeug des Camps dort zurückgelassen und sassen nun in Margaux' extralangem, umgebautem, hellbraunem Toyota Land Cruiser.

Doc fragte sich, ob sie ihre Meinung ändern und die ganze Reise abbrechen sollte.

Sie waren mit der Sonne aufgestanden und hatten das Balule-Naturreservat verlassen, um beim Phalaborwa-Tor in den Krügerpark zu fahren. Der frühe Start hatte jede Unterhaltung gedämpft und nachdem Margaux die Einreisegenehmigungen organisiert und das Tor passiert hatte, ging es in ruhigem Tempo weiter. Nun hatten alle Zeit, das Geschehene zu verarbeiten. Doc, Ian und Sara hatten am frühen Morgen bei einem Kaffee gemeinsam beschlossen, es sei besser, alle darüber zu informieren, was mit Oscar geschehen war, damit sie es nicht im Radio oder auf einem anderen Weg erfuhren.

Margaux suchte die offenen Ebenen mit dem trockenen, goldenen Gras nach Wildtieren ab und spähte, wahrscheinlich um die Stimmung zu heben, durch das dichte Dickicht der Mopane-Sträucher.

»Hatte Oscar eine Familie?«, fragte Eva, die Stille durchbrechend, während der Fahrt.

»Ja«, erklärte Doc, »eine Frau und ein Kind, einen behinderten Sohn, der unter ernsthaften medizinischen Problemen leidet.«

»Ich hoffe, er benutzte das nicht als Ausrede, um zu wildern«, sagte Eva.

Doc fand diese Frau eiskalt. Die Studierenden hatten schon vor dem Frühstück mitbekommen, was mit Oscar geschehen war und Detective Mdluli war, voller Verzweiflung über den Tod seines Bruders, noch vor dem Morgengrauen eingetroffen. Er hatte bereits begonnen, Leute zu befragen, darunter Sara, die ihm das Video, das sie von Oscar aufgenommen hatte, zeigte.

»Nein, Oscar war kein Wilderer«, meldete sich Sara vom Rücksitz des Land Cruisers aus. »Er hatte nie schlechte Absichten mit dem Schuppentier.«

»Natürlich nicht«, sagte Sue, »aber indem er 'mein' Schuppentier gefangen, mitgenommen und versteckt hat, hat er dennoch das Gesetz gebrochen, denn niemand darf ein bedrohtes Tier einfach aus dem Busch holen und irgendetwas damit machen.«

»Aber wie funktioniert das denn eigentlich«, fragte Pär, »wenn Leute wie du und Geoff die Tiere für Forschungszwecke mit Sendern ausstatten?«

Vielleicht als Ergebnis eines Lebens mit seiner Frau hatte Pär ein Händchen dafür, angespannte Situationen zu entschärfen, indem er einen vernünftigen Kommentar abgab oder, wie in diesem Fall, eine intelligente Frage stellte.

»Der bürokratische Aufwand dafür ist beträchtlich«, sagte Doc. »Wenn wir für Geoff, Sue und andere Studierende, die für ihre Masterarbeit forschen, Projekte zu bestimmten Tieren organisieren, müssen wir beim Ministerium für Forstwirtschaft, Fischerei und Umwelt eine TOPS-Genehmigung beantragen, wobei die Buchstaben für 'bedrohte oder geschützte Arten' steht. Wir müssen die

Studien und ihren Zweck präzis beschreiben und nachweisen, dass wir die betreffende Tierart dabei in keiner Weise schädigen oder unangemessenem Stress aussetzen.«

Eva verschränkte die Arme vor der Brust. »Nun, ich würde sagen, ein Schuppentier zu fangen, mitzunehmen und es in eine Kiste zu stecken, bedeutet übermässigen Stress.«

Doc biss die Zähne zusammen und versuchte, Friedensstifterin zu spielen. »Ja, da stimme ich Ihnen zu, Eva, und was Oscar getan hat, war eindeutig unethisch und illegal, aber deswegen sollte man ihn nicht unbedingt in den gleichen Topf wie einen Wilderer werfen.«

Ian hatte den Platz neben Doc eingenommen und ab und zu spürte sie, wie sein Schenkel ihren berührte. Sie war sich sicher, dass dies absichtlich geschah und musste sich beherrschen, um nicht zu grinsen oder seine Hand in ihre zu nehmen. Doc schaute über die Schulter zu Sara. »Ich bin noch gar nicht dazu gekommen, zu fragen: Wie ging es Thomas Mdluli? Hat er etwas gesagt?«

»Er war vollkommen erschüttert«, sagte Sara, »was ja zu erwarten war. Dennoch hat er sein Bestes getan, um professionell zu arbeiten. Er befragte mich eine ganze Weile. Er sagte, die Polizei werde die Aufzeichnungen von Oscars Telefonanrufen bekommen und versuchen, den Mann, der ihn angerufen hatte, ausfindig zu machen. Ausserdem sehe er sich die Überweisung von Geld auf Oscars Konto an«.

»Hoffen wir, dass er irgendwelche Spuren findet«, sagte Ian.

Doc dachte an Oscar und Thomas Mdluli und daran, dass sie sich nie wiedersähen. Graham hatte Oscar, so arrogant und eingebildet er auch sein konnte, oft 'bro' oder *'bru'* oder *'boet'* genannt, was alles dasselbe bedeutete, nämlich Bruder und Doc hatte gespürt, dass zwischen den beiden Männern eine echte Verbindung bestand.

Und jetzt waren sie beide tot.

Um diese Zeit am Morgen war es kühl. Doc kramte unter ihrem Sitz nach einer der Decken, die Margaux an Bord hatte, zog sie hervor, breitete sie über ihren Knien aus und legte ihre kalten Hände darunter, um sie zu wärmen.

Ian spürte ihre Bewegung und als er sah, was sie tat, schob er seine Hand diskret unter die Decke, nahm ihre und drückte sie.

Diese Geste wärmte Doc, aber im selben Moment durchfuhr sie ein schrecklicher Gedanke. *Was ist, wenn ich Ian durch meine Nähe zu ihm in Gefahr gebracht habe?* Sie löste ihre Hand von seiner und er verstand die Botschaft, wahrscheinlich in der Annahme, sie wolle nicht, dass der Rest der Gruppe erkannte, dass zwischen ihnen etwas passiert war. Das war aber nur ein weiterer Grund.

Sie fuhren weiter und Ian lehnte sich näher zu ihr. »Ist bei dir alles okay?«

Doc nickte. »Ja, alles gut«, gab sie zurück und lächelte ihn aufmunternd an.

Margaux verliess die Teerstrasse und fuhr über Schotterstrassen nach Norden. Am Mooiplaas-Picknickplatz, wo ein zierlicher Buschbock vorsichtig an der Vegetation am Rande der gerodeten Fläche knabberte, machten sie eine Toilettenpause.

Während sie auf die anderen warteten, nahm Ian Doc zur Seite. »Bist du sicher, dass alles in Ordnung ist?«

Von einem Baum über ihnen ertönte der 'Go away, Geh weg!'-Ruf eines grauen Lärmvogels. »Ja, Ian, es ist alles gut«, flüsterte sie eindringlicher, als sie es gewollt hatte. »Tut mir leid. Ich meine, ich habe eine Menge um die Ohren und nicht nur 'uns'.«

»Ja, das verstehe ich und will dich auch keineswegs bedrängen.«

»Ausserdem«, sagte sie, »glaube ich nicht, dass ich allen anderen erklären möchte, was zwischen uns passiert ist.«

Er nickte. »Klar, das kann ich gut nachvollziehen. Wir können es unter dem Deckel halten, denn ich will die Gruppendynamik ja nicht durcheinanderbringen. Aber ich würde dich trotzdem gerne küssen und zwar jetzt sofort.«

Sie lächelte. »Ich dich auch. Vielleicht später.«

»Das reicht mir«, gab er zurück.

Eva kam aus der Damentoilette. »Margaux, meinen Sie, Sie schaffen es, uns einen Leoparden zu finden?«

Margaux wartete mit der Antwort, bis alle wieder an Bord des Land Cruisers geklettert waren. »Ich werde mein Bestes tun.«

· · ·

Sie sahen keinen Leoparden, doch kurz nördlich der Abzweigung zum Mopani Rest Camp verlangsamte Margaux, weil sie sich einem Stau näherten.

Vor ihnen fuhren fünfzehn bis zwanzig Autos und Safarifahrzeuge in einer langsamen Conga-Linie und blockierten beide Seiten der Strasse. Margaux blieb weiter hinten.

»Nun, das ist eine Katastrophe«, erklärte Eva.

»Wem folgen die alle?«, fragte Ian.

»Ich kann nur vermuten, dass da Wildhunde unterwegs sind.« Margaux hielt an.

»Wollen Sie sie nicht aufholen?«, fragte Eva.

»Liebes«, warf Pär ein, »lass Margaux ihre Arbeit machen.«

Eva runzelte die Stirn und legte die Hände in den Schoss.

»Da«, rief Sue von hinten. »Durch die Bäume, in diese Richtung.«

Ein Impala schoss, alle vier Hufen vom Boden abgehoben, als wäre es ein aus einem riesigen Bogen abgefeuerter Pfeil, an ihnen vorbei, dem dicht auf den Fersen drei Wildhunde folgten, deren weiss, schwarz und in verschiedenen Brauntönen geflecktes Fell verschwommen wirkte.

»Hier, auf meiner Seite!«, rief Ian, als ein weiterer Hund an ihm vorbeischoss und sich, es flankierend, auf der rechten Seite des Impalas bewegte. Doc sah noch einen weiteren Hund auf der anderen Seite des Wildwechsels, den das Impala genommen hatte. Die vorauseilenden Hunde versuchten so, dieses buchstäblich in die Fänge der drei jagenden Hunde in der Mitte zu treiben.

Margaux hatte eine gute Entscheidung getroffen, stehenzubleiben, bis sie genau wusste, was passierte. Vor ihnen hatte sich der fahrende Stau in ein stehendes Chaos verwandelt, da die Fahrer verzweifelt miteinander rangen, um mitten im Verkehr zu wenden. Margaux hatte in der Zwischenzeit bereits eine schnelle Wendung vollzogen und folgte den schnell laufenden Hunden nun weit vor dem nächsten Auto. Sie liess der Meute Platz, denn Doc vermutete, von hinten kämen weitere Hunde, um sich der Jagd anzuschliessen.

Als Margaux die Strasse hinunter beschleunigte, dabei aber unter der Geschwindigkeitsbegrenzung des Krügerparks blieb, entdeckten Sue, Geoff und Zola weitere Tiere des jagenden Rudels.

Sie suchten den Busch ab, aber nachdem Margaux den Motor abgestellt hatte, erkannte sie schnell, wo die Hunde waren und was passierte. Als sie im Leerlauf dahinrollten, hörte Doc das Blöken der Beute und das schrille Fiepen der Hunde.

»Da!«, rief Margaux als sie zum Stillstand kam und zeigte nach rechts.

»Meine Güte«, sagte Ian, als sie sich das blutige Schauspiel ansahen, das sich vor ihren Augen abspielte.

»Wildhunde sind die erfolgreichsten Raubtiere Afrikas«, erklärte Doc »und erlegen ihre Beute am effizientesten von allen.«

Die Verfolgungsjagd dauerte nur wenige Sekunden und das Impala wurde von den fünf beteiligten Hunden in Stücke gerissen, die sie sofort zu verschlingen begannen. Andere kläfften, wetteiferten um das Fressen und knabberten an kleinen Resten. Ein Hund trottete mit dem Kopf des Impalas im Maul vom Gedränge weg. Noch immer floss Blut, als die Hunde sich um Fleischstücke balgten.

»Es ist unglaublich«, sagte Zola. »Ich habe das noch nie in echt gesehen.«

»Es scheint so grausam«, sagte Eva, die schon öfters in Afrika gewesen war und wahrscheinlich schon ab und zu gesehen hatte, wie Tiere gerissen wurden.

»Auf ihre Art sind sie 'weniger grausam' als die meisten anderen Raubtiere«, dozierte Doc »denn das Beutetier stirbt praktisch sofort am Schock und dem massiven Blutverlust. Im Gegensatz dazu erstickt ein Leopard seine Beute langsam und ein Löwe braucht manchmal eine Stunde oder länger, um einen grossen Büffel zu erlegen.«

»Aha, ja, ich verstehe, was Sie meinen«, sagte Pär.

Das erste der Autos, die den Hunden ursprünglich gefolgt waren, tauchte auf, aber das Impala war verschwunden und die Hunde verteilten sich bereits wieder. »Ich denke, wir sollten weiterfahren«, sagte Margaux.

»Ja, da hast du recht«, stimmte Doc zu.

Margaux wendete den Land Cruiser und schlängelte sich durch die Phalanx entgegenkommender Autos und Safarifahrzeuge, die das grausame Ende des Spektakels nicht mehr gesehen hatten.

Ian sah Doc an. »Ich weiss gar nicht, was ich fühlen soll. Das war etwas vom Schrecklichsten, das ich je gesehen habe, aber gleichzeitig war es auch unglaublich aufregend – und wirklich erstaunlich.«

»Dieser Gefühlszwiespalt ist ganz normal«, sagte Doc.

»Ich hatte schon einige Gäste«, sagte Margaux von vorne, »die mir sagten, sie möchten gern sehen, wie ein Tier ein anderes reisst. Als wir dann tatsächlich zu einem Riss kamen, konnten sie es nicht ertragen und wir mussten wegfahren, weil eine Frau weinen musste, als sie ein von Löwen erlegtes Gnu sah. Sie hatte so viel Mitleid, aber ich musste ihr erklären, dass auch Löwen und ihre Jungen überleben müssen.«

Einen weissen *Bakkie* fuhr neben sie und das getönte Fenster auf der Beifahrerseite wurde elektronisch gesenkt.

»Howzit?« Jason Chow winkte vom Fahrersitz aus. »Alles in Ordnung bei euch? Ich habe gerade ein paar Wildhunde gesichtet, die ein Verkehrschaos anrichteten, aber ich schätze, ihr habt sie alle beobachten können.«

»Ja, danke, Jason, das stimmt«, bestätigte Margaux.

»Hi, Jason«, rief Sue.

Er winkte ihr zu und warf ihr einen Kuss zu. »Howzit, babe?«

»Hey«, sie grinste, winkte aber gleichzeitig mit dem Zeigefinger »ich bin nicht dein 'Babe'. Zumindest noch nicht.«

»Jason«, sagte Margaux, »wir sind auf dem Weg hinauf nach Punda Maria und machen im Shingwedzi Rest Camp einen Zwischenstopp.«

»Ja, prima«, sagte Jason. »Dann bleibe ich dir auf den Fersen.«

»Jason«, fügte Sue hinzu und lehnte sich in ihrem Sitz vor, um ihn besser sehen zu können, »gibt es irgendetwas Neues über Oscar oder Graham?«

Jasons Lächeln verschwand. »Nein, eigentlich nichts, tut mir leid. Ich habe heute Morgen mit Thomas Mdluli gesprochen. Wie du dir vorstellen kannst, ist er wegen seines Bruders am Boden zerstört, aber sie haben nur sehr wenige Spuren, zumindest solche, von denen er spricht. Er sagte, Grahams Mörder fahre offenbar einen weissen Toyota HiLux Pick-up, aber«, er streckte einen Arm aus und tippte auf die Seite seines Fahrzeugs, »das tut die Hälfte aller Südafrikaner. Sie hoffen darauf, Videoaufnahmen zu bekommen.«

»Gut, aber vielleicht können wir später darüber reden«, sagte Doc.

Margaux nickte und startete den Motor.

SPÄTER AM VORMITTTAG fuhren sie durch die Tore des Shingwedzi-Camps, wo Margaux auf dem Parkplatz anhielt.

Als sie aus dem Land Cruiser stiegen, ging Moses in Richtung der Herrentoiletten neben der Rezeption. Doc wies ihre Gäste auf einen Laden zu ihrer Rechten hin. »Man kann zwischen Empfang und Laden durch zum Fluss gehen, wo sich auch das Restaurant befindet. Wir treffen uns in einer halben Stunde wieder am Fahrzeug.«

»Ich bin am Verhungern«, jammerte Geoff.

»Ich auch«, pflichtete Sue ihm bei. Jason ging die Treppe hinunter ins Aussichtsareal, wo er Sue in die Arme nahm und sie sich küssten.

»Lass uns essen gehen«, schlug Jason vor.

»Möchten Sie mit Eva und mir brunchen?«, fragte Pär Doc.

»Danke, aber ich gehe lieber etwas spazieren und vertrete mir die Beine, Pär«, sagte Doc. »Ausserdem bin ich nicht gerade hungrig.«

»Ich würde mich dir gern anschliessen«, schlug Ian vor.

Pär und Eva machten sich auf den Weg in Richtung Restaurant und Doc ging nach links, vom Empfang weg, wo Ian sie einholte.

»Ich hatte gehofft, dass du so etwas sagen würdest«, bemerkte er.

»Und umgekehrt. Hier führt ein Weg am Fluss entlang zu einem Picknickplatz für Tagesgäste. Das bietet uns wenigstens ein bisschen Privatsphäre und wir sehen den Fluss trotzdem gut.«

»Hey, ich will eigentlich nur dich sehen«.

Sie grinste. »Ich fühle mich wie eine Teenagerin, die sich auf einem Schulausflug davonschleicht. Nur finde ich kaum etwas, worüber ich lachen kann.«

Ian ging im selben Schritt neben Doc. Aus einem Impuls heraus nahm er ihre Hand, hob sie an seine Lippen und küsste sie.

»Jetzt fühle ich mich *wirklich* wie ein Kind.« Sie schaute über die Schulter, wahrscheinlich um sich zu vergewissern, dass niemand aus der Gruppe sie sehen konnte. Doch der Weg, dem sie folgten, schlängelte sich zwischen alten Bäumen, die den Fluss säumten. Der Wasserlauf selbst war zu dieser Jahreszeit grösstenteils trocken und Sand zeichnete das Bachbett aus, doch dazwischen gab es noch ab und zu Tümpel aus Restwasser. Ein halbes Dutzend Wasserböcke trank an einem davon und ein grosser, alter Elefantenbulle schlenderte den Hang gegenüber von ihnen hinunter und steuerte auf ein anderes zu.

»Ich muss dir ein Geständnis machen«, sagte Doc.

Einen Moment lang geriet er beinahe in Panik, denn er fragte sich, ob sie ihm mitteilen wolle, dass sie sich seit dem Tod ihres Partners Jurie mit einem anderen Mann zusammen sei.

»Schau nicht so besorgt«, sagte sie, als sie seinen Gesichtsausdruck sah. »Es geht darum, wo wir in Simbabwe hinfahren, zu einem Schuppentierschutzgebiet. Der Leiter, David Booth, ist ein alter Freund von mir.«

»Und?«, fragte Ian. Als er sie ansah, bemerkte er, dass sich ihre Wangen zu röten begannen. »Aha, du meinst ein 'guter Freund'?«

»Das kann man so sagen. Als wir beide an der Uni waren und unseren Abschluss machten, waren wir eine Zeit lang zusammen, aber es war nicht von langer Dauer. Seine Familie lebte auf einer Farm in Simbabwe und David war nur während der Studienzeiten in Südafrika, denn in den Ferien musste er nach Hause fahren und auf der Farm aushelfen. Ich besuchte ihn einmal, konnte mir aber nicht vorstellen, von Südafrika nach Simbabwe zu ziehen und David wollte nach seinem Abschluss unbedingt zurück nach Simbabwe. Als uns klar wurde, dass das, was uns verband nicht stark genug war, dass einer von uns bereit war, alles dafür aufzugeben, trennten wir uns als Freunde.«

»Ich weiss nicht so genau, warum du mir das beichtest, aber es klingt für mich nicht nach einer grossen Sache.«

Sie schlug ihm mit der freien Hand spielerisch auf den Arm. »Ich will einfach nicht, dass du denkst, ich hätte mit der Hälfte aller Männer in Afrika südlich der Sahara geschlafen.«

»Das spielt für mich keine Rolle, Doc. Wir haben alle einen Rucksack mit unseren Geschichten zu tragen. Das ist ganz natürlich und ich habe kein Problem damit.«

Sie gingen schweigend weiter und hielten ein paar Minuten inne, um den alten Elefanten beim Trinken zu beobachten. Dann setzten sie ihren Weg fort und erreichten das Areal, das Tagesgästen zur Verfügung stand. Ein älteres Ehepaar hatte ein Tischtuch ausgebreitet, den Tisch gedeckt und der Mann bereitete auf einem wokartigen Gasgrill, den Doc als *Skottel* bezeichnete, Speck und Eier zu. Das Ehepaar grüsste die beiden, was Ian, der aus einer grossen, manchmal unpersönlichen Stadt wie Sydney kam, erfrischend fand.

»Ich bin mir nicht sicher, ob ich es mit meinem Rucksack schaffe«, sagte Doc schliesslich.

»Was meinst du damit?«

»Vielleicht bin ich verrückt, Ian, aber ich habe das schreckliche Gefühl, jemand habe es auf mich abgesehen. Und zwar nicht nur, indem er meinen Ruf zu ruinieren versucht, sondern indem er Menschen, die mir viel bedeuten, umbringt.«

Ian verstand, was sie ihm sagen wollte, reagierte aber nicht. War der Gedanke verrückt?

Sie schaute geradeaus, als wolle sie ihm nicht in die Augen sehen und liess seine Hand los. »Deshalb darf niemand etwas über uns beide erfahren, Ian. Zumindest nicht, bis ich herausgefunden habe, was hier vor sich geht.«

»Glaubst du denn, dass ich auch in Gefahr bin?«, wollte er wissen.

Doc blieb in der hintersten Ecke des Camps stehen und blickte auf den Fluss. An der schönsten Stelle stand eine Parkbank, auf die sie sich setzte. Ian liess sich neben ihr nieder und griff nach ihrer Hand, die in ihrem Schoss lag.

Doc schaute wieder über die Schulter.

»Nein«, sagte er. »Es ist mir egal, ob jemand das mit uns herausfindet. Aber du hast mein Wort darauf, dass ich keinen Piloten dafür
bezahle, mit seinem Flugzeug 'Ich liebe dich, Denise!', über uns
hinzuschreiben.

»Liebe?«

21

Von Shingwedzi aus fuhren sie weiter in den Norden des Krügerparks und erreichten am frühen Nachmittag das Camp von Punda Maria.

»Für mich war der Höhepunkt der Fahrt, dass wir den Geparden sahen«, sagte Ian, als sie in der Nähe der Safarizelte, in denen sie übernachten würden, aus dem Wagen stiegen.

»Ja«, stimmte Doc zu, »wie er sich an das Impala heranpirschte, war wirklich grossartig.«

»Die Verfolgungsjagd war unglaublich.« Ian erinnerte sich, dass der Gepard bei jedem Sprung alle vier Pfoten gleichzeitig in die Luft streckte, die, wenn sie den Boden berührten, wie kleine Explosionen Staubwolken aufstieben liessen und sein dahinfliegender Körper so gerade und schlank wie der eines sprintenden Windhunds aussah. Margaux hatte hinterher erklärt, der Gepard könne die Krallen im Gegensatz zu anderen Katzen nicht einziehen, so dass er sie wie Rennspikes einsetze, die sich im Boden festsetzten und er dadurch noch schneller vorankomme. »Er tat mir fast leid, als ihm das Impala entkam.«

»Das sollte dir auch leidtun«, sagte Doc. »Denn im Gegensatz zu den Wildhunden, die wir gesehen haben, gehören Geparden zu den weniger erfolgreichen Raubtieren. Selbst wenn sie etwas wie dieses Impala erwischen, ist die Gefahr gross, dass eine andere Raubkatze kommt und ihnen die Beute stiehlt.« Doc schaute sich um, um zu sehen, ob jemand von den anderen in der Nähe war und zuhörte, aber sie waren allein. »Ich fühle mich wie dieser Gepard. Die Person, die all diesen Kummer verursacht, scheint gerade ausserhalb meiner Reichweite zu sein, sodass ich meine Krallen nicht in sie schlagen kann. Wenn ich es könnte ...«

Er teilte ihre Frustration und war fasziniert und ein wenig beunruhigt über ihre Verschwörungstheorie, dass der Tod von Jurie, Graham und Oscar mit ihr in Verbindung stehen könnte.

»Was willst du mit dem Abendessen machen?«, fragte Ian. Sie hatten eine Gruppenreservierung im kleinen Restaurant des Camps und einige der anderen hatten ihre Taschen bereits in ihren Zelten deponiert und waren auf dem Weg dorthin. Ian war noch geblieben, weil er vermutete, Doc hätte dies auch getan, damit sie sich unter vier Augen wiedersehen konnten.

»Es auslassen?«

Er hob theatralisch eine Augenbraue.

Doc lachte. »Das habe ich nicht gemeint – zumindest nicht im Moment. Unten auf dem Campingplatz gibt es ein beleuchtetes Wasserloch und ein Beobachtungsversteck. Wollen wir uns ein paar Drinks holen und hinuntergehen?«

Er lächelte. »Ja, das würde mir gefallen.«

Sie schlichen sich, von den anderen unbemerkt, am Speisesaal vorbei zum Laden des Camps, gleich hinter dem kleinen Empfang. Drinnen angekommen, fragte Ian Doc, was sie trinken wolle. Sie sagte, sie freue sich auf ein Bier, also holte er vier Dosen, während Doc eine Packung Biltong und eine Tüte Chips aus dem Regal nahm. Ian bezahlte und Doc ging voran, zurück nach draussen und den steilen Hügel hinunter, den sie hinaufgefahren waren, um ihre permanenten Safarizelte zu erreichen.

Am Fuss des Hügels bogen sie bei der Tankstelle nach rechts ab und gingen auf den Campingplatz. Hier und da wurde die zunehmende Dunkelheit von Laternen, LED-Lichtern und flackernden

Braai-Feuern erhellt, die ihre Glut in den Himmel schickten. Ian nahm in der Luft den köstlichen, wenn auch leicht fettigen Geruch von über Kohle brutzelnden *Boerewors* und den von Elefanten wahr. Er hörte eine Hyäne und freute sich insgeheim darüber, dass es ihm mittlerweile gelang, solche ehemals fremden Geräusche und Gerüche nun leichter zu identifizieren. Trotz der Gefahren, die überall lauerten, wuchs ihm dieser Ort ans Herz.

Oder vielleicht gerade ihretwegen.

»Hier entlang«, sagte Doc und leuchtete mit einer kleinen Taschenlampe vor sich her. »Ich benutze sie, um nach Schlangen zu suchen, denn die sind nachts aktiver als am Tag und auf eine Puffotter möchte man bestimmt nicht treten.«

»Sind sie tödlich?«

»Manchmal, aber vor allem sind sie für mehr Bisse verantwortlich als andere Schlangen. Während die meisten Schlangen davonhuschen, wenn sie am Boden Vibrationen spüren, greifen Puffottern aus dem Hinterhalt an – sie liegen eigentlich nur still im Gras und warten darauf, dass sich etwas oder jemand auf sie stürzt. Ihr Gift ist nekrotisch – es zerfrisst dein Fleisch.«

»Sehr charmant.«

Sie lachte kurz auf und bog dann in einen sandigen Weg, der zwischen Zelten, Geländewagen und Fahrzeugen mit aufklappbaren Zelten für die Nacht verlief. Ian spürte, dass sein Magen knurrte, worauf Doc instinktiv das Biltong aus der Papiertüte fischte, die sie aus dem Laden mitgebracht hatte. Ian bedankte sich bei ihr, riss das Päckchen auf und mampfte eine Stange getrocknetes Kudufleisch, nach dem er schnell süchtig wurde.

Er dachte an den Tod der beiden Ranger Graham und Oscar sowie an den von Docs Geliebtem, Jurie. Obwohl er als PR-Mann bald in Pension gehen würde, dachte er an die Rolle der Medien bei kriminalistischen Ermittlungen. Journalisten waren immer auf der Suche nach Mustern und während ein Mord eine Tragödie war, konnten drei solche auf einen Serienmörder oder eine undurchsichtige Verschwörung hindeuten.

»Verzeih die Frage, Doc, aber gab es ein grosses Medieninteresse an Juries Tod?«

»Kein Problem«, sagte sie. »Zu Beginn schon, und ich hätte am liebsten über die Medien nach Zeugen gesucht und gefragt, ob jemand Aufnahmen von Dashcams von der Zeit und dem Ort habe, an dem der Schütze, der Jurie getötet hat, sich aufhielt. Aber die Polizei und meine Universität sagten mir, ich solle es bleiben lassen.«

»Wirklich?« Ian konnte sich nicht vorstellen, dass jemand Doc Rado wirklich kontrollierte.

Sie schüttelte den Kopf. »Zuerst nicht, aber dann sagte mir Frank Galloway, der die Ermittlungen leitete, er habe eine Spur, der die Task Force nachgehe, wofür sie Zeit und Raum zum Arbeiten bräuchten. Er wies mich an, mich mit meinen Kommentaren in den Medien zurückzuhalten, damit die intensive Beschäftigung mit dem Fall nachlasse. Er sagte, man wolle den Verdächtigen, gegen den man ermittle, nicht erschrecken und deshalb sei das Beste, was ich tun könne, zu schweigen. In der Zwischenzeit behauptete eine 'anonyme Quelle' aus der Universität, dass meine angeblich inoffizielle Beteiligung an einer nicht genehmigten Polizeiaktion Menschenleben gekostet und dem guten Ruf der Universität geschadet habe.

»Moses Khumalo?«, vermutete Ian.

»Ich kann es nicht beweisen, vermute es aber stark.«

»So etwas nennt man, eine Frau zu treten, wenn sie bereits am Boden liegt.« Er ballte die Fäuste.

Doc hob eine Hand. »Beruhige dich, Ian. Ich brauche keinen Mann, egal wie toll er ist, der einen Kampf mit dem Schultyrannen anfängt, um meine Ehre zu verteidigen.«

»Findest du mich toll?«

Sie winkte ab, lächelte aber. »Jedenfalls erwies sich die Spur als Sackgasse und die Presse beschäftigte sich inzwischen mit Geschichten über Massenmorde und einen kriminellen Betrüger, der in einem Gefängnis seinen Tod vorgetäuscht hatte, um seine Flucht zu verschleiern. Jurie verschwand gänzlich aus den Nachrichten und ich war ratlos.«

Ihr freimütiges Eingeständnis schmerzte ihn. Er wollte unbedingt etwas tun, um ihr zu helfen. »Wir müssen einen Weg finden, um Druck auf die Polizei auszuüben, damit sie den Fall wieder aufnimmt. Vielleicht erkennt sie zwischen Juries Tod und den jüngsten Morden das gleiche Muster wie du. Wir könnten die Medien nutzen, um darauf hinzuweisen, dass die Morde ungelöst bleiben, während weiterhin Schuppentiere aus der Wildnis verschwinden.«

Doc schürzte die Lippen. »Das hört sich gut an, aber geht der Mörder dadurch nicht vielleicht in den Untergrund, weil er vorsichtiger agiert?«

»Möchtest du nicht, dass das Töten aufhört?« Er blickte sie an.

Sie biss sich, während sie weiterging, auf die Unterlippe. »Ja, aber vor allem will ich diesen Scheisskerl kriegen.«

Er schüttelte den Kopf. In seinem Heimatland, Australien, war es Aufgabe der Polizei, Mörder zu fassen. Aber er war weit von zu Hause entfernt.

»Ian, ich will nicht, dass du da mit reingezogen wirst.«

»Ich denke, ich stecke bereits mittendrin.«

»Wenn der Mörder es auf mich abgesehen hat«, erklärte sie, »und herausfand, dass wir ... uns nahe sind, bist du vielleicht in Gefahr. Das kann ich nicht mit meinem Gewissen vereinbaren.«

»Was sagst du da?« Am Zaun vor ihnen, der das Camp von der Wildnis abgrenzte, kam eine grosse Holzkonstruktion in Sicht, die wie eine lange Hütte auf Stelzen aussah, und aus der man einen Blick auf ein beleuchtetes Wasserloch hatte.

Doc blieb stehen. »Es tut mir leid, aber vielleicht sollten wir das Ganze noch einmal überdenken ... was auch immer es ist.«

Ian spürte, wie sich in seiner Brust etwas zusammenzog. Er stand neben einer unglaublich schönen, intelligenten Frau, für die er starke Gefühle entwickelte und mit der er wunderbaren Sex gehabt hatte. Sie befanden sich unter einem sternenübersäten Himmel, unter dem sie auf Schritt und Tritt schier unfassbare Schönheit erlebten und die selbst hier an der Wasserstelle greifbar war. Aber genauso lauerte überall Gefahr. Er fühlte eine berauschende Mischung von Gefühlen

– Furcht, Aufregung, Freude und vielleicht sogar die Aussicht auf Liebe.

Er streckte die Hand aus nahm ihre Hände mitsamt Biltong-Paket, Taschenlampe und allem in seine und sah ihr in die Augen. »Das Allerletzte, was ich tun möchte, wäre, es 'abzukühlen'.«

Doc seufzte. »Mir geht es genauso, Ian, aber ich habe einen Mann verloren, den ich wirklich geliebt habe, und einen, den ich gernhatte. Wenn das alles vorbei ist ...«

»Dann lass uns sehen, wie wir es beenden können, Doc. Aber ich bin hier und gehe nirgendwo hin. Ich möchte gern in deiner Nähe sein und das, was auch immer es ist, gemeinsam mit dir durchstehen.«

Sie lächelte ihn in der Dunkelheit traurig an, stellte sich aber auf die Zehenspitzen, um ihn kurz auf den Mund zu küssen. »Komm, wir gehen zu den Elefanten.«

Sie hörten, wie die Elefanten planschten und ihre grossen Rüssel voll Wasser saugten, wenn sie am Wasserloch waren. Aus dem Holzversteck über ihnen ertönten das Geschwätz von Menschen, das Rascheln von Chipspackungen und das Knallen von Bierdosen, die geöffnet wurden. Sie blieben lieber am Zaun stehen und beobachteten die keine zwanzig Meter von ihnen entfernte Herde von acht riesigen Tieren.

Ian liess den Anblick, die Gerüche und die Geräusche auf sich wirken und dachte gleichzeitig über Doc nach. Er nahm ihre Hand und sie drückte seinen Rücken. Nach einer Weile drehte er sich um, um sie anzusehen und stellte fest, dass sie in der Dunkelheit zu ihm hochblickte. Sie küssten sich erneut, dieses Mal leidenschaftlicher.

AM NÄCHSTEN MORGEN brachen sie früh auf und fuhren ganz in den Norden des Parks.

Doc wusste, dass Ian am Abend zuvor zu ihrem Zelt kommen oder sie in sein Zelt hatte einladen wollen, sagte ihm aber noch einmal, sie meine es ernst damit, ihre sich schnell entwickelnde Beziehung unterbrechen zu wollen. Natürlich hatte er sich wie ein Gentleman verhalten und ihr gesagt, dass er das verstehe, aber eigentlich hätte sie gern mit ihm das Bett geteilt. Am Ende hatte jedoch ihr akademischer Verstand über ihr Herz und ihren Körper gesiegt, denn sie wollte wirklich nicht, dass ihm etwas zustiess. Sie war immer noch hin- und hergerissen, schaltete aber, um zu versuchen, solche emotionalen Gedanken aus ihrem Kopf zu verdrängen, in den Reiseleitermodus.

»Dieser Teil des Krügerparks gehört dem Volk der Makulele und wird von diesem bewirtschaftet«, erklärte Doc der Gruppe während der Fahrt. »Die Angehörigen dieses Volkes wurden in den späten 1960er Jahren gewaltsam aus ihrer Heimat vertrieben, damit der Nationalpark erweitert werden konnte und zu Beginn eine Zeit lang in Armeezelten untergebracht. Später sagte man ihnen, sie sollten weiterziehen und sich eine neue Heimat suchen, wobei ihnen gleichzeitig Rechnung für die Zelte gestellt wurde.«

»Das ist ja schrecklich«, sagte Eva.

»Ja, das war es«, stimmte Doc zu. »Später erhielten sie die Kontrolle über diesen Teil des Nationalparks, der zu den schönsten Landschaften des Krügergebiets gehört. Hier gibt es grossartige Fieberbaumwälder und der Levuvhu-Fluss ist für Vogelbeobachter ein Paradies.«

Sie hielten auf einer Brücke, die den Fluss überspannte und wie zum Beweis dafür, dass Doc Recht hatte, entdeckten sie Eisvögel, die im Sturzflug nach Fischen jagten, sowie einen majestätischen Fischadler mit schneeweissem Kopf, der ganz in der Nähe in einem Baum sass.

Sie verliessen den Park durch das Pafuri-Tor. »Dies ist die Heimat des Venda-Volks«, erklärte Doc Ian, der neben ihr sass. Sie fuhren durch Dörfer mit bescheidenen Lehmziegelhäusern und in den flachen Gebieten am Limpopo-Fluss an den Feldern der Bauern vorbei. Riesige Affenbrotbäume säumten die Landschaft auf der Strasse nach Musina, wo sie bei einem Restaurant am Stadtrand hielten.

Doc ging zuerst hinein, suchte einen Tisch für sie und nachdem alle Platz genommen hatten, nahm eine Kellnerin ihre Frühstücksbestellungen auf. Doc sah sich um und betrachtet die jedem Südafrikaner wohlbekannte bizarre Dekoration im Western-Stil dieser Restaurantkette, mit nachgemachten indianischen Totems.

Die Kundschaft bestand aus einer Mischung aus wohlhabenden dunkelhäutigen Familien und stämmigen Bauern in zweifarbigen Hemden mit ihren wohlgenährten Frauen und Kindern. Während sie auf ihr Essen warteten, beschrieb Doc die nächste Etappe der Rundreise.

»Wir haben hier zum Frühstück angehalten, weil Sie sich wahrscheinlich stärken müssen, bevor wir in Beitbridge einen der berüchtigtsten Grenzübergänge im südlichen Afrika in Angriff nehmen.«

»Berüchtigt? Wollen Sie damit sagen gefährlich?«, wollte Pär wissen.

»Nein, ganz und gar nicht, obwohl wir vielleicht von geschäftstüchtigen ‘Fixern’, also Helfern, belagert werden, die anbieten, uns den Weg durch den Zoll, die Einwanderungsbüros und andere administrative Posten zu erleichtern. Betrachten Sie es eher als kaum organisiertes Chaos. Sobald wir durch sind – und das kann von einer bis zu vielleicht drei Stunden dauern – fahren wir zum ‘Lake Kyle Recreation Park’ in der Nähe von Masvingo, wo wir die Nacht verbringen. Morgen besuchen wir ein neues Schutz- und Rehabilitationszentrum für Schuppentier in der Nähe von Harare, wo wir die Betreiber kennenlernen, ein paar Schuppentiere sehen und übernachten.«

»Das klingt sehr interessant, Denise«, kommentierte Moses.

Jason Chow und Sue Oliver, die, seit sie Punda Maria verlassen hatten mit ihm gefahren war, kamen herein und suchten sich den Weg zum Tisch.

»Tut mir leid, dass wir zu spät sind«, entschuldigte sich Sue, »aber Jason musste noch tanken«, erklärte Sue und setzte sich neben Ian.

»Überhaupt kein Problem«, erwiderte Doc. »Ihr zwei könnt in eurem eigenen Tempo reisen, aber sagt mir bitte einfach Bescheid, wenn ihr irgendwelche Abstecher macht, damit wir euch etwas im Auge behalten können, Sue.«

»Ja, Mama.«

Jason lachte, aber Doc schüttelte nur den Kopf. Natürlich konnte Sue auf sich selbst aufpassen, aber langsam bereute Doc, dass sie sie auf diese von Sponsoren finanzierte Rundreise mitgenommen hatte. Eigentlich hätte Sue sich mit Ian, Eva und Pär hinsetzen und Fragen über ihre Schuppentiere und die Forschung beantworten sollen, anstatt mit ihrem neuen Freund herumzugondeln. Sollte Doc jemals wieder zu einer solchen Sponsorenreise überredet werden – was unwahrscheinlich war – nähme sie nur eine Person der Studierenden mit.

Als die Kellnerin ihnen das Frühstück brachte, warf Doc einen Blick auf die anderen Studierenden. Zola war am Telefon und Geoff mit Abstand der ruhigste in der Gruppe. Doc fragte sich, ob er sich auf der Reise allein besser geschlagen hätte als Sue. Aber immerhin konnte Sue, wenn dies nötig war, quirlig und gesprächig sein, während sich Geoff meistens still und grüblerisch gab. Zwar teilte er bereitwillig Informationen über seine Studien und Schuppentiere, stand aber nie im Mittelpunkt der Gruppe. Er war bestimmt ein guter Forscher, zog aber die Wissenschaft eindeutig seinem früheren Leben als Safari-Führer vor.

Eigentlich war das seltsam.

Geoff war früher einer der Hauptführer in Julianne Clyde-Smiths 'Khaya Ngala Game Lodge' im Sabi Sand Game Reserve gewesen und Julianne war, wie Doc wusste, eine knallharte Chefin, die nur die Besten einstellte und sich nicht mit einem vertrockneten Veilchen als Führer zufriedengegeben hätte.

Als er bemerkte, dass Doc ihn ansah, lächelte Geoff sie schüchtern an, wandte dann seinen Blick aber wieder seinen Eiern und dem Speck zu. Doc errötete ein wenig, als sie merkte, dass er sie dabei erwischt hatte, wie sie ihn anstarrte, also beschäftigte sie sich, während sie noch ein wenig über Geoff nachdachte, mit ihrem Omelett. Er hatte ihr gesagt, dass er mehr für den Schutz der Wildtiere tun wolle, als reiche Touristen zu Leoparden-Sichtungen zu fahren und deren Bewusstsein möglicherweise ein wenig zu schärfen. Aber er war auch gutaussehend, höflich und sprachgewandt.

War er auf dieser Reise ungewöhnlich ruhig? Hatte er vielleicht etwas auf dem Herzen?

Doc überlegte sich, wie sie Geoff sowohl in der Gesellschaft wie auch im Universitäts- und Forschungsumfeld früher erlebt hatte und versuchte, die Erinnerungen an ihre Erfahrungen mit Geoff zu ordnen. Er war eifrig, fleissig und ernst, aber sie hätte ihn nicht als schüchtern oder langweilig beschrieben. Allerdings hatte er sich seit seinem Zusammenstoss mit den Löwen und Elefanten sehr zurückgehalten.

Wusste er etwas, was sie nicht wusste? Als Doc den Kopf wieder hob, sah sie, dass Geoff jetzt sie vom anderen Ende des Tisches aus fest im Blick hatte. Er wartete nur eine Sekunde zu lange, bevor er den Blick abwandte.

Was denkst du, Geoff?

Sie beendeten das Frühstück, Margaux bezahlte die Rechnung und sie gingen alle in die Morgensonne und die schwüle Hitze der Provinz Limpopo hinaus.

»Danke, Margaux, du leistest grossartige Arbeit«, lobte Doc, als sie im Gleichschritt neben der Führerin herging.

»Danke, es ist mir ein Vergnügen. Geht es dir gut, Doc? Du bist ziemlich still.« »Alles gut, danke. Ich habe nur etwas viel um die Ohren.«

»Du kannst jetzt nichts mehr für Oscar oder Graham tun«, sagte Margaux. »Die Sache liegt nun in den Händen der Polizei.«

Doc nickte. »Ja, ich weiss.«

Sie stiegen in den Land Cruiser und Margaux fuhr zurück auf die N1 und auf die Umfahrungsstrasse von Musina. Sie fuhren über eine Brücke, die von Statuen riesiger Hände getragen wurden und legten dann die zehn Kilometer bis zur Grenze zurück.

»Schnallen Sie sich bitte alle an«, rief Margaux von vorne, »denn nun erleben Sie die Fahrt Ihres Lebens.«

Der Grenzposten von Beitbridge hatte sich, seit Doc vor einigen Jahren das letzte Mal nach Simbabwe eingereist war, stark verändert. Die schmuddeligen, baufälligen Regierungsbüros im Stil der 1960er Jahre waren verschwunden und an ihrer Stelle stand nun ein schön gestaltetes Gebäude aus Stein, Glas und poliertem Beton mit gepflegten Rasenflächen davor. Margaux erreichte eine Schranke, in deren Glasturm eine lächelnde 'ZimBorders'-Mitarbeiterin ihr einen Zettel mit einem QR-Code ausdruckte und ihn ihr reichte. Die automatische Schranke öffnete sich und Margaux parkte vor der attraktiven An- und Ausreisehalle, wo alle ausstiegen.

»Guten Morgen, Madam«, sagte der Anführer eines Trupps von Schleppern, deren draufgängerischste Margaux umzingelten, während die langsameren die Nachzügler von Docs Gruppe anpeilten.

»Woher kommen Sie, Sir?«, fragte ein junger Mann in einem weissen Hemd und einer schwarzen Hose Ian. Der gefälschte Ausweis des Mannes baumelte an einem alten FIFA-WM-Band um seinen Hals.

»Aus Australien«, erklärte Ian.

»Aha, ein Känguruh!«

Doc nahm Ian am Unterarm. »Einfach weitergehen«, sagte sie zu ihm und wandte sich dann mit einem entschlossenen »Nein, danke« an den Schlepper.

»Hey, Skippy, das Buschkänguruh, lassen Sie mich Ihnen helfen«, rief der junge Mann aus ihrem Kielwasser.

»Lächeln und winken«, sagte Doc.

Margaux führte alle in die Halle und wies die Gruppe an, sich bei der Einwanderungsbehörde in der Reihe anzustellen, während sie der simbabwischen Steuerbehörde die Strassengebühren und etwas für die Einfuhr des Fahrzeugs bezahlte. Doc wartete mit Ian, der als Australier ein Visum brauchte, wogegen Südafrikaner davon befreit waren und half Eva und Pär beim Ausfüllen ihrer Einreiseformulare.

Jason, Sue und Geoff erledigten die Zollformalitäten selbst und Moses und Zola, die als Paar vorwärts gingen, ebenso. Doc beobachtete, wie Jason sich von den beiden anderen verabschiedete und mit einem jungen Simbabwer nach draussen ging. Sie konnte durch das Fenster sehen, wie sich die beiden unterhielten und obwohl Jason mit dem Rücken zu Doc stand, sah es für sie aus, als gäbe er dem anderen Mann Geld. Im Gegenzug schien ihm dieser etwas in die Handfläche zu drücken.

»Das ging ja schneller als erwartet«, verkündete Margaux, nachdem sie am Zollschalter fertig war, »aber nun müssen wir das Fahrzeug noch von der Polizei inspizieren und unsere Papiere überprüfen lassen.«

Sie gingen wieder nach draussen und Doc sah zu, wie Jason sein Gespräch beendete und zurück zu seinem *Bakkie* ging. Er fuhr zur Polizeikontrolle, wo in einem überdachten Aussenbereich vier gelangweilt aussehende Beamte in Zivil hinter einem Tisch sassen und in ihre Telefone schauten. Jason zeigte ihnen etwas, vielleicht seinen Polizeiausweis, denn sie wurden lebhafter und schüttelten ihm alle die Hand. Er hatte seinen Papierkram schnell erledigt, worauf er ihnen zuwinkte, in sein Fahrzeug stieg und zum letzten Kontrollpunkt fuhr.

»Jason kundschaftet schon mal die Lage aus«, sagte Sue zu Doc.

»Er schien viel schneller durchzukommen als wir.« Doc sah, dass Margaux jetzt hinter vier anderen Personen in einer Schlange stand und auf die Polizeikontrolle wartete. Von den vier diensthabenden Beamten schien nur einer zu arbeiten, während die anderen immer noch die Bildschirme ihrer Telefone studierten.

»Ich denke, es ist hilfreich, Polizist zu sein. Ausserdem sagte er, er bezahle jemanden, der ihm helfe, die Dinge zu beschleunigen und schnell über die Grenze zu kommen«, sagte Sue.

Wahrscheinlich war es das, dachte Doc, was Jason mit dem Mann draussen gemacht hatte, obwohl sie Jason, während sie drinnen die Formalitäten erledigten, nicht in dessen Begleitung oder der anderer Einheimischer bemerkt hatte.

Die Gruppe kletterte in den Land Cruiser, aber Doc nahm Sue zur Seite.

»Sue ...«

»Ja?«

Doc runzelte die Stirn. »Einfach, dass Sie es wissen: Ich habe kein Problem damit, dass Jason mitkommt, erwarte aber, dass Sie Ihre

Rolle auf der Reise trotzdem spielen, für Fragen zur Verfügung stehen und unseren Gästen Erklärungen abgeben.«

Sue stemmte die Hände in die Hüften. »Das wäre bedeutend einfacher gewesen, wenn nicht jemand mein Schuppentier gefangen und mitgenommen hätte.«

Doc wollte sagen, es sei nicht ihre Schuld, dass Sues Studienexemplar verschwunden sei, wollte aber gleichzeitig keine Szene machen. »Sue, immerhin bekommen Sie eine kostenlose Reise durch Simbabwe und Namibia.«

»Nein, offensichtlich nicht«, widersprach sie mit funkelnden Augen, »denn das hört sich an, als sollte ich wie ein dressierter Schimpanse auftreten oder für mein Abendessen singen.«

Sue verstand das komplett falsch und schien ausserdem verwöhnt und anspruchsvoll zu sein, wie so viele der Studierenden, mit denen Doc heutzutage zu tun hatte. Wollte sie es sich wirklich antun, eine ganze Universität voller Leute wie Sue zu leiten? »Sue, Sie sind klug, aufgeschlossen und selbstbewusst. Ich zähle wirklich darauf, dass Sie mir in der Gruppe helfen. Von allen Studierenden können Sie am besten Beziehungen aufbauen und mit Menschen kommunizieren.«

»Oh.« Sues Körpersprache wurde entspannter. Das Kompliment auf Kosten der anderen hatte sie, genau wie Doc es gehofft hatte, entwaffnet.

»Ja. Also, besuchen Sie Jason, wenn Sie können und geniessen Sie die Reise. Ich bitte nur um etwas Unterstützung.«

Sue nickte. »Gut.«

»Also steigen wir wieder ein. Ich will nicht am Grenzposten Beitbridge hängen bleiben.«

Doc kletterte ins Fahrzeug und setzte sich, obwohl Ian auf dem Sitz neben sich Platz für sie machte, im hinteren Teil des Fahrzeugs neben Geoff, der in einem Lehrbuch las.

»Vielleicht erzählen Sie den anderen später, was Sie lesen?«, fragte sie ihn leise.

»Ja, Prof ...«

»Geht es Ihnen gut?«

Er zuckte mit den Schultern. »Ehrlich gesagt, stehe ich wegen Graham und Oscar immer noch ein wenig unter Schock. Ich kannte sie von Khaya Ngala, wo wir zusammengearbeitet haben. Sie waren gute Jungs.«

Doc nickte. »Ja, das waren sie.«

»Geht es *Ihnen* gut?«, fragte er Doc.

»Nicht besonders, aber danke, dass Sie fragen«, sagte Doc leise.

Margaux beendete die letzten Kontrollen und fuhr mit einem »Juhu!« durch die letzte Schranke und nach Simbabwe hinein.

»Ich dachte, Sie würden vielleicht lieber neben Ian sitzen?«, flüsterte Geoff.

»Wie kommen Sie darauf?«

Geoff zuckte nur mit den Schultern und schlug sein Lehrbuch wieder auf. Doc schaute auf Ians Hinterkopf. War es so offensichtlich, dass zwischen ihnen beiden etwas lief? Sie nahm nicht an, dass Geoff die Sprache der Liebe besonders gut beherrschte, also war der Versuch, zu verbergen, was zwischen ihr und dem Australier vor sich ging möglicherweise reine Zeitverschwendung.

Moses hatte seinen gewohnten Platz auf dem Beifahrersitz eingenommen und Zola sass pflichtschuldigst hinter ihm, von wo sie ihm unaufgefordert eine Flasche Wasser aus der Kühlbox im hinteren Teil des Fahrzeugs reichte. Als er sie nahm, schaute Moses über die Schulter zu Ian, der Zola gegenüber des schmalen Gangs sass. »Ich habe nie gefragt, Ian, aber sind Sie eigentlich verheiratet?«

»Geschieden«, sagte Ian.

»Oh.«

Doc fand, Moses klinge fast enttäuscht. Vielleicht war sie paranoid, doch sie stellte sich vor, Moses wisse, dass sie mit Ian geschlafen hatte und suche nun einen Weg, sie in Verlegenheit zu bringen, oder wolle, dass die Universitätsleitung herausfand, dass sie mit einem verheirateten Mann schlief – schon wieder. Vielleicht wollte er aber auch nur Smalltalk machen.

»Und Sie, Moses?«, fragte Ian, als Margaux bremste, um einem Schlagloch auszuweichen.

»Ja, glücklich verheiratet. Ich habe eine reizende Frau und drei

Kinder, zwei Jungen und ein Mädchen. Einer meiner Söhne ist im letzten Jahr seines Medizinstudiums.«

»Dann müssen sie sehr stolz sein«, sagte Ian.

Moses nickte. »Ja, auf alle.«

Doc kniff die Augen zusammen. Er war ein Heuchler. Ihr Radar war aktiviert und sie war sich mittlerweile sicher, dass zwischen Moses und Zola etwas lief. Die junge Frau war für den älteren Professor immer in Reichweite. Ausserdem war es seltsam, dass Zola gesagt hatte, sie nehme einen 'Freund' mit auf die Reise und das ausgerechnet Moses war. Natürlich konnten sie beide mit dem guten Ruf des anderen ihr Spielchen spielen, aber Doc würde sich nicht dazu herablassen, Gerüchte über Moses zu verbreiten. Aber sie machte sich Sorgen um Zola.

MARGAUX FUHR durch das simbabwische Lowveld, das Tiefland, weiter. Sie fuhren an riesigen Affenbrotbäumen und kleinen Jungen in Secondhand-Kleidung vorbei, die dürre Ziegen hüteten. Ein Eselskarren, der aus dem zerlegten Heck eines alten *Bakkies* gebaut war, schwenkte von der Strasse ab, um sie passieren zu lassen. Ein Mann auf dessen Rücksitz peitschte die beiden räudig aussehenden Esel, wobei Doc erschauderte.

Das Leben war hier hart. Ausgemergelte Frauen sassen hinter kleinen Pyramiden von Orangen, dem Ausschuss einer der Limpopo-Zitrusfarmen und flehten die vorbeifahrenden Autofahrer mit ihren Augen an, anzuhalten und ihre Früchte zu kaufen. Selbst das Land sah mit seinem ausgetrockneten rötlichen Boden und den vertrockneten Mopane-Bäumen ärmlich aus. Ein Schmarotzermilan stürzte sich vor ihnen auf die Strasse, um an den stinkenden Überresten eines toten Hundes zu picken.

Im 'Lion and Elephant Hotel', einem einstöckigen, weiss getünchten Komplex aus Restaurant, Bar und Unterkünften in strohgedeckten *Rondavels*, typisch afrikanischen Rundhütten, einem Überbleibsel aus den 1960er Jahren, gab es kalte Getränke und Hühnerpasteten.

»Dieser Ort erinnert mich an einen australischen Country Pub«, sagte Ian, der sich, nachdem alle aus dem Fahrzeug ausgestiegen waren, wieder zu ihr gesellt hatte. Gemeinsam erkundeten sie das Gelände und die ruhige Bar. Ein Gärtner in einem abgewetzten Overall und alten Tennisschuhen mit klaffenden Löchern an den Zehen schleppte einen Schlauch herum, mit dem er den gepflegten Rasen bewässerte. »Schade, dass wir die einzigen Gäste sind.«

Dieses Land war einst, in den achtziger und neunziger Jahren, nachdem der Krieg hier beendet und Simbabwe zu einem unabhängigen Staat geworden war, ein Tourismusmekka gewesen, das boomte. Dann, nachdem Robert Mugabe alles getan hatte, um an der Macht zu bleiben und die Wirtschaft zu ruinieren, brach alles zusammen.

Ian sah auf den polierten Steinboden und die schweren alten Möbel. »Es ist, als hätte man eine Reise mit einer Zeitkapsel gemacht.«

»Simbabwe wird eines Tages wieder aufblühen«, sagte Doc. »Die Menschen sind fleissig und das Land hier ernährte einst einen grossen Teil Afrikas.«

»Bist du Optimistin?«

Sie lächelte. »Manchmal.«

»Hast du im Auto absichtlich Abstand zwischen uns gebracht?«, wollte er wissen.

»Vielleicht«, sagte sie seufzend. »Ich will einfach nicht, dass dir etwas zustösst.«

Er sah zu den anderen hinüber, die an altmodischen Tischen im Freien sassen und dort gerade bedient wurden. »Glaubst du, einer von ihnen steckt hinter all dem?« Ian trat etwas näher an sie heran. »Moses?«

Es klang, sogar für sie selbst, verrückt, dass ein Akademiker einen – oder sogar mehrere – Morde begehen könnte, um eine Rivalin zu stürzen und sie kam sich dumm vor. »Ich weiss es schlichtweg nicht.«

»Doc ...«

Sie entfernte sich von ihm.

22

Sie übernachteten im 'Lake Mutirikwi Recreation Park', der vielen Einheimischen noch unter seinem Namen aus der Zeit vor der Unabhängigkeit bekannt war, nämlich 'Lake Kyle'. Der Ort lag nicht weit von den Ruinen Great Zimbabwes entfernt und Margaux führte diejenigen, die an einer Besichtigung der historischen Stätte interessiert waren, dorthin. Das waren alle ausser Doc und Moses, die beide schon dort gewesen waren und Zola, die behauptete, Kopfschmerzen zu haben. Auch Sue und Jason fuhren mit Jasons Pick-up hin.

Doc richtete sich in ihrem Zimmer im Chalet des 'Zimbabwe Parks and Wildlife Service' ein, in dem sie untergebracht war. Sie legte sich in dem alten, aber sauberen Zimmer auf ihr klappriges Bett und versuchte, ein Buch zu lesen, konnte sich aber nicht konzentrieren.

Draussen schwand das Licht und das Spiegelbild auf der riesigen Fläche des Sees zauberte eine wunderschöne Stimmung.

Ein Blick auf die Uhr zeigte ihr, dass es bereits halb sechs war und sie dachte, Margaux und die anderen hätten inzwischen zurück sein müssen. Sie konnte sich nicht genau erinnern, stellte sich aber vor, die Sehenswürdigkeit von Great Zimbabwe schliesse um fünf

Uhr. Sie mussten bald damit beginnen, alles, was sie für einen *Braai,* einen Grillabend, eingepackt hatten, für das Abendessen vorzubereiten.

Doc ging hinaus, suchte auf dem Gelände rund um die Chalets nach kleinen Aststücken und fügte danach grössere Holzscheite für das Feuer hinzu. Das heisse Wasser für die Dusche in der Hütte kam aus einem *Donkey,* einem alten, aber effizienten externen Wassererhitzer, der aus einer mit Feuer beheizten Trommel bestand. Neben dessen Feuerstelle stand ein rostiger Spaten, den sich Doc zusammen mit einer Ladung glühender roter Kohlen lieh, um das Grillfeuer zu entfachen. Sie trat einen Schritt zurück und nickte zufrieden, als Flammen aufzuflackern begannen. Der Geruch von Holzrauch in der sauberen, kühlen Abendluft erinnerte sie an ihren Vater und an die Nächte, die sie, als sie noch ein kleines Mädchen war, im Krügerpark verbracht hatten.

Sie sah auf die Uhr. Sechs Uhr, immer noch kein Zeichen von der Gruppe und bereits fiel Dunkelheit wie ein schwerer Theatervorhang. Als sie zu ihrem Chalet zurückging und den Schalter neben der Eingangstür betätigte, wurde es nicht hell.

WIE ALLE SÜDAFRIKANER war Doc an die von der Regierung geplant durchgeführten Stromausfälle zu notwendigen Energiesparzwecken, gewöhnt. In ihrer Tasche hatte sie eine Taschenlampe, die sie zusammen mit ihrem Buch zu holen beschloss, um beim Feuer zu lesen und sich abzulenken zu versuchen.

Beim Betreten ihres Zimmers spürte sie einen Luftzug, was ihr seltsam vorkam, da sie mit Sicherheit kein Fenster offengelassen hatte. Da sie die meiste Zeit ihres Lebens im Busch verbracht hatte, war sie immer darauf bedacht, ihre Unterkunft wegen Affen und Pavianen geschlossen zu halten. Als sie aber durch die Tür in ihr Zimmer trat, erstarrte sie, denn das Fenster über ihrem Bett stand weit offen.

Ihr Rucksack lag auf dem Bett, wo sie ihn hingelegt hatte, aber als sie nach ihrer Taschenlampe suchte, fiel ihr auf, dass der Reissverschluss, obwohl sich Doc sicher war, die Tasche geschlossen gelassen zu haben, offen stand. Sie griff hinein und ertastete die Taschenlampe. Als sie sie einschaltete, sah sie sofort, dass ihre Geldbörse fehlte.

»Scheisse.«

Ihr Herz raste. Ihren grösseren Rucksack hatte sie in den Kleiderschrank gestellt und war, als sie die Tür öffnete, einen Moment erleichtert, denn er schien ihr unberührt zu sein. Sie öffnete die Klappe an der Oberseite, zog den Reissverschluss auf und kramte bis ganz nach unten. Ihre Glock-Pistole war noch da. Sie zog sie heraus und steckte sie beim Kreuz in den Bund ihrer Jeans. Hier in Simbabwe war es illegal, eine Waffe mit sich zu führen, aber seit Juries Schiesserei nahm sie ihre Pistole überallhin mit.

Doc leuchtete mit der Taschenlampe durch ihr Zimmer und tastete gleichzeitig ihre Taschen ab. Mit einem mulmigen Gefühl erkannte sie, dass sie ihr Telefon auf dem Nachttisch hatte liegen lassen und dieses ebenfalls verschwunden war. In der Brise, die durch das offene Fenster strich, flatterte der Vorhang. Doc schaute nach draussen, konnte aber nichts und niemanden sehen.

Sie ging wieder hinaus und schritt zu Moses' Hütte hinüber. Sie klopfte an die Tür, aber es kam keine Antwort. »Moses? Moses, sind Sie da drin?«

Als sie keine Antwort erhielt, ging sie zum Chalet, in dem die drei Studierenden wohnten, klopfte dort und rief nach Zola. Wieder erhielt sie keine Antwort. Nun rannte sie von der Unterkunft der Studierenden die Strasse entlang zum Gebäude, in welchem Margaux eingecheckt hatte.

»Hallo?«, rief sie. »Hallo!«

Das Empfangsbüro war geschlossen. Doc sah sich um und ging auf eine Gruppe von Häusern zu, die wie Personalunterkünfte aussahen. Sie roch Holzrauch, aber hier gab es, wie bei ihrem eigenen Zimmer, keinen Strom.

Ein Mann in grüner Uniform trat aus einem dunkeln Haus.

»Guten Abend, wie geht es Ihnen?«, fragte er.

»Nicht gut, es ist schrecklich, denn ich bin ausgeraubt worden.«

Die Augen des Mannes weiteten sich. »Ich bin hier der Aufseher. Gehen Sie bitte sofort zurück in Ihr Häuschen, denn vielleicht sind sie zurückgekommen und durchsuchen Ihre Sachen noch einmal.«

»Wirklich?«

Er nickte und verschwand in seinem Haus. Als er einen Moment später wieder auftauchte, trug er eine AK-47. »Kommen Sie, lassen Sie uns gehen.«

Doc folgte dem Mann auf dem Weg über die Rezeption zurück zu den Chalets. Als sie ankamen, sah Doc Jason Chows *Bakkie* und Sue kam aus ihrem Chalet heraus.

»Hallo, Doc«, sagte Sue. »Du hast eine interessante Besichtigung verpasst.«

Doc ignorierte sie und führte den Aufseher hinein.

»Hey, ist alles in Ordnung?«, rief Sue ihnen nach.

Doc schüttelte den Kopf. »Nein, ich bin ausgeraubt worden.«

»Oh mein Gott, nein!«

»Doch. Sieh in deinem Zimmer nach, Sue, und vergewissere dich, dass bei dir nicht auch etwas fehlt.«

Doc folgte dem Aufseher, der seine AK bereithielt, als bereitete er sich auf eine Schiesserei vor, in ihr Zimmer. Sie bezweifelte allerdings, dass er in einem so sicheren Land wie Simbabwe tatsächlich damit rechnete, seine Waffe verwenden zu müssen, denn dieses Land hatte trotz seiner oft turbulenten Politik den Ruf, kaum Gewaltverbrechen zu kennen.

Dann hörte Doc das Summen eines Generators irgendwo in der Ferne, wahrscheinlich im Bereich, in dem das Personal wohnte und das Licht ging wieder an.

Der Aufseher stiess ihre Zimmertür auf. »Die Luft ist rein. Ich suche draussen nach Spuren. Machen Sie bitte eine Liste von allem, was weg ist, dann rufen wir die Polizei.«

»In Ordnung.« Doc überprüfte ihren grossen Rucksack, wobei sie feststellte, dass alles unberührt war. Dann kam sie zu der Stelle, an der sie ihre Kleider herumgeschoben hatte, als sie ihre Pistole herauszog. Als ihr in den Sinn kam, dass ihr Laptop zum Aufladen auf dem Schminktisch stand, erschrak sie heftig, aber als sie sich umdrehte, sah sie, dass er noch da lag. Sowohl der Laptop wie auch ihr Telefon waren gut sichtbar gewesen, aber aus irgendeinem Grund hatte der Dieb ersteres liegenlassen. In ihrer Panik hatte Doc dies zu Beginn übersehen, aber nun, als sie mit dem Rücken zum Fenster stand, um dieselbe Perspektive auf den Raum zu haben, die der Dieb gehabt haben musste, war der Computer das Erste, was sie bemerkte. Warum hatte er ihn nicht mitgenommen?

Doc hörte vom Korridor her Schritte und Jason erschien in der Tür.

»Prof, ist alles in Ordnung?«, fragte er.

»Naja, danke.« Doc nickte in Richtung des Computers. »Was hältst du davon?«

»Dein Laptop? Hast du ihn so dort stehengelassen?«

Doc nickte. »Ich ging nach draussen, um das Feuer für den *Braai* anzuzünden und liess alles so, wie es war. Sie zeigte auf ihren kleinen Rucksack. »Er kam durch das Fenster herein, fand mein Portemonnaie in der Tasche und nahm mein Telefon mit. Aber den Laptop liess er zurück. Kannst du dir das erklären?«

Jason zuckte mit den Schultern. »Vielleicht, weil er das Telefon und die Brieftasche problemlos in seinen Taschen verstauen konnte, es aber sofort alle misstrauisch gemacht hätte, wenn er mit einem Laptop herumgelaufen wäre.«

»Hmm.« Sie nahm an, Jason habe recht, aber dennoch fühlte es sich seltsam an.

Doc leerte den Rucksack und legte dessen Inhalt methodisch aufs Bett, wobei Jason sie beobachtete. Als sie sich nach vorn lehnte, rutschte ihr T-Shirt hoch.

»Hey, Doc«, flüsterte Jason, »du weisst doch, dass es in Simbabwe illegal ist, eine Waffe zu tragen?«

Sie zog ihr Shirt herunter. »Das hast du nicht gesehen.«

»Okay, aber lass weder die örtliche Polizei noch die Leute vom Nationalpark deine Waffe sehen. Du weisst, dass es in diesem Reservat Nashörner gibt?«

»Ja«, sagte sie.

»Wenn ein Nationalpark-Ranger nach dem Buchstaben des

Gesetzes arbeiten will, könnte er dich, wenn er sieht, dass du eine Waffe hast, sofort erschiessen.«

Daran hatte Doc gar nicht gedacht, mahnte sich aber selbst, besonders vorsichtig zu sein. »Danke, stimmt.«

»Fehlt sonst noch etwas aus deinem Tagesrucksack?«

Sie begutachtete den Inhalt. »Nein. Sogar meine Kamera ist noch da.« Sie hielt die kompakte Sony-Digitalkamera hoch. »Die ist einiges Geld wert und klein, aber dennoch hat der Einbrecher sie zurückgelassen. Sie war im obersten Fach meines Rucksacks.«

Jason zuckte nur mit den Schultern. »Manchmal ist völlig unsinnig, was ein Dieb mitnimmt. Ausserdem könnte es natürlich sein, dass er, immer noch hier und auf der Suche war, als du ins Haus zurückkamst, und er sich deshalb aus dem Staub gemacht hat.«

»Madame?«

Doc schaute zum Fenster und sah den Parkwächter draussen stehen, der ihr den Arm entgegenstreckte.

»Mein Portemonnaie!«

Er lächelte und reichte es ihr durchs Fenster. »Ich habe es etwa zehn Meter weiter im Busch gefunden.«

Doc öffnete die lederne Brieftasche. »Danke! Mein Ausweis ist Gott sei Dank da und meine Kreditkarten ebenfalls. Ich hatte ein paar hundert Rand in bar darin und etwa hundert US-Dollar. Die sind weg, aber es hätte schlimmer sein können.«

»Ich werde weitersuchen«, sagte der Aufseher.

»Vielen Dank«, sagte Doc.

»Doc?«, rief Zola von der Eingangstür aus. »Dürfen wir reinkommen? Wir haben eine gute Nachricht.«

»Sicher«, sagte sie und Zola und Moses kamen herein.

»Was ist das Problem?«, erkundigte sich Moses.

»Bei Doc wurde eingebrochen«, sagte Jason. »Wir machen gerade eine Bestandsaufnahme, was noch da ist, was fehlt und was gefunden wurde.«

Zola griff in ihre Hosentasche. »Wir können helfen, denn wir haben dein Handy gefunden!«

Doc war verblüfft, doch Zola kam zu ihr und überreichte ihr das iPhone. Sie wischte über den Bildschirm und es war tatsächlich ihres, mit einem Bild von Jurie, der ein Schuppentier hielt, auf dem Startbildschirm. »Grossartig, danke.«

»Doktor Khumalo und ich machten einen Spaziergang im Busch und dort fand er es. Es lag auf dem Boden«, erklärte Zola.

Doc kniff die Augen zusammen. »Wirklich?«

»Tut mir leid, ich habe den Bildschirm überprüft und es geöffnet«, sagte Zola. »Doc, du bist viel zu vertrauensselig, du solltest einen Passcode oder eine Verschlüsselung mit Fingerabdruck verwenden.«

»Ja, ich weiss. Ihr beide habt es also einfach auf dem Boden gefunden?«

»Ja, das stimmt, Denise«, sagte Moses. »Wir dachten, Sie seien auf demselben Weg spazieren gegangen und es sei Ihnen heruntergefallen.«

Doc wandte sich an Jason. »Das muss der unfähigste Dieb in der Geschichte der Kriminalität sein. Zuerst ignoriert er meine Kamera und den Laptop, das Wertvollste im Raum, dann stiehlt er meine Brieftasche und mein Telefon und schliesslich fällt ihm das Telefon aus der Tasche?«

Jason zuckte mit den Schultern. »Kriminelle Genies sind ein Mythos aus Filmen und Kriminalromanen. Die meisten Diebe sind ziemlich dumm und fast alle werden erwischt.« Er nickte in die Richtung des Telefons. »Schade, dass Zola und der Professor es mitgenommen haben, sonst hätte die örtliche Polizei ein paar Fingerabdrücke nehmen können.«

»Entschuldigung«, sagte Zola. »Wir hatten keine Ahnung, dass es gestohlen worden war.«

Doc studierte ihre Gesichter. Ihr Verfolgungswahn steigerte sich von Minute zu Minute. War Moses in ihr Zimmer eingebrochen, um sie auszuspionieren? War sie verrückt geworden?

Doc hörte das Brummen des Motors des Land Cruisers vor ihrem Chalet. Mit Jason, Zola und Moses im Zimmer fühlte sie sich regelrecht klaustrophobisch. Sie marschierte hinaus, wobei sie fast mit Sue zusammenstiess, die gerade durch die Vordertür kam.

»Kann ich irgendetwas tun, um zu helfen?«, fragte Sue.

»Nicht jetzt«, gab Doc zurück und ging in die kühle Nachtluft hinaus.

Ian stieg aus dem Land Cruiser und kam direkt zu ihr. »Was ist los?«

Sie ergriff seinen Unterarm und führte ihn weg, in die Dunkelheit jenseits des Lichts, das vom Feuer und aus der Hütte herüberdrang. Es war ihr egal, wer sie jetzt sah, aber sie musste einfach mit jemandem reden, dem sie vertraute. Doc erklärte ihm schnell, was passiert war.

»Und du sagst, Moses und Zola seien im Busch spazieren gegangen?«

»Ja«, bestätigte sie.

»Und Jason und Sue?«

Doc suchte in ihrem Gedächtnis. »Sie kamen früh zurück – vielleicht vor einer Stunde.«

»Wir hatten eine Reifenpanne«, sagte Ian.

»Entschuldigung«, Doc strich sich eine Haarsträhne aus den Augen, »Obwohl ich mich schon gewundert habe, dachte ich gar nicht daran, zu fragen, warum ihr so spät dran seid.«

»Schon in Ordnung«, winkte Ian ab. »Margaux und ich haben den Reifen ziemlich schnell gewechselt, aber da waren Jason und Sue schon längst weg.«

»Wie lange?«, fragte Doc.

Ian rieb sich das Kinn. »Eine ganze Weile. Ich schätze, mindestens zwei Stunden oder sogar mehr?«

»Hmmm. Das heisst, sie hätten schon lange bevor ich sie gesehen habe, zurück sein müssen. Aber vielleicht haben sie einen Abstecher gemacht, oder«, Doc zeichnete Anführungszeichen in die Luft, »einen Spaziergang im Wald«.

»Vielleicht. Denkst du, dass es jemand von unserer Gruppe war, der dich beraubt hat? Und wenn ja, warum?«

Doc drehte sich um und schaute zurück zum Licht, wo sich die anderen um das Feuer versammelten und Jason Getränke aus einer Kühlbox verteilte.

»Wahrscheinlich nicht, doch diese Pechsträhne scheint nicht

aufhören zu wollen. Ausserdem ergibt bei diesem Überfall so viel keinen Sinn. Es kommt mir eher vor, als wolle man mich verunsichern und mir noch mehr Angst einflössen, als ich ohnehin schon habe. Falls das die Absicht der Diebe war, haben sie ihr Ziel erreicht.«

»Interessant, dass Zola und Moses abseits von allen anderen Zeit miteinander verbringen«, sagte Ian.

»Wenn mein Verdacht in Bezug auf Zola und Moses richtig ist, hat Zola einen reichen 'Blesser'.«

»Was ist das denn?«, fragte Ian.

»Oh, das ist ein südafrikanischer Ausdruck für das, was du wahrscheinlich einen 'Sugar Daddy', einen älteren, reichen Liebhaber und Wohltäter nennen würdest.«

»Ich verstehe. Ich habe mich über die beiden gewundert«, sagte Ian. »Was ist auf deinem Handy?«

Sie streckte ihre Hände aus. »Mein ganzes Leben. Und es war überhaupt nicht gesichert. Eine Menge persönlicher Dinge. Was mich daran erinnert, dass ich dir noch etwas sagen wollte, Ian.«

Er hob die Augenbrauen. »Was?«

Doc setzte sich auf einen Granitfelsen und Ian fand für sich einen zweiten in der Nähe. »Da ist dieser Kerl ...«

Ian hob eine Hand. »Du brauchst es mir nicht zu sagen, wenn du nicht willst. Aber wenn du mit jemand anderem zusammen bist, werde ich versuchen, es zu verstehen.«

Sie schüttelte den Kopf. »Nein, lass mich ausreden, denn so ist es überhaupt nicht. Ich war eine Zeit lang auf einer Dating-App, hatte aber nie wirklich Glück damit, bis es sich plötzlich änderte. Kennst du das alte Sprichwort: 'Es regnet nie, bis, es schüttet'?«

»Sicher.«

Vor etwa einem Jahr bekam ich über die App eine Nachricht von einem Mann, der wirklich nett zu sein schien. Aber ungefähr zur selben Zeit begann Jurie, der Polizist, von dem ich dir erzählt habe, über die Probleme in seiner Ehe zu sprechen und es wurde immer deutlicher, dass wir tiefere Gefühle füreinander entwickelt hatten. Ich meine, ich hatte Jurie immer sehr gemocht, als Freund, und ich fand, er sehe gut aus, aber als verheirateter Familienvater war er tabu für mich. Als er mir die Wahrheit über seine Ehe erzählte, nämlich dass nicht alles rosig sei, und er schliesslich von zu Hause auszog, begann ich zu glauben, wir beide hätten vielleicht eine Zukunft.

»Und was war mit dem Online-Typen?«

»Ich habe ihn auf Eis gelegt und ihm gesagt, ich probiere etwas mit jemand anderem, würde mich aber gern mit ihm als Freund austauschen. Er schrieb, er habe damit kein Problem und es eile ihm nicht, dass wir uns persönlich treffen würden. Ich überlegte mir, ob er auch verheiratet sei und nur eine Ablenkung oder etwas Spass nebenbei suche. Auf jeden Fall meldete er sich nicht mehr. Im Lauf der Monate schüttete Jurie mir dann immer wieder sein Herz aus und ich verliebte mich endgültig in ihn.«

»Ich verstehe.«

»Und Jurie und ich, nun ja, wir kamen uns schliesslich sehr nahe. Es war kurz bevor er ermordet wurde, nachdem er seiner Frau gesagt hatte, er wolle die Scheidung. Es stellte sich heraus, dass sie das auch wollte. Und dann ...«

Ian kam zu ihr, setzte sich neben sie auf denselben Felsen und legte seinen Arm um sie. »Es tut mir so leid, Doc. Ich fühle mit dir.«

Sie nickte und kämpfte gegen die Tränen an. »Ich habe ein paar Wochen lang nichts von dem Online-Mann gehört, aber dann schrieb er mir, er hätte in der Zeitung von Juries Tod gelesen und wie leid ihm das täte. Er war nett und hat mich überhaupt nicht unter Druck gesetzt. Es war, als hätte ich einen anonymen Freund – seinen richtigen Namen kenne ich immer noch nicht –, dem ich einfach mein Herz ausschütten konnte, indem ich Worte auf einen Bild-schirm tippte. Ich fand es einfacher, als mit meinen echten Freunden zusammen zu sein. Sie wollten alle das Gleiche wissen, und es fiel ihnen so schwer, ihre Gefühle auszudrücken und mit mir zusammen zu sein oder Gespräche zu führen.«

»Ich verstehe«, sagte Ian.

Sie sah ihm in die Augen und fragte sich, ob er das wirklich tat, denn sie fand es selbst schwierig.

»Hat dieser anonyme Typ einen Namen oder ein Pseudonym?«

»Ralph.«

»Und was weisst du über ihn?«

»Er sagt, er sei neununddreissig und ein Jurist – ein Anwalt – aber weisst du, auf diesen Apps, Websites und so erfinden die Leute manchmal ihr Leben neu. Er ist weiss, schreibt, er sei nicht verheiratet, aber zögere, sich zu schnell in etwas zu stürzen. Wie gesagt, ich bin mir nicht hundertprozentig sicher, dass er die Wahrheit sagt, aber selbst wenn er verheiratet wäre, war er immer nett zu mir und meistens anständig.«

»Meistens?«

Doc lächelte ein wenig. »Er hat ziemlich geflirtet, bevor es zwischen Jurie und mir ernst wurde, aber als Jurie und ich wussten, dass wir uns lieben, habe ich die Sache mit ihm beendet.«

»Das kann ich nachvollziehen«, sagte Ian.

»In letzter Zeit ... nun ja, da war er in seinen Nachrichten wieder etwas anzüglicher, und ich glaube, ich war bereit, das zu akzeptieren. Aber dann wurde Graham ermordet und ich begann auszuflippen – du weisst schon, weil ich dachte, jeder Mann, der mir nahesteht, könnte in Gefahr sein.«

»Wie hat Ralph die Nachricht aufgenommen, dass du und Jurie euch ineinander verliebt habt?«

»Er schrieb, er freue sich für mich.«

»Hast du ihm das geglaubt?«

»Ja, das habe ich. Unsere schriftlichen Gespräche wurden rein platonisch, aber es war eine sehr kurze Zeit zwischen dem Zeitpunkt, an dem ich meine wahren Gefühle für Jurie kannte und seinem Tod. Danach habe ich mich einige Wochen lang nicht mehr mit Ralph unterhalten und wie gesagt, wenn ich es tat, hat er mich sehr unterstützt.« Doc fröstelte, denn abseits des Feuers war es kalt. Aber es fühlte sich auch an, als läge etwas in der Luft, etwas Bösartigeres. Ian schwieg.

»Kannst du mich bitte halten, nur einen Moment«, sagte sie.

Er legte wieder seinen Arm um sie und drückte sie fest an sich. Sie hatte sich Sorgen gemacht, dass er sie, wenn sie mehr von ihrer Vergangenheit und mehr von den Männern in ihrem Leben erzähle, wegstossen könnte. Gleichzeitig warnte sie ihn davor und sagte ihm, sie müssten Abstand halten.

»Du musst mich für verrückt halten, weil ich all diese widersprüchlichen Botschaften aussende«, sagte sie.

Er schüttelte den Kopf. »Nein. Ich glaube, du bist einfach ein Mensch. Dieser Ralph ...«

»Ja?« Sie legte ihren Kopf an seine Schulter.

»Glaubst du, dass er vielleicht etwas vorhatte? Ich meine, dass er mehr wollte, als nur eine schöne Frau kennenlernen?«

»Du meinst, ob er eine Art Stalker sein könnte?«

»Vielleicht«, sagte Ian, »aber ich dachte eher an deine Undercover-Arbeit, das Aufdecken des Schuppentier-Schmuggels.«

Doc dachte darüber nach. »Ich habe meine Identität nie vor ihm verborgen – er wusste, wer ich bin und ganz allgemein über meine Arbeit Bescheid. Ich erzählte ihm, dass ich die Polizei manchmal bei der Bekämpfung der Wilderei berate.«

»Vor oder nachdem ihr euch online kennengelernt habt?« fragte Ian. »Ich meine, warst du unter deinem eigenen Namen in der Dating-App?«

Sie schüttelte den Kopf. »Nein, ich habe ein Pseudonym benutzt, ihm aber meine Identität schon früh offenbart. Ich erinnere mich, dass ich ein wenig enttäuscht war – eine Zeit lang sogar ziemlich wütend – dass er es mir nicht gleichtat. Aber ich habe mich damit abgefunden, denn es tat gut, mit ihm zu schreiben und ich wollte ihm genügend Freiraum geben. Also nein, ich glaube nicht, dass er sich anfangs mit mir angefreundet hat, weil er wusste, wer ich war, und es auf mich abgesehen hatte.«

Ian rieb sich das Kinn, wie er es gern tat, wenn er nachdachte. Sie lernte jeden Tag ein bisschen mehr über ihn. »Er könnte ein Krimineller gewesen sein, der es wahllos auf Frauen abgesehen hatte und dann nach einem Ansatzpunkt für seine Arbeit suchte.«

Sie erschauderte in seiner Umarmung. »Ich denke, das wäre möglich.«

Worüber haben wir geschrieben? Sie versuchte, sich zu erinnern.

»Er hat dich nie um Geld gebeten?«

Sie schaute Ian an.

»Entschuldigung.« Er lächelte über ihren Blick.

»Wir schrieben über seine Arbeit, über Rechtsfälle, in die er verwickelt war, obwohl er nie Namen nannte. Und er interessierte sich für die Tierwelt und den Naturschutz. Er stellte viele Fragen zu Schuppentieren, schien sich aber selbst gut mit ihnen auszukennen. Wir unterhielten uns aber auch über Nashörner, Elefanten und andere Tierarten.«

»Und sonst?«

Sie versuchte zu denken. »Fernsehsendungen, Filme, Bücher – wir gaben uns gegenseitig Empfehlungen.«

»Wusste er, dass du letzte Woche in Hoedspruit, danach auf der Rundreise und so weiter sein würdest?«

Sie nickte. »Ja. Ich habe scherzhaft vorgeschlagen, er solle mit auf die Tour kommen und als ich auf einer Überraschungsparty war, die die Studenten für mich geschmissen haben, hat er mir kurz bevor du angekommen bist, eine Nachricht geschickt.« Doc lehnte sich etwas von Ian weg, wie um ihn besser ansehen zu können. »Bist du Ralph?«

Er lachte. »Tut mir leid, nein.«

»Es gab nie etwas Unheimliches an Ralph, Ian, nichts, was aufhorchen liess.«

Ian schaute skeptisch. »Ausser, dass er seine Identität vor dir verheimlicht hat, selbst nachdem du ihm gesagt hast, wer du bist.«

»Ja, das hat mich irritiert«, räumte sie ein und dachte noch etwas nach. »Aber ich habe weder Ralph noch irgendjemand anderem, den ich kannte, die Einzelheiten der verdeckten Operationen, an denen ich beteiligt war, mitgeteilt, weder Zeit noch Ort.«

»War jemand von deinen Studierenden jemals in eine Verhaftung verwickelt?«

»Nur bei der letzten, als Jurie getötet wurde. Da waren alle dort, obwohl sie natürlich nicht hätten dort sein dürfen. Ich habe sie als Aufpasser eingesetzt und damit meine eigenen Regeln gebrochen.«

»War Jason auch dort?«

Doc schüttelte den Kopf. »Nein, er war damit beschäftigt, die Verhaftungen des ersten Einsatzes am Morgen dieses Tages zu bearbeiten. Aber«, sie überlegte einen Moment, »ich erinnere mich, dass er kurz nach Juries Ermordung auftauchte und vage daran, dass er und Sue sich umarmten. Ich wusste vorher nicht, dass sie ein Paar waren.«

Ian schien einen Moment lang zu überlegen. »Und warum hast du an diesem Tag deine Regeln gebrochen?«

Sie liess den Tag in Gedanken noch einmal Revue passieren – die erfolgreiche Verhaftung, das Frühstück im Restaurant Mugg & Bean und schliesslich das katastrophale Treffen, bei dem alles, was schiefgehen konnte, schiefgegangen war. Sie hatte Mühe, die richtigen Worte zu finden. »Vielleicht Stolz? Und, oder ein übersteigertes Gefühl der eigenen Unsterblichkeit?«

»Es tut mir leid, Doc.«

Sie sah zu Ian hinüber und erkannte an seinem Blick, dass er ihr Schweigen fälschlicherweise als Wut oder Traurigkeit deutete, weil er etwas falsch gemacht habe. »Nein, Ian, es ist alles gut und ich denke einfach nur nach. Ich habe an jenem Tag eine schlechte Entscheidung getroffen, und versuche jetzt zu analysieren, warum, und ob es eine Verbindung zu Ralph geben könnte.«

»Aha, gut.«

Er schwieg, während sie über die vielen Online-Konversationen nachdachte, von denen sie einige – wohl sogar die meisten – nach einem langen Tag im Feld, bei einer Vorlesung oder bei der Betreuung ihrer Studierenden, vor einem Glas Wein sitzend, geführt hatte. Sie schrieb über den Moment, wenn sie vom Hochgefühl, einen Schuppentierwilderer auffliegen gelassen zu haben, herunterkam und war manchmal den Tränen nahe oder weinte sogar über den Tod eines Tieres, das sie nicht hatte retten können.

Wenn ich nur einen Käufer finden könnte, Ralph, hatte sie ihm einmal geschrieben.

»Es gab einen Vorfall, an den ich mich gut erinnere«, erzählte Doc Ian. »Jurie und ich haben einen Wilderer hochgenommen und ein Schuppentier, ein Weibchen, geborgen, das kaum noch am Leben war. Das geschah kurz bevor Jurie und ich uns unsere Gefühle füreinander eingestanden. Ich hatte aufgehört, mit Ralph zu flirten und schrieb ihm, ich hätte mich im wirklichen Leben in jemanden verliebt und dass er und ich lieber nur Freunde sein sollten. Trotz aller Bemühungen des Tierarztes starb das Schuppentier. Es war trächtig.«

»Oh nein«, sagte Ian.

Die Tränen kullerten Doc über die Wangen. Sie wischte sie mit der Hand weg und atmete tief ein. »Am Tag, nachdem das passierte, war ich so verdammt wütend, dass ich am Abend zu Hause geweint und getrunken habe und als Ralph mir eine Nachricht schickte, war ich beschwipst und zornig.«

»Das kann ich mir vorstellen.«

»Ich habe alles bei ihm abgeladen und ihm erzählt, wie frustriert ich sei, denn trotz aller Bemühungen und Anstrengungen, die Jurie, ich und die anderen auch unternommen hatten, war dies nur ein Tropfen auf den heissen Stein. Und dieses kleine ungeborene Baby ... Ich war am Tiefpunkt.«

»Doc, denk an all die Tiere, die du gerettet hast.«

Sie nickte. »Ich weiss, ich weiss. Ich versuchte immer wieder, mir das einzureden, aber in dieser Nacht wäre ich bereit gewesen, jemanden zu töten. Ich bin keineswegs stolz darauf. Ich erzählte Ralph, meine grösste Frustration bestehe darin, dass wir zwar gut darin seien, Wilderer zu fangen und Schuppentiere zu retten, aber nie in der Lage seien, in die Seite des organisierten Verbrechens einzudringen – wir schafften es einfach nie, einen Käufer zu erwischen. Ich weiss noch genau, was mir Ralph daraufhin geschrieben hat.« Sie legte eine Hand an ihren Kopf.

»Was sagte er?« fragte Ian.

Sie löste sich aus seiner Umarmung und sah ihm in die Augen. »Er hat mir eine Nachricht geschickt: *Was würdest du tun, um einen Käufer zu finden?* Und ich habe ihm geantwortet: *Alles.* Ich schrieb ihm, ich würde meine eigenen Regeln und sogar das Gesetz brechen, mein Leben riskieren und mich in eine verdeckte Aktion begeben, ohne von irgendjemandem eine Erlaubnis dafür bekommen zu haben. Und wenn ich die Verantwortlichen, also die Endverbraucher, erwischen könnte, würde ich ihnen, Gott steh mir bei, eine Kugel ins Hirn jagen.«

Ian holte tief Luft und sie fragte sich, ob er dieses Mal endgültig vor ihr zurückschrecke. Sie beobachtete seine Reaktionen. Er schloss für eine Sekunde die Augen, um ihre Worte zu verdauen, und als er sie wieder öffnete, sagte er: »Das kann ich nachvollziehen.«

»Wie ich schon sagte, hatte ich zu viel getrunken und war in einem emotionalen Ausnahmezustand. Heute, hier und jetzt, sogar nach Juries Tod, kann ich dir versichern, dass ich das Gegenteil empfinde. Ich würde, selbst wenn ich Juries Mörder gegenüberstünde, nicht gegen die Regeln verstossen oder etwas Illegales tun. Ich würde mir wünschen, dass sich diese Person dem Gesetz stellt, vor Gericht angeklagt würde und im Gefängnis leiden müsste. Aber in diesem Moment, in dem ich so verletzt war, habe ich mich Ralph gegenüber entblösst und ihm gesagt, ich würde alles tun, um einen Käufer zur Strecke zu bringen.«

»Und was glaubst du, hat er mit diesem Wissen gemacht?«, fragte Ian.

»Da seid ihr ja!«

Sie drehten die Köpfe und sahen Jason Chow aus der Dunkelheit auftauchen und eine Taschenlampe auf sie richten.

23

Jason hatte sie gesucht, um sie einzuladen, mit den anderen etwas zu trinken, während Geoff und Sue Margaux halfen, den *Braai* für das Abendessen herzurichten. Ian hätte gern mehr Zeit mit Doc allein verbracht, aber sie ging gleich nach dem Essen zu ihrem Chalet und sagte ihm, sie sähen sich morgen früh.

Im Dunkel der Nacht lag Ian im Bett und konnte zunächst nicht schlafen, lauschte aber dem Ruf der Eulen und dem Zirpen der Zikaden. Er fragte sich, ob Docs Theorie zutreffe, dass es jemand auf sie abgesehen habe. Ausserdem hatte ihn ihr Bericht über ihren 'Online-Freund' Ralph aufgewühlt.

Am nächsten Morgen fuhren sie in Simbabwe weiter nach Norden, in die Hauptstadt Harare. Die Landschaft war eindrücklich, mit Granithügeln übersät, die Doc als *'Koppies'* bezeichnete. Obwohl das Land grün und fruchtbar aussah, schien die Landwirtschaft bestenfalls für eine minimale Selbstversorgung zu genügen. Doc hatte der Gruppe erklärt, dass früher ein grosser Teil des Landes kommerzielle Farmen gewesen seien, die den weissen Farmern aber in den Jahren der Herrschaft des ehemaligen Präsidenten Robert

Mugabe weggenommen und an dessen Kumpane verteilt worden seien.

»Am Ende verloren mehr arme Menschen wie Farmangestellte ihre Arbeit, als von den Farminvasionen profitieren konnten und die Wirtschaft brach zusammen«, dozierte Doc. »Die Situation verändert sich langsam und einige weisse Farmer oder deren Kinder kehren zurück und pachten von den neuen Besitzern Land. Aber leider hängt das Land nur noch am seidenen Faden.«

Harare war eine brodelnde, chaotische Stadt, in der sich der Verkehr auf Strassen schlängelte, auf denen die Fahrbahnmarkierungen längst verschwunden waren. Eine Wolke aus Holzrauch und Autoabgasen hüllte alles und jeden in blaugrauen Dunst. Wie der Rest des Landes, den Ian bisher gesehen hatte, sahen viele der Gebäude alt und renovierungsbedürftig aus, aber die Strassen waren voller Menschen, die ihren Geschäften nachgingen. Als sie darauf warteten, eine Kreuzung zu überqueren, an der die Ampeln ausgefallen waren, sah Ian am Strassenrand einen Schuster, der auf dem Bürgersteig Schuhe flickte und durch das offene Fahrzeugfenster roch er Maiskolben, die in einem Blechgrill über heissen Kohlen rösteten. Klapprige Kleinbusse hupten, um Fahrgäste anzulocken und mehr als einmal musste Margaux auf die Bremse treten oder stark beschleunigen, um einen Unfall mit Blechschaden zu vermeiden. Ian hatte den Eindruck, dass niemand bettelte, aber alle drängelten. Es gab wohlhabende Gegenden – neue Einkaufszentren hinter hohen Zäunen und Autohäuser, die Luxusfahrzeuge verkauften.

Ausserhalb der Stadt bogen sie auf eine mit Schlaglöchern übersäte Strasse, die durch einen Vorort mit grossen Häusern hinter hohen Backsteinmauern führte. Weiter hinten entdeckte Ian Gemüsefelder und sogar ein paar Schafe auf einem Hof. Schliesslich hielt Margaux vor einem schwarzen, metallenen Sicherheitstor und hupte. Ein Wachmann öffnete das Tor und lehnte sich mit einem Klemmbrett zum Fenster der Fahrerseite. Nachdem er ihre Personalien eingetragen hatte, sprach der Wachmann in ein Handfunkgerät und winkte sie herein. Als Margaux hindurchfuhr, stand er stramm und salutierte. Jason folgte mit seinem *Bakkie* dicht hinter ihnen.

Sie hielten vor einem weitläufigen, weiss getünchten Bauernhaus mit einem grün gestrichenen Dach. Ein grosser, schlanker Mann mit einem ungepflegten Schopf grauer Haare und einer Brille mit Drahtbügeln kam, von zwei Jack Russells gefolgt, aus dem Haus, um sie zu begrüssen. Er trug kurze Jeansshorts und ein khakifarbenes Buschhemd.

»Hallo zusammen, ich bin David Booth«, sagte er, als alle aus dem Auto gestiegen waren.

Er schüttelte allen die Hand und umarmte schliesslich Doc, ihr einen Kuss auf die Wange drückend. Doc sah aus, als fühle sie sich unbehaglich, dachte Ian, der aber wusste, warum. Falls sie David telefonisch oder per E-Mail mit ihrer Theorie gewarnt hatte, ihr nahestehende Männer würden möglicherweise ins Visier genommen, hatte er die Nachricht wohl nicht erhalten.

»Wie geht es der schönsten Zoologin der Welt?«, fragte er sie vor allen Anwesenden.

»David!«, schimpfte Doc. »Es reicht. Wir sind hier, um Schuppentiere zu sehen, nicht um kitschige Anmachsprüche zu hören.«

David legte beide Hände über sein Herz. »Du kannst mich nicht verurteilen, wenn ich es versuche.«

Ian warf einen Blick in die Gesichter der anderen der Gruppe, um zu sehen, ob er irgendeine Reaktion auf Davids öffentliche Zurschaustellung von Zuneigung erkennen könne, stellte aber abgesehen von einigen Lächeln und Evas gewohntem Stirnrunzeln nichts Ungewöhnliches fest. Die Gruppe folgte David, der sie nach hinten geleitete.

»Sie werden bei uns in den *Rondavels* der Freiwilligen übernachten«, erklärte David und deutete auf eine Reihe von Rundhütten aus Ziegeln und Stroh, die orange gestrichen und mit bunten geometrischen Motiven verziert waren. »Sie sind ziemlich einfach ausgestattet, aber wir haben abends einen Generator und es gibt Internetzugang.«

»Ich beaufsichtige die Verteilung des Gepäcks«, sagte Margaux zu Doc.

»Danke, Margaux«, sagte Doc.

David wandte sich an Doc. »Doc, du kannst heute Nacht gern in meinem Gästezimmer übernachten.«

»Nein, danke, David. Ich nehme lieber ein Rondavel, denn es ist besser, wenn ich bei der Gruppe bleibe. Wir hatten gestern Abend am Lake Kyle einen Zwischenfall.«

»Wirklich? Was ist denn passiert?«, erkundigte sich David.

»Bei mir wurde eingebrochen und zwar von einem sehr amateurhaften Dieb. Ich habe fast alles zurückbekommen und habe nur etwas Bargeld verloren.«

»Das ist Simbabwe«, sagte er. »Die Menschen sind furchtbar arm, aber unglaublich freundlich im Herzen. Ich erinnere mich, dass im Hwange-Nationalpark einmal in meinen Land Rover eingebrochen wurde. Damals konnte ich es mir noch leisten, zu rauchen. Ein Mann klaute eine Stange Zigaretten aus dem Wagen, liess mir aber ein Päckchen, aus dem eine Zigarette ragte, offen auf dem Sitz liegen, damit ich wenigstens beim Aufwachen meinen morgendlichen Drang befriedigen konnte«, lachte er.

Ian wünschte, er hätte über die Ereignisse des letzten Abends lachen können, aber Docs selbsterklärte Paranoia fing an, auf ihn abzufärben. Er hatte nicht bei einer Wohltätigkeitsauktion Geld geboten, um an der Reise eines Amateurdetektivs durch Afrika teilzunehmen, aber nun schien es so zu sein. Abgesehen von seinem Unbehagen und dem Schock, in der Nähe von zwei Morden gewesen zu sein, stellte er fest, dass jeder Tag ein neues Mass an Aufregung und Intrigen mit sich brachte. Dies war ganz anders als in seinem früheren Leben. Er begann, zu verstehen, wie Doc in die Welt der verdeckten Polizeiarbeit und der Wildereiabwehr hineingezogen worden war.

Doc ging vor der Gruppe, neben David und seinen Hunden und Ian merkte, dass er eine leichte Eifersucht gegenüber dem anderen Mann verspürte. Die beiden berührten sich nicht, aber Ian spürte dennoch ein fast unsichtbares Band der Intimität zwischen ihnen. Doc lachte ziemlich laut über etwas, das David gerade gesagt hatte, das aber nur sie hören konnte. Die Tatsache, dass Ian die letzte Nacht nicht neben oder mit ihr hatte verbringen können, liess ihn den Wunsch, mit ihr zusammen zu sein, noch stärker spüren.

Die Frage war: Empfand sie dasselbe für ihn? Und war es für ihn nur eine Urlaubsromanze? Konnte es überhaupt eine gemeinsame Zukunft für sie geben, wo er doch ein halbpensionierter PR-Berater war, der in Sydney lebte, sie dagegen eine Akademikerin, die ihre Zeit zwischen Pretoria und Afrikas Wildnis teilte? Vielleicht distanzierte sie sich nicht von ihm, weil sie eine Bedrohung für ihn sah, sondern weil sie aufgewacht war und die Realität ihres Lebens bei ihr angelangt war.

»Was haben Sie denn auf dem Herzen?« Sue gesellte sich zu ihm.

»Ach, nichts. Die Sache gestern Abend vielleicht.«

»Sie und Doc schienen gestern Abend vor dem *Braai* ein langes, tiefes und bedeutsames Gespräch zu führen. Geht es Ihnen gut? Geht es ihr gut?«

»Sie ist natürlich erschüttert über das, was in Hoedspruit mit den Männern passiert ist«, sagte er, »und jetzt dieser Einbruch. Sie erlebt gerade eine ziemliche Pechsträhne.«

»Ja, und ihr Privatleben wurde vielleicht auch durcheinandergebracht.«

»Warum? Von wem?«

Ian drehte sich um und sah Sue an. Sie lächelte. »Vielleicht von Ihnen, mein Herr. Ich sehe genau, wie sie Sie anschaut.«

Auf Antares hatte Sue mit ihm geflirtet, aber jetzt schien sie mehr daran interessiert, was mit ihm und Doc geschah. Oder hatte er Sues Signale falsch gedeutet? War sie einfach nur allen gegenüber sehr aufgeschlossen? Sie und Jason schienen jedenfalls definitiv ein Paar zu sein.

»Wir sind nur Freunde«, sagte Ian.

»Aha, etwa so, wie Jason und ich nur Freunde sind.«

»Das verstehe ich nicht.«

Sue stupste ihn mit dem Ellbogen an. »Es ist ganz einfach.« Sie sprach leise weiter: »Wir sind ineinander verliebt, wollen aber nicht miteinander leben. Ich möchte nicht unbedingt die Frau eines Polizisten sein und ausserdem verbringe ich einen grossen Teil meiner

Zeit nicht in Pretoria, sondern draußen im Busch. Wir haben die Abmachung, dass wir zusammen Netflix schauen und chillen. Kennt man diesen Ausdruck in Australien auch?«

»Ja.« So wie Ian es verstand, bedeutete dies, dass zwei Menschen mit der Aussicht auf Gelegenheitssex zusammen waren.

»Ja? Und tun Sie es?«

»Ja.«

Sie grinste. »Und Sie?«, flüsterte Sue.

»Ob ich Netflix schaue? Ja.«

»Und chillen Sie?«

Er lächelte. »Nicht mit Leuten, die bereits mit jemand anderem chillen.«

»Ach, kommen Sie schon, Ian.«

»Warum dieses Interesse an mir und Doc, Sue?«

Sie zuckte mit den Schultern. »Ich habe gar nicht mitbekommen, wie sie Sie ansah, bis Jason eine Bemerkung machte. Er ist ein guter Beobachter. Ich schätze, das hat etwas damit zu tun, dass er Detektiv ist. Er fragte mich, ob ich glaube, dass zwischen Ihnen und Doc etwas laufe. Danach habe ich beobachtet, dass Sie beide normalerweise bei den Mahlzeiten und auf den Pirschfahrten zusammensitzen.«

»Da ist nichts.« Ians Gedanken überschlugen sich. »Ihr drei Studis hängt normalerweise auch zusammen rum, und Moses und Zola scheinen ebenfalls gute Freunde zu sein ...«

Sue schnaubte.

»Was?«

»Nichts«, sagte Sue. »Machen Sie weiter.«

»Und Eva und Pär sind ein Paar, also lande ich meistens neben Doc. So einfach ist das.«

Sue nickte. »Sie kannten Doc nicht, bevor Sie nach Afrika kamen, oder? Hatten Sie ihr vor der Reise gemailt oder eine Nachricht geschickt?«

Er kniff die Augen zusammen. »Nein, warum?«

»Oh, einfach so«, grinste Sue, »es war nur eine Frage von Jason, denn wie ich schon sagte, hat er einen wissbegierigen Geist und stellt ständig Fragen über dies und das.«

»Denken Sie, zwischen Ihnen und Jason könnte es ernst werden?«, fragte Ian.

Sue trat einen Schritt zurück. »Ähm, wahrscheinlich nicht, doch ich bin gern mit ihm zusammen. Ich bin aber einfach noch nicht bereit, mich festzulegen. Ich möchte, bevor ich heirate, sofern ich überhaupt je heirate, so viel wie möglich vom Leben haben. Ich habe eine Karriere und ein ganzes Leben vor mir. Und warum sollte ich mich von irgendetwas oder irgendjemandem davon abhalten lassen, wenn ich einen gutaussehenden, alleinstehenden Mann über seine Fernsehgewohnheiten ausfragen will?«

Ian errötete.

Sue ergänzte leiser. »Vielleicht kann ich mal zu Ihrem Häuschen kommen und mir einen Film ansehen oder so?«

»Hey, ihr beiden, kommt mal her!«, rief Doc von weiter vorne. »Hier gibt es etwas Erstaunliches zu sehen.«

Sue kicherte und ging von ihm weg.

DAVID FÜHRTE sie an den bewässerten Rasenflächen des Bauernhauses vorbei zum Garten in Busch. Seine Jack Russells hatte er zu Hause gelassen.

»Ich zeige Ihnen später, wo wir die Schuppentiere halten, aber einer unserer Freiwilligen, Taku, ist gerade mit einem Neuankömmling unterwegs.«

»Wie aufregend«, sagte Doc zu Pär und Eva, die ihre Kameras bereits gezückt hatten und wie Soldaten auf Patrouille nach einem Ziel Ausschau hielten.

Die drei Studierenden hinkten hinterher und Ian und Sue folgten ganz zuhinterst. Ians Wangen waren gerötet, als sie sie einholten, wobei Doc das Gefühl hatte, es liege nicht an der Anstrengung, die der kurze Weg vom Land Cruiser hierhin bedeutet hatte. Sue grinste über irgendetwas und in Doc kroch Ärger hoch.

»Wir haben die Erfahrung gemacht«, sagte David, während sie weitergingen, »dass Schuppentiere sehr wählerische kleine Esser sind. Docs frühere Forschungsprojekte waren von unschätzbarem

Wert, denn sie haben uns geholfen, Informationen über die Essgewohnheiten der Tiere zu sammeln. Ah, da ist Taku.«

Dave zeigte auf eine junge Schwarze, die durch den Busch ging und den Boden genau im Auge behielt. Sie blieb stehen und stellte sich als Taku Mbudzi vor, Zoologiestudentin der Universität von Simbabwe. Dann zeigte sie auf das Schuppentier, mit dem sie unterwegs war, ein Männchen namens 'Courage'.

»Er war schon beinahe tot, als er zu uns kam«, erklärte Taku, den Blick auf das Schuppentier gerichtet, das gerade vor ihnen umherwanderte, »aber er hat erstaunlichen Durchhaltewillen und viel Mut bewiesen, um am Leben zu bleiben und daher stammt auch sein Name.«

»Was die Ernährung der Schuppentiere angeht«, fuhr Doc fort, nachdem sich alle begrüsst und die Hände geschüttelt hatten, »haben wir festgestellt, dass einige der Tiere, die wir in Südafrika zu rehabilitieren versuchten, auf Nahrungssuche gingen, aber manchmal nicht frassen, auch wenn sie eine schöne grosse Ameisenkolonie fanden. Andere dagegen, wie das von Geoff untersuchte Schuppentier, fressen an einem Tag mehrere verschiedene Ameisenarten. Wir haben herausgefunden, dass Schuppentiere aus Simbabwe, wo viele der in Südafrika beschlagnahmten Tiere herkommen, wenn wir sie anschliessend freizulassen versuchten, nur eine bestimmte Art von Ameisen fressen, die in ihrem Heimatland vorkommt.«

»Das ist richtig«, sagte David. »Dank der Zusammenarbeit mit Doc und ihren Studierenden konnten wir schliesslich Termiten aus Simbabwe nach Südafrika einführen, damit die Schuppentiere sie fressen können.«

»Grossartig«, sagte Ian.

Doc bemerkte, dass Ian anscheinend David und ihr mehr Aufmerksamkeit schenkte als Eva und Pär, die vor allem mit Fotografieren beschäftigt waren. Pär lag wieder vor Courage auf dem Bauch auf dem Boden und knipste Fotos davon, wie das Schuppentier auf ihn zukam. Taku war zur Seite getreten und unterhielt sich mit Sue, Zola und Geoff. Moses war etwa zehn Meter hinter ihnen zurückgeblieben und schaute auf sein Handy.

»David«, sagte Pär, als er aufstand und den Staub von seiner Kleidung klopfte, »können wir ein Foto von dir mit dem Schuppentier machen?«

»Natürlich«, sagte David. »Entschuldige mich, Doc.«

»Kein Problem.« Sie nahm Ian zur Seite. »Was hast du denn mit Sue gesprochen?«

Ian blickte von ihr weg, zu den Studierenden, die über irgendetwas lachten und dann wieder zu Doc. »Nicht viel.«

Sie stemmte die Hände in die Hüften. »Wirklich?«

Ian wischte einige winzige Fliegen weg, die um seine Augen schwirrten. »Sie wollte wissen, ob du und ich ein Paar sind.«

Doc berührte verärgert ihre Stirn. »Oh nein. War es so offensichtlich?«

»Für sie nicht«, sagte Ian. »Aber offenbar hat Jason etwas bemerkt und einen Verdacht geäussert.«

»Jason?«

»Ja. Wo ist er?«

»Er ist anscheinend etwas einkaufen gegangen«, sagte Doc.

»Doc?«, rief David. »Pär und Eva haben noch ein paar Fragen dazu, wie wir beide grenzüberschreitend zusammenarbeiten. Aber ich denke, das sollten wir bei einer Flasche Rotwein besprechen.«

»Das kann ich gern jetzt beantworten.« Sie verliess Ian, verärgert darüber, dass Jason und Sue herumgeschnüffelt hatten und mit dem Gefühl, es gebe etwas, das Ian ihr verschwiegen habe. Er hatte ihr zunächst nicht in die Augen sehen können und danach war es ihm sichtlich unangenehm.

Als sie Eva mit Geoffs Unterstützung alles über die verschiedenen Termitenarten im südlichen Afrika erklärt hatte, drehte sich Doc um und sah, dass Ian verschwunden war.

»Wo ist Ian?«, fragte sie Zola, die jetzt bei Moses stand.

»Oh, Margaux kam gerade und berichtete, unsere Zimmer seien bereit, worauf Ian sagte, er sei müde und wolle ein Nickerchen machen«, sagte Zola.

»Und Sue?«

Zola zuckte mit den Schultern. »Da bin ich mir nicht sicher.«

Doc war hin- und hergerissen. Sie musste eigentlich bei Eva, Pär und den Studierenden bleiben, aber wenn während eines Besuchs in einer Einrichtung alle weggingen und ihre eigenen Dinge machten, war es unmöglich, sich um alle zu kümmern. Sie seufzte.

»Ist alles in Ordnung, Denise?«, fragte Moses in einem unecht freundlichen, tiefen Tonfall.

»Ja, ja.« Sie ging zu David zurück.

»Ich denke, wir sollten Taku und Courage in Ruhe weitermachen lassen«, sagte David. »Wir wollen den kleinen Kerl nicht zu sehr stressen. Ich glaube, er ist schon blind von Pärs Kcamerablitz.«

»Gute Idee«, sagte Doc erleichtert. »Ich fahre zurück und sehe nach, ob die Zimmer in Ordnung sind.«

»Gut«, antwortete David. »Doc?«

»Ja?«

»Ich weiss, dass du alle Hände voll zu tun hast, aber wäre es vielleicht dennoch möglich, heute Abend vor dem Essen etwas miteinander zu trinken, nur wir beide? Schliesslich sollten wir über die Formalisierung unserer Beziehungen und den Austausch von Informationen sprechen.«

»Ich muss für die Gäste und die Studierenden da sein, Dave.«

»Ist das ein Ja zu einem Drink mit mir vor dem Abendessen?«, fragte David hoffnungsvoll.

Sie legte eine Hand auf seinen Unterarm. »Ich denke darüber nach.«

IAN LAG in der Mittagswärme ohne Hemd auf einem der beiden Einzelbetten in seinem Rondavel auf dem Rücken. Er hatte den Jetlag überwunden, aber die Tage waren lang gewesen und Tiere zu beobachten war anstrengender, als es sich anhörte.

Er starrte auf das trockene, goldene Gras des Strohdachs über ihm und nahm einen schwachen Hauch von Kreosot an den schwarz gestrichenen Sparrenpfosten wahr. Er dachte an Doc, eine der schönsten und intelligentesten Frauen, die er je kennengelernt hatte, die sich aber eindeutig Sorgen machte.

In einem Land wie Australien wäre die Vorstellung, ein rivalisierender Akademiker sei zu töten bereit, um sich die Führungsposition an einer Universität zu sichern und könnte sie ins Visier nehmen, oder eine kriminelle Bande wolle ihr Leben aus Rache zerstören oder ein mysteriöser Stalker sei so besessen von ihr, dass er jeden Mann, für den sie jemals etwas empfunden hatte, ermorde, absolut undenkbar gewesen. Auf dem afrikanischen Kontinent hingegen klang das alles plötzlich seltsam plausibel.

Und was war mit David Booth? Er schien ein guter Kerl zu sein, charmant und fachkompetent, wenn auch ein wenig altmodisch in der Art, wie er Frauen in der Öffentlichkeit ansprach. Ob Doc noch Gefühle für David hatte?

Ian sah über sich eine Bewegung und dachte einen Moment lang, da könnte eine Schlange sein, aber es war ein Gecko, der kopfüber an einem Balken entlanghuschte und nach Insekten jagte.

War er, Ian, eifersüchtig? Er erinnerte sich an den Moment des Grolls, den er empfunden hatte, als David mit Doc zu flirten schien. War das richtig? Er hatte sie gerade erst kennengelernt und obwohl sie miteinander geschlafen hatten, waren sie kein Paar – jedenfalls noch nicht. Sie hatte gesagt, sie wolle es ruhig angehen lassen. Und wenn sich ihre Gefühle füreinander entwickelten, wie sollten sie dann eine Beziehung zwischen zwei Ländern aufrechterhalten? Er war weder nach Afrika gekommen, um die Liebe zu finden. noch um einen Mord aufzuklären, aber plötzlich waren beide Themen topaktuell.

Es war verrückt und typisch Afrika.

Ein metallisches Quietschen ertönte. Er blickte durch den Raum und sah, wie sich sein Türknauf drehte. Sein Herz schlug heftig. »Doc?«, flüsterte er.

»Nein, ich«, sagte Sue Oliver, warf einen verstohlenen Blick über die Schulter, schlüpfte hinein und schloss die Tür.

»Sue ...«

Sie legte einen Finger an die Lippen und schlich auf Zehenspitzen über den polierten Betonboden zu Ian, der sich gerade aufsetzte. »Steh nicht auf.«

Sie legte eine Hand auf seine Brust und es fühlte sich an, als verbrenne ihn ihre Haut. Mit der anderen Hand begann sie, die oberen beiden Knöpfe ihres Buschhemdes zu öffnen.

»Nein, Sue.«

Sie grinste ihn an, während ihr Hemd sich öffnete und einen roten Spitzen-BH enthüllte. »Nein wie nein? Oder vielleicht nein wie ja, hör nicht auf?«

»Nein heisst nein, Sue.«

Sie blickte auf seine Shorts hinunter. »Da sagt aber jemand ja.«

Dagegen war er machtlos. Sie stand vor ihm und öffnete zuerst den obersten Knopf ihrer Shorts, dann den Reissverschluss und liess sie auf den Boden fallen. »Gefällt dir, was du siehst?« Sie griff mit beiden Händen hinter ihren Oberkörper.

»Sue. Ich denke, du solltest gehen.«

»Dann musst du mich anziehen, oder mir sagen, ich sei ein böses Mädchen.«

»Sue ...«

»Möchtest du mir den Hintern versohlen?«

So ein Mist. Da war Doc, die die Sache abkühlen wollte und Sue, die kein beeinflussbarer Teenager, sondern weit in ihren Zwanzigern war. Er selbst war alleinstehend und im Urlaub. Dann dachte er wieder an Doc. Nein, befahl er sich. »Was ist mit Jason?«

Sie öffnete den Verschluss ihres BHs, zog ihn aus und warf ihn zur Seite. Dann legte Sue einen Finger an ihre Wange, worauf darin ein Grübchen erschien. »Hmm ... Ich könnte ihn natürlich fragen, ob er sich uns anschliessen will, aber ich habe dich eher als einen Typ für zu zweit eingeschätzt, als dass du Dreier magst.«

»So habe ich es auch nicht gemeint und das weisst du genau.« Es kam ihm vor, als sei er ans Bett gefesselt.

Sie stand, die Hände in die Hüften gestemmt, da und schaute auf ihn herunter. »Gefalle ich dir nicht, Ian?«

»Nein, äh, ich meine, doch. Du bist attraktiv, aber darum geht es nicht.«

Sie zeigte auf seinen Schritt. »Nein, stimmt.« Sue kniete sich auf den Boden neben seinem Bett. Ich fasse dich nicht an, wenn du es wirklich nicht willst.«

Sie senkte den Kopf über seinen Oberkörper und schaute ihm in die Augen. »Aber ich will dich«, flüsterte sie. »Und ich bekomme immer, was ich will.«

»Sue, nein.«

Bevor er nach ihrem Handgelenk greifen konnte, griff sie nach seiner Hose, schob ihre Hand in seinen Hosenbund und als er seinen Rücken unwillkürlich wölbte, nutzte sie die Reflexbewegung und schob seine Hose herunter.

Sue hob ihren Kopf. »Du folgst einem Kommando? Dann bist du also nicht so anständig, wie du nach aussen hin wirkst.«

Ian griff nach ihrem Arm und versuchte, sich aufzusetzen. »Ich glaube, ich muss jetzt duschen«, sagte er. »Ich bin ganz verschwitzt.«

Sie atmete tief durch die Nase ein und senkte ihr Gesicht auf seine Körpermitte. »Für mich riechst du gut.«

»Sue, hör bitte auf.« Genug war genug, entschied er, denn obwohl ihre Annäherungsversuche sehr schmeichelhaft waren, würde das eine ohnehin schon komplizierte Situation nur noch schwieriger machen. Ian legte seine Hände in ihr Haar und versuchte sanft, aber bestimmt, sich von ihr zu lösen.

Es klopfte an der Tür. »Klopf-klopf«, rief Doc. »Darf ich reinkommen?«

Ians Herz schlug heftig. Er hatte seine Finger immer noch in Sues Haar verschlungen, aber sie aus Angst, sie zu verletzen, nicht von sich weggedrängt. »Nein!«

»Ian«, rief Doc von draussen. »Ist alles in Ordnung?«

Dann riss Doc die Tür auf und stürmte herein. Einige Sekunden lang stand sie, eine Hand über dem Mund, regungslos da. Nun stiess Ian Sue gewaltsam von sich weg.

Doc drehte sich um und rannte aus dem Rondavel.

24

———

Wie konnte ich nur so dumm sein? Doc ging zu ihrer Hütte und schlug die Tür hinter sich zu.

Fast sofort klopfte es an ihrer Tür.

»Geh weg!«

»Professor Rado? Denise? Ist alles in Ordnung? Ich habe Sie rennen sehen und Sie sahen richtig verzweifelt aus«, sagte Moses Khumalo von der anderen Seite der Tür.

Sie fühlte sich noch mehr wie eine Närrin. Und was war das für ein Ton in Moses' Stimme? War er *schadenfroh*? Hatte er durch Ians offene Tür etwas gesehen? »Danke, es ist alles gut.«

»Sind Sie sicher, Prof?« Das war Zola, die jetzt fragte. Sie musste bei Moses gewesen sein, sein kleiner Schatten.

»Ja, ich bin mir sicher. Lassen Sie mich einfach allein, bitte!« Sie hörte Schritte, die sich entfernten. Doc hätte sich am liebsten wie ein Schuppentier zusammengerollt und einen Schuppenpanzer über sich gezogen, um die Welt und all das Böse, den Verrat, die Gier und die Täuschung von sich fernzuhalten. Sie hatte einen verheirateten Mann geliebt, ihn, die einzige wahre Liebe ihres Lebens, dann verloren, und sich zu glauben erlaubt, sie könnte in Ian noch einmal einen guten Mann gefunden haben. Doch sie hatte ihn zurückgewiesen und siehe da, was dann passiert war.

Sie dachte über alles nach, was sie in der kurzen Zeit, in der sie sich kannten, besprochen hatten. Sie hatte die Illusion, sie mache sich nichts aus Ian, aufrechterhalten wollen, um ihn in Sicherheit zu halten und nur fünf Minuten später hatte er seinen Schwanz im Mund einer ihrer Studentinnen.

Sue. Sie war eine brillante Studentin, klüger als die anderen, aber Doc hatte von Anfang an gewusst, dass es mit ihr Ärger geben würde. Und was bedeutete es für Sues Beziehung zu Jason Chow, dass sie mit Ian erwischt worden war?

Doc brauchte Zeit zum Nachdenken. Sie wäre am liebsten vor dieser Rundreise weglaufen und hätte alles stehen und liegen lassen, aber das war nicht möglich. Wie konnte sie Ian nach dem, was sie gerade gesehen hatte, überhaupt noch einmal gegenübertreten? Sue war in den meisten Aspekten ihres beruflichen und privaten Lebens zielstrebig und schnell, aber nach dem zu schliessen, was Doc gesehen hatte, war klar, dass Ian bereitwillig mitgemacht hatte.

Sie setzte sich auf ihr Bett. Am liebsten hätte sie geweint, aber stattdessen stand sie auf und ging zum Waschbecken im kleinen Badezimmer des Rondavels. Sie spritzte sich Wasser ins Gesicht und wischte sich, bevor eine Träne kommen konnte, die Augen. Dann atmete sie tief ein. Sie hatte Ian gesagt, er solle sich von ihr fernhalten und das hatte er getan. Dass er sofort Trost in den Armen einer Mittzwanzigerin gesucht hatte, war seine Sache. Doc hatte mit dem Gedanken gespielt, sie und Ian könnten vielleicht nach der Rundreise wieder zusammenkommen, wenn sie herausgefunden hatte, wer genau ihr und ihrer Arbeit schaden wollte – sofern es tatsächlich jemanden gab und dies nicht nur eine unglückliche Aneinanderreihung von Zufällen war. Aber Ian hatte sie zu wörtlich genommen und sie ihn völlig falsch eingeschätzt.

Doc versuchte, Ian keine Vorwürfe zu machen, aber das Bild von ihm und Sue drängte sich immer wieder in ihr Denken.

»Scheisse.«

Jetzt war sie wütend auf ihn. Konnte er nicht begreifen, was sie wirklich für ihn empfand und dass sie das, was zwischen ihnen war, nur für eine Weile ruhen lassen wollte? Vielleicht wäre sie ohne ihn sowieso besser dran, gänzlich ohne jemanden in ihrem Leben. Dann müsste jemand, der sie verletzen oder zerstören wollte, es direkt gegen sie selbst tun, aber nicht, indem er die angriff, die ihr nahestanden.

Sie betrachtete sich im Spiegel. Ihre Augen waren rot, doch ihr Blick war klar und ihre Lippen fest verschlossen. Sie umklammerte das Waschbecken, aber nicht aus Angst, umzufallen oder wie eine zerbrechliche Blume zu verwelken, sondern um die Wut, die in ihr anwuchs, zu bekämpfen. Sie kanalisierte alles, was sie fühlte – Wut, Schmerz, Trauer und Angst – in ein einziges Gefühl, eine treibende Kraft, die all diese Stränge in ihr zu einem stählernen Strom verschmolz.

»Verdammt noch mal, ich kriege dich«, sagte sie zu ihrem Spiegelbild.

IAN STELLTE sich unter die Dusche, drehte das heisse Wasser voll auf und liess den gnädig starken Druck auf sein Gesicht prasseln.

»Du dummer, dummer Mistkerl«, sagte er in die Gischt.

Er seifte sich ein und wusch sich, stieg aus der Dusche und trocknete sich gründlich ab. Das Handtuch war kratzig und roch schwach nach Bleichmittel und 'Sunlight'-Seife, womit eine schwache Erinnerung an das Haus seiner Grossmutter in Australien in ihm geweckt wurde. Auf Sue war er weniger wütend als auf sich selbst und sein eigenes Verhalten.

Er hätte Sue schon früher aufhalten und sie aus seinem Rondavel schicken sollen, lange bevor er es, nachdem Doc davongerannt war, tatsächlich getan hatte. Er war im mittleren Alter, also mehr als alt genug, Sues Vater zu sein. Vielleicht hatten ihm ihre Annäherungsversuche auf Antares und gerade jetzt geschmeichelt. Sie war eine junge Frau, die Sex mochte, so viel war klar, und es war ja nicht so, dass er keine Erfahrung mit Leuten hatte, die auf der Suche nach einer lockeren Affäre waren. Er hatte im Laufe der Jahre selbst einige solche gehabt. Allerdings war er auch stolz darauf, in der Vergangenheit, als er eine leitende Position innehatte, die Warnsignale bei jungen Angestellten, die in ihn verknallt waren, erkannt zu haben und zu wissen, wie er unangemessene Gefühle gegenüber jüngeren Angestellten erkennen und damit umgehen konnte.

Aus diesen Gründen schalt er sich im Geiste für seinen zu zaghaften Widerstand, während er sich mit einer Bürste durch die Haare fuhr, noch einmal. Er zog sich saubere Shorts und ein Hemd an und schlüpfte in seine Sandalen. Als er die Tür öffnete, um in den warmen Nachmittag hinauszugehen, holte Ian tief Luft.

Ein Gärtner, der vor einem der Wohnhäuser Blumen goss, schaute auf, als er vorbeiging. »Wie geht es Ihnen?«, fragte der Mann.

»Danke, gut«, log Ian. Aber solange er nicht mit Doc gesprochen hatte, war nichts gut.

Er ging zwischen den Rondavels hindurch zu Docs Unterkunft. Es war niemand zu sehen und er vermutete, dass die anderen Teilnehmer der Gruppe schliefen, lasen oder an ihren akademischen Projekten arbeiteten.

Er blieb stehen, hielt einen Moment inne, um sich zu sammeln und klopfte schliesslich an ihre Tür. Es kam keine Antwort.

»Doc?«, versuchte er. »Denise?« Es herrschte Stille. Er schaute über die Schulter und hoffte, dass niemand gehört hatte, was vorher passiert war und ihm niemand durch den Vorhang nachspionierte. Auf dem Parkplatz bemerkte er Jason Chows weissen HiLux mit dem unverwechselbaren blau-weissen südafrikanischen Nummernschild. Es war jetzt vor dem Haus parkiert, hatte aber vorher nicht dagestanden, also war Jason offensichtlich nach der Sache zwischen ihm und Sue angekommen. War er jetzt bei ihr? Die Rundhäuser waren alle von ihrer Gruppe belegt, woraus Ian schloss, dass Jason, falls er hier übernachte, in Sues Rondavel schlafe. Wäre das seltsam für sie? Ob sie Jason erzählen würde, was zwischen Ian und ihr vorgefallen war? Und sie jetzt schon über ihn lachten?

Ian fragte sich, ob Doc sich nur versteckt halte, um ihm aus dem Weg zu gehen. Aber so schlecht sie sich auch fühlen mochte, kam sie ihm nicht wie eine Person vor, die vor einer Konfrontation davonlief. Vielleicht war sie spazieren gegangen.

Ian schaute sich noch einmal um und beschloss, zum Ess- und Aufenthaltsbereich des Forschungslagers zu gehen. Vielleicht war Doc dort. Mit David Booth.

Ein Anflug von Eifersucht, ja sogar Groll, kochte in Ian hoch. Bei dem Vorfall zwischen ihm und Sue war er die unschuldige Partei gewesen und nun wollte er eine Chance bekommen, Doc zu erklären, was genau passiert war. Aber was, wenn das, was sie gesehen hatte, sie in Davids Arme getrieben hatte? *Das* wäre eine gewaltige Katastrophe. Ian beschleunigte seinen Schritt. Er wusste nicht, wo David wohnte, vermutete aber, er befinde sich im grossen alten Bauernhaus, das auch als Wohn- und Essbereich diente.

Als er an der Hütte, die dem grossen Gebäude am nächsten lag, vorbeikam, hörte er Geräusche.

Ein Quietschen, wie von rostigen Bettfedern und etwas wie das Stöhnen einer Frau. Ian hatte gesehen, wie Sue in das Rondavel am anderen Ende des Komplexes, das am weitesten vom Essbereich entfernt war, eingecheckt hatte, und erinnerte sich, dass Doktor Khumalo darum gebeten hatte, den gemeinsamen Einrichtungen am nächsten zu sein. Es schien, als müsse Moses, wenn es um die Wahl der Unterkunft oder den besten Platz in einem Fahrzeug ging, immer seinen Willen durchsetzen.

Ian verlangsamte.

»Ja!«, schrie drinnen eine Frauenstimme.

Ian schüttelte den Kopf. Es klang, als habe im Häuschen jemand Sex. Waren es Khumalo und Zola? Er wollte nicht zum Voyeur werden, aber gleichzeitig fiel es ihm schwer, das laute Gekreische zu ignorieren. Er hatte den Gemeinschaftsraum fast erreicht, als er aus dem Rondavel eine laute Männerstimme hörte, die eine afrikanische Sprache sprach. Er konnte nicht verstehen, was gesagt wurde, aber er war sich jetzt sicher, dass es Dr. Khumalo war und die Frau, die in derselben Sprache antwortete, war eindeutig Zola. Es klang wie ein Streit.

Es ging Ian nichts an, aber als er ein kurzes, scharfes Knacken hörte, wie ein Schlag auf nackte Haut, hielt er inne.

»Nein!«, kreischte Zola drinnen.

Ian fuhr sich mit der Hand durch die Haare. Zum ersten Mal, seit er in Afrika angekommen war, wünschte er sich, er wäre ganz woanders. Er wusste nicht, ob er an Khumalos Tür klopfen und fragen sollte, was los sei, oder sich um seine eigenen Angelegenheiten kümmern sollte. Er hatte einmal eine Freundin gehabt, die sich gerne den Hintern versohlen liess, und obwohl es sich hier um eine Art Sexspiel zwischen dem Professor und der Studentin handeln könnte, hatte er in Zolas Schrei einen Hauch von Panik erkannt. Er hatte sich umgedreht und wollte in Richtung des Rondavels gehen, als die Tür aufflog.

Zola kam herausgerannt. Sie trug kurze Hosen, war aber barfuss und trug ihre Turnschuhe in der einen Hand, während sie mit der anderen ihre halb geöffnete Bluse vor sich geschlossen hielt.

»Zola, ist alles in Ordnung?«, fragte Ian.

Sie warf einen Blick über ihre Schulter. »Ja, ja. Es ist nichts.«

Die Tür der Rundhütte schlug zu.

Ian stand einen Moment da und sah zu, wie Zola in eine andere Hütte lief und die Tür hinter sich schloss.

Ian blickte zum Himmel. »Worauf habe ich mich da nur eingelassen?«

Er ging weiter in Richtung des Gemeinschaftsraums und beschloss, eine Tasse Kaffee würde ihn beruhigen. Gerade als er die Stufen zum Essbereich hinaufging, einem offenen, von Holzpfählen gestützten Raum unter einem Strohdach, erschien Doc von der anderen Seite von Khumalos Hütte.

Sie sah ihn an, sagte aber nichts. Ian blieb auf der Treppe stehen.

»Hallo«, sagte er.

Doc kam auf ihn zu, drängte sich dann an ihm vorbei in den Essbereich, wo sie zu einer elektrischen Wasserkanne auf einem Tisch ging und Instantkaffee in einen Becher löffelte.

Ian schloss sich ihr an. »Ich hatte die gleiche Idee.«

»Welche? Eine meiner Studentinnen zu ficken, wie Khumalo es

gerade getan hat?« Ihre Stimme war kalt. Sie goss kochendes Wasser ein und rührte ihren Kaffee um.

»Nein«, Ian nahm eine Tasse, »einen Kaffee zu trinken.«

Doc seufzte. »Hör mal, mach, was du willst. Ich muss mich um grössere Probleme kümmern.«

»Zwischen Sue und mir ist nichts passiert«, sagte er.

Doc spottete. »Natürlich, nur sah das Bild von dort, wo ich stand, ziemlich anders aus.«

»Ich habe versucht, sie aufzuhalten.«

»Ja, sicher, und zwar mit aller Kraft.«

»Doc ...«

Sie hielt die Hände abwehrend vor ihn hin. »Spar dir das. Du bist Single, du kannst tun, was du willst – zumal ich dir gesagt habe, dass ich die Sache zwischen uns erst einmal abkühlen lassen wolle, weil ich mir Sorgen um dich gemacht habe.«

Er schüttelte den Kopf. »Ehrlich gesagt glaube ich, dass du Angst hast, dich zu binden, Denise. Ich verstehe das sogar, war aber froh, die Dinge so zu lassen, wie sie waren und dich näher kennenzulernen. An Sue habe ich überhaupt kein Interesse.«

»Trotzdem hast du nicht nein gesagt, als sie dir einen blasen wollte.«

»Ich habe es versucht. Und übrigens, es ist wirklich nichts passiert.«

»Vergiss es. Ich mache mir mehr Sorgen um Zola als um dich und Sue, Ian.«

Er nickte. »Hast du gehört, was ich gehört habe?«

Sie runzelte die Stirn.

»Wo warst du? Hast du ihnen nachspioniert?«, fragte er.

»Ich bin spazieren gegangen, um einen klaren Kopf zu bekommen. Du verstehst vielleicht, warum.«

Er ignorierte die Stichelei. Er wusste, dass sie nicht in ihrem Bungalow gewesen war. »Du musst auf der anderen Seite von Khumalos Bungalow gewesen sein.«

Sie sagte nichts.

»Ich hörte ein Geräusch wie einen Schlag, du auch?«, fragte er.

Doc seufzte und lockerte ihre steife Haltung ein wenig. »Ich habe vermutet, dass da etwas zwischen ihnen war«, sagte sie. »Und da Zola nicht mehr Studentin sondern Doktorandin ist und er nicht ihr Dozent oder Betreuer ist, verstösst er technisch gesehen nicht einmal gegen den Verhaltenskodex der Universität. Aber es kommt mir falsch vor. Er ist dafür bekannt, dass er Studentinnen abschleppt.«

»Du denkst also, ihre Beziehung ist einvernehmlich?«, fragte Ian.

Doc zuckte mit den Schultern. »So einvernehmlich es sein kann, wenn ein älterer, verheirateter Professor mit einer Studentin schläft. Ich bezweifle, dass es Liebe ist.«

»Die Sache mit dem 'Blesser', dem Wohltäter, die du erwähntest?« wollte Ian wissen. »Siehst du Moses als Sugar Daddy?«

»Vielleicht«, sagte Doc, »aber das gibt ihm nicht das Recht, ihr weh zu tun.«

»Nein, natürlich nicht«, sagte Ian.

»Ich werde mit Zola sprechen«, sagte Doc, »aber zuerst habe ich einen Termin, bei dem es um Schuppentier-Forschung und grenzüberschreitende Polizeieinsätze und Naturschutzfragen geht.«

Wie auf das Stichwort kam David Booth aus der Küche in den Essbereich. Er hatte eine Flasche Weisswein und zwei Gläser dabei.

»Howzit, mein Mädchen?«, fragte er Doc und strahlte.

»Dave, dies ist ein Geschäftsgespräch.«

Er hielt die Flasche hoch. »Eine oder zwei können nicht schaden.«

»Ich denke, ich gehe jetzt.« Ian drehte sich um und ging die Treppe wieder hinunter.

Er ärgerte sich und kam sich dumm vor. Zuerst ärgerte er sich darüber, dass er zugelassen hatte, dass die Situation mit Sue so weit fortschreiten konnte und jetzt war er wütend, weil er sich bei Doc zu entschuldigen versucht hatte, nur um festzustellen, dass sie sich mit einem anderen ihrer früheren Liebhaber traf.

Er kannte Zola zwar nicht sehr gut, aber sie hatte verzweifelt gewirkt und wenn Doc zu beschäftigt war, um jetzt mit ihr zu reden, würde er es tun. Er ging über die Wiese zu ihrer Hütte und klopfte an die Tür.

»Verschwinde!«, sagte sie von drinnen.

»Zola, ich bin's, Ian.«

»Oh.« Er hörte Schritte und dann öffnete sich die Tür einen Spalt. Sie wischte sich über die Augen. »Tut mir leid, ich fühle mich im Moment nicht besonders gut. Brauchen Sie etwas?«

»Ich wollte nur sehen, ob es Ihnen gut geht.«

»Warum sollte es mir nicht gut gehen?«

»Ich, ähm, habe Sie gerade gesehen, als Sie hierher zurückkamen, und hörte etwas, das klang, als wäre jemand in Not.«

Die Tür wurde vor seiner Nase zugeworfen und Ian hoffte, er habe sie nicht zu sehr beleidigt. Doch im nächsten Moment ging die Tür wieder auf und Ian sah, dass Zola ein Sicherheitsschloss öffnete.

»Entschuldigen Sie«, sagte sie. »Sie können kurz reinkommen, wenn Sie wollen.«

Ian trat ein und Zola schloss nach einem kurzen Blick nach draussen die Tür. Sie räumte einige ihrer Kleider und einen Tagesrucksack vom einzigen Stuhl im Zimmer weg. »Tut mir leid«, sagte sie und hob einen Rock vom Boden auf, »das Zimmer ist ein einziges Durcheinander.«

»Kein Problem«, gab er zurück.

Zola sass auf dem Bett und liess die Schultern hängen. Als sie zu ihm aufsah, erkannte er, dass sie geweint hatte. »Mir geht es eigentlich gut. Ich wollte nur kein Aufsehen erregen, also können Sie, wenn Sie möchten, gehen.«

Er war sich nicht sicher, was er sagen sollte, also beschloss er, es einfach auszusprechen. »Hat er Sie geschlagen, Zola?«

Sie blickte auf ihre im Schoss gefalteten Hände. »Sie verstehen das nicht«, sagte sie leise.

»Nach meinem Verständnis gibt es Dinge, die ein guter Mann einfach nicht tut.«

Zola hob ihren Kopf. »Ich kann ohne ihn nicht leben.«

Ian lehnte sich, die Ellbogen auf den Knien, um den Abstand zwischen ihnen zu verringern, ohne ihr zu nahe zu kommen, nach vorn. »Sie sind jung, Zola. Sie finden einen anderen Mann, einen richtigen Partner, einen guten Menschen.«

Sie schüttelte den Kopf. »Nein, das verstehen Sie nicht. Ich kann nicht *überleben*, das heisst, ich kann mir meine Miete, mein Essen, mein Auto, meinen gesamten Unterhalt ohne ihn nicht leisten.«

Er lehnte sich zurück.

»Jetzt habe ich Sie schockiert«, sagte sie.

»Nein«, sagte er. »Ich dachte nur, Sie meinten, dass Sie ihn lieben.«

»Gott, nein«, sagte sie. »Ich liebe Moses nicht, aber ich brauche ihn im Moment einfach. Die Löhne in diesem Land sind so niedrig und ich möchte mein Studium wirklich beenden. Ich schaffe es aber einfach unmöglich, von dem zu leben, was ich mit einem Teilzeitjob verdienen würde. Moses weiss das genau, denn ich bin nicht seine erste. Es ist eine Art Vereinbarung zum gegenseitigen Nutzen.«

Ian sah ihr in die Augen. »Aber nicht, wenn er Sie schlägt.«

»Das verstehen Sie nicht ...« Sie hielt seinem Blick einige Sekunden tapfer stand, bevor sie ihn auf ihre Füsse senkte. »Und er schlägt mich nicht.«

»Doc macht sich Sorgen um Sie«, sagte er und wechselte damit das Thema.

»Sie sollte sich besser wegen Moses Sorgen machen.«

»Was meinen Sie damit?«

Zola sah zu ihm auf, und er sah in ihren Augen einen Anflug von Angst oder Bedauern über das, was sie gerade gesagt hatte. In der Hoffnung, Zola ergänze ihre Aussage, schwieg Ian. Doc – und Ian – verdächtigten Moses, eine Kampagne gegen sie zu führen und Zola könnte den Beweis dafür haben.

Sie begann, die Hände zu ringen, senkte dann wieder den Blick und erklärte mit ruhiger Stimme: »Doc stellte Fragen über Moses und seinen Bruder Joe – sie nennen ihn Big Joe –, dessen Baufirma für die Universität Arbeiten ausführte. Ich habe Moses am Telefon belauscht – Doc glaubt, Moses sei in einen Korruptionsfall verwickelt, bei dem ein grosses Projekt der Universität an seinen Bruder vergeben und der Preis dafür erhöht werden sollte. Die Universität zahlte mehrere zehn Millionen Rand für einen neuen Flügel. Aber ich hörte, wie Doc jemandem erzählte, dass ein Bauunternehmer, mit dem sie gesprochen habe, geschätzt habe, dass die Universität etwa zwanzig Millionen Rand zu viel bezahlte. Als Moses und Joe sich miteinander unterhielten, hörte ich Big Joe einige schreckliche Sachen sagen.«

Ian wartete. Zola warf einen Blick aus dem Fenster, als prüfe sie, ob jemand zuhöre. Sie sah ihm in die Augen. »Moses würde nie jemanden umbringen.«

Ian war verblüfft. »Warum sagen Sie das?«

Zola biss sich auf die Unterlippe. »Moses' Bruder sagte am Telefon, er finde bestimmt einen Weg, sich um Doc zu kümmern. Er kenne jemanden, der ihr 'Problem', wie sie es nannten, endgültig lösen könne.«

»Und was hat Moses dazu gesagt?«, fragte Ian.

»Ähm, so etwas wie: 'So etwas darfst du nicht sagen und erst recht nicht am Telefon'. Dann hörte ich Big Joe sagen: 'Ich bin nicht so dämlich, sie selbst anzugreifen – aber vielleicht erreiche ich sie über jemanden, den sie liebt.' So etwas in der Art.«

Scheisse. Ian dachte angestrengt nach. »Haben Sie Moses' Bruder kennengelernt?«

»Ich habe ihn einmal gesehen«, sagte Zola. »In einem Nachtclub. Moses und ich waren ... na ja, wir sind uns im selben Club über den Weg gelaufen.«

Er sagte nichts. Sie versuchte, ihre Würde zu wahren, obwohl ihr wohl klar war, dass Ian wusste, dass sie und Moses vor ihrem Streit Sex gehabt hatten. »Erzählen Sie weiter!«, verlangte er.

»Big Joe ist kein netter Mann. Er ist sehr wohlhabend und das, was wir hier einen 'Tenderpreneur' nennen, der mit Bau- und anderen Verträgen Geld verdient. Er ist ein hohes Tier in der regierenden Partei, dem Afrikanischen Nationalkongress, ANC. Aber von anderen habe ich gehört, er sei einfach ein Gangster. In der Nacht, in der ich ihn kennenlernte, waren zwei Frauen bei ihm, und sie waren alle betrunken. Dann, nun ja, als Moses kurz auf die Toilette ging, machte Big Joe mir einen Antrag. Ich sagte ihm, nein danke, worauf er mich fürchterlich beschimpfte.«

»Ja, das ist wirklich nicht nett«, sagte Ian. »Hat Big Joe, als Sie ihn im Club getroffen haben, etwas über Doc gesagt?«

Zola schüttelte den Kopf, nahm ein Taschentuch aus der Tasche, tupfte sich die Augen ab und putzte sich die Nase. »Nein. Aber ...«

Wieder kaute sie auf ihrer Unterlippe. »Als Moses wieder bei uns war, lächelte sein Bruder und war sehr höflich, aber ich wollte so schnell wie möglich gehen. Moses sagte mir, ich solle bleiben, etwas trinken und mich amüsieren. Dann begann sein Bruder, mich über meine Studien auszufragen und über Schuppentiere. Er interessierte sich sehr dafür, wie viel sie auf dem asiatischen Markt wert waren und fragte mich, was ich über den illegalen Handel wisse. Moses erzählte, Doc beteilige sich rücksichtslos an verdeckten Operationen und liesse es zu, dass die Universität dafür kritisiert werde, weil Professoren in Selbstjustiz handelten. Sein Bruder lenkte das Gespräch immer wieder auf das Thema Geld und er fragte mich, wie viele Polizisten an verdeckten Operationen beteiligt seien, wie Doc mit den Wilderern in Kontakt trete und dergleichen mehr.«

»Und was haben Sie ihm erzählt, Zola?«

Sie sah ihm in die Augen. »Nichts. Ich wollte Docs Geheimnisse nicht verraten, und seine Fragen und die Art, wie er sie stellte, liessen mich vermuten, dass Big Joe *sehr* am illegalen Handel mit Schuppentieren interessiert war.«

»Haben Sie Doc etwas davon berichtet?«

Zola schüttelte den Kopf. »Nein. Es war mir peinlich, erklären zu müssen, was ich mit Moses in einem Club mache. Ich ... er ...«

Er konnte die Verwirrung und die gemischten Gefühle in ihrem hübschen Gesicht lesen und verspürte den väterlichen Drang, sie bei der Hand zu halten oder sie in den Arm zu nehmen, wusste aber, dass das unangemessen wäre. »Sie brauchen mir nichts zu erklären, Zola. Es ist alles in Ordnung. Ich versuche nur, herauszufinden, was hier los ist und mache mir ernsthafte Sorgen um Doc.«

»Ich möchte nicht darüber sprechen, was mit mir in Moses Rondavel gerade passiert ist.«

»Okay.«

»Aber«, sie wickelte das Taschentuch zwischen ihre Finger, bevor sie fortfuhr, »ich komme aus einer armen Familie. Das Stipendium, das ich bekomme, reicht nur bis zu einem gewissen Punkt und ich möchte, dass meine Eltern stolz auf mich sein können. Ich weiss nicht, wie es in Australien ist, aber hier haben wir Mühe, über die Runden zu kommen und manchmal brauchen Studierende wie ich etwas ... Unterstützung.«

Er konnte das Arrangement erahnen, über das Doc bereits spekuliert hatte.

Zola hob eine Hand. »Ich weiss oder kann mir vorstellen, was Sie denken, Ian, aber ich bin weder dumm noch leichtgläubig und auch keine Sexarbeiterin.«

»Das habe ich nie gedacht.«

»Ich bin mir meiner Rechte als Frau bewusst und treffe meine eigenen Entscheidungen. Auch wenn manche Arrangements nicht ideal sind, weiss ich, wann etwas nicht in Ordnung ist und bin stark genug, wegzugehen, wenn mir dies richtig erscheint.«

»Natürlich. Aber Sie verstehen, dass Doc – und sogar ich – uns Sorgen um Sie machen?«

»Ja, das verstehe ich und weiss es zu schätzen, Ian. Aber auch wenn ich jünger bin als Sie und Doc bin ich kein Kind. Ich respektiere Professorin Rado sehr, aber würde es trotzdem begrüssen, wenn Sie beide sich aus meinem Privatleben heraushalten würden.«

Ian nickte. »Es tut mir leid.«

Zola streckte eine Hand aus und berührte seinen Unterarm. »Das ist nicht nötig, ich kann auf mich selbst aufpassen. Ich denke, Moses will den Job an der Spitze der Universität, denn er ist sehr ehrgeizig. Andererseits glaube ich nicht, dass er Doc oder sonst jemandem deswegen etwas antun will. Wenn ich glauben würde, dass er zu Gewalt fähig ist, wäre ich nicht mit ihm zusammen, aber ...«

»Ja?«, fragte Ian.

»Bei Big Joe könnte ich es mir eher vorstellen und bin froh, Ihnen das erzählen zu können, habe aber eine Bitte Ian: Wenn Sie das an Professor Rado weitergeben, möchte ich nicht, dass mein Name damit in Verbindung gebracht wird.«

»Ich verstehe.«

Zola stand auf. »Ich danke Ihnen für Ihre Fürsorge, aber ich glaube, ich brauche jetzt etwas Zeit für mich allein.«

Ian stand auf und verliess ihr Zimmer.

Draussen, im Nachmittagslicht, fühlte er sich kribbelig. Indem er Sue so weit hatte gehen lassen, hatte er es mit Doc vermasselt. Er spürte, dass in ihm die Wut darüber wuchs, dass jemand – möglicherweise Moses Khumalos Bruder – es absichtlich auf Doc abgesehen haben könnte. Er wollte, dass diese Person zur Rechenschaft gezogen wurde.

Margaux' Land Cruiser fuhr auf den Parkplatz in der Nähe der Rondavels und sie und Sara stiegen aus. Sara hob ihre Kamera aus dem Fahrzeug und kam zu ihm hinüber, während Margaux Ian zuwinkte und sich auf den Weg zu ihrer Hütte machte.

»Ich war gerade mit einem der einheimischen Freiwilligen unterwegs, um weitere Schuppentiere zu filmen«, verkündete Sara, die zufrieden aussah.

»Grossartig.«

»Warum das lange Gesicht?«, fragte Sara. »Aber bitte, sagen Sie mir nicht, dass schon wieder jemand ermordet wurde.«

»Haha«, sagte Ian.

»Entschuldigung, das war ein schlechter Scherz, aber in der Armee habe ich mir schwarzen Humor angewöhnt. Doch jetzt im Ernst, was haben Sie auf dem Herzen?«

Ian spürte, dass Sara neben Doc die Einzige war, der er seine Theorie anvertrauen konnte, und so beschloss er, diese zu äussern. »Ich glaube, dass alles zusammenhängt, die Ermordung von Docs Polizeipartner Jurie, von Graham und von Oscar, sowie der ganze Plan mit dem Fangen und Schmuggeln eines Schuppentiers. Ausserdem habe ich den starken Verdacht, dass Moses Khumalo oder sein Bruder, ein Typ namens Big Joe, darin verwickelt sind«, sagte Ian. Dann erzählte er Sara von dem grossen Bauauftrag der Universität für den Bruder und die damit verbundene Bedrohung für Docs Sicherheit.

»Wer hat Ihnen das alles erzählt?«, fragte Sara.

»Kommen Sie mit in mein Zimmer, dann können wir reden«,

schlug Ian vor. Sara nickte und er führte sie zu seinem Häuschen, öffnete die Tür, liess sie eintreten und Sara stellte ihre Sachen auf dem Boden ab. Ian setzte sich aufs Bett und Sara nahm den Platz neben dem Frisiertisch ein.

»Ich kann nicht sagen, woher ich meine Informationen habe«, sagte Ian.

Sara nickte. »Von Zola.« Sie hielt eine Hand hoch. »Keine Sorge, ich weiss, wie man Quellen schützt – ich hatte einen Streit mit Doc darüber. Sie brauchen nichts zu sagen, aber es ist offensichtlich, dass zwischen Moses und Zola etwas läuft. Aber lohnt es sich wirklich, wegen dieser Sache zu töten?«

»Nach meinen groben Berechnungen und wenn meine Informationen richtig sind, könnte Moses' Bruder Big Joe mehr als eine Million US-Dollar, zusätzlich zu dem, was das Bauprojekt wirklich wert war, verdient haben.«

Sara pfiff leise. *Das ist es wert, dafür zu töten.*

»Ausserdem scheint Big Joe ein übertriebenes Interesse am Schuppentierhandel zu haben.«

»Hmm.« Sara legte einen Finger an ihre Lippen und schien nachzudenken. »Eine der Theorien über die verdeckte Operation, bei der Jurie van Rensburg getötet wurde, war, dass der Täter ihn – oder Doc – und den chinesischen Käufer der sich mit ihnen traf, John Chen, ausschalten wollte. Auf Chen war bereits ein Anschlag verübt worden und die Theorie lautete, der Mörder habe zwei oder sogar drei Fliegen mit einer Klappe schlagen wollen.«

Ian nickte. »Big Joe klingt wie ein richtiger Bösewicht und prahlte damit, 'jemanden zu kennen, der sich um Doc kümmern könne', was im Klartext bedeutet, sie umzubringen, Sara.«

»Ian, ich weiss, es hört sich dramatisch an, aber ich muss leider sagen, dass das hier in Südafrika zur Tagesordnung gehört. Und es ist nicht einmal ungewöhnlich, dass leitende Mitarbeitende der Universität Opfer von Auftragskillern werden.«

Ian schüttelte den Kopf. Es fiel ihm immer noch schwer, das alles zu glauben, auch wenn ihm, je mehr er darüber erfuhr, etwa Zolas neue Informationen, umso mehr zu Docs Verschwörungstheorie zu passen schien. »So viel zu den heiligen Hallen der Wissenschaft.«

Sara nickte. »Ja, vergessen Sie den Scheiss. Eine Universität ist wie jedes grosse Unternehmen oder jede Regierungsbehörde – es geht schlicht um Macht und Geld.«

Ian dachte darüber nach. »Ja. Und ein direkter Anschlag auf Doc wäre zu offensichtlich gewesen, da die Leute wussten, dass sie Fragen über Moses und Big Joe gestellt hatte. Wäre nur sie ermordet worden, hätte sie stärker im Fokus der polizeilichen Ermittlungen gestanden. Big Joe soll auch gesagt haben, er könne Doc am meisten treffen, indem er jemanden erwische, den sie liebt.«

»Genau.« Sara griff nach ihrer Kameratasche und öffnete sie, während sie fortfuhr. »Die Polizei ermittelte gegen den Schuppentier-käufer und wer ihn möglicherweise töten wollte, und ich schätze, sie sahen Juries Tod als ein mehr oder weniger unglückliches Beispiel für die Risiken, denen Polizeibeamte hier in Südafrika jeden Tag ausgesetzt sind. Docs Ermordung dagegen wäre wie ein Attentat auf eine hochrangige Politikerin oder eine Berühmtheit aufgenommen worden, was sie ja im Kontext der Universität und ihres internen Machtkampfes auf ihre Weise auch ist. Doc ist eine mögliche Kandi-datin für das Amt des nächsten Vizekanzlers der Universität und Moses, sein Bruder, oder beide, haben ihre Gründe, sie aus dem Rennen zu drängen.

Ian nickte. »Und was würde passieren, wenn sie sich definitiv dafür entscheiden würde, den Posten des Vizekanzlers anzupeilen?«

Sara blickte ihn mit einem grimmigen Blick an.

25

Doc hatte beim Abendessen bereits etwas zu viel getrunken und schob nun ihren Stuhl von Davids Küchentisch zurück. »Ich denke, ich sollte noch einen Schlummertrunk mit meinen Studierenden und den Gästen nehmen und sie über den morgigen Tag informieren.«

Davids Mundwinkel zogen sich nach unten, als er aufstand. »Ich hatte gehofft, du würdest noch etwas länger bleiben, für einen Kaffee, ein Dessert ...«

Sie sah, wie das Grinsen zurückkehrte und lachte. »Du bist unverbesserlich, David. Gute Nacht.«

Doc blieb auf Davids Terrasse vor der offenen Haustür stehen und atmete tief durch. Sie hörte Stimmen und das Klirren von Besteck auf Geschirr aus der Lapa, dem offenen, strohgedeckten Essbereich. Irgendwo in der Dunkelheit kreischte ein Buschbaby, ein ‘Grösserer Galago’, das sich tatsächlich wie ein brüllendes Menschenbaby anhörte.

Sie straffte die Schultern und ging den Weg von Davids Haus hinunter zum Hauptteil des Lagers und weiter zum Essbereich. Das Erste, was ihr auffiel, war, dass Ian der einzige war, der am langen Esstisch fehlte. Sogar Jason Chow war da.

»Hi, Doc«, sagte Geoff. »Ich fürchte, wir haben schlechte Nachrichten über Ian.«

»Was ist jetzt schon wieder los?« Sie versuchte, ihr Gesicht nicht zu verziehen.

»Heute Abend, als ich draussen trainierte, kam ein Auto, ein privates Taxi, vor dem Tor an. Der Sicherheitsbeamte liess ihn herein und ich fragte den Fahrer, nach wem er suche. Der Mann sagte, er habe den Auftrag, Ians Gepäck abzuholen und zum Flughafen zu bringen.«

»Oh.« Sie wusste nicht, was sie sonst hätte sagen sollen.

»Ich fragte den Mann, wo Ian sei, und der Fahrer antwortete, er habe mit Ian gesprochen. Dieser habe ihm gesagt, er sei in Harare und habe beschlossen, zurück nach Australien zu fliegen.«

»Nach Australien?«

»Ja, das hat der Kerl gesagt. Ausserdem gab er an, man habe ihn angewiesen, wenn ihn jemand fragen sollte, was los sei, solle er einfach sagen: 'Es tut mir leid, ich mache das in Ians Auftrag.' Sue und ich gingen also in Ians Zimmer, packten seine Sachen zusammen und gaben sein Gepäck dem Mann.«

Doc warf Sue einen Blick zu, die aber auf ihren Teller blickte. Doc schaute zu Jason, aber der schien genauso verwirrt wie alle anderen zu sein. Es war offensichtlich, dass Sue Jason nicht erzählt hatte, was zwischen ihr und Ian vorgefallen war. Möglicherweise war ihre Beziehung doch nicht so offen, wie Sue es Ian erzählt hatte. Und warum war Ian nicht zurückgekommen, um seine Tasche selbst zu packen? Sie hielt ihn nicht für einen Feigling.

Doc war verwirrt und in ihr braute sich ein Gemisch von Gefühlen zusammen. Als sie sich setzte, musste sie sich an der Rückenlehne ihres Esszimmerstuhls festhalten, um sich zu beruhigen.

»Doc, sind Sie in Ordnung?«, fragte Geoff.

»Ja, ja. Na gut. Es ist nur ... eine ziemliche Überraschung.« Sie schaute wieder zu Sue. »Ich frage mich, was ihn dazu gebracht haben könnte, abzureisen.«

Eva tupfte sich die Lippen mit einer Serviette ab. »Vorhin schien er mir noch ganz in Ordnung, ausser vielleicht etwas missmutig darüber, dass er seinen üblichen Sitzplatz im Bus neben Ihnen nicht bekam, Doc.«

Doc errötete. War so offensichtlich, dass Ian immer wieder ihre Nähe suchte, dass es sogar Eva aufgefallen war? Sie war zwar etwas gehässig, schien aber vor allem sehr scharfsinnig zu sein.

»Ich bin mir zwar nicht sicher, ob ihm die Schuppentiere so wichtig waren«, sagte Pär, »aber mir wird er fehlen.«

Doc war hin- und her gerissen. Einerseits fühlte sie sich dumm und war wütend, dass sie einen Mann, der sie eindeutig mehr als nur mochte, zurückgewiesen hatte, andererseits erleichtert, denn wenn er nach Australien zurückflog, war er wenigstens in Sicherheit. Und dann war da noch die Sache mit Sue, die sie immer noch so ärgerte, dass sie ihre Fäuste an den Seiten ballen musste, als sie die Studentin erneut ansah.

Doc räusperte sich. »Nun, das tut mir leid zu hören. Hat jemand gesehen, wie Ian gegangen ist?«

Sue nickte leicht. »Ja, habe ich«, sagte sie leise.

»Hat er etwas gesagt?«, fragte Doc, die sich nun doppelt ärgerte, weil es so lange gedauert hatte, bis Sue das Wort ergriff.

Sie schüttelte den Kopf. »Nein. Ich habe ihn gefragt, wo er hingehe – er stand mit seinem Tagesrucksack am Tor – aber er hat mir nur gesagt, er müsse einen Spaziergang machen, um einen klaren Kopf zu bekommen.«

Doc durchbohrte Sue mit ihrem Blick. »Nun, ich frage mich, weshalb?«

Sue senkte wieder den Blick.

»Das ist alles sehr seltsam«, sagte Sara vom anderen Ende des Tisches. »Warum hätte er so plötzlich abreisen wollen? Ich habe, bevor er gegangen ist, mit ihm gesprochen und er hat mit keiner Silbe erwähnt, dass er nach Australien zurückkehren wolle. Und warum sollte er ohne sein Gepäck wegfahren und dann jemanden schicken, der es abholt?«

Doc hielt ihren Blick auf Sue geheftet. »Ich habe nicht die geringste Ahnung.«

»Wie sieht der Plan für morgen aus, Chefin?«, fragte Pär in einem positiven und freundlichen Ton.

Doc lenkte ihre Gedanken wieder auf die Rundreise. »Wir fahren zum Mana-Pools-Nationalpark, der etwa vierhundert Kilometer von hier entfernt liegt und übernachten dort in einem Camp. Jason hat keine Zeit, nach Mana Pools zu fahren, da er von hier aus quer durchs Land nach Victoria Falls fahren muss, wo wir hinfliegen werden, wenn wir im Nationalpark fertig sind. Wie ihr in eurem Reiseplan gelesen habt, haben David und sein Team in Mana Pools einige Schuppentiere im Busch freigelassen und wir werden sehen, wie es ihnen geht. Während wir in der Luft sind und die Wasserfälle besichtigen, fährt Margaux das Reisefahrzeug zu den Victoriafällen und trifft uns dann dort. Wir verbringen zwei Nächte an den Fällen, bevor wir mit Margaux durch Botswana und nach Namibia fahren. Gibt es noch Fragen?«

Docs sachlicher Ton hielt alle davon ab, irgendetwas zu fragen. Sie sah sich am Tisch um und bemerkte, dass Sue immer noch niedergeschlagen wirkte. Das geschah ihr recht. Doc legte ihre Hände auf den Tisch und stand auf. »Gut. Ich gehe früh ins Bett. Das mit Ian tut mir leid, aber ich hoffe, die anderen von uns geniessen den Rest der Rundreise.«

Doc konnte es kaum erwarten, aus dem Essbereich weg zu kommen. Sie ging die Treppe hinunter in Richtung ihrer Hütte, blieb aber stehen, um in den Nachthimmel zu schauen. Wolken zogen über das Gesicht des goldenen Vollmondes. Um diese Jahreszeit sollte es nicht regnen, aber sie wusste, dass das Wetter in Harare wechselhaft war. Hier spürte sie die Kälte der Nacht noch deutlicher, denn die Stadt lag höher als die Gebiete, die sie bereits durchquert hatten.

Es war mehr als nur das Wetter. Sie hatte das Gefühl, eine kalte Hand habe sich um ihr Herz gelegt. Ian war weg – vielleicht von ihr vertrieben – aber irgendetwas war nicht in Ordnung.

26

———

Ian erwachte mit den schlimmsten Kopfschmerzen seines Lebens in einer Welt voller Dunkelheit. Er versuchte, mit den Füssen zu strampeln und seine Hände und Arme zu bewegen, aber sein Körper reagierte nicht.

»Hilfe!« Sein Schrei hallte von etwas zurück, das sich wie eine kratzige Kapuze anfühlte und genauso roch, wenn er sie mit jedem Atemzug, den er angestrengt versuchte, an den Mund saugte. Sein Herz pochte. War er gelähmt? Er sank wieder in Bewusstlosigkeit.

Als er erneut aufwachte – er hatte keine Ahnung, wie lange er das erste oder zweite Mal ohnmächtig gewesen war –, spürte er seine Glieder wieder. Sein Gesicht war immer noch mit einer Kapuze bedeckt, aber er erkannte einen schwachen Lichtschimmer durch das grobe Gewebe. Er versuchte, seine rechte Hand zu heben und spürte, dass ein Seil in sein Handgelenk schnitt. Auch seine linke Hand und seine Knöchel waren gefesselt. Er lag auf einer Matratze und zwang sich, ruhig zu bleiben.

Er hörte ein Knarren wie von einer Tür mit rostigen Scharnieren.

»Er ist wach. Ich habe gehört, dass er sich bewegt hat«, sagte eine tiefe Männerstimme.

Schritte klatschten auf den Boden, möglicherweise von zwei Personen. »Sieh nur, er tut so, als sei er immer noch bewusstlos.«

Ian hielt den Atem an, keuchte aber, als ihn unvermittelt ein Schlag traf, ein kurzer, scharfer Stoss gegen die Seite seiner Brust.

»Siehst du, ich habe es gewusst«, lachte der Mann mit der tiefen Stimme.

Als er erneut Luft holte, zuckte Ian zusammen. »Was wollen Sie?«

»Dich«, gab der Mann zurück und diesmal gluckste ein anderer.

Ian versuchte, tapfer zu klingen. »Nun, Sie haben mich, also was jetzt? Ein Lösegeld?«

»Bist du denn reich, Ian Laidlaw?«

Nach wessen Massstäben? »Nicht wirklich.«

»Derzeit keine Frau, keine Eltern, keine Kinder?«

Derzeitige Frau? Keine Kinder. Sie schienen Informationen über ihn zu haben, was aber vermutlich normal war. Aber warum er? Er war kein Bill Gates. Es gab nur eine Sache, oder besser gesagt, eine Person, an die er denken konnte. Doc. Aber was brachte das?

»Wir wollen einfach, dass du hier schön ruhig liegst«, sagte der Boss und sein Mitarbeiter gab sich damit zufrieden, zu schweigen. »Wenn du noch einmal um Hilfe rufst, kneble ich dich, glaube aber nicht, dass das mit einer Kapuze so angenehm wäre. Haben wir uns verstanden?«

Ian nickte.

»So ist es richtig.«

»Müssen Sie mich ans Bett fesseln? Was ist, wenn ich ...?«

Die zweite Geige, wie Ian ihn jetzt nannte, lachte.

»Ich werde dich jetzt losbinden«, sagte 'Tiefstimme'. »Aber versuch nicht, zu fliehen. Das Fenster ist vergittert und auf der anderen Seite der Holztür befindet sich ein Sicherheitsschiebetor. Wir beobachten dich, auch mit einer Kamera. Bleib einfach still, wie ich gesagt habe und benimm dich, dann kommst du lebend hier raus.«

»Wann?«

»Dumme Fragen wie diese führen dazu, dass ich dich knebeln muss.«

Ian schwieg.

Er lag still und hörte Schritte, eine Person, dann eine Tür, die sich öffnete und schloss. Ian riss seine Hand weg, als er die Berührung des anderen Mannes spürte.

»Bleib ruhig. Wie gesagt, binde ich dich los, aber wenn du dich dumm anstellst, schiesse ich dich wieder mit 'Special K' voll.«

Ian versucht, ruhig zu bleiben, während der Mann die Knoten an seinen Hand- und Fussgelenken löste.

»Bleib ruhig liegen, bis die Tür hinter mir geschlossen ist und nimm die Kapuze nicht ab, bevor ich weg bin.«

»Oder?«

»Oder ich erschiesse dich.«

Ian hörte ein Geräusch, das er aus tausenden von Krimis und Filmen kannte: das Spannen einer Pistole. Er wartete, bis er hörte, wie 'Tiefstimme' den Raum verliess und sich die Tür hinter ihm schloss. Getreu den Worten des Mannes hörte Ian danach das Knirschen und Zuschlagen von etwas auf der anderen Seite, das wie eine verschiebbare Sicherheitsbarriere aus Stahl klang.

Er setzte sich auf, griff nach seinem Hals, fand einen Kordelzug und öffnete die Kapuze. Er nahm sie ab und blinzelte, bevor er seine Umgebung in Augenschein nahm. Es gab ein einzelnes Fenster mit eingebauten Stahlstäben und einer gesprungenen Glasscheibe. Es sah aus, als habe man ein Laken oder etwas Dünnes und halbdurchsichtiges über die Aussenseite gehängt oder genagelt, damit er nicht hinaussehen könne.

Ian stand auf, spürte aber seine Beine schwach werden. Er umklammerte das metallene Kopfende des Betts, um sich zu stabilisieren und atmete tief ein. 'Special K', hatte der Mann gesagt und bei dem Begriff hatte es bei ihm geklingelt. Obwohl sein Gehirn durcheinander war, war er sich sicher, dass es sich um eine Droge handelte, von der er schon einmal gehört hatte. Er zwang sich, sich zu konzentrieren, durchforstete sein Gedächtnis und nutzte die mentale Aufgabe dazu, sich zu beruhigen.

»Ketamin«, flüsterte er, also eine Art Beruhigungsmittel. Für Tiere, erinnerte er sich, es wurde aber auch als Droge verwendet, wobei Ian sich nicht vorstellen konnte, warum jemand sich bewusstlos und halb gelähmt fühlen wollte.

Er ging zum Fenster, blieb dort stehen, legte den Kopf schief und lauschte. Ein Vogel rief, und es klang vertraut. Eine Taube, vielleicht. Als Nächstes hörte er das kurze Aufheulen des Anlassers und einen Motor, der zum Leben erwachte. Das Fahrzeug lief ein paar Augenblicke im Leerlauf und fuhr dann davon. Hatte er jetzt nur noch einen Entführer, oder lungerte draussen eine ganze Gruppe von ihnen herum? Stimmen hörte er keine.

Ian fuhr sich mit der Hand durch die Haare und zuckte zusammen, als seine Finger über eine eigrosse Beule an seinem Hinterkopf strichen. Er erinnerte sich, dass ihn jemand geschlagen hatte. Er sah sich weiter um.

Sein Gefängnis war ein kleines Einzelzimmer in einem Haus, in dem es ein Bett mit Metallrahmen und einen Beistelltisch aus Kiefernholz gab, dessen Platte mit Zigarettenbrandlöchern und Getränkeflecken übersät war. Es gab keinen Stuhl, aber unter dem Tisch stand ein verzinkter Metalleimer, von dem er vermutete, dass er ihm als Toilette dienen solle. Seine Uhr war verschwunden.

Ian schaute nach oben. Die Decke bestand aus Gipskarton oder, da es sich um ein altes Gebäude zu handeln schien, vielleicht aus Asbest. Es gab eine verdeckte Öffnung über ihm und er zog das Bett hinüber, bis es unter dem Loch stand, griff nach oben und drückte gegen den Deckel. »Verdammt.« Er war zugenagelt, aber Ian vermutete, er könne ihn oder die Decke durchstossen.

Er setzte sich aufs Bett. Warum hatten sie ihn mitgenommen?

Es klopfte und Ian stand auf und ging zur Tür.

»Versuch nicht noch einmal, dir an dem verdammten Dach zu schaffen zu machen«, sagte 'Tiefstimme' auf der anderen Seite. »Ich habe dir gesagt, dass wir dich beobachten.«

Ian setzte sich. Offensichtlich war das mit der Kamera kein Bluff. Er schaute nach oben, tastete die Decke ab und bemerkte dort, wo das geformte Gesims auf den Putz oder die Asbestplatten traf, tatsächlich ein kleines Loch in einer Ecke. Der Gedanke, sie beobachten jede seiner Bewegungen, jagte ihm einen Schauer über den Rücken.

Er stützte die Ellbogen auf die Knie und legte den Kopf in die Hände.

EINIGE ZEIT, vielleicht eine Stunde, später – Ian konnte die Zeit nicht einschätzen – schloss der Mann mit der tiefen Stimme die Tür auf und trat wieder ein.

Er war weder gross noch klein, hatte aber breite Schultern und sein schwarzes Hemd umspielte ausgeprägte Muskeln und auch seine Oberschenkel waren sehr kräftig. An den Handgelenken zeichnete sich hinter schwarzen Lederhandschuhen ein Streifen weisser Haut ab und obwohl er eine Skimaske trug, erkannte Ian, dass der Mann blaue Augen hatte. Sein Alter einzuschätzen war schwierig.

Er hielt eine Pistole in der einen Hand und in der anderen einen Laptop. Er hob die Waffe, richtete sie auf Ians Kopf und reichte ihm den Computer. »Hier, nimm ihn!«

Ian nahm den Laptop und sah zu ihm auf. »Was soll ich damit?«

»Öffne ihn, ruf den Webbrowser auf, melde dich bei deinem Online-Bankkonto in Australien an, so dass ich mir den Kontostand ansehen kann.«

Ian dachte schnell nach. »Ich weiss das Passwort nicht auswendig.«

»Okay, Ian, kein Problem.«

Der Tonfall des Mannes war ruhig und Ian nahm an, er sei mit der Lüge davongekommen. Der Mann griff in die Tasche seiner Cargohose und zog einen etwa fünfzehn Zentimeter langen Metallzylinder heraus.

»Weisst du, was das ist?«

Ian schüttelte den Kopf.

»Das ist etwas, was du bestimmt aus dem Fernseher oder von Kinofilmen kennst, ein Schalldämpfer.« Er schraubte ihn auf das Ende des Laufs seiner Pistole. »Aber anders als in den Filmen unterdrückt er nicht den ganzen Lärm. Hör mal.«

'Tiefstimme' senkte die Spitze des Laufs und zog den Abzug. Ian erschrak über den Knall, der das Schlafzimmer erfüllte und spürte einen Luftzug an seinem Bein. Direkt neben seinem Fuss war ein Loch in der Holzdiele entstanden. Wenige Zentimeter weiter links hätte ihm die Kugel den kleinen Zeh weggerissen. Er spürte, dass sein Inneres aufgewühlt wurde. Der Mann mit der tiefen Stimme setzte den Schalldämpfer an Ians Schläfe, der fast so heiss war, dass er ihn verbrannte.

»Ohne Geld bist du für mich nutzlos. Tschüss.«

Ian hob die Hände und der Mann wich einen Schritt zurück, hielt aber die Pistole weiterhin auf ihn gerichtet. »Mein Passwort ist mir gerade in den Sinn gekommen.«

Der Mann lachte. »So ist es besser.«

Ian loggte sich mit zitternden Finger ein. *Was soll's, es ist ja nur Geld.*

'Tiefstimme' stellte sich so hin, dass er über Ians Schulter sehen konnte. »Aha, siebenundneunzigtausend australische Dollar.« Er griff wieder in seine Tasche und zog ein Stück Papier heraus, auf dem ein paar Zahlen standen. »Überweise alles auf dieses Konto, aber sofort!«

»Das geht nicht, denn ich habe ein Tageslimit und kann nur zehntausend schicken.«

»So dumm bin ich nicht, Ian. Natürlich hast du eine Tagesobergrenze, also ändere sie! Ich habe dein Telefon hier und wenn es eine Sicherheitsnummer sendet, lese ich sie dir vor. Dann kannst du aufhören, meine Zeit zu verschwenden und mir dein Geld überweisen.«

'Tiefstimme' stiess ihm erneut die Pistole an die Schläfe.

»Ja, natürlich, ist schon in Ordnung.« Ian tat, was der Mann verlangte. »Lassen Sie mich dann gehen?«

»Tut mir leid, nein. Meine Auftraggeber haben eine andere Verwendung für Sie.«

Auftraggeber? Ian legte die kleine Information zu den anderen. Welchen Nutzen ausser Geld konnte er für jemanden in Afrika haben?

»Wir wissen«, fuhr der Mann mit der tiefen Stimme fort, »dass du viel mehr als 97'000 Dollar wert bist, *Boet*, also machst du ein kleines Video, das du an jemanden schickst, dem du wichtig bist.«

»Wem?«

»Der Professorin und Schuppentier-Dame Denise Rado. Im Moment denkt sie, du seist von eurer kleinen Rundreise weggelaufen und dabei belassen wir es für die zwei Arbeitstage, die es dauert, bis dein Geld von Australien auf das andere Bankkonto überwiesen ist. Dann erhält sie ein Video von dir, in dem du ihr sagst, sie solle eine weitere Million Dollar für uns organisieren. Gleichzeitig rätst du ihr, ihr hübsches Gesicht aus den Medien, von der Polizei und dem öffentlichen Leben herauszuhalten.

»Doc, äh, Professor Rado ...«, begann Ian.

»Sie hat eine grosse Klappe und mit den Bullen zusammengearbeitet«, erklärte 'Tiefstimme', »weshalb du ihr klar machen musst, dass sie ihre hübschen Lippen geschlossen halten muss, falls ihr überhaupt etwas an dir liegt.«

Ians Gedanken rasten. Sie, die Auftraggeber des Mannes, hatten es also genauso auf Doc abgesehen, wie auf sein Bankguthaben. Und sie verfügten offensichtlich über Insiderinformationen und wussten, dass er und Doc sich nähergekommen waren. Doc war keineswegs paranoid gewesen, denn ihr wollte tatsächlich jemand wehtun, indem er es auf Menschen abgesehen hatte, die ihr nahestanden oder gestanden hatten.

Es musste Moses Khumalo sein, der den Führungsposten an der Universität anstrebte, zusammen mit seinem Bruder, Big Joe, der, wenn man Doc zur Vizekanzlerin wählte, wahrscheinlich zum Ziel einer grossangelegten Korruptionsuntersuchung würde.

»Hör auf, Vermutungen anzustellen und tipp weiter, Ian.« 'Tiefstimme' deutete mit seiner Pistole auf den Computerbildschirm. »Das Geld überweist sich nicht von selbst.«

· · ·

DER SCHARFSCHÜTZE schloss und verriegelte die Tür zum Raum, in welchem sich Ian Laidlaw befand, schob einen Riegel vor und verschloss diesen mit einem Vorhängeschloss.

Dann ging er in den Aufenthaltsraum des alten Hauses an der Goromonzi Road am östlichen Stadtrand von Harare. Das Gebäude befand sich auf einer Maisfarm, die den weissen Besitzern weggenommen worden war, später irgendwann von einem zurückkehrenden Farmer wiederbelebt, aber erneut verlassen wurde und seither verfallen war. Der jetzige Besitzer, ein Major der simbabwischen Armee, war glücklich darüber, die Miete für einen Monat in bar einzustreichen.

Der Scharfschütze zog das Wegwerf-Handy, das er vor seiner Abreise aus Südafrika gekauft hatte, heraus, öffnete die verschlüsselte Nachrichten-App 'Telegraph' und schickte eine Nachricht.

Laidlaw hat die ersten 50'000 australischen Dollar, was seinem neuen Tageslimit entspricht, überwiesen. Der Rest kommt morgen. Ich habe ihm gesagt, er müsse der Professorin, wenn wir das Video für sie aufnehmen, klar machen, dass sie, wenn sie wolle, dass er überlebe, schweigen müsse.

Die Antwort kam eine Minute später. *Das ist gut. Sie muss richtig Angst haben. Die endgültige Auswahl der Kandidierenden für den Spitzenjob findet nächste Woche statt, also müssen wir Laidlaw bis dahin auf Eis legen und Rado eingeschüchtert und beschäftigt halten.*

Verstanden. Tippte der Scharfschütze lächelnd.

Die drei Punkte auf dem Bildschirm flackerten, während der Absender eine Antwort verfasste. Sie erschien auf dem Bildschirm. *Gute Arbeit, Ralph.*

27

Der Elefantenbulle im Mana-Pools-Nationalpark schlenderte nicht mehr als fünf Meter von Doc, die auf einem Regiestuhl sass, entfernt durch das Camp und in Richtung des Flusses Sambesi.

Aus den Augenwinkeln heraus sah Doc Eva und Pär auf dem Holzdeck vor ihrem Safarizelt stehen. Pär fotografierte Doc durch sein Teleobjektiv, während der Elefant an ihr vorbeizog.

Die riesige Kreatur erhob sich wie ein Zirkustier, das auf Kommando auftritt, auf seine Hinterbeine, aber hier war es ein natürlicher Akt. Sein Rüssel streckte sich wie ein grosses, graues U-Boot-Periskop senkrecht aus und er pflückte behutsam eine Akazienschote von einem hohen Ast.

Sara filmte und Zola und Moses waren immer noch im Zelt des Herrn Professor. Hoffentlich waren sie am Packen. Doc wollte nicht daran denken, was sie sonst noch tun könnten. Es war, als hätten sie nahezu jeden Anschein aufgegeben, kein Paar zu sein. Allein der Gedanke daran, dass andere Menschen möglicherweise intim seien – egal wie einseitig oder unpassend ihre Beziehung auch sein mochte – brachte Ian in ihre Gedanken zurück.

Was Zola und Moses anbelangte, schien es, als sei alles vergeben, obwohl sich Zola, als sie in David Booths Zufluchtsort in Harare waren, über Moses beschwert hatte oder ihm entkommen wollte. Moses dagegen hatte sich in den letzten zwei Tagen Doc gegenüber untypisch freundlich verhalten.

Nachdem Ian abgereist war, hatte Sara Ians Gespräch mit Zola an Doc weitergegeben. Doc hatte Zola aus Rücksicht auf deren Gefühle und die schwierige Situation, in der sie sich befand, nicht die Stirn geboten. Aber sie war geneigt, Zolas Fazit zuzustimmen, dass Moses, trotz all seiner Fehler, nicht die Art von Mann war, der einen Auftragskiller anheuerte, um seine akademische Konkurrenz auszuschalten. Big Joe Khumalo hingegen mochte ein ganz anderer Fall sein.

Docs Telefon piepte. Sie war mit dem Satelliten-WLAN des Camps verbunden, das zwar langsam, aber gut genug war, um WhatsApp-Nachrichten zu senden und zu empfangen. Sie schaute auf die Uhr. In zehn Minuten wäre es Zeit, ihre Schützlinge zusammenzutrommeln, damit sie ihren Charterflug von Mana Pools nach Victoria Falls erreichten. Wenigstens gab es auf dem Flug genügend Platz, weil Ian und Geoff nicht mehr bei der Fluggruppe waren.

Doc überprüfte ihre Nachrichten. 'Wenn man vom Teufel spricht …', sagte sie zu sich selbst, denn die Nachricht war von Geoff.

Hallo Frau Professor, ich bin im Krankenhaus, aber der gute Teil der Nachricht ist, dass ich keine Malaria habe.

Obwohl es etwas Schlimmes sein musste, wenn er in Harare ins Krankenhaus eingeliefert worden war, konnte man das als eine einigermassen gute Nachricht ansehen. Ein paar Stunden nach Ians Abreise hatte Geoff Fieber bekommen und die ganze Nacht geschwitzt. Als Doc ihn am Morgen ihrer Abreise nach Mana Pools aufgesucht hatte, wirkte er desorientiert und wahnhaft, so nannte er sie beispielsweise 'Mama'.

Angesichts von Evas Zorn, die deutlich machte, dass auf dieser Reise schon mehr als genug durcheinandergebracht worden sei, willigte Doc dankbar in Davids Vorschlag ein, er bringe Geoff zum Arzt und sie könnten direkt weiterfahren.

»Wenn es ihm gut geht, bringe ich ihn nach Mana Pools und treffe dich dort, Doc«, hatte David gesagt »denn ich brauche keinen grossen Vorwand, um das Tal zu besuchen.«

Das Sambesi-Tal war noch schöner, als sie es von ihrer letzten Reise in Erinnerung hatte. Ausserdem hatten sie zwei ertragreiche Tage damit verbracht, drei Schuppentiere zu beobachten, die von Forschern der Universität von Simbabwe im Mana Pools Nationalpark ausgesetzt worden waren. Jetzt prustete in der Nähe ein Flusspferd und die Morgensonne glitzerte auf dem breiten Fluss. Auf der sambischen Seite ragten über dem Wasser nebelumschwebt grüne Hügel auf.

Doc wünschte sich, Ian wäre bei ihr, um die Schönheit der Natur gemeinsam zu geniessen. Eine Prozession von Haubenperlhühnern huschte schwatzend an ihr vorbei, die mit ihren markanten Köpfen den Eindruck kleiner Damen mit kunstvollen schwarzen Bienenkorbfrisuren bei ihr erweckten. Gestern hatten sie am späten Nachmittag auf dem Weg zum 'Sundowner' am Long Pool Wildhunde entdeckt. Ausserdem patrouillierten seit dem frühen Abend Hyänen im Camp und sie hatten jede Nacht Löwen brüllen hören. Ian hätte es geliebt.

Ihr Telefon piepste erneut und der Rest von Geoffs Nachricht traf ein. *Nur ein schlimmer Fall von Lebensmittelvergiftung, aber ich hänge am Tropf und schaffe es nicht nach Mana Pools.* Das war so offensichtlich, dass Doc sich fragte, ob Geoff vielleicht noch im Delirium sei. *David sagt, wenn es mir gut genug gehe, könne ich morgen von Harare aus einen Bus nach Victoriafalls nehmen.*

Wenn Geoff nicht hier war, gab es einen Millennial weniger, um den man sich Sorgen machen musste. Sue hatte sich bemüht, Pär und Eva auf den Wanderungen in Mana Pools ihr Wissen über Schuppentiere zu vermitteln und Doc fragte sich, ob sie versuche, zu sühnen, was mit Ian passiert war, was auch immer das gewesen sein mochte. Vielleicht war sie auch einfach nur froh, sich nützlich machen zu können, weil Jason Chow, ihr anderer Zeitvertreib, irgendwo auf dem Weg nach Victoriafalls war.

»Zeit zu gehen, Denise.«

Doc drehte den Kopf und sah Patrick Sibanda, der während ihres

Aufenthalts im Camp der Führer der Gruppe gewesen war und nun darauf wartete, sie in seinem Land Rover Safarifahrzeug zur Flugpiste zu fahren.

»Danke, Patrick, dann suche ich meine Schäfchen mal zusammen.« Sie stützte ihre Hände auf die Armlehnen des Stuhls und zwang sich dazu, aufzustehen und wieder in Aktion zu treten.

Zola kam mit ihrem Rucksack in der einen und Moses' Rollkoffer in der anderen Hand aus dessen Zelt.

»Zieh ihn nicht durch den Staub,« schnauzte Mose sie an, »der Schmutz blockiert sonst die Räder.«

Doc hütete ihre Zunge. Obwohl Moses sie höflich behandelte, verhielt er sich gegenüber der armen Zola wie ein Schwein. Unabhängig davon, ob sie sich mit ihm versöhnt hatte oder nicht und ob sie immer noch williger Teil der Beziehung war, gab es keine Entschuldigung dafür, dass er sie wie eine Sklavin behandelte.

Patrick half allen, ihre Taschen und Rucksäcke auf der hinteren Sitzreihe des Land Rovers zu verstauen. Als sie das Camp verliessen, piepste Docs Telefon erneut. Sie nahm es aus der Tasche, schob ihre Sonnenbrille hoch und schaute auf das Display. Es war eine Nachricht von einem ihr unbekannten Anrufer mit einer südafrikanischen Nummer. Wer auch immer es war, schickte ein Video. Aber Doc merkte, dass das kleine Wi-Fi-Symbol am oberen Rand ihres Telefons verschwunden war, nachdem sie sich aus der Reichweite des Internetanschlusses des Camps entfernt hatten, was bedeutete, dass das Video nicht mehr heruntergeladen wurde und sie es nicht ansehen konnte.

Die Nachricht musste warten. Wahrscheinlich, sagte sich Doc, war es sowieso nur Spam.

»DANKE«, sagte Doc und nahm ein eisgekühltes Glas Sauvignon Blanc vom Serviertablett, das ihr die Kellnerin an Bord des Kreuzfahrtschiffes, welches auf dem Sambesi von den Victoriafällen flussaufwärts stampfte, entgegenstreckte. »Ich kann Ihnen gar nicht sagen, wie sehr ich das brauche.«

»Gerne.« Die Kellnerin lächelte und reichte den anderen, die um einen rechteckigen Tisch am Rande des Unterdecks des offenen, zweistöckigen Schiffs sassen, ebenfalls ihre Getränke.

»Wenn Sie nach rechts schauen«, erklärte der Kapitän, ein kleiner Mann mit einer kecken Schirmmütze, »sehen Sie etwas, das wie der Rauch eines Feuers aussieht. Das ist in Wirklichkeit die Gischt der Victoriafälle, daher auch der traditionelle Name 'Mosi-oa-Tunya', was 'der donnernde Rauch' bedeutet.«

Die Leute machten Fotos und wie aus dem Nichts erschien ein Regenbogen über der Gischt. Es war wunderschön. Doc biss sich auf die Unterlippe, nahm einen Schluck Wein und hoffte, der Alkohol hebe ihre Stimmung.

»Schauen Sie mal, da ist ein Flusspferd«, sagte Eva.

Ein gutes Dutzend anderer Gäste der Kreuzfahrt erhob sich von ihren Tischen und machte sich auf den Weg zur Steuerbordseite, wohin Eva zeigte. Ihrer Aufregung über die Sichtung nach zu urteilen, vermutete Doc, dass einige von ihnen ihr afrikanisches Abenteuer gerade hier an den Victoriafällen in Simbabwe begannen. Sue, die schon viele Nilpferde gesehen hatte, interessierte sich mehr für ihr Handy-Display, während Moses aufstand und sich zur Schar an der Reling gesellte. Zola blickte in die andere Richtung, auf den breiten Fluss hinaus, und Doc fühlte mit ihr.

Nun, da alle beschäftigt waren, stand auch Doc auf, ging in den hinteren Teil des Schiffes und nahm an der Bar Platz. Sie stellte ihren Drink ab, lächelte dem Barmann zu und holte schliesslich ihr Telefon heraus.

Die Reise war hektisch gewesen und Doc stellte fest, dass sie ohne Geoff, der zumindest versucht hatte, die Gruppe anzuführen und ohne die Reiseleiterin Margaux, die auf dem Landweg nach Victoria Falls unterwegs war, doppelt so hart arbeiten musste, um alle im Zeitplan und bei Laune zu halten. Sie seufzte. Das Kleinflugzeug von Mana Pools nach Vic Falls hatte, als es die ankommenden Passagiere aus Harare abholte, Verspätung, und so sassen sie eine Stunde lang in Patricks Land Rover im Schatten eines Baumes und warteten auf das Einsteigen.

Nach der Landung auf dem internationalen Flughafen von Victoria Falls mit seinem grellen, weiss getünchten Kontrollturm, der an die Ruinen von Great Zimbabwe erinnerte, und dem Einsteigen in den Bus, der sie zu ihrer Unterkunft brachte, hatten sie kaum Zeit, ihr Gepäck abzugeben. Fast sofort mussten sie in einen wartenden Shuttlebus steigen, der sie zum Abendessen auf der abendlichen Schifffahrt brachte.

Erst jetzt konnte Doc ihre Telefonnachrichten abrufen. Sie nahm, auf eine Flut von Junk-Mails und Belanglosem vorbereitet, einen weiteren Schluck Wein und tippte auf den Bildschirm. Sie sah die Nachricht der fremden Nummer, aber jetzt war das Video heruntergeladen.

In den ersten Sekunden sah sie einen Mann mit einem Sack über dem Kopf. Dann entfernte diesen eine Hand und sie erkannte Ian. Sein schwarz-silbernes Haar war verstubbelt. »Scheisse!«, murmelte sie mit erstickter Stimme.

»Madam?«, fragte der Barmann.

»Entschuldigung.« Sie winkte mit der Hand, stand auf und ging an die Reling, um mehr Privatsphäre zu haben. Sie öffnete das Video erneut, drehte dann die Lautstärke herunter und hielt das Telefon so nahe bei sich, dass sie sowohl alles sah, wie auch hörte, ohne dass jemand anderes es ebenfalls hören konnte. Doc schluckte heftig, um zu verhindern, dass ihr schlecht wurde. Ihr Herz klopfte wie wild und sie hielt sich mit der freien Hand an der Reling fest.

»*Denise, ich bin entführt worden*«, sagte Ian, der in den Bildschirm starrte. Die verwackelte Aufnahme machte den Anschein, als halte jemand anderes das Telefon in der Hand. *Ich habe keine Ahnung, wer die Geiselnehmer sind, aber sie wollen Geld, und sie wissen ... naja, sie wissen von dir und scheinen zu glauben, dass wir uns nahestehen, Freunde sind, oder was auch immer. Sie haben mich gezwungen, ihnen meine Online-Banking-Daten zu geben, wollen aber mehr. Sie – der eine Mann hier ...«*

Wieder erschien eine körperlose Hand, diesmal mit einer Pistole, die nun zwischen Ians Augen gerichtet war. *»Ans Skript halten!«*, war alles, was der Mann mit der Waffe sagte.

»Ja, Entschuldigung«, fuhr Ian fort. *»Sie verlangen, dass du meinen Buchhalter kontaktierst, einen Mann namens Martin Dickey in Sydney. Martin kennt meine Anwältin, Cassie Duffy und sie haben auf ein Konto eingezahlt – die Einzelheiten erfährst du bald. Sie werden wissen, was in einem Fall wie diesem zu tun ist, Denise.«*

Der filmende Mann fuchtelte mit seiner Pistole. *»Halt dich ans Drehbuch!«* Seine Stimme klang gedämpft, als trüge er einen Schal oder eine Sturmhaube.

»Versuche nicht, diese Nummer anzurufen, Doc ... Denise. Sie sagen, das Telefon sei ausgeschaltet, ausser wenn sie dich anrufen. Noch zwei Dinge, Denise. Sie verlangen, dass du weder den Medien noch sonst jemandem davon erzählst, und dich, bis die Sache geklärt ist, keinesfalls in eine Situation begibst, in der ein Journalist dich interviewen möchte. Sie sagen, sie wollen mich für mindestens eine Woche festhalten. Ich bin sicher, du weisst, was das bedeutet und ...«

Das Video endete. Doc stemmte sich gegen das Geländer und ging dann langsam zurück zu ihrem Barhocker.

»Madame«, sagte der Barmann, »ist alles in Ordnung? Möchten Sie eine Flasche Wasser?«

»Ähm ...« Doc blinzelte zu ihm. »Ja, bitte.« Sie nahm ihm die Wasserflasche ab, schraubte den Verschluss auf und trank die Hälfte davon in einem Guss.

»Doc?« Sara hatte an der Reling gestanden und einige Nilpferde gefilmt, aber jetzt kam sie zu Doc. »Du siehst aus, als wärst du einem Geist begegnet.«

Doc wandte der jungen Norwegerin das Gesicht zu, den Mund halb geöffnet.

»Was ist los?« Sara zog einen Barhocker näher zu Doc und setzte sich.

Doc übergab ihr das Handy und drückte auf die Wiedergabetaste des Videos.

Sara blickte mit grossen Augen auf den Bildschirm. »Ian? Wo ist er? Hat ihn jemand entführt?«

»Ich ...« Doc blinzelte. »Ich weiss nicht, was ich sagen soll, denn ich darf es eigentlich niemandem erzählen, ausser seinem Buchhalter und seiner Anwältin.«

Sara seufzte. »Ja, ich habe es gehört. Nun, du *hast* es mir gezeigt und ich bin die beste Person dafür.«

Sara musste das ja sagen. Doc schloss die Augen und versuchte, das Geschnatter der Touristen, den Monolog des Kapitäns und das Pusten der Nilpferde im Sambesi auszublenden. Warum war das Video an sie gerichtet und ihr geschickt worden? Immerhin war ihr nun klar, dass sie weder verrückt noch paranoid gewesen war, denn tatsächlich hatte jemand versucht, an sie heranzukommen. Es war berechtigt gewesen, sich Sorgen zu machen und Ian auf Distanz zu halten, aber selbst das hatte ihn nicht geschützt.

»Jemand versucht, über ihn an dich heranzukommen«, sagte Sara, die Docs Gedanken zu lesen schien.

»Ja.« Sie öffnete die Augen.

»Bei dieser Botschaft geht es einerseits darum, dich aus dem Rampenlicht und aus der Öffentlichkeit herauszuhalten, aber ausserdem wollen sie für die Freilassung von Ian Geld. Warum?«

Doc nickte. »Ian hat es am Ende seiner Nachricht selbst angedeutet. Der Vorstand der Universität tritt nächste Woche zusammen, um über die Auswahl der Leute für die Vorstellungsgespräche für den Posten des Vizekanzlers zu entscheiden. Das Gremium ist undicht wie ein Sieb und die Liste wird zwangsläufig veröffentlicht. Man hat mir gesagt, ich müsse dem Vorstand bis Ende dieser Woche formell mitteilen, ob ich mich für die Stelle bewerbe.

Sara warf einen Blick auf Moses' breiten Rücken. »Er will nicht, dass du wegläufst, und sein korrupter Bruder auch nicht.«

Doc biss die Zähne zusammen und versuchte, die wachsende Wut, die den Schock über Ians Gefangennahme zunehmend verdrängte, zu beherrschen. Sie starrte Moses, der sich vom Geländer abwandte, da die Tiererklärungen pausierten, an. Er hatte bemerkte, dass sie zu ihm hinsah und hob seine Nase in die Luft. Zola berührte ihn am Unterarm, sagte etwas zu ihm, kam dann auf Doc und Sara zu, ging dann aber an ihnen vorbei zur Treppe, die zu den Toiletten auf dem nächsten Deck führten.

Das Schiff hatte eine Insel umrundet und nun fuhren sie auf der sambischen Seite des Flusses, der die Grenze zu Simbabwe bildet.

Doc stand, Saras fragenden Blick ignorierend, auf und ging die Treppe hinunter. Als Zola aus der Toilette kam, wartete Doc dort auf sie.

»Prof?« Zola erkannte etwas im Blick, den Doc ihr zuwarf.

»Erzählen Sie mir von Moses und darüber, wie er sich in den letzten Tagen verhalten hat.«

»Was meinen Sie?«, fragte Zola.

Doc fuhr sich mit der Hand durchs Haar. »Ich weiss es nicht. Wirkte er anders? Hat er jemanden Ungewöhnliches angerufen?«

»Warum fragen Sie mich das alles, Prof?«, fragte Zola.

Doc holte tief Luft, unsicher, wie viel sie erzählen sollte. »Ich kann Ihnen nichts erklären, Zola, aber was ich sagen kann, ist, dass ich glaube, dass entweder Moses oder sein Bruder für Juries, Grahams und Oscars Tod verantwortlich sein könnten.«

Zola legte eine Hand auf ihren Mund. »Ernsthaft?«

Doc nickte.

Zola liess die Hand sinken und kaute auf ihrer Lippe. »In Mana Pools und in den Tagen, als wir in Davids Schuppentier-Schutzgebiet waren, war Moses viel öfter und länger am Telefon als sonst. Er ist altmodisch und mag soziale Medien nicht, also benutzt er sein Telefon normalerweise weder zum Chatten, noch sitzt er stundenlang herum und scrollt, aber in den letzten Tagen war er sehr in sein Handy vertieft. »Ich habe ihn gefragt, ob alles in Ordnung ist.«

»Und was hat er geantwortet?«

Zola zuckte mit den Schultern. »Er sagte, es sei alles in Ordnung, er hätte nur 'Arbeitskram' zu erledigen. Allerdings reagierte er dabei ziemlich gereizt und schroff.«

Doc dachte darüber nach. Möglicherweise erhielt Moses von anderen Fakultätsmitgliedern und sogar einigen Vorstandsmitgliedern Unterstützung für seine Ambitionen auf den Chefposten. Wenn

Doc sich zurückzog oder kein Interesse bekundete, wäre er der wahrscheinlichste Kandidat für den Posten des Vizekanzlers.

»Erzählen Sie mir bitte etwas über seinen Bruder, diesen Big Joe«, sagte Doc.

Zola sah zu Boden.

»Es ist in Ordnung, Zola«, sagte Doc. »Ich weiss, dass Sie einigen der anderen etwas über Moses' Bruder erzählt haben. Ich hätte mir gewünscht, Sie wären zu mir gekommen, aber ich versichere Ihnen, dass ich nichts sagen oder tun werde, was Sie in Schwierigkeiten bringen könnte.«

Zola hob ihr Gesicht und blinzelte ein paar Mal. Es sah aus, als weine sie. »Ich habe Angst vor ihm«, flüsterte sie.

Doc nickte. »Das verstehe ich. Nötigt er Sie in irgendeiner Weise?«

Zola schüttelte den Kopf. »Nein. Aber ich glaube, er würde alles tun, um sein Geschäftsimperium zu schützen und die anderen haben es Ihnen wahrscheinlich erzählt – er interessiert sich für Schuppentiere. Und er kann Sie nicht leiden, Professor Rado.«

»Ja. Ich kann sogar nachvollziehen, weshalb.« Die Wut in ihr wuchs. Falls sie sich um den Chefposten an der Universität bewarb und ihn allenfalls tatsächlich erhielte, würde sie als etwas vom Ersten eine Untersuchung über die Vergabe der Ausschreibung für den Bau des neuen Flügels fordern, und wenn deren Resultate Moses beträfen, wäre es halt so.

»Doktor Khumalo war auch nachts wach und hat telefoniert«, erzählte Zola.

»Und das ist ungewöhnlich?«

»Ja, sehr«, bekräftigte Zola.

Die junge Frau wollte immer noch den Anschein erwecken, sie und Moses seien kein Paar, obwohl sie eindeutig im selben Zimmer schliefen.

»Professor ... Doc«, sagte Zola und unterbrach sie in ihren Gedanken.

»Ja?«

»Ich möchte Ihnen meine Beziehung zu Doktor Khumalo nicht erklären müssen ...«

»Und das verlangt auch niemand von Ihnen, es sei denn, Sie möchten meine Hilfe. Zwingt er Sie zu etwas? Hat er Sie bedroht oder Ihnen etwas Schlimmes angetan, Zola?«

Sie schüttelte den Kopf. »Nein.«

Abgesehen davon, dass er sie wie eine Sklavin behandelte, dachte Doc, hielt ihre Zunge aber im Zaum.

»Aber ich bin mir nicht sicher, ob Moses – Doktor Khumalo – die Kraft hat, seinen Bruder zu kontrollieren und ich habe Angst davor, was Big Joe tun könnte. Mit Ihnen, mit mir und mit unseren Schuppentieren.«

Doc hielt Moses für einen äusserst hochmütigen und energischen Mann, Eigenschaften, die sowohl Stärken als auch Schwächen darstellen konnten. Der Gedanke, sein Bruder könnte noch anmassender sein, war beunruhigend.

»Ist es möglich, dass Joe Moses unter Druck setzt, ihm Informationen zu geben? Über uns, unsere Gäste auf der Rundreise und über unsere Schuppentiere, Zola?«

Sie biss sich erneut auf die Lippe. »Ja, so etwas würde ich ihm zutrauen. Er scheint gerissen zu sein und glaubt gern, er wisse alles über jeden.«

Doc hatte einen Gedanken. »Zola, als Sie und Moses im Park am Lake Kyle spazieren gegangen seid, wer hat da mein Handy gefunden? Sie oder Moses?«

»Das war er.«

»Wirklich?«, hakte Doc nach. »Bitte erzählen Sie mir, wie das vor sich ging.«

»Wir ... Er wollte nach draussen gehen, um ...«

Doc schloss für einen Moment die Augen. »Okay, ich verstehe. Sie brauchen nicht ins Detail zu gehen.«

»Wir waren ... allein, ... weg von den Hütten und an einer Stelle hielt er an, schaute nach unten und sah Ihr Handy. Ich hatte es nicht bemerkt, was mir, da es noch nicht ganz dunkel war, seltsam vorkam. Ich erinnere mich, dass ich überrascht war, es nicht zuerst gesehen zu haben, denn er braucht eine Brille, trug sie aber zu diesem Zeitpunkt nicht. Er kann ziemlich eitel sein.«

Doc versuchte, sich die Szene vorzustellen. »Er findet also von einem Moment zum anderen ein Telefon, obwohl er nicht gut sieht?«

»Ja. Seltsam, nicht wahr?«

Es sei denn, Moses habe einen Einbruch inszeniert, ihr Telefon gestohlen und es auf der Suche nach relevanten persönlichen Daten und Nachrichten, die ihm oder seinem Bruder einen Einblick in ihr Leben geben könnten, durchsucht. Danach hätte er das Handy auf seinen schmutzigen Spaziergang durch den Busch mitgenommen und es, während er und Zola taten, was immer sie taten, auf den Weg fallen lassen?

Zolas Augen wurden gross. «Glauben Sie, *er* sei in Ihr Rondavel eingebrochen?«

»Wäre das möglich oder waren Sie die ganze Zeit zusammen?«

Zola schien einen Moment lang nachzudenken. »Nein, natürlich nicht, wir hatten doch getrennte Häuschen ...«

»Klar.«

»Aber ich erinnere mich, dass ich eine halbe Stunde lang etwas lesen und recherchieren wollte, und er sagte, er wolle ein Nickerchen machen. Das war kurz bevor wir zu unserem Spaziergang aufbrachen.«

Er hätte also genug Zeit dafür gehabt, sich in ihr Chalet zu schleichen. Doc spürte, wie ihre Wut stieg, wusste aber, dass sie ihre Theorie nicht beweisen konnte. Nach seinen eigenen Angaben hatte Moses das Telefon aufgelesen und mitgenommen, so dass seine Fingerabdrücke logischerweise darauf zu finden waren.

»Mist«, sagte Doc.

»Was wollen Sie nun tun?«, fragte Zola.

»Ich weiss es nicht.« Sie musste Zola wieder auf das Deck lassen, bevor Moses sie suchte.

»Ich möchte Ihnen helfen«, sagte Zola, lehnte sich näher an Doc heran und senkte ihre Stimme. »Ich kann irgendwann sein Telefon anschauen, wenn er schläft oder abgelenkt ist.«

»Zola, ich kann nicht von Ihnen verlangen, dass Sie sich in Gefahr begeben.«

Sie schüttelte den Kopf. »Nein. Ich will das und sei es nur, um zu beweisen, dass er weder ein Krimineller ist, noch sich verschworen hat, Ihnen zu schaden oder, noch schlimmer, Menschen umbringen zu lassen. Ich will die Wahrheit wissen. Und falls Big Joe dahintersteckt, hat er sich Moses vielleicht anvertraut.«

Doc streckte ihre Hand aus und berührte Zolas Unterarm. »Ich möchte Sie nicht bitten, so etwas zu tun, Zola, aber wenn Sie es tun, seien Sie bitte vorsichtig.«

Zola nickte. »Ja, bin ich, aber jetzt muss ich verschwinden.«

28

»Guter Mann, wir müssen dich bei Kräften halten«, sagte der Mann mit der tiefen Stimme, als er Ians Teller, Besteck und den Blechbecher aufhob. »Dieser Frass ist vielleicht nicht, was ein reicher Australier wie du normalerweise in einem schicken Restaurant bestellen würde, aber 'Pap' mit Sosse wird dich bei Kräften halten.«

Ian war es egal, dass das Essen nicht nach seinem Geschmack war, aber die stärkehaltige weisse Substanz – er vermutete, bei 'Pap' handle es sich um Maisbrei – hatte ihn gesättigt und die reichhaltige Fleischsosse hatte ihn gewärmt. Durch das verdunkelte Fenster drang kein Licht und es war kalt.

»Hallo?«, rief unvermittelt eine Männerstimme von draussen.

Tiefstimme erstarrte und wandte sein Gesicht wie Ian dem Fenster zu. »Scheisse.«

Sein Entführer war verunsichert, weil von draussen erneut ein unerwartetes Geräusch kam.

»*Kanjani*?«, rief die gleiche Person von draussen und Ian hörte das dumpfe Klatschen laufender Füsse und danach das Trappeln von Schritten, die die Treppe hinaufkamen.

Tiefstimme ging, das Tablett mit dem schmutzigen Geschirr in einer Hand balancierend zur Tür von Ians Zimmer und öffnete sie. Der Mann draussen hämmerte jetzt an die Haustür. Tiefstimme knipste das Licht aus.

»Wage es verdammt noch mal nicht, das Licht einzuschalten, bevor ich wieder bei dir bin«, wies er Ian an.

»Hallo? Hallo, hallo!«, brüllte der Mann jetzt und hämmerte weiter gegen die Tür.

Tiefstimme verliess den Raum und schloss die Tür, wobei klappernd etwas zu Boden fiel. Ian hörte, dass das Tablett halb hingeworfen und halb abgestellt wurde und der Mann eilig die Riegel und das Vorhängeschloss anbrachte. Ian ging zur Zimmertür, kniete sich in der Dunkelheit nieder und liess seine Finger über die Dielen gleiten, um zu prüfen, ob Tiefstimme tatsächlich etwas hatte fallenlassen, dann legte er sein Ohr dicht an die Tür.

»Hallo?«, rief der Fremde noch einmal, dessen Schritte jetzt durch das Haus hallten. »Da war Licht an und ich weiss, dass jemand da ist! Es tut mir leid, dass es schon so spät ist, aber Sie müssen mir helfen, bitte. Ich brauche dringend Hilfe.«

»Verschwinde aus meinem Haus«, befahl Tiefstimme. »Es ist schon Mitternacht.«

Ian blieb ruhig stehen und hörte das Gespräch mit. Immerhin hatte er nun eine Zeitvorstellung.

»Hallo, Boss, Entschuldigung«, sagte der Besucher. »Bitte, Sie müssen mir helfen. Ich war in einem Bus, aber der ist verunglückt, direkt vor Ihrem Eingangstor auf der Strasse. Es ist sonst niemand in der Nähe und es sind vier Menschen verletzt. Da ist eine Frau, sie ist schwanger und blutet stark, und ihr anderes Kind, ein kleiner Junge, sein Bein ist gebrochen.«

»*Fok*«, schimpfte Tiefstimme.

»Bitte, Sir. Ich sehe Ihre beiden *Bakkies*. Sie müssen die Leute sofort in die Klinik bringen.«

Als Ian das Bewusstsein wiedererlangt hatte, waren zwei Männer da gewesen, erinnerte er sich, und es klang, als hätten Tiefstimme und sein Komplize beide ein Fahrzeug. Aber wo war der andere Mann jetzt?

»Rufen Sie einen Krankenwagen!«

»Es gibt kein Signal, Sir, wahrscheinlich ein Problem mit dem Telefonturm. Bitte, Sie müssen uns helfen. Die schwangere Frau – sie verliert zu viel Blut.«

»Scheisse.«

»Vielleicht ist hier noch jemand, der uns helfen kann?«

»Nein«, sagte Tiefstimme. »Ich bin allein.«

»*Bitte*, Sir ...«

»Also gut. Lass uns gehen.« Tiefstimme sprach leise, als wäre er besorgt, Ian könnte ihn hören.

Er hörte das Geräusch von Schritten, dann schlugen Autotüren zu und ein Motor erwachte zum Leben. Tiefstimme trat das Gaspedal durch und trieb das Fahrzeug in jedem Gang auf eine hohe Drehzahl. Er hatte es eindeutig eilig, bestimmt nicht nur wegen der Verletzten. Als das Geräusch des Fahrzeugs verklungen war, schaltete Ian das Licht ein.

Neben der Tür lag der Löffel auf dem Boden, mit welchem Ian eine Schale mit Konservenobst gegessen hatte, die ihm Tiefstimme mit dem Brei und der Sosse serviert hatte. Ian schnappte ihn sich, weil er befürchtete, es handle sich um irgendeine grausame List und steckte den Löffel in die Gesässtasche seiner Hose.

Er prüfte die Tür, indem er sich mit der Schulter dagegenstemmte. Allerdings machte er sich keine Illusionen darüber, dass es so einfach sei, eine Tür aufzubrechen, wie es im Fernsehen aussah. Ausserdem hatte er gehört, dass Tiefstimme auf der anderen Seite einen, wenn nicht sogar zwei Bolzen, ins Schloss schob. Als er sich von der Tür entfernte, knarrte eine Bodendiele unter ihm. Er veränderte seine Haltung, wobei er das ganze Gewicht auf seinen rechten Fuss verlagerte und spürte, dass die Diele ein wenig nachgab.

Ian sank auf ein Knie und sah sich die Dielen genauer an. Sie waren alt. Sein Blick fiel auf das Loch, das entstanden war, als Tiefstimme seine Pistole an Ians Zeh vorbei abgefeuert hatte. Die Kugel hatte den Boden genau zwischen zwei Dielen durchschlagen. Ian nahm den Löffel heraus, drehte ihn um und steckte den Stiel ins Loch. Er drückte nach unten und benutzte dafür eines der Bretter als

Drehpunkt. Das andere Brett knarrte und begann sich zu bewegen. Ian hielt inne, hob den Kopf und lauschte auf jedes Geräusch, das darauf hindeuten könnte, dass es sich um eine Falle handle, hörte aber nichts als Zikaden draussen in der Nacht.

Er machte sich wieder an die Arbeit, zog einen seiner Schuhe aus und legte ihn unter den Löffelstiel, um eine bessere Hebelwirkung zu erzielen. Dann löste sich die Diele, an der er arbeitete, mit einem lauten Knacken vom Balken, an dem sie festgenagelt war. Ian stellte sich rittlings über die gelockerte Diele und klemmte seine Finger darunter. Er zerrte sie hoch und begann aufzustehen, verlor aber beinah das Gleichgewicht, als das Brett in zwei Teile brach.

Als er nach unten blickte, erkannte er, dass der tragende Balken von Termiten zerfressen war, und das Brett in seiner Hand war genauso befallen. Mit dem Löffelstiel wuchtete er das Brett neben dem neu entstandenen Loch, das sich nun viel einfacher lösen liess, vom Balken weg.

Er arbeitete so schnell er konnte, entfernte eine dritte, eine vierte und schliesslich eine fünfte Bodendiele. Er legte sein Gesicht auf die entstandene Öffnung und spürte eine kühle Brise. Das Haus, oder zumindest dieser Teil davon, stand auf einem erhöhten Fundament. Nachdem er ein weiteres Stück morschen Holzes entfernt hatte, konnte er in die schwarze Leere hinabsteigen.

Die Erde unter seinen Fingern war kühl und feucht, und es roch muffig. Es war zu dunkel, um seine Hand vor dem Gesicht zu sehen, aber er war mit Blick auf das Fenster in seinem Zimmer hinuntergestiegen und spürte aus dieser Richtung einen schwachen Hauch von kühler Luft. Sobald er vorwärts kroch, waren sein Gesicht und die Schultern von Spinnweben umhüllt. Ob es in Simbabwe giftige Spinnen gab? Zum Glück hatte er noch nie unter Angst vor Spinnen gelitten. Ian kroch, den stechenden Schmerz in seiner Handfläche, wenn er sich auf einem alten Nagel oder einem Splitter abstütze, ignorierend, weiter. Der Luftzug in seinem Gesicht wurde kühler und stärker. Er bewegte sich so schnell er konnte, wobei er sich den Rücken an den Holzstützen aufschürfte, bewegte sich aber unbeirrt weiter.

Schliesslich versperrte ihm ein Holzgitter den Weg, aber da auch dieses von Ameisen zerfressen war, löste sich die dekorative Einfassung problemlos, als er darauf einschlug. Wie ein Leopard robbte Ian durch ein mit Unkraut überwuchertes Gartenbeet, zerriss sein Hemd dabei und kratzte sich an einer stacheligen Pflanze. Aber das war ihm egal. Er war frei.

Ian rappelte sich auf und sah sich um. Jetzt sah er sein Gefängnis, ein reparaturbedürftiges Bauernhaus, richtig. Das Blechdach war verrostet und an einigen Stellen durchgesackt, der Rest des Gartens ein Dschungel. Der Raum, in dem er sich befunden hatte, sah wie ein Anbau auf einem Teil der geschlossenen Holzterrasse aus, die um das alte Haus herumführte. Vor dem Haus war ein roter VW Golf mit Schrägheck geparkt. Er rannte, dankbar, seine Beine bewegen zu können, dorthin. Wie das Dach des Hauses wies auch das des Fahrzeugs Rostflecken auf, und er schätzte, es sei zwanzig Jahre alt oder mehr. Er versuchte, die Fahrertür zu öffnen und verspürte freudige Überraschung, als sie sich öffnete. Den Schlüssel im Zündschloss zu finden, war natürlich zu viel erwartet.

Ian kehrte zum Haus zurück, rannte die Treppe hinauf und durch die Haustür, die Tiefstimme in seiner Eile nicht abgeschlossen hatte.

Er ging hinein, fand einen Lichtschalter und sah sich um. Es sah aus, als wären alle Möbel und Armaturen entfernt worden – die Beleuchtung kam von einer nackten Glühbirne, die an einem Kabel hing. Tiefstimmes Versteck bestand aus einem ausklappbaren Tisch, einem Regiestuhl mit Metallrahmen und einer ausrollbaren schwarzen Schaumstoffmatte mit einem militärgrünen Schlafsack darauf. Am Fuss der spartanischen Schlafeinrichtung lag ein Tarnrucksack. War Tiefstimme ein Soldat gewesen?

Auf dem Tisch lag ein Schlüsselbund, an dessen Ring eine Volkswagen-Plakette an einem Lederanhänger hing, sowie ein Blatt Papier mit einigen Zahlen darauf, auf dem zum Beschweren ein Samsung-Smartphone lag.

Ian tippte auf den Bildschirm des Telefons, aber obwohl es zum Leben erwachte, gab es, wie der Besucher gesagt hatte, kein Signal. Er steckte sowohl das Telefon wie auch den Zettel in seine Tasche.

Auf dem Tisch stand ausserdem eine Schachtel. Ian hob sie auf und sah, dass es die Verpackung eines tragbaren Satellitenmodem von Hughes war. Er sah sich im Raum, der früher einmal das Wohnzimmer gewesen sein musste, sowie in der baufälligen Küche und den beiden angrenzenden Schlafzimmern um, fand aber keine Anzeichen für das Gerät. Möglicherweise hatte Tiefstimme es in seinem Fahrzeug versteckt.

In der Küche, in die Ian am Schluss ging, stand ein brummender Campingkühlschrank auf dem Boden, dessen Deckel Ian öffnete. Er nahm eine Plastiktüte mit drei Orangen, zwei Dosen Coca-Cola und einer Packung Schokolade heraus und lief in die Nacht hinaus.

Er öffnete die Tür des Golfs, stieg ein und warf seine Tasche auf den Beifahrersitz, auf dem er einen zerfledderten Strassenatlas von Simbabwe entdeckte – der würde ihm helfen. Er steckte den Schlüssel ins Zündschloss und drehte ihn, worauf der Anlasser ein wenig heulte, der Motor aber ansprang.

»Ja!«

Ian legte den ersten Gang ein und fuhr los. Als er im dritten Gang eine Kurve auf der unbefestigten Strasse nahm, schwang das Heck des kleinen Wagens herum. Er schaltete die Gänge hoch und schon bald überschritt seine Geschwindigkeit sechzig Stundenkilometer. In einer Senke schlingerte das Fahrzeug hin und her, sodass Ians Herz hämmerte, als er auf eine Teerstrasse kam und abbremste.

Er blickte nach rechts, wo er in der Ferne orangefarbene Warnblinker blinken sah. Das musste die Unfallstelle sein, also bog er links ab. Er schaltete die Scheinwerfer aus, beschleunigte kräftig und raste in die Nacht hinein.

Als er, nun ausser Sichtweite derjenigen, die die Unfallstelle beobachten könnten, um eine Kurve bog, schaltete er die Scheinwerfer ein. Kurze Zeit später tauchte im Lichtkegel vor ihm eine Kuh auf, was ihn zwang, abzubremsen und ihr auszuweichen. Dabei fühlte es sich an, als kippe das Auto auf die Fahrerseite und während eines Schreckensmoments dachte er, es überschlage sich.

Nimm den Fuss von der Bremse und vom Gaspedal, sagte er sich. Er fuhr langsam an der Kuh vorbei und mässigte das Tempo, um sich zu beruhigen. Schliesslich setzte er den rechten Fuss wieder auf. Ian schaltete die Scheinwerfer auf Fernlicht und suchte die Strasse nach einem Zeichen ab, an dem er ablesen könnte, wo er sich befand. Strassenlaternen gab es keine.

Er kam an einer Ansammlung von runden Backsteinhütten mit Strohdächern vorbei, durch deren Fenstern der schwache Schein von fahlem Licht drang, vielleicht von Petroleumlaternen. Er wollte nicht riskieren, schon so bald anzuhalten. Der kleine Motor heulte, als er die Strasse entlang raste. Er wich einem Schlagloch aus, das gross genug war, die Federung des Golfs zu beschädigen, wenn er hinein-gefahren wäre.

Wie viel Zeit hatte er noch? Er zog Tiefstimmes Telefon aus der Tasche und tippte auf den Bildschirm. Das Signal war da und zeigte vier Balken. »Super!«

Ian schaute auf die Strasse, während er überlegte, wen er anrufen könnte. Hier in Simbabwe war es Nacht, die Uhr des Telefons zeigte 01.32 Uhr an und obwohl er müde war, zwang er sich, die Zeit in Australien zu berechnen. Es musste kurz nach halb neun Uhr morgens sein und ihm musste jemand einfallen, dessen Nummer er auswendig kannte.

Er tippte die seiner Ex-Frau, Katrina, ein. Das Telefon piepte an seinem Ohr und als er auf das Display sah, stand dort *'Anruf fehlge-schlagen'*.

Verdammt. Tiefstimme hatte wohl ein tragbares Satellitenmodem benutzt, was bedeutete, dass er wahrscheinlich keine Handydaten brauchte oder wollte. Vielleicht auch, weil die Nutzung des Mobil-funknetzes bedeutete, dass das Telefon des Verbrechers geortet werden konnte.

Ian fuhr weiter und hoffte, die Lichter einer 24-Stunden-Tank-stelle oder einer Polizeistation auftauchen zu sehen, eines Ortes, wo er den Vorfall melden und hoffentlich ein funktionierendes Telefon finden konnte, um Hilfe zu rufen. Doch da war nichts.

Ian rieb sich mit einer Hand über das Gesicht und versuchte, seine Müdigkeit zu vertreiben. Er blinzelte, als er ein Flackern von Licht bemerkte. Es war in seinem Rückspiegel.

Er sah Scheinwerfer weit hinter sich und beschleunigte, bis das andere Fahrzeug allmählich aus seinem Blickfeld verschwand. Kurze Zeit später schaute er wieder nach oben in den Rückspiegel und bemerkte die Lichter erneut. Er schätzte, das andere Auto sei etwa dreihundert Meter hinter ihm und gleiche sich seiner Geschwindigkeit an.

Ian leckte sich über die Lippen. Er könnte anhalten und den anderen Fahrer stoppen und ihn um Hilfe bitten. Er spürte einen Schauer, denn vielleicht war es Tiefstimme, der ihn verfolgte. Er nahm den Fuss vom Gaspedal, so dass sich die Geschwindigkeit verringerte und die Scheinwerfer in seinem Rückspiegel grösser wurden.

Er war von 100 Stundenkilometern auf 70 heruntergekommen. Die Strasse war gerade, die Sicht gut und es gab keinen anderen Verkehr, so dass ihn die Person hinter ihm hätte überholen müssen.

Stattdessen verlangsamte das nachfolgende Fahrzeug ebenfalls und hielt den selben Abstand zu ihm.

Ian fuhr weiter durch die Nacht, wobei seine Angst und Paranoia die Müdigkeit mehr als nur überwog.

Einige Male dachte er, das Fahrzeug, das ihm folge, habe angehalten oder sei abgebogen, weil in seinem Rückspiegel zeitweise keine Scheinwerfer zu sehen waren, aber wenn er abbremste, um sicherzugehen, kehrten die Lichter zurück.

Wenn es Tiefstimme war, was hatte er dann gemacht? Spielte er mit ihm? Vielleicht wollte Tiefstimme nicht riskieren, ihn von der Strasse zu drängen. Ian schüttelte den Kopf. Nein, Tiefstimme hatte eine Waffe und könnte einfach neben ihm herfahren und die Waffe auf ihn richten. Was würde er dann tun – versuchen, ihn zu rammen und ihn von der Strasse zu drängen? Er wusste nicht, ob er geschickt oder mutig genug war, so etwas zu versuchen.

Ian fragte sich, ob Doc seine Videobotschaft erhalten habe und es ihr gelungen sei, seinen Buchhalter und seinen Anwalt zu erreichen. Cassie hatte sich auch um alle seine Firmenangelegenheiten gekümmert und war von den neuen Eigentümern, Goldberg PR, übernommen worden, um sich, nachdem Ian an sie verkauft hatte, um deren australischen Angelegenheiten zu kümmern. Eines der Dinge, die Ian bei der Übernahme durch die neuen Eigentümer überrascht hatten, war die Tatsache, dass alle leitenden Angestellten durch eine Entführungs- und Lösegeldversicherung abgedeckt waren. Er erinnerte sich daran, dass er das in einem Land wie Australien für eine Geldverschwendung hielt, aber Goldberg war ein multinationales Unternehmen und die Versicherungspolicen galten für alle dazugehörigen Firmen. Ian hatte einmal an einer virtuellen Krisenmanagement-Übung teilgenommen, in die, da das Szenario einen wohlhabenden fiktiven Kunden betraf, der entführt worden war, auch Goldbergs K&R-Agentur Limited Risk mit Sitz in London einbezogen war. Die Mitarbeitenden von Limited Risk waren ehemalige Strafverfolgungsbeamte und Militärs, darunter einige von Spezialeinheiten, und Ian fragte sich, ob bereits ein Team von London nach Afrika unterwegs sei.

Ian nahm Tiefstimmes Telefon, während er fuhr, in die Hand. In Australien hätte er es nie gewagt, während der Fahrt ein Telefon abzufragen, aber hier in Simbabwe schienen die normalen Regeln nicht zu gelten.

Auf dem Bildschirm war nur eine einzige App zu sehen: Telegraph, also die eines Nachrichtendiensts, von dem Ian zwar gehört, den er aber noch nie benutzt hatte. Tiefstimme hatte die Notwendigkeit eines Passcodes oder einer Gesichts- oder Fingerabdruck-Sicherung auf seinem Telefon deaktiviert und als Ian auf Telegraph tippte, öffnete sich die App sofort. Ian vermutete, das Fehlen von Sicherheitsfunktionen und anderen Apps seien darauf zurückzuführen, dass der Mann das Telefon nur für diesen einen Auftrag gekauft habe und es danach wegwerfen wollte. Er blickte wieder auf die Strasse und sah im Scheinwerferlicht ein Schlagloch auftauchen. Er wich aus.

Er riskierte noch einmal einen kurzen Blick auf das Telefondisplay und sah dabei Hinweise auf die 'Professorin' und 'Rado' und die Notwendigkeit, ihre Angst weiterhin zu schüren. Er hatte Recht gehabt – bei seiner Entführung ging es ebenso sehr um Doc wie um ihn beziehungsweise sein Bankkonto.

»Verdammte Scheisse«, schimpfte Ian, als er in einer der Nachrichten einen bekannten Namen bemerkte. Sie war an 'Ralph' adressiert. Er erinnerte sich, dass der Name von Docs geheimnisvollem Online-Verehrer Ralph war, mit dem sie vor und nach Juries Tod in Kontakt gestanden hatte.

Rechts von Ian begann sich der Himmel rosa zu färben. Er schüttelte den Kopf, um wach und konzentriert zu bleiben.

Nach der langen durchfahrenen Nacht wollte Ian endlich anhalten, um alle Nachrichten auf dem Telefon des Mannes, von dem er jetzt wusste, dass er Ralph war, sorgfältig durchzusehen. Doch die mysteriösen Scheinwerfer erschienen und verschwanden immer wieder in seinem Spiegel. Auf geraden Strecken, auf denen die Strasse in gutem Zustand war, sah er in den Strassenatlas, den er im Auto gefunden hatte. Die erste kleine Stadt, die er passierte, hiess Banket und als auf einem Schild die Entfernung nach Chinhoyi angezeigt war, wusste er, dass er in nordwestlicher Richtung unterwegs war. Wenn er auf dieser Strasse blieb, würde sie ihn also zum Mana-Pools-Nationalpark führen, wohin Doc und die anderen gefahren waren. Ian versuchte auszurechnen, wo sie jetzt wären, aber da er der Reiseroute nicht genug Aufmerksamkeit geschenkt hatte, hatte er keine Ahnung. Obwohl er schon eine Weile unterwegs war, zeigte der Tank noch knapp die Hälfte an, also war das kleine Auto sehr sparsam im Verbrauch, so dass er nicht so bald anhalten musste, um zu tanken. Er nahm sich vor, bei Tagesanbruch entweder in Chinhoyi, das auf der Karte wie eine grosse Stadt aussah, oder weiter weg eine Polizeistation aufzusuchen.

Vor ihm tauchten Lichter auf und er nahm den Fuss vom Gaspedal. Als er in den Rückspiegel schaute, sah er nichts.

In der Morgendämmerung rollte eine Gestalt, die einen Mantel trug, etwas, das wie ein leeres Ölfass aussah, in die Mitte der Strasse. Rechts davon stand eine Lehmziegelhütte, in der Licht brannte. Als Ian näher kam, sah er einen weiteren Mann, der mit einem Gewehr über der Schulter bewaffnet war. Beide Männer hatten Schirmmützen auf, und der Mann im Mantel hielt ein Schild vor das Fass, auf dem 'Polizei' stand.

Ian holte tief Luft und hätte am liebsten zu weinen begonnen.

Als er bremste und bei den beiden Männern ankam, die, wie er jetzt feststellte, eine blaue Uniform trugen, winkte der Mann im Mantel ihm mit der Hand und signalisierte so, er solle weiterfahren.

Stattdessen blieb Ian stehen.

Der Beamte im Mantel gähnte und hielt sich eine Hand vor den Mund. »Sie können fahren«, sagte er zu Ian.

»Nein.«

Der andere Beamte, der mit dem Gewehr, kam zu ihnen hinüber geschlendert. »Guten Morgen, wie geht es Ihnen?«

»Danke, gut. Mein Name ist ...«

»Wie geht es Ihnen, Sir?«, fragte der Mann im Mantel.

Ian fuhr sich mit der Hand durchs Haar. »Gut. Mir geht es gut, okay? Aber ich muss ein Verbrechen melden. Ich war ...«

»Ich bin Constable Moyo«, sagt der Mann mit dem Gewehr und deutete auf den anderen Beamten. »Und das ist mein Kollege, Constable Musena. Kann ich zuerst Ihren Führerschein sehen?«

Ian holte tief Luft, um sich zu beruhigen und schaute über die Schulter. »Ich habe keinen Führerschein bei mir.«

»In Simbabwe ist es eine Straftat, ohne Führerschein zu fahren«, sagte Constable Moyo.

»Ja, das weiss ich und es tut mir leid, aber ich wurde entführt und der Mann ...«

Constable Musena trat näher an das offene Fenster heran und spähte in den Golf. »Sind Sie der Besitzer dieses Fahrzeugs?«

»Nein. Bitte, hören Sie ...«

»Haben Sie die Zulassungspapiere und eine Erlaubnis des Eigentümers, dieses Fahrzeug zu fahren?«, fragte Moyo.

Ian wollte schreien. Er war müde, verängstigt und fühlte sich geprellt. »Bitte hören Sie mir doch zu!«

»Sie brauchen nicht in diesem Tonfall mit mir zu sprechen«, sagte Musena. »Steigen Sie bitte aus dem Auto.«

Ian umklammerte das Lenkrad so fest mit beiden Händen, dass er das Gefühl hatte, er zerbreche es. Sein Kopf sackte zwischen seine Arme.

»Steigen Sie aus dem Fahrzeug«, wiederholte Moyo.

Ian sah auf. »Nein, ich fahre einfach weiter. Wie weit ist es bis zur nächsten Stadt mit einer Polizeistation?«

Moyo entsichert sein Gewehr. »Steigen Sie aus dem Auto.«

Nun richtete der Polizist die Waffe auf ihn. Ian seufzte, öffnete die Tür und stieg aus. »Ich wurde gekidnappt!«

»Von wem?«, fragte Musena.

»Woher zum Teufel soll ich das wissen?«

»Beruhigen Sie sich«, sagte Moyo. »Und sprechen Sie leiser. Sagen Sie uns zuerst, woher Sie dieses Auto haben.«

»Ich habe es genommen.«

»Von wem?«, fragte Musena.

»Vom Entführer.«

Moyo hob die Augenbrauen. »Ohne seine Erlaubnis?«

»Ja, ohne seine verdammte Erlaubnis. Ich wurde in einem Haus festgehalten, irgendwo zwischen hier und Harare, wo auch immer das sein mag!«

»Sir, Ihr Tonfall …«

Ian schloss die Augen und ballte die Fäuste an seiner Seite. »Ich muss in eine Stadt, zu einem Telefon und zwar sofort. Können Sie mich bitte fahren?«

»Wir sind hier im Dienst.« Musena wies mit einer Geste auf ein zugewachsenes Feld und die Hütte. »Dies ist unser Stützpunkt, aber wir haben kein Fahrzeug. Wir werden einmal am Tag versorgt und wenn wir abgelöst werden, wieder abgeholt.«

»Wann kommt das nächste Fahrzeug?« fragte Ian.

»Morgen.«

Er spürte, wie ihm die Tränen in die Augenwinkel stiegen. *Wie kann so etwas nur passieren?*

Ian machte sich daran, wieder ins Auto zu steigen. »Ich danke Ihnen für Ihre Hilfe, meine Herren, aber ich muss bis zur nächsten Stadt weiterfahren.«

Moyo trat zwischen die Tür, versperrte Ian den Weg, griff schliesslich in den Volkswagen und zog den Schlüssel aus dem Zündschloss. »Sie bleiben hier, während wir Ermittlungen anstellen. Und falls sich

Ihre Geschichte nicht bestätigt, können Sie wegen Fahrens ohne Führerschein und Autodiebstahls angeklagt werden.«

»Nein!«

Moyo hielt sein Gewehr halb in die Höhe, als wäre Ian ein Verrückter und er müsse, für den Fall, dass Ian ihn angreife, auf der Hut sein. »Beruhigen Sie sich, Mister ...«

»Laidlaw. Mein Name ist Ian Laidlaw und ich bin australischer Staatsbürger. Sie haben bestimmt ein Telefon. Ich muss unbedingt das australische Hochkommissariat anrufen.«

»Wir werden sehen ...« Moyo trat einen Schritt weg auf die Strasse, denn wie Ian und Musena hatte auch er sich beim Geräusch eines herannahenden Automotors umgedreht.

Ian sah die Scheinwerfer, die aus der gleichen Richtung kamen, von der er gekommen war. »Das ist er«, zischte Ian. »Der Kidnapper!«

Musena und Moyo sahen zuerst sich gegenseitig an, dann Ian. Moyo zeigte auf den Strassenrand. »Sie, Herr... wie auch immer. Setzen Sie sich unter diesen Baum« und zu Musena gewandt: »*Shamwari*, gehen Sie in Position, denn dieser Mann könnte die Wahrheit sagen.«

Ian brauchte keine weitere Ermutigung. Er ging zu dem dornigen Baum, auf den Moyo hingewiesen hatte und hockte sich dahinter hin. Moyo hob sein Gewehr an die Schulter und zielte auf das herannahende Auto.

Ian spähte durch das Laub. Ein weisser Toyota HiLux kam auf sie zu. Er schlug die Hände zusammen, um sie vor dem Zittern zu bewahren. »Der Fahrer«, zischte Ian Musena zu, »ist bewaffnet und gefährlich. Er ist möglicherweise für den Mord an zwei oder drei Männern in Südafrika verantwortlich.«

Musena schaute ihn an. »Wirklich?«

Ian nickte.

Der Wagen kam näher und die Strasse machte eine Kurve, so dass der Toyota in einem schärferen Winkel stand. Ian sah, dass er ein Schnellboot schleppte. Seine Gedanken rasten. Hatte Tiefstimme – Ralph – vorgehabt, ihn zu einem Gewässer zu bringen, etwa zum Kyle-See, wo Docs Gruppe übernachtet hatte, oder zum Kariba-See oder an den Sambesi, wohin sie gefahren waren? Hatte Ralph ihn nicht einholen können, weil der kleine Golf schneller war als ein Pick-up, der ein grosses Boot schleppte? Ian sah nun auf der Rückseite des Bootes zwei grosse Aussenbordmotoren.

Musena stand auf, als sich das Fahrzeug näherte, schaute aber nicht zu Ian, während er sprach. »Ich glaube nicht, dass dies Ihr Mörder oder Entführer ist.«

Während Musena zu seinem Kollegen ging, der den HiLux angehalten hatte, schlich Ian parallel zum geparkten Fahrzeug durch den Busch. Aus dieser Position erkannte er, dass das Fahrzeug eine Doppelkabine hatte, was Musena zur letzten Bemerkung veranlasst hatte. Vorne sassen ein Mann und eine Frau und hinten zwei Kinder, ein Junge und ein Mädchen, mit einem Jack Russell dazwischen. Der Hund bellte und die Kinder lachten.

»Howzit«, sagte der Fahrer des HiLux zu Moyo. »Ihr seht aus, als wärt ihr für Action bereit, was?«

»Wir fahnden nach einem mutmasslichen Entführer«, sagte Moyo.

Der Fahrer warf die Hände hoch. »Ich bekenne mich im Sinne der Anklage schuldig.« Er blickte auf den Rücksitz. »Möchten Sie diese beiden Störenfriede etwas übernehmen?«

Moyo lachte und Ian fluchte leise. »War er wirklich wegen einer Familie und ihrem Boot so verängstigt gewesen?«

Der andere Polizist, Musena, stand am Beifahrerfenster und unterhielt sich mit der Frau. Bald würden die Polizisten schauen, wo er sei, und mittlerweile wären sie noch weniger geneigt, seine Geschichte zu glauben. Ian huschte vom Strassenrand zur Rückseite des Schnellbootes. Er hob seinen Kopf über das Heck und sah, dass die Polizei und die Familie an Bord immer noch abgelenkt waren.

Ian hievte sich hoch, kletterte zwischen den Aussenbordmotoren hindurch ins Boot und legte sich hin. Als der Fahrer des HiLux den Gang einlegte und losfuhr, spürte er ein Zittern. Ian blieb in Deckung, weil er befürchtete, die Familie könnte einen Blick auf ihn erhaschen oder die Polizisten in den Golf einsteigen und ihn verfolgen.

Seit seiner Entführung war Ian auf einer Adrenalin-Achterbahn und jetzt fühlte er sich bis zum Zusammenbruch erschöpft. Er legte sich zurück, schloss die Augen und schlief ein.

DER MANN, der sich Ralph nannte, fuhr zur Polizeisperre wo er zwar den kleinen Golf am Strassenrand geparkt vorfand, aber keine Spur von Ian Laidlaw.

Die Beamten waren gründlich und fragten ihn, ob er den Volkswagen oder den von ihnen beschriebenen Mann, der ihn gefahren hatte, schon einmal gesehen habe.

Laidlaw war einfallsreich und musste eine Mitfahrgelegenheit gefunden haben, möglicherweise bei der Familie mit dem Boot, die Ralph vorher hatte überholen lassen. Von seinen Nachforschungen und aus Gesprächen mit Einheimischen wusste er über die Standorte aller wahrscheinlichen Polizeisperren zwischen Harare und Mana Pools Bescheid.

Die Beamten hatten seinen HiLux zwar oberflächlich durchsucht, hätten aber selbst bei der gründlichsten Kontrolle Schwierigkeiten gehabt, den Kasten zu finden, den er unter dem Fahrzeug zwischen die Querträger des Fahrgestells geschweisst hatte und in dem seine Waffen versteckt waren.

Als die beiden Polizisten der Republik Simbabwe mit ihm fertig waren, winkte er ihnen gelassen zu. Er würde den flüchtenden Australier noch früh genug einholen.

Während der Fahrt dachte er an die Morde der letzten Tage und an die vielen anderen, die er im Laufe seines Dienstes begangen hatte. Einige, wie der Polizeidetektiv und die Ranger, bedauerte er, aber sie dienten alle einem bestimmten Zweck.

Er berührte das Bild von ihr in seiner linken Brusttasche. Er war der Einzige, der sich wirklich um sie kümmerte. Sie war das Töten wert – und ebenso, für sie zu sterben.

29

———

Ian öffnete die Augen. Die Morgensonne blendete ihn, bis ein Mann das Licht verdunkelte, der ein Messer auf seine Kehle richtete.

»Nicht bewegen!«, befahl der Mann.

Ian hob langsam die Hände und blinzelte zu dem Mann auf. »Nein, tue ich nicht.«

»Was sind Sie, eine Art Landstreicher?« Der Mann war breitbrüstig und hatte kräftige Bauchmuskeln, über denen er ein grünes, leichtes Safarihemd trug. Eine Sonnenbrille hing an einem Gummibügel um seinen Hals und er trug einen breitkrempigen Hut.

»Ein Landstreicher?«, sagte Ian. »Nein. Ich bin kein Obdachloser, sondern ein australischer Tourist und mein Name ist Ian Laidlaw. Ich wurde gekidnappt. Bitte ...«

»Gekidnappt?«

Ian erklärte, so kurz er konnte, was ihm passiert war und wie er auf dem Boot der Familie untergekommen war.

»Hmm ... Ja, ich erinnere mich, dass die Polizisten an der Strassensperre heute Morgen etwas von Entführern sagten. Ich bin Brian und meine Frau und meine Kinder sind im *Bakkie*. Ich war gerade pinkeln und habe einen Riesenschreck bekommen, als ich Sie in meinem Boot bemerkt habe.«

»Entschuldigung. Bitte«, sagte Ian, »ich weiss nicht, ob Sie mir helfen können, aber ich muss nach ...« er schloss die Augen, um sich an die Reiseroute zu erinnern, »ah, ja, nach Victoria Falls. Wo ist das von hier aus?«

»*Eisch*«, sagte der Mann, »vielleicht fünf- oder sechshundert Kilometer entfernt.«

»Kann ich dorthin fliegen?«

»Ich weiss es nicht. Wie viel Geld haben Sie? Es ist nicht billig.«

»Ich fürchte, ich habe weder Geld noch Kreditkarten – nichts. Nur das Telefon des Entführers.«

»Sehen Sie mich nicht so an, mein Herr. Wir sind hier in Simbabwe und ich habe kein Geld.«

»Kann ich mir bitte Ihr Telefon leihen, um einen Anruf zu tätigen?«

Brian nahm sein Handy aus der Tasche und überprüfte es. »Hier haben wir keinen Empfang, sondern erst, wenn wir in Kariba sind und das liegt vielleicht eine Stunde von hier entfernt. Bis dahin können Sie im Boot bleiben, Mister Ian Laidlaw und wenn wir in Kariba sind, wo es Empfang gibt, kann ich Sie vielleicht einmal von meinem Telefon aus anrufen lassen, aber dann gehe ich fischen.«

»Danke.« Ian nahm Brians Hand und drückte sie fest. »Vielen Dank.«

AM FLUGHAFEN von Kariba nahm Brians Frau Angela die Kinder mit ins kleine Terminal, ein einstöckiges Gebäude, das aussah, als stamme es aus den 1960er Jahren. Aus dem Dach ragte ein gedrungener gläserner Kontrollraum. Brian blieb mit Ian draussen beim Fahrzeug. Offensichtlich vertraute die Familie ihm nicht ganz.

»Zeit für den Gefangenen, seinen einzigen Anruf zu tätigen. Denken Sie daran, dass ich nur wenig Guthaben auf dem Telefon habe.«

Ian nickte. Auf sein Drängen hin hatte Brian die Anwaltskanzlei

Duffy and Partners in Potts Point, Sydney, gegoogelt und so Cassies Handynummer gefunden. Ian rief an und hielt den Atem an.

»Cassie Duffy am Apparat.«

»Cassie, ich bin's, Ian Laidlaw. Bitte rufen Sie mich unter dieser Nummer zurück. Es ist sehr wichtig.«

Er beendete das Gespräch und einige Sekunden später klingelte das Telefon.

»Ian, du meine Güte. Geht es Ihnen gut? Sind Sie in Sicherheit?«

Wieder erzählte er seine Geschichte und dieses Mal war er so erleichtert, dass ihm die Tränen in die Augen stiegen, doch er schluckte seine Gefühle hinunter. Ian blickte zum Himmel und erkannte, dass es hier viel heisser war. Irgendwo in der Nähe lag der Kariba-See, der sich mehr als dreihundert Kilometer westwärts in Richtung Victoria Falls, seinem nächsten Ziel, erstreckte.

Während sie sich unterhielten, kam Angela zu ihnen.

»Es gibt während der nächsten zwei Tage keine Flüge nach Victoria Falls oder Harare«, sagte sie.

Ian sah zu Brian. »Gibt es eine andere Möglichkeit, zu den Victoriafällen zu gelangen?«

Brian dachte einen Moment lang nach. »Die Kariba-Fähre, die jahrelang nicht in Betrieb war, fährt wieder. Vielleicht haben Sie ja Glück.«

Ian gab die Neuigkeiten an Cassie weiter, die sagte, sie bitte ihre Assistentin, die Abfahrtszeiten zu prüfen. »Kann ich dich zurückrufen, Ian?«

Es widerstrebte ihm, die Verbindung zur Aussenwelt aufzugeben. »Nein, warte, ich muss nachfragen.« Ian hatte Brian gesagt, er habe das Telefon des Entführers und Angela warf ein, Cassie könne auf dieses zurückrufen. Ian kannte die Nummer des Telefons nicht, aber Angela nahm es ihm ab und fand sie in den Einstellungen.

»Es ist eine südafrikanische Nummer«, verkündete Angela, »deshalb können wir Ihnen leider nicht helfen, Gesprächszeit aufzuladen. Aber immerhin kann Ihre Freundin in Australien Sie anrufen.«

Sie versuchten es und ein paar Minuten später rief Cassie ihn auf dem gestohlenen Telefon an. Ian stellte den Lautsprecher ein.

»Ian, meine Assistentin hat die Fährgesellschaft ausfindig gemacht. Das Schiff fährt heute Morgen um 10 Uhr. Das muss in Ihrer Zeit schon beinahe jetzt sein, richtig?«

»In zwanzig Minuten«, sagte Brian. »Ich weiss, wo die Fähre abfährt – im Hafen von Andora. Wenn wir jetzt losfahren, können wir es schaffen.«

»Fahrt, schnell!«, sagte Cassie. »Und ich kontaktiere Denise Rado für Sie und informiere sie darüber, dass Sie auf dem Weg nach Victoria Falls sind. Martin Dickey und ich hatten heute Morgen, nachdem sie Ihre Videobotschaft erhalten hat, ein Teamgespräch mit Denise. Zumindest sollten Sie auf der Fähre sicher sein, denke ich. Das Schiff bringt Sie an einen Ort, dessen Name ich nicht einmal aussprechen kann – er beginnt mit einem 'M'. Ich bitte Denise, Sie dort abzuholen und dann können wir Sie über Johannesburg nach Australien zurückfliegen.«

»Okay, danke Cassie.« Wieder zögerte er, aufzulegen, aber Brian tippte auf seine Uhr.

Ian blieb im Boot, während Brian fuhr, was in Australien verboten gewesen wäre. Trotzdem war es für ihn ein Moment reinster Freude, die Brise auf seinem Gesicht zu spüren und sich ausruhen zu können.

Der Kariba-See war ein glitzerndes Binnenmeer, das sich so weit erstreckte, wie sein Auge reichte. Sie fuhren auf einer kurvenreichen Strasse, die dem Wasser entlang um Buchten mit Hotels, Lodges und Wohnhäusern führte, von riesigen Villen, die, wie das Flughafengebäude, den Eindruck machten, als stammten sie aus der Mitte des zwanzigsten Jahrhunderts, bis hin zu bescheidenen Hütten aus Wellblech.

In der Nähe der Abzweigung zu einem Ort namens 'Charara Harbour' kamen sie an einer Elefantenherde vorbei und auf ihrem Weg durch die dichter besiedelten Gebiete sah Ian Herden von jeweils vier oder fünf Zebras, die am Strassenrand und zwischen Häusern und Geschäften grasten.

Brian bahnte sich seinen Weg durch einen belebten Teil der Stadt. Eine Frau sah vor ihrer Hütte von einem Becken, in dem sie Wäsche wusch, auf und zwei Männer, die vor einer Bar am Strassenrand aus braunen Bierflaschen tranken, starrten ihn an, als er vorbeifuhr. Ein Kindertrio, zwei Jungen und ein kleines Mädchen, riefen, lachten und rannten dem Boot hinterher, als Ian ihnen zuwinkte. Der Geruch von Holzrauch lag in der Luft und irgendwo dröhnte ein tiefer Bass aus einer alten Stereoanlage oder einem Ghettoblaster. Ian genoss die simple Tatsache, einfach nur am Leben zu sein.

Die Zufahrt zum Abfahrtsort der Kariba-Fähre war steil und kurvenreich und Brian wollte nicht riskieren, mit seinem Boot hinunterzufahren und dann umkehren zu müssen, also hielt er am Eingangstor zum Hafen.

»Weiter kann ich Sie nicht bringen, Ian. Viel Glück.«

»Nochmals vielen herzlichen Dank«, sagte Ian und schüttelte Brians Hand.

Angela kam zu ihm und reichte Ian eine Einkaufstasche aus Plastik. »Sie sehen schlimm aus, Ian. Ich habe eins von Brians alten Fischerhemden und ein Paar Shorts für Sie gefunden. Die sind sauber.«

Ian umarmte Angela. Er war über die Grosszügigkeit des Paares gerührt. Er liess sich ihre Nummer geben und speicherte sie auf dem Telefon des Entführers. Er würde ihnen, sobald es ihm möglich war, ein Geschenk oder etwas Geld als Dank schicken. Ian winkte der Familie zum Abschied zu und schaute auf seine Uhr. Es war 9.55 Uhr und bereits heiss und schwül. Er rannte die betonierte Einfahrt hinunter.

»Kein Grund zur Eile, Sir«, sagte ein Mann in einem blauem Overall, der den Hügel hinaufging. »Wir warten noch auf ein Fahrzeug.«

Als er eine Terrasse in den Hügeln erreichte, von der aus er einen kurzen Blick auf den Hafen werfen konnte, verlangsamte Ian seinen Schritt.

Es gab zwei Kariba-Fähren, aber die erste, die Ian sah, war kaum schwimmfähig. Das rostige Beinahe-Wrack der 'Horse' sah aus, als wäre es torpediert worden. Das Boot und sein Zwilling, die ‘Sea Lion’, ähnelten militärischen Landungsbooten mit einer langen, niedrigen Kabine über dem Stauraum für die Fahrzeuge und einem kleinen, kastenförmigen Aufbau mit aufgeklebten Fenstern, in dem der Kapitän sass. Er spürte, dass sich seine gute Laune beim Anblick der alternden Fähren zu trüben begann, denn er fragte sich, ob sie es überhaupt über die gesamte Länge des Sees schaffe.

Die ‘Sea Lion’ war an der vorderen Rampe vertäut und als Ian sich näherte, sah er, dass bereits zwei Autos an Bord und unter dem Unterkunftsdeck verstaut waren. Ian ging zu einem schlanken, grauhaarigen Mann, der kurze Hosen und ein offenes Hemd trug und rauchte.

»Hallo, ich bin Ian Laidlaw«, stellte er sich vor.

Der Mann schaute auf die Uhr. »Guten Morgen, ich bin Clive. Wir haben auf Sie gewartet. Aber keine Sorge, wir warten noch auf einen weiteren Wagen. Falls dieser aber in den nächsten zehn Minuten nicht auftaucht, fahren wir ohne ihn.«

Auf dem Oberdeck waren Leute. Ein älteres Ehepaar, das auf Regiestühlen an einem runden Tisch sass und ein weiterer Mann und eine Frau, jünger und in Safarikleidern, lehnten an der Reling und schauten auf ihn hinunter. Ian fragte sich, was sie von ihm dachten, so unrasiert und in schmutzigen Kleidern, mit seiner Einkaufstasche aus Plastik. Obwohl er im hinteren Teil des Bootes geschlafen hatte, war er immer noch müde.

Ian ging die Rampe hinauf, nickte zwei Deckhelfern zu und stieg dann eine Metalltreppe zum Deck hinauf. Die anderen Passagiere begrüssten ihn mit einem Nicken und der junge Mann streckte eine Hand aus.

»Hallo, ich bin Sven und komme aus Schweden«, sagte er. Er deutete auf seine Partnerin, die lange dunkle Haare hatte. »Und das ist Maria.«

»Hallo, ich bin Ian«, antwortete er, »und bin Australier.«

Sven blinzelte. »Ich dachte, du wärst von hier. Du siehst aus, als hättest du eine Geschichte zu erzählen.«

Oder vielleicht eines Tages zu schreiben. »Ja, das stimmt, habe ich tatsächlich.«

Ian betrat das geschlossene Deck, einen offenen Raum mit vier Reihen von Stühlen mit Metallrahmen, von denen zwei bereits zu Betten mit grünen Segeltuchmatratzen umfunktioniert worden waren. Alle Seiten des Raumes waren von Fenstern umrahmt, die eine willkommene Brise durchströmen liessen. Durch eine offene Servierluke am hinteren Schott konnte Ian sehen und riechen, dass eine Mahlzeit zubereitet wurde und die mit Tischtüchern bedeckten Tische waren bereits für das Mittagessen gedeckt. Ein Koch in Weiss winkte ihm zu, und Ian spürte, wie sein Magen knurrte.

Seine Stimmung begann sich zu heben. Wie er gehört hatte, dauerte es etwa vierundzwanzig Stunden, bis sie ihr Ziel, Mlibizi, am westlichen Ende des Sees, erreichten. Er ging zu einem Serviertablett, das auf einem Tisch stand, bediente sich mit einer Tasse Instantkaffee und einigen Keksen und wanderte damit auf das Deck, wo er lächelnd an der Reling stehenblieb, bis er ein Fahrzeug sah, das die Zufahrtsstrasse zur Fähre hinunterfuhr.

Es war ein weisser Toyota HiLux mit einem Mann am Steuer.

30

Doc stiess die Tür ihres Zimmers in der Frühstückspension auf und schritt über den schwarz-weissen Schachbrettfliesenboden zur Holztreppe.

Das alte Gebäude war umgebaut und nach oben hin erweitert worden und die Zimmer befanden sich auf zwei Etagen, mit einer Bar und einer Aussichtsplattform im obersten Stockwerk. Doc nahm schnell die Treppe, ging zu Saras Zimmer und klopfte.

»Doc?« Sara öffnete, ihr blaues, ärmelloses Hemd zuknöpfend, die Tür. »Oh, du siehst richtig glücklich aus.«

»Ians Anwalt hat mich gerade angerufen. Ian konnte sich befreien und fliehen. Er ist unterwegs!«

Sara streckte die Arme aus und sie umarmten sich für einen Augenblicke. »Wo ist er?« fragte Sara.

»Er ist auf einer Fähre, die von Kariba nach Mlibizi fährt und sollte morgen früh gegen 10.30 Uhr dort ankommen. Ich habe im Internet nachgesehen – von hier sind es etwa 250 Kilometer. Wir können es in drei Stunden schaffen.«

»Das sind grossartige Neuigkeiten, Doc. Dann müssen wir jetzt nur noch herausfinden, wer ihn entführt hat.«

Doc nickte. »Das ist die Aufgabe der Polizei. Apropos, hat jemand Jason gesehen?«

»Nicht, dass ich wüsste«, sagte Sara. »Ich war heute Morgen joggen und jetzt gerade schwimmen. Dabei habe ich Sue gesehen. Sie sah besorgt aus, obwohl sie mir nicht die Art von Frau zu sein scheint, die sich über vieles Sorgen macht.«

»Ich weiss, was du meinst«, sagte Doc. Auch von Geoff gab es immer noch nichts Neues, ausser dass er gesagt hatte, er nehme einen Fernbus von Harare nach Victoria Falls. Doc wollte nicht paranoid sein, fragte sich aber dennoch, ob es Zufall sei, dass beide, Geoff und Jason, zur selben Zeit, als Ian entführt wurde, abwesend waren. Sie vermutete im Moment hinter allem eine Verschwörung.

»Und wo sind die anderen heute Morgen?«, fragte Sara.

Doc war früh aufgestanden, seit sie mit Ians Anwältin Cassie in Australien telefoniert hatte, war bereits einige Zeit vergangen. Sie sah auf die Uhr. Es war bereits Mittag. »Margaux bringt Zola, Moses, Pär und Eva nach Victoria Falls und danach gehen sie für das Mittagessen ins Lookout Café.«

»Hat Zola in Moses' Telefon etwas gefunden?«, erkundigte sich Sara.

»Nein, noch nicht. Ich habe sie heute Morgen, als ich nach dem Frühstück einen Moment mit ihr allein sein konnte, gefragt. Sie sagte, Moses mache normalerweise am Nachmittag ein Nickerchen, also wolle sie es erst versuchen, wenn sie heute vom Mittagessen zurückkommen, oder sogar später am Abend.«

»Okay und wie lautet unser Plan?«, wollte Sara wissen.

Doc hatte sich mehrmals über Saras Annahme geärgert, sie werde in alles, was Doc tat, miteinbezogen, weil sie einen Film über sie drehe, aber im Moment war sie dankbar, die mutige Norwegerin an ihrer Seite zu haben. Ian war jetzt zwar frei, aber Doc wollte wissen, wer hinter der Entführung steckte und dazu musste sie diese Rundreise zu Ende bringen. Ihre Priorität lag jetzt auf Ians Sicherheit und Wohlbefinden, nicht darauf, Reiseleiterin zu spielen.

»Ich werde Pär und Eva mit Margaux weiterschicken«, sagte sie zu Sara. »Sie kann sie mit nach Namibia nehmen, aber ich bezweifle, dass Ian weiter auf Besichtigungstour gehen will. Er wird mit der Polizei reden müssen und nach allem, was er durchgemacht hat, würde ich es ihm nicht verdenken, wenn er das erste Flugzeug zurück nach Sydney nähme.«

»Und ich nehme an, wir beide holen ihn, wenn die Fähre morgen in Mlibizi anlegt, dort ab?«, fragte Sara.

Doc nickte. »Ja. Ich sage Margaux, dass wir ihren Land Cruiser ausleihen müssen. Sie kann hierbleiben und ein Auge auf die anderen werfen. Wir wollten sowieso morgen früh nach Botswana und Namibia aufbrechen, wenn wir also Ian abholen und hierher nach Victoria Falls bringen, bleibt Margaux nur ein paar Stunden hinter dem Zeitplan zurück. Ich sage den anderen, dass wir zusätzliche Vorräte für die Reise einkaufen gehen.«

»Und was ist mit Moses?«, fragte Sara.

»Das hängt davon ab, ob Zola heute Nachmittag oder heute Abend überhaupt etwas herausfindet, und wenn ja, was.«

»Wir müssen also erst einmal nur warten?«

Doc nickte. »Genau.«

Ian erbat sich von Sven, dem schwedischen Touristen, Seife und schrubbte sich in der kleinen Duschkabine auf einer Seite des hinteren Teils des Fährdecks. Danach zog er sich die sauberen Kleider an, die Angela ihm gegeben hatte und machte sich auf den Weg durch den Saal und hinaus auf die vordere Aussichtsplattform.

Der Mann, der kurz vor der Abfahrt auf die Fähre gefahren war, sass auf einem der ausklappbaren Schlafsessel in der hinteren Ecke des geschlossenen Raums und las ein Taschenbuch. Während er so tat, als geniesse er die Aussicht, beobachtete ihn Ian. Er musterte den Mann, dessen Statur mit der von Tiefstimme, seinem Entführer, übereinzustimmen schien.

Es war später Nachmittag, die Sonne in ein dunstiges, rauchiges Band schwimmender Grautöne über dem Wasser gesunken und das Licht färbte die Oberfläche des Sees wie glänzendes, geschmolzenes Blei. Am Ufer zu ihrer Linken lag ein Reservat namens Bumi Hills und Ian konnte Elefanten, Wasserböcke, Impalas und einige Zebras ausmachen. Vor ein paar Tagen wäre er noch in Verzückung geraten, aber jetzt war er einfach nur verängstigt.

Er schaute sich den Mann noch einmal an. Ein Weisser, vermutlich Mitte dreissig, mit sandfarbenem, kurzgeschnittenem Haar. Er sah fit und muskulös aus und trug eine khakifarbene Cargohose und ein graues Poloshirt. Sein Gepäck an Bord – Ian nahm an, der Grossteil seiner Ausrüstung befinde sich in seinem Toyota HiLux unter Deck – bestand aus einem Tagesrucksack in Tarnfarben, was Ian wieder an das militärisch aussehende Bettzeug erinnerte, das er im Haus, in dem ihn der Kidnapper gefangen hielt, gesehen hatte.

Der Mann blieb für sich.

Sven kam herüber und lehnte sich an die Reling, neben der Ian sass. »Hast du den Kudubock gesehen?«

Ian blinzelte über das Land. »Oh, ja. Aber sag mal, hast du drinnen mit dem Typen gesprochen? Dem, der zu spät an Bord gekommen ist?«

Sven zuckte mit den Schultern. »Ganz kurz. Er schien nicht viel reden zu wollen, und als ich versuchte, ein Gespräch zu beginnen, sagte er mir, er sei müde und wolle sich ausruhen.«

Ian nickte. Er hatte den Mann nach dem Mittagessen, das aus Wurst und Salat bestand, schlafen sehen.

»Hat er dir seinen Namen gesagt?«

»Ja, er heisst Ralph«, sagte Sven.

Ian zitterte. Er hatte sich gefragt, ob er unter Verfolgungswahn leide, aber jetzt musste er die Hände auf den Tisch vor sich legen, um das Zittern zu unterdrücken. Woher hätte Ralph wissen sollen, dass er zur Kariba-Fähre fahren würde?

»Ist bei dir alles in Ordnung, Ian?«, fragte Sven. »Du hast eine schreckliche Zeit hinter dir.«

Ian hatte Sven seine ganze verrückte Geschichte erzählt, obwohl er sich dabei Sorgen machte, dass Sven ihn vielleicht für wahnsinnig hielt. Sein Telefon piepte.

Er nahm es aus der Tasche und schaute auf das Display. »Ja!«

»Gute Nachrichten?«, erkundigte sich Sven.

So war es wirklich, nämlich eine SMS von Doc, die schrieb: *Hallo, ich bin's, Doc. Ich bin so froh, dass es dir gut geht! Sara und ich holen dich in Mlibizi ab. Ich schicke dir von meinem südafrikanischen Telefon ein bisschen Gesprächsguthaben, damit wir reden können. XX.*

Wieder spürte er einen Anflug von Erleichterung und grinste über die Küsse, die sie ihm geschickt hatte. Das Telefon piepte wieder und Ian sah, dass der versprochene Kredit auf sein Handy geladen worden war. »Entschuldige mich bitte, Sven.«

»Natürlich.«

Eine Formation von Wasservögeln – Kormorane, vermutete er – flog im Tiefflug vor dem Schiff her, wobei ihre Flügel die spiegelglatte Oberfläche des Sees fast streiften. Hinter ihm dröhnten die Dieselmotoren und auf dem Stahlboden unter seinen Füssen spürte Ian ihre Vibrationen. Er begab sich in die äusserste Steuerbord-Ecke des offenen Vordecks, um sowohl im ruhigsten Teil der Fähre als auch möglichst weit entfernt von dem geheimnisvollen Ralph zu sein. Er wählte die Nummer, von der Doc eine Nachricht geschickt hatte.

»IAN!« Doc war vor dem zweiten Stock des '@528', der Frühstückspension, in der sie in der Reynard Road wohnten. Sie sass auf einer Sitzgarnitur im Freien unter einem Sonnenschirm auf der Holzterrasse. In der Ferne erhob sich der rauchartige Nebel der Victoriafälle über dem Sambesi.

Sara kam mit zwei Flaschen Wasser aus der Selbstbedienungsbar gelaufen und setzte sich neben Doc, damit sie das Gespräch mithören konnte.

»Doc ...«

»Wie geht es dir?«

»Ziemlich gut. Aber ich habe dir so viel zu erzählen und vielleicht leide ich unter Verfolgungswahn, aber ich bin mir ziemlich sicher, dass einer der Kerle, die mich entführt haben – irgendwann waren es zwei – mit mir hier auf der Fähre ist.«

Doc japste nach Luft. »Ian, du musst vorsichtig sein. Sag es dem Kapitän, oder jemand anderem!«

»Hör mir zu, Doc. Dieser Mann, der mich, wie ich glaube, entführt hat und mir gefolgt ist ... sein Name ist Ralph.«

Doc spürte, dass ihr Herz zu hämmern begann.

»Doc?«, fragte Ian, »bist du noch da? Das Netz ist hier nicht gut, es kommt und geht.«

»Ja, ja, ich bin hier, Ian.«

»Ich habe auf diesem Telefon eine Nachricht gefunden, in der der Anrufer den Besitzer des Telefons mit 'Ralph' anspricht und ihm schreibt, er habe gute Arbeit geleistet. Es könnte ein Versehen des Absenders gewesen sein, den Namen zu verwenden, aber ich habe mich daran erinnert, was du mir über deinen Online-Freund erzählt hast.«

Doc schloss die Augen und spürte die Wut, den Schmerz und die Scham über den Verrat und darüber, dass sie sich beinahe von einem anderen Mann hätte verführen und benutzen lassen. War Ralph von Anfang an ein Spitzel gewesen, jemand, der es geschafft hatte, sie ins Visier zu nehmen, ihr Informationen zu entlocken und diese an eine andere Person weiterzugeben?

»Doc, ich vermute, der andere Typ, Ralphs Kontaktmann, ist Moses. In den Nachrichten ist immer wieder davon die Rede, dass er es auf dich abgesehen hat und dich verunsichert halten will. Ich kann mir nicht vorstellen, dass es jemand anders sein könnte.«

Doc hätte zahlreiche Wilderer nennen können, die sie hinter Gitter gebracht hatte und die sich gern an ihr gerächt hätten, aber die hätten eine Kugel benutzt, anstatt sie einzuschüchtern oder Menschen, die sie liebte, anzugreifen.

Wie Ian.

Diese Erkenntnis traf sie fast so hart, wie die Nachricht von der Täuschung.

»Sara und ich sehen dich morgen in Mlibizi, sobald du landest.«

»Doc, ich ...«

»Ja? Was, Ian?«

Die Leitung war tot.

. . .

Mᴏɴᴅʟɪᴄʜᴛ ɢʟɪᴛᴢᴇʀᴛᴇ ᴀᴜғ ᴅᴇᴍ Kᴀʀɪʙᴀsᴇᴇ, als die Fähre durch die Nacht tuckerte. Ian sass mit Sven und Maria an einem Tisch auf dem Vorderdeck. Er hielt sich eine Hand vor den Mund und gähnte.

»Schlafenszeit«, verkündete Maria. Sie schaute in den Schlafbereich, in dem es jetzt grösstenteils dunkel war und wo die Innenbeleuchtung bis auf eine einzige Lampe ausgeschaltet war. »Es sieht aus, als schlafe der Kerl.«

Ian hatte Sven und Maria nicht nur die Geschichte seiner Entführung erzählt, sondern auch, dass er den zu spät gekommenen Passagier für Ralph hielt. Er blickte zu Ralph hin, der in seinem Tarnschlafsack steckte. Ian war sich hundertprozentig sicher, dass es derselbe Militärschlafsack war, den er im Haus gesehen hatte. Ralph hatte, abgesehen von seinem kurzen Gruss an Sven, weder zu ihm noch zu irgendjemand anderem auf dem Boot ein Wort gesagt.«

»Wir können uns heute Nacht beim Schlafen abwechseln«, schlug Sven vor.

Ian hatte seinen neuen Gefährten gegenüber ein schlechtes Gewissen. »Ach, ihr müsst denken, ich sei verrückt, aber das finde ich eine grossartige Idee, denn es könnte ja wirklich sein, dass dieser Kerl mir nach wie vor etwas antun möchte.«

»Das ist Afrika«, sagte Sven. »Eine Sache, die ich in diesem Urlaub gelernt habe, ist, dass hier jeden Tag unglaubliche Sachen passieren.«

Dieser Aussage konnte Ian nicht widersprechen. »In Ordnung. Ich gehe jetzt ins Bett und wir sehen uns morgen früh.« Er stand auf und ging an den vorbereiteten Schlafsesseln vorbei hinein und von dort hinaus in die Herrentoilette. Nach dem Benutzen der Toilette wusch Ian sich die Hände und das Gesicht, dann spülte er sich den Mund aus. Er betrachtete sein hageres Gesicht im Spiegel. Er freute sich darauf, Doc morgen zu sehen, obwohl er sich wünschte, in besserer Verfassung zu sein.

Ian öffnete die Tür und trat in den schmalen Gang, der zur Kabine führte, aber sein Weg war versperrt.

Ralph stand da und starrte ihm in die Augen. Er war es.

Ein Adrenalinstoss jagte durch Ians Adern, als Ralph hinter seinen Rücken griff.

Ian warf einen Blick über die Schulter. Er konnte in diese Richtung laufen, dann die Treppe zum hinteren Deck hinauf, wo er die Mannschaft vorhin hatte essen hören und wo die Brücke über dem Schlafbereich lag. Aber konnte er den Kapitän erreichen, bevor Ralph ihn niederstach oder sonst eine Waffe benutzte, nach der er griff? Sven und Maria befanden sich immer noch auf dem Vorderdeck.

Ian öffnete den Mund, um zu schreien, doch im selben Moment bemerkte er, dass Ralph eine Zahnbürste und Zahnpasta aus der Gesässtasche seiner Hose zog.

Ralph lächelte ihn an. »Entschuldigen Sie«, sagte er mit tiefer Stimme.

Ian hielt den Atem an, als Ralph vorbeiging. Er kam ihm fast so nah, dass er seinen ehemaligen Entführer, der in das winzige Badezimmer ging, hätte berühren können.

Ian stürmte durch die Kabine, zu Maria und Sven, die sich gerade auf ihre Betten legten.

»Hey, ist alles in Ordnung?«, fragte Sven.

»Ja. Nein. Ich weiss es nicht.«

Ian ging nach draussen und zog Ralphs Telefon aus der Tasche. Die Ungewissheit und die Angst zehrten von innen an ihm. Er schaltete das Telefon ein und sah, dass er wieder Empfang hatte, aber der Akku beinahe leer war. Er sollte warten, bis er mit Doc zusammen war und sie die Polizei einschalten konnten, anstatt selbst zu versuchen, herauszufinden, wer Ralph seine Befehle gab.

»Scheiss drauf«, sagte Ian.

Er öffnete die Nachrichten-App ʻTelegraphʼ und fand die Kontaktdaten desjenigen, der mit Ralph kommuniziert hatte. Die Nummer begann mit +27, was, wie Ian nun wusste, die Landesvorwahl für Südafrika war. Er holte tief Luft und wählte die Nummer.

Es klingelte einmal, dann ging der Anruf direkt auf die Mailbox. Ian presste das Telefon ans rechte Ohr, die andere Hand legte er über sein linkes Ohr, um das Dröhnen der Dieselmotoren auszublenden.

Sie haben Doktor Moses Khumalo angerufen. Bitte hinterlassen Sie eine Nachricht.

ZOLA SPÜRTE, wie ihr Herz klopfte, als sie Moses' Telefon an ihre blosse Brust drückte und den Klingelton auf lautlos stellte. Sie sass nackt und zitternd auf der Toilette im Bad des Zimmers des Professors in '@528'.

»Zola?« Seine Stimme klang schlaftrunken.

»Ich bin gerade auf der Toilette.«

»Aha, in Ordnung.« Sein Gähnen klang wie das Gebrüll eines Löwen, der in der Nacht nach einer Gefährtin ruft oder einen Konkurrenten zum Kampf auffordert.

Sie spülte, obwohl sie die Toilette nicht benutzt hatte, löschte das Licht, bevor sie die Tür öffnete und ging zurück ins Schlafzimmer. Er lag von ihr abgewandt auf der Seite, also steckte sie sein Handy schnell wieder in seine offene Tasche, aus der sie es genommen hatte. Nach dem Besuch der Wasserfälle hatte Moses auf sein Mittagsschläfchen verzichtet und sich stattdessen für sie entschieden, wie er dies an der Universität manchmal zwischen den Vorlesungen in seinem Büro tat.

Moses rollte sich auf den Rücken. »Wie spät ist es? Irgendetwas hat mich geweckt, das wie ein Wecker klang.«

»Es ist spät.« Sie schlüpfte zwischen die gestärkten weissen Laken, streckte eine Hand aus und strich ihm über die Stirn. »Du hast wohl geträumt.«

Er lächelte. »Von dir.«

Sie küsste ihn auf die Lippen. »Schlaf jetzt wieder.«

»Nein, jetzt bin ich wach. Spürst du?«

Er nahm ihr schlankes Handgelenk in seine Hand und führte es zu seiner Hüfte und weiter. Zola schloss die Augen, allerdings nicht vor Entzücken, sondern vor Angst.

Moses streckte eine Hand aus, die andere legte er um ihren Hals.

Als er sich auf sie legte, quetschte sich eine Träne zwischen Zolas geschlossenen Lidern hervor.

31

Doc hatte ein paar Stunden geschlafen, war aber, als es um 6.30 Uhr an ihrer Tür klopfte, wach und angezogen.

»Zola, kommen Sie herein.« Doc spähte auf den Korridor hinaus und die Studentin huschte herein. Zola trug ein einfaches, aber hübsches geblümtes Sommerkleid und Sandalen. Niemand sonst hatte sie hereinkommen sehen.

Zola rang die Hände. »Ich konnte mich gerade noch rausschleichen. Moses schläft noch, wird aber um halb acht frühstücken gehen.«

»Bis dahin muss ich weg sein. Ich hole Ian um zehn Uhr dreissig in Mlibizi ab.«

Zola nickte. »Dann stimmt also, dass Ian nicht nach Australien zurückgeflogen ist?«

»Ja, das ist richtig«, bestätigte Doc, »aber wie kommen Sie darauf?«

»Ich habe mitten in der Nacht im Badezimmer einen Blick auf Moses' Telefon geworfen. Doc, da war so viel zu lesen. Es sah aus, als habe Moses jemand namens Ralph eine Nachricht geschickt, er solle jemanden holen, wie bei einer Entführung. Dabei schrieben Moses und der andere Typ ständig über 'den Australier' und wie sie Sie,

Doc, unter Druck setzen wollten, indem sie ihr Opfer dazu brachten, eine Videoaufnahme zu machen. Was ist mit Ian passiert? Wurde er verletzt?«

»Er wurde entführt und sie haben ihn zusammengeschlagen. Es waren zwei Männer, aber Ian konnte entkommen und nahm das Telefon des Entführers mit.«

Zola schlug eine Hand vor den Mund. »Während ich es mir gerade angeschaut habe, hat jemand auf Moses' Telefon angerufen. Er wachte auf und hätte mich fast erwischt. Es war die gleiche Nummer, die Moses jeweils angerufen hat.«

Doc nickte. »Das muss Ian gewesen sein, der versuchte, herauszufinden, wer den Entführer beauftragt hat.«

»Du meine Güte«, schüttelte Zola den Kopf. »Das war Moses. Ich weiss, dass er kein netter Mensch ist, hätte aber nicht gedacht, er könnte so tief sinken, dass er den Auftrag für eine Entführung gäbe. Aber da ist noch mehr, Doc.«

Doc begann ihre Sachen zu packen, um Ian abzuholen. Sie hatte ihren Tagesrucksack dabei und das Portemonnaie mit den US-Dollar, mit denen sie das ihr gestohlene Bargeld in Victoria Falls an einen Geldautomaten ersetzt hatte. Ian hatte weder Kleidung noch Toilettenartikel, also würden sie Sachen für ihn besorgen müssen. »Was zum Beispiel?«

»Moses hat auch seinem Bruder, Big Joe, eine Nachricht geschickt, in der er ihn über 'den Australier' und so weiter auf dem Laufenden hielt und ihm berichtete, wie er es geschafft habe, dass du den Mund hältst – das waren seine Worte.«

Doc hörte mit dem Einpacken auf und stand einen Moment lang still. Das Ausmass dessen, was geschehen war, wurde ihr erst jetzt bewusst. Sie musste mit der Polizei sprechen, aber mit wem, wo, und in welchem Land überhaupt? Falls Jason Chow jemals auftauchte, wäre dies ein guter Anfang gewesen, allerdings war sich Doc immer noch nicht sicher, ob sie ihm völlig vertrauen könne.

Und wie sollte sie Moses gegenüber reagieren? Ihn zur Rede stellen? »Gab es in den Nachrichten, die Sie auf Moses' Telefon gesehen haben, irgendeinen Hinweis darauf, dass er weiss, dass Ian fliehen konnte?«

Zola schüttelte den Kopf. »Nein. In seiner letzten Nachricht an Ralph bat er ihn um ein Update.«

Doc ging zur Nespresso-Maschine und steckte eine Kapsel hinein. »Möchten Sie einen Kaffee?«

»Nein, danke«, gab Zola zurück.

Doc beschloss, Moses noch keine Vorhaltungen zu machen. Solange er nicht wusste, dass Ian frei war, tat er wohl kaum etwas Unüberlegtes – oder wurde gewalttätig. Sie lächelte innerlich, als sie sich Moses' Gesichtsausdruck vorstellte, wenn sie und Ian ihn mit Ralphs Telefon konfrontierten. Ihre Miene verdüsterte sich allerdings, als sie an die Zeitachse ihrer Online-Beziehung zu Ralph und an die Details, die sie mit ihm geteilt hatte, dachte. Sie war sich sicher gewesen, darauf zu achten, ihm nicht zu viele sensible Informationen über ihre Arbeit zu geben, hatte es aber vielleicht doch getan. Ralph war ungefähr zu der Zeit in ihre Welt getreten, in der Moses deutlich gemacht hatte, dass er die Leitungsfunktion an der Universität übernehmen wolle und Docs Name in aller Mund gewesen war. Und der mysteriöse und gefährliche Ralph war immer noch auf freiem Fuss.

»Ich habe noch mehr«, sagte Zola.

»Fahren Sie fort.«

»Big Joe kommt nach Victoria Falls. Heute.«

»*Was?*«

Zola nickte. »Ich fürchte ja, und ich habe Angst vor ihm, Doc. Moses hat ihm erzählt, er stehe mit dem Vizekanzler einer Universität Simbabwes – er hat nicht gesagt, mit welcher – in Kontakt. Dieser Mann müsse grössere Bauarbeiten auf seinem Campus durchführen und wolle mit Joe über eine Ausschreibung sprechen. Ich denke, die Schlussfolgerung ist, dass sie genau das tun würden, was angeblich an unserer Universität passiert ist, nämlich, dass Bestechungsgelder den Besitzer wechseln, der Preis überhöht und am Ende die Regierung die Rechnung bezahlen würde. Moses hat Big Joe gesagt, zehn Kilometer vor Victoria Falls, zwischen der Stadt und dem Flughafen werde ein Mittelsmann, am Strassenrand auf ihn warten.

Doc schlug sich an die Stirn. Wo war die Polizeieinsatzgruppe, wenn man sie brauchte?

»Zola, Sie müssen sofort aus Simbabwe verschwinden.«

»Aber ...«

Doc hob eine Hand. »Sie haben tolle Arbeit geleistet, aber ich kann den Gedanken nicht ertragen, dass Ihnen etwas zustossen könnte, wenn Moses herausfindet, was wir jetzt wissen. Oder dass sein Bruder, dieses Schwein, Sie sieht und Wind davon bekommt, dass Sie Informationen über ihn weitergegeben haben. Und ich muss auch an Sue, Pär und Eva denken.«

»Ich möchte lieber bleiben und Ihnen helfen, Doc.«

Doc legte beide Hände auf Zolas Schultern, um sie zu trösten, dachte aber gleichzeitig über die Logistik nach. »Es tut mir leid, das zu sagen, aber Sie brauchen vielleicht sogar Polizeischutz. In Pretoria und Johannesburg kenne ich gute Leute, die Sie beschützen können, aber hier in Simbabwe bin ich machtlos. Ich werde Margaux bitten, mit Meredith, der Besitzerin dieser Unterkunft, zu sprechen, damit sie für Sie und die anderen einen Transfer nach Kasane, das gleich hinter der Grenze in Botswana liegt, organisiert. Dort könnt ihr alle warten, bis ich mit Ian zurückkomme und Margaux kommt mit ihrem Land Cruiser und holt euch ab.«

»Doc ...«

Wieder hob sie die Hand wie ein Stoppschild. »Nein. Wir brauchen Sie an einem sicheren Ort, bis Sie von der Polizei befragt werden können. Um Moses kümmere ich mich.« Docs Kaffee war fertig und sie trank, dankbar für den Koffeinschub, etwas davon. »Wir brauchen Moses Telefon, denn da sind alle Beweise für seine Mitschuld an Ians Entführung drin.«

Zola schaute auf den gefliesten Boden, dann begannen ihre Schultern zu zucken.

»Was ist los, Zola? Sind Sie okay? Sie müssen jetzt für mich stark bleiben.«

Zola hob den Kopf und Doc sah, dass sie weinte. »Es gibt auf dem

Telefon auch einige Hinweise auf andere Dinge. Die Graham betreffen und Oscar und ...«

Doc hielt den Atem an, aber es war klar, dass Zola nicht mehr sagen wollte. Doc dagegen wollte die Frage nicht stellen, aber ihre Unterlippe begann zu zittern. Sie zwang sich, es auszusprechen: »Jurie?«

Zola kniff die Augen zusammen. »Nicht namentlich, aber zwischen Moses und Big Joe gingen Nachrichten hin und her, in denen es darum ging, ein Schuppentier zu fangen und wegzunehmen, um Sie in Verlegenheit zu bringen. Als Oscar kalte Füsse bekam und Graham von seiner Beteiligung am Diebstahl des Tieres berichtete, gab es die Anweisung, 'den Ranger loszuwerden'. Moses schrieb so etwas wie: 'Das wird noch schwieriger zu vertuschen sein, als dass Ralph aus Versehen den Polizisten tötete.«

Doc spürte, dass wieder Kummer in ihr hochstieg, zwang sich aber, ruhig zu bleiben. »Dann hat dieser Ralph, der mich gestalkt hat, also für die beiden Brüder gearbeitet.«

»Gestalked?«, fragte Zola.

»Das ist eine lange Geschichte, die aber passt.« Die Teile fügten sich langsam zu einem Ganzen, aber wie bei einem Puzzle gab es einige, von denen man sicher war, dass sie passen würden, die es aber nicht taten. Und es gab immer noch viele Fragen. Beispielsweise hatte Ian gesagt, es habe zwei Entführer gegeben und er hatte ein Auto genommen, das vermutlich einem von ihnen gehörte. »Zola, da wäre noch etwas, das Sie für mich tun könnten.«

Zola wischte sich mit dem Handrücken über die Augen. »Alles.«

»Sie sollten Moses' Telefon mitnehmen, wenn Sie gehen und es sicher aufbewahren. Soweit ich weiss, befinden sich auf dem Telefon, das Ian bei sich hat, genügend Beweise, um Moses Verwicklung in die Entführung nachzuweisen. Dennoch klingt es, als brächten die Nachrichten an seinen Bruder ihn ausserdem mit drei Morden in Verbindung, ganz zu schweigen von ihrem gemeinsamen Ausschreibungs-Betrug. Könnten Sie das bitte tun?«

»Ja, ich kann«, schniefte Zola und straffte die Schultern »und tue es.«

. . .

Der schwarze Range Rover mit getönten Scheiben hielt vor der Abflughalle des OR Tambo International Airport in Johannesburg.

Sipho Mnisi stieg auf der Fahrerseite aus, schaute zuerst nach links und dann nach rechts. Zu den gut gekleideten Fahrgästen, die ihr Gepäck ausluden, den Trägern in Warnwesten, die auf einen Einsatz warteten, sowie einem Fahrer, der lächelnd ein Trinkgeld entgegennahm. Die Morgenluft im Highveld war kühl und roch nach Abgasen und Rauch. Sipho ging auf die andere Seite des Fahrzeugs und öffnete für seinen Arbeitgeber die hintere Beifahrertür.

Dass Sipho sich wie ein Chauffeur verhielt, geschah zum Teil aus Respekt vor Big Joes Ansehen – und seinem tödlichen Ruf –, aber auch, weil Sipho zum Leibwächter ausgebildet war. So öffnete er die Tür erst, wenn er genau geprüft hatte, dass sein Arbeitgeber nicht unmittelbar bedroht war, denn es gab zu viele Leute, die Big Joe gern tot gesehen hätten.

»Danke, Sipho«, sagte Joe, als Sipho die Tür zuschlug, zum Heck des Fahrzeugs ging und die Heckklappe öffnete.

Big Joe reiste mit leichtem Gepäck, er hatte nur eine kleine Reisetasche.

»Ich denke immer noch, dass ich Sie begleiten sollte, Boss«, sagte Sipho.

Big Joe lachte. »Nur weil du gern Zeit mit diesen schönen simbabwischen Frauen verbringen möchtest.«

Siphos Lächeln war fest und höflich. »Seit der Chinese vor ein paar Monaten im Emperor's verletzt wurde, ist die Bedrohungslage, in der Sie sich befinden, eskaliert, Boss.«

Big Joe nahm ihm die Tasche ab. »Ich weiss Ihre Besorgnis zu schätzen, Sipho, aber ich fahre nach Victoria Falls, nicht nach Cyrildene. Ausserdem hat in Simbabwe niemand ein Gewehr.«

Cyrildene war ein Stadtteil Johannesburgs, in dem viele der chinesischen Einwohner lebten. Sipho tätschelte die Neun-Millimeter-Pistole im Schulterholster unter seiner Anzugsjacke. »Die hier nützt nichts, wenn ich sie nicht einmal beschützen kann.«

Joe klopfte seinem Leibwächter auf den Arm. »Schon gut, Sipho, geniessen Sie Ihren freien Tag und wir sehen uns morgen nach der Landung.«

»Gute Reise, Chef.« Sipho sah kopfschüttelnd zu, wie der breite Rücken im massgeschneiderten blauen Blazer im Terminal verschwand, während er die Fahrertür des Range Rover wieder öffnete. Die Sache gefiel ihm ganz und gar nicht.

32

Als sie nach Backbord abbogen, stand Ian am Bug der *Sea Lion* und wies den alten Kahn stumm an, schneller zu fahren. Er gähnte, denn obwohl er sich auf sein ausklapp-bares Bett legte, hatte er kaum schlafen können. Das Schiff umrundete eine Landspitze und danach wurde plötzlich eine Landerampe aus Beton vor ihnen sichtbar.

Irgendwo in der Nähe prustete ein Flusspferd und der Kapitän begann, während er auf das Ufer zusteuerte, die vordere Rampe der Fähre zu öffnen. Die Mannschaft bewegte sich um ihn herum, alle nahmen ihre Positionen ein und bereiteten sich auf das Entladen vor. An Land wickelten Männer Seile ab, um für das Anlegen des Schiffes bereit zu sein. Ein Eisvogel tauchte auf der Jagd nach einem Fisch spritzend in den See.

Ian schaute über die Schulter, aber sein Verfolger war noch in der Kabine. Er hielt eine Hand über die Augen, suchte das Ufer ab, entdeckte dort Doc, die ihm zuwinkte und spürte eine Mischung aus Erleichterung und Angst. Neben Doc stand ein Mann in der blauen Uniform der Polizei der Republik Simbabwe, die Ian jetzt sofort erkannte und auf der anderen Seite des Beamten schaute Sara, die Filmemacherin, zu ihm.

Ralph jagte Ian einen Schrecken ein, als er an ihm vorbeiging, aber der Mann kletterte danach gelassen über das Sicherheitsgeländer an der Vorderseite der Fähre und ging die Treppe zum Autoabstellraum hinunter. Dies geschah offenbar im Einverständnis mit der Besatzung, denn niemand hielt ihn auf, als er in seinen Toyota HiLux stieg. Als letztes auf der Fähre angekommenes Fahrzeug musste er auch als erstes von Bord fahren.

Sven kam und stellte sich neben Ian. »Dein geheimnisvoller Freund kommt wohl nicht weit«, sagte er. »Ich habe mit dem Kapitän gesprochen und er sagte, alle Fahrzeuge müssten oberhalb der Landerampe, auf dem Hügel, anhalten, die Gebühren für den Nationalpark bezahlen und sich in einem Buch registrieren, bevor sie losfahren dürften.«

»Gut«, sagte Ian. »Das könnte für den Polizisten und Doc die Gelegenheit bieten, Ralph zu befragen und vielleicht seine Papiere zu überprüfen. Oder sie könnten durch die Überprüfung des Registers zumindest seinen vollen Namen erfahren.«

Der Kapitän drosselte die Motoren und die Fähre fuhr nahe zum Ufer, wo eine steile Betonrampe auf Passagiere, Fahrzeuge und Ladegut wartete. Ian konnte es jetzt, wo er Doc sah, kaum erwarten, von Bord zu gehen und sie in die Arme zu schliessen.

Die Schiffsrampe wurde heruntergelassen und das Metall schob sich quietschend über den Beton. Ralph startete den Motor und liess ihn aufheulen. Doc, Sara und der Polizist schickten sich an, die betonierte Strasse hinunterzugehen, aber der Polizist winkte den beiden Frauen mit der Hand, dort zu bleiben, wo sie waren. Auf das Signal eines Mannschaftsmitglieds hin fuhr Ralph langsam auf die metallene Rampe und dann von ihr herunter. Der Polizist schritt ihm mit erhobener Hand entgegen.

Ralph beschleunigte. Die Reifen des Wagens quietschten und der HiLux schoss vorwärts. Der Polizist musste wegspringen, schlug aber gegen die Karosserie des Toyotas, als dieser an ihm vorbeibrauste. Doc und Sara wichen schleunigst zurück, als Ralph den steilen Hügel hinaufbrauste.

»Das könnte man als Eingeständnis von Schuld verstehen«, sagte Sven. »Aber oben an der Schranke muss er auf jeden Fall anhalten.«

Ian schüttelte Sven die Hand und umarmte Maria kurz. »Danke.« Er kletterte, wie Ralph es getan hatte, über das Sicherheitsgeländer, rannte die Treppe hinunter und über die Rampe. Ein Besatzungsmitglied rief ihm zu, er solle anhalten. Ian vermutete, er hätte warten sollen, bis die anderen beiden Fahrzeuge die Fähre verlassen hatten, aber er musste schnellstens zu Doc.

Er liess seine Einkaufstasche mit den schmutzigen Kleidern fallen und umarmte Doc. Er hätte sie gern geküsst, aber Sara stand neben ihm und klopfte ihm auf die Schulter.

»Ich bin so froh, dass du in Sicherheit bist«, sagte Sara, »aber wie ich das alles in meinen Dokumentarfilm einbauen soll, ist mir ein Rätsel.«

Doc schüttelte den Kopf über Sara und löste sich von ihm. »Das war Ralph, nehme ich an?«

Er nickte. Zu dritt rannten sie den Hügel hinauf, doch als sie oben ankamen, fanden sie ein zerbrochenes, auf der Strasse liegendes Holztor und einen Mann in Nationalpark-Uniform vor, der sich am Kopf kratzte. Der Polizist, der ihnen den Berg hinauf gefolgt war, sprach in ihrer einheimischen Sprache mit dem Parkranger.

»Dieser Mann«, sagte der Polizist auf Englisch und deutete auf die Stelle, an der das Fahrzeug verschwunden war, »hat gerade mehrere Straftaten begangen.«

»Sie wissen nicht einmal die Hälfte, mein Freund«, sagte Ian. »Können Sie ihn verfolgen?«

»Ach«, sagte der Polizist und rieb sich den Kiefer, »leider habe ich kein Fahrzeug.«

»Sie können mit uns fahren«, sagte Doc.

»Es tut mir leid, ich darf meinen Posten hier nicht verlassen. Ich versuche aber, meine Kollegen in Dete Crossing anzurufen, damit sie diesen Mann festnehmen können.«

Doc schüttelte resigniert den Kopf. »Kommt schon, lasst uns gehen«, sagte sie zu Ian und Sara.

Der Nationalpark-Ranger, der verärgert und über Ralphs Flucht erschüttert war, bestand darauf, dass Doc ihre Parkeintrittsgebühren bezahlte und das Register ausfüllte, bevor er sie gehen liess.

Ian war ungeduldig. Mit jeder Minute, die verging, während das Quittungsbuch mühsam ausgefüllt und abgestempelt sowie ihr Geld gezählt und noch einmal nachgezählt wurde, rückte Ralph weiter aus ihrer Reichweite.

»Mach dir keine Sorgen«, sagte Doc, »denn wir sind sowieso nicht wirklich in der Lage, ihn zu stoppen, dafür haben wir eine ganze Menge Beweise gegen ihn in der Hand.«

»Und gegen Moses Khumalo«, verkündete Ian. »Ich habe die Nummer des Mannes angerufen, der dem Entführer, Ralph, die Anweisungen gegeben hat. Es war Moses.«

Doc lächelte ihn an. »Ich weiss, wiederhole aber gern, was du an meiner Stelle sagen würdest, Ian: 'Du weisst nicht mal die Hälfte, mein Freund', aber ich kläre dich auf der Fahrt nach Victoria Falls auf.«

Jason Chow stand in der Ankunftshalle des internationalen Flughafens Victoria Falls und schaute auf die Informationstafel. Flug AZ494, die Airlink-Maschine aus Johannesburg, war gerade gelandet. Er schaute auf seine Uhr. Es war 13.12 Uhr und der Flug damit acht Minuten zu früh.

Jason setzte seine Ray-Ban-Sonnenbrille auf und ging in den Sonnenschein hinaus. Die Gruppe von Ndebele-Sängern in traditioneller Kleidung stand, von seinem unerwarteten Erscheinen überrascht, auf, doch als sie merkten, dass er kein Tourist mit Gepäck war, setzten sie sich alle wieder hin.

Jason ging zu seinem HiLux, stieg ein und schaltete den Motor und die Klimaanlage ein. Er hatte in der Nähe des Terminals geparkt, um die ankommenden Passagiere beobachten zu können. Da er Südafrikaner war, blieb Big Joe Khumalo die Tortur des Anstehens für ein simbabwisches Visum erspart, also sollte er bald erscheinen.

Es klopfte am Beifahrerfenster und Jason drehte den Kopf.

»Scheisse«, sagte Jason leise und drückte den Knopf, um das Fenster herunterzulassen.

»Hey, Jason! Ich bin's, Geoff Hoddy.«

»Ja, hallo, Geoff. Was tust du denn hier?«

»Die gleiche Frage könnte ich dir stellen, *Boet*. Ich dachte, du wärst schon längst in Vic Falls. Hast du auf dem Weg dorthin ein paar Sehenswürdigkeiten besichtigt?«

»Ähm... Ich wurde aufgehalten. Hatte Probleme mit dem Auto.«

Geoff klopfte auf das Dach. »Mit einem dieser Babys doch sicher nicht, oder? Ich wurde krank, hatte eine Lebensmittelvergiftung. Der Arzt meinte, es könnte auch Malaria sein, also musste ich für einen Test nach Harare ins Krankenhaus. Ich habe die Nacht am Tropf verbracht, aber es ärgert mich sehr, dass ich den Ausflug nach Mana Pools verpasst habe. Ich wollte einen Bus nehmen, habe aber mit meinen Eltern gesprochen und sie überredet, mir einen Flug zu bezahlen, damit ich den Rest der Rundreise mitmachen kann. Und was ist mit dir? Was machst du hier?«

»Ich habe ... äh, nur eine Pause gemacht, um etwas zu essen. Hier kann man an der Strasse nichts kaufen.«

»Cool. Nun, das ist *lekker*. Ich dachte, ich müsste ein Taxi nehmen oder nach Vic Falls trampen, aber da wir beide an denselben Ort fahren, kann ich ja mit dir mitfahren, oder?«

Bevor Jason sich einen plausiblen Grund ausdenken konnte, warum er es nicht tun sollte, öffnete Geoff die Beifahrertür. Jason verfluchte sein Pech. Aber als er es sich noch einmal überlegte, kam ihm der Gedanke, es könnte ebenso gut ein Vorteil für ihn sein, etwas Zeit mit Geoff zu verbringen. Seine offensichtliche Abwesenheit von der Rundreise aus medizinischen Gründen war interessant, zumal Jason fand, er sehe überhaupt nicht krank aus. »Klar, steig ein. Ich, ähm, muss nur mal wieder auf die Toilette, offensichtlich habe ich etwas gegessen, das mir nicht bekommen ist.«

»Ich verstehe, das Problem kenne ich.«

Jason stieg aus und ging in den Terminal zurück. Nach ein paar Minuten sah er Big Joe aus dem Zoll kommen und zum Europcar-Schalter gehen. Jason blieb auf der anderen Seite eines ausgestopften, auf einem Sockel thronenden Löwen, stehen, bis Joseph Khumalo, der sich in den Papierkram für seinen Mietwagen vertiefte, damit fertig war. Jason wartete noch eine Minute, dann ging er ebenfalls nach draussen. Er sah Joe mit einem Angestellten der Autovermietung im Schlepptau vor sich gehen. Die beiden wanderten um einen kleinen weissen Geländewagen, dann stieg Khumalo ein.

Jason ging zu seinem eigenen Auto und setzte sich hinters Steuer.

»Alles gut?«, fragte Geoff.

»Soweit schon.« Jason fuhr vom Parkplatz und blieb etwa zweihundert Meter hinter Big Joe stehen. Es gab nur eine Strasse nach Victoria Falls, also musste er nicht zu dicht am anderen Auto bleiben.

Jason hielt mit der linken Hand das Lenkrad und mit der rechten Hand justierte er die Glock-Pistole an seiner rechten Hüfte unter dem T-Shirt.

Showtime, dachte er.

DER HECKENSCHÜTZE, der sich Ralph nannte, lag hundert Meter von der einbetonierten Zehn-Kilometer-Signalisation entfernt, die am Rande der Strasse nach Victoria Falls angebracht war, auf der anderen Strassenseite im Gras.

Seine Arbeit war fast getan. Aus Gewohnheit tätschelte er die linke Brusttasche, in der er ihr Bild aufbewahrte.

Sein Fahrzeug war tief im Busch geparkt und er hatte einen Kanister Benzin in den Innenraum und über das Dach geleert, um sich auf seine Abreise vorzubereiten. Er hatte das Fahrzeug mit einem gestohlenen Ausweis in Südafrika privat gekauft. Der Mann, dem er den Ausweis geklaut hatte, sah Ralph so ähnlich, dass er, als er dem Verkäufer seinen Ausweis zeigte und den neuen Fahrzeugschein bezahlte, als dieser durchgehen konnte. Seine Waffen hatte er auf dem florierenden illegalen Waffenmarkt in Johannesburg gekauft.

Danach würde nichts mehr darauf hindeuten, dass Peter James Bennett, ehemaliger Gefreiter im 1. Bataillon des Fallschirmjägerregiments der britischen Armee, oder ehemaliger Unteroffizier Bennett des 1. Fallschirmjägerbataillons der südafrikanischen Nationalen Verteidigungskräfte, jemals in Simbabwe gewesen war oder überhaupt je existiert hatte.

Er schaute auf seine Uhr und dann durch das Zielfernrohr. Er hatte es noch rechtzeitig geschafft. Die Tatsache, dass die Frau den Australier von der Fähre abgeholt hatte und ebenfalls auf dem Weg zu diesem Treffen war, änderte nichts an seinem Plan. Wie man in der Armee sagte, überlebte kein Plan den ersten Kontakt mit dem Feind und seine Pläne hatten sich ständig verändert und weiterentwickelt.

Ein weisser Geländewagen kam in Sicht. Er zuckte mit den Schultern, um sich zu entspannen und konzentrierte sich auf seine Atmung.

Das Fahrzeug hielt an.

Ein Mann stieg aus. Zielperson bestätigt – Khumalo, Joseph. Gauner, Vergewaltiger, ehemaliger Drogenimporteur, korrupter Geschäftsmann und aufstrebender Schuppentierschmugglerboss.

Big Joe sah sich um, sei es, weil er aus Gewohnheit nach Bedrohlichem Ausschau hielt, oder sich fragte, ob er zu früh oder zu spät zu seinem Rendezvous mit dem örtlichen Verbrecher komme.

Joe stand neben seinem Auto, der Strasse den Rücken zugewandt und öffnete den Reissverschluss seiner Hose. Der Scharfschütze holte tief Luft, atmete halb aus, liess das Fadenkreuz auf Joes kahlem Hinterkopf ruhen und drückte ab.

Die Zielperson schlug auf dem Boden auf und der Scharfschütze sprang auf die Beine. Er liess sein Gewehr im Gras liegen und hatte, gleichzeitig die Pistole aus seinem Gürtel ziehend, den halben Weg über die Strasse zurückgelegt, als ein zweiter Toyota HiLux durch den flimmernden Hitzedunst über dem Asphalt auftauchte, das gleiche Modell wie er selbst fuhr.

In der Hoffnung, der andere Fahrer habe die Pistole nicht gesehen, hielt der Scharfschütze sie an seiner Seite und rannte los, um die Lücke zwischen ihm und Big Joe zu schliessen. Doch als er die Front von Joes Mietwagen erreichte, sah er, dass alles schon so war, wie er es brauchte – Joe war tot. Der Heckenschütze wartete und hoffte, der andere Geländewagen fahre vorbei.

Der HiLux-Fahrer beschleunigte und einen Moment lang dachte der Scharfschütze wegen der Veränderung des Motorgeräuschs, er sei in Sicherheit, doch dann drehte der Fahrer nach links ab und hielt an. Der Fahrer stieg aus dem Auto und zog sofort eine Waffe.

Der Scharfschütze hob seine Pistole und feuerte zwei schnelle Schüsse auf den Mann, von dem er wusste, dass es sich um den Polizeibeamten Jason Chow handelte.

Chow duckte sich. Der kampferfahrene Scharfschütze rannte weder weg noch ging er in Deckung, sondern näherte sich stattdessen dem anderen Fahrzeug und feuerte im Gehen. Eine Kugel nach der anderen schlug Löcher in die Windschutzscheibe und den Kühler des Toyotas, während der Mann darin um sein Leben bangte.

Der Scharfschütze eilte zu Joes Geländewagen zurück und warf einen Blick hinein. Als Berufsverbrecher traute Big Joe seinen Mitmenschen offensichtlich nicht, denn er hatte, als er zum Urinieren ausstieg, die Schlüssel aus dem Zündschloss gezogen. Der Scharfschütze ging auf die andere Seite des Geländewagens, um die Schlüssel aus Joes Tasche zu fischen.

Eine Kugel schlug ein Loch in Joes Geländewagen. Jason Chow war also noch am Leben, schoss aber aus der Deckung und konnte den Heckenschützen, der neben Joe kauerte, nicht sehen. Dann wurde das Geräusch eines weiteren Fahrzeugs hörbar, das sich näherte.

Es handelte sich um den hellbraunen Land Cruiser, den Denise Rado und ihre aus Touristen und Studierenden bestehende Gruppe benutzt hatten.

Denise sass am Steuer, hielt neben Chows von Kugeln durchsiebtem Auto an und stieg aus. Chow hob den Kopf und feuerte zwei Schüsse auf den Heckenschützen ab. »Bleib in deinem Wagen, Doc, und zieh dich zurück!« rief er gleichzeitig.

Eine blonde Frau, die auch in Mlibizi gewesen war, Sara Skjold, dachte der Scharfschütze, war bereits aus dem Fahrzeug gestiegen und rannte mit einer Videokamera in den Schutz einiger Bäume am Strassenrand. Der Scharfschütze ignorierte sie.

Er stand auf, zielte trotz des Durcheinanders vollkommen konzentriert und feuerte. Dieses Mal wurde Chow von einer Kugel getroffen und taumelte rückwärts. Der andere Mann im HiLux, der Scharfschütze identifizierte ihn jetzt eindeutig als Geoff Hoddy, stieg aus, lief hinten um den Toyota herum und bückte sich.

Als Hoddy wieder aufstand, erkannte der Scharfschütze, dass er Chows Pistole in der Hand hatte. Denise Rado war halb aus ihrem Land Cruiser gestiegen und versuchte, sich über die Situation klar zu werden. Es sah so aus, als greife auch sie nach etwas, wohl nach der Waffe, die sie, wie der Scharfschütze wusste, seit Jurie van Rensburgs Tod immer bei sich trug.

»Doc, Sara, nein, steigt wieder ins Auto!«, rief Geoff.

Doc sah, dass Geoff Jasons Waffe aufgehoben hatte, zog ihre eigene Glock und entsicherte sie. Sara filmte alles, aber Doc hatte keine Zeit, sie im Zaum zu halten – etwas, das sie selbst in den besten Zeiten nicht geschafft hatte. Doc sah einen Mann, der neben einem weissen Geländewagen stand, während ein weiterer Mann regungslos neben dem Fahrzeug am Boden lag.

»Geoff, runter!« Sie winkte ihm zu, aber Geoff drehte sich um und stellte sich dem anderen bewaffneten Mann gegenüber, so dass er zwischen dem Schützen und Doc stand.

»Ralph«, rief Doc, »bitte nicht schiessen. Wir können reden ...«

Der Mann sagte nichts, feuerte aber erneut und Geoff stürzte zu Boden.

Doc duckte sich hinter die offene Tür von Margaux' Land Cruiser, doch als sie über die untere Kante des Fensters spähte, sah sie, dass Ralph immer noch am selben Ort im Freien stand und seine Waffe auf sie richtete.

Er hielt kurz inne, drehte sich dann um und rannte über die Strasse.

Doc verliess ihre Deckung hinter der Autotür und feuerte zwei

Kugeln auf ihn ab. Er rannte weiter und ihr war klar, dass sie aus dieser Entfernung kaum eine Chance hatte, ihn zu treffen. Doc kehrte um, um nach Geoff und Jason zu sehen., aber Sara, die in Afghanistan Sanitäterin im Dienst gewesen war, hatte ihre Kamera weggelegt, den Erste-Hilfe-Kasten aus dem Reisefahrzeug geholt und behandelte Jason bereits.

Der Motor des Land Cruisers heulte auf und Doc wirbelte herum. »Ian! Nein!«

IAN LEGTE beim grossen Geländewagen einen Gang ein und beschleunigte die Strasse hinunter und auf die andere Seite.

Er bereitete sich darauf vor, sich unter das Armaturenbrett zu ducken, wenn Ralph auf ihn schiessen würde, aber stattdessen sprintete dieser in den Busch.

Ian verliess die Teerstrasse, ruckelte über den Grünstreifen und fuhr in die Baumreihe. Er rang mit dem Lenkrad und musste langsam fahren, um die Stämme der alten Bäume zu umfahren. Schösslinge und Sträucher wurden, als er weiterfuhr, unter seinen Rädern zerquetscht und vom grossen Rammschutz an der Vorderseite des mächtigen Fahrzeugs geknickt. Auf beiden Seiten peitschten Äste gegen die Fenster.

Vor sich sah er Ralph, der schneller durch den Busch rannte, als Ian fahren konnte, so dass er Ralph im Wald zu verlieren befürchtete, als seine Vorderräder in eine Senke stürzten. Ian brauchte einen Moment, um zu begreifen, dass er gerade auf eine sandige Zufahrtsstrasse geraten war, die sich zwischen den Bäumen hindurchschlängelte.

Er zog das Lenkrad nach rechts, worauf sich die Räder des Cruisers in die vorhandenen Spurrillen frassen. Der Sand war weich und er musste einen Gang herunterschalten und Gas geben, um vorwärts zu kommen, aber dann konnte er seine Geschwindigkeit erhöhen. Er griff mit einer Hand über seine Schulter und legte den Sicherheitsgurt an.

Hundert Meter weiter konnte er die weisse Flanke eines anderen

Fahrzeugs ausmachen, das quer zu Ians Fahrtrichtung auf einer Lichtung geparkt war. Ralph wurde sichtbar, der die Fahrertür seines HiLux öffnete, eines Fahrzeugs, das Ian nur zu gut kannte.

»Jetzt kommst du mir nicht mehr davon, du Mistkerl.«

Ian beschleunigte und zielte mit dem Frontschutzbügel von Margauxs Cruiser direkt auf die Fahrertür und auf Ralph. Er betete, dass ihn der Airbag beim Aufprall retten würde. Was mit Ralph passierte, war ihm dagegen im Moment egal.

Der HiLux tauchte gross vor der Windschutzscheibe auf und Ian stützte sich mit den Armen auf dem Lenkrad ab, um sich auf die Kollision vorzubereiten. Dann sah Ian, dass Ralph die rechte Hand hob und als er die Form einer Pistole erkannte, war sein einziger Gedanke, aus dieser Entfernung könne Ralph ihn gar nicht verfehlen.

Ian lehnte sich nach links und versuchte, sich unter das Armaturenbrett zu ducken, überprüfte aber seine Bewegung und nahm den Fuss vom Gaspedal, als er sah, dass Ralph seine Waffe nicht mehr auf ihn richtete. Stattdessen hob Ralph die andere Hand und in der Kabine des anderen Fahrzeugs flackerte aus einem Zigarettenanzünder eine kleine Flamme auf.

Ian trat auf die Bremse und der Land Cruiser kam im Sand zum Stehen. Er senkte den Kopf, als das andere Fahrzeug in einem Flammenball explodierte.

33

———

Vier Tage später betraten Doc und Ian das 'Arwyp Medical Centre', ein Privatkrankenhaus in Kempton Park, in der Nähe des Flughafens von Johannesburg. Sie hielten sich bis zum Eingang bei den Händen.

Nachdem sie von Victoria Falls nach Südafrika zurückgeflogen waren, hatten sie zwei Nächte zusammen in einem teuren Hotel in Sandton verbracht, das Ian mit der Bemerkung, sie hätten beide etwas Luxus verdient, bezahlte.

Doc ging zum Empfang, wo eine Frau in blauer Uniform sass und zu ihr aufsah. »Kann ich Ihnen helfen?«

»Wir möchten gern zwei Ihrer Patienten besuchen, Jason Chow und Geoff Hoddy.«

Die Frau sah auf den Bildschirm und tippte auf ihrer Computertastatur. »Auf Station 9. Beide.«

Sie folgten den Hinweisschildern und kamen an eilig wirkenden Krankenschwestern, Ärzten und Pflegern vorbei.

Frank Galloway von den Hawks hatte Doc und Ian nach ihrer Rückkehr befragt, und kurz darauf war Moses Khumalo verhaftet und formell wegen Entführung und Korruption im Zusammenhang mit der Ausschreibung der Universität angeklagt worden. Frank hatte

Doc mitgeteilt, es könnte ausserdem eine Anklage wegen Verschwörung zum Mord folgen. Der Fall stützte sich auf Beweise aus Moses Telefon, welches Zola der Polizei bei ihrer Rückkehr nach Südafrika vorgelegt hatte. Es stellte sich heraus, dass Frank Jason beauftragt hatte, Docs Rundreise als verdeckter Polizist zu begleiten, denn ein anonymer Informant hatte die Hawks mit weiteren Informationen über Moses' angebliche Komplizenschaft mit seinem Bruder bei der Ausschreibung des Universitätsgebäudes versorgt, so dass das Verfahren gegen ihn wieder aufgenommen worden war. Frank hatte Big Joe Khumalo unter Beobachtung gestellt und Jason über dessen Flug von Johannesburg nach Victoria Falls informiert. Moses stritt alle Vorwürfe gegen ihn vehement ab, wie es Docs Ansicht nach auch zu erwarten gewesen war.

Die Rundreise war abgebrochen worden und Pär und Eva von Victoria Falls über Johannesburg nach Schweden zurückgeflogen, während Sue und Zola von Margaux nach Hause gefahren worden waren.

Ian und Doc gingen den Korridor entlang, wobei seine neuen Schuhe auf dem polierten Linoleumboden quietschten. In Freizeithosen und einem blauen Poloshirt sah er gut aus, und Doc hatte es genossen, zwischen den Besprechungen mit Frank und anderen Polizisten mit ihm im Hotel zu faulenzen.

Dennoch nagte etwas an ihr.

»Studierst du immer noch daran herum?«, fragte Ian.

Doc nickte. »Ich überlege es mir immer wieder. Moses ist ein schlauer Kerl, aber vielleicht war er einfach zu überheblich und dachte, niemand würde je sein Telefon anschauen.«

»Ein befreundeter Polizist sagte mir einmal, dass es so etwas wie 'kriminelle Superhirne' gar nicht gibt, denn egal wie intelligent Verbrecher sind, machen sie alle Fehler und so werden die meisten von ihnen gefasst. Das ist wie bei Ralph, der den Löffel fallen liess, mit dem ich aus dem Farmhaus in Simbabwe fliehen konnte und mich, indem er ein Loch in eins der Bodenbretter schoss, sozusagen auf die morschen Dielen hinwies.«

Doc sah zu Ian auf und ihre Blicke trafen sich.

Ian nickte ein paar Mal. »Denkst du dasselbe wie ich?«

»Ja«, sagte Doc. »Irgendwie scheint alles zu einfach gewesen zu sein. Warum ist er dir den ganzen Weg nach Kariba gefolgt und hat dann mit dir auf der Fähre gesessen, ohne etwas zu tun? Er hätte dich nachts überall auf der Strasse durch Simbabwe umbringen können. Es kommt mir eher vor, als ob er dich beschützt hätte, anstatt dich zu jagen.«

»Darüber habe ich auch schon nachgedacht«, sagte Ian.

Als sie die Station 9 erreichten, kamen Sara und Sue aus dem Krankenzimmer und sie trafen sich auf dem Korridor.

»Wir wollten gerade gehen«, sagte Sara. »Die Jungs leben und es geht ihnen so weit gut. Aber ich habe nun die grösstmögliche Herausforderung mit den Schnittarbeiten vor mir. Ich muss herausfinden, wie ich all die eindrücklichen Schiessereien von Victoria Falls in eine Dokumentation über Schuppentiere einbauen kann.

Das war genau das Richtige für Sara, dachte Doc. Schiessereien und die Ermordung eines Gangsterbosses waren für sie nur die Szenen in einem Drehbuch. Doc lächelte Sue zu und nickte. »Wir versuchen, die Lücken für deinen Film bald zu füllen.«

»Ähm, Doc«, sagte Sue, »kann ich Sie bitte einen Moment sprechen? Allein?«

Ian nickte und betrat die Station, während sich Sara von ihnen verabschiedete und ging.

»Doc, Professor Rado«, begann Sue, ihre Hände ringend. »Ich wollte mich nur entschuldigen.« Sie senkte ihre Stimme. »Für das, was mit Ian passiert ist.«

Doc versuchte, das Bild dessen, was sie in Ians Hütte in Harare gesehen hatte, aus ihrem Kopf zu verdrängen. »Es ist vorbei, lassen wir es.«

»Nein, bitte. Ian handelte wirklich absolut korrekt und wollte die Situation, in die ich ihn brachte, überhaupt nicht ausnutzen. Bevor Sie hereinkamen, war ich sogar ein bisschen sauer auf ihn. Aber ehrlich gesagt habe ich alle Signale falsch gedeutet, denn zuerst dachte ich, Sie wären scharf auf ihn, doch dann schienen Sie sich von ihm zu distanzieren. Als die Rundreise losging, war Jason mir gegenüber sehr aufbrausend und abweisend, aber mittlerweile weiss ich, dass er mit seinen Gedanken bei seiner Undercover-Arbeit war. Er ist ein guter Kerl und ich hätte ihn nicht so abschätzig behandeln dürfen, wie ich es getan habe. Ich habe ihm gesagt, dass ich gern enger mit ihm zusammen wäre, auf einer verbindlicheren Basis.«

»Das freut mich für Sie«, sagte Doc.

»Ich sehe, dass Sie und Ian sich nahestehen und wünsche Ihnen das Beste.«

»Danke, Sue.«

Sues Telefon klingelte und sie schaute nach. »Der Wecker rettet mich. Mein Uber wartet draussen und meine Mutter zuhause – seit sie in der Zeitung von Graham und Oscar gelesen hat, macht sie sich grosse Sorgen um mich.«

»Verständlicherweise«, sagte Doc.

»Auf Wiedersehen, Doc.« Sue ging langsam den Korridor entlang, blieb dann stehen und drehte sich noch einmal zu Doc um. »Es tut mir wirklich leid. Alles.«

Doc nickte und ging auf die Station, auf der Jason und Geoff die einzigen beiden Patienten waren. Jason sass in einem Sessel und las in einer Autozeitschrift, während Geoff im Bett neben ihm lag und sich mit Ian unterhielt. Jason wollte aufstehen, als sie eintrat, zuckte aber zusammen und presste eine Hand auf seine Seite.

»Immer mit der Ruhe, mein Freund«, sagte Ian.

Doc ging zu ihm hinüber. »Wie geht es dir, Jason?«

»*Lekker*, soweit ganz okay.« Er schnitt eine Grimasse. »Ich werde es jedenfalls überleben., denn es ist ein glatter Durchschuss, der nichts Lebenswichtiges getroffen hat. Geoff hatte weniger Glück.«

»Danke, Bruder«, nahm Geoff den Faden auf und versuchte zu lächeln. »Das klingt ja sehr beruhigend.« Er hing am Tropf und war an Monitore angeschlossen, die im Hintergrund piepten.

Doc ging zu ihm, legte eine Hand auf seine und drückte sie kurz. Er lächelte zu ihr hoch. »Geht es Ihnen einigermassen gut, Geoff, wirklich?«

»Die Ärzte sagen, ich werde wieder ganz gesund. Die letzten Tage brauchte ich bereits keine schweren Medikamente mehr. Saras erste Hilfe hat mich gerettet und sie hat mich schon ein paar Mal besucht.«

»Das ist eine Untertreibung, sie kommt eher zweimal täglich, und zwar jeden Tag«, mischte sich Jason ein. »Ehrlich gesagt glaube ich, sie steht auf ihn.«

»Hör auf«, sagte Geoff. »Sara sagt, ich hätte das erwischt, was man in der Armee eine 'saugende Brustwunde' nennt.«

»Das klingt übel«, sagte Ian.

»Ist es auch, ehrlich«, sagte Geoff. »Ich freue mich sehr Doc, dass Sie uns besuchen.«

Sie hob die Augenbrauen. »Wirklich?«

»Ähm, ja.« Geoff schaute zu Ian und Jason. »Hey, Jungs, könntet ihr mir einen Gefallen tun und mich ein paar Minuten mit Doc allein lassen?«

Ian schaute Doc an und sie entdeckte Besorgnis in seinen Augen. »Ist schon gut, Ian. Obwohl es scheint, als ob heute alle ein privates Gespräch mit mir führen möchten.«

»Alles okay«, sagte Ian.

Jason stand langsam auf. »Ich könnte einen Kaffee und einen Spaziergang gebrauchen, Ian und es wäre schön, wenn Sie mich begleiten würden.«

Die beiden Männer verliessen das Zimmer und Doc setzte sich neben Geoff auf den Stuhl, auf dem Jason gesessen hatte. »Was gibt's, Geoff?«

Geoff schloss kurz die Augen und öffnete sie wieder. »Ich bekam zu viele Medikamente, um ein langes Gespräch mit der Polizei zu führen. Aber es gibt da etwas, das ich Ihnen sagen möchte, bevor ich es der Polizei erzähle – und ich weiss, dass ich das irgendwann tun muss.«

Doc schaute zur Tür, durch die Ian und Jason gegangen waren, aber Geoff lag an ein Gewirr von Kabeln angeschlossen auf dem Rücken und war keine physische Bedrohung für sie.

»Ich weiss nicht, wo ich anfangen soll ...«

Doc leckte sich über die Lippen. »Versuchen Sie es.«

»Erinnern Sie sich daran, dass Sie dem Typen, der auf uns geschossen hat, 'Ralph' zugerufen haben?«

»Ja?«

»Warum haben Sie diesen Namen verwendet?«

Doc schaute aus dem Fenster und liess den Blick über den Industrie- und Wohnvorort hinwegschweifen. Geoff wollte ihr offensichtlich etwas Wichtiges berichten, das mit der ganzen Geschichte zusammenhing, weshalb sie das Gefühl hatte, ehrlich zu ihm sein zu können. »Ich habe im Internet, auf einer Dating-Seite, einen Mann kennen gelernt, der Ralph hiess und wir ...«

Geoff hob eine Hand, wobei selbst diese kleine Anstrengung ihm Schmerzen zu bereiten schien. »Ist schon gut, Doc, ich weiss es ...«

»Was? Wie ...?«

»Das von Ralph«, sagte Geoff.

»Woher wollen Sie das wissen?«, fragte Doc, die aber im selben Moment spürte, dass sich die Flaumhaare in ihrem Nacken sträubten.

Er sah ihr in die Augen. »Ich *bin* Ralph.«

IAN HATTE für die Zeit in Johannesburg ein Auto mit einem Fahrer gemietet und die Mercedes-Limousine fuhr fast lautlos von Kempton Park im Osten Johannesburgs über die R21, die N1 und schliesslich die N14 in Richtung Krugersdorp im Westen.

Nachdem sie Ian von Geoffs Enthüllung erzählt hatte, besprach Doc ihre Theorie mit ihm. Geoff war es so peinlich gewesen, dass er, verletzt und geschwächt in seinem Krankenhausbett liegend, in Tränen ausgebrochen war. Doc hatte zunächst Zorn und Abscheu darüber empfunden, dass Geoff sie im Grunde genommen ausspioniert hatte, aber als Geoff schluchzte, hatten sich diese Gefühle in Mitleid und sogar in eine Art Verständnis verwandelt. Er war in sie vernarrt gewesen – mochte es vielleicht immer noch sein- und hatte ihr jetzt sein Herz ausgeschüttet.

Nachdem sie den ersten Schock überwunden hatte, verarbeitete Docs Verstand diese wichtige neue Information. Geoff hatte sich zu ihr hingezogen gefühlt, aber mit Sicherheit nie die Absicht gehabt, sie oder einen anderen Mann, mit dem sie zusammen war, zu verletzen.

»Facebook«, hatte Ian gesagt, als sie in seinem Auto auf dem Krankenhausparkplatz sassen und über das neue Puzzleteil nachdachten.

»Was willst du damit sagen?«, frage Doc.

»Wenn ich im Geschäft eine neue Person einstellen wollte, habe ich zuerst immer ihr Facebook-Konto angeschaut, oder später dann Instagram. Aber so oder so, kann man aus dem, was eine Person postet viel über sie herauslesen.«

»Ist das nicht wie eine Art Stalking?«, fragte ihn Doc.

»Ja. Aber man erfährt eine ganze Menge.«

Doc ging online und überprüfte mit ihrem Handy ein paar Profile.

Und da fand sie es, das Puzzlestück, das einfach nie an seinen Platz passen wollte. Es steckte in den Geburtstagswünschen, die eine Frau einer anderen schickte.

Alles Gute zum Geburtstag, meine Tochter. Ich liebe dich und hoffe, dir geht es da draussen im Busch gut.

Doc hatte auf das Profil der Frau geklickt. Ihr Name war Penny, sie war weiss und lebte in Krugersdorp, Johannesburg. Auf ihrem Profil waren Bilder von ihrer Katze, ihrem Hund und ihren Kindern zu sehen, als diese noch klein waren. Der Junge war älter als das Mädchen.

Seltsamerweise gab es keine Bilder des Mädchens, als es älter als zehn oder elf Jahre war, nur einige Fotos ihres Sohns, der zu einem kräftigen, gut aussehenden Mann herangewachsen war und sowohl im britischen wie auch im südafrikanischen Militär gedient hatte.

Als Ians Fahrer sich auf den Weg machte, hatte Doc Penny über Facebook eine Nachricht geschickt, in der sie Penny erzählte, wer sie war. Sie schrieb ihr, sie mache sich Sorgen um ihre Tochter, sie aber nicht belästigen wolle und dennoch gern wissen möchte, wie es ihr nach den Ereignissen auf der Rundreise gehe.

Es geht ihr gut, hatte Penny geantwortet. *Sie spricht oft von Ihnen und bewundert Sie sehr.*

Doc hatte Penny nach ihrer Adresse gefragt und danach geflunkert, sie habe wichtige Universitätsunterlagen, die sie Pennys Tochter senden müsse.

Kein Problem. Penny hatte ihre Adresse angegeben, die in einem Gebiet namens Villa Conesa, in West Rand, nicht weit vom Silverstar Casino und dem Cradlestone Einkaufszentrum, lag. Doc kannte die Gegend und lotste den Fahrer dorthin.

Dieser Teil Johannesburgs hatte in den letzten Jahren einen regelrechten Boom erlebt und in die ehemals zahlreichen kleinen Farmen im Westen der Stadt drängten sich neue Wohnsiedlungen. Der Fahrer hielt am Eingangstor an und Doc nannte dem Wachmann ihren Namen und sagte, sie wollten zu Nummer 273 fahren. Dieser rief im Haus an.

Nachdem sie das Tor passiert hatten, bogen sie rechts ab, fuhren hundert Meter weiter und hielten vor einem zweistöckigen Haus, dessen verputztes Mauerwerk in toskanischem Braun gestrichen war. Als Doc und Ian ausstiegen, kam eine kleine und schlanke grauhaarige Frau aus dem Haus.

»Professor Rado, welch eine Überraschung«, begrüsste Penny sie.

»Ich war gerade in der Gegend und dachte, ich schaue kurz vorbei. Aber bitte, nennen Sie mich doch Denise«, sagte Doc.

»Sie haben Glück«, fuhr Penny fort. »Meine Tochter ist gerade vom Einkaufszentrum nach Hause gekommen, bevor sie heute Abend nach England fliegt. Ich habe so hart gespart und nun beschliesst sie plötzlich, mich zu verlassen.«

»Mama, wer ist da?«, hörten sie von oben eine Stimme.

»Ein Überraschungsgast, der gekommen ist, um dich zu sehen«, rief Penny.

Zola nahm die ersten drei Stufen und schlug sich, als sie Doc sah, die Hand vor den Mund. Sie blieb wie erstarrt stehen und klammerte sich mit weit aufgerissen Augen ans Geländer.

»Zola?«, sagte Penny.

Sie räusperte sich. »Ähm, Mama, vielleicht gehst du und machst einen Tee, bitte?«

Die Familienbilder an der Wand erzählten einen Teil der Geschichte. Den Rest berichtete Zola, nachdem sie die Treppe hinuntergekommen war und Ian und Doc nach draussen auf die Terrasse geführt hatte, wo sie sich an einen Esstisch im Freien setzen.

»Meine leibliche Mutter war eine illegale Einwanderin aus Simbabwe, deren Eltern an HIV gestorben waren und die als Pennys Hausangestellte arbeitete«, erklärte Zola. »Sie wurde sehr jung schwanger, aber mein Vater wollte sie nicht heiraten. Als ich drei Jahre alt war, starb meine Mutter auf dem Weg zur Arbeit bei einem Taxi-Unfall. Penny und ihr Mann Will hatten nur ein Kind, ihren Sohn Peter, und Penny konnte keine weiteren Kinder bekommen. Sie adoptierten mich. Mein vollständiger Name ist Zola Nkosi-Bennett, aber meinen englischen Nachnamen benutze ich normalerweise nicht.

Mein Adoptivvater ist vor ein paar Jahren an Krebs gestorben und meine Mutter erhält nur eine kleine Rente aus Grossbritannien, von der sie kaum leben kann. Sie und mein Vater zogen in den 1980er Jahren nach Südafrika, wo er in den Minen arbeitete. Da sich meine Mutter die Studiengebühren nicht leisten konnte, landete ich bei, na ja, Sie wissen schon, bei dem Arrangement mit Moses. Er ist ein Schwein, aber sein Bruder war noch viel schlimmer.«

Doc und Ian liessen Zola reden und als ihre Mutter den Tee brachte, bat Zola sie, sie mit ihren Gästen allein zu lassen, so dass Penny wieder hinein ging.

Zola schniefte. »Big Joe drohte mir, mich umzubringen, wenn ich ihm nicht helfe, in den Schuppentierhandel einzusteigen. Er sagte, falls ich zur Polizei gehe, fände er es innert Kürze heraus, weil er einen Insider habe.

Big Joe wollte nicht nur ein einziges Schuppentier kaufen, sondern ein Geschäft im Import und Export-Bereich aufbauen. Er sagte, er habe Kontakte in China, die gut für die Tiere zahlen würden und wolle deshalb mitmischen. Er wies mich an, einen Käufer für ihn zu suchen, mit dem er ins Geschäft kommen könne. Daraufhin sagte ich ihm, dass Sie, Doc, meines Wissens noch nie einen Käufer finden oder erwischen konnten.«

Doc sah zu Ian. »Das stimmt.«

»Joe übte ständig Druck auf mich aus und war unerbittlich. Er erfand dauernd Ausreden, um sich mit Moses zu treffen, damit er mich weiter belästigen, anfassen und bedrohen konnte. Einmal passte er mir auf dem Heimweg von der Universität ab und vergewaltigte mich auf dem Rücksitz seines Range Rover, während sein Handlanger, ein Typ namens Sipho, am Steuer sass. Joe fand das lustig.«

Doc legte eine Hand über ihre Augen. Sie unterdrückte den Drang, Zola um eine Erklärung zu bitten, warum und wie Jurie getötet worden war.

»Nach der Aktion, bei der Sie auf den Kerl geschossen haben«, sagte Zola, »und als wir alle mit Ihnen im Mugg & Bean sassen, habe ich Big Joe eine Nachricht geschickt und ihm geschrieben, dass ich von jemandem wisse, der gerade ein Schuppentier gekauft habe.«

»Sie haben ihn angelogen«, sagte Doc.

Zola nickte. »Ich wusste, dass Sie und Jurie ein lebendes Schuppentier bei sich hatten. Ausserdem war mir klar, dass es nach dem Vorfall länger dauern würde, bis Sie es in die Reha-Station bringen konnten, weil es zusätzlichen Papierkram geben würde, und die anderen Beamten, wie Jason, beschäftigt wären.«

»Dann haben Sie mich also an diesen Big Joe verwiesen?«

Zola rang die Hände in ihrem Schoss. »Ja. Ich hatte ein zweites Telefon, das ich extra dafür gekauft hatte. Ich gab vor, ein Käufer mit viel Geld zu sein, der kurz vor der Abreise nach Asien stehe.«

»Sie wollten mich in eine Falle locken? Während wir dort mit den anderen Studenten beim Essen sassen, ich direkt neben Ihnen? Wir haben die ganze Zeit miteinander über diese WhatsApp-Nachrichten gesprochen!«

Zola nickte und biss sich auf die Unterlippe. »Ich habe Big Joe zur gleichen Zeit eine Nachricht geschickt, in der ich vorgab, der andere Käufer – also Sie – zu sein. Er hatte daraufhin die Idee, ihr beide könntet euch einfach auf dem Parkplatz des Emperor's Palace treffen und eine geschäftliche Besprechung über eine Partnerschaft abhalten. Wie ich Joe kenne, wollte er dabei allerdings vor allem genug Informationen bekommen, um Sie aus dem Geschäft zu drängen und die Firma zu übernehmen.«

»Und wer war John Chen?«

»Chen war Joes potenzieller Geschäftspartner im Schuppentier-handel. Ich dachte, Joe treffe sich mit Ihnen, um das Schuppentier zu kaufen und verkaufe es dann mit einem Aufschlag an Chen weiter oder er arbeite mit ihm zusammen, um eine Lieferkette nach Asien einzurichten. Aber Joe bekam kalte Füsse und sagte Chen, er solle sich mit Ihnen treffen und nicht mit ihm. Dem stimmte Chen zu, wahrscheinlich weil er dachte, er könne Joe aus dem Geschäft heraushalten.«

»Keine Ehre unter Dieben«, bemerkte Doc.

»Nein. Mein Bruder Peter hat den Handel beobachtet.«

Doc blickte auf ein Bild an der Wand. Es zeigte den Mann, der sein Fahrzeug in Brand gesetzt hatte und sie erschauderte bei der Erinnerung an das, was Ian ihr erzählt hatte. Er berichtete, er habe eine Vollbremsung gemacht und den Land Cruiser kurz vor dem brennenden HiLux zum Stehen gebracht. In dem Moment, in dem er aussteigen wollte, um zu helfen, hatte der in Flammen stehende Peter seine Pistole gezogen, aber nicht, um Ian zu erschiessen, sondern um sich selbst einen schnelleren Tod zu ermöglichen.«

»Er war beim Militär«, sagte Doc.

Zola biss sich auf die Unterlippe. »Ja. Peter und ich ... es ist kompliziert. Wir sind als Geschwister aufgewachsen, aber natürlich war uns klar, dass wir nicht wirklich verwandt waren und in der Schule wussten es auch alle. Peter hat mich geliebt. Obwohl wir englischsprachig aufgewachsen sind, ging ich auf eine Afrikaans-Schule, weil es einfach die beste Schule in der Gegend war. Allerdings haben mich dort viele der Kinder schikaniert und Peter, der viel älter war als ich, hat seine kleine Schwester immer verteidigt und sich dafür geprügelt. Als wir älter wurden, wuchsen Peters Gefühle für mich ... und nun ja, ...«

Zola schaute auf ihre Hände.

»Erzähl weiter«, sagte Doc.

»Er ging nach England.« Zola warf einen Blick durch die offene Tür ins Haus. »Meine Mutter hat ihn, als er älter wurde, dazu ermutigt – auch um uns voneinander fernzuhalten. Sie wurde, selbst wenn wir nur spielten, wütend, wenn Peter mir zu nahe kam oder mich berührte. Er trat in die Armee ein und ging nach Afghanistan. Ich glaube, er hatte bereits anfangs emotional und geistig einige Probleme, aber am Ende hat ihn dieser Ort zerstört. Er war Scharfschütze und tötete zahlreiche Menschen, und als er nach Südafrika zurückkam, verfolgte ihn dies. Nach seiner Rückkehr habe ich ihm ehrlich gesagt, dass es für uns keine andere Zukunft gebe, als die, wie Bruder und Schwester zu leben und er schien das zu akzeptieren. Aber er ging, vielleicht um mich nicht ständig sehen zu müssen, zurück in die Armee.«

»Das kann ich nachvollziehen«, sagte Doc.

Zola sah ihr in die Augen. »Er hat oft gesagt, dass er für mich sterben würde. Und als Big Joe mich derart unter Druck zu setzen begann, hatte ich keine andere Wahl als mich an Peter zu wenden und ihn um Hilfe zu bitten.«

Doc ballte die Hände zu Fäusten und legte sie vor sich auf den Tisch, um sich zu beruhigen. Sie wusste, dass Jurie Zola geholfen hätte, wenn sie ihn nur gefragt hätte. »Was ist mit Jurie passiert?«

Zola sackte in ihrem Stuhl zusammen. »Peter hat sich dazu entschieden, Big Joe zu erschiessen. Es war seine Idee, aber ich habe nichts getan, um ihn davon abzuhalten. Es war die einzige Möglichkeit, die ich sah, um mich vor Joe zu retten und er war wirklich ein schrecklicher Mensch, Doc.«

Doc versuchte, ruhig zu atmen. »Sagen Sie es mir.«

»Peter sah zu, wie der Handel getätigt wurde. Er erzählte mir später, er habe, obwohl er nicht wusste, wer Chen war, gesehen, dass dieser eine Waffe auf Sie, Doc, richtete und instinktiv auf ihn geschossen. Als er merkte, dass Chen nur verwundet war, schoss er erneut, aber unglücklicherweise bewegte sich Jurie in diesem Moment in die Schusslinie.«

Doc legte eine Hand auf ihren Mund. »Unglücklicherweise?« Sie hatte die Kette der Ereignisse inzwischen erraten, aber es zu hören, schockierte sie dennoch. »Zola ...«

»Es tut mir so leid, Doc. Ich bin einfach zusammengebrochen, konnte Ihnen aber unmöglich sagen, was ich getan hatte. Ich machte mir Sorgen um meinen Bruder und um mich. Es war grausam, ich weiss.«

Doc spürte, wie sich ihr Kummer in kalte Wut verwandelte, hielt sich aber zurück. »Ja, erzählen Sie weiter.«

Zola atmete tief ein. »Als Big Joe herausfand, dass das Treffen eine Falle und Chen erschossen worden war, drohte er, mich umzubringen. Er beschuldigte mich, ihm eine Falle gestellt zu haben, aber ich schwor, dass ich das nicht getan hätte. Ich sagte ihm, Jason habe uns mitgeteilt, dass ein Anschlag auf Chen verübt worden sei, und Joe gab zu, davon gewusst zu haben. Ich log ihn an, indem ich ihm auftischte, Jason habe mir gesagt, die Polizei wisse, dass eine rivalisierende Bande hinter ihm her sei.«

»Und er hat Ihnen geglaubt, als Sie sagten, Sie hätten nichts mit der Sache zu tun?«

»Ich ...«

»Was, Zola? Was könnte denn noch schlimmer sein, als was Sie mir schon gesagt haben?«

Zola blinzelte und wischte sich über die Augen. »Ich habe ihn davon überzeugt, dass ... dass ich ihn mag.«

Doc schloss in einer Mischung aus Abscheu und Mitleid die Augen. »Fahren Sie fort. Was war mit Graham und Oscar?«

»Ich habe Oscar, den ich bei meinen Feldstudien im Reservat kennengelernt hatte überredet, mir zu helfen.«

Doc verschränkte die Arme vor der Brust. »Ich frage Sie lieber nicht, *wie* Sie ihn überredet haben.«

Zola starrte sie mit vor Trotz glühenden Augen an. »Ich gebe zu, dass ich einige schreckliche Dinge getan habe, aber Sie können nicht über mich urteilen, weil Sie sich gar nicht vorstellen können, wie mein Leben war. Erst recht nicht, was Menschen von mir erwartet, nein, verlangt haben und was sie mir weggenommen haben. Es war, als wäre ich nicht einmal ein Mensch. Peters Liebe zu mir war vielleicht nicht gesellschaftsfähig, aber er hat mir weder je wehgetan noch mich zu etwas gezwungen.«

Doc bestätigte ihren Standpunkt mit einem leichten Nicken.

Zola seufzte. »Ich überzeugte Oscar und sagte ihm, ich bräuchte das Schuppentier nur für kurze Zeit. Ausserdem erzählte ich ihm einen Teil der Wahrheit, nämlich, dass ich das Tier für eine eigene Aktion verwenden wolle. Ausserdem gestand ich ihm, dass es sich um eine unerlaubte, gesetzeswidrige Aktion handle, in welcher ich mir einen Namen machen wolle und ihn deshalb zu bezahlen bereit sei.«

»Und was war der eigentliche Plan?«, fragte Doc.

»Ich sagte Big Joe, *ich* würde ihm ein Schuppentier besorgen und bringen. Er war sehr vorsichtig und sagte, er werde mich erst treffen, wenn ich ihm ein Video von mir mit einem Schuppentier an einem städtischen Ort schicke, damit er sicher sein könne, dass ich ihm nicht nur ein paar Bilder von einem Tier schickte, das ich bei der Feldarbeit im Busch gefangen hätte. Er wollte einen Beweis dafür, dass ich es mitgenommen hatte und mir danach die Zeit und den Ort für ein Treffen nennen. Mein Bruder Peter schenkte mir einen Apple AirTag, einen dieser kleinen Peilsender, die man am Gepäck befestigen kann, damit man es nicht verliert. Er hat einen Freund, der in Hoedspruit Hubschrauberpilot ist. Der Plan war, dass Peter und sein Freund sobald ich das Schuppentier hatte und wusste, wo Big Joe mich treffen wollte, abheben würden. Peter würde meinen Standort dann mit seinem iPhone überwachen. Wir dachten, Big Joe rechne trotz seiner Paranoia nicht damit, dass wir aus der Luft ein Auge auf ihn hätten und ihn von oben überraschen würden. Peter wollte ...«

»Ich verstehe.« Doc musste zugeben, dass der Plan gut durchdacht war. Sie stellte sich vor, wie Peter in der Nähe im Busch abgesetzt und Big Joe dann mit seinem Scharfschützengewehr erschiessen würde.

»Als es darum ging, das Schuppentier zu holen«, fuhr Zola fort, »konnte ich nicht ohne Begleitung oder Genehmigung in den Teil des Reservats, in dem sich Sues Schuppentier befand und mein

Bruder hätte es nicht allein finden können. Oscar hingegen hatte einen legitimen Grund, sich zu jeder Tages- und Nachtzeit irgendwo im Reservat aufzuhalten. Ich plante es so, dass er das Schuppentier finge und sich dann am Abend Ihrer Überraschungsparty auf der R40 ausserhalb von Hoedspruit mit meinem Bruder treffen würde.

»Aber dann hat Oscar kalte Füsse bekommen.«

»Ja. Vieles von dem, was er Sara in seinem Interview erzählt hat, ist wahr und ich weiss nicht, warum er Sara nicht von meiner Beteiligung erzählt hat. Wahrscheinlich wollte er mich schützen.«

Zola liess den Kopf einen Moment lang hängen und blickte dann auf. Ihre Augen waren gerötet und sie rang weiterhin die Hände im Schoss. »Ich weiss es nicht. Mein Bruder und ich hatten keine Ahnung von Oscars Sinneswandel oder dass er das Schuppentier an Graham übergegeben hatte, aber als mein Bruder zum Treffpunkt fuhr, wartete Graham dort schon auf ihn. Als Peter am Strassenrand neben Grahams Fahrzeug anhielt, richtete dieser eine Waffe auf ihn. Allerdings war meinem Bruder bereits klar, dass etwas nicht stimmte, weil dort, wo Oscars Auto hätte warten sollen, Grahams Anti-Wilderer-Fahrzeug stand. Mein Bruder ... Es war Notwehr, als er schoss, denn Graham feuerte zuerst. Im Gegensatz zu Peter verfehlte er allerdings. Schliesslich war Peter in Afghanistan und mit den Südafrikanern in der Zentralafrikanischen Republik im Krieg.«

»Und warum hat Ihr Bruder das Schuppentier, nachdem er die Szene so inszenierte, dass es aussah, als sei Graham beim Wechseln eines platten Reifens getötet worden, nicht mitgenommen?«, fragte Ian.

»Ein anderes Fahrzeug nahte und Peter wusste, dass unser Plan durch Grahams Tod durcheinandergeriet. Also hielt er es für besser, einen anderen Weg zu Big Joe zu suchen und das Schuppentier zurückzulassen, damit es aussah, als sei Graham ein Wilderer.«

»Und Oscar?«, fragte Doc.

Zola liess den Kopf hängen. »Ich war mir sicher, dass nach Grahams Tod alles auskäme, weil Oscar seinem Bruder, dem Polizeidetektiv, erzählen würde, was ich getan hatte und war erstaunt, dass er das nicht tat. Ich wäre dazu bereit gewesen, meine Strafe zu akzeptieren, aber mein Bruder war noch nicht so weit. Er schickte Oscar, dessen Nummer er bereits hatte, eine SMS und bot ihm ein zusätzliches Schweigegeld an. Sie verabredeten sich am Zaun des Wildreservats, wo Peter einen einzigen Schuss abgeben und Oscar daraufhin zum Zaun kommen würde, um die Bezahlung entgegenzunehmen.«

»Aber dann hat ihn Ihr Bruder getötet«, sagte Doc.

Zola weinte, als sie aufblickte. »Mein Bruder sagte mir, Oscar hätte ihn umgebracht.«

»Selbstverteidigung. Schon wieder?« Doc tat nichts, um ihren Unglauben zu verbergen. »Aber da Oscar tot war und die Polizei nichts von Ihrer Beteiligung wusste, waren Sie und Ihr psychopathischer Bruder so gut wie aus dem Schneider. Warum musste Ian dann entführt werden?«

»Ich habe meinem Bruder gesagt, das Töten müsse ein Ende haben und wir bräuchten einen Weg, um Big Joe zu finden und ihn ein für alle Mal zu stoppen.«

»Sie wollten ihm die Morde, oder zumindest einige davon, anhängen.«

Zola starrte sie an. »Er hatte sich so vieler Verbrechen schuldig gemacht und Moses auch. Mein Bruder kam auf die Idee, Big Joe nach Simbabwe zu locken, wo er nicht von seinen üblichen Leibwächtern umgeben wäre und wir beschlossen, auch Moses eine Falle zu stellen, obwohl ich nicht dachte, dass er je wegen Mordes verurteilt würde.«

Doc schüttelte den Kopf. »Ihr Bruder war eine Art verrückter Selbstjustizler, der den Mann, den ich heiraten wollte, umgebracht und den, den ich liebe, entführt hat.«

Ian warf Doc einen Seitenblick zu, worauf Doc plötzlich klar wurde, was sie gerade gesagt hatte. Aber sie musste bei der Sache bleiben. »Sie haben also die ganze Zeit über Moses' Telefon benutzt, um Big Joe und Ihrem Bruder Peter Nachrichten zu schicken, ohne dass Moses davon wusste?«

»Ja, ich habe in seinen Apps 'Telegraph' eingerichtet, aber das

Symbol nicht auf seinen Startbildschirm geladen, so dass er gar nicht gemerkt hat, dass es im Hintergrund läuft. Wenn es um Telefontechnologie geht, hat er keine Ahnung.« Zola stützte die Ellbogen auf den Tisch und lehnte sich vor. »Was ich Ian erzählt habe, ist aber wahr. Big Joe hat Moses davon überzeugen wollen, dass es das Beste sei, Sie, Doc, zu töten, damit die Ermittlungen in Bezug auf die Ausschreibung der Aufträge für die Universität eingestellt würden und Moses die Leitungsstelle der Universität bekomme. Moses hat das nicht unterstützt, aber Joe machte seine eigenen Gesetze. Ich gebe zu, dass ich dachte, die Entführung und Moses Verwicklung seien ein guter Weg, um sicherzustellen, dass Sie Vizekanzlerin würden und dann die Wahrheit über ihn und seinen Bruder aufdecken könnten.«

»Wollen Sie damit sagen, Sie hätten mir das Leben gerettet? Vielleicht, aber im Gegenzug hat Ihr Handeln den Tod zu vieler guter Männer verursacht, Zola.«

»Ja, und das werde ich für den Rest meines Lebens bereuen. Aber mein Bruder wusste, dass er das Falsche getan hatte, und bezahlte den höchstmöglichen Preis dafür. Er tötete zuerst Big Joe und dann sich selbst, um die Beweise dafür zu vertuschen, wer er war und was ich damit zu tun hatte.«

»Und hätte Geoff und Jason dabei beinahe umgebracht«, schoss Doc zurück. »Ausserdem waren Sie es, die mein Telefon gestohlen hatten, nicht wahr?«

Zola nickte. »Ja und dadurch habe ich von Ihrem 'Ralph' erfahren. Danach liessen wir es aussehen, als sei Peter Ralph, den Moses beauftragt habe, heimlich persönliche Informationen über Sie herauszufinden, um damit seine Kampagne für das Amt des Vizekanzlers zu unterstützen.«

»Und Ian? Haben Sie ihn entführt, um Moses eine Falle zu stellen?«, wollte Doc wissen.

»Ja. Wir hatten nie die Absicht, Ian etwas anzutun.« Sie sah ihn an. »Peter heuerte als andere Hälfte des Entführungsteams einen Simbabwer an, mit dem er in Afghanistan gedient hatte. Ihre Flucht,

Ian, war Teil unseres Plans. Sie sollten das Wegwerfhandy finden und annehmen, Moses sei in die Entführung verwickelt. Peter wartete mit blinkenden Lichtern an seinem *Bakkie* auf der Strasse, um es wie einen Unfall aussehen zu lassen. Wir wussten nicht genau, wohin Sie fahren würden, aber sobald Sie auf der Fähre waren, wussten wir, dass Doc Sie nach Vic Falls bringen würde und haben den Treffpunkt mit Big Joe in der Nähe vereinbart.«

Doc stützte den Kopf in die Hände.

»Ich weiss, dass dies Juries Tod nicht wiedergutmachen kann, Doc«, sagte Zola. »Aber glauben Sie mir, dass Peter sich darüber gegrämt hat und über Grahams und Oscars Tod auch. Ich hatte natürlich keine Ahnung davon, dass Peter sich in seinem Wagen selbst anzünden und auf diese Weise sterben würde, aber es überrascht mich auch nicht wirklich. Er war eine arme Seele.«

Es klopfte an der Schiebetür und Penny öffnete sie.

»Entschuldigen Sie die Störung. Möchte noch jemand Tee?«

Zola sah sich um. »Nein, danke, Mom, wir haben genug.« Penny schloss die Tür.

»Sie weiss noch nichts von Peter, oder?«, fragte Doc.

Zola schüttelte den Kopf. »Peter lebte schon seit einiger Zeit auf der Strasse und ist erst wieder in mein Leben getreten, nachdem ich ihn über einen seiner alten Armeefreunde aufgespürt und ihm gesagt habe, dass ich in Schwierigkeiten stecke.« Sie blickte zu Ian. »Ich habe Ihr Geld. Wie Sie zweifellos wissen, konnte Ihre Bank die zweite Zahlung rückgängig machen. Die erste Zahlung wollte ich Ihnen, sobald ich in England angekommen und genug verdient hätte, um das Flugticket zurückzuerstatten, anonym zurückschicken.«

Doc sah zu Ian. »Was machen wir jetzt?«

Ian zuckte mit den Schultern. »Ich war natürlich nicht gerade begeistert darüber, entführt zu werden, aber jetzt ist mir klar, dass Peter mir, abgesehen davon, dass er mich ein paar Mal geschlagen hat, nie etwas antun wollte. Es scheint, als wäre er mir gefolgt, um sicherzustellen, dass ich es zu Ihnen schaffe.«

Sie sassen einige Augenblicke schweigend da, dann stand Doc auf, ging von der Terrasse ins Haus und zur Eingangstür.

»Frau Professor, verlassen Sie uns schon?«, rief Penny aus der Küche. Doc ignorierte sie und ging hinaus zum Auto.

Ian folgte ihr ein paar Minuten später und kam zu ihr. »Zola hat mir gerade eröffnet, sie gehe zur Polizei, aber zuerst wolle sie mit Jason sprechen. Sie war es, die den Hawks anonym Informationen über Moses und Joe geschickt hat, also kann sie vielleicht eine Art Deal mit ihnen aushandeln.«

Doc schaute zum Himmel und fragte sich, ob Jurie dort oben sei und auf sie herabblickte und ob Graham und Oscar sich gegenseitig neckten, so wie sie es immer getan hatten. So viele Leben waren verloren gegangen, aber wofür?

»Zola wurde vergewaltigt, Doc. Ich habe im Radio gehört, Gewalt gegen Frauen und Kinder sei hier in Südafrika ein schreckliches Problem, – nein, zur Hölle, nicht nur hier, sondern überall auf der Welt. Ich erstatte keine Anzeige wegen der Entführung und wenn sie mir mein Geld zurückschickt, werde ich es zwischen Schuppentieren und einem Zufluchtsort für Opfer von geschlechtsspezifischer Gewalt aufteilen. Vielleicht kann ich in Zukunft noch mehr tun. Ich kann es mir schliesslich leisten und Frauen wie Zola brauchen Möglichkeiten, etwa einen sicheren Ort, an den sie sich wenden können, wenn sie bedroht werden.«

Doc blickte ihn an. »Die Verbrechenssituation hier entschuldigt weder Selbstjustiz noch Mord, nicht einmal an jemandem wie Big Joe.«

»Das ist mir klar, Doc«, gab er zurück. »Aber Zola sass in der Falle.«

Doc sah ihm in die Augen. Er war versöhnlich, gutherzig und anziehend. Sie wusste nicht, was sie mit Zola machen sollte, aber wenn sie ehrlich zu sich selbst war, konnte es ihr eigentlich egal sein, was Zola als nächstes tat oder nicht tat. Peter, der Mann, der Jurie umgebracht hatte, lebte nicht mehr und Zola musste mit den Konsequenzen ihres Handelns leben.

»Was wirst *du* jetzt tun, Ian? Zurück nach Australien fliegen?«, fragte Doc.

Er lächelte. »Nun, ich habe für einen Safari-Urlaub bezahlt, ihn aber erst zur Hälfte geniessen können. Ich hoffe, eine grossartige Frau zu finden, die mich durch den Rest dieses verrückten Teils der Welt führt, bevor sie eine hochdotierte Anstellung an einer Universität annimmt. Kennst du jemanden, der dafür in Frage käme?«

Doc grinste, als Ian sie in die Arme nahm. »Ja, ich will.«

DANKSAGUNG

Ich habe die Notlage der Schuppentiere bereits in einigen meiner anderen Romane thematisiert, aber schliesslich hat mich die Bitte einer Leserin und Schuppentierforscherin, Lauren Tink, die ich bei einer Buchveranstaltung von Pages And Wine in Johannesburg traf, dazu motiviert, etwas zu schreiben, das sich auf diese erstaunlichen Geschöpfe konzentriert.

Lauren war es auch, die mich mit Professor Ray Jansen von der Tshwane University of Technology in Südafrika bekannt machte, und ich bin beiden sehr dankbar, dass sie mir bei meinen Recherchen geholfen und das fertige Manuskript gelesen und geprüft haben.

Wenn Sie glauben, die Idee, dass die fiktive Akademikerin Denise Rado an den bewaffneten Betrügereien teilnimmt, sich als Schuppentier-Käuferin ausgibt und in Schiessereien verwickelt wird, sei zu verrückt, um wahr zu sein, irren Sie sich. Ray und seine Kollegen von der südafrikanischen Polizei und den Naturschutzbehörden leben dieses Leben schon seit vielen Jahren.

Eine tragische, aber ergreifende Mahnung an die Tatsache, dass Menschen, die sich für den Schutz von Wildtieren einsetzen, buchstäblich ihr Leben aufs Spiel setzen, um in Afrika gefährdete Tierarten zu schützen, ist, dass einer von Rays Kollegen während der Arbeit an diesem Buch in einen Hinterhalt geriet und von einem oder mehreren Kriminellen getötet wurde. Obwohl ich meine Bücher immer meiner Frau Nicola widme, möchte ich an dieser Stelle all jene besonders erwähnen, die sich für den Schutz unserer Umwelt einsetzen und jene, die den höchstmöglichen Preis dafür bezahlt haben.

Obwohl Ray und sein Team Hunderte von Schuppentieren retten konnten, werden jedes Jahr schätzungsweise 20'000 dieser Ameisen-bären getötet und aus Afrika herausgeschmuggelt, um den illegalen Markt für ihre Schuppen und ihr Fleisch zu versorgen.

Die scheuen und recht kleinen Tiere sind schwierig zu entdecken und gelten als der 'Heilige Gral' der Tierbeobachtung. In den 29 Jahren, in denen ich im südlichen Afrika reise und lebe, und einen großen Teil dieser Zeit auf Safaris im Busch verbringe, habe ich noch kein einziges in freier Wildbahn gesehen. Deshalb war ich Ray auch sehr dankbar, dass er mich mit der ebenso inspirierenden Emma de Jager vom 'Umoya Khulula Wildlife Centre' bekannt gemacht hat, die mir die Chance gab, diese Tiere in natura zu sehen.

Obwohl Umoya Khulua für die Öffentlichkeit nicht zugänglich ist, hatte ich das Glück, das Zentrum, das an einem geheim gehal-tenen Ort im südafrikanischen Lowveld liegt, besuchen zu dürfen und zu sehen, wie aus dem illegalen Handel gerettete Schuppentiere rehabilitiert und auf ihre Wiederauswilderung vorbereitet werden.

Mein Dank gilt auch meinen Freunden Melanie und Ian Owtram, die mir Unterkunft in ihrer schönen Lodge, dem Antares Bush Camp im Grietjie Private Nature Reserve, das Teil des Balule Nature Reserve am Rande des Krüger-Nationalparks ist, offeriert haben. Diese intime Lodge ist der Traum eines jeden Fotografen, denn hier gibt es wahr-scheinlich die beste Wildbeobachtungsmöglichkeit im gesamten südlichen Afrika. Während in der Umgebung von Antares Löwen, Elefanten und eine Vielzahl anderer Tiere zu sehen sind, gibt es im Grietjie-Reservat meines Wissens kein Schuppentier-Auswilderungs-programm – dieses ist Fiktion. Sollten Sie jemals die Victoriafälle in Simbabwe besuchen, kann ich Ihnen das Bed & Breakfast 528 Victoria Falls, das meinen Freunden Meredith und Paul Fischer gehört und von ihnen geführt wird, sehr empfehlen.

Wenn Ihnen der Nachname von Geoff Hoddys Figur bekannt vorkommt, liegt das daran, dass der echte Geoff Hoddy und seine Frau Kim Geld an die Wohltätigkeitsorganisation 'Painted Dog Conservation Inc.' in Australien gezahlt haben, damit auch andere Mitglieder ihrer Familie in verschiedenen meiner Romane mitspielen konnten. Zusammen mit der echten Denise Rado sind sie phänomenale Unterstützer der 'African Painted Dogs' und ich danke ihnen allen für ihre Grosszügigkeit.

Mein Dank gilt auch den folgenden Personen, die Geld an verschiedene Wohltätigkeitsorganisationen gezahlt haben, damit Figuren in 'Beschützer' ihre Namen tragen: Sara Skjold und Sue Oliver (Painted Dog Conservation Inc); Pär Öthander, dessen Frau Eva der Eva in diesem Buch nicht so sehr ähnelt (Insimbi Legacy Projects); Jurie van Rensburg (Wildlife and Environment Society of South Africa); Ian Laidlaw (Friends of Soibada, Timor-Leste); die Besitzer des Aerotel Hotels, Hoedspruit (Nourish Eco Village); und David Smith (South African National Parks Honorary Rangers).

Mein Dank gilt auch meiner Expertin für alles, was mit Afrikaans und Südafrika zu tun hat, Annelien Oberholzer, meinem regelmäßigen Schusswaffenexperten Fritz Rabe, und meinem unbezahlten Team von Redakteuren und Erstlesern: Ehefrau Nicola, Mutter Kathy und Schwiegermutter Sheila.

Selbstverständlich bedanke ich mich wie immer bei meiner Verlagsfamilie bei Pan Macmillan Australien und Südafrika, Alex Lloyd, Danielle Walker, Andrea Nattrass und Terry Morris, die dafür gesorgt haben, dass die erste Auflage gedruckt werden konnte.

Spezieller Dank geht an meine Übersetzerin Maya von Dach, die es zusammen mit ihrem Team von Korrektur- und Erstlesenden (Luzia Wyss-Gassner, Manfred Suter, Res Gisler) geschafft hat, das Buch gleichzeitig mit der englischen Originalausgabe auf Deutsch veröffentlichen zu können.

Und zu guter Letzt: Wenn Sie es bis hierher geschafft haben, danke ich Ihnen – Sie sind es, die in diesem Geschäft am meisten zählen.

www.tonypark.net